BASTEI
LÜBBE

Aus der Taschenbuchreihe FANTASY sind nachstehende Romane erhältlich. Fragen Sie im Buch- oder Zeitschriftenhandel nach diesen Titeln:

---

20 032 Robert Holdstock
Odins Wolf
20 033 Randall Garrett
Komplott der Zauberer
20 034 Richard Kirk
Raven und der Hexenmeister
20 035 Larry Niven
Wenn der Zauber vergeht
20 036 Richard Kirk
Raven und der Eisgott
20 037 Eva Eppers
Wanderer unter dunklen Himmeln
20 038 Richard Kirk
Raven und der Schattenlord
20 039 Robert Holdstock
Die Jägerinnen von Connacht
20 040 Richard Kirk
Raven – Göttin des Todes
20 041 Randall Garrett
Mord und Magie
20 042 Poul Anderson
Ein Mittsommernachts-Sturm
20 043 Michael Moorcock
Die ewige Schlacht
20 044 Michael Moorcock
Der Phönix im Obsidian
20 045 Tanith Lee
Sabella oder: Der letzte Vampir
20 046 Brian Stableford
Der blinde Wurm
20 047 M. John Harrison
Die Pastell-Stadt
20 048 Roger Zelazny
Wechselbalg
20 049 Robert Asprin
Drachenfutter
20 050 Tanith Lee
Das Lied des Exorzisten
20 051 Poul Anderson/ Mildred D. Broxon
Die Schlange von Scattery
20 052 Jessica A. Salmonson
Neue Amazonen-Geschichten
20 053 Piers Anthony
Chamäleon-Zauber
20 054 Roger Zelazny
Sieben Statuen
20 055 Jörg Weigand (Hg.)
Vergiß nicht den Wind
20 056 Andre Norton
Die Krone der Hexenwelt
20 057 William Morris
Die Zauberin jenseits der Welt
20 058 M. John Harrison
Das Rauschen dunkler Schwingen
20 059 Piers Anthony
Zauber-Suche
20 060 Tanith Lee
Cyrion
20 061 Piers Anthony
Zauber-Schloß
20 062 Thomas Ziegler
Sardor

FANTASY

JOHN MYERS MYERS

DIE INSEL LITERARIA

BASTEI LÜBBE

BASTEI-LÜBBE-TASCHENBUCH
Science Fiction Fantasy
Band 20 063

Deutsche Lizenzausgabe 1984
Bastei-Verlag Gustav H. Lübbe GmbH & Co., Bergisch Gladbach
Originaltitel: Silverlock
Ins Deutsche übertragen von Annette von Charpentier
und Helmut W. Pesch
Titelillustration: Walter Velez
Umschlaggestaltung: Quadro-Grafik,Bensberg
Druck und Verarbeitung:
Elsnerdruck GmbH, Berlin
Printed in Western Germany
ISBN 3-404-20063-2

Inhalt

Erster Weg

Das Meer, der Wald und ein Treffpunkt

Zweiter Weg

Straßen, eine Stadt, der Fluß und was dahinterliegt

Dritter Weg

Hinab und hinaus zu einem Ende

Für Mac McCorry Myers

der jeden Haltepunkt am Wege kennt
von den Nebelinseln bis zum Reiterschrein

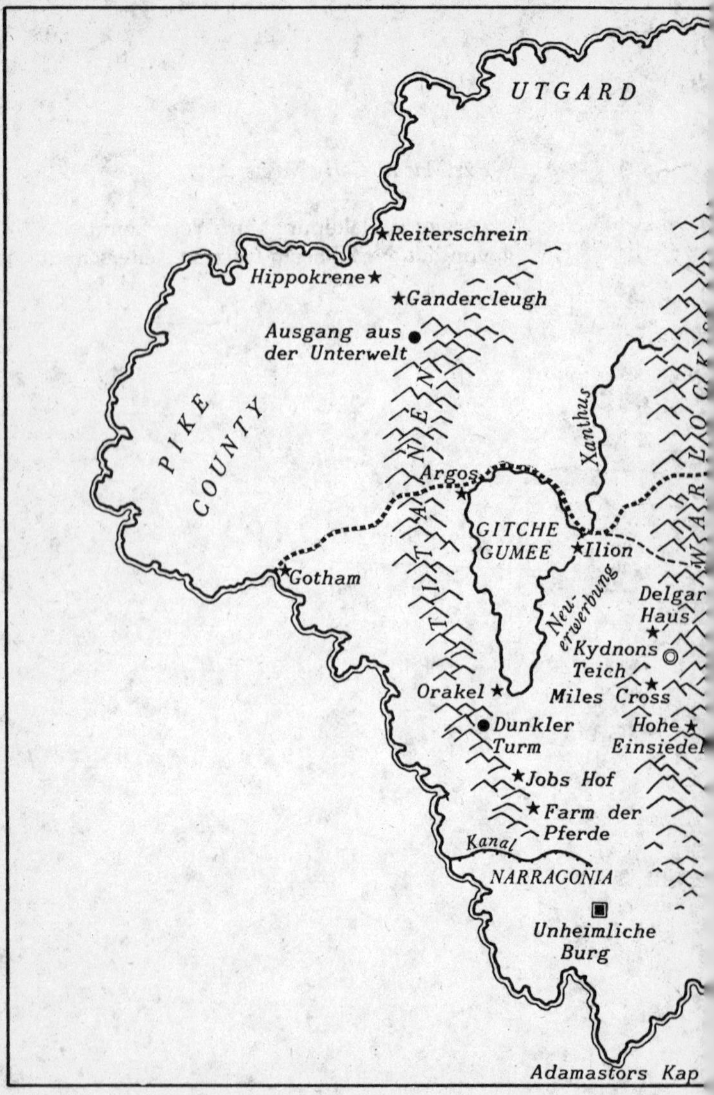
UTGARD
Reiterschrein
Hippokrene
Gandercleugh
Ausgang aus der Unterwelt
PIKE COUNTY
Xanthus
Argos
GITCHE GUMEE
Ilion
Gotham
Neu-erwerbung
Delgar Haus
Kydnons Teich
Miles Cross
Orakel
Dunkler Turm
Hohe Einsiedel
Jobs Hof
Farm der Pferde
Kanal
NARRAGONIA
Unheimliche Burg
Adamastors Kap

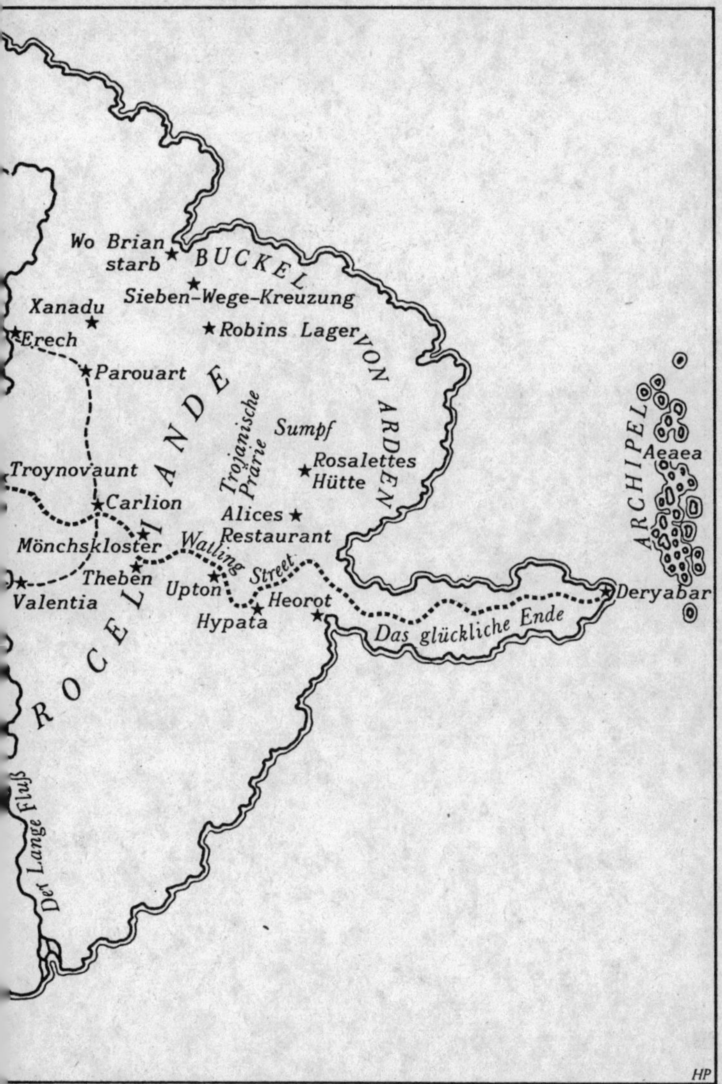

Wo Brian starb
BUCKEL VON ARDEN
Sieben-Wege-Kreuzung
Xanadu
Robins Lager
Erech
Parouart
ROCELANDE
Trojanische Prärie
Sumpf
Rosalettes Hütte
Troynovaunt
Carlion
Alices Restaurant
Mönchskloster
Walling Street
Theben
Upton
Valentia
Heorot
Hypata
Das glückliche Ende
Deryabar
ARCHIPEL
Aeaea
Der Lange Fluß
HP

Erster Weg

Das Meer, der Wald und ein Treffpunkt

I Schiffbruch

Wenn mir am Leben gelegen hätte, wäre ich sicher gestorben.

Ein Sturm war aufgekommen. Ich war zwar nicht seekrank, empfand aber doch meine Koje als den angenehmsten Ort und verließ sie nur, um meine Mahlzeiten einzunehmen. Ich nahm gerade ein Verdauungsschläfchen, als das Unheil über mich hereinbrach. Eine gewaltige Woge zertrümmerte die Tür meiner Deckskabine, und der Rückschwall schwemmte mich hinaus, bis ich wie ein Stück Strandgut an einer Ladekiste hängenblieb.

Während ich immer noch nicht richtig wußte, was los war, sah ich wie ein paar Männer versuchten, ein Boot zu Wasser zu lassen. Das Schiff lag tief im Wasser, obwohl mir durch Versehen oder aus Gleichgültigkeit niemand eine Warnung hatte zukommen lassen – womit ich mich in ihrem Fall auch nicht abgegeben hätte. Dadurch war ich der erste, der über Bord ging; denn bevor ich mir einen Platz im Boot sichern konnte, hatte mich die nächste Welle vom Deck geschwemmt.

Als ich leewärts geschleudert wurde, sah ich, wie das Rettungsboot zerschellte. Als ich das nächste Mal einen Blick darauf werfen konnte, schoß das Schiff kopfüber in die Tiefe. Zu dem Zeitpunkt war ich schon weit genug entfernt, um nicht in den Sog hineingerissen zu werden. Ich bin davon überzeugt, daß das ganze Schiff mit Mann und Maus und allem drum und dran bis hin zur letzten Niete auf den Grund des Meeres gezogen wurde.

Ob die *Naglfar* an einem Riff zerschellte, in den Wellen auseinanderbrach, auf eine verirrte Mine fuhr oder ihrer atomaren Bindungen verlustig ging, ist etwas, was ich nie erfahren werde. Wo sie unterging, ist reine Vermutung. Seit drei Tagen hatte dichter Nebel geherrscht, und während dieser Zeit hatten wir keine Peilung vornehmen können. Der Sender funktionierte nicht mehr, und ein Kapitän, der gewöhnt ist, sich auf seine Geräte zu verlassen, ist ohne Funkkontakt ziemlich aufgeschmissen. Am vierten Tag lichtete sich der Nebel, aber der Himmel blieb verhangen, und Wind kam auf. Er brachte nichts Gutes für die *Naglfar*, und irgendwo, neun Tage von Baltimore entfernt, ging sie auf Grund.

Um es noch einmal zu sagen: Wenn mir am Leben gelegen hätte, ich wäre sicher gestorben. Ich hätte bei dem Versuch, etwas zu fliehen, vor dem man nicht fliehen kann, alle meine Kräfte verausgabt. Panik darüber, auf dem Meer zu sein, außer Sichtweite einer Küste, hätte meine Muskeln gelähmt und den Rhythmus meines Atmens aus dem Gleichgewicht gebracht. Nicht weit von der Stelle, wo das Schiff verschwunden war, hätte das Wasser auch mein Lebensfeuer zum Erlöschen gebracht.

Aber ich zögerte nur in den ersten Minuten. Dann tat ich, was ich konnte, obwohl ich mir darüber klar war, daß es nicht genug sein würde. Die Wellen waren hoch, aber man konnte mit ihnen fertig werden, wenn man sich einfach von ihnen tragen ließ. Sie packten mich unsanft von hinten, aber ich konnte mich ausruhen, wenn sie mich ergriffen und mit sich trugen. Es war einfacher, weiterzumachen, als aufzugeben und zu ertrinken, wenn das auch über kurz oder lang geschehen würde. Ich war nur ein mäßiger Schwimmer.

Damals kam mir in den Sinn, daß ich entweder auf das Ende allen Lebens oder auf den Beginn eines neuen zuschwamm. So oder so war es mir gleichgültig. Jeder Mensch weiß, daß er sterben wird, und niemand glaubt daran. Auf diesem Paradox beruht nicht nur jede Art von Religion, sondern auch die existentielle Vernunft. Ich konnte ebensowenig an die Möglichkeit meiner Nichtexistenz glauben wie alle anderen Menschen, aber was ich bereits verloren hatte, war eine gesunde Abscheu gegenüber diesem Zustand. Dieser Verlust war nicht die Folge irgendeines besonderen Schocks oder Unglücks. Er hatte sich vielmehr ganz allmählich eingestellt, bis mir trotz meiner erst fünfunddreißig Lebensjahre alles völlig gleichgültig geworden war.

Als ich zum ersten Mal das Maststück sah, hielt ich es für einen Hai. Als ich erneut nach oben getragen wurde, erkannte ich, was es war, und das gab mir den Rest. Ich hatte mich schon geistig darauf eingestellt, daß alle Hoffnung vergebens war. Aber etwas zu sehen, was mir helfen konnte, war mehr, als ich in meinem Alleinsein ertragen konnte. Ich hätte mich beinahe selbst ertränkt, indem ich mich verkrampfte und wild um mich schlug, anstatt ordentliche Schwimmbewegungen zu machen.

Es befand sich drei Brecher vor mir, dann nur noch zwei. Danach ritt ich drei Wellen ab, ohne es zu sichten, und war mir bei der dritten, die mich fast erledigt hätte, schon sicher, ich hätte nur einen Fisch gesehen. Ich war schon davor, wieder in Resignation zu verfallen, als ich durch ein Wellental direkt auf das Ding zuglitt.

Ein Mann klammerte sich daran, aber ich verschwendete keinen Gedanken an ihn. Das Stück Holz da, meine Hoffnung und Zuflucht, stieg wieder hoch, und ich fühlte, ich würde den Kampf mit einer weiteren Welle nicht überstehen. Mit fast der letzten Bewegung, zu der ich fähig war, griff ich danach und warf einen Arm darüber.

Es wäre mir wohl bald wieder entglitten, so ausgelaugt wie ich war, wäre niemand dort gewesen, um mir zu helfen. Während ich mich erschöpft an das glitschige Holz klammerte, machte sich der Mann, den ich bemerkt hatte, zu schaffen. Am Topp hingen noch ein paar Seile, von denen er eines unter meine Schultern schlang. Als er das andere Ende festgemacht hatte, konnte ich in der so gebildeten Schlaufe schwimmen, wobei das einzige unmittelbare Problem war, nicht vom Mast erschlagen zu werden, wenn das Meer mich und ihn herumwarf.

Mir war ein Grunzen der Erleichterung gelungen, das er als Dank nehmen konnte, wenn er wollte, aber der Bursche sagte nichts, bis er sich auf der anderen Seite unserer Boje wieder festgezurrt hatte. »Du scheinst ja das Schwimmen zu lieben wie der große Silkie selbst.«

Ich hatte keine Ahnung, wovon er redete, erkannte aber, daß es als ein Scherz gemeint war. Unfähig, auf gleiche Weise zu antworten, stierte ich ihn durch einen Gischtschleier hindurch an. Sein Haar, das lang war für einen Mann, klebte an seinem schmalen Gesicht wie rötlicher Tang. Als sich der Wassernebel legte, fiel mir auf, daß seine groben Züge merkwürdig unpassend zueinander schienen. Die Augen waren entweder grau oder blau. So spät am Tag und unter einem so bewölkten Himmel war das schwer zu erkennen.

Ich versuchte, etwas weniger Offenkundiges von mir zu geben, aber mein Gehirn war ausschließlich auf Fakten ausgerichtet. »Das Schiff, auf dem ich war, ist gesunken, daher muß ich schwimmen.«

Er nickte. »Das, auf dem ich war, ist in den Mahlstrom geraten, aber ich bin nach diesem Sparren getaucht und nicht mit dem Rest nach unten gesaugt worden. Es ist nämlich ein Zylinder, weißt du.«

Wieder konnte ich ihm nicht folgen. Mit einem Achselzucken spähte ich gen Himmel und versuchte zu berechnen, wieviel Tageslicht uns noch bleiben würde. Soweit ich es beurteilen konnte, war es gerade kurz vor oder nach dem späten Sonnenuntergang dieser Jahreszeit. Dann stellte ich die unvermeidliche Frage.

»Weißt du, ob wir auf ein Ufer zutreiben oder nicht oder ob es überhaupt ein Ufer in der Nähe gibt?«

»Wir sind irgendwo vor Literaria, das ist alles, was ich sagen kann. Das ist erst mein zweiter Tag als Treibgut, und ich habe noch keine Landmarken gesehen.« Er hob mit einer entschuldigenden Geste eine Hand vom Mast. »Ich meine das im übertragenen Sinne.«

Es war mir ziemlich gleich, wie er es meinte oder wie er das Land nannte, auf das ich vermutlich niemals meinen Fuß setzen würde. Nachdem ich mich von meiner Panik und der Jagd nach dem rettenden Mast erholt hatte, konnte ich die Dinge wieder vernünftig sehen. Es stand zu vermuten, daß ich lediglich eine Verlängerung meines Elends erreicht hatte. Eine Rettung war nicht zu erhoffen, geschweige denn zu erwarten. Wenn wir nicht vor Kälte oder an einem Haibiß starben, würden uns Hunger und Durst dahinraffen.

»Selbst wenn wir in die richtige Richtung treiben«, erklärte ich ihm, »können wir uns nicht auf den Wind verlassen. Das

Land müßte schon ziemlich nah sein, um uns nützen zu können.«

»Ich fürchtete schon, es wäre nicht nahe genug«, gab er zu. »Aber nun, wo du gekommen bist, spüre ich in den Knochen, daß wir irgendwohin gelangen. Es paßt alles zusammen, so recht nach des Deliers Art.«

Zwar wünschte ich mir fast, man hätte mich nach meiner eigenen Art ertrinken lassen, mußte aber dennoch über seine Zuversicht staunen. Was immer auch recht war, ich war's nicht. Es war lange her, daß ich an meiner eigenen Existenz Gefallen gefunden hatte, und ich erwartete von niemandem, daß er sich über meine Gesellschaft freute, auch nicht unter günstigeren Umständen. Ich starrte ihn nur an.

»Du klopfst mir ganz schön flotte Sprüche für jemanden, der schon seit Tagen in der Suppe schwimmt. Macht dir das denn nichts aus?«

»Oh, ich habe mich schon besser gefühlt«, gab er zurück, »aber man gewöhnt sich an solche Sachen nach so vielen Malen. Übrigens, wie heißt du eigentlich?«

Es schien lächerlich, sich unter diesen Umständen mit solchen Förmlichkeiten abzugeben. Zudem ärgerte es mich immer, meine beiden Vornamen nennen zu müssen, wenn ich auch den schlimmeren stets hinter einem Anfangsbuchstaben versteckte.

»Shandon, A. Clarence Shandon«, knurrte ich. »Unter der Bezeichnung laufe ich zumindest noch die nächsten paar Tage. Danach laufe ich nur noch unter Fischfutter.«

»Drei Namen«, bemerkte er. »Sehr schick.« Er schwieg einen Moment, offensichtlich, weil er erwartete, daß ich ihn nach seinem Namen fragte. Als ich das nicht tat, ergriff er wieder das Wort. »Ich habe auch eine stattliche Anzahl von Namen, wenn ich sie auch gewöhnlich nicht zusammen nenne. Wenn ich das täte, da hieße ich O. Widsith Amergin Demodocus . . . hm, da sind natürlich noch andere, aber um es kurz zu machen, belassen wir es bei Boyan Taliesin Golias.«

Er sah mich an, als erwarte er, daß ich ihn kenne. »Nicht besonders gut im Bilde«, murmelte er dann bei sich, als keine Reaktion kam. Dann sprach er lauter: »Wo kommst du her?«

»Aus Chicago.« Mir hatte seine Bemerkung über meine Unkenntnis nicht gefallen. »Das liegt in den Vereinigten Staaten«, fügte ich unverschämt hinzu.

»Da liegt es wahrscheinlich gut«, gestand er zu. »Eine Hafenstadt, vermute ich.«

Unvernünftigerweise war ich verärgert, weil er nie von meiner Heimatstadt gehört hatte, vielleicht noch nicht einmal von meinem Heimatland. »Der nächste Hafen ist nur eine mehrstündige Bahnfahrt entfernt«, informierte ich ihn. Unvermittelt kicherte ich. »Ich buchte eine Passage auf einem von diesen Kreuzschiffen, um mal von allem wegzukommen, Mister Golias. Und weiß Gott, das ist mir auch gelungen!«

»Von allem was?« fragte er. Ich versuchte herauszubekommen, ob er mich auf den Arm nahm, aber er schien wirklich interessiert daran zu sein. »Ist jemand hinter dir her?«

»Nein«, wies ich diesen Gedanken von mir. »Es waren wohl nur die Nerven, die mit mir durchgegangen sind.« Aber mich hatte etwas viel Schlimmeres gepackt als nur die täglichen Sorgen. Ich war an einem Punkt angekommen, wo ich der Last des Lebens überhaupt überdrüssig geworden war. Nur die, die noch Hoffnung haben, können Ruhe ertragen.

Eine Welle brach über uns herein, aber er verlor nicht den Faden unserer Unterhaltung. »Nerven«, sinnierte er, als er das Wasser aus der Nase geschnaubt hatte. »Dummes Zeug. In Literaria wirst du nicht viel Zeit für solche Spiegelfechtereien haben.«

»Von dem Ort habe *ich* noch nie gehört«, bemerkte ich, froh, mit ihm in seiner Ignoranz über meine Heimat gleichzuziehen.

»Dann ist es das, was mit dir nicht stimmt.«

Da ich der Meinung war, was mit mir nicht stimme, sei nicht seine Sache, ließ ich mich reizen. »Aber mein Lieber, was für ein Lokalpatriotismus. Gibt es keine anderen Orte von Wichtigkeit?«

Er wehrte meinen Sarkasmus mit einem Lächeln ab. »Doch, ja, wo du es erwähnst. Dennoch gab es ein Sprichwort an unserer Akademie, daß es unwichtig ist, wohin man geht, nachdem man in Literaria gewesen ist, wie es andererseits nutzlos ist, anderswohin zu gehen, ehe man dort gewesen ist.«

Es geschah nicht oft, daß ich die Fahne meines alten Colleges hochhielt, aber angesichts dieser Besserwisserei beschloß ich, sie nicht nur aufzuziehen, sondern sie ihm in den Hals zu stopfen. »Typisch humanistische Verblödung«, spottete ich. »Man bringt den Kindern auf jedem Gymnasium bei, daß ihre Schule an einer Stelle steht, auf die Gott mit dem Finger gezeigt hat. Vergiß es. Wenn du auf die Universität gegangen wärst, hättest du einen etwas weiteren Ausblick als nur aus dem Guckloch bekommen.«

Anstatt am Boden zerstört zu sein, blickte er mich erstaunt an.

»Bist du denn ein Akademiker?«

»O ja«, sagte ich und wechselte den Tonfall von scharf zu lässig. »Irgendwo unter den alten Hüten, trockenen Fliegen und schlaffen Tennisbällen findest du auf dem obersten Bord eines Schranks in Chicago eine pergamentene Urkunde, daß mir die Universität von Wisconsin ein Diplom in Betriebswirtschaftslehre verliehen hat.«

So wie er mich ansah, hätte ich ihn ebensogut in den Solarplexus geboxt haben können. Als nächstes bildeten seine Lippen stumm das Wort ›Betriebswirtschaftslehre‹, und das mehrmals.

»Meinst du das ernst?« fragte er schließlich.

»Natürlich!« Ich versuchte, ihn wütend anzustarren, aber ich bekam Wasser ins Auge. »Ich war sogar unter den besten –«

Es hätte auch nur der Schrei eines Seevogels sein können, aber es klang einer menschlichen Stimme ähnlich genug, um mich mitten im Satz innehalten zu lassen. Dann war es unmißverständlich.

»Der Wal! Der Wal! Luv! Luv!«

Bei Aufstieg auf einen Wellenkamm heftete ich den Blick in Richtung dieses Schreis, der zugleich nach wilder Aktion und panischem Schrecken klang. Auf dem Kamm sah ich in kurzer Entfernung ein Schiff, ebenfalls auf hoher See. Es war ein gedrungener Segler, der schwarz und massig vor dem dunkler werdenden Horizont erschien. Unter den gegebenen Umständen hätten wir es fast überhaupt nicht gesehen, aber eine Lücke in dem Leichentuchhimmel ließ ein Nachglühen durch, vor dem sich das Schiff umrißhaft abzeichnete. Einen Moment konnten wir die Segel flattern sehen und Männer, die an Seilen zerrten, dann glitten wir hinab in ein Wassertal.

Der Lichtstrahl war verblichen, aber immer noch dräute das Schiff, als wir zum nächsten Mal hochstiegen. Der Segler änderte den Kurs, und als sein Bug herumschwang, erkannte ich, was der Ruf bedeutet hatte. Ein riesiger Wal griff das Gefährt an; ein Schaumvorhang troff wie der Geifer eines tollen Hundes aus seinem halb geöffneten Maul. Es mußte das fahle Licht sein, das den Eindruck hervorrief, das Tier sei weiß.

Hinunter ging es und wieder hinauf. Nur eine Minute trennte mich von dem Wissen, ob das Schiff dem Angriff entgangen war, und doch dauerte es hundertmal zu lang. Es war noch dunkler geworden, doch ich sah genug. Das gejagte Schiff war zu langsam gewesen. Gerade als meine Augen das Gesuchte in den Blick bekamen, schlug das Monster mit dem Kopf voran auf die Leeseite und bohrte sich in die Planken.

Weder Wal noch Segler war zu sehen, als wir das nächste Mal hochstiegen. Mir war jedoch, als könnte ich einen Arm entdekken, der sich in einer flehenden oder trotzigen Gebärde gen Himmel reckte. Dann wurde es zusehends dunkel.

Die Wirkung dieses Tableaus hatte mich so benommen gemacht, daß ich nicht wußte, was ich sagen sollte. Ich hatte Golias völlig vergessen, aber er hatte offensichtlich ebenso gebannt zugesehen wie ich. Nach einer Sekunde hörte ich, wie er einen langen Pfiff ausstieß.

»Vollendet«, bemerkte er. »Nun, das wäre geklärt.«

»Da bleibt nichts zu klären übrig«, murmelte ich. »Glaubst du, ein paar von den armen Teufeln leben noch und schwimmen ebenso im Wasser wie wir?«

»Einer vielleicht«, erwiderte er. »Das ist die übliche Anzahl. Aber das meinte ich gar nicht. Wir sind offensichtlich nicht vom Kurs abgekommen. Wir befinden uns in den richtigen Gewässern.«

Ich hatte vergessen, daß ich mich am Rande eines Streits mit ihm befunden hatte. Und jetzt, wo ich die Zeit hatte, mich damit zu befassen, wurde alles von dem Bild der gerade erlebten Katastrophe überschattet. Zusammen mit der tiefer werdenden Dunkelheit verstärkte es das Gefühl der Einsamkeit bei unserer hoffnungslosen Fahrt. Ich hatte noch niemals dem Untergang ins Auge geblickt und erlebte nun das unerträgliche Gefühl zu fallen, so daß ich mich fest an den Mast klammerte. Zugleich wußte ich, daß die Menschen, die sofort ertranken, zu den Glücklicheren zählten. Sie würden nicht wie ich an Kälte, Auszehrung und Wahnsinn zu leiden haben. In einem Augenblick der Hellsichtigkeit sah ich mich als tobenden Irren, vom Salzwasser zerfressen, während die Möwen meine Augen auspickten. Ich wünschte, ich hätte den Mut, wieder loszuschwimmen, um einen schnelleren Tod zu suchen, aber dies ging über meine Kräfte. Ich klammerte mich an meine Zuflucht, obwohl ich wußte, daß es keine war, und verachtete mich dafür, daß ich mich auf diesen Selbstbetrug einließ.

Für den Optimismus meines Gefährten hatte ich nur Mitleid, vermischt mit Staunen übrig, daß sich jemand so zum Narren machen konnte. »Und was«, fragte ich, »würde geschehen, wenn wir von unserem sogenannten Kurs abgetrieben werden?«

»Ich weiß nicht, was mit dir geschehen würde«, gestand er. »Nach dem Ertrinken, meine ich. Ich würde wieder ganz von vorn anfangen müssen. Aber es ist alles in Ordnung.«

»Du bist ja leicht zufriedenzustellen«, sagte ich, wobei ich den Spott, der zu diesen Worten gehörte, zu unterdrücken versuchte. Aber inzwischen war ich sicher, daß mein Gefährte entweder plötzlich den Verstand verloren oder immer schon eine Schraube locker gehabt hatte. Aufgrund dieser Überzeugung wies ich alle Versuche einer weiteren Diskussion zurück.

Es erschien mir als die krönende Absurdität eines nutzlosen Lebens, daß ich in meinen letzten Stunden an einen fiebernden Irren gefesselt sein sollte. Ich war froh, als es kurz darauf so dunkel wurde, daß ich sein Gesicht nicht mehr erkennen konnte. Zu dem Zeitpunkt gab er seine Versuche auf, gesellig zu sein, und überließ mich dem Brüten über mein Schicksal.

Noch ehe mir die Kälte durch und durch ging, war es alles andere als angenehm. Nur ein paar Armlängen von mir entfernt begann absolute Dunkelheit. Es gab keinen Himmel über dem undurchsichtigen Wasser. In dieser öden Nische zwischen den Elementen hatte ich die ganze Nacht mit mir selbst zu verbringen. Mein Elend blieb mir bewußt, aber ich konnte bald keinen zusammenhängenden Gedanken mehr fassen. Schließlich begann ich einzudämmern und erwachte nur, wenn mein Kopf auf dem Mast aufschlug oder nach hinten kippte, so daß ich eine Nase voll Wasser erwischte. Ich kann nicht sagen, wie lange ich mich in diesem Zustand befand, aber schließlich tauchte ich wieder weit genug aus meinem Dämmerschlaf auf, um meinen Körper wieder unter Kontrolle zu haben. Da begann auch der Himmel sich zu lichten.

Golias mußte unter ähnlichen Qualen gelitten haben, und das schon die zweite Nacht hindurch. Doch sein Blick war immer noch voller Vitalität, im Gegensatz zu dem Rest seines Gesichts, das aussah, als sei alles Blut aus seinen Adern gespült worden.

»Wir sind nicht weit von Land entfernt«, sagte er heiser.

»Kaum mehr als eine Meile, grob geschätzt.« Ich merkte, daß auch meine Stimme nicht mehr richtig funktionierte. »Senkrecht nach unten.«

»Nein, Land, auf dem man gehen kann«, beharrte er. »Als diese Brise uns eben traf – vielleicht hast du es nicht bemerkt, aber der noch verbliebene Wind hat sich gedreht –, konnte ich Erde riechen.«

Der Gedanke, daß dieser Halbirre mir einen Strohhalm aufdrängen wollte, ließ mir die Galle hochkommen. »Und hat's nach Literaria gerochen?«

Er grinste, was sein Gesicht noch geisterhafter machte als zuvor. »Du läßt dir auch von niemandem den Tod ausreden, oder?«

Ich enthielt mich einer Antwort, aber jetzt war es bereits zu spät. Bei jeder Welle, die uns hochhob und weiterschob, starrte ich in die Ferne. Die Sicht wurde besser, aber ein Streifen am Horizont direkt auf unserem Kurs klärte sich nicht. Ich warf einen Blick auf Golias und merkte, daß auch er die Erscheinung studierte. Hinter uns rötete sich der klare Himmel, aber der geheimnisvolle Fleck am Horizont wich nicht.

Mein Gefährte seufzte tief und wandte sich zu mir. »Ich war sicher«, sagte er, »aber es hilft doch sehr, wenn man's mit eigenen Augen sieht. Du wirst, scheint's, doch nicht zu Fischfutter, A. Clarence Shandon.«

»Shandon reicht«, schnappte ich. Mein Verstand hatte einen so infantilen Zustand erreicht, daß ich es nicht ertragen konnte, ins Unrecht gesetzt zu werden, um was es auch gehen mochte. »Wir sind noch nicht da«, bemerkte ich. »Wir werden vermutlich daran vorbeitreiben oder an den Klippen zerschellen.«

»Es gibt da manchmal Klippen«, gab er zu, »und ich bin nicht in der Verfassung, um viel schwimmen zu können. Nun, wollen wir mal schauen, was da vor uns liegt.«

Nach diesen Worten, und zwar so prompt, als habe es etwas mit der Sache zu tun, verblüffte er mich, indem er ein kleines, wahnwitziges Liedchen anstimmte:

Literaria, zeig dich mir!
Ich weiß, was war in Othroerir;
Othroerir war darinnen,
Darinnen, ward es gehortet,
Gehortet, ward es gestohlen,
Gestohlen, ward es vergeudet;
Vergeudet, hab ich's genommen,
Genommen, ward es verschenket,
Verschenket, bleibt es mein eigen.
Mein ist Literaria.
Zeige dich mir!
Das Land darf nicht verborgen bleiben
Dem, der es liebt.

Und als ob eine kosmische Hand einen Deckel abhöbe, lichtete sich die Nebelbank und enthüllte ein grünes Ufer. Es lag gar nicht weit entfernt, und wir trieben direkt darauf zu.

»Wir sind im Archipel«, sagte Golias, als wir ein wenig näher gekommen waren.

Inzwischen war ich wieder so weit, daß ich die Gegenwart festen Landes fast für selbstverständlich nahm. Aber ich war so erschöpft, daß mich dies gefühlsmäßig kaum berührte. Ich starrte auf das Land, das freundlich genug, wenn auch unberührt aussah.

»Eine Insel macht noch keinen Archipel«, bemerkte ich.

»Es liegen mindestens zwei weitere in Sichtweite.« Er deutete mit dem Finger, und ich merkte, daß neben dem, was er so hartnäckig als Insel bezeichnet hatte, noch eine Nebelbank war, die sich nicht bewegte. »Und es stecken noch mehr im Nebel, der im übrigen wohl natürlichen Ursprungs ist.«

»Klar«, sagte ich; denn was hätte ich auch sonst dazu sagen können? »Hast du eine Ahnung, welche Insel das hier ist?«

»Ich könnte eher sagen, welche es nicht ist.« Sein Gesicht war mir abgewandt, aber ich sah, wie er den Kopf schüttelte. »So, wie sich die Dinge entwickeln, könnte das P'eng Lai, Emne oder – ach, irgendeine von vielen möglichen sein.«

»Aber wenn du es nicht weißt«, protestierte ich, »wie zum Teufel kannst du sicher sein, daß es überhaupt eine Insel ist? Es könnte genausogut ein Kap sein.«

»Zum einen sieht es nicht so aus, als bekämen wir irgendwelche Schwierigkeiten beim Anlanden«, erklärte er mir. «Gewöhnlich wartet jemand, um dir einen überzuziehen, wenn du aufs Festland kommst. Oder wenn es das nicht ist, dann etwas anderes. Einmal dachte ich schon, ich hätte es geschafft, als das Schiff genau da zu Bruch ging, wo eine Strömung das Meer durchpflügte, als habe sie Vorfahrt. Natürlich war ich damals in besserer Verfassung, sonst hätte ich niemals dagegen ankommen können.«

Wir waren nahe genug, um zu erkennen, daß es in der Tat kein Hindernis für die Landung gab. Zwischen uns und einem dichten Wald lag ein sanft ansteigender Strand. Wir kämpften noch gegen eine Widersee, und dann war es geschafft, und ich löste das Seil, das mich an den Sparren band.

Wir landeten so gemächlich wie Treibholz. Als ich mich aufrichten wollte, merkte ich, daß meine Beine mich nicht mehr stützen konnten, und so mußte ich mich doch noch an den Mast halten. Kleinere Ausläufer der Brandung spülten uns im flachen Wasser hin und her, bis wir eine Stelle erreichten, von der aus wir kriechen konnten. Jedesmal, wenn das Wasser zurückfloß, gewannen wir so ein oder zwei Fuß. Auch auf allen vieren konnte ich mich kaum halten. Die Anstrengung machte mich schwindlig, so daß ich nicht sehen konnte, wohin es ging, aber nach einiger Zeit spürte ich trockenen Sand.

»Wir müssen aus der Flutzone heraus«, keuchte Golias, als ich mich aufs Gesicht fallen ließ. »Und aus der Sonne.«

Ich war mit meiner Kraft am Ende und hatte auch sonst keine Reserven mehr, auf die ich mich hätte berufen können. Mir schien, daß ich mein möglichstes getan hatte. Wenn Aufgeben mich das Leben kosten würde, dann kostete es mich nichts, an dem mir sonderlich gelegen wäre.

»Geh du nur«, brummelte ich. »Ich fühl mich hier ganz wohl.«

Es machte mich wütend, daß an mir herumgezerrt wurde, aber ich war zu schwach, um etwas dagegen zu tun. Wie er es schaffte, ist mir ein Rätsel. Ich wußte, wie ausgelaugt er war. Doch irgendwie schleppte er mich ein paar Meter, während ich ihn hilflos verfluchte. Als er mich schließlich in Ruhe ließ, schlief ich ein.

II Die Tierliebhaberin

Die Sonne war längst untergegangen, als mich nach mehrmaligem kurzen Erwachen Hunger und Durst endgültig weckten. Golias schlief immer noch, was mich nicht überraschte. Er hatte zwei Nächte auf dem Wasser zugebracht und nicht nur eine wie ich.

Da er nur ein Lendentuch trug, konnte ich sehen, daß er zwar nicht groß, doch muskulös war. Er lag ausgestreckt gerade noch im Bereich des Schattens, in den er mich gezogen hatte. Sein rechter Arm lag in der Sonne. Er war rot angelaufen, aber ich machte mir deswegen keine Mühe. Sein Sonnenbrand würde mich nicht jucken.

Als ich aufstand, fühlte ich mich steif, aber ansonsten in Ordnung. Was jetzt zu tun war, war ebenso offensichtlicht wie unerquicklich. Eine fremde Wildnis unter diesen Bedingungen zu erforschen gefiel mir gar nicht, aber Selbstbedienung war wohl das einzige, was es hier gab. Ich zog mein einziges Kleidungsstück, vom Salz verkrustete Shorts, hoch und stolperte in den Wald.

Die Bäume waren niedrig und breitgefächert und mit Moos und Ranken behangen. Abgesehen von ein paar Palmensträuchern gab es wenig Unterholz. Diese Tatsache, verbunden mit dem Fehlen von Steinen, machte das Gehen leicht. Die Luft war von süßen Düften durchzogen, aber der süßeste von allen war für mich der Duft frischen Wassers. Noch ehe ich fünfzig Schritt zurückgelegt hatte, fand ich eine Quelle, die zwischen den bemoosten Wurzeln eines Baumes aufsprudelte. Ich trank langsam, aber so lange, bis ich beinahe glaubte, das dickflüssige Blut in meinen Adern wieder freier rinnen zu spüren.

Als nächstes begann ich mich auf die Suche nach Früchten und Beeren zu machen, im Vertrauen darauf, daß ich nicht die

Richtung verlieren würde, solange ich das Meer hören konnte. Ich fand nichts, aber im Verlauf meiner Suche erreichte ich einen kleinen Hügel und stieg hinauf, um mich umzusehen. Golias hatte recht gehabt. In allen Richtungen sah ich nicht allzuweit entfernt hinter den Bäumen das Meer. Nur nach Norden war mir der Blick versperrt, wo Regen oder dichter Nebel immer noch die benachbarte Insel verhüllte. Als letztes spähte ich mit zugekniffenen Augen auf die niedrig stehende Sonne. Vor ihr stieg eine schwarze Rauchsäule auf.

Was sollte ich tun? Wer immer das Feuer an diesem einsamen Ort entzündet hatte, war vielleicht Fremden gegenüber nicht freundlich gesonnen. Auf der anderen Seite war es vielleicht klüger, ihn oder sie in Augenschein zu nehmen, ehe sie mich entdeckten. Schließlich gab der Sonnenstand mir den entscheidenden Anstoß. Bislang war die Temperatur angenehm gewesen, aber die Nachtluft war vielleicht nicht so schön für die nackte Haut. Wenn es dort Schutz gab oder zumindest Wärme, wäre es töricht gewesen, die ganze Nacht zu frieren, nur weil ich zu viel Angst hatte, mein Glück zu versuchen.

Meine Muskeln hatten sich durch das Umhergehen entspannt, und abgesehen von einem leichten Schwindel vom Hunger fühlte ich mich gar nicht so übel. In Anbetracht meiner unbeschuhten Füße kam ich ganz gut voran, wenngleich ich mich dabei stets vorsichtig umsah. Ich war auf alles vorbereitet, von einem Stammesdorf bis zu einem Bauernhaus, aber nicht auf das, was ich schließlich erblickte. Die Bäume öffneten sich ganz plötzlich zu einer Lichtung mit einer Villa darin. Die Sonne stand direkt dahinter, aber soweit ich es ausmachen konnte, bestand das Gebäude aus poliertem Marmor.

Das war mehr als beruhigend. Ohne für weitere Erkundungen innezuhalten, trat ich auf die Lichtung hinaus. Ich war schon halbwegs zum Haus gelangt, als ich erkannte, wie mich die Sonne in die Irre geführt hatte. Wie ich so mit gesenktem Kopf vor mich hin ging, um die Augen vor der Sonne zu schützen, spürte ich mit einem Male, wie sich ein Tier an mir rieb. Es war aber nicht der Wachhund des Anwesens, dem ich einen freundlichen Klaps gab, sondern ein ausgewachsener

Löwe. Und es war kein einsamer Löwe; denn es waren ein paar von der Sorte in der gemischten Tierherde, die mich umringte.

Außer Löwen gab es noch Leoparden, Wölfe und Geschöpfe, die ich für Schakale hielt, wenn es auch Jahre her war, seit ich einen Zoo besucht hatte. Abgesehen davon, daß ich es für klüger hielt, an Ort und Stelle zu bleiben, zitterte ich so, daß ich ohnehin nicht weitergehen konnte. Nicht, daß sie mich bedroht hätten; sie waren sogar freundlicher, als mir lieb war, und leckten mir die Hände und wollten gestreichelt werden. Es gelang ihnen zwar nicht, sich bei mir einzuschmeicheln, doch am Ende gaben sie mir neues Selbstvertrauen. Es war sinnlos, Angst zu haben, wo einen niemand bedrohte, und so schob ich mich vorsichtig durch die Meute hindurch.

Während ich mit der Menagerie zu tun hatte, war mir am Rande der Gesang einer Frau in der Villa zu Bewußtsein gekommen, aber niemand zeigte sich, bis ich gegen eine Bronzetür schlug. Die Tür ging auf, und ich erblickte eine Frau, die wohl die Sängerin sein mußte.

Ihr ärmelloses Kleid, wenn es überhaupt ein Kleid war, schien ihr einziges Gewand zu sein. Ich ließ rasch meinen Blick an ihr hinabgleiten und hob die Augen, um zu sehen, ob ihr Gesicht ebenso attraktiv war. Ihre Züge wurden von rotem Haar umrahmt, das sie in einem Netz hochgesteckt hatte. Sie waren wunderschön und standen in kühlem Gegensatz zu den feurigen Locken.

Wenn sie auch bescheiden den Blick senkte, hatte sie doch ein Auge für mich. Gelassen ließ ich ihre Prüfung über mich ergehen. Ich war einsneunzig groß und gut gebaut. Wenn ich auch unrasiert war, machte doch mein längliches Gesicht mit der Sonnenbräune, die ich mir an Bord der *Naglfar* geholt hatte, bestimmt keinen schlechten Eindruck. Wie mehr als nur eine Frau bemerkt hatte, war mein dunkles Haar seit meiner späten Jugend von einer weißen Strähne gescheitelt. Einige Frauen hatten gestanden, sie fänden dies vornehm, und in den Tagen, als ich mir noch der Mühe wert war, darüber nachzudenken, war ich geneigt gewesen, ihnen zuzustimmen. Meine dunkelblauen Augen hatten lange, dunkle Wimpern, wenn auch dieses Mädchen hier noch keine Gelegenheit gehabt hatte, das herauszufinden.

Um ihr eine Gelegenheit zu geben, diese Entdeckung zu machen, trat ich einen Schritt näher und verbeugte mich. »Verzeihen Sie mein Eindringen und meine mangelhafte Bekleidung, aber ich bin ein Schiffbrüchiger.«

Zu meiner Erleichterung antwortete sie in meiner eigenen Sprache. »Sie armer Mann«, sagte sie mit angenehm rauher Stimme. »Sind Sie der einzige, der an unseren Strand gespült wurde?«

Hungrig wie ich war, mußte ich doch an die Zukunft denken. Soweit war kein Ehemann oder sonst jemand in Erscheinung getreten, und ich selbst wollte auf keinen Fall einen Dritten ins Spiel bringen. Golias würde für sich selbst sorgen müssen.

»Der einzige, von dem ich weiß«, sagte ich traurig. Sie sah nicht ängstlich aus, aber ich hielt es für gut, als Gentleman zu erscheinen. »Ich hoffe, ich habe Sie nicht geängstigt, als ich so hier eindrang?«

»Im Gegenteil«, antwortete sie. »Wenn man ganz allein lebt wie ich, ist ein Besuch eine willkommene Sache. Sie sind bestimmt ausgehungert. Kommen Sie, ich mache Ihnen etwas zurecht.«

So einfach war das. Es gab kein falsches Zögern, keine Gewissensfrage, ob es auch schicklich sei. Sie machte sich nicht einmal die Mühe, sich vorzustellen. Nun, wenn sie keine Förmlichkeiten wollte, paßte das genau in meine Pläne. Mit federndem Schritt trat ich ein.

Das Zimmer, in das sie mich führte, war fremdartig, aber weiträumig. An Möbelstücken gab es vornehmlich ein paar Stühle, eine Reihe von Sofas und einen großen Eßtisch. Alles in allem ließ es nicht an eine einsame Jungfer denken, aber ich wollte sichergehen.

»Sie leben also ganz allein«, murmelte ich. »Sind Sie nicht manchmal einsam?«

»Oh, von Zeit zu Zeit kommt schon mal jemand vorbei.« Sie hielt einen Moment inne. »Und dann habe ich noch meine Tiere.«

»Eine ungewöhnliche Menagerie.« Ich setzte mich auf den Stuhl, auf den sie deutete. »Haben Sie sie selbst dressiert?«

Zum ersten Mal lächelte sie ein wenig. »Ja. Warum lehnen Sie sich nicht zurück und machen es sich bequem? Es wird nicht lange dauern.«

Meine Kinnbacken schmerzten bei dem Gedanken an das bevorstehende Essen, aber es war gut, sich auszuruhen. So ausgestreckt war mir auch nicht mehr schwindlig, und ich begann meine Möglichkeiten genauer abzuschätzen. Soweit es mich anging, hatte ich eine Heimstatt gefunden, bis das nächste Schiff vor der Insel anlegte. Mit dieser Löwenbändigerin würde es sich schon aushalten lassen, wenn es nicht zu lange dauerte. Natürlich würde wohl Golias am Morgen auftauchen, aber da war ich vermutlich schon der Herr *pro tem* des Haushalts. Wenn ich des Rotschopfs nicht müde würde, wäre kein Platz für einen anderen Mann unter diesem Dach. Wenn es Golias nach Gesellschaft verlangte, konnte er sich ja mit den Schakalen abgeben.

Während die Frau etwas zu essen machte, hatte sie wieder zu singen begonnen, was ich für eine gutes Zeichen hielt. Das Lied war sonderbar, wenn auch nicht ungewöhnlich für eine Tierbändigerin.

Die eine die Beute hetzt,
Die andre sitzt still im Netz –
 So macht's die Spinne.
Die eine lockt mit Geschick,
Die andre nur mit dem Blick –
 So macht's die Schlange.

Mir waren die Gewohnheiten von Schlangen nicht vertraut, aber mich belustigte der Teil über die Spinnen. Wie sie bald erfahren würde, war ich nicht schlecht im Netzespinnen.

Doch eine kann dies und mehr,
Ihr Wild gibt sich selber her –
 So macht's die –

Sie brach ab. »Ich bin fertig«, rief sie. Eine Sekunde später erschien sie mit einem vollen Tablett. »Hoffentlich schmeckt es Ihnen.«

Der Duft des Essens war fast mehr, als mein Hunger ertragen konnte. »Versuchen wir es«, sagte ich und setzte mich an den Platz, wo sie aufgetragen hatte. Sie hatte die Gabel vergessen, aber ich wollte sie nicht daran erinnern. Ich schnappte mir Löffel und Messer und machte mich darüber her.

Das Essen war nicht nur gut, sondern verschaffte mir auch ein Hochgefühl, so daß ich bereit war, neue Dinge in Angriff zu nehmen. Nach dem Essen nahmen wir beide auf einem Sofa Platz, zwar nicht Seite an Seite, aber auch nicht zu weit voneinander, und tranken Wein. Oder besser: Ich nippte und redete, während sie mich ansah und mir lauschte.

Nichts in ihrem Verhalten ließ sie zugänglich erscheinen, abgesehen von der Tatsache, daß ihr Blick dem meinen nie richtig begegnete. Nach meiner Erfahrung kann sich solche Schüchternheit ebenso als Hilfe wie als Hindernis erweisen. Ein kühnes Mädchen ist geneigt, zu nehmen, was es will, und es kann sehr gut sein, daß nicht du es bist, während die Schüchterne auf einen wartet, der sich Mühe gibt. Meine Gastgeberin war entweder überwältigt von der Gegenwart eines Mannes aus einer der großen Städte der Welt, oder sie war unerfahren. Nach angemessener Zeit würde ich herausfinden, was zutraf, und mein Verhalten darauf ausrichten.

Ich konnte mir so viel Abgeklärtheit leisten, weil keine Zuneigung die Reinheit meiner Motive beeinträchtigte. Da ich es unnötig fand, Frauen zu mögen – eine Entdeckung, die ich früh genug gemacht hatte, um niemals einen Heiratsantrag zu stellen – gab ich niemals Gefühle als Gegenleistung für das, was ich von ihnen erwartete. Was man vonr mir hielt, war mir gleichgültig. Manche, gewiß, würden einen wie mich zu meinen Bedingungen nicht haben wollen, aber es gab genügend, die es wollten. Hier hatte ich trotz des Mangels an offener Ermutigung das Gefühl, an die richtige Tür geklopft zu haben.

In diesem Fall hatte ich doppeltes Glück, denn ich wollte Bett und Vollpension ebenso wie den Körper. Während ich sie durch meine Blicke merken ließ, daß ich gewillt war, für meinen Unterhalt zu arbeiten, bemühte ich mich zugleich viel mehr, im guten Licht zu erscheinen, als ich gewöhnlich tat. Nebenbei gab ich ihr auch zu verstehen, was für einen wichtigen Burschen sie da beherbergte, wobei ich hier und dort die Wahrheit ein wenig ausschmückte, nachdem ich erfahren hatte, daß sie noch nie in Chicago gewesen war.

Sie war eine gute Zuhörerin, eine weitere Tatsache, die mich ermutigte. Während ich so plauderte und an gegebener Stelle ein paar persönliche Daten einflocht, lag sie still und beobachtete mich unter halbgesenkten Lidern, sagte aber kaum ein Wort. Nach einer Weile begann sie, mit einem Gegenstand zu spielen, der einer goldenen Stricknadel nicht unähnlich war.

Vermutlich wollte sie nur ihre Hände zeigen, die ebenso angenehm auffielen wir ihr Übriges, aber ich sah auch, daß das Ding geeignet war, eine passende Eröffnung zu liefern. Als der richtige Zeitpunkt kam, nämlich, als mein Abendessen halbwegs verdaut war, stand ich auf.

»Das ist ein faszinierendes Spielzeug«, sagte ich und trat lässig zu ihr. «Können Sie mir mal zeigen, wozu das gut ist?«

Sie hielt es vor den Busen, als ziere sie sich, drehte aber zugleich die Beine zur Seite, um mir Platz zum Sitzen zu geben. «Wollen Sie das wirklich?«

Alles geschah wie geplant. »Oh, aber sicher«, nickte ich und machte ganz große und ernsthafte Augen. Meine Hände waren sich bereits bewußt, wie sich der Körper unter dem dünnen Kleid anfühlen würde, aber ich war gewillt, das Spiel ein wenig länger zu spielen. Ich beugte mich zu ihr. »Bitte, Liebling.«

»Nun gut«, sagte sie, und ihre Stimme klang plötzlich hart. Bei diesen Worten ließ sie mich endlich in ihre Augen sehen. Sie blickten gänzlich anders als die einer verführerischen Frau, so stolz und hell, daß ich blinzelte. Verwirrt wich ich zurück – aber nicht weit genug.

»Sie wollten es wissen. Finden Sie es heraus!« rief sie. Ohne die Haltung zu ändern, streckte sie den Arm aus und berührte mich mit dem kleinen goldenen Stöckchen.

Ich erfuhr etwas wie einen elektrischen Schock oder einen Krampf und fiel in Ohmacht. Als ich wieder zu mir kam, stand ich auf, wobei jedoch meine Hände auf dem Boden blieben. Ich versuchte einen Blick darauf zu werden, fand es aber schwierig, denn meine Augen schienen sich nicht an den richtigen Stellen zu befinden. Während ich versuchte, mich zu orientieren, hörte ich die Stimme meiner Gastgeberin schrill vor Abscheu:

»Raus, du fieses Schwein. Husch!«

Dabei stieß mich ein Besenstiel oder ähnliches in die Rippen. Ich versuchte, mich zu ihr umzuwenden und glitt auf allen vieren über den Marmorboden.

»Raus!« schrie sie und stieß mich wieder.

In meinem Zorn und Ärger stolperte ich und keuchte. Ich wollte ihr sagen, sobald ich mich wieder unter Kontrolle hätte, würde ich ihr schon die Leviten lesen, aber meine Stimme streikte. Ich versuchte, das Gleichgewicht wiederzufinden, während sie auf mich einschlug. Sie erwischte mich auf dem Rücken, und der Hieb schmerzte teuflisch, und plötzlich konnte ich mich wieder ausdrücken.

»Oink!« protestierte ich und trabte los.

Ich war so in Panik, daß ich nicht mehr an Widerstand dachte. Ich wollte ihr nur entkommen und glitt so schnell ich konnte fort, während sie mich durch die Küche jagte. Draußen fand ich das Gehen leichter, aber immer noch konnte ich ihr nicht entkommen. Indem sie mich erst auf die eine, dann auf die andere Seite schlug, trieb sie mich von der Villa fort, bis ich in der Dunkelheit in meiner Verwirrung gegen einen Holzzaun rannte. Dort stieß sie mich noch einmal – mit dem goldenen Zauberding, glaube ich, denn es war zu scharf für einen Besenstiel –, und ich sprang über den Zaun.

Ich landete bis zu den Knien und Ellbogen im Schlamm. Es war dunkel, aber es gab keine Frage, wo ich war. Wenn man es einmal gerochen hat, und ich hatte den größten Teil meines Lebens in Chicago verbracht, vergißt man den Geruch eines Schweinestalls nie wieder.

Lange Zeit blieb ich stehen, wie ich gefallen war, zitternd und auf allen vieren im stinkenden Schlamm. Die Dinge so zu nehmen, wie sie sind, war eine meiner Gewohnheiten, auf die ich immer stolz gewesen war, und ich versuchte, mir das eben Geschehene begreiflich zu machen. Mein Verstand war benommen, bis eine Mondscheibe die Bäume um die Lichtung erkennen ließ. Als ich mich umblickte, wurde ich mir eines langschnäuzigen Schattens bewußt, der sich ebenfalls bewegte. Ich versuchte, diesen Schatten abzuschütteln, doch es gelang mir nicht. Zuerst ging ich, dann trottete ich, dann sprang ich wie verückt durch den Matsch, aber er blieb bei mir. Auf der anderen Seite des Geheges warf ich mich mit einem Schrei der Verzweiflung dagegen. Das Quieken eines entsetzten Schweins durchbrach die Nachtstille.

Wahnsinn ist Mißtrauen gegenüber dem Verstand. Das bittere Zutrauen, das ich in meinen Verstand setzte, bewahrte mein Gehirn vor dem Überschnappen. Aber es schloß auch Trost aus. Ein Verrückter kann sich seine Lage erleichtern, indem er die Tatsachen leugnet. In meinem Fall hatte es keinen Zweck, mir zu sagen, daß so etwas niemandem widerfahren kann, weil ich wußte, daß es mir widerfahren war.

Dennoch gab es eine Art Trost. Mein Quieken weckte die anderen Bewohner des Saugeheges auf, und sie kamen schniefend und grunzend auf mich zu. Zuerst verachtete ich ihre Annäherungen, aber als ich mich bei dem Versuch verausgabt hatte, sie zu meiden, rotteten sie sich wieder um mich. Ich war dabei in Schweiß geraten und fror, als ich schließlich aufgab. Die Nacht verbrachten wir dicht beieinander auf Schweineart, und am Morgen hatte ich mich mit meinem neuen Leben abgefunden. Was nützte es, wenn ich mit der Realität auf Kriegsfuß stand? Ich hatte immer noch Anfälle von Melancholie, aber die Beschäftigung, ein Schwein zu sein, nahm einen Großteil meiner Zeit in Anspruch. Alle meine Genossen waren ebenfalls Schweine, daher erschien alles gar nicht so schlimm.

Aber die gleiche Philosophie versagte, als ich menschliche Stimmen hörte. Beschämt verdrückte ich mich in eine ferne Ecke; auch aus Vorsicht, denn ich erkannte die Stimme meiner Gastgeberin vom vorigen Abend. Sie wurde von Golias begleitet, den sie offensichtlich auf einen Rundgang über das Anwesen führte.

»Und hier sind meine Schweine«, sagte sie gerade. »Warten Sie, ich hole sie näher heran.«

Mit seiner Hilfe kippte sie einen großen Korb Eicheln im Gehege aus, und ich hörte, wie ich ein befriedigtes Grunzen ausstieß. Angst, Haß und Scham hielten mich zurück, näher zu treten, aber mein Magen behielt die Oberhand. Im nächsten Augenblick bahnte ich mir einen Weg durch das Dutzend anderer Schweine, die sich rasch zusammengerottet hatten.

Die Frau lachte entzückt. »Sind sie nicht schön?«

Ich behielt sie im Auge, während ich mampfte, und sah, daß Golias' Gesicht verhärmt aussah. »Ihre Tiere sind sehr interessant«, sagte er, »aber ich suche einen Mann.«

»Hmm, ich auch«, gab sie zurück. Sie spielte nicht das ruhige Hausmäuschen wie bei mir. Jetzt war sie ein verspielter Schelm und warf den Kopf zurück, als sie ihn anlachte. »Haben Sie einen gesehen?«

Ich versuchte, ein warnendes Grunzen beim Kauen auszustoßen und verschluckte mich an den Eicheln, aber Golias schob sich vorbei. »Ich bin schon einmal auf Aeaea gewesen«, sagte er mit heiserer Stimme.

Im gleichen Augenblick wurde ihr Gesicht hart, und ihre Augen blitzten ihn an, wie sie es auf so fürchterliche Weise bei mir getan hatten. »Was tun Sie dann hier, wenn Sie Bescheid wissen?«

Golias war nervös, aber er blieb hartnäckig. »Mit mir zusammen wurde ein Gefährte angespült, Circe. Ich habe ihn bis hierher verfolgt.«

Ich erinnerte mich, wie ich gelogen hatte, um ihn von ihrer Gastfreundlichkeit auszuschließen, und sie tat es ebenfalls. »Er hat Ihre kameradschaftlichen Gefühle nicht geteilt«, informierte sie ihn. »Er hätte Sie sterben lasen.«

»Aber ich würde ihn nicht sterben lassen«, erwiderte Golias. »Ich habe es auf mich genommen, ihn zu retten, trotz alledem, und nun bin ich daran gebunden. Wo ist er?«

»Nicht weit entfernt, wenn das ein Trost ist.«

»Einer von diesen? Warum?«

Sie begegnete seinem entsetzten Blick mit einem kalten Lächeln. »Ich verändere die Männer eigentlich nicht viel, wissen Sie. Ich bringe nur ihr Wesen mit ihrem Äußeren in Einklang. Ihr Freund hatte nur Fressen und Ficken im Kopf, also habe ich ihm einen Gefallen getan. Als Schwein wird ihn nichts mehr davon ablenken.«

»Aber er konnte nicht anders, als Sie zu begehren!« Golias hielt seine Stimme im Zaum. »Es kann Ihnen nicht neu sein, daß Sie schön sind.«

»Dann möchte ich so geliebt werden, wie mich meine Löwen lieben, oder einer Lust begegnen, die ich persönlich nehmen kann, so wie bei meinen Wölfen. Aber er –« Sie bleckte die Zähne und schlug sie aufeinander. »Er sah mich an, als sei ich eine Auster, die er sich über den Gaumen schieben wollte. Wenn ich mehr nachgedacht hätte, hätte ich ihn in etwas Niedrigeres verwandelt.«

»Das konnten Sie nicht«, versicherte er ihr.

Der Gedanke an mich hatte sie in schlechte Laune versetzt, und seine Bemerkung brachte sie zum Kochen.

»Oh, meinen Sie? Ich sage Ihnen, er kam leicht davon, und was Sie betrifft –«

»Mich?« Ihn freute der Themawechsel nicht, doch er blickte sie fest an. »Ich habe Ihr verdammtes vergiftetes Essen nicht angerührt.«

»Vielleicht kann ich Ihnen nichts wollen«, gestand sie, aber dieses Zugeständnis machte sie noch wütender als zuvor. »Aber ich hätte Ihren Freund in etwas verwandeln können, auf das selbst die Schweine herabsehen, und das kann ich immer noch.«

»Sie geben an«, beharrte er.

Ich lauschte ängstlich und wünschte mir, Golias würde sie nicht so in Rage bringen. Doch ungefähr an dieser Stelle verlor ich das Interesse an der Unterhaltung. Die Eicheln wurden knapp, und der Kampf wurde heftiger. Ich schnappte nach einem Schwein, das mich beim Streit um einen kleinen Haufen schlagen wollte, aber während ich die Prise hinunterwürgte, ging es zum Gegenangriff über. Ich quiekte vor Wut, drängte es an den Zaun und nagelte es dort fest. Ich hatte gerade meine Zähne in sein Ohr verbissen, als ich an einem der meinen gepackt wurde. Ehe ich wußte, was geschah, wurde ich an der Hinterhaxe geschnappt und über den Zaun gezerrt.

»Vorwärts«, rief Golias, als er mich in Freiheit setzte.

Ohne Zweifel meinte er es gut, aber ich sah keinen Sinn darin. Solange ich ein Schwein war, war der beste Aufenthalt für mich der Schweinestall. Zu hören, wie die anderen Schweine immer noch die Eicheln mampften, war mehr, als ich ertragen konnte, und ich unternahm einen unbeholfenen Versuch, über den Zaun zurückzuspringen. Wieder nahm Golias meine Füße vom Boden und drehte mich in die andere Richtung.

»Verdammt, hau ab!« dröhnte er. »Sie holt ihren Zauberstab. Sie wird dich in einen Käfer verwandeln oder einen Dreckswurm.«

Das traf mich sowohl als Mensch als auch als Schwein. Als Mensch war der Gedanke an eine weitere Erniedrigung für mich abstoßend. Als Schwein war der Gedanke, in meinem Freßstandard weiter abzusinken, für mich gleichermaßen entsetzlich. Ich begann zu rennen, aber er schnappte mich am Schwanz.

»Nicht hier entlang. Folge mir!«

Ich war ein schlanker Eber und dankbar, als ich entdeckte, daß ich schnell rennen konnte. An diesem Tag mangelte es mir nicht an Tempo. Als wir den Wald erreichten, verlangsamte ich meine Schritte trotz Golias' Drängen. Wir schienen außer Gefahr zu sein, und ich wollte mich nach etwas zu essen umsehen. Ich verlor jedoch das Interesse daran, als uns ein vermischtes Heulen an unser Ohr drang.

»Sie hat ihre Kreaturen auf uns gehetzt«, keuchte Golias. »Die ganze Menagerie wird uns auf den Fersen sein.«

Die letzten Worte erreichten mich schon nicht mehr. Man braucht einem Schwein nicht zu sagen, was es zu tun hat, wenn Wölfe heulen und Löwen den Jagdschrei ausstoßen. Ich machte mich im Schweinsgalopp davon und machte höchstens noch für größere Palmettensträucher einen Umweg. Zuerst ließ ich Golias hinter mir, aber merkte dann, daß ich nur ein Kurzstreckenläufer war. Bald hielt nur noch das Wissen, daß die Jagdschreie näher kamen, meine Haxen in Bewegung.

Golias lief voran und keuchte gelegentlich ein Wort der Ermutigung. »Wir schaffen es schon. Weiter so! Es kann nicht mehr weit sein.«

Ich wußte nicht, was ›es‹ war, wenn ich auch annahm, daß er ein Versteck wußte. Ich konnte weder sehen noch über die Schulter zurückblicken und ließ einfach meine Hufe wirbeln, und die Tretmühle meines Schreckens ließ die Blätter nur so fliegen. Wegen meines beschränkten Sehfeldes waren wir schon fast am Meer, ehe ich mir dessen bewußt war. Golias war bereits im Wasser, und ich erkannte mein Schicksal. Es gab keine andere Zuflucht als das Meer, was für mich überhaupt keinen Schutz bot. Meine Kraft war durch den Lauf erschöpft, und ich wußte, ich würde nicht weit genug schwimmen können, um irgend etwas davon zu haben.

Langsamer werdend blickte ich den Strand hinauf und hinab. Dort fand ich keine Hilfe, also sah ich mich um. Irgendwo hinter mir hörte ich die Wölfe, aber bei diesem kurzen Lauf hatten die Katzen den Vorteil. Das Leopardenpaar vorn, nur durch einen Sprung voneinander getrennt, war keine fünfzig Schritte mehr entfernt.

Das war alles, was ich zu sehen brauchte. Ein Mann mochte sich überlegen, daß das Meer den sicheren Tod bedeutete, aber ein Schwein muß sein Fleisch vor den Jägern in Sicherheit bringen, solange es das noch kann. Grunzend machte ich mich bereit zum Sprung ins Wasser. Ich bewegte mich nicht. Panisch mahlten meine Füße im Sand, aber ich bekam sie nicht los.

Ich hörte das leise Tapsen, als die Leoparden auf mich zusprangen. Mir schien, als könnte ich schon ihre Kiefer zuschnappen hören. Mein Fleisch zuckte in Erwartung des Schmerzes von ihren reißenden Krallen. Immer noch kam ich nicht vom Fleck, und ich gab mich verloren. Ich schloß die Augen zu einem letzten Schrei des Protests und quiekte, so laut ich konnte.

Als ich den Griff an den Ohren spürte, dachte ich, es sei einer meiner Verfolger, bis ich die Finger an meinen Beinen fühlte. «Das war knapp«, keuchte Golias, als er mit mir ins Wasser watete. »Ich hatte vergessen, daß du ja nicht fortkannst, solange du dich noch unter ihrem Bann befindest.«

Falls er dieser Bemerkung noch etwas zufügte, dann ist es mir entgangen. Zum zweiten Mal innerhalb von zwei Tagen wurde ich ohnmächtig.

III Eine Karte von Literaria

Als ich wieder erwachte, war ich wieder ein Mensch, aber ich war nicht froh darüber. Nachdem ich aufgehört hatte, die Eicheln auszukotzen, war mir immer noch schlecht. Doch körperliches Unbehagen bildete nur einen kleinen Teil meines Kummers. Die Selbstzufriedenheit, auf die ich stets gebaut hatte, war mir genommen worden – und damit mein ganzer innerer Halt.

Meine einzige Philosophie, wenn man das so nennen kann, war Verachtung gegenüber dem Leben gewesen, gestützt durch Stolz auf diese Verachtung. Jetzt hatten mich selbst diese kalten Verbündeten verlassen. Es war keine Lebensverachtung gewesen, die mich so hatte rennen lassen und diesen Schrei aus mir herausgepreßt hatte, als ich mich für hoffnungslos verloren hielt. Jeder mühsame Atemzug, den ich durch meinen Rüssel eingezogen hatte, war mir kostbar gewesen, und ich zitterte immer noch vor Erleichterung über meine Flucht.

Was meinen Stolz anging, so blutete ich aus zu vielen Wunden, als daß es wert gewesen wäre, eine zu verbinden. Eine allein war schon tödlich. Die Eitelkeit des Zynikers – das, was ihm die Berechtigung gibt, Verachtung zu zeigen, wo andere entzückt sind – ist die Annahme, daß er darüber Bescheid weiß, was die Dinge in ihrem Innersten bewegt. Tatsache war jedoch, daß ich in einer Gegend angekommen war, wo ich überhaupt nicht wußte, welche Gesetze hier galten.

»Wie fühlst du dich?« fragte Golias, als ich mich schließlich zu einer sitzenden Haltung aufrichtete.

Ich sah mich um, um mich zu orientieren. Wir waren offensichtlich auf einer anderen Insel, einer hügeligen, im Gegensatz zum flachen Aeaea, das wieder eine Nebelkappe trug. Dann warf ich einen Seitenblick auf meinen Gefährten. Er lag der

Länge nach ausgestreckt und keuchte immer noch von der Anstrengung, mich durch den Kanal zwischen den Inseln gezogen zu haben. Sein rechter Arm, den während des Schlafs in den Schatten zu legen ich mir nicht die Mühe gemacht hatte, mußte bei jedem Zug geschmerzt haben. Er war feuerrot.

»Oh, recht gut für ein Exschwein, würde ich sagen.« Ich wandte ihm weder das Gesicht zu, noch bot ich ihm einen Haken, an dem er eine weitere Unterhaltung hätte aufhängen können. Statt dessen legte ich mich zurück, schloß die Augen, und er ließ mich zu meiner Erleichterung in Ruhe.

Besser noch: Er murmelte bald etwas davon, daß er sich umsehen wolle, und ging den Strand hinunter. Sobald er außer Sichtweite war, verließ ich ebenfalls den Ort und machte mich in entgegengesetzter Richtung auf den Weg. Er hatte mich als Stinktier und Narr bloßgestellt gesehen, was den Gedanken an seine Gesellschaft für mich unerträglich machte.

Die Insel war, wie sich herausstellte, nicht viel mehr als ein Berg, der sich aus dem Ozean erhob. Nahe dem Meer waren die Hänge hier und da frei von Bäumen, aber zum größten Teil war sie von einer Art Dschungel überzogen. Die einzig sichtbaren Bewohner waren Ziegen, verschiedene Vögel und eine Reihe von Meerestieren.

Auf dem Präsentierteller lagen Muscheln, Krabben und Schildkröteneier, wovon ich die beiden letzteren freilich gekocht vorgezogen hätte. Hinreichend viele Bäche und Rinnsale ergossen sich von den Berghängen, um das Problem des Frischwassers zu lösen.

Ich lernte viel an jenem ersten Tag. Ich brauchte noch ein paar weitere, während ich mir barfuß einen Weg über den felsigen Strand suchte, um die Insel zu umrunden. Es wäre einfacher gewesen, von der Bergspitze aus die Erkundigungen einzuholen, aber ich hatte Angst, die Wälder zu betreten, deren Fauna eine unbekannte Größe war. Eines hatte ich auf Aeaea gelernt, nämlich Vorsicht.

Was ich suchte, war menschliche Gesellschaft – irgendeine außer der von Golias –, aber als ich dann auf einem Flecken feuchten Sand einen Fußabdruck fand, bekam ich doch Angst. Es war ein riesiger Abdruck, viel zu groß für den Mann, dem ich trotzig aus dem Weg ging. Wenn der Fuß beschuht gewesen wäre, hätte es mich nicht beunruhigt, aber das war er nicht. Trotz meiner eigenen Schuhlosigkeit stellten nackte Füße für mich Wildheit dar. Das paßte zu einem dschungelbedeckten Berg, und wo es einen einzigen solchen Menschen gab, waren vielleicht noch hundert weitere. Es war erst Nachmittag, als ich diese Entdeckung machte. Dennoch vergrub ich mich im nächstmöglichen Versteck und dachte über alles nach.

Ich verbrachte eine schlechte Nacht, und zwar teilweise wegen des Fußabdrucks. Zum anderen kämpfte mein Verstand gegen meine Eitelkeit. Es ging darum, ob ich eine bittere Pille schlucken sollte. Mein Grund dafür war die Tatsache, daß ich aufgrund der Lage Aeaeas erkennen konnte, daß ich die Insel fast umrundet hatte. Inzwischen hatte ich kein Anzeichen zivilisierter Bewohner gefunden, noch irgendein anderes Zeichen dafür, daß hier Schiffe vor Anker gingen. So, wie die Dinge standen, war mein einzig möglicher Gefährte oder Verbündeter bei eventuellen Problemen Golias – wenn er noch gewillt war, sich mit mir abzugeben.

Ich frühstückte mißgelaunt ein paar rohe Schildkröteneier, als mir plötzlich der Gedanke kam, daß es vielleicht schon zu spät dazu war. Ein Mann, der sich in allen Dingen so gut auskannte wie Golias, hatte vielleicht schon einen Weg gefunden, die Insel zu verlassen. Beunruhigt machte ich mich auf die Suche nach ihm. Meine Füße waren etwas schwieliger geworden; so fand ich es nicht mehr schwer, mich zu beeilen.

Er war nicht weit von der Stelle entfernt, wo wir ans Ufer gekommen waren, und tauchte gerade von einem Bad im Meer auf, als ich zu ihm stieß. Er machte es mir leicht und begrüßte mich, als habe er mich erst vor einer Stunde zuletzt gesehen. Aber ich konnte seine Kameraderie nicht ohne ein Wort hinnehmen. Daher sah ich ihn stirnrunzelnd an.

»Übrigens, danke für die Hilfe neulich. Ich hätte das nicht für dich getan.«

Er zuckte die Achseln. »Wir werden es sehen, wenn die Zeit kommt.«

Dieser Mann, den ich einst als Pfeifenkopf verachtet hatte, behielt in allem die Oberhand, aber ich wollte ihn nicht spüren lassen, daß mir dies nicht egal war. »Ich habe versucht, dich aufs Kreuz zu legen und bin dabei voll auf die Nase gefallen«, erinnerte ich ihn. Er gab keine Bemerkung von sich, und ich stellte zögernd eine Frage, auf die er, wie ich wußte, die Antwort kannte. »Natürlich ist es nett, erkannt zu werden, aber wie hast du mich aus dem Schweinehaufen herausgepickt?«

Die Haut um seine Augen faltete sich, wenn er auch nicht richtig grinste. »Es gab nur ein Schwein mit dunklen Haaren und einem Silberstreifen auf dem Rüssel. Das mußtest du sein.«

Ich fühlte nach der weißen Strähne im Haar. »Nun, ich bin froh, daß es kein besonderer Geruch oder so etwas war.« Ich hoffte zwar verzweifelt, er würde nicht nein sagen, wollte ihm aber doch zeigen, daß ich mich nicht an seinen Rockzipfel hängte. »Schau mal, vielleicht lasse ich dich nicht mehr im Stich – oder vielleicht doch. Sollen wir uns zusammentun?«

»Warum, glaubst du, habe ich nach dir gesucht? Alles deutet darauf hin, daß der Delier uns für eine Weile zusammengewürfelt hat, was immer dabei herauskommen mag.« Ehe ich eine Bemerkung machen konnte, sprach er weiter. »Du bist um die Insel herumgegangen?«

»Ja«, nickte ich. »Und ich habe nichts Erfreuliches gesehen.«

»Etwas Unerfreuliches?«

Er lauschte interessiert, als ich ihm von dem Fußabdruck erzählte. »Ich hielt es für möglich, als ich einen Blick vom Gipfel warf, aber es ist lange her, seit ich in diesem Teil des Archipels war, daß ich vergessen hatte, wo diese Insel von Aeaea aus liegt.« Er starrte nachdenklich an dem Berg empor. »Ich neige zu der Ansicht, daß der Fußabdruck von einem Nichtansässigen hinterlassen wurde.«

Ich stieß einen Seufzer der Erleichterung aus. »Dann gehört diese Insel uns, sofern wir sie haben wollen, wenn ich das richtig sehe.«

»Wir gehören ihr«, korrigierte er mich. »Was für eine Insel es auch immer ist, der Trick ist, wie wir wieder herunterkommen, und das ist nie leicht.«

Während ich ihm in mildem Erstaunen zusah, legte er sein Lendentuch ab. Zwischen den Falten steckte ein Messer in einer salzverkrusteten Lederscheide. Er zog die Klinge heraus, schnitt das einfache Gewand in zwei Teile und reichte mir einen.

»Ein Mann«, bemerkte er dabei, »kann fast alles, was er wirklich braucht, im Kopf tragen, außer Essen und Hosen.«

Meine Shorts waren mir bei meinen Verwandlungen nicht gefolgt, eine Tatsache, die mein Gefühl der Hilflosigkeit noch verstärkt hatte. Ein wenig Selbstvertrauen kehrte jedoch zurück, als ich mir eine Art Windel gewickelt hatte.

»Wo wir gerade von Essen reden«, sagte ich, als ich es verknotete, »hast du irgend etwas außer rohem Fisch hier gefunden?«

»Gekochten Fisch zum Beispiel« Er konnte sein Messer in dem verkleinerten Lendentuch nicht mehr unterbringen, und so deutete Golias mit der Spitze auf einen Palmenhain nicht weit vom Strand. »Komm in mein Lager, und ich werde es dir zeigen.«

Wir kamen nicht so weit. Als wir auf dem Weg ein Wiesenstück überquerten, hörten wir ein Schnauben. Eine junge Ziege, die sich in dem hohen Gras verlustiert hatte, sprang auf die Beine und erwiderte meinen überraschten Blick. Möglicherweise hatte sie noch nie einen Menschen gesehen, und mit Sicherheit sah sie nie wieder einen. Golias Hand fuhr zurück in einer Bewegung, die die Scheide vom Messer abschüttelte. Als sie wieder vorschoß, schnellte das Messer durch die Luft und landete im Hals der Ziege. Das Tier schaffte nur noch dreißig Schritte, ehe es am Rand des Strandes zusammenbrach.

»Mittagessen«, bemerkte mein Gefährte. »Wir brauchen aber noch etwas dazu. Wie wäre es, wenn du auf den Berg kletterst und ein paar Trauben pflückst? Ich habe jede Menge gesehen, als ich das Gelände untersuchte. Inzwischen werde ich diesen Burschen hier aus seiner Decke schlagen.«

»Soll ich sie in dein Lager bringen?« Das schien eine überflüssige Frage, aber ich wollte noch eine Minute hinauszögern. Ich dachte immer noch, daß Wesen, die sich im Dschungel von mir ernähren konnten, ebenso häufig vorkamen, wie alles, was ich als eßbar betrachtete.

»Nicht nötig, weiter zu gehen, wo wir alles hier bereit

haben.« Golias nickte zu dem Bächlein, das durch die Wiese plätscherte, und dann sah er mich fragend an.

Aus Furcht, er würde den Grund für mein Zögern erraten, begann ich den Aufstieg. Ich ging nicht weit in den Dschungel hinein, aber das war auch nicht nötig. Zwischen den Ranken, die sich um die Bäume klammerten, entdeckte ich wilde Trauben, die gerade reif waren. Entzückt, es so leicht zu haben, pflückte ich ein halbes Dutzend dicke Büschel und eilte zurück zum Rand der Wiese. Dort machte mein Entzücken einem nüchterneren Gefühl Platz.

An jenem Teil des Berges begann der Dschungel erst ziemlich oben. Ich tauchte an einer Stelle aus den Bäumen auf, die beträchtlich höher lag, als die beim Aufstieg. Ich stand auf einem Grat, von dem es nach beiden Seiten steil zum Meer abfiel. Meine Hoffnung, daß wir uns vielleicht in Nähe einer Seestraße befänden, erstarb, als ich mich umsah. Auf allen Seiten erstreckte sich eine endlose Wasserfläche, bar jeden Schiffes. Darüber hinaus erschien allein schon die Idee, über jene leeren Horizonte könnte ein Schiff kommen, absolut unvorstellbar.

Als ich auf dem Meer getrieben hatte, hatte es mich nicht geängstigt, aber nun war ich entsetzt. Der Schock meiner jüngsten Erfahrungen saß mir immer noch in den Knochen. Da ich geringere Kleider getragen hatte, wußte ich um meine Menschlichkeit und ihre Bedürfnisse. Jene Bedürfnisse konnten nicht in einsamer Abgeschiedenheit befriedigt werden, und genau dieses Urteil las ich aus den leeren Wassern. In einem unbedachten Augenblick sah ich in Gedanken die vor mir liegenden Jahre. Mein Verstand durcheilte sie und drohte nicht zurückzukehren.

Während ich mit dem Entsetzen kämpfte, erblickte ich Golias, der sich immer noch dort zu schaffen machte, wo ich ihn verlassen hatte. Ich hörte auf zu schwitzen, und mein Herz hörte auf zu rasen. Zumindest war es keine vollständige Einsamkeit. Ungewöhnlich begierig auf Gesellschaft eilte ich den Berg hinab.

Das Ziegenjunge war bereits ausgenommen und gehäutet. Golias hatte auch Treibholz gesammelt und war dabei, ein

Feuer zu machen, als ich wieder zu ihm stieß. Ich hatte vergessen zu fragen, wie er ein Feuer zustande bringen wollte, aber er wußte eine Antwort. Mit einem Stück Feuerstein entfachte er Funken auf dem Rücken seines Messers. Einer fing sich in dem vorbereiteten Zunder, und vorsichtig blies er die Glut zu einem Flämmchen. Bald drehte sich ein mit Meerwasser gesalzener Schenkel darüber.

In Gegenwart solcher Kompetenz war ich froh, daß ich auch etwas zu bieten hatte. Die Trauben waren gut, und wir aßen eine ganze Menge, während wir darauf warteten, daß das Fleisch gar wurde. Es war recht gemütlich, sich im Schatten eines Felsens zu rekeln. Dennoch war ich bedrückt.

»Wie siehst du denn die Chancen, hier wieder wegzukommen?« fragte ich, nachdem ich mir noch einmal vor Augen gerufen hatte, was ich von dem Grat aus gesehen hatte.

Golias spuckte einen Traubenkern auf einen sechs Fuß entfernten Krebs. »Nicht gut«, sagte er und nahm sich ein weiteres Büschel Trauben.

Da ich ihn als einen Mann ansah, der stets vier Asse im Ärmel hatte, überraschte mich dieser Pessimismus. Statt einer hitzigen Antwort schloß ich jedoch den Mund. Er hatte wohl recht.

»Ich habe noch keinen Blick in alle vier Richtungen geworfen. Wenn man die, wo wir herkommen, mal außer acht läßt, gibt es in der Nähe noch andere Inseln?«

»Eine oder zwei, wie ich dir schon sagte, und selbst wenn wir sie erreichen würden, wäre es überall schwer, von dort fortzukommen. Wenn man nicht gerade in eine Klemme wie auf Aeaea gerät, ist es besser, die Würfel so zu nehmen, wie sie fallen. Man kann in solch eine mißliche Lage kommen, daß man sich einen Aufenthalt zwischen sieben Jahren und ein paar Papageienleben einhandelt.« Er drehte den Holzspieß um neunzig Grad. »Aufenthalt ist nett in kleinen Dosen, aber ich habe noch andere Dinge zu tun.«

»Zum Beispiel Ziegen braten?«

»Zum Beispiel einen Weg von dieser Insel zu finden.« Er grinste mich an. »Die Chancen stehen nicht gut, wenn man es als Wette betrachtet, aber das heißt nicht, daß es unmöglich ist.«

Solche vagen Beruhigungen konnten mich nicht trösten. In

nur zwei kurzen Unterhaltungen hatten wir die Dimensionen unseres Lebens erforscht. Auf der einen Seite gab es das Problem der Flucht. Auf der anderen das Problem, wovon wir inzwischen leben sollten. Wo die Speisekammer jetzt voll war, konzentrierte ich mich auf die Fluchtmöglichkeiten, und Golias war zweifelsohne mit den gleichen Gedanken beschäftigt; denn auch er schwieg, bis der Ziegenbraten – das Fleisch schmeckte etwas fade und sehnig, aber war weitaus den rohen Krabben überlegen – fertig und aufgezehrt war.

»Hast du eine Markierung an der Stelle angebracht, wo du den Fußabdruck gefunden hast?« fragte er mich, als wir zu Ende gegessen hatten.

»Nicht nötig«, erwiderte ich. »Er ist kurz hinter einem Vorsprung wenige Meilen entfernt. Ich werde die Stelle wiedererkennen.«

»Dann nehmen wir besser die Umgebung in Augenschein«, beschloß er, »um zu sehen, ob es Anzeichen für einen richtigen Landeplatz gibt.«

»Könnten wir nicht ein Floß bauen?« fragte ich, als wir eine Weile schweigend marschiert waren. »Die Stämme abbrennen, anstatt sie umzuhauen, und sie mit Ranken zusammenbinden?«

Er schüttelte den Kopf. »Möglicherweise war das wunderbarste Vehikel, das jemals geschwommen ist, ein Floß, aber es schwamm nur einen Fluß hinab. Auf dem Meer hier ließe es sich nicht steuern.«

»Wir könnten paddeln. Nein, das ginge auch nicht«, stimmte ich ihm zu, als er mir einen sarkastischen Blick zuwarf. »Aber ein Segel.« Ich verstummte und folgte diesem Gedanken. »Vielleicht können wir genügend Ziegenfelle zusammenbekommen, um eins zu machen.«

»Ein Segel ist eine Möglichkeit«, gestand er zu. »Aber wir brauchen etwas, auf das wir es setzen. Ein Wind, der stark genug weht, um ein Floß zu schieben, wühlt auch das Meer hoch genug auf, um es umzukippen.«

Ich sah das ein, aber ich hatte eine neue Idee. »Der Mast trieb mit uns zu der anderen Insel, weil der Wind die Wellen in diese Richtung jagte. Warum würde ein Floß nicht zum Festland treiben, wenn er aus der richtigen Richtung weht? In welcher Richtung liegt es von hier?«

»Im Westen«, antwortete er. »Alles kommt immer aus dem Osten und zieht nach Westen.«

»Gut«, sagte ich. »Wenn wir, nur um des Arguments willen, mit einem stetigen Ostwind losfahren. Wir sollten an die drei Meilen pro Stunde schaffen. Wie weit ist es überhaupt?«

»Ich würde sagen, hundert Meilen, aber es könnte doppelt so weit sein – und noch mal so weit, so wie wir reisen würden. Vergiß es. Ich werde hier auf keinem Gefährt losziehen, das ich weder bewegen noch lenken kann.«

Er dachte praktisch, aber ich blieb hartnäckig und wollte nicht die einzige Fluchtmöglichkeit aufgeben, die mir einfiel. »Ehe wir es vergessen«, drängte ich, »sollten wir die Chancen berechnen. Oder, wenn du nicht willst, laß es mich einmal durchrechnen.« Der Vorsprung, den wir suchten, lag direkt vor uns, aber wir waren an einem der wenigen Sandstrände entlang des Felsenufers gekommen. »Wie wär's, wenn du mir eine Karte zeichnest, damit ich mir ein Bild von unserer Lage machen kann?«

»Gut, wenn auch Zeichnen nicht das ist, wofür ich bezahlt werde.« Er nahm einen Stock. »Diese Punkte stellen den Archipel dar. Du kannst selbst raten, auf welcher Insel wir uns befinden, aber in jedem Fall ist der nächstgelegene Punkt des Festlandes diese lange Halbinsel, die mehr oder minder nach Westen zeigt. Wenn wir die Meeresströmung außer acht lassen und uns darauf verlassen könnten, daß der Wind uns dorthin bringt, wo wir auch hinwollen, könnten wir es schaffen. Aber es ist verdammt schwer, ein Ziel zu treffen, wenn man es nicht sehen kann, und ich habe nichts gesichtet. Wenn wir entweder nördlich oder südlich an der Halbinsel vorbeischießen, verdoppelt sich sowohl die Reisedauer als auch die Chance, auf einen Sturm zu treffen. Wir könnten auch wochenlang Flaute haben und so sterben.«

Er sah auf, um sich zu vergewissern, daß ich überzeugt war. Ich war es, aber ich hielt es für eine gute Gelegenheit, etwas über ein Land zu erfahren, auf das ich gezwungenermaßen meinen Fuß setzen wollte.

»Mal deine Karte weiter«, schlug ich vor.

»Deryabar an der Spitze dieser Halbinsel, die man das Glückliche Ende nennt«, sagte er, als er die Linien weiterzeichnete, »ist nicht nur die nächstgelegene Stelle, sondern auch der östlichste Punkt der ganzen Küste. Breitenmäßig erstreckt sich Literaria von hier –«. Er streckte so weit es ging den Arm aus. »– bis zur westlichen Masse von Pike County. Nördlich der Halbinsel, nach einer Biegung um den Buckel von Arden hier, verläuft eine unregelmäßige Küstenlinie nach Utgard. Südlich ist sie weniger unregelmäßig und endet mit einem Zacken bei Adamastors Kap.«

»Und so wieder nach Norden.« Er vervollständigte die Linie um zu zeigen, daß das ganze Land vom Meer umschlossen war. »Um einige Städte zu nennen: hier liegen Ilion, Carlion, Theben, Valentia, Parouart, Argos, Troynovaunt und Gotham. Es gibt noch jede Menge andere, wenn es auch oft vorkommt, daß ein einzelnes Gebäude, wie Red Branch, Swallow Barn oder Headlong Hall die Städte eines Bezirks in den Schatten stellen.«

Ich dachte über diese Information nach. »Wovon existieren die Leute?«

»Sie existieren nicht nur, Shandon, sie *leben.*« Nach dieser Erklärung zeichnete er weiter. »Watling Street, westlich von Deryabar, ist die einzige Landstraße, die nach beiden Seiten das Land durchzieht. Das größte natürliche Gebiet, das sie durchschneidet, ist der Wald von Broceliande, der alle unbesiedelten Gebiete vom Buckel von Arden bis zu den Warlock-Bergen auf der anderen Seite des Langen Flusses bedeckt, der, wie du siehst, das Land von Norden nach Süden in zwei Hälften teilt. Zwischen den Warlocks und dieser fast parallelen Kette im Westen, den Titanen, liegt ein Binnensee, bekannt als das Mittwasser oder Gitche Gumee. Er . . .«

Er brach ab, weil wir Stimmen gehört hatten, halb rufend, halb singend. Die Laute verebbten, ertönten dann wieder, während Golias und ich einander ansahen.

»Sie befinden sich auf der anderen Seite des Felsens«, flüsterte ich. »Genau da, wo ich den Fußabdruck gesehen habe.«

»Wir sehen sie uns besser an«, beschloß er. »Wenn sie

freundlich aussehen, gut. Wenn nicht, ist das beste Versteck dort, wo man ein Auge auf alles haben kann, was man meiden will.«

Wir verließen den Strand und glitten durch das hohe Wiesengras. Ich wand mich durch die von ihm hinterlassenen Spuren. Es war heiße, schwere Arbeit. Bald war ich schweißgebadet, alle meine Muskeln, meine Knie und Ellbogen waren wundgescheuert, und die Insekten waren eine wahre Plage.

Der Lärm, den die von uns gesuchten Leute machten, half uns, denn er überdeckte das Geräusch unseres eigenen Fortkommens und wies uns die Richtung. Dennoch gab mir Golias an einem bestimmten Punkt ein Zeichen zum Halt. Dem folgte ich gern und sah zu, wie er vorkroch. Dann bedeutete er mir, nachzukommen.

Als ich mich neben ihm ausgestreckt hatte, schob ich vorsichtig einen Grasbüschel beiseite und spähte zum Strand hinab. Ein Dutzend Wilde, nackt wie wir, tanzte eine Art Ringelreihen. Es waren alles Männer, und wenn sie auch nicht die Kostüme trugen, die ich von Filmen her von Rothäuten erwartet hätte, sahen sie aus wie Indianer. Im Zentrum ihrer Aktivitäten brannte, trotz der sengenden Sonne, ein großes Feuer. Ein sitzender Wilder heizte den Tänzern zusätzlich ein, indem er mit beiden Händen auf eine selbstgefertigte Trommel schlug. Man konnte das Ergebnis seiner Mühen jedoch nur vernehmen, wenn die anderen ihr Schreien unterbrachen. Das kam nicht oft vor, aber ab und zu senkten sich ihre Stimmen zu einem Murmeln. Dann wechselten die Burschen die Plätze, bückten sich, machten ein paar Kniebeugen, schwenkten Keulen und brüllten aufs neue los.

Keiner von ihnen deutete auch nur ein Lächeln an, und auch ich fand nichts Komisches daran. Feierlichkeit hat etwas Angsterregendes, wo eigentlich Freude herrschen soll. Das einzig Angenehme an der Szene war die Tatsache, daß zwei große, hölzerne Kanus auf dem Sand lagen. Sie legten den Schluß nahe, daß es sich nur um vorübergehende Besucher handelte.

Ich blickte zu Golias hinüber, um zu sehen, wie dieser die Sache einschätzte, aber ich brauchte seinem Blick nicht zu begegnen. Die Hand, die das Messer umklammerte, war weiß über den Knöcheln. Kurz nachdem ich wieder hinblickte, hörte das Tanzen auf. Einige der Tänzer gingen auf die Kanus zu, und meine Spannung löste sich ein wenig. Ich dachte, sie machten sich abfahrtbereit, bis ich sah, daß sie einen weiteren Indianer aus einem Einbaum holten.

Er war an Händen und Füßen gebunden. Ich glaube, er war auch geknebelt, aber das machte bald keinen Unterschied mehr. Einer seiner Fänger riß ihm den Kopf zurück und durchschnitt eine Sekunde später seine Kehle mit einem Steinmesser. Dann hielten sie ihn mit dem Kopf nach unten und ließen ihn ausbluten wie ein geköpftes Huhn. Selbst da merkte ich noch nicht, was sie vorhatten, bis sie ihm den Bauch aufschlitzten.

Danach waren sie nicht mehr die einzigen Mörder an diesem Ort, denn ich war es in Gedanken ebenfalls; nur meine Handlungsunfähigkeit hielt mich davon ab. Es war nicht einfach der Mord, es war der Zweck, dem sie das Opfer zuführten. Erst vor wenigen Tagen hatte ich gelernt, was für ein Wunder der menschliche Körper ist. Der Gedanke, daß dieses ganze Wunderwerk von Fertigkeiten in kleinen, zerkauten Fleischstückchen enden sollte, war unerträglich. Ich hatte nicht gewußt, was Sakrileg und Entheiligung bedeuten. Hier war beides. Es hätte irgend etwas geben müssen, was ich dagegen tun konnte. Aber es gab nichts. Haß sprudelte in mir auf, so daß ich mir in den Arm beißen mußte, um nicht aufzuschreien.

Als sie den Körper zu Stücken zerhackt hatten und zum Braten aufspießten, machte mir Golias das Zeichen zum Gehen. »Hat keinen Zweck, es bis zum Ende zu beobachten«, sagte er, als wir außer Hörweite waren.

Mit hängendem Kopf schwieg ich. Es war schlimm genug, dies ohne Worte mit ansehen zu müssen.

»Wir haben jetzt eine Chance, hier fortzukommen«, fuhr er fort. »Wenn du gewillt bist, ein Risiko einzugehen.«

Hoffnung und Herausforderung ließen mich den Kopf heben. »Mit den Kanus? Wie denn?«

»Wenn das ganze wie üblich abläuft, werden sie die Rothaut fressen, die sie da braten, und dann ihren Verdauungsschlaf halten. Aber ganz so einfach ist es nicht«, warnte er mich, als sich mein Gesicht aufhellte. »Meererfahren wie sie sind, sind sie angelandet, nachdem die Ebbe einsetzte. Die Kanus liegen hoch und trocken und können nicht gewassert werden, bis die Flut sie erreicht. Diesen Zeitpunkt müssen wir abpassen, aber es nützt uns gar nichts, wenn sie wach werden, ehe das Wasser an die Boote steigt. Wir könnten sie ein Stück bewegen – hoffe ich –, aber nicht allzu weit, ohne Aufsehen zu erregen. Sollten wir jene Burschen aufwecken . . .« Er zuckte die Achseln. »Nun, wenn wir im gleichen Magen landen, wette ich um ein Horn mit Met, daß ich als erster am Ausgang bin.«

Er sah mich dabei fest an, und ich zwang mich, zurückzustarren. Zugleich ließ ich mir Zeit mit der Entscheidung.

»Wir bekommen vielleicht keine weitere Chance«, murmelte ich.

»Wenn, dann ist es wahrscheinlich eine ähnliche Situation. Es scheint so, als ob die Burschen hier regelmäßig Station machen. Die Chancen dürften dann nicht besser sein.«

Immer noch sah ich die Insel, mich selbst und dann die leeren Wasser vor mir. »Gehen wir zurück zum Ziegenbraten und schneiden uns noch ein paar Keulen ab«, sagte ich schließlich.

Obwohl wir uns Zeit ließen, waren wir noch zu schnell. Der Sand um die Feiernden war mit abgenagten Knochen übersät, aber das Mahl noch nicht zu Ende. Stumm sahen wir zu, wie sie an dem Fleisch rissen. Ihre Bäuche waren aufgetrieben, aber sie aßen alles außer den Füßen und dem Kopf. Der letztere, auf einer Stange aufgespießt, beobachtete mit herabhängenden Lidern das Gelage.

Lange, ehe der letzte Bissen herabgeschlungen war, erwies sich Golias als Prophet. Hitze und Völlerei machten die Wilden schläfrig. Einer nach dem anderen suchten sie wie aufgeblähte Schnecken den Schatten der Felsen oder Büsche auf und begannen zu schnarchen. Nur einer stand Wache.

Von da an gab es nichts weiter mehr zu tun, als die Flut zu beobachten, die bereits wieder einlief. Sie kroch jedoch nicht gleichmäßig den Strand hinauf. Sie schob sich bis zu einem bestimmten Punkt vor, ließ diese Markierung eine Zeitlang stehen und schob sich dann wieder weiter. Inzwischen grunzten einer oder mehrere der Schläfer auf oder bewegten sich im Schlaf.

Das Wasser stieg bis auf einen Meter an die Kanus heran, und ich berührte Golias' Arm. Er schüttelte den Kopf, und noch einmal, als sich die Distanz halbiert hatte. Als die Gischt den ersten Einbaum berührte, setzte sich einer der Wilden auf und kratzte sich auf der Brust. Ich war überzeugt, daß wir den Zeitpunkt verpaßt hatten, aber Golias blickte immer noch von den Kannibalen zum Wasser und zurück wie eine Katze, die zwei Mäuselöcher beobachtet.

Drei Männer waren zu dem Wächter in der Nähe der Feuerreste getreten, als Golias sich zu einer kauernden Position aufrichtete. Er blickte mir in die Augen, und ich hoffte, er würde darin finden, was er suchte. Auf sein Nicken hin zog ich die Knie unter mich.

»Jetzt!« zischte er.

Wir waren halbwegs bei den Kanus, als der erste Indianer Alarm schlug. Wir waren bei ihnen, ehe sie sich genügend gefangen hatten, um zu erkennen, was wir vorhatten. Gleichzeitig machte ich eine eigene Entdeckung. Golias hatte gewußt, wovon er redete, als er darauf gewartet hatte, bis die Flut unter dem Boot war, das wir zu Wasser lassen wollten. Das große Kanu war schwer und bewegte sich nur zögernd.

»Versuch das andere!« keuchte Golias. »Vielleicht geht das leichter.«

Das traf auch zu. Wir schoben es zwei Fuß weit. Dann fiel ich fast aufs Gesicht, denn das Gefährt begann zu rutschen. Weiter kamen wir nicht. Ich hatte meine Keule beim Schieben fallen gelassen, aber ich schnappte nach einem Paddel, als die Kannibalen auf uns zukamen. Als ich mich danach bückte, rettete ich mein Leben; denn ein Speer surrte an meinem Ohr vorbei.

Als ich Golias zu Hilfe kam, wich der Anführer vor dessen Messer zurück und versuchte, seine Gedärme an Ort und Stelle zu halten. Vier andere waren einen Sprung hinter ihm, und ich schwang mein Paddel. Einen erwischte ich am Kinn und fällte ihn. Von den restlichen drei wichen zwei zurück. Der dritte stolperte über den, den ich umgesäbelt hatte.

Unglücklicherweise taumelte er nach vorn, und Golias schlitzte ihm die Kehle auf.

Der zweite Indianertrupp war derweil halbwegs bei uns. Die beiden Überlebenden vom ersten warteten auf sie, so hatten wir eine Sekunde Ruhe.

»Ich halte sie auf!« gellte ich. »Schieb! Jesus! Was soll das?«

Er war in das festliegende Kanu gesprungen, aber ich war zu beschäftigt, um ihm zuzusehen. Als mich zwei lauernde Rothäute allein sahen, schlichen sie auf mich zu. Einen Schritt hinter ihnen kam der Rest der Bande herbeigesprungen.

Wären es gewöhnliche Feinde gewesen, sie hätten mich womöglich überwältigt. Ich hätte zwar gekämpft, aber nicht so wie jetzt, wo ich sie als Kannibalen kannte. Vor wenigen Tagen war man hinter meinem Fleisch hergewesen, und ich hatte nur gequiekt. Jetzt lag der Fall anders. Ich legte allen Haß und meine ganze Wut in den Schlag, den ich gegen sie führte.

Wieder schlug ich einem Mann ins Gesicht, aber diesmal waren es zu viele, um sie aufzuhalten. Einer, der mich mit dem Speer streifte, bekam das Paddelende in den Mund, aber ein weiterer duckte sich unter meinen Arm. Dann stürzten sie sich alle auf mich, bis auf den Mann, den ich verletzt hatte. Der lag immer noch unter mir nach der Behandlung, der ich ihn unterzogen hatte.

In dem Getümmel konnten sie nicht immer sicher sein, gegen wen sie kämpften, während ich nie Zweifel hatte. Dennoch hatte ich es schwer, bis ich dem Griff eines Gegners entkam und dabei seinen Daumen brach. Erst als ich wieder auf die Füße kam, sah ich, warum ich mich hatte lösen können. Golias zog sein Messer aus dem Rücken eines Indianers.

»Komm!« schnappte er.

Ich drehte mich um und stolperte auf das Kanu zu, das jetzt wenige Fuß vor der Wasserlinie schwamm. Mit einem Sprung war ich über dem Heck, wollte aufstehen und flog voll hin, als der Nachen aufs Meer schoß.

»Schnapp dir ein Paddel«, befahl Golias, als er sich über den Bug schwang.

Die fünf oder sechs heilen Indianer schoben das andere Kanu ins Wasser, wozu sie nicht so lange brauchten, wie mir lieb gewesen wäre. Aber als sie an Bord sprangen, begannen sie nicht zu paddeln. Statt dessen stiegen sie wieder ins Wasser und kamen hinter uns her. Zwei Männer reichten nicht aus, um den großen Einbaum schnell zu bewegen. Glücklicherweise waren die Wellen im Schutz der Felsnase nur klein. Wir schossen auf das ruhige Wasser hinter den Untiefen zu, und ich erkannte, daß unser Vorsprung vor den watenden Kannibalen größer wurde.

Als der Anführer der Wilden das ebenfalls erkannte, begann er zu schwimmen. Er kam so schneller voran und bekam das Kanu sogar noch am Bug zu fassen – wir fuhren immer noch im Rückwärtsgang. Seine Kameraden stießen ein Triumphgeheul aus, das er mit seinem Schmerzensschrei übertönte. Golias hatte das Messer gezückt, und die zupackenden Finger purzelten ins Boot hinab.

Das war ihr letzter Versuch. Sie wateten schon wieder an Land, als wir den Einbaum auf die offene See zuwendeten. Erst, als wir weit draußen waren, gönnte ich mir eine verdiente Pause. Abgesehen von der Speerwunde war ich zerschunden, zittrig, zerkratzt und zerstochen. Der Kopf tat mir weh, und mein rechtes Auge ging langsam zu. Inzwischen war meine Erregung abgeflaut. Der soeben beendete Vorfall nahm mich zwar immer noch ganz in Anspruch, aber als sei es etwas, was einem anderen passiert war.

Als ich über das Geschehene nachdachte, kam mir eine Sache noch merkwürdig vor. »Warum haben sie das Kanu nicht benutzt?« fragte ich.

Golias sah ebenfalls müde aus, aber er grinste über die Schulter. »Weil wir ihre Paddel haben«, sagte er. »Meinst du, wir sollten sie ihnen zurückgeben?«

IV Unterwegs zum Festland

Das Kanu war seetüchtig, aber ansonsten war unsere Lage nicht rosig. Wir hatten uns mit Ziegenfleisch eingedeckt, das wir uns in Häuten eingewickelt an die Hüften gebunden hatten. Golias hatte immer noch sein Stück, aber ich hatte meines bei dem Getümmel verloren. Wasser mitzunehmen war nicht in Frage gekommen. Wir hatten es darauf ankommen lassen müssen, daß die Wilden auf ihrer Fahrt zur Insel auch einen Vorrat an Wasser dabeigehabt hatten und daß etwas davon an Bord geblieben war. Es war nicht sehr viel.

Von diesem Augenblick an merkte ich, wie ich durstig wurde. »Wie weit entfernt mögen diese Burschen leben?« fragte ich und tauchte mein Paddel ein, damit wir nicht seitlich zu den Wellen abtrieben.

»Vermutlich nicht sehr weit«, antwortete Golias. »Das Problem ist nur, daß wir da nicht hinwollen. Ich habe von den Kannibalen die Nase voll und will nicht, daß sie uns in die Nase oder gar in den Magen bekommen. Das einzige, was wir tun können, ist, uns nach Westen zu wenden und zu hoffen. Glücklicherweise ist der Wind uns günstig.«

Als wir zu erschöpft zum Paddeln waren, konnten wir unser Gefährt nur noch dem Wind und den Wellen überlassen. Auf der leichten See schwamm es wie ein Korken und nahm nur selten Wasser auf. Wir nahmen auch nur wenig Wasser auf und erlaubten uns immer nur einen Schluck.

Es war fast Abend gewesen, als wir losfuhren. Achtundvierzig Stunden später mußten wir der Tatsache ins Auge sehen, daß wir die Halbinsel verpaßt und eine Reise von unbestimmter Dauer vor uns hatten. Unser Wasser war aufgebraucht, und der Durst hatte am folgenden Tag die Oberhand über Körper und Gedanken. Heiß stieg die Sonne auf und verstärkte ihre Voltstärke jede Minute. Sie trocknete uns aus wie Rosinen. Sie hungerte uns auch aus, denn wir konnten unsere mageren Rationen nicht mehr schlucken.

Es war gut, daß unsere Häute bereits eine Woche des Gerbens hinter sich hatten. Das war das einzige, was uns vor schlimmer Verbrennung bewahrte. Sich naß zu halten, half auch, wenn es mich auch nervös machte, Wasser zu schöpfen, und ich mich fragte, wie lange ich mich würde zurückhalten können, es nicht zu trinken. Wir warfen auch eine der Leinen aus, die wir im Kanu fanden, hatten aber kein Glück. Golias erklärte, daß wir vielleicht rohen Fisch essen könnten, dessen Fleisch Feuchtigkeit enthalten würde.

Das war ungefähr alles, was wir beide sagten. Wenn wir die trockenen Lippen bewegten, platzten sie auf. Nach einer Weile hatte ich das Gefühl, als sei meine Kehle wie zugeschnürt. Wir paddelten ab und zu, aber nicht mehr oft. Die meiste Zeit hielten wir Ausschau, mit Augen, denen die dazu notwendige Feuchtigkeit mangelte. Wir hielten nach Land Ausschau und nach einem Schiff, wir suchten nach Wolken, und sei es nur eine kleine, die die Hitze ein Weilchen mildern würde. Wir sahen nichts als die Sonne und ihren gleißenden Widerpart, das Meer.

Es hätte kaum schlimmer sein können, aber es wurde noch schlimmer. Der Wind setzte aus, und die Wellen glätteten sich, und unser Gefährt lag still auf dem Wasser, unter der sengenden Sonne. Auch wir waren am Ende unserer Bewegung angelangt. Wir lagen beide auf der gleichen Seite des treibenden Kanus ausgestreckt und starrten vor uns hin.

Das Meer selbst hatte in der stillen Hitze zu brodeln begonnen. Aus den Blasen kroch eiternder Abschaum, um vielbeinig über die dickliche, saure Oberfläche zu krabbeln. Es war ein Karneval der Übelkeit, und ich mußte es mit ansehen.

Ich weiß nicht, wie lange es her war, seit ich zuletzt zu Golias hinüber gesehen hatte. Wahrscheinlich hatte ich ihn für tot gehalten; denn ich war mir in meinem Schrecken völlig allein vorgekommen. Er gelangte wieder in mein Bewußtsein, als er den ersten Laut seit Stunden von sich gab.

»Ein Segel!« krächzte er.

Um genug Feuchtigkeit zu finden, seine Stimme zu ölen, hatte er eine bereits blutarme Vene angebissen. Aus dem Arm, mit dem er deutete, rann immer noch ein wenig Blut. Ich sah, wie seine schwärzlichen Lippen aufplatzten, als sein Mund sich nochmals öffnete.

»Ein Segel!« wiederholte er.

Als die Bedeutung dieser Worte zu mir durchgedrungen war, wandte ich mich wie in Zeitlupe um. Ein Segler eines mir unbekannten Typs schwamm näher. Trotz der Tatsache, daß kein Wind herrschte, waren an allen drei Masten die Segel gesetzt. Zudem bewegte es sich nicht nur. Es schoß mit der Geschwindigkeit eines Flugzeugs über das Wasser. Wenn es eine Hilfsmaschine hatte, so gab sie weder Geräusche noch Auspuffgase von sich.

Ich wollte ihm zurufen, selbst zu Golias' Preis, mein eigenes Blut saugen zu müssen, aber ich konnte den Arm nicht heben. Dann sah ich, daß es nicht notwendig sein würde. Wir lagen fast auf dem Kurs des Schiffes, also mußte man uns von Bord aus sehen. Ich hatte kaum Zeit, so weit zu denken, als es lautlos mit uns gleichzog.

Bei einem Segler dieser Größe hätte man ein Steuerrad anstatt eines Ruders erwarten können. Es spielte aber keine Rolle, denn es war unbemannt. Oder besser, der Bootsmann hing über dem Ruder, so daß seine Hände das Deck berührten.

Die einzige andere sichtbare Person stand an der Reling mittschiffs zwischen Brücke und Heck. Sie hielt eine große Möwe oder etwas Ähnliches in den Armen, die ebenso tot war wie der Mann am Steuer. Der Bursche fuhr in wenigen Metern Entfernung an mir vorbei und blickte mich voll an, aber ich erkannte, daß er nichts für uns tun würde. Er konnte es nicht. Was ich in seinen Augen sah, lag auch in meinen eigenen. Das Leben in ihm konnte sich nicht einmal so weit regen, um ein Ende zu finden.

Dann war er verschwunden. Nach einer Minute war das Schiff außer Sicht. So dicht es auch an uns herangekommen war, hatte es uns doch kaum bewegt, aber wir sahen, daß das Meer sich regte. Das schien den Bann zu brechen, in dem die Elemente gefangen waren; denn ein Wind tat sich auf. Er blies stärker und brachte Wolken mit sich. Dann, unglaublicherweise, begann es zu regnen.

Es war kein bloßer Nieselregen. Es war eher wie ein Wasserfall, und wir liebten jeden einzelnen Tropfen davon. Wo ich schon zu nichts mehr imstande gewesen war, gab er mir meine Fähigkeiten zurück. Sich bewegen zu können, war ein Entzükken, und ich schrie vor Vergnügen, mich selbst zu hören. Erst als der Schauer vorbei war, sah ich, daß uns nur ein Aufschub, aber noch keine Rettung zuteil geworden war.

Doch auch da war ich nicht niedergeschlagen, besonders nicht, wo ich zum ersten Mal an diesem Tag etwas essen konnte. »Was hat dieses Schiff wohl angetrieben?« fragte ich zwischen winzigen Bissen meiner kleinen Portion sonnengetrockneten Fleischs.

»Irgendein Geist, denke ich, aber ich möchte nicht wissen, welcher.« Golias schöpfte Wasser aus dem Boden des Kanus und trank. »Das wichtige ist, daß dieser Seelenfänger direkt auf Literaria zufuhr. Und der Wind bringt uns direkt hinter ihm her.«

»Mit ein oder zwei Knoten die Stunde«, bemerkte ich. »Meinst du, du könntest uns einen solchen Geist besorgen?«

Er grinste. »Ich habe viele Namen, aber keiner lautet Glendower. Mach dir nichts draus, wo wir jetzt Wasser haben. Wenn wir nicht in einen schlimmen Sturm geraten, werden wir es irgendwie schaffen. Bist du bereit, wieder das Paddel zu schwingen?«

Es gab nur eine Antwort für mich. Jetzt, wo ich mein Leben wiederhatte, wollte ich es auch nutzen. Doch es war noch mehr. Da ich mich in dem Kampf mit den Kannibalen behauptet hatte, fühlte ich mich wieder zu dem guten Ruf berechtigt, den ich auf Aeaea verloren hatte. Wenn ich Golias' Wertschätzung besitzen konnte, und damit meine eigene, war ich nicht mit weniger zufrieden.

»Auf geht's«, sagte ich.

Wir waren jedoch durch den Hunger zu sehr geschwächt, um lange zu paddeln. Bald konnten wir nur noch Wache schieben und uns bemühen, das Gefährt in die richtige Richtung zu halten, damit es mit den Wellen schwamm, während wir abwechselnd schliefen. Ich hatte einen weiteren siedendheißen Tag befürchtet, aber ohne Grund. Die Sonne war heiß genug, den Wind zu wärmen, mehr nicht. Und was noch besser war: eine drei Fuß große Schildkröte biß an.

Dann bekam ich etwas zu sehen. Golias nahm den Rückenpanzer ab und klemmte ihn in den Bug des Einbaums. Unser Ziegenfleisch war alle, aber in einer Falte der Haut, in die wir es gewickelt hatten, gab es noch den Feuerstein und etwas Zunder. Golias nahm das Extrapaddel für ein Feuer und die Schale als Feuerstelle. Dann briet er Streifen Schildkrötenfleisch über der kleinen Flamme.

Das nahrhafte Fleisch, das vor wenigen Minuten noch lebendig gewesen war, wirkte wie Treibstoff für unseren Tank. Die unmittelbare Wirkung war, daß wir noch lethargischer wurden, aber am nächsten Tag waren unsere Kräfte zurückgekehrt. Meine Kratzer und Wunden waren in der salzigen Luft fast ausgeheilt. Sonnenbrand machte mir nichts mehr aus. Die Steifheit in den Gliedern, verursacht durch das Paddeln, war aus meinen Schultern gewichen. Meine Hände entwickelten schützende Schwielen.

Ich fühlte mich rundum gut. Außerdem brachte mein Wohlbefinden entweder Zuversicht hervor, oder ich hatte das Vertrauen meines Gefährten in mich aufgenommen, daß wir bald auf Land stoßen würden.

»Was wirst du machen, wenn wir anlanden?« fragte ich ihn am Nachmittag.

Hinter mir hörte ich Golias, der nun im Heck paddelte, ein paar Töne pfeifen. »Nachdem wir herausgefunden haben, wen wir übers Ohr hauen müssen, um am Leben zu bleiben?« fragte er schließlich zurück. »Man kann es nicht im voraus beurteilen. Es hängt davon ab, ob unser Kurs durch Zufall, durch Wahl oder durch Orakel bestimmt wird, weißt du.«

Ich verstand gar nichts. »Du kennst doch das Land«, sagte ich. »Wohin wirst du dich zum Beispiel wenden, wenn du dort ankommst? Du mußt doch irgend etwas vorhaben.«

»Hast du das denn?« entgegnete er.

»Natürlich«, schnaubte ich. »Sobald ich einen Weg zu irgendeinem größeren Hafen gefunden habe, werde ich den amerikanischen Konsul aufsuchen und –« Ich verstummte. Ich hatte meinen Satz mit »– ihm sagen, daß ich nach Hause will« beenden wollen. Als es mir schon auf der Zunge lag, hatte ich abgebrochen, weil mir klar wurde, daß es eigentlich nichts gab, zu dem ich besonders gern hätte zurückkehren wollen.

»Nein, vielleicht auch nicht«, fuhr ich fort. »Wenn ich da, wo wir hingehen, gut zurechtkomme, könnte ich ebensogut dort bleiben.« Ich war an Optimismus nicht gewöhnt, aber ich nahm einen ersten Schluck davon. »Vielleicht gefällt es mir sogar besser.«

»Du wirst es mögen, und du wirst es hassen«, versicherte er mir. »Das spielt aber keine Rolle, denn so ist das Leben.«

Ich drehte mich um, um ihm zu sagen, daß es für mich doch eine Rolle spielte, und spähte an ihm vorbei. Im College war ich einst in der Rudermannschaft gewesen. Sie waren noch weit entfernt, aber ich erkannte Ruderschläge, wenn ich sie sah.

»Dort müssen noch andere Schiffbrüchige sein«, sagte ich. »Da rudert jemand.«

»Das ist kein Rettungsboot«, meinte Golias bestimmt. »Zu groß. Es ist vielleicht die Argo oder die Prydwen. Nein, auch nicht«, verbesserte er sich. »Da ist noch eins, und noch eins dort drüben.«

Eines nach dem anderen schoben sie sich auf jene unnachahmliche Art näher, die wohlgeruderte Boote an sich haben. Nach fünf Minuten waren etwa zwanzig in Sicht. Golias hatte wieder recht gehabt. Sie waren größer als alles, was ich jemals unter Rudern gesehen hatte.

»Eins davon sollte uns aufnehmen können«, sagte ich. »Sieht so aus, als seien unsere Sorgen vorbei.«

»Oder gegen neue eingetauscht«, meinte Golias. »Hmm, Langschiffe, wenn ich etwas von Schiffen verstehe. Nun, es währt vielleicht nicht lange, aber es wird bestimmt nicht langweilig.«

Wir konnten ihrer Aufmerksamkeit nicht entgehen, selbst wenn wir das gewollt hätten. Das Boot an der Spitze kam direkt auf uns zu, und die anderen fächerten sich rechts und links hinter ihm aus. Für ihre Größe hatten sie nicht viel Freibord, wenn sie auch vorn und hinten hoch geschwungen waren.

Jedes Boot hatte einen Mast, aber trotz des günstigen Windes benutzten sie keine Segel.

Wir beide warteten ab und hielten das Kanu ungefähr an Ort und Stelle, während das erste Schiff auf uns zugeglitten kam. Der Bug mündete in einer Schnitzerei, die wie eine Kreuzung aus einer Schlange und einem Alligator aussah. Es kam auf wenige Meter Entfernung heran, und dann hoben sich die Ruder in Ruhestellung. Das Timing war so gut, daß das Boot genau neben uns zum Stehen kam.

Ich hätte mich mehr für das Boot interessiert, wenn ich nicht so sehr damit beschäftigt gewesen wäre, nach der Besatzung zu schauen. Von den meisten konnte ich nur die struppigen Köpfe erkennen, die zwischen einer Reihe bemalter Scheiben an der Seitenlinie herausspähten. Eine Gruppe von Männer stand am Kiel und war von der Hüfte an zu sehen. Sie alle waren grobknochig, und die meisten hatten blondes oder rötliches Haar. Sie waren barhäuptig und trugen kurzärmelige Ledertuniken, gehalten von Gürteln, in denen lange Jagdmesser staken. Es war sonderbar, bei einer solchen rauhen Mannschaft Goldarmbänder und jede Menge Ringe zu sehen.

Der größte, der übrigens den meisten Schmuck trug, ergriff das Wort, nachdem er uns in Augenschein genommen hatte. Im Gegensatz zu den anderen hatte er schwarzes Haar, das zu Zöpfen geflochten war, deren Enden so lang waren, daß er sie in den Gürtel gesteckt hatte.

»Wessen Männer seid ihr?« fragte er und griff sich in den Bart.

»Wer fragt?« entgegnete Golias. Er war höflich, aber er ließ keinen Zweifel offen, daß seine Frage Vorrang hatte.

Die Stimme des Burschen klang ein wenig schärfer. »Brodir Hartfell, Herr dieser Flotte.«

»Herr«, sagte Golias, »wie die Dinge stehen, haben wir weder Land noch einen Lehensherrn.«

»Wenigstens werdet ihr Namen haben, hoffe ich.«

So wie Golias lächelte, wußte ich, daß er dies bewußt offengelassen hatte. »Unser einziger Besitz, Brodir. Meiner lautet Widsith, und mein Freund hier heißt Shandon – Shandon Silberstreif.«

»Wir fahren in die gleiche Richtung wir ihr«, begann ich, als Brodir den Blick auf mich richtete.

»Ihr meint, ihr wollt zurück zur Küste?« Er zeigte dabei nach Westen.

Ich schüttelte den Kopf. »Die einzige Küste, die wir bislang gesehen haben, lag in der anderen Richtung.«

Das schien ihn zu enttäuschen. »Wenn ihr von Osten kommt, könnt ihr mir nichts erzählen.«

Er drehte sich um, offensichtlich in der Absicht, seinen Ruderern einen Befehl zu erteilen, als Golias wieder das Wort ergriff. «Ich kann euch eines erzählen«, bot er an. »Wenn ein Mann sein Segel vor einem guten Wind versteckt, will er nicht gesehen werden. Greift ihr an – oder flieht ihr?«

Brodir lachte, warf aber den Kopf zurück. »Angriff«, sagte er, »für ein Königreich und eine Frau.«

»Das ist es wert«, stimmte Golias zu und tauchte über Bord. Als er wieder hochkam, deutete er mit dem Kopf auf mich. »Ins Wasser, Shandon! Komm!«

Er zog sich an den Holmen zweier Ruder hoch, ehe ich beschloß, daß ich unter keinen Umständen allein bleiben wollte. Die Ruderer ließen mich ihm über die Seite folgen. Als ich der kalten Neugier in ihren Blicken gewahr wurde, merkte ich, daß ich mich vielleicht Feinden aufdrängte. Alles hing davon ab, was Brodir sagen würde. Golias stand bereits vor ihm und wartete auf das Urteil. Zögernd trat ich über den Steg zwischen Backbord- und Steuerbordruderern, bis ich die Plattform am Bug erreichte. Brodir war wütend, hatte sich aber noch nicht ganz entschieden.

»In meinem Schiff«, bedeutete er uns, »bestimme ich, wer an Bord kommt. Seid ihr Spitzel oder bloß Narren?«

»Wir sind ganz einfach Schiffbrüchige«, erklärte ich. »Wir wollen nur wieder an Land.«

»Wenn euer Schiff untergeht, müßt ihr eben schwimmen«, riet er uns. »Ihr werdet euch noch wünschen, daß ihr abgesoffen wärt, statt mein Deck betreten zu haben.«

Golias war nicht so beeindruckt wie ich. »Seit wann«, fragte er, »haben Ringgeber wie Brodir Hartfell Skalden von sich gewiesen?«

»Oh, *der* Widsith bist du – oder du behauptest es wenigstens. Aber das werde ich herausfinden.« Weil er Golias teilweise nachgegeben hatte, hatte er um so mehr Wut auf mich behalten. »Wie ist es mit dir, Silberstreif, oder wie immer du auch heißt? Rede, solange du noch kannst.«

»Ich habe ihn töten sehen«, sprang Golias ein. Er berührte die Haarsträhne, nach der er mir den Spitznamen gegeben hatte. »Er trägt das Zeichen Odins, und seht ihn Euch an. Dort, wo Ihr hinwollt, werdet Ihr Männer wie ihn brauchen.«

»Ich habe dicke Brocken von Männern gesehen, die im Kampf nicht besser waren als Hundefleisch«, bemerkte Brodir. Bei diesen Worten legte er die Hand auf mich, wie jemand, der ein Stück Vieh taxiert.

Da wurde mein Ärger größer als meine Nervosität und Zurückhaltung. »Sehen Sie, Mister Hartfell«, sagte ich. »Ich bitte um nichts. Ich kann für meine Überfahrt arbeiten. Setzen Sie mich an ein Ruder, und ich werde es Ihnen zeigen.«

Golias warf mir einen Blick zu, in dem sich Erleichterung und Sorge mischte. »Bist du gut?«

»Ich tauge vielleicht nicht zu vielem«, sagte ich und zog auch ihn in meine augenblickliche Wut mit ein, »rudern kann ich aber. Ich war drei Jahre erster Mann auf dem Wisconsin-Achter, und wir haben sie in den letzten beiden Jahren in Poughkeepsie weggeputzt.«

»In Poughkeepsie!« echote Golias, wenn er auch von diesem Ort ebensowenig gehört haben mochte wie von Chicago. »Das ist ein Mann für Euch, Brodir.«

Der letztere war besänftigt, aber noch nicht bereit, es zu zeigen. Er wandte sich an einen der Umstehenden. »Setzt ihn an ein Ruder, wo ich ihn beobachten kann«, befahl er.

An jedem Ruder saßen zwei Mann. Auf ein Wort hin machte der Außenmann am Ruder Nummer zwei Platz für mich. Als ich meinen Sitz einnahm, blickte ich auf die etwa dreißig Ruder, die meinem Schlag folgen würden. Danach sah ich mich nicht mehr um. Mein Blick lag auf dem Außenmann vor mir, einem blonden Rauhbein mit einer Narbe auf der Schulter. Ein Bursche neben Brodir brüllte etwas, und wir alle beugten uns vor.

Das Schiff war keine Nußschale, und die Pinne, die ich zu

bemannen half, war kein Leichtgewicht. Auf der anderen Seite waren wir weder gezwungen zu sprinten, noch den Schlag zu wechseln. Als ich mich an den Mangel eines Gleitsitzes gewöhnt hatte, wußte ich, mit dem Posten würde ich fertig. Nach etwa zehn Minuten warf ich einen verstohlenen Blick zu Brodir und sah, daß er mir keine Aufmerksamkeit mehr schenkte. Ich war in die Mannschaft aufgenommen.

Da begann ich mich zu freuen. Von allen Sportarten bietet das Rudern für den Außenstehenden vermutlich am wenigsten. Es ist harte Arbeit, die durch keine Abwechslung erleichtert wird. Schlimmer noch, ein Mann, der sich dieser Sache widmet, sieht nicht, wohin es geht. Das Vergnügen, das für diesen Wahnsinn entschädigt, ist zugleich schlicht und subtil. Ein selten gestilltes Bedürfnis des Menschen ist, sich als Teil von etwas zu fühlen, was glatt und gut funktioniert. In einer guten Mannschaft wird dieses Ideal erreicht, das Gefühl von Perfektion, das wie ein elektrischer Strom zwischen dem Individuum und der Mannschaft hin und her läuft. Bis die Erschöpfung den Bann bricht, wünscht man sich nichts anderes.

Nach einer Weile war ich mir so sicher, daß ich der Unterhaltung derer lauschen konnte, die noch im Heck standen. Ich hoffte mehr über das Ziel zu erfahren, aber ich hörte nichts Interessantes, bis ein Mann schrie: »Schiffe an Steuerbord, Brodir! Da drüben!«

Es gab eine Pause, als Brodir sie abschätzte. »Das wird Sigtrygg sein«, sagte er endlich. »Er ist pünktlich, aber der Idiot hat immer noch seine Segel gesetzt.« Er schwieg eine Weile, offensichtlich beobachtete er sie noch immer. »Ah, da fahren sie hin. Und wo ist jetzt dieser Bursche, der ein Skalde zu sein behauptet?«

Seit einiger Zeit war ein Würfelspiel im Gange, und Golias mußte sein Messer gesetzt haben, um einzusteigen. Mehr als einmal hörte ich, wie er die Würfel anflehte. Als ich nun bei Nennung seines Namens aufblickte, sah ich, daß sein Eifer belohnt worden war. Er trug eine Ledertunika und einen gefiederten Helm, als er sich bei Brodir meldete.

»Kapitän?« sagte er mit militärischer Schärfe.

»Der Mann, dem diese Schiffe gehören«, sagte der andere,

»ist ein König. Ich bin noch keiner, aber ich habe die Absicht, und ich möchte üben. So habe ich nicht vor, ihm an Land zu folgen, sondern ich will ihm zuvorkommen. Das ist nicht nur Schau, denn der erste, der an Land kommt, hat die beste Stelle für das Lager.«

»Also?« unterstützte ihn Golias.

»In wenigen Stunden werden wir Land in der untergehenden Sonne sehen, aber wir sind immer noch außerhalb ihrer Sichtweite. Wir warten, bis es dunkel ist, dringen dann ein und reihen uns am Ankerplatz auf. Wir werden die ersten sein, und ich will ein Lied, daß die Männer das Boot aus dem Wasser heben. Fang an, dir eins auszudenken.«

»Habt Ihr eine Harfe an Bord?« fragte Golias.

Brodir grinste, aber nicht allzu freundlich. »Der Skalde, mit dem wir loszogen, sang immer über Frauen und andere Sachen, von denen die Männer Heimweh bekamen. Ich habe ihm die Harfe nachgeworfen. Ich dachte, er könnte sie vielleicht als Floß benutzen.«

»Ihr werdet Euer Lied bekommen«, versprach Golias; und ein paar Minuten später hörte ich ihn wieder beim Würfelspiel.

Ich war froh, mich ausruhen zu können, als der Befehl kam, die Ruder schleifen zu lassen. Ich bewegte meine Schulter, um die Steifheit daraus zu vertreiben, als ich einen Schlag auf den Rücken bekam.

»Hier«, sagte eine Stimme. »Wasser ist alles, war wir kriegen, aber es ist wenigstens etwas zu trinken.«

Ich drehte mich um und sah meinen Rudergefährten, der mir einen Lederbeutel mit einer Trinköffnung reichte. Das Wasser schmeckte warm und faulig, aber ich konnte es brauchen.

»Das war aber nicht das erste Mal, daß du ein Ruder in der Hand gehabt hast«, meinte der Bursche. Er war ein junger, unbekümmerter Typ mit hellbraunem Haar und einer Narbe im Mundwinkel.

Ich wischte mir mit dem Arm über den Mund und grinste anerkennend. »Noch nie in so schneller Gesellschaft«, sagte ich. Um bei der Wahrheit zu bleiben, war meine Schnelligkeit noch nicht auf die Probe gestellt worden, aber ich fühlte mich gut. Ich hatte gut mit diesen Männern zusammengearbeitet, und sie mit mir. Ich merkte, daß ich von ihnen anerkannt werden wollte. »Werden sie uns etwas zu essen geben, ehe wir diese Wanne noch weiter treiben? Übrigens, mein Name ist . . .«

»Shandon Silberstreif«, unterbrach er mich. »Ich habe gehört, wie du mit Brodir geredet hast. Wie bist du schiffbrüchig geworden?«

Mehrere andere hörten zu, als ich einiges von dem erzählte, was mir zugestoßen war. Inzwischen wurde hartes Brot und gesalzener Fisch verteilt, was beim Reden verschlungen wurde. Dann löste sich auf Befehl die Gruppe auf. Wir würden in Kürze wieder rudern müssen, und Brodir wollte, daß wir unsere Muskeln lockerten, ehe wir wieder auf die Bänke zurückkehrten. Ich suchte mir den Weg zum Bug und fand dort Golias, der aufs Land starrte.

Ich blickte ebenfalls in die Richtung, wenn es auch nichts anderes zu sehen gab als einen verschwommenen Streifen vor dem Abendhimmel. »Ist das Literaria?«

»Ja, aber ich weiß nicht, welcher Landstrich, außer daß wir vermutlich irgendwo nördlich vom Glücklichen Ende sind. Vielleicht sollte ich diesen Brodir kennen, aber ich weiß nicht, wo ich ihn hinstecken soll.« Unvermittelt glättete sich seine Stirn, und er schmunzelte. »Ich habe uns eine Rüstung und Waffen gewonnen. Brodir hätte uns welche gegeben, aber ich wollte sichergehen, daß wir das Beste bekommen und nicht das abgelegte Zeug von irgend jemandem.«

Ich brauchte einen Moment, ehe ich begriff, was er meinte. »Sieh mal«, sagte ich dann. »Wir haben mit dieser Sache hier nichts zu tun, ich bin bereit, für meine Überfahrt zu arbeiten, aber ich werde von diesem Schiff springen, sobald wir Land berühren. Warum sollte ich für Brodir kämpfen? Ich mag diesen Hundesohn nicht einmal.«

Ich war diskret genug, leise zu sprechen, und Golias Antwort war nur mehr ein Murmeln. «Wir werden unsere Chance im Kampf suchen, weil wir sonst überhaupt keine Chance haben. Wenn sie sähen, wie wir uns davonmachten, wäre das für sie ein Beweis, daß wir Spitzel wären.« Er umklammerte meinen Arm, um sicherzustellen, daß ich es auch begriff. »Ich kenne

Brodir nicht und kenne ihn doch nur zu gut. Er hat keinen Scherz gemacht, als er uns bedrohte. Wenn jemand nicht nach seinem Willen handelt, schreckt er vor nichts zurück.«

Ich brauchte kein langes Nachdenken, um zu erkennen, daß Golias wußte, wovon er sprach. »Dann sind wir wohl mit von der Partie«, stimmte ich zu. »Wenn es auch vielleicht nicht lange dauern wird.« Ich war nicht sehr glücklich und machte auch keinen Hehl daraus. »Unsere Jungs haben keine Gewehre. Gibt es welche auf der Gegenseite?«

»Nein.«

»Nun, das ist wenigstens etwas. Aber was mach ich denn jetzt? Ich habe von diesen ganzen Sachen doch keine Ahnung.«

»Dann bekommst du eine Axt«, entschied er. »Glücklicherweise hast du die Statur dafür. Ich habe für uns zwei Schwerter gewonnen, aber ich werde sehen, ob ich eines gegen eine Axt tauschen kann.«

Er überließ mich meinen Gedanken, bis Brodir uns anbrüllte, auf die Bänke zurückzukehren. Ich schob mich über den Steg und sah, wie die Ruderer Tuniken und Pullover aus Kettengliedern überzogen. Sie waren redseliger als zuvor und verrieten ihre Aufregung, indem sie einander neckten und lachten. Die Szene erinnerte mich an eine Veteranenmannschaft in einem Umkleideraum kurz vor einem Rennen, das zu gewinnen sie sicher waren. Das ließ mich wohler fühlen, und mir gelang sogar ein Lächeln, als einer der Männer, mit dem ich mein Futter geteilt hatte, mich begrüßte: »Mach dich fertig, Silberstreif! Du willst uns doch jetzt wohl nicht im Stich lassen!«

»Hat dir keiner ein Kettenhemd gegeben?« frage Skeggi, mein Rudergefährte. »Oder bist du einer von den knallharten Berserkern?«

Ich wußte nicht, ob ich ja oder nein sagen sollte, aber Golias trat rechtzeitig herbei, um die Antwort zu geben. Er warf einen Armvoll Tuch, Leder und Metall zwischen uns.

»Hier ist sein Zeug, aber das ist alles neu für ihn. Anders als die Rüstungen, die er gewohnt ist. Könnt ihr ihm zeigen, wie man es anlegt, und inzwischen kümmere ich mich um seine Axt, ja?«

Meine Unkenntnis rief Belustigung hervor, aber ich fühlte

mich sicherer mit Stahlringen zwischen meinen Rippen und allen, die ein Schwert dazwischenstoßen wollten. Bereit, meinen Platz wieder einzunehmen, warf ich noch einen Blick auf Literaria, das jetzt nur noch ein schwarzer Streifen vor dem ausbleichenden Rot des Himmels war. Unausweichlich warteten dort feindliche Kräfte auf uns, und Zorn überkam mich. Dort gab es Menschen, die mich und meine neuen Bundesgenossen wieder ins Meer werfen wollten, und ich hatte das Gefühl, genug vom Wasser zu haben. Unbewußt sprachen meine Gedanken:

»Wenn sie uns herumschubsen wollen, müssen sie sich schon anstrengen.«

»So spricht ein Mann«, bellte eine Stimme in meine Ohren. Ich drehte mich um und stand vor Brodir. Er lächelte zustimmend und sah dabei gar nicht so finster aus, was mich überraschte. »Wie ist das Kettenhemd?« fragte er und schlug mir auf den Metallpullover. »Ist es nicht zu eng?«

»Nein«, versicherte ich ihm.

»Und die Axt?« fuhr er fort. »Wenn sie zu leicht oder zu schwer ist, werden wir dir eine andere besorgen.«

Golias hatte den anderen erzählt, daß die Kleider für mich neu waren, aber ich durfte nicht zugeben, daß ich keine Ahnung von den Waffen hatte. Ich wog die Axt in der Hand, als ob ich etwas davon verstünde.

»Fühlt sich genau richtig an.«

»Sie ist in guten Händen«, sagte Brodir und wandte sich ab. Während er zwischen den Bänken umherging und andere befragte, konnte ich mich fast für ihn erwärmen. Er war doch kein so schlechter Bursche. Er erkannte einen guten Mann auf den ersten Blick, und er verließ sich auf mich.

»Brodir scheint ja gar nicht so übel zu sein«, meinte ich zu Skeggi.

Er nickte gleichgültig. »Der Alte ist ein feiner Führer, wenn es einem egal ist, wohin man geht.«

Der Abendstern hing über der Stelle, wo die Sonne verschwunden war, als Brodir seine Musterung beendete. »Du da, Widsith«, rief er, als er auf das Vorderdeck stieg. »Hast du dein Lied fertig?«

»Jederzeit.«

Golias trat vor, und Brodir legte einen Arm um seine Schultern. »Und keine von diesen verdammten Kenningen, hörst du, die niemand außer ihrem Schöpfer oder einem Halbirren verstehen kann«, warnte er.

»Es ist ein ehrliches Lied«, versprach Golias. »Laß sie rudern.«

Der Schlagmann beugte sich vor, und ich ging mit nach vorn. Wir begannen kurz und langsam, bis das Schiff durchs Wasser glitt, und dann legten wir zu. Da begann Golias zu singen.

> Im Ost von Agamemnon lag die Stadt, die er verbrannt,
> Im Westen zog's nach Griechenland ihn heim.
> Gut und Böse tragen Masken, die keiner je gekannt;
> Vom Krieg zurück hat er gedacht, es müsse Frieden sein.
> Schon wartete der Mörder, der mit seiner Frau gebuhlt,
> Doch er ließ die Riemen glühen, und er rief voll Ungeduld:
> Oh! Reckt euch, Leute, streckt euch, Leute, pullt, pullt, pullt!
>
> Im Ost von Ingcel Einaug war sein Clan schon lang verwaist,
> Im Westen winkte reicherer Gewinn.
> Menschen siegen und verlieren, so wie es Wyrd verheißt;
> Er wies den Bug gen Eriu, und die Flotte schoß dahin.
> Conaires Macht zu brechen war ihm das Schicksal huld,
> Und konnt er's auch nicht ahnen, rief er doch voll Ungeduld:
> Oh! Reckt euch, Leute, streckt euch, Leute, pullt, pullt, pullt!

Es war zu dunkel, um Golias' Gesicht zu erkennen, wenn mein Kopf beim Zug hochfuhr. Die körperlose Stimme drang aus der Nacht und zog uns ganz in ihren Bann. Das Schlagruder legte im Takt zu, und wir folgten ihm willig. Golias wußte, worauf es ankam, und ich legte alle Sorgen ab. Gefahr gab es überall, und das Unheil liegt dort, wo der Mensch es findet. Inzwischen war ich, der ich kein anderes Ziel hatte, als dem Meer zu entkommen, auf dem richtigen Kurs. Es war keine schlechte Sache.

Im Ost von O. van Kortlandt war die Welt erforscht und alt.
Im Westen hörten alle Karten auf.
Das Leben ist ein Würfelspiel, der Ausgang vielgestalt;
Er packte, ging an Bord und fuhr Ginnuya Gap hinauf.
Und stand am End' die Wiederkehr, so war's nicht seine Schuld;
Denn er suchte das Geheimnis nur und rief voll Ungeduld:
Oh! Reckt euch, Leute, streckt euch, Leute, pullt, pullt, pullt!

Mir gefiel van Kortlandts Stil. Das war die richtige Art. Eine Chance ergreifen und sehen, was dabei herauskommt. Sicher, es hatte einigen Druck benötigt, um mich auf den rechten Weg zu bringen, aber da war ich jetzt. Ich fragte mich, wieviel war es die Sache wert, bei ihm zu bleiben, besonders, da ich das Glück hatte, in seinem Boot zu fahren. Ich hatte genug von Politik kennengelernt, um zu wissen, daß der beste Platz unter den Augen des Bosses ist. Ich war ihm bereits aufgefallen, und ich könnte es schaffen.

Golias sang die obigen Strophen und einige andere immer wieder, bis unser Takt sich so schnell eingespielt hatte, wie es nur ging. Aus eigenem Willen konnten wir ihn schon nicht mehr ändern. Wir konnten nur nachlassen, wie ausgebrannte Maschinen. Ich dachte, der Zeitpunkt wäre erreicht, als das Boot auf Grund lief.

»Pullt!« schrie Brodir. »Noch einmal, und dann die Ruder hoch!« Wir waren auf Literaria gelandet.

V Ein Tag und eine Nacht

Wir gingen unter Waffen von Bord, konnten aber ungehindert an Land waten. Statt einen Anker auszuwerfen, zogen wir die Boote den Strand hinauf bis jenseits der Flutlinie. Dann bildeten wir Reihen und marschierten zu unserem Lagerplatz, der auf höherem Boden lag. Brodir oder irgendein Späher, den er ausgeschickt hatte, war vorher dort gewesen und wußte genau, wohin wir gehen mußten. Da wir sowohl Sigtrygg als auch einen anderen Verbündeten namen Sigurd abgeschlagen hatten, hatten wir die Wahl des Ortes.

Brodir war mit sich selbst zufrieden und mit uns ebenfalls. Um seine Anerkennung zu zeigen, ließ er einen Grog mit Namen Met ausschenken, und die Ruderer bekamen die doppelte Portion. Es war ein Gebräu, von dem einem der Kopf wegflog, wenn man es zum Spaß trank, aber nach Stunden harten Ruderns war es wie Balsam. Entspannt machte ich mich zum Niederlegen bereit, was nicht kompliziert war. Wir hatten ärmellose Umhänge, die als Decken dienten, Schilde, wenn wir Kissen brauchten. Ich schlief ausnahmslos gut, wenn auch nicht lange genug. Man weckte uns, als die Hähne sich noch räusperten.

Es war ein klammer Morgen, und überall stieg Nebel hoch. Niemand hatte viel zu sagen, aber es hieß, daß man den Feind erwarte. Ausgekühlt, schläfrig, steif und hungrig, wie ich war, erschien mir das als das geringste von vielen Übeln.

»Wenn diese Bastarde schon kommen«, grummelte ich, »warum konnten die dann nicht kommen und mich umbringen, als ich noch schlief?«

Skeggi klappte einen gehörten Helm auf seinen Kopf und ließ ihn schief sitzen. »Komm schon«, krächzte er. »Wir müssen sehen, wo es hier Frühstück gibt. Wenn ich meinen Anteil nicht bekomme, bringe ich als erster jemanden um.«

Das Essen brachte uns wieder auf die Beine. Es war immer noch zu früh am Tag für ein Lachen, aber wenigstens knurrte uns nicht mehr der Magen. Zwischen den Bissen spekulierten wir, wie bald die Aktion beginnen würde, ob wir den Hügel, auf dem wir uns befanden, verteidigen oder angreifen würden, wie das Kräfteverhältnis der beiden Armeen sein würde, und so weiter. Niemand prahlte, aber wir waren rauhe Burschen, die voneinander Kraft schöpften. Niemand zeigte Furcht, selbst ich nicht, von dem es eigentlich zu erwarten gewesen wäre.

Nach dem Essen stellten wir uns nach Bootsbesatzungen auf, um unsere Befehle einzuholen. Danach verlief die Zeit langsam, während wir darauf warteten, daß sich der Nebel hob, damit wir sehen konnten, was uns bevorstand. Erst da hatte ich Zeit, mich zu fragen, was ich mit der meterlangen Axt in meinen Händen anfangen sollte. Sie ähnelte dem Symbol der römischen Beamten, aber ohne die Ruten daran. Sie war scharf und gut ausgewogen. Es war eine gefährliche Waffe in den Händen eines geübten Mannes, und es würde geübte Männer geben, die vermutlich solche Geräte gegen mich schwingen würden. Ich schenkte meinem Schild viel Aufmerksamkeit, gelangte jedoch zu keiner Schlußfolgerung. Es war aus Leder und Holz, mit Nieten beschlagen und sehr stark. Aber war es stark genug, um einer Axt mit, sagen wir, zweihundert Pfund dahinter standzuhalten?

Während ich über dieses wichtige Problem nachdachte, trat Golias zu mir. Ich hatte ihn einst für sonderbar gehalten, aber jetzt war er mein einziger Fixpunkt.

»Wie geht's, Partner?« Ich gähnte, um zu zeigen, wie unbekümmert ich mich fühlte. »Wann geht's denn endlich los?«

Er ließ sich nicht zum Narren halten. »Sieh mal, Shandon, ich werde nicht bei dir sein können; Brodir will mich bei der Vorhut haben. Für dich ist das alles neu, aber du bist stark und schnell. Wenn du zuerst zuschlägst, kannst du den Gegner verfehlen und deine Deckung öffnen. Konzentriere dich also auf die Deckung, und halte die Axt bereit zum Gegenschlag. Wenn ein Mann zugeschlagen hat – immer unter der Voraussetzung, er hat dich nicht festgenagelt –, dann ist er bereit zum Zerteiltwerden.«

»Was ist mit diesen Schilden?« fragte ich ihn. »Sind sie stark genug?«

»Keine Verteidigung ist jemals stark genug«, sagte er, »aber sie leiten die meisten Hiebe ab und brechen die Kraft der anderen. Er wird dich schon schützen, wenn du deinen Platz in der Reihe einhältst. Halte die Schildreihe um jeden Preis geschlossen.«

»Danke«, nickte ich. »Und paß auch auf dich auf.«

Er hatte leise gesprochen, aber nun murmelte er nur noch. »Wenn wir verlieren, warte nicht darauf, bis wir uns ergeben. Mach, daß du fortkommst, und lauf, was du kannst.«

Das war das erste Mal, daß jemand die Möglichkeit einer Niederlage andeutete. Ich war überrascht.

»Du glaubst nicht, daß wir siegen werden?«

»Ich weiß es nicht«, antwortete er, »aber es gibt immer zwei Möglichkeiten. Wenn wir gewinnen, ist das die eine Sache. Wenn nicht, dann steht jeder für sich allein.«

Die Männer brüllten Befehle, und Golias redete schneller. »Wenn alles schiefgeht, treffe ich ich dich in zwei Wochen in Heorot – H – e – o – r – o – t. Ich weiß, wo wir jetzt sind; denn ich erinnere mich, auf dem Weg zur Zweiten Schlacht von Moytura hier vorbeigekommen zu sein. Heorot liegt im Südosten, an einer Bucht auf der anderen Seite vom Buckel von Arden. Folge nicht der Küstenlinie, es ist dort zu gefährlich. Wenn du zuerst ankommst, warte auf mich, und ich werde das gleiche tun.«

»Abgemacht«, sagte ich. Ich wollte noch nach genaueren Anweisungen fragen, aber Skeggi brüllte meinen Namen. Eilig nahm ich meinen Platz neben ihm ein.

Einen Moment später lichtete sich der Nebel. Die Kuppe, auf der wir standen, erhob sich über dem Meeresarm, wo wir gelandet waren. Es war kein Hügel, wie ich ihn mir vorgestellt hatte, wenn es auch nicht weit entfernt welche gab. Zwischen ihnen und unseren Reihen lag eine Art Ebene. Es war größtenteils abgegrastes Weideland, aber es gab auch kleine Wälder, Ausläufer des Waldes dahinter. Aufgeregtes Murmeln lief die Reihen entlang, wenn auch nicht vor Entzücken über die Landschaft: Vor einem größeren Hain, kaum eine halbe Meile weit entfernt, waren Männer aufgezogen.

Sie hatten ebenso ruhig gewartet wie wir, aber jetzt warteten sie nicht mehr. Wir auch nicht. Der Instinkt riet, zu rennen, aber unter Brodirs Augen hielten wir das Tempo zurück.

»Geht und bleibt in der Reihe!« schrie er. »Ich werde den ersten umbringen, der den Schildschluß bricht.«

Ich wußte, daß ich das nicht sein würde, und nicht nur aus Angst vor ihm. Das Wissen, daß zu beiden Seiten jemand stand und mir bei der Deckung half, gab mir eine Zuversicht, die ich andernfalls nicht gehabt hätte.

Von den drei verbündeten Truppen bildete Brodirs Gruppe den linken Flügel. Unsere Mannschaft marschierte direkt hinter ihm und einer ausgewählten Vorhut, zu der auch Golias gehörte. Da wir uns nach Ruderbänken aufgestellt hatten, waren die beiden Schlagmänner rechts von mir. Einer verband den Schild mit mir auf dieser Seite, während Skeggi dies auf der linken tat. Es gab eine zweite Reihe hinter uns und eine Reservegruppe, die in einiger Entfernung folgte.

Bei jedem Schritt fühlte ich mich besser. Wer wollte uns aufhalten oder in die Flucht schlagen? Weil der Feind dachte, er sei just dazu bestimmt, kam er plötzlich doppelt so schnell. Ich hatte mich gefragt, wie ich wohl reagieren würde, aber jetzt hatte ich keine Zeit mehr für Fragen. Es gab nur eines zu tun, und das war, zu vernichten, um nicht vernichtet zu werden. Ich faßte die Axt kürzer, duckte mich hinter den Schild und versuchte, mich an das zu erinnern, was Golias mir eingeprägt hatte.

Zuerst stießen sie gegen Brodir und seinen Trupp. An diesem Felsen zerschellten sie und wirbelten auf uns zu. Es ging eine Menge vor sich, aber ich sah nur einen hageren roten Teufel. Er kam zwar nicht in meine Richtung, aber ein todsicherer Instinkt sagte mir, daß er herumschwenken würde, und das tat er auch. Er trug keine Rüstung, nur einen Schild und ein Schwert, länger als sein Gorillaarm. Als er auf mich zusprang, fing er meinen Blick auf und lachte in der gleichen Erkenntnis, wie sie mich überkommen hatte: daß wir füreinander bestimmt waren. Dann sauste das Schwert aus der Luft herab. Es riß eine Ecke aus meinem Schild, aber die Klinge wurde abgeblockt. Die Hand, die es hielt, war ungedeckt, und ich erwischte sie kurz über dem Gelenk.

Ich weiß nicht, was mit dem Burschen neben Skeggi geschah, aber nach einer Weile stand ein anderer dort, der aus dem hinteren Glied vorgetreten war. Dann rückten wir vor, während die anderen zurückwichen, um sich neu zu formieren. Sie warfen Speere, um den Rückzug zu decken. Einer davon durchstieß den Schenkel des Mannes zu meiner Rechten und ließ ihn zurückfallen.

Trotz der schweren Verluste dachte ich, wir hätten es geschafft. Das glaubte auch Brodir. Er erlaubte uns, den Schildschluß zu lockern, damit wir schneller folgen könnten, und war der erste, der ihre in Auflösung begriffenen Reihen durchstieß. Es sah in der Tat so aus, als sei die Schlacht unser. Wenn wir diesen Flügel auslöschten, würden wir das Zentrum von der Seite aus angreifen und niedermachen können.

Ohne Zweifel hätten wir das auch getan, wenn nicht etwas dazwischengekommen wäre. Frische feindliche Truppen, noch einmal so viele wie die, mit denen wir uns herumschlugen, kamen aus einem Waldstück gerannt, auf das unser Angriff uns zugeführt hatte.

Ich kann von Brodir sagen, daß er ein genauso harter Bursche war, wie er sich gab. Ich war zufällig dicht hinter ihm bei dem Angriff, und er tötete mit der leichten Präzision eines Schlachters. Er war vermutlich der zweitbeste Mann auf dem Feld. Das Problem war nur, daß der beste Mann den Gegenangriff führte.

Brodir ging zu Boden, als sie aufeinanderprallten. Seine Rüstung mußte gut gewesen sein, denn er sprang wieder auf die Beine. Die zweite Runde verlor er auch, und dann verlor ich ihn zeitweise aus den Augen.

Wir waren zu wenige, um zu kämpfen, und zu müde, um vor ausgeruhten Männern davonzulaufen. Ich verdanke mein Leben der Tatsache, daß ich in einer Blutlache ausrutschte. Die feindliche Linie stürmte über mich hinweg und hinterließ nur ein paar Kratzer. Als sie weitergezogen waren, sah ich, wie Brodir wieder auf die Beine kam. Er lief auf ein Wäldchen zu, das unsere Truppe links flankierte. Ich folgte ihm, und ebenso ein Dutzend anderer, die den Angriff durch Glück oder Ducken überlebt hatten. Der Feind rannte weiter, um unsere Reserve zu vernichten, und ließ uns ziehen.

Skeggi war gefallen, aber Golias lebte noch. Wir sprachen kein Wort; niemand sprach eine Zeitlang, außer zu sich selbst. Wir schafften es zum Waldrand, merkten, daß wir nicht verfolgt wurden und blieben dort. Verborgen in den Schatten hielten wir erschöpft Ausschau, um zu sehen, ob unsere Verbündeten schafften, was uns nicht gelungen war.

Wir sahen nichts, was uns hätte hoffen lassen. Unser Zentrum war auf dem Rückzug. Den rechten Flügel konnten wir nicht sehen, aber allein die Tatsache, daß er durch das Zentrum verdeckt wurde, zeigte, daß er zurückgedrängt worden war. Eine halbe Stunde später hatte sich die Schlacht in eine Reihe kleiner Scharmützel aufgelöst, wo kleine Gruppen unserer Männer unter den Hieben einer zehnmal so großen Anzahl hingeschlachtet wurden.

Während der Rest von uns vor sich hin fluchte und nervös die Wunden leckte, war Brodir still wie eine Schlange und hob nicht ein einziges Mal den Blick vom Geschehen. Dann sprang er auf.

»Auf die Beine!«

Wir anderen starrten ihn an und wußten nicht, was er wollte. »Die Schildburg da drüben!« erklärte er. »Wir können sie sprengen!«

Ich hatte die Wache vor dem Hain bemerkt, wo der Feind offensichtlich sein Hauptquartier aufgeschlagen hatte. Wenn sich auch der Kampf nie in ihre Nähe verlagert hatte, hatten die Männer dort Schild an Schild gestanden. Angesichts des sicheren Siegs jedoch hatte der Kommandeur ihnen offensichtlich »Rühren« befohlen. Sie standen sorglos in Grüppchen herum und betrachteten den Kehraus.

»Jetzt ist der Zeitpunkt, jetzt!« beharrte Brodir. »Sie haben gewonnen, aber wir lassen ihnen nicht alles. Soll ich allein gehen?«

»Nein, wir können ihnen nicht alles überlassen«, stimmte Golias zu. Wir alle waren dieser Meinung und rappelten uns auf. Wir rechneten nicht mehr damit, aus diesem feindlichen Gebiet zu entkommen, und wollten unser Leben so teuer wie möglich verkaufen. Das war alles, was noch zählte.

Die Entfernung muß so an die fünfhundert Meter betragen haben, aber niemand hielt uns auf. Eine kleine, disziplinierte Gruppe, die hinter den Schlachtlinien marschiert, wird von niemandem für feindlich gehalten. Einige der Wächter blickten in unsere Richtung, wandten sich aber wieder ab und beobachteten die letzten Aktionen. Wir gelangten bis auf hundert Meter Entfernung an sie heran, dann sechzig, dann vierzig.

»Auf sie!« rief Brodir und ging mit gutem Beispiel voran.

Wir standen voll unter Dampf, noch ehe sie begriffen, was los war. Sie fielen alle übereinander in dem Versuch, ihren Platz zu finden und sich zu sammeln. Sie hatten keine Chance. Wir brachen durch ihre Reihen, töten ein paar und fegten in ihr Hauptquartier, das sie nicht hatten verteidigen können.

Meine Erinnerung an diesen Augenblick ist ein Mosaik entsetzter Männer mit offenen Mündern, die nach Waffen suchten und auf uns zurannten, um uns aufzuhalten. Die wenigen, die es versuchten, hatten kein Glück. Meine Axt spaltete einen von ihnen.

Einer unter ihnen aber war nicht verwirrt. Er hatte abseits gestanden und war als einziger ruhig geblieben. Meine Augen, die einen letzten Blick auf alles werfen wollten, sahen, wie sich die Teile zu einem Ganzen zusammenfügten. Dieser Mann bewegte sich nicht, weil er das Zentrum war. Ohne jemals seinen Kurs zu wechseln, trieb Brodir auf ihn zu. Alle, die sich vergeblich in unseren Weg warfen, taten das mit dem Gedanken an ihn.

Es war ein alter Mann, der wußte, was er erreicht, warum er es getan und was es ihn gekostet hatte. Er kannte auch seine Stellung in der augenblicklichen Handlung. Ein leichtes Lächeln faltete seine Krähenfüße, als er auf uns wartete. Für einen Moment erblickte ich menschliche Größe, ehe Brodir sie endete. Im letzten Augenblick warf sich noch ein Jüngling mit dem Arm ins Schwert. Ein einziger Hieb trennte diesen Arm und zugleich den Kopf des Alten ab.

Wir hatten dafür gesorgt, daß sie ihres Sieges, den sie errungen hatten, nicht froh werden sollten. Jetzt war es an uns, dafür zu bezahlen. Zuerst waren es genügend Männer, um unseren Angriff stocken zu lassen, dann konnten wir uns kaum noch bewegen. Wir erkämpften uns einen Weg in ein Dickicht, aber andere waren losgerannt, um uns den Weg abzuschneiden. Wir konnten nicht weiter und bildeten eine Schildburg.

Dieser Fleck mit Unterholz war wie eine Festung, wie jene, die uns verfolgten, bald herausfanden. Wir töteten so viele, daß sie uns bald in Ruhe ließen und sich damit zufriedengaben, daß wir nicht entkamen. Kurz darauf hörte ich, wie irgendwo Holz geschlagen wurde, wenn es auch weniger Lärm machte als die Stimmen, die den Neuankömmlingen die Katastrophe verkündeten:

»Brian ist tot!«

»Mein Gott! Nein!«

»Aber das kann doch nicht sein. Wir haben doch gewonnen!«

»So? Haben wir das? Na, dann setz ihm den Kopf wieder auf.«

Der Mann, der behauptet hatte, sie hätten gewonnen, drückte das Gefühl aller aus. Etwas so Unglaubliches war geschehen, daß es schon unfair war. Ich lauschte grimmig und wollte ihnen Salz in die Wunden streuen, aber meine Kehle war zu ausgedörrt, um laut zu schreien.

Mir war natürlich klar, daß sie nicht einfach auf unseren Tod warten würden. Doch was sie genau vorhatten, ging mir erst auf, als der erste Baum fiel. Er stürzte auf uns nieder, nagelte Männer an den Boden und zerbrach unsere Schildmauer. Innerhalb weniger Minuten stürzten weitere auf uns herab, und wir waren geliefert. Jene von uns, die noch nicht getötet oder verstümmelt waren, lagen in dem Zweiggewirr gefangen und konnten weder kämpfen noch fliehen.

Sie kamen hinter uns her und zogen uns wie Fliegen aus einem Spinnennetz. Unter einen gefallenen Baum geduckt sah ich, wie sie keine drei Fuß entfernt Brodir schnappten. Ihn wollten sie. Die Meute lechzte nach seinem Blut. Das Interesse an uns war vorübergehend geschwunden, und ich ließ meine Axt liegen und kroch auf Händen und Knien davon.

Der nächste Baum, ein riesiges Exemplar, war hohl. Die Öffnung war ursprünglich nicht so groß gewesen, um einen Mann einzulassen, aber der Fall hatte sie größer gemacht. Es war kein besonders gutes Versteck, aber es gab kein anderes.

Ich quetschte mich hinein und schob mich so hoch, wie ich konnte. In der ersten halben Stunde nahm ich es als gewiß an, gefunden zu werden. Als nichts passierte, entspannte ich mich. Dann fiel ich vor Erschöpfung in Schlaf.

Kein menschlicher Laut war mehr zu hören, als ich die Augen aufschlug. Nachdem ich lange genug gewartet hatte, um sicherzugehen, daß dies nicht nur vorübergehend sei, glitt ich vorsichtig aus meinem Versteck heraus. Die Sonne war untergegangen. Niemand war in dem Hain zu sehen, wenn ich auch jetzt berunruhigende Geräusche aus Richtung des Schlachtfeldes hören konnte. So lautlos wie möglich stahl ich mich zu einer Stelle, wo ich weiter sehen konnte. Man hatte alle Leichen ins Freie getragen, und das aus einem guten Grund. Die Geräusche, die ich gehört hatte, stammten von Aasfressern, denen der Tisch viel zu gut gedeckt war, um in den Wäldern nach Futter zu scharren. Es waren Bussarde und Krähen, die krächzten und kreischten vor Befriedigung, während sie von einem Kadaver zum anderen hüpften. Wölfe schnaubten gutmütig, als sie die Menschen zerrissen, aber das war nicht der schlimmste Anblick. Alte Frauen schritten das Feld ab und jagten die Vögel mit Stöcken fort, damit sie die Leichen fleddern konnten.

Es war klar, daß ich gehen konnte, wenn ich bereit war. Ich zog mich an den anderen Rand des Hains zurück und tastete nach meiner Feldration. Ehe wir in die Schlacht zogen, hatte man uns zwei dicke Scheiben Roggenbrot mit einem Stück Käse dazwischen gegeben. In der Tasche meiner Ledertunika hatte dieses Sandwich durch Überhitzung und Druck gelitten. Der Käse war in die Poren des Brotes eingezogen, aber trotz meines Dursts gelang es mir, die zerkrümmelte Masse herunterzuwürgen.

Inzwischen mußte ich mich entscheiden, was ich tun sollte, wenn die Dunkelheit mir Schutz bieten würde. Ich kannte das Land nur in einer Richtung, aber der Sinn stand mir nicht danach, das Schlachtfeld zu überqueren und vielleicht mit ansehen zu müssen, wie die Bussarde sich über Skeggi oder Golias hermachten. Als ich an den letzteren dachte, erinnerte ich mich an unser letztes Gespräch. Seine Instruktionen hatten gelautet, ich solle mich nach Südosten wenden, und das konnte ich tun, ohne die Szene unserer Niederlage noch einmal betreten zu müssen.

Mit der Hilfe des Polarsterns behielt ich meinen Kurs bei, bis ich eine ungepflasterte Straße fand. Rechts lagen die Lichter einer Stadt, zweifelsohne derjenigen, in der unsere Feinde einquartiert waren. Ich wandte mich nach links. Es war nicht direkt die Richtung meiner Wahl, aber darüber konnte ich mir später Sorgen machen. Zunächst einmal war es mein Ziel, außer Reichweite von Patrouillen zu gelangen, die auf der Suche nach Fremden waren, welche ihre Anwesenheit nicht erklären konnten. Ich hatte mein Messer noch, aber ohne meine Axt, Schild und Helm und Kettenhemd sah ich kaum kriegerischer aus, als ich mich fühlte.

Die Straße war leer, und bald führte sie in einen Wald. Nach einer Weile fühlte ich mich gegenwärtig sicher genug, um über Vergangenheit und Zukunft nachzudenken.

Allmählich überkam mich Verzweiflung. Es waren nette Kerle gewesen, mit denen ich gerudert und gekämpft hatte. Ich war gut mit ihnen ausgekommen, und selbst Brodir hatte ich gerngewonnen. Jetzt waren sie tot, und ich war mir nicht sicher, ob ich glücklich war, sie überlebt zu haben. Man muß die Chancen nutzen, die man hat, aber ich wünchte mir fast, ich hätte den hohlen Baum nicht gefunden. In der Schildreihe hatte ich ein gegenseitiges Vertrauen gespürt, wie ich es noch nie erfahren hatte. In meiner Trauer kam es mir vor, als hätte ich Skeggi und die anderen im Stich gelassen, während sie mir treu geblieben waren.

Was Golias anbetraf, so war er offensichtlich zuversichtlich gewesen, am Leben zu bleiben. Ich glaubte nicht, daß er es geschafft hatte, doch sobald ich einigermaßen aus dem Gebiet heraus war, würde ich so handeln, als lebe er noch. Es genügt nicht, einen Ort zu verlassen, man muß einen zum Ziel haben. Meine Verabredung mit Golias in Heorot, wo und was auch immer das war, bildete meine einzige Zukunft. Es war eine öde. Falls ich jemals Heorot finden sollte, würde ich auf einen Mann warten, an dessen Kommen ich nicht glaubte. Und wenn er nicht mehr auftauchte – nun, was dann? Ich wollte lieber nicht daran denken.

Eine Quelle am Wegrand hatte meinen Durst gelöscht, aber ich blieb nicht weiter stehen, bis das Gewicht meiner Gedanken sich auf meinen Willen legte. Sobald ich in der Bewegung innehielt, war ich wie gelähmt. Nach einer Weile glitt ich von dem Felsen, auf dem ich mich niedergelassen hatte, und drehte mich mit dem Gesicht nach unten auf den Boden. Mein ganzes Fühlen zog sich auf einen Punkt zusammen, daß selbst die Hoffnungslosigkeit keinen Raum mehr hatte. Ich lag da wie tot.

Doch ein Mann ist nicht eher tot, bis er aufhört, neugierig zu sein. Etwas geschah, das meine Sinne registrierten. Ein Vogel begann zu singen. Mit dieser Veränderung veränderte auch ich mich, wenn auch zunächst nur langsam.

Es war kein gewöhnliches Zirpen. Der Vogel hatte Technik. Er benutzte vierzig verschiedene Noten und verband sie in einer logischen Reihenfolge. Als er sein Repertoire zum dritten Mal durchging, hob ich den Kopf, um mich zu vergewissern, ob es noch Nacht war. Da das zutraf, war mein nächster Gedanke, festzustellen, ob es wirklich ein Vogel war. Bei der fünften Wiederholung stand ich auf und trat leise in den Wald. Als ich ein paar Meter gegangen war, brach das Lied ab, und ich hörte Flügel flattern.

Es hätte mich zu einer anderen Zeit nicht so stark betroffen. Doch auch wenn der Geist am Ende ist, ist er immer wieder erstaunt, eine neue Tatsache in den Fächern der Erfahrung vorzufinden. Hier sang entgegen all meiner früheren Erfahrung ein Vogel bei Nacht. Dies erfüllte mich mit Staunen, und das Staunen kann nicht zusammen mit Verzweiflung in eines Menschen Herz wohnen.

Von einem anderen Zweig aus begann der Vogel wieder sein Lied, süßer noch, weil es ferner klang. Unter den Bäumen war gerade genug Licht, daß man zwar alles sehen konnte, aber nichts deutliche Formen annahm. In dem frischen Duft, der vom Boden aufstieg, schwang der Geruch von Waldblumen mit. Meine Gedanken waren so unantastbar wie die Düfte, die ich nicht benennen konnte, aber ich spürte, daß es keine Trennung zwischen meinem Herzen und der Freude gab, die es suchte.

Noch zweimal sang der Vogel, ehe er davonflog. Er ließ mich in innerem Frieden zurück, bis ich eine beunruhigende Entdekkung machte. Als ich in die Richtung ging, wo ich die Straße vermutete, legte ich erst die notwendige Entfernung zurück, dann die doppelte. Ich hatte meinen Seelenfrieden wiedergefunden, aber ich hatte den Weg verloren.

Meine Aufregung legte sich bald, denn ich hatte ohnehin nicht gewußt, wohin ich ging, auch als ich noch auf der Straße war. In anderer Stimmung hätte ich wohl auf den Tagesanbruch gewartet, um dann nach dem Weg zu suchen. So, wie die Dinge lagen, drängte mich ein dunkler Fatalismus, durch Broceliande zu ziehen.

Die Dämmerung war, wie ich merkte, nicht mehr weit. Bald hatten die Bäume eine Identität, aber noch kein Leben. Die Blätter hingen herab wie frisch aufgehängte Wäsche. Ich ging weiter, aber bald spürte ich die Grabesstille in meinem Magen. Sobald es warm genug wurde, daß es angenehm war, wollte ich mich hinlegen und schlafen.

Nervös war ich zwar nicht, aber ich stand so im Bann der Stille, daß ich aufsprang, als ich einen leisen Schrei hörte. Ein Mädchen rannte durch das Halblicht auf mich zu. Sie hatte mich mit jemandem verwechselt; denn als sie fast bei mir war, blieb sie stehen.

»Oh«, sagte sie mit einem Tonfall, der sowohl verlegen als auch enttäuscht klang. »Ich dachte, du wärest Aucando.«

Ihr Haar umgab ihr Gesicht wie Nebel im Mondlicht, und ihre Figur war der richtige Stengel für eine solche Blüte. Sie war genau so ein Mädchen, wie es das Vogellied der letzten Nacht hatte möglich erscheinen lassen. Ich glotzte sie an wie ein Tölpel, bis ich mich wieder faßte.

»Ich bin nicht Aucando«, gab ich zu, »aber es wäre schon schön.« Als ich das sagte, lächelte ich auf eine gewisse Weise, um meiner Unverschämtheit die Spitze zu nehmen. Es war nicht nur so, daß einiges meiner Unverfrorenheit gegenüber Frauen auf Aeaea abhanden gekommen war. Dieses Mädchen hatte etwas an sich, was mich davor zurückhielt, mich wie ein Wolf zu verhalten.

Sie hatte Angst, obwohl sie keinen Grund dazu hatte. Selbst wenn meine Gedanken lüstern gewesen wären, so konnte ich mich nicht mit jemandem abgeben, der nicht geneigt war, mein

Ansinnen zu erwidern. Aber ich wollte sie dennoch nicht fortlassen, ehe sie mir nicht einige Fragen beantwortet hatte.

»Keine Sorge«, beruhigte ich sie. »Ich belästige niemals Frauen vor dem Frühstück. Übrigens, weißt du, wo ich eines bekommen könnte?«

Sie taxierte mich mit ihren Augen. Ich wartete, bis sie sich ihre Meinung gebildet hatte.

»Bist du ein Pilger?« fragte sie schließlich.

»Ich bin nicht nur ein Pilger, sondern ein verirrter obendrein.« Natürlich wollte ich den Mund halten über meinen Anteil bei der verhinderten Invasion. »Ich bin in der Dunkelheit vom Weg abgekommen, und jetzt wandere ich ziellos umher.«

»Es gibt kein Gasthaus hier in der Nähe, soweit ich weiß«, sagte sie zögernd. »Aber wenn du hungrig bist –«

»Sehr hungrig«, unterbrach ich sie.

»Nun, dann kann ich dir etwas zu essen geben, wenn du eine Minute wartest. Ich möchte Honig von den Bienen leihen, ehe sie aufwachen.«

Der Bienenbaum war nicht weit fort. Das schwarze Loch, das seine Hohlheit verriet, sah verdächtig aus, aber ich blieb stehen, während sie einen Arm hineinsteckte. Als sie ihn wieder herauszog, hielt sie ein ziemlich großes Stück Wabe in der Hand. Darauf saßen schläfrige Bienen, die sie mit leichter Hand beiseitewischte. Dann hüpfte sie fort – schneller, wie ich gestehe, als ich es vermocht hätte.

»Das war saubere Arbeit«, bemerkte ich.

Sie freute sich über das Lob. »Sie arbeiten so schwer dafür«, lachte sie, »aber sie haben mehr, als sie brauchen, und Honig ist ohnehin viel zu gut für die Bienen.« Sie legte die Wabe in einen mit Blättern ausgelegten Korb und leckte sich die Finger. »Ich heiße Rosalette.«

Jeder in Literaria schien mit nur einem Namen auszukommen. Erleichtert ließ ich das A. Clarence fallen, das ich immer so gehaßt hatte.

»Shandon«, sagte ich und faßte an meine Locke. »Manchmal Silberstreif genannt.«

Sie führte mich zu einem Unterstand aus Zweigen, der hübsch mit Blumen verflochten war. Er stand, wie ich bemerkte, an einer Stelle, wo sieben kleine Waldwege zusammenliefen.

»Da wären wir«, bemerkte sie. »Warte, bis ich die Ziege gemolken habe – sie gehört mir zwar nicht, aber sie mag mich –, und dann werde ich auftischen.«

Niemand störte uns bei unserem Mahl aus Beeren, Milch, Brot und Honig. Dieser Umstand, die Unterkunft und der Ort machten mich nachdenklich.

»Kommt dein Mann denn nicht zum Frühstück?«

Sie errötete, als hätte ich etwas besonders Nettes gesagt.

»Meinst du Aucando? Er ist noch nicht mein Mann.«

Mehrere Fragen lagen mir auf der Zunge, aber ich wählte die vordringlichste: »Willst du damit sagen, du lebst ganz allein hier draußen in den Wäldern? Aber warum?«

Sie nahm einen Schluck Milch. »Man wollte mich töten, aber ich bin ihnen entkommen und habe mich hier versteckt.«

Ich konnte sie nur anstarren, aber sie fuhr von sich aus fort. »Aucandos Vater will nicht, daß ich ihn heirate.«

Sie konnte nicht älter sein als zwanzig. Außerdem war sie, wenn ich überhaupt irgend etwas verstand, ebenso nett, wie sie aussah. Allein der Gedanke, jemand könnte ihr nach dem Leben trachten, war unvorstellbar. Ich war in Leidenschaft entflammt, als ich meine Stimme wiedergefunden hatte.

»Dieser A . . . rmleuchter! Er will . . . was macht denn deine Familie dagegen? Und was sagt der kleine Aucando dazu?«

»Er ist fast so groß wie du!« rief sie. »Und stärker – viel stärker.« Dann kühlte sie sich wieder ab. »Er kann nichts tun, weil sein Vater der Herrscher dieser Gegend ist.«

Mein Gesicht hellte sich auf. »Frag mich nicht, woher ich es weiß, aber wenn er Brian heißt, sind deine Sorgen vorbei.«

»Nein, der ist es nicht.«

»Stimmt das?« So wie sie redete, war ich außerhalb von Brians Territorium – oder besser, aus dem Gebiet heraus, wo seine trauernden Untertanen nach Flüchtlingen suchten – was eine Erleichterung war. »Wo ist dein Verlobter jetzt? Kann er nicht weggehen, um dich zu suchen?«

»Natürlich. Er ist in dieser Minute irgendwo im Wald und sucht nach mir.«

Die ganze Sache machte mir Sorgen. Mir schien, als hätte sie, so allein im Wald, eine ebenso gute Chance, von jenen gefunden zu werden, die sie töten wollten, wie auch von ihrem Schatz.

»Wie viele Minuten sind das schon?« beharrte ich.

»Nun – drei Tage.« Sie schien nicht so zuversichtlich zu sein, gefunden zu werden, wie es ihr lieb gewesen wäre; denn sie sah mich bei diesen Worten nicht an.

»Aber wenn«, bohrte ich weiter, »er zufällig nicht an dieser Stelle vorbeikommt?«

Da hob sie den Blick, und ich erkannte, daß sie sich über diese Wendung des Schicksals bereits Gedanken gemacht hatte. »Wenn er heute nicht kommt«, sagte sie, »dann werde *ich* ihn suchen gehen.«

VI Irrungen

Erst als ich mich zum Essen niedersetzte, merkte ich, wie müde ich war. Beim Kauen fielen mir die Augen zu. Rosalette bemerkte es rasch.

»Warum legst du dich nicht ein Weilchen hin?« fragte sie und deutete auf ein Lager aus jungen Zweigen. »Du störst mich nicht.«

Trotz dieser Versicherung wollte ich mich nur ein paar Minuten hinlegen. Sie hatte mich gut behandelt, und ich wollte ihr nicht ihr winziges Quartier wegnehmen. Ich blickte hoch zu den Blumen, die das Dach der Hütte schmückten, und dachte an das Mädchen, das sie dort aufgehängt hatte. Auch diese Äußerlichkeiten standen im Einklang mit ihrem Wesen.

Draußen konnte ich sie summen hören. Schließlich kamen auch Worte zu der Melodie hinzu.

Sieben Wege enden hier;
Sieben führen dich zu mir,
Sieben, deren keiner's tat.
Oh, welch schändlicher Verrat!
Lügner nenn ich jeden Weg,
Welcher deinen Fuß nicht trägt.
Wo du nicht bist, da ist kein Land,
Berührung schafft nur deine Hand,
Und für mich gibt's keine Welt,
Die nicht dein Gesicht enthält.
Nur ein Ort ist, den ich find,
Wo du gehst, bin ich auch blind
  Ohne deine Augen.

Ihre Stimme war so süß wie alles andere an ihr. Sie lullte mich ein, und ich schlief.

Die vierzig Lidschläge, die ich mir eigentlich hatte genehmigen wollen, dehnten sich zu mehreren Stunden Schlaf. Es war Mittag, als ich mich endlich aufraffte. Als erstes bemerkte ich, daß das kleine Bündel von Habseligkeiten des Mädchens verschwunden war. Erst nach ein paar Minuten fand ich die Nachricht, die sie in ein Stück Birkenrinde eingekratzt hatte:

»Aucando ist nicht gekommen, also bin ich fort«, hieß es dort. »Die kleine Hütte gehört dir, wenn du sie willst. In dem anderen Rindenstück sind Brot und Honig eingerollt.«

Die Hütte kam mir plötzlich wie ein Zimmer vor, in dem jemand gestorben war. Als ich hinausging, bemerkte ich, daß die Blumen bereits zu welken begonnen hatten. Ich aß mein zuckriges Sandwich und blickte mich um.

Die sieben Wege, die Rosalette beschuldigt hatte, sie im Stich zu lassen, verliefen immer noch unerforschlich zu unvorstellbaren Orten. Ich hätte mich treten können, weil ich sie nicht gefragt hatte, welcher in die grobe Richtung von Heorot führte. Es war mir nicht in den Sinn gekommen, daß ich so lange schlafen oder sie so früh gehen könnte.

Wenn die Sonne nicht im Zenith gestanden hätte, hätte ich vielleicht den genauen Weg bestimmen können. So konnte ich nur ungefähr abschätzen, daß drei Wege ungefähr in südlicher Richtung verliefen. Ich probierte alle drei, um vielleicht eine Ahnung zu bekommen, welcher der beste sei. Beim zweiten Versuch bemerkte ich jedoch einen verwischten Fußabdruck, den ich für Rosalettes hielt. Der Weg führte vielleicht nicht nach Heorot, aber immerhin hatte ich einen Grund, ihm zu folgen. Vielleicht konnte ich sie einholen und ihr helfen, falls sie in Schwierigkeiten käme. Oder – einfach so. Auf jeden Fall erschien der Weg besser, weil ich wußte, daß auch sie ihn ging.

Als ich mir die Wildnis bei Tageslicht ansah, war ich um so beeindruckter von dem, was sie vollbracht hatte. Ohne nennenswerte Ausrüstung war sie in den Wald gekommen und hatte sich dort ausgebreitet wie Sauerteig. Dann hatte sie sich wieder auf den Weg gemacht, um das Holz nach ihrem Mann zu durchforsten.

Der Weg führte bergauf. Der Wald, durch den er sich wand, war meinem Urteil zufolge jungfräulich. Es waren überwiegend Harthölzer, die erst in Höhen von sechzig, siebzig Fuß ihre Zweige aufeinander zustreckten. Abgesehen von Vögeln, Eichhörnchen und ein paar Rehen sah ich nichts anderes als ihre Stämme und spärliches Gestrüpp in den kühlen Zwischenräumen, bis sich der Weg wieder gabelte.

Ich war vielleicht eine Viertelmeile gewandert, als unmittelbar vor mir ein Reh über den Weg sprang. Gleichzeitig hörte ich ein unmißverständliches Surren, gefolgt von einem Schuß. Das Reh taumelte, und ich wirbelte herum, um meinen Zorn auf denjenigen zu lenken, der mich so erschreckt hatte.

Ein Mann mit einem langen, rauchenden Gewehr kam durch den Wald auf mich zu. »Was soll das?« schnaubte ich und schritt auf ihn zu. »Hat man dir nicht beigebracht, daß man nicht schießt, wenn jemand neben dem Ziel steht? Einem Schwachkopf, der nicht einmal so viel über den Umgang mit Gewehren weiß, sollte man keine Knarre in die Hand geben.«

Er war ein großer, sehniger Bursche mit einem Gesicht, das ebenso gegerbt war wie seine Lederkleidung. Er hatte gelächelt, als ich ihn zuerst anbrüllte, aber bei meinen Worten blieb er stehen. Er stellte die Büchse ab, drapierte den ausgefransten Hirschlederärmel über die Mündung und sah mich nachdenklich an.

»Wenn ein Mann einen Bock eine Stunde lang verfolgt hat, ist es gegen die Natur, den einzigen Schuß zu verpassen, den er vielleicht bekommt. Tut mir leid, wenn ich dir Angst eingejagt habe, Freund.«

»Freund, zum Teufel!« schnaubte ich. »Du hättest mich treffen können.«

»Das wollte ich aber nicht«, entgegnete er schlicht.

Da meine Wut keinen Funken hervorrief, besserte sich meine Laune, wenn ich auch noch nicht bereit war, es zuzugeben. »Darum geht es nicht«, sagte ich. »Niemand kann so sicher sein, daß er auch wirklich trifft.«

Jetzt begann er, verärgert dreinzuschauen. »Freund«, gab er zurück, »ich kann nur wiederholen, daß es dein gutes Glück war, daß ich dich nicht im Visier hatte. So lange das nicht der

Fall war, hattest du keinen Grund zur Sorge, auch wenn du nur einen Zoll neben dem Bock gestanden hättest, anstatt einen Meter. Die Leute, die mich kennen, sagen, ich hätte eine Gabe dafür.«

Als er sah, daß ich immer noch skeptisch dreinblickte, nahm er den Arm vom Lauf. Ich sah erstaunt, daß es ein Steinschloßgewehr war, aber er hatte es im Nu neu geladen. Dann blickte er sich um.

»Siehst du den Habicht?« fragte er.

Ich sah ihn. Es war ein großer Vogel seiner Art, der fünfzig Meter weiter am Ende einer Lichtung gesessen hatte. Er hatte ein rotes Eichhörnchen geschlagen und war mit ihm in einem Schwung wieder in die Höhe geschossen. Der Schwanz des kleinen Tieres wedelte schwach.

»Das Eichhörnchen ist hin und wird seinen Schweif nicht mehr brauchen«, bemerkte mein Gefährte, als er das Gewehr hochriß. Im nächsten Augenblick fiel der Schwanz zu Boden, während der Habicht unverletzt weiterschwebte. »Ich habe die Gabe«, fuhr der Bursche fort, »und ich würde lügen, wenn ich etwas anderes sagte.«

»Ganz gewiß«, stimmte ich zu. »Ich habe zuweilen recht gute Schützen gesehen, aber nichts, was dem nahekommt. Was bist du, ein Förster?«

»Man nennt mich Pfadfinder, Freund.«

»Man nennt mich Silberstreif«, tat ich es ihm gleich. »Pfadfinder, hm? Kennst du zufällig den Pfad zu einem Ort namens Heorot?«

»He-o-rot.« Er hielt inne, um einen Fidibus durch den Lauf zu jagen. »Es ist kein Name in der Lenapesprache und kommt auch nicht von den Mingos.«

»Es soll irgendwo an der Küste liegen.«

Sein Gesicht verlor den konzentrierten Ausdruck. »Ich war sicher, es ist kein hiesiger Name. Ich war niemals am Meer und kann dir nicht helfen, Freund.« Er steckte den Ladenstock in seine Halterung unter dem Lauf und griff das Gewehr in der Mitte. »Ich wäre stolz, wenn du mein Fleisch mit mir teilen würdest, wenn dir nach Essen zumute ist.«

Da Honig und Beeren nur eine dürftige Marschverpflegung

waren, nahm ich das Angebot gerne an. Der Weg lag übrigens zwischen uns und dem toten Reh. Anstatt sofort hinüberzugehen, blieb der Waldmensch stehen und schickte einen prüfenden Blick den Pfad entlang.

»Hier ist heute niemand entlanggekommen außer dir«, stellte er fest.

Für meine Augen war der Weg spurlos, und ich fragte mich, ob er sich seiner Sache zu Recht so sicher war. Ich wunderte mich immer noch, während er rasch das Reh enthäutete und ich derweil Holz für das Feuer sammelte.

»Bist du zufällig an der anderen Gabelung im Wald vorbeigekommen?« fragte ich, während ich einen herabgefallenen Zweig über dem Knie zerbrach.

Er war so beschäftigt, das Fleischstück zu spießen, das er für uns abgeschnitten hatte, daß er nicht einmal aufblickte. »Auch da ist nur ein Mann gegangen.«

»Ein Mann!« Ich dachte, ich hätte ihn bei einem Bluff erwischt, aber da er der Bursche mit dem Essen war, legte ich kaum Spott in meine Stimme. »Ich weiß aber zufällig, daß eine Frau einen dieser Wege genommen hat.«

Er hörte auf mit seiner Arbeit und dachte nach. »Es hätte auch die Spur einer Frau sein können«, überlegte er laut. »Auf den Gedanken bin ich nicht gekommen, wenn es auch sehr kleine Spuren waren, weil eine Frau selten allein geht.«

Er warf mir einen vorwurfsvollen Blick zu, als er diese Bemerkung machte. »Ich habe nichts damit zu tun, daß sie allein unterwegs ist«, bedeutete ich ihm. »Im übrigen«, fuhr ich fort, wobei ich mir etwas mehr Verdienst anrechnete, als mir zustand, »war ich ihr auf der Spur, um mich um sie zu kümmern.«

Sein Gesicht hellte sich auf. »Das ist das Richtige für einen Mann, und ich ehre dich dafür, mein Freund. Und jetzt werde ich dir sagen, was wir tun werden. Da du ohnehin Zeit verloren hast, indem du diesen falschen Weg gegangen bist, werden wir das Stück Fleisch beiseite legen. Ich werde warten und später essen, und inzwischen gebe ich dir ein Stück Leber, was in einem Moment gebraten ist.«

Ohne mich einem Mann gegenüber, dem Anständigkeit

selbstverständlich war, als Windhund zu erweisen, gab es keinen Weg aus der Zwickmühle, in die ich mich selbst gebracht hatte. Ich begegnete seinem bewundernden Blick mit einem verlegenen Lächeln.

»Nun . . . eh . . . danke«, sagte ich. Die Leber war nicht schlecht, aber ich dachte immer noch gierig an das feine Bratenstück, als ich wieder zu der Stelle zurücktrottete, wo die Wege sich getrennt hatten. In meiner Enttäuschung über das Geschehene hatte ich versäumt, Pfadfinder zu fragen, wohin mich die andere Gabelung bringen würde, daher marschierte ich ebenso blind weiter wie zuvor. Dennoch schritt ich so schnell es ging aus; denn nun verfolgte ich Rosalette ernsthaft. Da ich das Wild geopfert hatte, um sie einholen zu können, hatte ich das Gefühl, als schulde ich es mir nun selbst.

Wenn das Gehirn die Handlung lenkt, dann läßt die Handlung das Hirn in bestimmten Bahnen denken. Weil ich nun entschlossen war, das Mädchen zu finden, wurde es zu einer Sache für mich, die mein ganzes Denken erfüllte. Ich war überzeugt, ich könnte zwei Meter zurücklegen, wo sie nur einen schaffte, und begann, nach jeder Biegung nach ihr Ausschau zu halten. Von diesem Zustand aus war es nur ein kleiner Schritt bis zu dem Gefühl, die Sache sei für mich von persönlicher Bedeutung.

Auch als das Mädchen sich immer noch nicht zeigte, war ich nicht entmutigt. Es ging auf Sonnenuntergang zu. Ob sie in einer Siedlung angekommen oder gezwungen war, sich selbst ein Lager zu bereiten, wie sie es an den sieben Wegen getan hatte, so mußte sie doch irgendwo die Nacht verbringen. Was ich zu ihr sagen würde, wenn ich sie träfe, darüber hatte ich mir noch gar keine Gedanken gemacht, wenn mir auch nicht in den Sinn kam, sie könne etwas dagegen haben, daß ich ihr folgte. Daß sie meinen Schutz akzeptieren würde, war gleichfalls etwas, was ich für selbstverständlich hielt.

Ich war an einem Bach stehengeblieben, um zu trinken, als die Schreie und Rufe begannen. Man hörte eine entsetzte Frau und zumindest einen Mann; beide schienen zugleich erschrokken und wütend zu sein. Vermischt mit ihren Schreien ertönte gedämpftes Schnauben und Stampfen im Unterholz.

Als ich auf die Beine sprang und Wasser aushustete, das mir in die falsche Kehle gelaufen war, tauchte ein lebendiger Alptraum neben dem Weg auf. Die Schreie begleiteten ihn, als er zwischen die Bäume eilte, und ein Aufblitzen von weißem Stoff in seinem Maul verriet mir auch, warum. In ungläubigem Entsetzen wollte ich meinem ersten Eindruck nicht glauben. Doch das Tier war da, und ein zweiter Blick machte es nicht besser. Im Laufen hatte es die Länge und Höhe eines Postautos. Es hatte auch ungefähr die gleiche Farbe. Ich platschte durch den Bach, als ich die Stoßzähne, den schuppigen Schwanz und das Loch von einem Auge gewahr wurde. Zugleich fügte ich meinen Schrei wütender Hilflosigkeit dem übrigen Lärm hinzu.

Warum ich mir die Szene so zu Herzen nahm, lag an der simplen Art, wie das Bewußtsein beschaffen ist. Ich kannte nur ein Mädchen in Broceliande, daher mußte ein Mädchen, das ich in Broceliande sah, dasjenige sein, das ich kannte. Sicher war Rosalette das Opfer, und ich konnte nicht unbeteiligt bleiben. Es ist unvorstellbar, sich auszumalen, was ich unter Umständen getan hätte. Glücklicherweise wurde ich überhaupt nicht benötigt.

So kopflastig, wie das Monster mit einer ausgewachsenen Frau zwischen den Fängen war, rannte es nur schwerfällig. Der Mann, der es verfolgte, kam immer näher, trotz der Tatsache, daß er einen metallenen Schutzanzug trug. Als ich den Bach überquert hatte, hatte das Ungeheuer schon die Straße erreicht. Ungefähr zur gleichen Zeit erkannte es, daß es dem Verfolger nicht entkommen konnte. Es ließ das Mädchen fallen wie ein Hund ein geklautes Lammkotelett.

Dieser Notwurf erfolgte fast zu spät, um dem Tier noch zu nützen. Es hatte kaum Zeit, sich umzudrehen und sich zu verteidigen, ehe der Mann es einholte. Schwert und Klauen so lang wie Schienennägel verhakten sich ineinander, während ich nach einem Stein Ausschau hielt, der klein genug zum Werfen war, aber groß genug, um ihm trotz der Schuppenhaut etwas anhaben zu können.

Trotz der ungleichen Größenverhältnisse ging der Mann zum Angriff über. Aufgerichtet war das Biest an die vier Meter groß, aber ohne lange nach einer schwachen Stelle zu suchen, hob der Mann seinen Schild und ging zum Angriff über. Heulend und schnaubend warf sich das Tier mit Zähnen und Klauen auf ihn.

Ich hatte inzwischen gefunden, was ich suchte, kam aber mit meinem schweren Brocken erst in Reichweite, als schon alles vorbei war. Entgegen meinen Erwartungen hatte der Mann mehr zu bieten, als die Bestie gewillt war, hinzunehmen. Sie riß sich in panischer Hast frei, sprang mit einem Satz über den Kopf des Mannes und raste in die Richtung zurück, aus der sie gekommen war. Ich hatte das Vergnügen, meinen Stein noch von ihrem Kopf abprallen zu sehen, aber sie wurde nicht einmal langsamer. Brüllend und einen üblen Gestank hinter sich verbreitend verschwand sie.

Als ich zu dem verletzten Mädchen rennen wollte, sah ich, daß es bereits versorgt wurde. Ein zweiter Mann war aus dem Wald aufgetaucht und kümmerte sich auf eine Weise um sie, die persönliche Anteilnahme verriet. Als ich näher herantrat, stellte ich bei einem flüchtigen Blick auf ihr Haar fest, daß es sich überhaupt nicht um Rosalette handelte. So sah ich mir statt dessen den Mann an, der diese Arbeit geleistet hatte.

Er hatte das Visier an seinem Helm hochgeschoben und stützte sich gegen einen Baum. An seinem Grinsen sah ich, daß er unverletzt war. Während ich wartete, bis er wieder Luft geschnappt hatte, setzte ich mich auf einen umgestürzten Stamm, und erst da merkte ich, was für eine Angst ich gehabt hatte. Er sprach zuerst. »Vielen Dank für die rechtzeitige Hilfe.«

Das war nett von ihm, aber ich hatte nichts getan. »Du hast es doch kalt erwischt. Ich habe nur eine Colaflasche aufs Spielfeld geschmissen.« Doch immerhin hatte ich es versucht, und ich war froh, daß er es bemerkt hatte. »Das war ein hübscher Kampf, den du da geleistet hast.«

Er lächelte. »Oh, diese Dinger sind nicht so gefährlich, wie sie aussehen, wenn man sich ein wenig mit ihnen auskennt.«

Ich dachte über diese Bemerkung nach. »Gibt es noch viele von der Sorte in diesem Teil des Waldes?«

Er wischte gerade sein Schwert mit ein paar Blättern ab und

nickte bloß. »Es hat immer Ungeheuer in den Wäldern gegeben, wenn auch nicht nur solche wie dieses. Manche sind noch größer.«

»Zum Teufel!« Aber es war nicht nur um meiner selbst willen, daß mich diese Bemerkung so nervös machte. »Du hast nicht etwa ein Mädchen getroffen – ein anderes Mädchen, meine ich –, das hier entlanggekommen ist?«

Dieses Mal enthielt sein Blick mitleidiges Verständnis. »Nein, aber ich bin querfeldein gegangen und nicht dem Weg gefolgt. Ist deine Dame entführt worden?«

»Nichts dergleichen, und sie ist auch nicht meine Dame.« Er schenkte mir mehr Mitleid, als mir lieb war. »Ich bin nur so eine Art Freund von ihr«, erklärte ich und wurde immer verlegener, »und – und – nun, der Wald ist nicht der richtige Ort für sie.«

»Ich weiß.« Er schnalzte mit der Zunge. »Aber nach meiner Erfahrung kann man sie kaum davon fernhalten.« Er gab seinem Schwert die letzte Politur und steckte es wieder in die Scheide. »Sollen wir einmal nachsehen, wie es dieser armen Maid geht?«

»Wohin ziehst du von hier aus?« fragte ich, als ich neben ihm herging.

Ich hatte gehofft, wir hätten die gleiche Richtung, aber er zeigte in den Wald hinein. »Sobald ich wieder bei meinem Pferd bin, werde ich den Spuren des Untiers folgen.« Er sprach sachlich und sah auch so aus. »Solche Wesen haben kein Recht zu leben, weißt du?«

Er hatte so recht, daß sich jeder Kommentar erübrigte. Ich ließ es für ein paar Schritte dabei bewenden.

»Mir scheint, du hast bereits deinen Teil abgeleistet, was dieses Monster betrifft?« machte ich dann einen neuen Ansatz.

»Stell ein Teil auf ein Podest, und es ist immer noch nur ein Teil«, lächelte er. Wir waren bei den beiden anderen angelangt, und er senkte die Stimme.

»Die Dame ist nicht ernsthaft verletzt, hoffe ich?«

Der Angeredete, ein Jüngling, hob sein verhärmtes Gesicht. »Sie ist noch nicht wieder bei Bewußtsein«, sagte er.

»Sie atmet, und ihr Puls ist gut«, erklärte mein Gefährte nach einer kurzen Untersuchung. »Wenn du kannst . . .«

»Da kommen ein paar Leute«, unterbrach ich ihn. »Es ist auch eine Frau dabei.«

»Sie wird dir die notwendige Hilfe geben. Auch Unterkunft, denn zweifelsohne wohnen sie in der Nähe.« Mein neuer Bekannter und ich hatten beide das Gefühl, von einer Verantwortung entbunden zu sein, die unseren eigenen Vorhaben im Wege stehen würde. »Ich mache mich also wieder auf den Weg.«

Wenn ich auch nicht so darauf erpicht war wie er, allein weiterzuziehen, war es dennoch vielleicht besser so. »Weißt du zufällig, wohin dieser Weg führt? Ich heiße übrigens Shandon.«

»Mein Name ist Calidore.« Er schüttelte den Kopf, als er den Eisenhandschuh abstreifte, um mir die Hand zu reichen. »Ich kenne diesen Weg nicht, aber es ist anzunehmen, daß er dich bald zu irgendeiner Burg bringen wird.«

Er ging auf sein Pferd zu, aber ich hatte noch eine Frage. »Gibt es hier irgendwo einen Ort, wo ich die Nacht verbringen kann?«

Er sah verwirrt aus, merkte dann aber, daß ich es ernst meinte. »In der Burg«, rief er zurück. »Du findest die beste Gastfreundlichkeit und vielleicht auch die Dame, die du suchst.«

Auf meinem weiteren Weg war der Wald nicht mehr der angenehme Ort wie zuvor. Da ich eines von den hier lebenden Monstern gesehen hatte, hörte ich eines, jedesmal wenn ein Zweig knackte. Sie beobachteten mich aus den tiefer werdenden Schatten. Ihr Schnauben ertönte mit dem aufkommenden Wind.

Zunächst hielt mich die Hoffnung auf ein Treffen mit Rosalette und ihre Gesellschaft aufrecht. Als die Dämmerung sich senkte, kam ich notgedrungen zu dem Schluß, daß ich sie, wenn überhaupt noch heute, erst dann wiedersehen würde, wenn auch sie Ruhe und Schutz in irgendeinem Haus unterwegs gefunden hatte. Ohne Zweifel genoß sie bereits ein kräftiges Mahl, während ich immer noch müde und hungrig durch einen dunklen, von Ungeheuern bevölkerten Wald irrte.

So verlagerte sich mein Mitleid für sie auf mich selbst. Ich brauchte ein neues Ziel, um mich mit meiner augenblicklichen

Sicht der Dinge zu versöhnen. Es boten sich zwei an. Rettung vor dem Bösen würde entweder eintreten, wenn der Wald aufhörte oder wenn ich die Burg sah, von der Calidore gesprochen hatte. Ich wählte das zweite als das wahrscheinlichere aus. Nach einiger Zeit waren meine Gedanken so davon erfüllt, daß ich der Existenz dieser Burg sicher war. Calidore hatte zwar keine direkte Garantie dafür abgegeben, daß da wirklich eine war, aber er kannte sich aus. Nach seiner maßgeblichen Meinung konnte sie nicht allzuweit entfernt liegen.

Ich wollte keine Rast machen, und als die Abenddämmerung einsetzte, war ich am Ende meiner Kräfte. Aber wie hart ich mich auch weiterzwang, keine Burg tat sich auf. Das machte mich aber nicht verzweifelt. Da ich mir vorstellte, sie läge irgendwo in der Nähe, war ich anstatt dessen eher verärgert.

Ich war ohnehin in ziemlich schlechter Laune. Es ärgerte mich, daß ich so nervös war. Rosalette nicht gefunden zu haben war eine Enttäuschung. Dann taten mir noch die Füße weh, meine Muskeln schmerzten, und mir knurrte der Magen.

»Halt!« befahl eine Stimme. »Stehenbleiben!« Ein Mann war hinter einem großen Ahornbaum hervorgesprungen, ein Mann, der lachte, als ich aufschreckte. Der hatte mir gerade noch gefehlt. Immerhin hatte meine Wut nun ein konkretes Objekt, mit dem ich fertig werden konnte.

»Redest du mit mir, oder hörst du dich bloß gerne brüllen?« Während ich das sagte, trat ich auf ihn zu, um ihm meine Sorglosigkeit zu zeigen.

Er hörte auf zu lachen. »Tu besser, was ich dir sage«, meinte er.

Er war ein gutaussehender Bursche mit einem grünen Wams und engen Hosen. Unpassenderweise für einen so ungehobelten Gesellen trug er einen kleinen Hut mit einer Feder daran. Ich konnte sein Gesicht nicht allzu deutlich erkennen, aber deutlich genug, um die Entfernung zu seinem Kinn auszuloten. Er trug einen langen Stock, hatte aber den Fehler begangen, mich in seine Reichweite zu lassen.

»Sieh mal, Mann«, sagte ich, »dieser Weg hat Platz genug für zwei, aber wenn du das anders siehst, dann geh beiseite und laß mich vorbei.«

»Ich lasse dich vielleicht weiterziehen«, gab er mit einer Ruhe zurück, die mich noch mehr aufbrachte, »aber erst, wenn ich ein paar Sachen herausgefunden habe.«

»Was zum Beispiel?«

»Oh, wo du hinwillst und ob du etwas hast, was ich gebrauchen könnte.«

Ohne die Füße zu heben, schob ich mich näher heran. »Ich glaube, ich habe zumindest eine Sache, die du gebrauchen kannst«, murmelte ich dabei.

Bei diesem Entgegenkommen meinerseits nahm er eine Hand von seinem Stock und streckte sie aus, wobei er mit den Fingern schnappte. »Wir werden sehen. Dreh dich um und dann . . .«

Er beendete den Satz nicht, weil ich mit der Linken seine Hand packte und ihm beim Näherzerren einen rechten Haken versetzte. Er fiel immer noch, als mir selbst die Füße fortgerissen wurden.

Ich rollte mich herum, als ich auf dem Boden aufkam, und duckte mich. Niemand griff mich an, wenn auch ein Paar Beine keinen Fuß entfernt breit auf der Erde stand. Ich blickte hoch und noch höher und fand schließlich ein Ende. Der Mann war nicht weniger als sieben Fuß groß, und er sah aus wie ein Baseballriese. Was ich von seinem Gesicht erkennen konnte, wirkte hart, aber seine Stimme klang nicht ohne Humor.

»Möchtest du nicht lieber darüber reden?«

Außer ihm umringten mich sechs oder acht Männer. Da niemand etwas dagegen hatte, stand ich auf und klopfte mir den Staub aus den Kleidern.

»Gut«, gestand ich mürrisch ein, »aber ich habe nichts anzubieten außer einem gewaltigen Hunger.«

»Da bist du nicht der einzige«, tat er mir kund.

VII Im grünen Wald

Anstatt mich an Ort und Stelle zu durchsuchen, führten sie mich abseits vom Weg in den Wald. Über uns verschränkten sich Zweige von Bäumen, die fünfzig Fuß voneinander entfernt wuchsen. Man konnte die Dämmerung nur von Nacht unterscheiden, weil mehr oder minder noch Farben zu erkennen waren. Wir befanden uns nicht auf einem Pfad, beeilten uns aber, als kämen wir zu spät ins Büro.

Die meisten meiner Fänger waren guter Laune. Sie redeten und scherzten miteinander, und sie machten eine Menge Blödsinn. Ich fühlte mich dadurch wohler, wenn ich auch ihre gute Stimmung nicht teilen konnte. Das bedeutete aber nicht, daß ich froh war, mit ihnen zu gehen, aber ich machte auch keinen Fluchtversuch. Erstens war ich zu müde, und außerdem hatte der Riese meinen Arm in festem Griff.

Nach einer Weile gab er den Ruf eines Kiebitz von sich. Von irgendwo vor uns kam Antwort, und bald hörte ich menschliche Stimmen aus der gleichen Richtung. Ungefähr zur gleichen Zeit sah ich ein Licht.

Nach ein paar Minuten hatten wir unser Ziel erreicht – und es war überhaupt kein richtiger Ort. Anstelle des Gebäudes oder der Gebäude, die ich erwartet hatte, gab es nur eine freie Fläche. Ringsum standen Bäume, und hoch oben verschränkten sich die Blätter. Wenn es auch jetzt dunkel war, konnte man so viel erkennen, weil mehrere Feuer brannten. Ein größeres in der Mitte diente offensichtlich zur Beleuchtung. Die kleineren waren Kochfeuer.

Im Schimmer dieser Flammen lagerten an die hundert Männer in der gleichen Uniform wie meine Fänger. Einige sprangen jubelnd auf, als wir nahe genug heran waren, um erkannt zu werden.

»Sie haben einen erwischt!« krähte ein Mann.

»Das Essen ist gesichert!«

»Setz dich, bis Robin ihn sich angesehen hat«, riet ihm ein anderer.

»Bringt doch nichts, wenn er entscheidet, ihn zurück in den Teich zu werfen.«

Trotz der Bemerkung des ersten Burschen vermutete ich hier doch keinen Kannibalismus. Zum einen war an mir nicht so viel dran, um alle satt zu bekommen, und außerdem wurde an den Feuern genügend gebratenes Fleisch warm gehalten, um eine ganze Armee zu sättigen. Ich war ebenso verwirrt wie beunruhigt und ging auf die andere Seite des großen Holzfeuers. Dann traten diejenigen, die mich geführt hatten, beiseite, damit ich gesehen würde.

Auf einem Baumstamm saß ein Bursche, der Pfeile mit Federn versah. Er war gekleidet wie die anderen, aber ich erkannte an ihrer Haltung, daß das der Mann war, mit dem ich reden mußte. Er hielt die Schnur mit den Zähnen, während er einen Knoten band, daher dauerte es einen Augenblick, ehe er aufsah. Sein Blick ging über mich hinweg zu meinem Fänger.

»Was hast du da, John?«

»Das ist alles, was wir finden konnten«, sagte der große Bursche unwirsch, »aber es wurde schon spät.«

»Ja, und ich weiß, daß den Männern das Wasser zusammenläuft, aber ein Eid ist ein Eid. Ist etwas Ungewöhnliches an ihm?«

Nach einem Moment des Nachdenkens kicherte der Mann neben mir. »Er war ungewöhnlich genug, um Scarlock in den Schlaf zu schicken, als der ihn zuerst anhalten wollte.«

Alle, die das hörten, hielten das für einen guten Scherz. Selbst der Mann, den ich getroffen hatte, grinste verdrießlich.

»Ach, er hat mich bei offener Deckung erwischt. Außerdem war ich nur leicht angeschlagen.«

Sein Chef, der ebenso herzlich gelacht hatte wie die anderen, grinste immer noch, als er seinen rötlichen Bart in meine Richtung wandte. »Hast du Geld?«

»Wir wollten ihn durchsuchen«, sagte John hastig, »aber es wurde schon dunkel, und ich . . .«

»Laß den Mann antworten, John.«

»Ich habe nicht einmal eine Münze für den Spielautomaten«, sagte ich, froh, ihnen eins auswischen zu können.

»Du wirst dich noch freuen, wenn du die Wahrheit gesagt hast«, meinte er zu mir. »Sieh nach, John.«

Natürlich fanden sie nichts, obgleich sie wirklich gründlich vorgingen. »Er hat bloß dieses Messer, Robin, sonst nichts.«

In diesem Satz lag eine solche Verzweiflung, daß selbst ich in meinem eigenen Elend davon berührt wurde. Dieser Wolkenkratzer hatte Hunger. Alle anderen wurden sehr ernst, aber Robins Blick traf den meinen. Als Antwort auf mein Grinsen zuckten seine Mundwinkel.

»Vielleicht«, sagte er zu John, »können wir etwas anderes an ihm finden, damit er die Bedingungen erfüllt.« Er sah mich an. »Ein Mann läuft nur durch den Wald, weil er sich entweder verirrt hat, oder weil er fortläuft, oder weil er einen anderen treffen will, oder weil er auf der Suche nach einer Frau ist.«

»Ich tue alle vier Sachen«, sagte ich. »Aber noch dringender suche ich ein Abendessen.«

Als ich das sagte, merkte ich, wie alle anderen den Atem anhielten. Dann, als sich der Chef geschmeidig erhob, löste sich die Spannung in einen Seufzer auf.

»Da bist du an der richtigen Stelle«, sagte Robin. »Wir wollten gerade mit dem Essen anfangen.«

Das war eine üppige Grillparty. Es gab jede Menge gut gebratenes Wildbret und viel Bier, um es hinabzuspülen. Das Feuer milderte die abendliche Kühle, ohne der Luft die Frische zu nehmen. Zwischen Dunkel und Licht gefangen, sah ich beide Seiten der Welt auf einmal. Das Essen, die Erde, der Holzrauch, das Bier und der Wald vermischten sich zu einem unvergleichlichen Cocktail von Gerüchen. Unter mir spürte ich das sanfte Federn des Waldbodens. Über mir raschelte der Wind in den Blättern.

Auch der Verein war in Ordnung. Die Gesellschaft mag da vielleicht einen anderen Standpunkt vertreten, aber für den einzelnen ist ein Mann, der einem selbst nichts klaut, kein Dieb. Soweit es mich betraf, waren es meine Wohltäter, und Robin schien ein netter Kerl zu sein. Er und ich aßen zusammen und unterhielten uns, während wir uns mit Messern und Fingern über das Fleisch hermachten.

»Wir haben nicht viele Feiertage hier in den Wäldern«, sagte er. »Liebfrauen ist der einzige, den wir einhalten, aber zum Ausgleich feiern wir ihn mehrere Male im Jahr.«

»Ah, ja.« Ich wußte nicht, worauf er hinauswollte, daher ließ ich ihn weiterreden.

Er kaute hastig und putzte den Rachen mit Bier sauber. »An dem Tag warten wir mit dem Essen, bis unsere Liebe Frau uns einen Gast bringt.«

Ich schmunzelte. »Vorzugsweise einen mit Geld.«

»Das ist uns natürlich lieber«, gab er zu, »aber an Liebfrauen ist das nicht die Hauptsache. Wenn er zuviel Bargeld hat, erleichtern wir ihm seine Last, aber wenn er ein armer Schlukker ist, dann helfen wir ihm aus. In jedem Fall stellen wir das Abendessen, und es gibt immer etwas Gutes.«

»Solange ich nicht die Rechnung bezahlen muß, ist das eine großartige Idee.« Ich genoß eine Wildkeule, während ich nachdachte. »Und ich bin die einzige Beute, die ihr heute finden konntet?«

»Du schätzt das Kompliment nicht recht ein. Nicht jeder ist geeignet. Die Wälder sind voll von Hühnerdieben und Knaben, die mit ihren Eltern nicht zurechtkommen. Einen dieser Art haben wir heute nachmittag schon aufgegabelt. Nein, um sich für den Liebfrauentag zu qualifizieren, muß es schon jemand Ungewöhliches sein.«

»Wer ist das nicht?« fragte ich und blies den Schaum von einem frischen Horn Bier. Nach dem Schluck stieß ich das spitze Ende in den Boden, wie ich es bei den anderen beobachtet hatte. »Was war denn mein Vorzugspunkt?«

»Eine Ahnung, hervorgerufen von deiner weißen Haarlocke. Moment mal. Hier ist der einzige andere Bursche, den wir heute geschnappt haben. He, Nicolind, komm her.«

Ein schlanker Jüngling trat näher und ließ sich auf Robins Aufforderung hin bei uns nieder. Schwarzes Haar ringelte sich unter einer Baskenmütze um ein gutgeschnittenes, gebräuntes Gesicht.

»Er ist in die Wälder gegangen, weil die Stadt für ihn zu heiß wurde, wie er sagt«, erklärte Robin und zwinkerte mir mit dem Auge zu, das der andere nicht sehen konnte. »Nicolind, das ist Shandon Silberstreif.«

Die Hand, die der Junge mir entgegenstreckte, war fest, aber es war keine Arbeitshand. Inzwischen waren meine Gedanken anderswo. Wenn solche walderfahrenen Gangster den Weg beobachtet hatten, warum hatten sie Rosalette nicht gesehen? Oder hatten sie sie gesehen?

»Sag mir eins«, begann ich. »Fangt ihr auch jemals Frauen am Liebfrauentag?«

»Nein.« Das klang eindeutig. »Wenn einer von den Jungs eine Frau belästigt, kann er gehen. Der hat in meinem Revier nichts zu suchen.« Zum ersten Mal verriet sein Gesicht eine Zähigkeit, die ihn befähigte, seine Mannschaft aus Rauhbeinen zu halten und leiten. »Frag mal rum, was denen passiert, die das vergessen.«

Sein Standpunkt in dieser Sache verringerte meine Sorgen um Rosalette. »Haben deine Männer vielleicht ein Mädchen auf diesem Weg gesehen? Nicht, daß ich ihr nachstelle«, fügte ich hastig hinzu. »Aber sie war ganz allein, und ich mache mir Sorgen um sie.«

»Das stimmt, du sagtest, du seist auf der Suche nach einer Frau. Was ist damit, Nicolind? Du warst doch bei der Gruppe, die dich schnappte, bis sie abgelöst wurde und herkam. Habt ihr irgendwelche Maiden oder Damen gesehen?«

Der Junge dachte nach. »Ich sah eine, wenn ich es mir recht überlege, als ich vom Weg trat, um aus einer Quelle zu trinken.«

»Das muß sie gewesen sein«, erklärte ich. »Hast du mit ihr gesprochen?«

»Nein, sie schien keinen Wert darauf zu legen, und selbst ohne zu wissen, wie Robin darüber denkt, war ich nie von der Sorte, die Mädchen nachstellt.«

»Sie wissen wahrscheinlich nicht, daß du etwas bist, vor dem man davonlaufen kann«, meinte Robin. »Warte, bis du ein paar Stoppeln auf das Kinn bekommst.« Wieder zwinkerte er mir zu. »Nicolind sagte, er will bei uns mitmachen und auch ein Räuber werden. Wie steht's mit dir?«

Als ich zögerte, lächelte er. »Ich habe mich verpflichtet, jedermann zu helfen, den ich am Liebfrauentag aufgabele, und der Sorgen hat. Ich kann das Mädchen nicht für dich finden, und ich kann auch nicht dafür sorgen, daß sie dich liebt, aber wenn du nach einer Bleibe suchst, dann könnten wir es ein paar Tage lang miteinander versuchen.«

Wenn Rosalette nicht an Robins Patrouillen vorbeigekommen war, streunte sie irgendwo durch den Wald, vermutlich nicht weit entfernt. Selbst wenn ich sie nicht fand, würde ich mich besser fühlen, wenn ich mir wenigstens die Mühe machte. Und wenn ich in den Wäldern blieb, mußte ich etwas zu essen haben.

»Belassen wir es dabei«, sagte ich. »Danke auch.«

»Denk darüber nach. Jeder, der Scarlock niederschlagen kann, vergeudet seine Zeit mit einem friedvollen Leben.« Er steckte sein Messer in die Erde, um es zu reinigen und stand auf. »Ich muß noch eine Runde machen und nachsehen, daß jeder soviel zu essen bekommt, wie er vertragen kann, und ein bißchen weniger zu trinken. Bis später.«

Als er gegangen war, bedachte ich die Szene noch einmal von einem anderen Blickwinkel aus. Es wäre vielleicht für eine Weile kein schlechtes Leben, wenn mir auch klar war, daß ich jetzt nur seine Schokoladenseite sah. Einige waren noch mit dem Essen beschäftigt, aber die meisten freuten sich wie ich ganz einfach ihres vollen Magens. Die Kochfeuer verlöschten langsam, aber das Lagerfeuer brannte noch. Als die Männer ihr Mahl beendet hatten, rückten sie näher heran. Nach einer Weile schlug Nicolind vor, es ihnen gleichzutun.

Ich hatte mich eher Gefühlen hingegeben als nachgedacht, aber jetzt regte sich mein Verstand wieder. »Wie sah denn das Mädchen aus, das du bei der Quelle gesehen hast?« fragte ich ihn.

»Oh, ich weiß nicht.« Er lächelte und zuckte die Achseln. »Ich habe ihr nicht so viel Aufmerksamkeit geschenkt wie sonst.«

Dennoch überzeugte mich die genauere Beschreibung, die ich ihm entlockte, daß es sich um Rosalette gehandelt haben mußte. »Wie weit ist es von hier bis zu der Quelle, wo dich dieser Trupp aufgegabelt hat?« fragte ich als nächstes.

»Vielleicht eine Meile. Man könnte doch meinen, daß sie vor

dir hier aufgetaucht wäre, aber vielleicht ist sie umgekehrt und zurückgegangen.«

»Aber dann hätte ich sie treffen müssen«, bedachte ich. »Außerdem ergäbe das keinen Sinn für sie. Nicht, wenn es sich um die handelt, an die ich denke.«

Nicolind sah mich neugierig an. »Folgst du wirklich den ganzen Weg nur diesem Mädchen?«

»Nein, das nicht, aber ich habe versucht, sie zu finden.«

»Warum?«

Nur ein Junge konnte sich eine so glatte Unverschämtheit leisten. »Warum folgt ein Mann einer Frau?« Dann lachte ich, größtenteils über mich selbst. »Aber das ist nicht der Grund, warum ich versuchte, sie einzuholen.«

»Dann bist du nicht in sie verliebt, wie Robin meinte?«

»Man braucht nicht in ein Mädchen verliebt zu sein, um ihm zu folgen«, knurrte ich. »Manchmal will man von ihr auch nur ein Kochrezept wissen.«

Nachdem ich ihm die Nase abgehackt hatte, die er in etwas reingesteckt hatte, wo sie nicht hingehörte, sah er mich an, als sei alles mein Fehler. »Ich weiß über Männer Bescheid, und auch über Frauen, aber Robin meinte . . .«

»Robin dachte, ich sei verliebt«, unterbrach ich ihn, »und vermutete, daß ich kaltblütig auf der Schürzenjagd sei. Aber er hat das alles falsch verstanden.«

»Wirklich?«

So wie er wissend die Lippen schürzte, als er das sagte, ärgerte er mich so sehr, daß ich meine Lage verdeutlichen wollte. »Sie ist einfach eine Art Freundin von mir, oder sogar noch weniger. Aber sie sollte nicht ganz allein in diesen Wäldern herumhuschen, und ich möchte mich nur vergewissern, daß es ihr gut geht.«

»Oh.« Er machte eine Pause und starrte ins Feuer. »Das ist aber nett.«

Da wir uns mit so persönlichen Fragen beschäftigten, dachte ich, nun sei ich an der Reihe, neugierig zu sein. »Was bringt einen gebildeten Jungen wie dich dazu, sich mit diesen Halunken einzulassen?«

»Robin ist auch gebildet.«

Ich fegte diesen Einwand mit einer Handbewegung beiseite. »Robin hat seine Gründe. Ich frage nach deinen.«

»Nun, wie ich sagte, will ich mich ihnen anschließen, weil ich längere Zeit im Wald zu bleiben gedenke, und es ist sicherer so. Bei diesen Leuten ist man entweder ein Verbündeter oder ein Feind.«

Das verriet mir mehr Lebensweisheit, als ich bei einem solchen Jüngling vermutet hatte. »Klar, wenn du nicht gegen sie ankannst, mach mit«, gestand ich zu. »Aber was hat dich überhaupt in den Wald getrieben?«

»Nicht so etwas Romantisches wie bei dir. Ich suche einen Mann.«

»Schuldet er dir Geld, oder willst du mit ihm abrechnen?«

Nicolind lächelte, aber so, als dächte er an etwas anderes. »Keins von beiden«, sagte er nach einem Moment. »Unsere Beziehungen sind recht zufriedenstellend.«

»Ein Kumpel, eh?« Bei diesen Worten hatte sich jedoch meine Aufmerksamkeit bereits verlagert. Der Mann mit dem Bier kam bei uns vorbei, und ich wollte ihn abpassen. Schließlich gelang es mir auch. »Nochmal voll, Junge. Spar dir den Schaum für die anderen.«

Das Feuer flackerte nun nicht mehr so hoch. Die Hartholzscheite brannten stetig vor sich hin, und die Flammen hatten einen blauen Kern. Die Männer gegenüber hatten keine ganzen Gesichter. Bei den meisten konnte ich nur die Stirn und Wangenknochen in der Dunkelheit leuchten sehen. Aber wenn auch viele Münder unsichtbar waren, so machten sie doch eine Menge Lärm. Es gab ein wenig Getümmel und noch mehr Lachen. Eine kleine Gruppe spielte mit Würfeln, aber Reden war die Losung der Stunde. Die Männer zu unserer Rechten stritten sich, wie lange Holz gelagert werden müsse, ehe es richtig sei zum Bogenschnitzen. Die nächsten zur Linken tauschten ihre Sonntagslügen aus und riefen alle Heiligen zu Zeugen dafür an.

»Mir ist da etwas Ähnliches passiert«, sagte einer, nachdem er seinem Gefährten zugehört hatte. »Im Monat, ehe ich mich in die Wälder aufmachte – nein, es muß zwei Monate davor gewesen sein – war die hübscheste kleine braunäugige Butterblume, die du je gesehen hast, bei den Leuten nebenan auf Besuch.« Aus Mangel an passenden Worten pfiff er durch die Zähne. »Sie war wirklich genau richtig! Nun, mein Lieber, sie verknallte sich in mich wie nichts. Und als ich mich dumm stellte, da machte sie mir Avancen, aber ich hatte mich entschlossen, sie nicht anzufassen. Sie war noch ein Kind, und sie hatte ihr ganzes Leben in einem Kloster verbracht.«

Einer der Zuhörenden hatte sich offensichtlich gegen ähnliche Aufmerksamkeiten von schönen Unschuldigen zu erwehren gehabt. »Yeah«, sagte er. »Ich weiß, wie das ist. Man hat einfach kein gutes Gefühl dabei.«

»Genau. Nun, das ging so eine Woche lang, bis eines Nachts . . .«

Ich erfuhr nie, wie sein Edelmut unterminiert wurde, wie es ohne Zweifel geschehen war; denn da erklang auf der anderen Seite des Feuers ein Lärm. Er ließ unvermittelt wieder nach, als ein Horn blies.

»Was ist da los?« fragte Robin.

»Wir wollen Little John«, schrie ein Chor.

»Ach«, hörte ich den Riesen sagen. »Soll doch jemand anders singen. Ich trinke.«

Robin lachte. »Nehmt ihm das Bier ab, und bringt ihn in den Kreis!« rief er.

Es kostete einige Mühe. Bei dem Versuch mußten sechs oder sieben Männer zu Boden, aber schließlich stieß man John in die Runde. An diesem Punkt gab er seinen Widerstand gegen den Willen der Allgemeinheit auf. Es war an seiner Miene abzulesen, daß ihn die Forderung insgeheim freute, und daß er versuchen würde, ihr gerecht zu werden.

»Wartet, bis ich wieder Luft geschnappt habe«, meinte er. »Und denkt daran: Der Kerl, der mir mein Bier wegtrinkt, sollte sich besser darauf gefaßt machen, auch das Horn mit schlucken zu müssen.«

Mein erster Gedanke war, daß sein Gesang im Verein mit seiner Körpergröße eine rechte Gaudi abgeben würde. Ich änderte jedoch meine Meinung, als er loslegte. Er hatte ein Stimmvolumen wie ein Elch auf Brautschau, aber er konnte singen.

Ich hab des Königs Recht verletzt,
O grüner Wald, juchhe!
Man hat mit Hunden mich gehetzt,
O grüner Wald, juchhe!
Da war das Gesetz, das ist doch ganz klar,
Da war das Gesetz, doch ich machte mich rar;
Denn ich dacht mir, du hast nur ein einziges Leben,
Der Sheriff, der braucht's nicht, was sollst du's ihm geben?
So suchte ich Zuflucht im grünen Wald,
Im grünen Wald, juchhe!

Sie wollten mich am Galgen sehn,
O grüner Wald, juchhe!
Am Hals gehenkt im Kreise drehn,
O grüner Wald, juchhe!
Da war das Gesetz, das ist doch ganz klar,
Da war das Gesetz, doch ich war nicht mehr da.
Ich kann auf sehr viele Dinge verzichten,
Doch auf meine Kehle zum Trinken mitnichten,
So ging ich damit in den grünen Wald,
Den grünen Wald, juchhe!

Mein Mädchen schläft heut nacht allein,
O grüner Wald, juchhe!
Sie mag auch bei nem andern sein,
O grüner Wald, juchhe!
Das kümmert mich schon, das ist doch ganz klar,
Das kümmert mich schon, doch ich hab' es nicht wahr.
Jagen und rauben, das merkt ich beizeit,
ist besser als Arbeit, und meine Maid,
Die konnte nicht mit in den grünen Wald,
Den grünen Wald, juchhe!

Doch oh! zu jagen Reh und Hirsch,
O grüner Wald, juchhe!
Ein Bierfaß finden bei der Pirsch,

O grüner Wald, juchhe!
Das ist etwas Gutes, das ist doch ganz klar,
Das ist etwas Gutes, dessen bin ich gewahr,
Den Reichen zu nehmen, um den Armen zu geben –
mir selbst nämlich – und dann dazu einen heben:
'S ist kein schlechtes Leben im grünen Wald,
Im grünen Wald, juchhe!

John sang noch das eine oder andere Lied und brachte dann die anderen dazu, mitzusingen. Sie waren alle bereit, weil jeder genug Bier in sich hatte, um von Worten und Musik hingerissen zu werden. Damit standen sie nicht allein. Mein Gesang hatte vermutlich nicht viel Melodik, wie ich mich erinnere – auch ich hatte Bier getrunken –, aber ich erlebte ein durchdringendes Gefühl, mit dem Leben an seinem dramatischsten Punkt verschmolzen zu sein.

»Wird dieses Gebrüll einen von uns aus dir machen?«

Der Bann brach, als ich in Robins lebendige Augen blickte. »Wenn du mich gefragt hättest, als ich gerade seelenvoll nach einem tiefen Ton tastete, hätte ich unterschrieben«, gestand ich. »Was ist mit dem Bier?«

»Ist abgestellt, daher wird es nicht lange dauern, ehe Harmonie einsetzt.« Der Geächtete lächelte Nicolind an. »Was ist mit dir, Jungchen? Du hast deine Meinung nicht geändert?«

Nicolind hatte nicht mitgesungen, wenn ich ihn auch mehrere Melodien hatte mitsummen hören. »Nicht im geringsten. Ich weiß, es wird mir Spaß machen.«

»Meinst du? Nun, wenn es dir immer noch Spaß macht, nachdem die Männer des Sheriffs Pfeile auf dich abgeschossen haben, dann können wir darüber reden.« Er sah mich an. »Shandon, du bist mein Liebfrauentagsgast. Denk daran. Wenn du Geld oder Hilfe brauchst, hast du ein Anrecht darauf.«

Ohne Zweifel benahmen sie sich alle gut, solange es unter Robins Augen war, aber selbst wenn ich ihn davon überzeugen konnte, daß meine Absichten die besten seien, wollte ich nicht, daß Rosalette diesen frauenentwöhnten Burschen in die Hände fiel. »Danke«, sagte ich. »Bislang bin ich ohne Bargeld ganz gut zurechtgekommen. Falls ich mich jedoch lieber absetzen möchte, könntest du mir zeigen, wo ein Ort namens Heorot liegt?«

»Nie gehört. Aber ich werde versuchen, es herauszubekommen.« Robin stand auf. »Komm mit, und ich gebe dir ein paar Felle als Bettzeug, ehe jemand anders sie alle nimmt.«

Als er uns mit ein paar Pelzen versorgt hatte, in die wir uns wickeln konnten, hatte die Singerei nachgelassen. Robin verließ uns sogleich wieder. Ich sagte Nicolind gute Nacht und wandte mich in die Dunkelheit. Ich wartete noch, daß meine Augen sich daran gewöhnten, als seine Hand mich am Arm berührte.

»Wo wirst du schlafen?«

Das einzig Wichtige war, einen Flecken so weit vom Feuer zu finden, daß kein Zuspätkommender auf einen trat. »Du findest mich im Brautgemach«, grunzte ich.

Er versuchte zu lachen, aber es gelang ihm nicht so recht. »Hast du was dagegen, wenn ich mitkomme?«

Ich würde mir später vielleicht einen Partner suchen, aber ich dachte nicht an einen Jüngling, der immer noch im Stimmbruch war. Die Tatsache, daß wir beide die erste Nacht bei dieser Bande verbrachten, war kein Band, das ich als solches anerkannte. Ich wollte ihm gerade sagen, er möge sich um sich selbst kümmern, als ich merkte, daß er seit seinen Worten den Atem angehalten hatte. Er hatte Angst, entweder vor dem Alleinsein oder vor der Gesellschaft der Geächteten in der Nacht.

»Gut«, sagte ich. »Gehen wir. Aber mach mich nicht verantwortlich, wenn wir auf einem Ameisenhügel landen.«

Inzwischen konnte ich recht gut sehen und ging durch die Bäume voran. Als ich dachte, eine Zone erreicht zu haben, in der wir ungestört sein würden, ließ ich mein Bettzeug fallen. Dann sagte ich Nicolind, er solle dort warten, und ging auf Suche. Einige der bequemsten Lagerplätze im Wald sind am schlimmsten, wenn es einmal anfängt zu regnen, und ich hatte genügend Jagdtouren mitgemacht, um das zu wissen. Schließlich fand ich, was ich gesucht hatte, einen guten, trockenen, ebenen Platz, nahe genug an einem dicken Baumstamm, um unseren Köpfen Schutz vor dem Wind zu bieten.

»Nicolind!« rief ich. »Komm, und vergiß mein Bettzeug

nicht.« Offensichtlich war ich ein ganzes Stück gegangen, weil ich noch einmal rufen mußte, ehe er Antwort gab.

»Diese Felle sind ganz schön schwer«, keuchte er, als er den Weg zu mir gefunden hatte.

»Morgen früh wirst du dich darüber freuen«, sagte ich zu ihm. »Sieh mal, ich habe hier mein Gebiet abgesteckt. Nebenan ist Platz für dich, wenn du nicht einer von diesen Schlafwandlern bist. Aber komm mir nicht zu nahe.«

»Kein Mensch konnte sich bislang beklagen, daß ich sowas getan hätte«, erwiderte er.

Angesichts dieses jungenhaften Hochmuts grinste ich. »O. K. Dann mach weiter so. Ah, das fühlt sich gut an!«

Das Geäst über uns war gerade eben sichtbar, nicht als Zweige oder Blätter, sondern als sanft schwankende Masse. Der gleiche Wind, der durch sie hindurchwisperte, brachte mir den üppigen Duft des Waldes. Ich schlief nicht abrupt ein, es war ein langsames Hinabsinken.

»Silberstreif«, rief eine Stimme, als ich gerade unten angekommen war.

Das brachte mich wieder nach oben, und ich würde noch einmal von vorn anfangen müssen. »Was denn?« fragte ich.

»Ich komme dir doch nicht zu nahe, oder?«

»Oh, um Himmels willen. Nein, du läßt mir jede Menge Platz.«

Mein Ärger war ihm wohl offenkundig, aber er machte doch noch eine Bemerkung: »Ich möchte nur rücksichtsvoll sein. Gute Nacht.«

VIII Zwei große Katzen

Eine Nacht im Wald ist selten eine Sache ungestörten Schlafs. Ich erwachte etwa ein dutzendmal und schlief wieder ein, ehe unter dem Laub genügend Licht herrschte, um deutlich sehen zu können. Nicolind lag nicht in seinem Bündel, und nach ein paar weiteren Nickerchen beunruhigte mich diese Tatsache. Aus Angst, ich könnte das Frühstück versäumen, setzte ich mich auf.

Die Bäume sahen so aus, als hätten sie noch nicht die Augen geöffnet. Es herrschte kein Wind, und auch sonst rührte sich nichts. Verwirrt blinzelte ich zu der Stelle, wo Nicolind gelegen hatte, um sicherzugehen, daß er nicht in dem Fellbündel steckte. Als nächstes griff ich hinüber und hielt mir etwas zur genaueren Überprüfung vor die Augen. Es war mehrere Fuß lang, und ein Ende wickelte sich weich um meine Finger. Ohne Zweifel hielt ich eine Locke dunklen, weiblichen Haars.

»Verdammt!« sagte ich. Dann dachte ich an unsere Unterhaltung von gestern abend. »Dieses kleine Aas!«

Als weitere Minuten vergingen, war ich überzeugt, daß Nicolind oder wie ihr Name auch lauten mochte, das Lager bei Tagesanbruch verlassen hatte. Inzwischen hatte ich meine Haltung gegenüber der Sache geändert. Ihre Verkleidung ging nur sie etwas an. Außerdem war es etwas, worüber ich offiziell lieber nicht Bescheid wußte. Meine Wanderung am gestrigen Abend hatte mich ein schönes Stück vom Lager entfernt, und es gab immer noch kein Zeichen, daß jemand wach war. Ich schleppte Nicolinds Bettzeug ein gutes Stück weit fort und kehrte dann zu meinem eigenen zurück, um auf die Frühstücksvorbereitungen zu warten.

Ich hatte fast zu Ende gegessen, bis jemand sie vermißte.

»Wo ist der junge Nicolind?« fragte Robin und setzte sich neben mich.

Mein Mund war mit dem Schlegel einer Wildgans beschäftigt, und ich schüttelte den Kopf. »Wird schon irgendwo stekken«, sagte ich, als ich wieder sprechen konnte.

»Er steckt nirgendwo«, korrigierte er mich. »John nimmt jeden Morgen einen Appell ab, und er kann ihn nicht finden.«

Ich drehte den Knochen um und entdeckte noch einen Fleischrest. »Vielleicht ist er ein Langschläfer«, schlug ich vor.

»Vielleicht, aber ich sage dir, daß John gesucht hat. In diesen lichten Wäldern besteht nur eine geringe Chance, daß jemand sich verschläft.«

»Wie man sich bettet, so liegt man«, knurrte ich und wünschte, ich könnte über meinen Scherz lachen. Ich warf den Knochen ins Feuer und wischte die Hände an Blättern ab. »Das ist aber komisch«, dachte ich laut.

»Du warst doch letzte Nacht bei ihm«, meinte Robin.

Ich hatte darauf gewartet, daß er das vorbringen würde. »Ja, bis es Zeit für die Falle wurde«, nickte ich. Wenn mich jemand dabei gesehen hatte, wie ich das Bettzeug fortschleppte, würde ich Schwierigkeiten bekommen, aber ich ging das Risiko ein. »Ich weiß nicht, wo er die Nacht verbracht hat.«

Sein Gesicht verriet mir, daß ich richtig lag. »Ich weiß nicht, ob ich belustigt oder besorgt sein soll«, gestand er. »Wenn eine Welpe in diesem Alter nicht auf das Frühstück wartet, kannst du deine letzte Bogensehne verwetten, daß es einen Grund dafür gibt. Entweder hat er sich entschlossen, daß die Räuberei doch nicht das Richtige für ihn sei, und er ist heim zu Mama, oder er ist ein Spion des Sheriffs.«

Darüber dachte ich nach. Wenn Nicolind ein Spion war, dann mußte ich Robin sagen, was ich wußte, auch wenn es nicht viel half. Aber wenn ich ihm verriet, daß Nicolind verkleidet war, setzte er vielleicht ein paar seiner starken Männer auf ihre Spur. Am Ende verriet ich es nicht. Nachdem ich über die Dinge nachgedacht hatte, die Rosalette im Wald zustoßen konnten, weitete sich mein Mitleid auch auf andere Frauen in der gleichen Lage aus.

»Wirst du ihn verfolgen?« fragte ich.

»Nein, er ist vermutlich nur ein entlaufenes Kind«, meinte er zu meiner Erleichterung, »aber ich werde das Lager besser nach Süden verlegen.«

Ich hatte zuvor überlegt, ob ich bei den Geächteten bleiben sollte oder nicht. Jetzt hatte ich keine Wahl mehr. Wenn ich mich davonmachen würde, hätten sie auch mich unter Verdacht. Robin sagte nicht, warum er fürchtete, man spioniere ihm nach. Das erfuhr ich von Scarlock, mit dem ich mich anfreundete. Eines Nachts, als wir die Nasen ins Bier steckten, erzählte er mir, daß Robin kürzlich einen Freund vor dem Galgen gerettet hatte. Im Verlauf des Scharmützels kam der Sheriff um, und auch ein paar von seiner Rotte.

Ich verbrachte eine Woche mit ihnen auf einem langsamen Zug gen Süden. Sie verpaßten mir eine ihrer grünen Uniformen, über die ich mich mit Ausnahme des schnieken Federhuts, freute. Die Ausrüstung, die mir Golias gewonnen hatte, hatte in der Schlacht, in der Brian getötet wurde, schwer gelitten. Mein Bart war ziemlich lang geworden, und so konnte man mich von den anderen kaum unterscheiden, bis ich versuchte, mit dem dazugehörigen Bogen zu schießen. Doch ich machte Fortschritte, als mich Robin eines Morgens beiseite nahm.

»Shandon«, sagte er, »wir müssen aus diesem Waldgebiet heraus, aber wir können dich nicht mitnehmen.«

Nun, wenn sie mich nicht wollten, wollten sie mich nicht. Ich sah ihn an.

»Wir sind schwer in Bedrängnis«, erklärte er. »Der König selbst ist hinter uns her.«

So war also die Hatz los wegen des toten Sheriffs. »Mich stört es nicht«, gab ich ihm zu verstehen.

»Nein«, sagte er. »Es gibt keinen Sinn, wenn du für etwas gejagt wirst, was du nicht getan hast.«

Das stimmte, und ich machte mich lächerlich, wenn ich eine Schwäche für das Martyrium vorgab. »Viel Glück«, sagte ich.

Er schenkte mir ein hartes Lächeln. »Das hoffe ich auch, aber ich werde auch dafür arbeiten.«

Einige Männer waren auf einem Pirschgang und wurden durch das Horn gerufen. Während sie warteten, hing ich meinen Hut an einen Busch und ging los, mein Bündel am Bogenstab aufgehängt. Ich hatte den Gedanken, Rosalette wiederzusehen, schon lange aufgegeben, daher war Heorot, sei es aus Zufall oder Enttäuschung, das einzige Ziel. Es gab keinen Weg, und der Tag war sonnenlos, aber Scarlock zeigte mir an, wo Südosten war.

Es geschah mit gemischten Gefühlen, daß ich mich wieder auf den Weg machte. Auf der einen Seite wußte ich nun genügend über Broceliande, um auf der Hut vor dem zu sein, was mir begegnen könnte. Auf der anderen Seite hatten mir die neun oder zehn Tage dort ein Gefühl gegeben, daß ich mit der Umgebung ganz gut zurechtkam. Wenn diese Zuversicht durch meine begrenzten Kenntnisse des Waldlebens auch kaum gerechtfertigt war, stand es doch für meine veränderte Haltung gegenüber Literaria im allgemeinen. Da ich soweit zurechtgekommen war, sah ich keinen Grund, warum es nicht noch weiter gut gehen sollte.

Dieses Gefühl verstärkte sich, als ich nach einer Stunde einen Bach fand. Wenn ich diesem folgte, würde ich unvermeidlich auf einen Fluß stoßen, und ein Teil dieses Tales würde sicher bewohnt sein. Wenn ich erst in eine Stadt kam, könnte ich einen Atlas in der öffentlichen Bücherei zu Rate ziehen und mich richtig orientieren.

Um die Mittagszeit veränderte sich der Charakter von Broceliande. Das Gelände, das sanft abgefallen war, verlief nun eben. Das Gebüsch wurde üppiger. Die Bäume waren nun rankenumwunden und es wurde sumpfig. Auch der Strom veränderte sich. Während er bislang schnell durch ein Felsenbett geflossen war, trieb er nun langsamer zwischen schwammigen Ufern her.

Bald wuchs sich das Gelände zu einem richtigen Sumpf aus, was mir ganz und gar nicht in meine Pläne paßte. Die Bäume sahen aus wie gemietete Trauergäste, und die Wurzeln bäumten sich auf, als versuchten sie, den Schlammlöchern zu entgehen. Eine Schlange glitt träge durch einen undurchsichtigen Tümpel.

Während ich noch überlegte, in welche Richtung ich mich wenden sollte, hörte ich ein Kreischen wie von einem riesigen

Kater. Ich ließ mein Bündel zu Boden gleiten und begann den Bogen zu spannen. Als ich den Pfeil aufgelegt hatte, hörte ich einen Laut, als renne ein Pferd über den sumpfigen Weg. Ob dieses Tier so kreischte, wußte ich nicht, aber es kam näher. In der Hoffnung, nicht bemerkt zu werden, verbarg ich mich hinter einem Baum.

Das Kreischen wurde wilder, und das Rennen wütender. Meine Ohren hatten bei beiden Geräuschen richtig gelegen. Zuerst sah ich Pferd und Reiter, dann, ihnen so eng auf der Spur wie ein Dinghi einer Jacht, einen riesigen Panther. Als sie aus dem Sumpfgebiet hervorbrachen, stach der Reiter sein Tier mit irgendeinem Instrument. Er mußte das Rückgrat getroffen haben, denn das Pferd brach auf der Stelle zusammen.

Der Mann sprang herab und begann zu rennen. Zweifelsohne hatte er sein Pferd zur Ablenkung getötet, aber die große Katze wollte kein Pferdefleisch. Nachdem sie den Kadaver einmal kurz beschnüffelt hatte, begann die Bestie knurrend wieder mit der Verfolgung des Mannes.

Ich mußte es versuchen. Mein Pfeil traf das tote Pferd mit einem prächtigen Blattschuß. Der Panther merkte nicht einmal, daß man auf ihn geschossen hatte. Ich fingerte nervös und eilig einen weiteren Pfeil aus dem Köcher. Ehe ich ihn auflegen konnte, war das Tier gesprungen.

Es sah von meiner Stelle so aus, als habe der Mann ihm einen Kinnhaken versetzt. Im nächsten Augenblick brach er auf dem Boden zusammen. Mit einem letzten Heulen tat das Tier das gleiche.

Ich betrachtete einen Moment lang die ausgestreckten Körper, ehe ich mich zögernd näherte. Mein Bogen war gespannt, als ich für einen letzten Blick neben ihnen stehen blieb. Ich senkte meine Waffe und trat zu dem Mann, um zu sehen, ob er noch lebte.

Als ich mich über ihn beugte, öffnete er die Augen. »Ist sie fort?« flüsterte er.

Bei diesen Worten wandte er den Kopf und sah selbst, daß die Bestie immer noch da war. Nach einem Weilchen richtete er sich auf und berührte sie mit einem Finger. Als nächstes zwang er die Kiefer auf, die sich im Todeskampf in eine seiner Jackentaschen verbissen hatten.

»Baldrian!« keuchte er. »Gütiger Gott! Baldrian. Daß ich daran nie gedacht habe!«

Als er sich offensichtlich wieder etwas in der Gewalt hatte, hielt ich es für an der Zeit, meine Neugier zu befriedigen. »Wie«, fragte ich, »haben Sie es erledigt?«

Er wandte mir ein wettergegerbtes Gesicht mit hohen Wangenknochen zu. Seine braunen Augen funkelten.

»Ich habe ihm Zyankali in den Schlund gestopft.«

»Oh.« Ich setzte mich auf den Panther, um das zu verdauen. »Das war aber sehr vorausschauend, so etwas dabei zu haben.«

»Ein Sumpfarzt zu sein hat auch seine Vorteile. Zum Beispiel«, und das Lächeln breitete sich auf seinen Mund aus, »habe ich auch immer ein Beruhigungsmittel für die Nerven dabei. Meine sind nämlich ziemlich dünn.«

»Meine auch«, gab ich zu, als er in seine Gesäßtasche griff. »Nein, Sie zuerst. Sie brauchen es wirklich dringender, eh . . .«

»M. Tensas, Doktor der Medizin.« Er holte tief Luft, als er mich an der Flasche trinken ließ. »Das war aber ein beunruhigendes Erlebnis, Mister . . .«

»Shandon.« Es war guter Schnaps. »Jagen Sie oft so?«

»Das war nur ein Experiment.« Er gab mir eine Zigarre. Ich rauchte zum ersten Mal wieder seit an Bord der *Naglfar*. »Und«, fuhr er nach dem Anzünden fort, »ich glaube nicht, daß ich es wiederholen werde.« Er hielt seine Zigarre an meine. »Den richtigen Zeitpunkt abzuwarten ist schwierig.«

»Würde Ihren Reitpark auch ein wenig mitnehmen«, meinte ich.

»Stimmt. Glücklicherweise war das Tier nur geliehen.«

Dieser Mann kannte sich aus mit Whiskey und Tabak. Ich strahlte ihn an.

»Ist auch besser so. Dann würgt es einen nicht so in der Kehle, wenn der Zeitpunkt kommt, und man es ihm verpassen muß. Übrigens, womit haben Sie das gemacht?«

»Mit einem Skalpell.« Er starrte auf das am Boden liegende

Pferd, dann betrachtete er mich. »War es persönliche Abneigung, oder haben Sie einfach etwas gegen Pferde im allgemeinen?«

Auch ich starrte auf den Pfeil, der aus dem Bauch des Tieres ragte. »Es ist doch nicht vor mir fortgerannt, oder?« gab ich friedlich zurück. »Natürlich hätte ich es ein bißchen weiter vorn treffen können, aber ich vergaß zu zielen.«

Wir nahmen noch einen Schluck, ehe er die Flasche wieder in die Tasche steckte. »Hat keinen Zweck, den Sattel drauf zu lassen, das verärgert nur die Bussarde.« Er war ein hochgewachsener, schlaksiger Bursche. Ich fragte mich, wo er die altmodischen Klamotten gekauft hatte, aber ich dachte, solange er nicht nach meinen grünen Hosen fragte, sollte ich besser schweigen. »Wie es so oft passiert«, fuhr er fort, »verdankt diese arme Kreatur ihr Schicksal der Eitelkeit eines anderen. In diesem Fall meiner. Nichts in meiner Vergangenheit rechtfertigt mich zu der Annahme, daß ein Panther meinen sehnigen Korpus hochschätzen würde, aber ich war davon überzeugt.«

»Nun, zum Teufel, was wollte er denn? Er ist an der Mähre vorbeigerannt.«

Anstelle einer Antwort griff er in die von der Katze zerrissene Tasche und zeigte mir eine Handvoll getrockneter Wurzeln. »Hier draußen in den Wäldern muß ein Doktor zugleich Apotheker sein, daher habe ich immer eine Auswahl von Kräutern dabei, aber ich vergaß, daß alle Katzen eine Vorliebe für Baldrian haben.« Er nahm seinen Sattel und die Taschen. »In welche Richtung ziehen Sie?«

Nachdem ich mein Bündel zurückgeholt hatte, schlang ich es wieder um den Bogenstock. »Schwer zu sagen. Wohin ich gehe und wo ich hin will, könnten zwei verschiedene Orte sein. Sagt Ihnen der Name Heorot etwas?«

Er schüttelte den Kopf.

»Dann versuche ich, irgendwie aus den Wäldern herauszukommen und eine Stadt zu finden.«

»Ich bin unterwegs zu einem Patienten, sonst würde ich Ihnen den Weg zeigen. Warten Sie, da gibt es eine Abkürzung durch den Sumpf.« Dr. Tensas deutete in die Richtung, aus der er gekommen war. »Ich würde es ohne Pferd nicht anraten, aber Sie können gern meins haben.«

»Nicht ohne Sattel, danke. Wie stehts mit dem langen Weg?«

»Überqueren Sie den Bach bei dem gefallenen Baum, er ist nicht so verfault wie er aussieht«, sagte er und deutete auf einen umgestürzten Stamm über dem Wasser. »Halten Sie sich am Rand des Sumpfes. Das werden Sie bald leid, aber irgendwann hört er auf. Achten Sie auf einen ausgetretenen Pfad, und biegen Sie rechts ab. Kann ich Ihnen noch einen für das andere Bein geben? «

Konnte er. Nachdem er die Flasche wieder verkorkt hatte, schulterte ich meinen Bogen, steckte mir die Zigarre zwischen die Zähne und schlenderte fröhlich auf den umgestürzten Baum zu. Der Buckel von Arden schien voll guter Menschen zu sein.

Als ich in dieser Nacht auf dem Pfad übernachtete, war ich zuversichtlich, am Nachmittag des nächsten Tages die Stadt zu erreichen, die Tensas erwähnt hatte. Das Mittagessen hatte sich kaum bei mir gesetzt, als ich meinen Weg dort verlor, wo augenscheinlich ein Hurrikan durch den Wald gewirbelt war. Auf der anderen Seite konnte ich ihn nicht wiederfinden. Schließlich gab ich die Suche auf und zog aufs geradewohl weiter, wobei ich mich so gut wie möglich an der Sonne orientierte.

Das schlimmste war, daß es keine Möglichkeit gab, festzustellen, wie ich vorankam, und daher hatte ich auch kein Gefühl, irgendwie weiterzukommen. Am Nachmittag war ich durch diesen Umstand ziemlich entmutigt, und ich ließ die Beine in einem kleinen Bach baumeln, während ich versuchte, mir etwas einfallen zu lassen. Ich war so vertieft, daß ich dem Spritzen bachabwärts keine Aufmerksamkeit schenkte. Verschwommen schrieb ich es irgendeinem Tier zu, bis ich ein Niesen hörte. Ich hielt den Bogen bereit und stahl mich am Ufer entlang, um nachzusehen, was da los war.

Eine Biegung weiter von meinem Ruheplatz verbreiterte sich der Bach zu einem kleinen See. Daneben kniete ein Mann, der den Kopf in einen Eimer steckte. Ich wollte ihn bei dieser merkwürdigen Beschäftigung nicht stören, setzte mich und wartete, daß er fertig würde.

Als ich es mir bequem gemacht hatte, entdeckte ich, daß er nichts Merkwürdigeres und Interessanteres tat, als sich die Haare zu waschen. Kaum hatte ich diese Diagnose gestellt, als er den Kopf aus dem Wasser hob und dabei seine blonden Locken wrang. Sie waren einen halben Fuß lang, dann einen Fuß, und immer noch war kein Ende zu sehen. Mein Blick wanderte von dem Schopf zu seinem Kostüm, das mir nun vertraut vorkam. Es dämmerte schon, aber es gab immer noch Nebel, die sich nur allmählich lichteten.

Die Kleider gehörten Nicolind, und ebenso, nach der allgemeinen Größe zu urteilen, der Körper. Aber Nicolind hatte schwarzes Haar gehabt, während dies golden war, golden wie das Haar von –

»Rosalette!« schrie ich und sprang auf die Füße.

Mit einem Schrei sprang sie ebenfalls hoch und schob das Haar aus dem Gesicht. Sie wollte schon fortrennen, entspannte sich aber, als sie mich erkannte.

»Oh, du bist es, Silberstreif. Ich kann mich an deinen anderen Namen nicht erinnern.«

»Aber ich kann mich an deine beiden erinnern«, gab ich ihr zu verstehen.

Sie lachte und streckte mir beide Hände entgegen. »Ich fühlte mich scheußlich dabei, wo du so nett warst, dir um mich Sorgen zu machen, aber in der Nacht, mit all diesen Männern ringsum, die getrunken hatten, da hatte ich doch ziemlich Angst.«

Sie freute sich aufrichtig, mich zu sehen, was mir mehr gefiel, als ich erwartet hatte. »Ich mache dir keinen Vorwurf«, sagte ich. »Eine Hundemeute ist nicht der geeignete Ort für ein Lamm. Hast du deinen Freund jemals getroffen?«

»Ja.« Sie lachte entzückt. »Ich sehe ihn jeden Tag, und er erkennt mich ebensowenig wie du damals.«

»Und wo liegt dabei der Spaß?«

»Oh, wir haben jede Menge Spaß, wenn er erzählt, wie sehr er mich liebt. Du weißt ja, ich habe mir das Gesicht gefärbt, und das Haar auch, als Teil der Verkleidung, und es dauert eine

Woche, bis ich wieder normal aussehe. Ich werde ihn es sicher nicht wissen lassen, wer ich bin, bis ich nicht wieder so gut aussehe wie zuvor.«

»Übertreib es nicht«, warnte ich sie. »Du bist jetzt schon Spitze.«

Sie warf mir einen Kuß zu. »Du bist süß, Silberstreif.« Ich versuchte mich zu erinnern, wann mir das ein Mädchen zum letzten Mal gesagt hatte. Dann versuchte ich mich ebenfalls zu erinnern, ob ich jemals einem Mädchen dazu Grund gegeben hatte. »Aber«, fuhr sie fort, »er wird sich nicht mehr lange nach mir verzehren müssen. Ich hatte gerade mein Haar zum letzten Mal gewaschen, als du vorbeikamst.«

»Und dann? Hochzeitsglocken?«

»Morgen!« In ihrer Begeisterung ließ sie das Haar los und reichte mir wieder die Hände. »Ist das nicht wunderbar?«

Ich war nicht so sicher. Nicht, daß ich in sie verliebt gewesen wäre oder irgendwelche sonstigen Absichten mit ihr gehabt hätte. Für mich war sie wie eine Rose, die ich bewundern konnte, ohne sie gleich pflücken zu wollen. Doch es wäre mir lieber gewesen, wäre die Option noch offen geblieben.

»Wie verdient dein Junge denn seinen Lebensunterhalt, wo er von zu Hause fortgerannt ist?« fragte ich.

»Nun, Vater sagt, er . . .«

»Ist dein Vater auch hier?«

»Er ist schon immer im Wald, seit er sein Herzogtum verloren hat, aber er wird es wohl zurückbekommen, denke ich.« Sie zuckte die Achseln und strahlte. »Aber wenn nicht, dann bleiben wir einfach hier.«

Ich gab auf. »Wo hast du denn inzwischen gelebt? Hast du dir wieder eine blumengeschmückte Bruchbude gemacht?«

»Nein, ich habe mir eine Schäferhütte gekauft.« Sie warf einen letzten Blick in den Teich und lächelte sich an. »Ich muß jetzt dorthin gehen, damit meine Haare trocknen. Kannst du nicht mitkommen? Ich möchte gern mit dir reden.«

Ich kippte den Eimer aus und faßte ihn beim Henkel. »Über Aucando?«

Sie kicherte. »Vielleicht auch über andere Dinge, obgleich dazu auch kaum Zeit sein wird.«

Ihre Hütte war ein gemütliches Häuschen, aber ich starrte darüber hinweg. Nur ein Streifen Bäume trennte die Lichtung, auf der sie stand, von einer Wiese.

»Ist das nur eine Lichtung«, fragte ich, »oder sind wir wirklich am Rand des Waldes?«

»Hier fängt das offene Land an«, bestätigte sie. Sie setzte sich auf einen Grastuft, den Rücken zur Sonne, und begann sich das Haar zu trocknen. Nach einem Augenblick legte ich mich neben sie.

»Und da leben Menschen?«

»Schäfer. Dahinter liegt natürlich auch Ackerland.«

»Und Städte?« bohrte ich weiter.

«Oh, Städte gibt es immer.«

»Aber was für welche, und wie weit ist es bis dahin?«

»Danach habe ich nie gefragt«, beendete sie das Thema. »Silberstreif, du gehst doch nicht etwa fort, oder? Ich könnte es nicht ertragen, jetzt allein zu sein.«

Nun, immerhin war ich aus dem Wald heraus, und von jetzt an hatte ich eine Möglichkeit, mich zu orientieren. »Ich werde bleiben, bis es Zeit für deine Verabredung ist«, versicherte ich ihr, »aber ich erwarte auch ein Abendessen als Gegenleistung.«

Es war ein gutes Mahl, das sie mir schließlich auftischte. Danach schlenderte ich draußen herum, während sie sich badete und anzog. Sie würden eine gute Nacht haben für Turteleien, mild aber nicht drückend. Und während sie und ihr Verlobter sich angurrten, würde ich mein hartes, einsames Bett aufsuchen.

»Wie sehe ich aus?« fragte sie, als sie endlich über die Schwelle trat.

Sie war eine solche Lust anzuschauen, daß ich für den Moment sogar mein Selbstmitleid vergaß. Ihr Kleid war eins von dieser langen, einfachen Sorte, die weder verhüllten noch freigaben. Sie trug keinen Schmuck, aber um den Eindruck des tiefen Ausschnitts zu mildern, hatte sie sich eine Locke um den Hals gewickelt und als Halsband befestigt.

»Schatz«, sagte ich, »geh mir aus den Augen, ehe du mir das Herz brichst.«

»Ich könnte es ja einmal versuchen, nur um die Wirkung auszuprobieren, die ich auf Aucando haben werde.«

»Er scheint es ja nicht gerade eilig zu haben«, meinte ich leicht gehässig.

Sie schnitt mir eine Grimasse. »Er kommt nicht hierher. Ich habe ihm als Nicolind versprochen, wenn wir uns bei Mondaufgang am Wünschbrunnen träfen, wäre ich in der Lage, ihm Rosalette herbeizuzaubern. Er glaubt es nicht wirklich, aber er ist so verliebt . . .« Hier machte sie einen Tanzschritt und drehte sich herum. ». . . daß er alles versucht. Ist er nicht dumm und großartig?«

Dann war sie verschwunden, auf der Suche nach dem Augenblick, für den sie geschaffen war. Ich sah ihrem Abgang zu mit dem Groll eines Kettenhundes. Als sie nur noch ein Schimmer im Zwielicht des Waldes war, wandte ich mich mürrisch in die andere Richtung.

Am nächsten Morgen würde ich mich in die offenen Felder schlagen, aber für ein Nachtlager war der Wald sicherer. Als ich jedoch einen passenden Fleck gefunden hatte, war es immer noch zu früh, um an Schlaf zu denken. Ich wünschte mir, ich hätte noch eine von Doktor Tensas Zigarren gehabt, setzte mich mit dem Rücken gegen einen Baumstamm und wartete auf die ersten Anzeichen von Müdigkeit.

Die Halluzinationen, die Mondschein unter Blättern hervorruft, lenkten mich von meiner düsteren Laune ab. Mehrere Male glaubte ich zu sehen, daß sich etwas bewegte. Schließlich gab es keinen Zweifel mehr. Schatten sparten Teile davon aus wie die fehlenden Stücke eines Puzzles, aber es reichte, um es als männlichen Löwen zu identifizieren.

Wenn ich auch nicht glücklich darüber war, blieb ich doch, wo ich war. Der Wind wehte auf mich zu, und ich wußte, daß alles, was sich still verhält, vor den Augen eines Tieres sicher ist. Das Wissen tröstete mich nicht so sehr, als mir gutgetan hätte. Sein Weg würde nur wenige Schritte entfernt an mir vorbeiführen.

An dieser Stelle betrat er eine mondbeschienene Stelle und wurde zu einem Wesen. Sein Bauch hing nach unten, und sein Schritt war schwer und behäbig. Ich sah dies und verlor einen

Teil meiner Furcht. Hier war nur ein fetter, glücklicher König der Tiere, der nach einem guten Mahl einen Spaziergang machte.

Er vernachlässigte jedoch keine seiner üblichen Sicherheitsvorkehrungen. Kurz nachdem er an mir vorbei war, blieb er mit hochgerecktem Kopf und erhobener Pranke stehen. Diese klassische Pose behielt er nicht lange bei. Er hatte sie kaum eingenommen, als sich ein anderes Tier im Mondschein von hinten anschlich. Nein, es war ein Mensch oder etwas Ähnliches. Er glitt aus den Schatten und tapste auf eine Weise vor, die so sehr an die behäbige Würde des Löwen gemahnte, daß ich grinste. Drei weitere solche Schritte brachten ihn an den leise wedelnden Schwanz des Tieres. Mit einer vorsichtigen Bewegung schob er ihn mit einer Hand beseite. Zugleich zuckte die Linke vor. Ich konnte nicht erkennen, was sie hielt, aber jeder, der einmal das kindliche Vergnügen genossen hat, mit einer Nadel in eine Hängematte zu stechen, hätte die Bewegung erkannt.

Kein Benutzer einer Hängematte hat jemals so befriedigend reagiert wie dieser Löwe. In fast dem gleichen Atemzug schrie er auf, knurrte und brüllte. Fast zugleich sprang er auf, wirbelte herum und schlug zu. Sein Quälgeist mußte schnell sein, um lange Spaß an seinem Scherz zu haben, und das war er auch. Als der Löwe sich umgedreht hatte, lag er ausgestreckt hinter einem Farnbüschel, dicht genug bei mir, daß ich ihn hätte treten können, wenn ich gewollt hätte. Aber mir stand der Sinn nicht danach, solange das Tier seinen Wutanfall austobte. Es schlug mit den Tatzen in die Luft, als hoffe es, einen Feind aus der Luft hervorzuschälen, an dem es Rache nehmen könnte. Mehrere Male sprang und wirbelte es herum, um sicherzugehen, daß es nicht von hinten angegriffen würde. Am Ende machte es sich durch sein Schattenboxen selbst nervös. Es stieß einen plötzlichen Schrei aus und sprang außer Sichtweite.

Als der Löwe verschwunden war, hatte der Bursche, der ihn gestochen hatte, seine helle Freude. Er rollte auf den Rücken, trat mit den Beinen in die Luft und erstickte fast an seinem Freudentaumel. Auch meine Schultern zitterten. Teilweise hatte mich der Vorfall belustigt, aber was mich wirklich kitzelte, war die Vorstellung, wie jemand beschaffen sein mochte, der einen Augenblick Slapstickkomödie mit einem tödlichen Risiko erkaufte.

Als ich das Gefühl hatte, der Löwe sei außer Hörweite, lachte ich schließlich frei heraus. »Als Hobby ist das ganz nett, Kleiner«, komplimentierte ich ihn, »aber um den Lebensunterhalt damit zu verdienen, wäre es ein bißchen unsicher.«

Nun war er an der Reihe, verdutzt zu sein. Er schoß hoch, und ich weiß auch nicht, wie er es schaffte, aber er blieb jedenfalls oben und wich in der Luft zurück. Unmittelbar darauf kam er aber wieder herunter.

»Ich habe ihn dazu gebracht, mit sich selbst zu reden, nicht wahr?« kicherte er. »Man könnte sagen, der Schreck ist ihm unter die Haut gegangen.«

Ich konnte ihn im Schatten nicht deutlich ausmachen. Er war sehr klein, aber Kopf und Schultern erschienen unproportional groß gegenüber dem Rest. Nach dem Umriß seiner Birne war sein Haar dicht und kraus. Dennoch waren seine Ohren, oder was dort herauswuchs, wo sonst die Ohren stehen, lang genug, um davon abzustehen.

»Womit hat du ihn gestochen?« fragte ich.

»Mit einem feinen, drei Zoll langen Dorn, und ich habe ihn bis zum Anschlag reingebohrt. Er hatte ein rasches Gemüt, eh?«

Ich dachte an die wütende Schnelligkeit, mit der der Löwe herumgewirbelt war und zugeschlagen hatte. »Er war rasch«, stimmte ich zu. »Wie schätzt du hier deine Lebenserwartung ein?«

Er kicherte. »Oh, höher als bei manch anderen, denke ich. Wenn man nach der vergangenen Leistung geht.«

»Dann müssen sie in dieser Gegend früh sterben.«

»Nicht notwendigerweise.« Er setze sich und schlang die Arme um die Knie. »Ich habe begonnen, nach Jahrhunderten zu zählen, anstatt nach Jahren, aber ich bin auch der Älteste.«

»Es ist bestimmt hart, ein Waise zu sein«, ließ ich ihn mein Mitleid fühlen. Aber wenn man ein gute Lüge in zwei Teile zerbricht, findet man immer noch, daß das kleinere Stück eine Legierung von Tatsachen ist. »Wenn du wirklich der älteste

Einwohner bist«, fuhr ich fort, »kannst du mir vielleicht sagen, wie ich dorthin komme, wo ich hin will. Niemand, den ich bislang getroffen hatte, kannte auch nur den Namen des Ortes.«

»Wenn ich es dir nicht sagen kann, dann existiert es nicht«, sagte er. »Ich kenne das Land und was darin ist, wie der Löwenhintern jetzt den Dorn kennt. Scheue dich nicht, auch große Dinge zu fragen. Ich weiß, wovon sich Geri und Freki ernährten und was Jack Wilton im Haus von Pontius Pilatus suchte. Ich weiß, was Dagda sagte, um seine Harfe zu rufen, und um was Setna spielte. Ich weiß, mit wem Kuwarbis Krach hatte, und warum Ilmarinen mit seiner zweiten Frau nicht viel Spaß hatte. Wie lautet deine Frage?«

»Nun, ich habe eine Verabredung mit einem Freund – wenn er noch am Leben ist, und zwar an einem Ort namens Heorot. Kennst du ihn?«

»Und ob!« knurrte er. »Du kannst mich ebensogut fragen, was die flehenden Maiden wollten. Nicht, was du denkst. Und wenn du nach Heorot willst . . .« Ich hatte nichts gehört, aber er sprang auf die Füße. »Ups! Das ist mein Signal. Ich muß mich auf die Socken machen.«

»He, nix! Noch nicht!« Der Gedanke, einen kundigen Führer zu verlieren, wo ich gerade erfahren sollte, was ich wissen wollte, war zuviel. Ich griff entschlossen nach ihm, aber er war schon fort.

IX Ein Führer und doch kein Führer

Nachdem mein Ärger abgeklungen war, legte ich mich nieder, aber der Schlaf wollte nicht kommen. Alles hatte sich verschworen, ihn fernzuhalten. Die milde Luft strich wie der Atem einer Frau über meine Wange. Der Bach in der Nähe murmelte wie das Schwätzen und Kichern von Mädchen. Die Blätter, die sich im Nachtwind regten, knisterten wie Seidenröcke. Die Farne, die im Mondschein schimmerten, sahen verdammt nach goldenem Haar aus. Ein leuchtender Stein hatte die Form und Struktur einer nackten Schulter, verärgert richtete ich mich auf.

Für einen einzigen Fleck in dem Wald war es sehr geschäftig. Nach einer kleinen Weile hörte ich Blätter rascheln und Zweige knacken, als Schritte näherkamen. Stimmen verrieten, daß mehr als eine Person sich näherte, aber ich konnte nicht ausmachen, was sie sagten, bis sie mir fast gegenüberstanden.

»Warte!« bettelte die Stimme eines Mannes. »Bitte, Liebling! Oh, verdammt, warum hörst du mir nicht zu?«

Das Mädchen, einen Schritt voraus, vergrößerte seinen Vorsprung durch ein paar Laufschritte. »Ich habe Besseres zu tun.«

Da ich sicher war, daß es niemand anders als Rosalette sein konnte, war ich aufgesprungen, aber als ich ihre Stimme hörte, setzte ich mich wieder, um mich nicht einzumischen. »Aber was hat dich verändert?« fragte der Mann, der sie fast einholte. »Was hast du gegen mich?«

»Daß es dich gibt«, gab sie zurück.

Sie verschwanden, sich immer noch streitend. Hoffnungsfroh wartete ich, daß etwas anderes geschah, oder daß meine löwenzergende Bekanntschaft zurückkehrte. Beides geschah bald.

Zuerst hörte man Geräusche, die nach einer einzigen rennenden Person klangen. Sie schluchzte und konnte vermutlich nicht erkennen, wohin sie lief. Sie hatte kaum mein Blickfeld betreten, als sie stolperte und fiel.

»Oh, Aucando«, klagte sie. »Wie konntest du mir das antun?«

»Rosalette! Was ist passiert?« fragte ich, als ich mich hochmühte.

Sie weinte so wild, daß sie weder wußte, wer zu ihr sprach, noch sich darum scherte. »Er – hat – mich – verlassen«, schluchzte sie und hockte sich auf die Knie. »Und – ich kann ihn nicht finden.«

»Nun, das ist aber schlimm, Kleine.« Ich hatte keine große Erfahrung beim Trösten von Leuten, aber ich ging auf sie zu. Halbwegs dort, hob ich die Stimme: »Und du sei vorsichtig, was du tust, sonst werde ich dich zermalmen!«

Der Akrobat war wieder da; dieses Mal kam er nicht gelaufen, sondern geflogen. Er sauste hinter Rosalette her und hielt einen Moment inne. Ich sprang auf ihn zu, aber er wich mir aus wie ein Kolibri vor einer Blüte, wandte sich mit einem Lachen um und war verschwunden.

Rosalette schrie nicht auf und sprang auch nicht zurück, daher war vermutlich alles in Ordnung, aber ich kniete mich neben sie. «Hat er dir etwas getan?«

»Wer?« Sie hatte zu schluchzen aufgehört. Jetzt hob sie den Kopf und lächelte. »Oh, Silberstreif, ich bin so froh, daß du da bist.«

Wie sie das sagte, das war neu zwischen uns. Mein Puls tat einen Doppelschlag, aber mein Verstand sagte mir, daß sie nur so redete, weil sie froh war, überhaupt jemanden zu sehen.

»Was ist denn mit deinem Freund?« fragte ich. »Und warum ist die Laus fortgerannt?«

»Wer?« fragte sie wieder, und reichte mir die Hände, damit ich ihr hochhalf.

»Wer? Wieso, Aucando!« Ich war verwirrt, aber ich konnte mich nicht entrüsten, solange ich ihre Hände hielt. Sie machte keine Bewegung, sie mir zu entziehen, daher hielt ich sie einfach fest. »Du hast mir doch vor ein paar Stunden gesagt, du würdest ihn morgen heiraten?«

»Oh, vor ein paar Stunden. Aber das war nicht ich. Ich bin

gerade neu geboren – in dieser Minute – als ich die Augen öffnete und dich sah.«

Es waren nicht so sehr die Worte, die ich ernst nahm. Ich hatte selbst zu oft in falscher Münze gezahlt, um in einem Dollar Silber zu erwarten. Es war ihre Stimme, die mich überzeugte. In diesem Tonfall hätte sie sagen können: »Dreckstadt ist ein trostloses Kaff«, und ich hätte gewußt, daß sie zu einem Mann redete, den sie liebte.

Ein Irrtum war ausgeschlossen. Und ich wollte es auch gar nicht anders. Es mußte so sein. Es gab keine Zukunft, nur endlose Pein, wenn dem nicht so war. Doch die Plötzlichkeit dieser Liebe ließ Zweifel in mir aufsteigen.

»Rosalette«, sagte ich zittrig, »oh, meine . . .« Ich beendete den Satz nicht, weil ich sie küßte. Es war weniger ein bewußtes Verlangen, was uns zusammentrieb, als das Wissen, daß wir füreinander bestimmt waren. Getrennt würden wir keine Einheit mehr sein. Es gab im Leben nichts anderes mehr, als nur noch zu küssen.

Zum zehnten oder hundertsten Mal – ich habe keine Ahnung – schloß ich die Augen, um diese Süße besser zu genießen, als etwas über meine Wange streifte. Rosalette mußte es auch gespürt haben, denn sie zuckte zurück. Ich drehte mich wütend um, um den Käfer oder die Motte zu erschlagen, die uns gestört hatte, und zwar gerade noch rechtzeitig, um eine vertaute Gestalt forthuschen zu sehen.

Rosalette wandte sich ab, und ich sprang hinter ihr her. »Rosalette!« schrie ich und faßte sie bei den Armen. »Habe ich dir weh getan?«

»Oh, hallo, Silberstreif.« Ihre Stimme klang nett und freundlich. »Du machst dir immer noch Sorgen um mich, nicht wahr? Nein, niemand hat mir etwas getan.«

Ernüchtert ließ ich ihren Arm los. »Was ist denn los?«

»Nichts Besonderes«, gab sie zurück. »Aucando ist fortgegangen – ich habe vergessen, warum, aber es spielt auch keine Rolle –, doch er wird bald zurück sein. Was machst du denn hier?«

Da erkannte ich es. Irgendwie hatte es mit diesem kleinen Flegel zu tun. Er hatte mein Herz für ein Lachen verkauft. Es war alles vorbei, und es hatte keinen Zweck, einem Mädchen einen Vorwurf zu machen, das sich nicht erinnern konnte. Ich hatte Angst, meine Stimme würde nicht funktionieren, aber sie tat es.

»Nichts. Ich wollte hier übernachten, aber ich konnte nicht schlafen, und . . .«

Sie hörte mich nicht zu Ende an. Jemand näherte sich, und sie huschte auf ihn zu. Es war Aucando, aber mir wurde die Vorstellung erspart. Sie gingen zusammen unter einem Schwall von Liebkosungen fort, um ungestört zu sein.

Ich war wie betäubt und wußte nicht, wie mir geschah. Ich fühlte mich, als sei ich ohne Narkose entzweigeschnitten worden, und konnte kein Zeichen einer künftigen Besserung erkennen. Mit dieser Krankheit still zu bleiben war mehr, als ich aushalten konnte. Daher suchte ich meine Sachen zusammen und marschierte aufs Geratewohl in den Wald hinein.

Ich hatte zuvor nicht gewußt, daß Leidenschaft zugleich Süße in der Seele und Toben im Körper sein kann. Noch hatte ich gewußt, daß der Verlust des Objekts dieser Leidenschaft eine Lücke hinterlassen kann, die zu groß ist, als daß der Verstand sie überbrücken kann. Er muß einen Weg herum finden, und der ist lang und hart. Ich konnte mir noch so sehr sagen, was mich nur so kurz verbrannt hatte, konnte mich nicht tief verletzt haben. Ich konnte mir auch sagen, daß eine Heirat unter den gegenwärtigen Umständen eine Unmöglichkeit bedeutete. Es half mir aber nichts.

Wenn nur dieser kleine Wicht mit dem überentwickelten Humor nicht zurückgekommen wäre! Meine Gedanken waren jenen Weg so oft gegangen, daß sie schon ganz heißgelaufen waren. Aber ich befand mich schon wieder auf derselben Bahn, als die Ursache meines Kummers mich einholte.

Da ich wußte, wie schnell er war, versuchte ich nicht, ihn zu schlagen. »Was willst du, verdammt noch mal?« knurrte ich.

Wie gewöhnlich lachte er, aber dieses Mal entschuldigend. »Tut mir leid, daß du dich im Getriebe verfangen hast, aber ich folge nur Befehlen. Weißt du . . .«, fuhr er fort, als ich ihn lediglich stirnrunzelnd ansah. ». . . eine Menge Liebeszänke haben hier den Frieden gestört, und ich war angehalten, aufzuräumen. Jetzt bleib doch mal stehen, ja? Ich bin ziemlich müde.«

Nun, da ich aufgehört hatte, mich zu bewegen, wurde auch ich mir meiner Erschöpfung bewußt. »Ich habe beim ersten Mal die Falschen erwischt«, fuhr er fort, als wir uns auf einen bequemen Felsen gesetzt hatten. »Und habe den Auftrag verpatzt. Was dich angeht, so hattest du Pech, in der Nähe zu sein, als ich die Leute zusammenbrachte. Du machtest ein dummes Gesicht, und sie heulte. Es war die übliche Szene für einen Streit unter Liebenden, und so habe ich kurzgeschlossen.«

»Warum hast du uns danach nicht allein gelassen?« murmelte ich. »Wir kamen ganz gut zurecht.«

»Ging nicht«, antwortete er. »Der Boß hat gemerkt, daß ich gepatzt hatte, und hieß mich die Dinge zurechtrücken und die Pfeile in die Herzen stecken, wo sie hingehörten. Das bedeutete, du standest im Kalten. War nicht so gut?«

»Ich werd's überleben.«

»Wirst du«, stimmte er zu, »und du wirst dies vergessen und auch wieder nicht, und über beides wirst du dich freuen. Aber ich hatte irgendwie das Gefühl, ich schulde dir etwas, weil ich dich da hineingebracht habe, daher habe ich mir die Mühe gemacht, dich aufzuspüren. Du wolltest doch nach Heorot.«

Ich zwang mich zu der Erkenntnis, daß ich nicht ewig herumwandern und darüber brüten konnte, was vielleicht hätte sein können. »Ja, eigentlich schon. Aber wenn du mich bloß aus Broceliande herausbringst, hilft mir das schon weiter. Ich bin so lange umhergeirrt, ohne zu wissen, wohin ich gehe, daß ich das Gefühl habe, ich drehe langsam durch.«

»Du hast es so gut wie hinter dir«, versicherte er mir, als er zu Boden hüpfte. »Der Weg, auf dem du stehst, ist der richtige.«

Ich konnte ihn fühlen und ihm eine kurze Strecke mit den Augen folgen, aber ich setzte kein großes Vertrauen darauf. Es hatte andere Wege im Wald gegeben, denen ich gefolgt war, die mir aber unter den Füßen entglitten waren.

»Und wo geht es lang?«

»Hier.« Er wies nach links. »Dieser Weg wird dich auf eine Straße bringen. Wende dich nach rechts, und nimm dann die erste Abzweigung auf der linken Seite. Heorot ist das größte Gebäude im ersten Ort, in den du kommst.«

»Wie weit ist es?«

»Diesen Weg entlang? Mmh, überlegen wir mal. Die Watling Street liegt nicht weiter als fünfundzwanzig Meilen entfernt, und die Abzweigung ist etwa nach einer Meile auf dieser Seite.«

Seine Erwähnung der Watling Street, von der auch Golias gesprochen hatte, gab mir ein Gefühl, mich wieder auf vertrautem Boden zu bewegen. Schließlich begann ich, meinem Führer Glauben zu schenken.

»Du sagst, Heorot ist nur ein Gebäude und keine Stadt? Ich hatte schon Angst, ich müßte an allen Türen klingeln, um meinen Kumpan zu finden, aber das vereinfacht die Dinge.«

»Es ist einfach genug, es ist nur ein Stück zu laufen. Hast du Hunger?«

Nun, da ich eine Zeitlang an etwas anderes gedacht hatte als an meinen Verlust, fühlte ich mich schon etwas besser. »Hohl wie Finnegans Beine.«

»Unterwegs findest du Alices Restaurant, kurz bevor du auf die Straße kommst; das hat immer geöffnet. Auf dem restlichen Weg kommt nichts Besseres, also stopfst du dich am besten dort voll. Mach's gut!«

Nach einer halben Stunde gelangte ich in Sichtweite des Restaurants, das er erwähnt hatte. Der Tag brach gerade an, daher konnte ich das Gebäude recht deutlich ausmachen. Es war ein Bauernhaus mit einem besonders hohen Schornstein an beiden Seiten des Daches. Es war kein Licht zu sehen, aber wie versprochen war es durchgehend geöffnet. Draußen war ein Tisch aufgestellt, und ich hörte das Klappern von Porzellan, noch ehe ich nahe genug heran war, um zu sehen, wer dort speiste.

Der Tisch, von riesigen Ausmaßen, war für mehrere Dutzend Personen gedeckt, aber die einzigen Gäste waren drei Gestalten an einem Ende. Ich sah sie und schaute dann noch einmal hin, um mich zu vergewissern, ob mein erster Eindruck richtig war.

Es herrschte gar kein Zweifel. Einer trug die Klamotten seines Großvaters, komplett mit Zylinder, Vatermörder und Fliege. Von den anderen trug der eine das Kostüm eines Kaninchens und der zweite das einer Maus. Der letztere war eingeschlafen.

Viele Plätze trugen Spuren früherer Benutzung, aber ich fand einen für mich an ihrem Ende des Tisches. »Ihr Jungs habt wohl eine ganz schöne Nacht hinter euch«, bemerkte ich.

Der Mann mit dem Hut ließ diese Behauptung nicht gelten. »Wir hatten überhaupt keine Nacht, wir warten immer noch darauf.« Er hielt eine Uhr hoch, deren Zifferblatt ich nicht erkennen konnte. »Es ist genau sechs Uhr.«

Es mußte eher halb vier sein, aber ich hatte Besseres im Sinn, als mit einem Betrunkenen über die Uhrzeit zu streiten. »Genau«, sagte ich. Da kein Kellner erschien, bediente ich mich selbst mit Brot und Butter, Marmelade, kaltem Aufschnitt und Soleiern. Inzwischen kam mir in den Sinn, daß ich vielleicht besser die Richtung überprüfte, um sicher zu gehen, daß mein letzter Führer sich nicht wieder seinem Sinn für Humor hingegeben hatte.

»Lebt ihr Burschen hier in der Nähe?« fragte ich.

Der Mann schien von meiner Frage erschüttert. »Ich lebe immer hier«, sagte er schließlich. »Du nicht?«

»O nein.« Ich goß mir einen Tee ein, was das einzig Sichtbare zu trinken darstellte. »Ich lebe in Chicago.«

»Wie komisch«, bemerkte er. »Ich finde es viel einfacher, dort zu leben, wo ich bin.«

»Ist schon gut«, stöhnte ich. »Du hast gewonnen. Ich lebe hier.«

»Zu spät«, sagte das Kaninchen. »Du hast deine Chance vertan. Die Leute geraten immer in diese Schwierigkeiten«, vertraute er seinem Gefährten an. »Und das ist nur das Ergebnis ihres nachlässigen Denkens.«

Da ich aufgebracht war, wollte ich das nicht einfach so hinnehmen. »Hören Sie mal, Mister«, warnte ich ihn. »Ich weiß, Sie haben einen im Tee, und mir ist schnuppe, was Sie denken, ob nüchtern oder nicht, aber behalten Sie es für sich.«

Anstelle einer Antwort begann er mit den anderen über den Sechs-Uhr-Wecker zu streiten, und ob es richtig sei, ihn mit

Butter zu schmieren, in der vielleicht Brotkrümel waren. Es war eine so typische Besoffenendiskussion, daß mein Ärger Belustigung wich.

»Was ich gerade fragen wollte«, unterbrach ich sie, sicher, daß sie meine üble Laune vergessen hatten, »ist einfach: Können Sie mir sagen, wohin diese Straße geht?«

Der Mann mit dem altmodischen Anzug tunkte ein Stück Kuchen ein und biß hinein. »Diese Straße geht nicht«, brummte er, »sie kann kaum kriechen.«

Da waren wir wieder dort, wo wir angefangen hatten, aber ich versuchte, es zu überhören. »Okay, okay. Aber wohin führt sie?«

»Es ist eine ortsgebundene Straße«, informierte er mich. »Sie bleibt gewöhnlich dort, wo sie ist.«

»Ich meine es ernst«, sagte ich, und versuchte, mit Dringlichkeit zu ihnen durchzukommen. »Ich muß mich wirklich orientieren, weil ich sonst nicht sicher bin, wohin ich mich wenden soll.«

»Wie können Sie dann von einer Straße erwarten, sie dorthin zu führen? Da erwarten Sie aber zuviel.« Nach diesem Vorwurf sprach das Kaninchen mit einer Art Flüstern zu seinem Kumpanen: »Es gibt nichts Dümmeres als ungezügelten Optimismus.«

Ich hatte beschlossen, nicht wieder die Beherrschung zu verlieren, aber es fiel mir schwer. »Sehen wir es von der anderen Seite«, drängte ich. »Könnte ich der Straße nach Heorot folgen?«

Der Mann mit dem Hut antwortete: »Ich nehme es gewiß an, vorausgesetzt, daß sie zuerst dort ankommt.«

»Ihr könnt beide zur Hölle gehen«, brüllte ich. Sie schienen ungerührt, aber der Mäusemann wachte auf.

»Warum«, fragte er und beugte sich zu mir, »ist ein Regenwurm wie ein Parallelogramm?«

Da ich mit ihm noch nicht gestritten hatte beschloß ich, zu antworten. »Ich weiß es nicht, Mister«, sagte ich und griff nach dem Kuchen. »Wenn Sie es mir bitte verraten würden.«

Er dachte nach, während ich mich über zwei Stücke hermachte. »Nun, ich weiß es auch nicht, da sie sich gleichen«, befand er, »aber wenn man nicht darüber nachdenkt, kann es einem auch gleich sein.« Nachdem er diesen Satz ausgesprochen hatte, schlief er wieder ein.

Es hatte sich noch kein Vertreter der Geschäftsleitung gezeigt, und immer noch war kein Licht im Haus. Mir war es egal, da ich mich mitten in der Mahlzeit erinnert hatte, daß ich ohnehin kein Geld hatte. Ich wollte mich aber noch nicht geschlagen geben. Mein Bogen würde mir in der Stadt nichts nützen, selbst wenn ich gelernt hätte, ihn richtig zu benutzen. Hier, am Rand des Waldes, könnte er jedoch als viel wertvoller gelten als das von mir verzehrte Essen. Ich ließ ihn mit dem Köcher an meinem Platz zurück, nickte den anderen kurz zu und machte mich auf den Weg zur Straße.

Als ich einen Teller klappern hörte, drehte ich mich um. Derjenige mit dem Mäuseanzug schlief immer noch. Der mit dem altmodischen Anzug legte sich ein Solei auf den Kopf. Der mit dem Kaninchenkostüm spannte gerade meinen Bogen. Da ich es für besser hielt, nicht Zeuge der Szene zu werden, eilte ich fort.

Im großen und ganzen gesehen hatte mir die Begegnung gut getan. Rückblickend lachte ich darüber, und das Lachen half mir bei der Erkenntnis, daß ich nicht auf immer ein gequälter Geist bleiben würde. Außerdem hatte der Mausekerl auf gewisse Weise recht. Ich würde Rosalette nicht vergessen, aber wenn ich nicht an das Geschehene dachte, quälte es mich auch nicht. Ich begann statt dessen, mir Möglichkeiten auszudenken, was ich tun würde, falls Golias nicht in Heorot auftauchen sollte.

Wenn man die paar Stunden mitrechnete, die ich für den notwendigen Schlaf brauchte, brauchte ich fast einen ganzen Tag, um die Abzweigung zu finden, die mein Führer erwähnt hatte. Ich vermutete zumindest, es war diejenige, und untersuchte sorgfältig den Wegweiser, um sicherzugehen. Wenn ich dieser Straße folgte, so verriet er mir, würde ich nach Sandhills und Wielands Schmiede kommen. Aber nicht diese Information ließ mich zufrieden ausrufen. Auf dem obersten der drei hölzernen Pfeile las ich: »HEOROT ½ Meile.«

Von dem Augenblick an, in dem ich mich auf diese Straße wandte, roch ich das Meer. Bald erspähte ich es auch hinter einer Gruppe von Häusern. Die Tatsache, daß das höchste von diesen und nicht die Stadt selbst ausgeschildert war, verwunderte mich jetzt nicht mehr. Heorot war das, was einem beim Nähern ins Auge fiel. Die anderen Gebäude dieser Burg bildeten nur den Maßstab für ihre Großartigkeit.

So beeindruckt ich auch war, reagierte ich doch äußerlich, indem ich die Finger kreuzte. Es war ein langer Weg für ein Treffen, das vielleicht gar nicht stattfinden würde.

Die Mittagszeit hatte die Straßen leergefegt. Erst als ich vor Heorot stand, nahm ich Anzeichen von Leben wahr. Die Türen des großen Gebäudes standen offen, aber etwas über dem Eingang lenkte meinen Blick auf sich. Dort war mit Dolchen eine monströse Trophäe befestigt. Wenn es überhaupt etwas glich, was ich je zuvor gesehen hatte, dann einem Arm. Doch er war so groß wie die Hinterhand eines Dinosauriers; Haar wuchs zwischen Schuppen, wie sich Unkraut zwischen den Ritzen von Pflastersteinen durchschiebt, und die Hand oder Pranke endete in Krallen. Er war ausgerissen worden, nicht abgehackt, und das erst vor kurzem. Aus der roten Wunde tröpfelte immer noch Blut, und jeder Tropfen landete zischend in einem Eisentopf, der auf dem Boden stand.

Inzwischen wurde ich mir des fröhlichen Aufruhrs drinnen bewußt. Als ich genügend auf das Ding über der Tür gestarrt hatte, blickte ich auf die beiden Männer, die zu beiden Seiten des Eingangs Wache standen. Sie sahen oberflächlich aus wie Brodirs Männer. Wenn sie auch auf Wache waren, nahmen sie es doch lässig, und einer grinste, als mein Blick den seinen traf.

»Ganz schönes Großwild in der Gegend«, machte ich einen Ansatz.

Sein Grinsen wurde breiter. »Das ist auch für diese Gegend ganz schön groß.«

Da ich ihn als freundlich einschätzte, kam ich zum Geschäftlichen. »Ich will mich hier mit einem Kumpel treffen. Darf ich eintreten?«

»Heute ist der Eintritt frei. Selbst für Leute mit komischen Kleidern.« Ich war jetzt nahe genug bei ihm, um festzustellen, daß er seinen Posten nicht nüchtern angetreten hatte. »Wir haben ein offenes Haus.«

So kam ich an der Wache vorbei und trat über die Schwelle. Drinnen war ein großes Fest im Gange. Hunderte von Menschen saßen an langen Tischen, die mit Essen beladen waren. Jeder hatte einen Krug in der Hand, und Dutzende von Kellnern flitzten herum und schenkten nach. Es war unnütz, unter diesen Bedingungen Golias zu suchen, aber es sah alles recht gut aus. Abgesehen von einem Sandwich, das ich von dem Frühstückstisch hatte mitgehen lassen, hatte ich seit Sonnenaufgang nichts mehr zu essen gehabt.

Während ich mich noch fragte, ob es wohl angebracht sei, sich irgendwo dazwischenzumogeln, näherte sich ein Mann, den ich für den Veranstalter dieses Banketts hielt. Es herrschte ein solches Brüllen und Lachen, daß wir nicht versuchten, Worte zu wechseln. Er machte mir nur ein Zeichen und lächelte – jeder dort hatte ungeheuer gute Laune –, und nach einer Minute war ich zwischen zwei langhaarigen Gorillas eingezwängt, die gutmütig für mich Platz machten.

Ich war so damit beschäftigt, meinen Nachholbedarf zu stillen, daß ich für eine Weile keinen Mund für Unterhaltung frei hatte. Dann wischte ich die Finger an einem Stück Brot ab, warf es einem Hund zu, wie ich es als Brauch beobachtet hatte, und richtete mich auf, um an der Runde teilzunehmen. Offensichtlich waren einige der Frauen bemüht, den Männern die Zeit angenehm zu gestalten. Eine Frau mit hübschem Gesicht und einem goldenen Diadem kam an der Reihe entlang und fragte jeden, ob er sich wohl fühle. Sie mußte sehr beliebt sein, denn es war vergleichsweise still, als die Männer darauf warteten, mit ihr ein Wort zu wechseln.

»Du mußt ein Fremder sein«, sagte sie, als sie zu mir trat. »Ich hoffe, du fühlst dich wohl.«

»Ja, danke. Sieht aus, als würde es ein langer Abend.«

Sie lächelte. »Wir sind aller sehr glücklich heute abend. Es ist das erste Mal seit zwölf Jahren, daß wir diesen Ort genießen können.«

Als sie vorbeigegangen war, nahm ich einen ordentlichen Schluck Met. Mit dieser Ermutigung erfaßte ich rasch den Geist der Sache. Ohne mich eigens erst vorzustellen, stieg ich in die Unterhaltung ein.

»Was war denn mit dieser Bude?« fragte ich den Mann zu meiner Rechten, »daß ihr sie zwölf Jahre lang nicht benutzen konntet?«

Da er zuvor damit beschäftigt gewesen war, mit den Männern auf der anderen Seite schmutzige Witze auszutauschen, hatte er mir keine Aufmerksamkeit geschenkt. Jetzt wandte er seine gebrochene Nase und grünen Augen in meine Richtung. Nachdem er mich betrachtet hatte, hellten sie auf.

»Das fragst du ehrlich? Ich wette, es gibt keinen anderen in hundert Meilen Umkreis, der das nicht weiß, und da habe ich dich ganz für mich allein. Soll ich ein bißchen lügen?«

»Du hast die Wahl.«

»Ist nicht notwendig«, befand er. »Die Geschichte ist gut genug, auch wenn man nur die harten Fakten übrigläßt. Nun, dieser Ort hatte eigentlich keinen Fehler, der nicht mit einem Mord kuriert werden konnte, aber niemand war Manns genug, sich der Sache anzunehmen. Ich gelte als ein verdammt harter Kerl, aber ich hörte mir die Sache gut an, und ich habe mich nicht freiwillig gemeldet.« Er rülpste schnell, um nicht meine Aufmerksamkeit zu verlieren. »Du hast doch den Arm über der Tür gesehen, oder?«

»Klar.«

»Nun, der Rest dieses Monsters war ähnlich. Es kam jeden Abend her, schnappte sich ein paar Jungs und stopfte sie in den Rachen. Es machte für seinen Bauch keinen Unterschied, ob man kämpfte oder friedlich ging. Wir haben es lange erduldet, sind aber dann ausgezogen.«

Ich hatte eine flüchtige Vision, wie es sein würde, wenn man auf diesen Menschenfresser wartete, der aus der Dunkelheit kam. »Gottverdammt, das war aber nötig.«

»So zogen wir also fort, und zwölf Jahre lang hat niemand davon geredet zurückzukehren, bis – siehst du den Burschen, der gerade seinen Becher zum Nachschenken hochhält? Warte, bis er sich umdreht.«

Auf der einen Seite der Bankethalle stand ein Tisch höher als die anderen, wie es für Ehrengäste üblich ist. Auf diesen zeigte mein Nachbar. Den König – soviel hatte ich über die Szene erfahren – konnte man an seinem besonderen Sessel leicht erkennen. Zu seiner Rechten saß ein breitschultriger Mann, der sich gerade zu uns umwandte. So wie er seinen Körper drehte, konnte man die perfekte Körperbeherrschung erkennen. Auch wenn der Met sein Gesicht gerötet hatte, war es doch ein Gesicht, das von Können zeugte.

»Sieht gut aus, der Junge«, kommentierte ich.

»Mehr als das.« Die gebrochene Nase zuckte ernst. »Wenn du dir nur einen Mann aussuchen könntest, um dir zu helfen, dann wäre er der Richtige. Er gehört nicht einmal hierher. Unsere Sorgen kratzten ihn nicht, aber er kam – ungeladen – und meldete sich freiwillig, es zu versuchen. Trinken wir auf ihn.«

Das taten wir auch. Ich sah, daß er leerziehen wollte, und tat es ihm nach.

»Womit hat er das gemacht?« fragte ich professionell. »Mit einer Axt?«

»Hast du es nicht gesehen?« Mein Gefährte wischte sich mit dem Arm den Schaum vom Mund. »Mit nichts. Nichts! Er hat ihn einfach nur gepackt und ihm den Arm aus der Schulter gerissen.«

»Was du nicht sagst!« Ich blickte respektvoll zu dem erhöhten Tisch. Der König stand gerade auf. Dann erklangen Hörner, und der Lärm in der Halle verstummte.

X Auf Heorot

Die Absicht des Königs war es, den Mann der Stunde zu ehren, und es gab genug zu sagen. Es stellte sich heraus, daß der Bursche – Beowulf war sein Name – nicht nur das eine Monster, sondern deren zwei getötet und dabei das gesamte Nest gesäubert hatte. Bei der zweiten Begegnung war es notwendig gewesen, seinem schrecklichen Widersacher unter Wasser zu folgen und ihn dort zu erledigen.

Als nächstes hielt Beowulf seine Rede. Ich fand, er traf gerade den richtigen Tonfall. Er hatte etwas Großartiges geschafft, und das wußte er auch. Anstatt zu prahlen oder falsche Bescheidenheit an den Tag zu legen, sagte er lediglich, er sei froh, die Fähigkeit zu besitzen, die diesen Dienst möglich gemacht hatte. Es war ein Vergnügen, ihm zuzujubeln, besonders, weil es Spaß machte, überhaupt zu brüllen. Ganz zu schweigen vom Zuprosten, das angebracht schien.

Ich genoß diese Party und noch etwas: Ich freute mich meiner guten Laune, im Gegensatz zu der Verdrießlichkeit der vorangegangenen Nacht. Es gibt keine bessere Kur für eine unerfüllte Sehnsucht als einen zünftigen Saufabend. Die Sehnsucht hatte mir schlechte Laune verschafft, und nun war ich an der Reihe. Ich tunkte meine üble Laune in Met und zog sie wieder heraus, daß sie wie eine halbertrunkene Fliege fortkroch. Ich zerquetschte sie mit den Fäusten, die ich im Takt zu einem lustigen Lied schlug, zu dem jeder den Text kannte außer mir. Schließlich rollte ich sie in derbe Scherze ein und blies sie mit Lachen davon.

Etwa eine halbe Stunde nach den Reden fing es an. Eine Gruppe Männer am Tisch hinter mir stampfte mit den Füßen auf und schrie irgendwas. Dann nahmen die Männer an meinem Tisch den Ruf auf. Sie schrien so laut, daß ich eine Minute brauchte, um zu verstehen, was sie sagten.

»Wir wollen Widsith! Wir wollen Widsith! Wir wollen Widsith!«

Ich hatte vorübergehend vergessen, warum ich nach Heorot gekommen war, aber nun richtete ich mich aufgeregt hoch. Sicher, Widsith konnte ein gebräuchlicher Name der Gegend sein, aber der Zufall machte mich hoffnungsfroh. Dazu hatte ich auch allen Grund. Ich machte ihn aufgrund der Hochrufe aus, die seinem Gang folgten, und sah, wie Golias zu dem Tisch trat, an dem Beowulf saß. Er sprang auf die Plattform, verbeugte sich vor dem König und wandte sich dann zu uns.

Wo immer ein guter Freund ist, da ist Zuhause. Ich blickte ihn zufrieden an und freute mich auf den Augenblick des Wiedersehens. Er trug ebenso wie ich ein anderes Gewand als beim letzten Mal, als ich ihn gesehen hatte. Er war gekleidet wie eine Narzisse, mit einem gelben Überrock, bei dem einem die Augen übergingen, und engen grünen Beinkleidern. Diese waren unten von kurzen Stiefeln verdeckt. Er trug auch das Haar kürzer, aber er selbst hatte sich nicht verändert. Er hielt sich ebenso aufrecht und lebendig wie zuvor, und sein Gesicht hatte den gleichen Ausdruck lebhaften Interesses an allem, was er gerade tat, wie ich ihn in Erinnerung hatte.

»Was wollt ihr denn heute hören?« fragte er lächelnd.

Ich hatte bislang nicht sehen können, was er über der Schulter trug, aber als er es nun nach vorn schwang, erkannte ich es als kleine Harfe. Wie unabsichtlich strich er darüber, während die Debatte auf seine Frage hin begann.

»Sing uns ‚Walters Kampf'.«

»‚Sigmund Siggeirstöter'.«

»Nein. ‚Der Brand von Finnsburg?'«

»Ach, das haben wir doch gestern erst gehört.«

»Wie steht's mit ‚Helgi Hundingstöter'?«

»Etwas Neues. Etwas Neues!«

Golias hielt die Hand hoch. »Könnt ihr euch alle auf etwas Neues einigen?« fragte er, als sie sich beruhigt hatten.

»Ja!« brüllten sie, und ich mit ihnen, weil ich lange genug von dem Geschrei ausgeschlossen gewesen war.

»Gut. Schenkt alle Becher voll, damit ihr etwas für die Mäuler habt, wenn euch die Zungen jucken.« Golias grinste uns zu, und wir grinsten zurück. »Von jetzt an mache ich eine Weile den Lärm, verstanden?«

»Verstanden!« schrien wir im Chor.

»Gut.« Nachdem er abgewartet hatte, bis allen eingeschenkt war, schlug er ein paar Akkorde auf der Harfe, um unsere Aufmerksamkeit zu fesseln. »Ich singe euch«, verkündete er, »den ‚Tod von Bowie Flaschentöter'.«

Harsch war die Kunde für Houston den Raben:
Durch Narren entblößt ward Bexars Feste,
Leer und verlottert ließ man sie, während
Heidnische Horden heimsuchten sein Land,
Den Fürst zu vernichten. Doch der findige Kämpe
Verzagte nicht vor dem Zugriff des Schicksals;
Gestählt durch Gefahr begriff er die Runen,
Ging durch seine Degen und gedachte des einen,
Der am besten das Hirn mit dem Herzen verband.
»Reiter!« so rief er. »Wer reitet mit Bowie?«
»Bowie!« so bellt' er, als der Bär unter Helden
Vor dem Prinz sich verbeugte. »Bexar muß unser sein,
Uns oder keinem. So eil dich, brenn's Leder!
Halt mir die Feste oder feuer und schleif sie,
Tu, was du kannst, oder getan werden muß!«

Für manche, da gelten die Grenzen des Ruhms nicht,
Die andern gesetzt sind. So einer war Bowie.
Wer hat nicht gehört von dem Holmgang zu Natchez?
Fünfzig bekämpft er, die besten der Krieger,
Mit der Klinge am Daumen, dem Dolch ohnegleichen,
Des Wielands würdig. Diese Waffe nahm oftmals
Männern das Leben. In mancherlei Schlachten
Focht er zuvorderst. So fürchteten Trolle,
Der Mächtige möchte ihnen mopsen das Silber,
Daß sie die Schätze verschlossen in Hügeln.
Westwärts nun reitend erreichte er Bexar,
Sammelte die Garnison und gab den Befehl:
»Es hebt ein Heer aus Houston der Rabe;
Aufschub erheischt er, die Armee zu formen,

Laßt keinen Feind durch diese Pforte des Landes,
Haltet dies Tor, steh der Tod uns entgegen!«

Wir bejubelten Bowies Entschluß und tranken auf ihn. Golias ließ uns gewähren und nahm ebenfalls einen tiefen Zug, ehe er fortfuhr.

Die Flut der Feinde floß zu auf Bexar,
Brach sich am Damm, der dorten sie bannte.
Doch es kennt das Schicksal weder Kinder noch Günstlinge;
Bowie, den kriegskundigen Schlachtengewinner
Streckte nieder ein Fieber. Vergeblich bekämpft' er
Die Krankheit zum Tode. Doch die Kraft seines Geistes
Hielt fest am Auftrag, den der Fürst ihm gegeben.
»Kauft Zeit, meine Jungs«, zeucht' er die Gefährten.
»Und stolz sei der Preis, unserm Prinzen zu Nutzen.«
Kühne Degen waren bei ihm, durstig nach Ehre;
Zum Kampf gewappnet und der Waffen kundig,
Traten an sie zur Schlacht, einer gegen dreißig,
Standen auf dem Wall und stritten für die Prinzen
Houston und Bowie, den Bär unter Helden.

Zwölf Tage rasten sie in den Reihen der Feinde,
Doch nicht Herr können Zehne von Hunderten werden.
Es mußte sich wenden. Noch wehrten die Degen
Zwei bösen Attacken und bluteten sie aus.
Doch die dritte war tödlich. Wie Thors mächt'ger Hammer,
Fuhr sie zu auf die Wälle. Einer Woge gleich stieg sie,
Das Fort zu bezwingen. Doch es zahlten die Feinde.
Helden warteten ihrer, hart im Töten,
Unerschüttert, sei das Ende auch sicher.
Zehn Leben für eines war die Eintrittsgebühr,
Und gespart wurd an keinem. Gespaltene Schädel,

Zerhackte Glieder, zerhauene Leiber
Waren der Preis in geprägter Münze –
Wergeld für Krieger, wert jede Unze.

Das traf den allgemeinen Geschmack, wie Golias gewußt hatte. Er winkte in Antwort auf ihre Rufe, und seine Hand fand beim Schwenk nach unten wie von selbst den Becher.

Von elfen jedoch war einer als Held
Zum Leichnam geworden. Die Wand im Rücken
Stritten sie stehend, stachen und würgten.
Es ereilte der Tod sie aufrecht im Kampf.
Fürsten an Stärke, nicht sparsam im Töten,
Fielen dort mit ihnen. Auf der Mauer allein
Hielt Travis der Rote, der Treuste der Recken,
Mit zerschlagenem Schädel in den Schranken den Tod,
Bis seine Klinge gekostet des Killers Blut.
Zufrieden dann starb er. So auch fiel Crockett,
Der mit'm Stern sich rasierte, dessen Stampfen die Erde
Beben ließ, Kimball, der Boß aller Reiter,
Bonham, dessen Zeichen als Zeugnis des Muts galt.

Toll durch Verluste ließen die Sieger
Den Toten die Ruhe nicht. Sie tranchierten die Leichen,
Daß erneut nicht entfacht ward der Funke des Lebens
Zur zweiten Runde. Alsdann riefen welche,
Daß Bowie noch fehle, der Bär unter Helden.
Wie Ratten in Röhren rasten sie durch's Fort,
Den Helden zu suchen, den sie haßten am meisten.
Ans Bett gefesselt durch Fieber und Todespein
Fand man ihn schließlich, ein Schatten seiner.
Froh stürzten sie sich auf ihn, doch die Freude wich Panik,
Als vom Rand des Grabes, den Griff an der Waffe,
Flaschentöter aufstand zum Endgefechte,

Tötend im Tode. Betrogen, doch Sieger.
So tönet das Lied vom tapferen Bowie,
Der sein Leben verlor, seinem Lord und Ring-
spender,
Houston dem Raben, zu halten die Pforte,
Dem ersten der Fürsten, der in der Folge ihn rächte:
Nie ward ein Vasall wohlfeiler bezahlt.

Für mich wie auch alle anderen bedeutete das so viel, daß Bowie sein Ziel erreicht hatte und im Kampf untergegangen war. Wie allen anderen gefiel mir sehr, wie für ihn Rache genommen worden war. Wir tranken auf Flaschentöter, den Raben und Golias und alle anderen mit der gleichen Begeisterung.

Für mich stellte der Stolz auf die erfolgreiche Vorstellung meines Freundes eine besondere Quelle der Befriedigung dar. Ich widerstand der Verlockung, mit unserer Bekanntschaft anzugeben, aber ich fühlte mich zu mitteilsam, um alle Gefühle für mich zu behalten. Ich stieß meinen Nachbarn mit dem Ellbogen an, dessen Namen ich inzwischen wußte.

»Er kriegt es immer gut hin, wie, Hoc?«

»Wer? Widsith?« Hoc brauchte eine Minute, um seine Augen anzupassen, als er mich ansah. »Hör mir zu: Ich werde dir über Widsith eine Lüge erzählen, aber nur eine kleine. Ich kenne mich mit Liedern nicht so aus, aber aus seinem Mund gefallen sie mir immer, und er hat eine Stimme wie ein Ruf zum Abendessen. Er kann einen Hund dazu bringen, seinen Knochen zu verlassen, und Flöhe, einen Hund zu verlassen, nur um ihm zuzuhören. Hat die Technik von einer Meerjungfrau gelernt, die er im Skagerrak genagelt hat. So weit ist das bloß ein Gerücht, also behaupte nicht, du hättest es von mir, aber er muß irgendwo so gute Tips bekommen haben, daß sich der Rest der Barden im Vergleich mit ihm wie Krähen anhört. Trinken wir auf ihn.«

Golias ging wieder an seinen Platz, aber es hatte keinen Zweck, ihn in diesem Gedränge aufspüren zu wollen. Daher machte ich dort weiter, wo ich angefangen hatte und fühlte mich besser denn je, weil er in der Nähe war. Es war ein lustiger Abend, und im Gegensatz zu Robin schien der König nicht für notwendig zu halten, den Korken zuzustopfen.

Der Wettbewerb wurde mir allmählich zu hart. Diese Burschen meinten es ernst, und sie waren in Übung. Einige der Jüngeren waren bereits aus dem Rennen, aber die meisten machten noch tüchtig weiter, als ich mir sagte, wenn ich am nächsten Tag zu irgend etwas taugen wollte, sollte ich besser einen kleinen Spaziergang machen. Da ich darauf geachtet hatte, während des Trinkens weiterzuessen, war ich in keiner schlechten Verfassung. Ich war stolz darauf, wie gerade ich gehen konnte, wenn auch mein Schatten nicht so gut abschnitt. Schließlich heilte die Bewegung auch diesen Schönheitsfehler, und nach ein paar Stunden Spaziergang am Hafen kehrte ich zurück, da ich inzwischen hungrig geworden war und noch einen letzten Schlaftrunk nehmen wollte.

Heorot war nicht mehr so, wie ich es verlassen hatte. Es ähnelte eher einem Schlachtfeld, auf dem eine ganze Armee vor die Hunde gegangen war. Die Männer lagen auf und unter den Tischen, auf den Bänken, mit den Köpfen auf dem Tisch, auf dem Boden, mit den Füßen auf den Bänken. Und über ihren reglosen Gestalten seufzte wie eine heranrasende Untergrundbahn der Wind ihres Schnarchens.

Die Fackeln, die das einzige Licht darstellten, waren so heruntergebrannt, daß ich zuerst dachte, es wäre alles vorbei. Dann flammte eine genügend hell auf, daß ich erkennen konnte, wo der Tisch des Königs gewesen war. Auch hier war der Met siegreich gewesen, aber ein Häuflein von zwei Aufrechten hielt noch die Stellung. Als ich mir einen Weg zu ihnen bahnte, erkannte ich sie als Beowulf und Golias.

Der letztere sah mich und sprang auf. »He, Shandon!« rief er und lief auf mich zu. »Alter Freund! Ich habe mir schon Sorgen um dich gemacht!«

Die Freundlichkeit seiner Stimme verdoppelte das Vergnügen auf meiner Seite. Ich gab mich nicht zufrieden, ihm die Hand zu reichen, sondern klopfte ihm auf den Rücken.

»Ich hatte nicht erwartet, dich überhaupt zu finden«, sagte ich. »Ich war sicher, du wärst mit dem Rest von Brodirs Männern in irgendeinem Wolfsbauch gelandet.«

»Aber du bist dennoch gekommen.« Er sah mich genauer an. »Das ist großartig.«

Er rechnete mir, wie mir schien, meine Zuverlässigkeit als höheres Verdienst an, als es wirklich der Fall war. »Nun, ich wußte nicht, wo ich sonst hätte hingehen sollen, und ich hätte dich auch das eine oder andere Mal sausen lassen, wenn die Dinge anders gelaufen wären.«

»Es war eine Sache des Zufalls, klar.«

Er sah mich immer noch prüfend an. »Hattest du eine gute Zeit?«

Ich war auf diese Frage nicht vorbereitet und dachte nach. Wer würde schon auf eine Erfahrung verzichten, wenn sie nicht schändlich oder erniedrigend ist?

»Nun«, antwortete ich, »ich bin eigentlich ganz zufrieden mit meiner bisherigen Reise. Und wie ist es dir ergangen?«

»Oh, ganz gut! Zuerst stellte ich mich tot, als sie mich herausschleppten zum Fressen für die Raben. Ich sah auch blutig genug aus, um als Leichnam zu gelten, aber sie hielten sich nicht damit auf, zu untersuchen, ob das Blut auch alles meins war. Als ich es für angebracht hielt, wieder aufzuerstehen, gab es einen Fluchtweg nach Westen, daher ging ich nach Westen – aber komm doch rüber und trink einen mit uns. Wie du sehen kannst«, er machte eine Handbewegung zu den Schlafenden, »hast du den besten Teil der Party verpaßt.«

Ich erklärte gerade, daß dies nicht mein erster Auftritt an diesem Abend sei, als wir am Tisch ankamen. Dort hielt ich inne, um Beowulf vorgestellt zu werden. Golias besorgte mir einen Becher, ich besorgte mir ein Stück Brot und einen großen Brocken Käse, und wir ließen uns nieder.

»Du hast doch nichts dagegen, wenn wir Erfahrungen austauschen, Wulf?« Golias füllte alle drei Becher bis zu dem Punkt, wo sich die Oberfläche spannt, ohne auch nur eine Schaumblase zu vergießen. »Das ist der Bursche, den ich hier treffen wollte, und wir haben uns viel zu erzählen.«

»Macht nur weiter.« Beowulf hatte eine nette Art an sich, die mir gefiel. »Jeder, mich eingeschlossen, hat hier nur darüber gesprochen, was ich in den letzten drei Tagen gemacht habe. Ich bin froh, das Thema zu wechseln.«

»Wird gemacht«, versprach Golias. »Warte mal, wo war ich noch?«

Diese momentane Erinnerungslücke war das einzige Zeichen des schrecklichen Gelages, in dem er und Beowulf die einzig echten Finalisten waren. Ehrfürchtig schüttelte ich über beide den Kopf.

»Du gingst nach Westen«, erinnerte ich ihn.

»O ja – ich ging nach Westen – weiter als ich wollte, weil mich eine Gruppe von Brians Männern entdeckte und mir durch den ganzen Buckel von Arden auf den Fersen blieb. Nun, als ich sie abgeschüttelt und mich ausgeruht hatte, zog ich nach Südosten, geriet in die Kalydonische Eberjagd, verirrte mich, weil ich den falschen Hunden folgte, und endete bei einem Mahl mit Bricriu. Er ist ein Bastard, aber die anderen waren ganz nett. Dann kam ich zum Fischerkönig, das war an einem Sonntag, habe ein paar Nächte mit Arjuna, Bhima und den anderen kampiert, dann Pwyll besucht – er war eigentlich nicht da, aber Arawn ist auch ein netter Kerl; auf sein Wohl!« Wir tranken mit ihm, und er fuhr fort: »Bislang habe ich einen recht direkten Kurs gehalten, aber nach Pwyll stieß ich auf Orlando, der war absolut von den Socken und wütend auf alles, was ihm in die Quere kam. Verdammt, ich kenne Orlando seit Jahren, aber ich hielt mich nicht mit gemeinsamen Erinnerungen auf, nachdem ich sah, wie er die Bäume ausriß und Steine zertrümmerte. Ich mußte wieder einen Umweg nach Westen nehmen und wandte mich nicht eher nach Süden, bis ich zur Terne Wathelyne kam.« Er nahm wieder einen Schluck.

»Nun, Graelent – habe ich dir gesagt, daß ich Graelent dort traf? – hatte eine wunderschöne Freundin, die eine wunderschöne Freundin hatte, die überhaupt keinen Freund hatte, bis ich kam.« Er hauchte einen Kuß auf die Finger, die nicht den Becher umspannten. »Das war wunderschön, aber ich mußte ja dich treffen. Außerdem wollte sie mich auf eine längere Bindung festnageln. So machte ich mich also auf einen Nachtmarsch, wollte aus Broceliande heraus und über die trojanische Prärie eine Abkürzung nehmen, was eine recht gute Idee war, nur bin ich dabei fast mit Igor zusammen umgebracht worden.

Nun, Igor wurde gefangen, ich reichte möglichst unauffällig meinen Abschied ein und schaffte es diesmal bis zur Watling Street. Er schenkte wieder ein, aber ich hielt meinen Becher außer Reichweite. »Wegen dieser Sache mit Orlando hatte ich mein Ziel ein gutes Stück verfehlt. Ich war kurz vor Tilbury, als ich auf die Straße geriet, daher ging ich zurück nach Osten, speiste den nächsten Abend auf Woodlands, wo Johnny Quae Genus mir diesen Aufzug verpaßte, und bin gestern hier eingetroffen. Wie geht's Robin?«

Ich hatte Robin nicht erwähnt, aber offensichtlich war ihm die grüne Kluft bekannt. Ich ließ alles aus, was mir nicht passend erschien, und schilderte meine Erfahrungen seit dem Tod Brians. Ich wich mit Bedacht seinem Blick aus, aber trotzdem fingen seine beobachtenden Augen etwas ein. Wenn ich mir auch schmeicheln konnte, beiläufig genug gewesen zu sein, wann immer es nötig war, Rosalette zu erwähnen, hatte er nur einen einzigen Kommentar, als ich fertig war.

»Ein nettes Mädchen, hm?«

Ich spürte, wie ich errötete, versuchte aber, die Sache herunterzuspielen. »Ganz hübsch«, gähnte ich, »aber natürlich noch ein Kind.«

»Ein junges Ding, und ohne Zweifel ein liebes«, gestand er zu, »aber trotzdem hat sie sich ein Stück von deinem Herzen ergattert.«

Beowulf sah aus, als habe er kein Wort von dem verstanden, was ich erzählt hatte. Hinter meiner Verlegenheit kam Wut auf, die sich schnell ausbreitete. Golias merkte es und lachte.

»Nimm es nicht so schwer. Dein Herz wird schon wieder heilen, wenn es das nicht bereits getan hat, und du wirst um so stärker sein, wenn du das hinter dir hast. Komm, stoß an.«

»Was steht auf dem Programm?« fragte ich, um das Thema zu wechseln. »Irgendwelche Ideen?«

Er wurde ernst. »Ich weiß, was ich tun werde, und ich möchte, daß du mit mir kommst. Aber ich warne dich, es kann eine lange Reise auf schlechten Straßen bedeuten.«

»Daran bin ich gewöhnt«, tat ich das achselzuckend ab. Die Erwähnung Rosalettes hatte mich wieder in Melancholie versinken lassen, und ich begann mich allgemein niedergeschlagen zu fühlen. »Was steht denn auf dem Plan?«

Er schenkte eine neue Runde ein, und dieses Mal ließ ich auch meinen Becher füllen. »Ich muß dich nochmal um Entschuldigung bitten, Wulf«, sagte Golias. »Aber hör mal mit; wir brauchen vielleicht deinen Rat.«

»Keine Ursache«, versicherte ihm Beowulf. »Wenn ein Unternehmen die Sache wert ist, ist es auch wert, zuerst darüber zu reden.«

»Gut.« Golias wandte sich wieder mir zu. »Am Tag, als ich auf den jungen Quae Genus stieß, wurde ich durch die Freundlichkeit eines Fremden gespeist und untergebracht. Sein Name lautet Lucius G. Jones; der mittlere Name wird G-I-L buchstabiert, und nur der Vollständigkeit halber: er wird ‚Dschil' ausgesprochen, mit langem ‚i', und nicht ‚Gil'. Es gab keinen Grund für ihn, sich meiner anzunehmen, außer daß ich bankrott war, und er ein feiner Bursche ist.«

»Und nicht so ein Fisch wie du«, fuhr er fort, als ich lediglich nickte. »Bei der dritten oder vierten Flasche taute er auf und erzählte mir, was ihn quälte. Ich leihe dem Mann, der die Rechnung bezahlt, immer mein Ohr, aber dieses Mal war ich ehrlich interessiert. Ich habe also nicht nur unverbindlich gelauscht wie du immer.«

»Ich bin bloß müde«, sagte ich. Und das war eine Untertreibung. Der lange Tag und die Nacht voll von Wandern und Trinken zollten schließlich ihren Tribut, löschten alle Feuer des Mets und ließen nur seine Schwere. Jede Zelle meines Körpers fühlte die frühe Morgenstunde. Ich wollte zu Bett gehen, falls ich eines fände, aber ich war nicht sicher, ob es der Mühe wert war.

»Wir sollten uns alle bald in die Falle hauen«, bemerkte er. »Nun, dieser Jones erzählte mir, womit er zu kämpfen hat, und das ist eine ganze Menge. Er kann sein Mädchen nicht heiraten, er hat kein Zuhause, keinen Beruf, nur noch wenig Geld und kein Einkommen.«

Anstatt daß Jones mir leid tat, tat ich mir nur selbst leid. Mir fiel auf, daß er nicht der einzige war, der nicht das Mädchen heiraten konnte, das er wollte. Und wenn ich meinem eigenen

Problem nicht abhelfen konnte, erschien es mir wenig sinnvoll, es bei jemandem zu versuchen, den ich nie kennengelernt hatte.

»Er will die Welt mit einem rosa Bändchen drumherum und er ist arbeitslos«, bemerkte ich. »Soll er sich doch einen Job suchen und aufhören, Trübsal zu blasen.«

Bei meinem Tonfall zog Golias die Brauen hoch. »Das ist eines seiner Ziele, aber auf gewisse Weise wird dies am schwersten von allen sein.«

»Aber wie können wir ihm helfen?« protestierte ich. »Wir sind beide pleite, und ich weiß nicht einmal, was ich selbst hier tun soll.«

»Ich biete dir etwas zu tun an«, bohrte er weiter. »Ich glaube, du hast das Problem noch nicht begriffen, Shandon. Es ist groß. Im Grunde ist der Bursche auf der Suche nach allem, was am Leben dran ist. Die großen Fragen für einen Menschen sind doch, was er mit seiner Zeit und seiner Leidenschaft anfangen soll und wo er Freunde findet und das Geld, mit ihnen zu leben. Wenn er die richtigen Antworten gefunden hat, hat er alle vier Beine, die ein Mensch braucht, um darauf zu gehen. Könnte irgend etwas wichtiger oder interessanter sein.«

»Für ihn vermutlich nicht.«

»Für jeden von uns!« schnaubte er. »Die Stadt zu halten, die Bestie zu bekämpfen und nach dem Biß in den Apfel auf den halben Wurm des Verderbens zu blicken – das ist zwar auf gewisse Weise mehr, aber die großen Fragen werden so nur gelöst, wenn man dabei draufgeht. Dies ist gleichfalls ein großes Unterfangen, wenn das auch so mancher delierverdammte Narr nicht glauben mag.«

Mir war der Met schal geworden, dennoch schlürfte ich weiter. »Was müßten wir denn tun?« fragte ich.

»Alles, vom Leben bis zum Sterben. Ich habe dich gewarnt, daß es vielleicht rauh werden wird, aber er hat mich wie einen Bruder behandelt, als er selbst fast pleite war. Kommst du mit?«

Mein Körper war fast eingeschlafen, aber mein Verstand hatte die desillusionierende Klarheit, die einen manchmal wie ein zweiter Atem beim langen Trinken überkommt. Was kümmerte es mich, daß dieser Bursche Golias' Wohltäter gewesen war? Die Vorstellung, meinen Hals für einen solchen Grund in die Schlinge zu legen, reizte mich jedenfalls nicht besonders. Außerdem schien mir, hatte ich schon genug Aufregung und mehr als genug von fremden Landen gehabt.

Golias bemerkte mein Zögern. »Ich will es dir nicht verübeln, wenn du keine Lust hast«, sagte er, doch seine Stimme klang leicht verändert. »Ich habe selbst nie versucht, aus Literaria herauszukommen – mein Problem war immer, hereinzukommen und dabei eine heile Haut zu behalten – aber wenn du dich umsiehst, wirst du bestimmt einen Weg dorthin zurück finden, wo du herkommst.«

Als er dies sagte, hatte ich eine überwältigende Vision, wie ich in meinem schicken Apartment in Chicago im Bett lag und darauf wartete, vom Radio in den Schlaf gelullt zu werden. Ich wollte Golias natürlich nur ungern Lebewohl sagen, aber wenn er sich unbedingt um anderer Leute Angelegenheiten kümmern und sich auf eine ungewisse Jagd einlassen wollte, war das seine Sache. Aber als ich den Mund öffnete, um ihm dies zu sagen, merkte ich, wie Beowulf mich ansah und auf meine Entscheidung wartete.

Plötzlich konnte ich nicht mehr sagen, was ich vorgehabt hatte. Ich erinnerte mich, was er getan hatte, um Fremden zu helfen, und konnte ihm einfach nicht sagen, daß ich mich einem Freund verweigerte, der mich um Hilfe bat. Ich wünschte, ich hätte nie gezögert, und verspätet gelang mir ein Husten.

»Hatte einen Kitzel in der Kehle und konnte eine Minute lang nichts sagen«, erklärte ich. »Klar. Du kannst auf mich zählen.«

Zweiter Weg

Straßen, eine Stadt, der Fluß und was dahinterliegt

XI Das Unternehmen

Als Golias seinen Becher geleert hatte, blickte er Beowulf an. »Denkst du nicht auch, es ist an der Zeit, die Betten zu machen?«

Der andere leerte seinen Becher, blickte nachdenklich hinein und stellte ihn dann umgekehrt auf den Tisch. »Ja«, befand er. »Nimmst du das Kopf- oder das Fußende?«

Ich war aufgestanden, sie dorthin zu begleiten, wo immer sie auch hingingen. Von denen, die an unserem Tisch gesessen hatten und uns in den Schlaf vorausgegangen waren, lag ein halbes Dutzend ganz oder teilweise auf der langen Bank, auf der wir gesessen hatten. Methodisch nahmen meine beiden Kumpane einen nach dem anderen hoch und legten sie auf den Boden.

»Gerade genug Platz für uns drei hintereinander«, bemerkte Golias, als sie fertig waren. »Gute Nacht, Shandon, gute Nacht, Wulf. Ah!«

Und dort legte ich mich nieder, anstatt zwischen die weißen Laken, an die ich mich in Nostalgie erinnert hatte, aber ich kann nicht sagen, daß mein hartes Lager mich wach hielt. Es war Mittag, als wir frühstückten. Golias und Beowulf hatten erstaunlicherweise keinen Kater, wenn wir auch alle drei still waren. Obgleich wir spät aufgestanden waren, gingen wir doch früh wieder zu Bett, und am nächsten Morgen waren wir bereit zur Abreise.

Es war ein frischer und sonniger Tag, gerade recht zum Wandern. Ich fühlte mich gut, besonders, nachdem ich mich am Tag zuvor nicht so gut gefühlt hatte. Mein körperliches Wohlbefinden war jedoch nur teilweise der Grund für meine gute Laune. Ich war mit mir selbst zufrieden, weil ich Golias nicht im Stich gelassen hatte. Meine Männlichkeit spürte, daß sie Haare auf der Brust hatte, und mein Kopf glühte in dem warmen Feuer der Neugier.

Wir machten kurzen Prozeß mit dem Abschiednehmen und hatten fünfundzwanzig Minuten später die Watling Street erreicht. Wegweiser nach Osten luden uns nach Deryabar ein, am Ende der Halbinsel, aber wir wandten uns nach Westen und hatten nun die gesamte Breite des Commonwealth vor uns.

Die Straße war ausgezeichnet zum Wandern. Sie hatte einen festen Lehmboden, weder staubig, schlammig, noch ausgefahren. Außerdem hatte sie keine der drei Untugenden, die manche oberflächlich gute Straßen haben. Sie verlief nicht in gerader Linie, was einem die Erwartung nimmt. Sie verlief nicht eben und verscheuchte den Horizont. Und sie bot nicht die ewig gleiche Szenerie, sondern ständig wechselnde Aussichten.

Es war gut, daß ich in Broceliande die Steifheit aus meinen Beinen gearbeitet hatte; denn Golias legte einen tüchtigen Schritt vor. Aber das Tempo, mit dem wir gingen, erlaubte uns, nach seiner Erklärung, die Freiheit, tun und lassen zu können, was wir wollten, ohne daß wir die angesetzten zwei Tage bis zu unserem Treffen überschritten. Wir fühlten uns daher frei, uns Zeit für ein Bier in einer Kneipe am Weg zu lassen, uns mit einem Bad zu erfrischen und überall dort eine Pause einzulegen, wo es uns wert erschien.

Das geschah recht häufig, aber nur bei einer Gelegenheit fand es einen echten Platz in meinen Erinnerungen. Wir kamen an einer Stadt vorbei und trafen dabei auf den örtlichen Herrscher, der mit einer kleinen Leibwache einen Ausflug unternahm. Wir folgten dem Daumenzeichen des Hauptmanns und wichen aus, um ihnen Platz zu schaffen. Dann machten wir einen Satz – aber nicht ihretwegen. Unsere Behendigkeit war das einzige, was uns davor rettete, von einem jungen Mädchen umgeritten zu werden. In einem einzigen Bewegungsablauf zügelte sie ihr Pferd, das sich auf die Hinterbeine aufrichtete, sprang herab, fiel vor dem König auf die Knie und warf den Schleier zurück. Sie hatte jene Art von heißblütiger Schönheit, die einem nicht gefallen würde, wenn sie etwas gegen einen hätte.

Wir blieben stehen, um zu sehen, was geschah. Seine Majestät hatte bereits gestoppt, denn wer hätte das nicht getan?

»Doña Ximena ist uns immer willkommen«, verkündete er und sah nicht so aus, als ob er das ernst meinte.

Die Stimme paßte zu ihrem Gesicht. Da sie ihr Feuer nicht gegen mich richtete, gefiel es mir.

»Doña Ximena hofft, daß Euer Hoheit immer noch so denkt, wenn er hört, was sie zu sagen hat.«

Er räusperte sich. »Kann es daran Zweifel geben?«

»Sire«, sagte sie ohne weiteres Vertun. »Ihr wißt, daß Ruy Diaz de Bivar meinen Vater tötete?«

»Irgend jemand hat so etwas gesagt.« Der König sah aus, als habe sich seine böse Erwartung erfüllt. »Es ist bedauerlich, aber solche Dinge geschehen nun einmal, wenn böses Blut zwischen Männern herrscht.«

Er sah aus, als wolle er noch etwas hinzufügen, aber sie gab ihm keine Zeit. »Als eine Untertanin, die das sucht, was ihr Oberherr ihr schuldet, fordere ich Gerechtigkeit.«

Sie sah mir aus wie ein Auge-um-Auge-Mädchen. Mein Blick wanderte zu dem König, und ich sah, daß er die gleiche Befürchtung hatte.

»Es war aber ein gerechter Kampf, sagte man mir. Eh – was wünscht du denn, was ich tun soll?«

»Überlaß ihn mir!« schrie sie. »Oder verheirate mich mit ihm. Ruy Diaz hat mir den einzigen Mann genommen, den ich hatte; und, offen gesagt, niemand sonst auf Erden hätte das geschafft. Ich verlange – und ein gerechter König wird es mir nicht verweigern – einen Mann für einen Mann.«

Die Erleichterung auf dem Gesicht des Königs war nur mit seinem Erstaunen zu vergleichen. »Jetzt kann mich nichts mehr überraschen«, sagte ich, als wir weitergingen.

»Sage das nicht, ehe du nicht noch ein Weilchen länger auf der Watling Street gegangen bist«, warnte mich Golias.

Der Vorfall hatte sich am Morgen des zweiten Tages zugetragen. Am späten Nachmittag erreichten wir unser Ziel. Es war ein kleines Hotel mit Namen La Reine Pedauque in einer Stadt namens Hypata. Es war so gebaut, daß der zweite und dritte Stock über den ersten hinausragten und in die schmale Straße vorsprangen.

Es war mir eigentlich egal, wie das Haus aussah. Mein

Magen war leer, und mir hing die Zunge aus dem Hals. Mein Appetit erreichte seinen Siedepunkt, als ich beim Näherkommen das Klappern von Geschirr und das Klirren von Gläsern vernahm. Ich hatte mich hinsichtlich des Essens noch nicht entschieden, aber es bestand keine Frage, was ich trinken wollte. In der letzten halben Stunde hatte ich mir die Köstlichkeit vorgestellt, meinen Durst mit kaltem Bier zu löschen. In Verfolgung dieser Mission überquerte ich begierig die Straße, den Blick auf die offene Tür des Schankraums gerichtet, als mich Golias zurückriß. Es war gerade noch rechtzeitig, denn ein Mann aus einem Fenster des oberen Stockwerks verfehlte mich nur um ein Haar.

Bis zu diesem Augenblick war die Straße ruhig gewesen. Das änderte sich nun. Eine Frau, teilweise vor dem öffentlichen Auge durch ein Laken verhüllt, lehnte sich aus einem Fenster und schrie nach der Wache. Im nächsten Fenster erschien fluchend und brüllend ein Mann. Die Pistole, die er dabei hielt, machte mir mehr Sorgen. Sie hatte einen Lauf wie bei einem abgesägten Gewehr. Glücklicherweise streifte die Kugel nur mein Handgelenk, und die Waffe war kein Schnellader. Eine zweite Frau streckte den Kopf heraus und fragte, für was für eine Art Haus der Flüchtling das ihre wohl halte. Ein junges Mädchen gab eine Art Antwort, indem es schrie, daß er ein Betrüger sei und in Zukunft besser ihr Bett meiden solle. Von drinnen hörte man Rufe, Türenknallen und das Stampfen von Schritten über Treppen.

Der Mann, der das Ziel all dieser Aufmerksamkeit war, ließ keinen Widerspruch verlauten. Da er keinen Fallschirm hatte, war er hart gelandet, aber offensichtlich war er unverletzt. Er brauchte einen Moment, um den Schock des Falls zu überwinden, aber dann mühte er sich wieder auf die Beine. Ohne sich auch nur abzustauben, schoß er davon.

Ich saugte benommen an meinem Knöchel, als Golias mich am Arm griff. »Komm!« rief er. »Wir dürfen ihn nicht aus den Augen verlieren!«

Mit diesen Worten jagte er hinter dem Flüchtling her, und ich trottete mißmutig hinterdrein. Das Hotel zu verlassen, wo ich die Erfrischung bereits im Munde spürte! Rennen zu müssen, so steif und müde, wie ich war, verschlechterte meine Laune weiterhin. Ich verausgabte mich nicht, bis ich hinter uns Leute schreien hörte. Dann fiel mir ein, daß man mich vermutlich für einen Komplizen halten würde, und legte einen Schritt zu.

Glücklicherweise waren unsere Verfolger keine Sportler. Nachdem wir in eine Seitenstraße abgebogen und durch eine Gasse zu einer anderen gehuscht waren, hatten wir sie abgehängt. Ich rief diese Information den anderen zu und ging dann mit meiner schlechten Laune zu der Stelle, wo sie warteten.

Golias teilte meinen Ärger nicht. Im Gegenteil grinste er den Fremden und mich an, als sei bereits ein vertrautes Band zwischen uns geknüpft.

»Shandon«, keuchte er. »Das ist Lucius G. Jones.«

Durch die Umstände seiner Vorstellung ungerührt gab mir der letztere die Hand. Er war ein gutaussehender junger Bursche mit feinem Gesicht und hellem Haar. Und doch war es nicht sein Aussehen, sondern die gewinnende Gutmütigkeit seiner Miene, die mich für ihn einnahm. Trotz meiner Seitenstiche und der schmerzenden Hand erwiderte ich sein Lächeln.

»Bist du überall so beliebt?« fragte ich ihn.

Er kicherte. »Das war nicht so schlimm wie es aussah, trotz des Lärms, den sie darum machten.«

»Auf der anderen Straßenseite liegt das ›Haupt des Sarazenen‹«, schlug Golias vor.

»Nachdem du gegangen warst, um diesen Shandon zu treffen«, sagte Jones, nachdem wir bestellt hatten, »gab es nicht viel zu tun, außer zu warten, bis du wiederkamst, und – hast du auch ein Mädchen bemerkt, das in den allgemeinen Tenor einstimmte?«

»Wenn du die Zimmerjungfer meinst, die aller Welt erzählte, du seist ein Hurensohn, ja«, informierte ich ihn.

»Zimmerjungfer«, wiederholte er. »Eine seltsame Fehlbezeichnung, und nicht nur durch mein Zutun, das kann ich sagen.« Man brachte das Bier. Wir tranken, stellten die Becher ab und seufzten. »Aber trotz dem, was man ihren Worten entnehmen könnte«, fuhr er fort, »waren unsere Beziehungen von der freundlichsten Art, und wenn sie einen Grund zum Klagen hatte, dann hat sie ihn nie vorgebracht. Ich meinerseits war ihr jede Minute treu, die ich bei ihr war, aber das konnte, aufgrund ihres starren Dienstes, nur während der Nacht sein. Blieben also die Tage.

Wie es sich so ergab, ist eine Frau vorgestern in das Zimmer neben mir gezogen. Sie war sich ihres Rufes zu sehr bewußt, um Besucher bei Nacht zu empfangen. Aber sie folgte, wie sie mir sagte, dem Befehl ihres Arztes, jeden Nachmittag ein Schläfchen zu machen. Nicht viel später ließ sie mich wissen, daß sie nicht zu den furchtsamen Damen gehöre, die sich immer einschließen. Eigentlich war sie so gesprächig, daß ich mich frage, warum sie mir nicht sagte, daß sie ihren Mann noch am selben Abend erwartete – oder vielleicht erwartete sie ihn gar nicht.«

Jones vertrieb eine Fliege von seinem Bier. »Jedenfalls kam er kurz vor euch an und wurde von der Wirtin in ihr Zimmer geführt, und drei Burschen trugen seine Reisetaschen, und ein Mädchen – eben jenes, das einen rechtmäßigen Anspruch auf mich zu haben glaubte – brachte eine Erfrischung. Zum Glück bin ich von Natur aus weniger unvorsichtig als die Lady – die ›Hilfe‹ zu brüllen begann, sobald sie die Stimme ihres Mannes hörte, – und *hatte* die Tür versperrt. Die Zeit, die sie brauchten, um sie einzutreten, war die gleiche, die ich benötigte, um mich anzuziehen. Inzwischen war mir klar geworden, daß mich niemand richtig mochte, und ich bin lieber gegangen, als an der Szene teilzunehmen.«

»Wenn du das nächste Mal in die Schußlinie gerätst«, schlug ich ihm vor, »fang die Kugeln lieber selbst auf.«

Zum ersten Mal blickte er ernst. »Das tut mir leid, Shandon. Ich weiß, wie sehr dich das verärgert hat. Wenn auf einen Mann geschossen wird, sollte er zumindest die Befriedigung verspüren, es auch verdient zu haben.«

»Irgendwann wird er es wahrscheinlich schon verdient gehabt haben«, bemerkte Golias. »Ich kenne nur wenige Männer, auf die das nicht zutrifft, und ich kann mich nicht erinnern, einen von ihnen gemocht zu haben. Was hast du mit deinem Gepäck vor?«

Jones sah verdutzt aus. »Weißt du«, sagte er nach einer Minute, »das ist etwas, was ich bei meinem taktischen Rückzug vergessen habe.«

»Einer von uns kann es holen«, sagte Golias. »Ist zufällig deine Rechnung bezahlt?«

»Bis gestern mittag. Aber ich fürchte, den Rest kann ich nicht begleichen und zusätzlich für uns alle ein Abendessen ausgeben.«

»Dann tu das letztere.« Golias nahm das Angebot so selbstverständlich an, wie es erfolgt war. Er fummelte in seinen Taschen und holte ein paar dicke Goldarmbänder hervor. »Hrothgar – der König in Heorot, Shandon, weißt du – hat mir dies für meine Lieder gegeben. Achtzehn Karat. Ich werde sie morgen gegen Geld eintauschen, und dann sind wir wieder flüssig.«

Nach dem Essen nahmen wir uns Zimmer für die Nacht. Jones bestellte eine Flasche Wein – Portwein mit einem Schuß Brandy, dem Geschmack nach zu urteilen –, und wir machten es uns in einer Ecke des Schankraums bequem. Als ich andere Gäste rauchen sah, erfuhr ich, daß es zwar keine Zigaretten gab, das Hotel aber Pfeifen und Tabak führte. Die anderen hatten kein Interesse, aber ich genoß mehrere Pfeifchen, während wir Kriegsrat hielten.

»Ich meine, du solltest Shandon erzählen, was du mir neulich erzählt hast«, schlug Golias zur Eröffnung vor. »Ich habe ihm nur in groben Zügen mitgeteilt, was du vorhast, weil ich es besser finde, wenn er die Einzelheiten aus erster Hand erfährt.«

Bis zu diesem Augenblick hatte Jones bemerkenswert selbstsicher gewirkt. Jetzt zeigte er, wie jung er war, indem er errötete.

»Ein Mann sollte nicht mit den Dingen hausieren gehen, die ich zu sagen habe, aber – nun, ich brauche Hilfe, und ihr beiden seid so freundlich, mir welche anzubieten. Die Tatsache ist jedoch, daß ich nicht allzu sicher bin, ob sich überhaupt etwas machen läßt.«

»Laß uns erst mal die Geschichte hören, wenn es dir nichts ausmacht«, schlug ich vor.

»Es macht mir vermutlich weniger aus, als es sollte. Wie Golias bereits weiß, bin ich einer von diesen verdammenswerten Menschen, die es beruhigend finden, über persönliche Dinge zu reden.« Er grinste verächtlich. »Es ist leicht, Fremden zu erzählen, daß man in Luxus großgeworden ist. Das ist nämlich der Fall, und ich werde dich nicht mit genauen Ausführungen langweilen. Eine Folge daraus ist, daß mir nie in den Sinn gekommen ist, daß ich Feinde haben könnte. Eine andere, daß ich zu nichts anderem ausgebildet bin, als mich um die Ländereien zu kümmern.«

»Du meinst, du bist Bauer?« fragte ich.

Er lächelte. »So kann man es nennen, wenn wir auch ›Baron‹ dazu sagen. Sich darum zu kümmern, daß das Land Erträge abwirft, ist der wichtigste Teil des Jobs, aber es gibt noch eine Menge mehr zu tun. Hunderte von Menschen leben auf dem Land, und sie wollen erhalten sein, wollen Arbeit, wollen aus dem Gefängnis herausgehalten werden, wollen erzogen, belohnt, bestraft, beraten werden, und so weiter. Anderen mag das nicht gefallen, aber ich finde, es ist die beste Arbeit der Welt, und es ist alles, was ich kann.«

Meine Bekanntschaft mit ihm hatte mich soweit noch nicht auf diesen Zug Idealismus vorbereitet. Ich beschloß jedoch, das einer zukünftigen Überlegung vorzubehalten. Ich nahm die Pfeife aus dem Mund und deutete mit dem Stiel auf ihn.

»Aber das machst du jetzt nicht.«

»Nein, verdammt noch mal, und auch andere Dinge nicht, die ich gern tun würde. Zum Teil ist es meine Schuld, aber wie ich schon andeutete, habe ich auch Feinde. Nein, warte eine Minute: Davon rede ich später. Um alles der Reihe nach zu schildern, muß ich erwähnen, daß ich immer damit gerechnet hatte, den Titel meines Großvaters zu erben. Mein Vater war natürlich nächster in der Erbfolge, aber er verschwand.«

»Und du hast ihn niemals aufspüren können?«

»Mein Großvater – ich war damals noch ein Kind – hat nie herausgefunden, was geschah oder wer dahintersteckte. Erst vor kurzem bekam ich einen Grund zu dem Verdacht, daß sein Feind Don Rodrigo Monks Ravan war, ein Vetter von mir – wenn ich überhaupt legitim bin.«

Diese Wendung kam so überraschend, daß ich den letzten Teil zunächst überging. »Was veranlaßt dich zu dem Gedanken, er sei das Wiesel im Hühnerhof?«

Er holte mit seiner Antwort etwas weiter aus. »Der Bursche

hatte mir seine Feindseligkeit nie so offen gezeigt, daß ich sie zu entdecken imstande gewesen wäre, bis es wahrscheinlich wurde, daß ich das machen würde, was die Welt eine gute Partie nennt und was ich als das größte Glück angesehen hätte, das die Welt mir zu bieten hat.« Jones zeigte die Zähne. »Trotz der ablehnenden Haltung der Dame wollte Rodrigo sie auch, oder zumindest den Besitz, den sie erben wird. Daher brachte er Beweise vor, die belegen sollten, daß ich unehelich geboren sei.«

»Und?« fragte ich.

Golias grinste mir belustigt zu, und Jones sah verblüfft drein. »Nun, meinem Großvater – er ist ein netter alter Herr – wäre es vermutlich egal, wenn ich der Bastard seines Sohnes wäre, aber die Anschuldigung lautete, daß ich von meiner toten Mutter und einer dritten Partei abstammte. Der Besitz geht mit dem Blut, und er glaubt nun, daß ich nichts davon habe!«

»Und dieser Ravan hat es, sagst du?«

Jones lachte rauh. »Was glaubst du? Ich habe an die Sache nie einen Gedanken verschwendet, auch nicht, als ein nahestehender Vetter vor nicht allzulanger Zeit von einem Straßenräuber erschossen wurde, aber wenn wir beide aus dem Weg geräumt sind, ist Lord Ravan der Erbe.«

Dieser Don Rodrigo war zweifelsohne jemand, dem man lieber nicht unter die Finger kommen sollte, aber ich konnte nicht umhin, in Bewunderung seiner Methoden den Kopf zu schütteln. »So hat er dir also mit einem einzigen Schachzug, ohne die Stiefel vom Tisch zu nehmen, untergejubelt, daß du nicht der Sohn deines Papas bist, läßt dich nicht dein Mädchen heiraten und schiebt sich selbst ein Vermögen zu. Was hatte er gegen deinen alten Herrn?«

»Meinen Vater, wenn wir mal annehmen, daß er der richtige ist?« Jones schüttelte den Kopf. »Wenn ich das wüßte, hätte ich vielleicht auch eine Idee, wo ich den Hebel ansetzen könnte.«

»Kümmere dich nicht um das, was du nicht weißt«, schaltete sich Golias ein. »Sag Shandon nur, warum du dein Zuhause verlassen hast.«

»Abgesehen von der Tatsache, daß ich dort nicht mehr sehr willkommen war, meinst du?« Jones hatte bei seiner Erzählung ein wenig Wein verschüttet. Jetzt tupfte er den Finger hinein und begann auf dem Tisch zu malen. »Nun, wenn man nicht bleiben kann, dann geht man und hofft auf das Beste, aber ich versuche, mehr zu tun als nur das. Dieses Land dort, das ist der einzige Ort, an dem ich immer bleiben will, und ich glaube, ein Anrecht darauf zu haben. Der Schlüssel, es zurückzugewinnen, liegt in dem Beweis meiner Legitimität. Ich wollte das versuchen, als ich hier in der Reine Pedauque auf Golias stieß.«

Es gab immer noch einen Punkt, auf den er nicht eingegangen war. »Was ist mit dem Mädchen? Liegt ihr daran, ob du eine Geburtsurkunde hast oder nicht?«

»Ihr liegt wahrscheinlich daran, daß sie etwas zu essen hat«, meinte Golias.

»Nein!« protestierte Jones. »Nun, natürlich liegt ihr auch daran, aber ihr sind mein Geld und Titel egal.« Er sprang auf die Beine und hob sein Glas. »Meine Herren, ich trinke auf die Lady Hermione Steingerd ap Hawthorn.«

»Ich kann sie nicht unterbringen, es sei denn, sie ist eine Verwandte des alten Penkawr«, murmelte Golias nachdenklich. »Ein gemeiner alter Schurke.«

»Ich wiederhole«, überging Jones diese Unterbrechung, »ich trinke auf die schöne Hermione Steingerd ap Hawthorn, eine Dame, die mit einem Mann überall hingehen und unter allen Bedingungen leben würde . . .« Hier nahm er einen langen Zug, ließ dann das Glas aus einer schlaffen Hand fallen und verspritzte die letzten Tropfen auf dem Boden. ». . . wenn sie ihn nur liebte«, flüsterte er.

Diese Zurücknahme versetzte mich in Erstaunen. »Ich dachte, du hättest gesagt, sie liebte dich?«

»Genau.« Er setzte sich wieder und füllte mürrisch sein Glas. »Ich habe die Vergangenheitsform gebraucht, und das korrekterweise. Zwei Dinge sind geschehen. Eine Hexe – und eines der Dinge, die ich herausfinden muß, ist, ob sie im Dienst von Don Rodrigo steht – hat einen Bann über uns gelegt.«

»Was für einen Bann?« fragte Golias scharf, noch ehe ich dazu eine Bemerkung machen konnte.

»Er soll unsere Vereinigung verhindern«, antwortete Jones. »Und bislang hat er so gewirkt, daß all unsere Treffen seitdem in Bitterkeit endeten. Das ist nur die eine Sache«, fuhr er fort und hielt die Hand hoch, als Golias wieder etwas sagen wollte. »Das andere, was damit nichts zu tun zu haben braucht, ist, daß Ravan oder jemand anders ein paar Jugendsünden von mir benutzt hat, um Hermiones Herz gegen mich zu vergiften.«

Da ich selbst gerade Rosalette verloren hatte, konnte ich fast in den Seufzer einstimmen, der dieser Bemerkung folgte, bis ich mich an etwas erinnerte. »Und das«, fragte ich, »hat dich bekümmert, als du aus diesem Fenster geschossen bist?«

Jones hörte auf, seelenvoll zu blicken, und sah mich von der Seite an. Endlich stieß er ein beschämtes Kichern aus.

»Es würde mir schwerfallen, das zu beweisen, nicht wahr? Aber ich weiß es besser, als mein Verhalten verrät. Im Moment lebt meine Seele – die meine Liebste nicht zurückweisen kann – auf einer Ebene, während meine Person, die sie verbannt hat, auf einer anderen existiert. Nur mit ihrem Segen können sie sich in den Höhen vereinigen, die sie beide anstreben.«

Da mein natürliches Mißtrauen einmal erregt war, konnte ich es nicht recht unterdrücken. »Ist das auf dem Boden der Tatsachen, oder stellst du einfach spaßeshalber Worte zusammen?«

Er legte die Hand aufs Herz. »Ich schwöre dir, Shandon, wenn mich meine Hermione nicht aus ihrer Gunst verbannt hätte, ich würde keine andere Frau ansehen.«

»Nun, wir werden sehen, was wir für dich in die Reihe bringen können.« Golias winkte dem Kellner. »Wenn nicht, dann finden wir bei dieser Expedition sicherlich jemanden, der ebenso lieblich ist.«

Jones versteifte sich. »Es *gibt* keine, die so ist wie sie.«

»Ich hatte noch nicht die Ehre, die fragliche Dame zu sehen«, sagte Golias, »wenn ich auch nicht bezweifle, daß sie über alle Maßen schön ist. Dennoch gefällt mir die Sache mit dem Fluch nicht – das ist eine harte Sache –, und da ich in Literaria ziemlich herumgekommen bin, bin ich überzeugt, daß es noch andere Frauen gibt . . .«

»Nicht für mich!« beharrte Jones. Er beugte sich inbrünstig vor. »Das ist nicht nur eine fixe Idee, meine Herren. Vor Jahren hat mir ein Wahrsager prophezeit, daß ich entweder Hawthorns Tochter heiraten oder als Junggeselle sterben würde.«

Zu meinem Erstaunen nahm dies Golias ebenso ernst, wie er den Fluch ernstgenommen hatte. »Oh, das ist etwas anderes«, beruhigte er ihn. »Gut, wir werden also tun, was wir können, um sie für dich zurückzugewinnen.«

Während Jones ihm dankte, wurde die neue Flasche gebracht, und es herrschte Schweigen, bis sie geöffnet war. Jetzt, wo wir offensichtlich das ganze Ausmaß seines Problems erfahren hatten, schien es mir höchste Zeit, herauszufinden, was von mir, als seinem freiwilligen Verbündeten, erwartet wurde.

»Du sagtest am Anfang«, bemerkte ich, als der Kellner gegangen war, »daß du als erstes vorhast, deinen Platz in der Erbfolge des Hauses wieder zu sichern.«

»Es ist die Grundbedingung für den Erfolg in allen anderen Punkten«, antwortete Jones. »Ich würde meine Liebste sicher niemals bitten, einen armen Schlucker zu heiraten.«

»Und der alte Hawthorn würde ohne Zweifel sie und dich eher zur Hölle schicken, als daß er dies zuließe«, warf Golias ein. »Als ich dich zum ersten Mal traf, hast du mir erzählt, du hättest vor, Ravan ausfindig zu machen, um die Wahrheit aus ihm herauszuquetschen. Ist das immer noch deine Absicht?«

»Ja. Ich sagte ›ausfindig zu machen‹, weil ich ihn aus den Augen verloren hatte. Da Don Rodrigo der Favorit des Königs ist, ist er wahrscheinlich am Hofe, wenn nicht sogar in dieser Gegend, wenn es auch möglich ist, daß er sich auf einem seiner zahlreichen Anwesen aufhält. Es ist ebenfalls möglich, daß der König selbst auf einem seiner Landsitze ist, anstatt am offiziellen Hof, aber das müßten wir herausfinden können.« Jones blickte von einem zum anderen. »Mit deiner Zustimmung ziehen wir also zur Stadt.«

»Der logische Schluß«, nickte Golias.

»Welche Stadt?« fragte ich.

»Wenn man hier von ›der‹ Stadt redet«, erklärte Golias, »meint man Ilion. Wenn auch Literaria viele berühmte Städte zählt, kommt keine Ilion an Wichtigkeit gleich. Weil auch der Erzkönig dort residiert, könnte man es auch als die Hauptstadt ansehen.«

Da ich die größeren Städte des Landes noch nicht gesehen

hatte, gefiel mir dieser Teil der Idee sehr gut. Meine Aufmerksamkeit war jedoch auf einen anderen Aspekte der Reise gerichtet.

»Du sagst, dieser Hase, dem wir Pfeffer auf den Schwanz streuen wollen, ist der Favorit des Königs«, sagte ich. »Wird das dann nicht schwierig sein, ihn auszuquetschen?«

»Stimmt«, meinte Jones. Er fuhr mit den Fingern durch die Haare. »Darum brauche ich ja auch Hilfe. Es ist vielleicht auch ein Grund, warum ich euch nicht darum bitten sollte. Es wird ein so gefährliches Unternehmen, daß wir uns glücklich schätzen können, wenn wir mit dem Leben davonkommen.«

»Oh, Shandon macht es nichts aus«, verkündete Golias, während ich düster über Jones Bemerkung nachsann. »Laß mich noch einmal nachdenken.«

XII Über die Watling Street

Am nächsten Tag, direkt nach dem Frühstück, machte Golias sein Gold zu Geld, bezahlte Jones' Hotelrechnung und löste sein Gepäck aus. Für einen Mann, der auf der Straße lag, hatte er eine recht umfangreiche Garderobe, aber mit ein wenig gutem Zureden beschränkte er sie auf einen Umfang, den er in einem kleinen Rucksack tragen konnte. Wegen unserer begrenzten Mittel blieben wir beim Wandern als Reisemittel.

Mein eigenes Kostüm und das von Golias habe ich bereits beschrieben, abgesehen von den beiden Stockdegen, auf der letzterer bestand. Jones' Kleidung unterschied sich von uns beiden. Über beigen Strümpfen trug er azurblaue Kniehosen und darüber ein rotes, goldbetreßtes Jackett. An seinem Gürtel hing ein Schwert.

Der Gedanke, wirklich auf dem Weg zu sein, etwas für sein Schicksal zu tun, versetzte ihn in beste Laune, und auch ich fühlte mich gut. Es ist ein besonderes Gefühl, auf der besten Straße einer Gegend in Richtung ihrer größten Stadt zu reisen. Außerdem bekam ich immer mehr das beruhigende Gefühl, mich überall, wo ich war, heimisch zu fühlen, wie dies für einen gewohnheitsmäßigen Reisenden charakteristisch ist. Darüber hinaus wuchs mein Interesse an Literaria in demselben Maße, je weniger ich mich an seiner Fremdheit stieß.

Ich will damit nicht sagen, daß das Element des Neuen aus meinen Erlebnissen verschwand. Etwa um zwei Uhr nachmittags am dritten Tag nach unserem Abschied aus Hypata verlief die Straße durch ein Eichenwäldchen. Wir hatten es kaum erreicht, als wir hinter der nächsten Biegung Lärm hörten. Wir blieben auf dem Weg, wenn wir auch langsamer wurden, bis sich der Schrei einer Frau mit anderen Kampfgeräuschen vermischte. Ich wollte immer noch vorsichtig an die Sache herangehen, aber Jones eilte los. Ich schnappte ihn mir und riß ihn zurück.

»Ganz ruhig, Lucius«, flüsterte ich.

»Aber da schreit eine Frau!« rief er, riß sich los und versuchte, sein Schwert zu zücken.

»Sieh mal, Sohn«, sagte ich, »nicht alle Frauen sind verletzt, wenn sie schreien, und einige, die verletzt sind, verdienen es auch. Finden wir doch die Ursache heraus, ehe wir Leute abschlachten.«

Man hörte einen weiteren Schrei, und Jones' Augen wurden wild. »Laß mich los, verdammt noch mal!« Er riß sich los und jagte die Straße hinab, wobei er wild mit dem Schwert fuchtelte, und schrie den unbekannten Personen zu, abzuhauen, andernfalls er sie umbringen würde.

Das machte mich nervös, und ich sah zu Golias herüber. »Wir können ihn nicht allein lassen«, sagte er. Nun, das konnten wir auch nicht, und so begannen wir ebenfalls zu laufen.

Als wir an der Biegung ankamen, war Jones aus offensichtlichem Grund langsamer geworden. Es war zwar eine Frau in Gefahr, aber hier kam jede Hilfe zu spät. Der Lärm, den wir gehört hatten, war offensichtlich der Todeskampf eines Körpers gewesen, der an einem Ast baumelte. Der erste Schrei war der letzte gewesen, ehe die erhängte Frau den Atem aufgab. Der zweite war das Jammern gewesen, als sie von einer Trauernden entdeckt wurde.

Wäre ich allein gewesen, ich hätte einen Umweg gemacht, nicht aus Angst vor der Toten, sondern aus Mißtrauen vor den Lebenden. Neben einem Leichnam in einem Land gefunden zu werden, in dem ich keine Referenzen vorweisen konnte, war nicht nach meinem Geschmack. Noch gab es, da wir nichts Nützliches tun konnten, etwas, was das Risiko wert gewesen wäre. Golias gefiel es ebenfalls nicht, und er brüllte Jones zu, sich fernzuhalten, aber es war zu spät. Lucius war langsamer geworden, aber er war nicht stehengeblieben.

»Wir müssen herausfinden, wer das getan hat!« rief er zurück.

Wir tauschten einen resignierenden Blick und gingen zu ihm. Inzwischen hatte er sich neben die überlebende Frau gehockt, die sich auf den Boden geworfen hatte, und versuchte, sie zu trösten. Wir widmeten unsere Aufmerksamkeit zunächst der Toten. Ich kann mich nicht erinnern, jemals eine häßlichere Alte gesehen zu haben. Sie hatte ein Gesicht wie eine verschrumpelte Kokosnußmaske, die Barbesitzer angeblich immer aus den Tropen importiert haben. Ihre Haut war fast ebenso behaart wie eine Kokosnuß, und nur ein paar Nuancen heller. Der Körper war formlos, als sei er wahllos in die schmutzigen Kleider gesteckt worden, die etwas Zigeunerhaftes hatten. Die Tatsache, daß diese Kleider grellbunt waren, verstärkte die Scheußlichkeit des Anblicks.

Die andere Person war, wie wir herausfanden, als wir uns umdrehten, noch ein Mädchen, nur einen Sprung von der Pubertät entfernt. Auch sie war, den Kleidern und dem, was wir von ihrem Gesicht sahen, nach zu urteilen, eine Zigeunerin. Jones hielt sie an die Schulter gedrückt und klopfte ihr auf den Rücken.

»Sag uns, wer das getan hat«, beunruhigte er mich, »und wir werden sehen, daß sie bekommen, was ihnen zusteht.«

So sehr ich dort weg wollte, mußte ich doch zugestehen, daß das Kind Trost brauchte. Ich fühlte mich noch schlimmer, als sie endlich die Schluchzer unterdrückte und reden konnte.

»Nie . . . mand. Sie . . . hat . . . es selbst . . . getan.«

Diese Erkenntnis mußte die Entdeckung doppelt fürchterlich für sie machen, wenn ich auch erleichtert war, daß wir nicht auch noch Rache für das Hängen nehmen mußten, zusätzlich zu den anderen Dingen, die wir vorhatten. Abgesehen von der Tatsache, daß wir nichts damit zu tun hatten, hatte ich das Gefühl, wer immer diese Vogelscheuche getötet hatte, hatte sich höchstens eines minderen Vergehens schuldig gemacht.

Dennoch ließ mich die Tatsache, daß nichts von mir erwartet wurde, noch mehr Mitleid für das Mädchen empfinden. Lucius starrte sie mit offenem Mund an, weil er keinen passenden Kommentar für einen Selbstmord bereit hatte, daher sprang ich ein.

»Ist sie eine Verwandte von dir, Kind?«

»Meine Großmama.«

»Deine Oma, eh? Bist du sicher, daß sie sich selbst aufgehängt hat?«

»Ich weiß, sie hat's selbst getan. Sie war verbittert.«

Sie sprach nun mit festerer Stimme. Da ich alles für besser hielt als sprachlose Trauer, verfolgte ich das Thema weiter.

»Sie war verbittert, eh?« Da ich wußte, daß der Mangel an materieller Sicherheit das Gespenst des Alters ist, versuchte ich es mit einer Frage ins Blaue. »Hat sie Geld verloren, das ihr zustand?«

Das Mädchen hob immer noch nicht den Kopf von Jones' Schulter, aber sie machte ein Auge frei. »Arme Leute brauchen kein Geld«, sagte sie rätselhafterweise. Dann brach sie plötzlich wieder in Tränen aus. »Aber er ist nicht gestorben.«

Lucius und ich sahen uns entgeistert an. »Wer ist nicht gestorben?« fragte er.

»Der Feind meiner Großmama.«

Ich hatte nicht gemerkt, was Golias derweil tat, aber als ich ihn husten hörte, warf ich ihm einen Blick zu. Er lehnte sich gegen den Stamm des Galgenbaumes und sah uns mit sardonischem Interesse zu. Seine Stimme klang jedoch mitfühlend, als er sprach:

»Wenn eine Frau nicht liebt, muß sie hassen«, bemerkte er.

Das Mädchen richtete sich auf und starrte ihn an. »Meine Großmama hatte niemanden außer mir, den sie liebte. Sie hat ihr Volk verlassen.«

Golias' Stimme klang nun wie die eines Staatsanwalts im Kreuzverhör, der die Tatsachen kennt. »Wegen dieses Feindes?«

»Ja.«

»Was hatte er getan?«

»Er . . . sie haßte ihn, weil ihr Volk ihn liebte.«

»Das kommt vor«, stimmte er zu. »Hör zu, wir sind nicht die Obrigkeit und könnten deiner Großmutter auch nichts wollen, wenn wir es wären. Was könnte eine alte Frau einem Mann antun?«

Eine Weile zögerte die Zigeunerin, dann sah sie mit dem zerzausten Schopf auf und grinste leicht. »Ich glaube nicht, daß Großmama ihm irgend etwas tun konnte – er war groß und stark, hoch wie dieser Regenbogen, mit Silberfäden im Haar –, aber jemand hat ihm Milch gegeben.« Ihr Gesicht hellte sich bei der Erinnerung auf. »Ihm wurde schlecht. Wir sahen ihn, und er dachte, er würde sterben.« Dann verdüsterte sich das Gesicht wieder, und die Stimme klang leiser. »Aber er wurde wieder gesund.«

»Und deine Großmutter war sehr alt.« Golias' Stimme klang warm und mitleidig.

»Das war alles, wofür sie noch lebte«, flüsterte das Mädchen, »und sie wußte, sie würde keine weitere Gelegenheit bekommen.«

Jones hatte einen Moment gebraucht, um die Tatsache zu verdauen, daß das Mädchen, das er tröstete, um eine verhinderte Giftmörderin trauerte. Er richtete sich auf, erhob sich dann und wich vor ihr zurück. Ich erinnerte mich, wie ich ihn gewarnt hatte, und war gemein genug, darüber Genugtuung zu empfinden. Ich grinste über seine Verlegenheit, wenn ich ihn auch dafür mochte, wie spontan er seine Hilfe angeboten hatte.

»Können wir weiter?« fragte ich.

»In einer Minute«, antwortete Golias für ihn. »Wir können sie nicht dort hängen lassen, wo das Kind sie so sehen muß, Shandon.«

»Stimmt«, gab ich zu.

Das Mädchen sprang auf die Füße. »Ihr wollt sie doch nicht wegbringen?«

»Nicht ich, Schwester.« Ich stellte mir vor, mit diesem gräßlichen Leichnam zu verschwinden, und schüttelte wieder den Kopf. »Deine Großmama ist hier genau richtig für den Leichenbeschauer.«

Offensichtlich war sie überzeugt. »Ihr schneidet sie ab, und ich hol Freunde«, sagte sie und schoß zwischen den Bäumen fort.

Als sie gegangen war, schnallte ich den Gürtel los und ging hinüber, um den Fuß der alten Frau zu schnappen. Das war kühn, weil ich über diese Aufgabe nicht froh war.

»Oh, ich wünschte, ich hätte das getan.«

Ich zuckte zusammen, als ich die fremde Stimme hörte. Während wir in unsere Aufgabe vertieft waren, hatte sich ein

Mann genähert und war bis auf wenige Fuß ungehört herangekommen. Dem Schnitt nach ähnelten seine Kleider denen Golias', wenn sie auch zugleich unaufdringlicher und dandyhafter waren. Der Bursche selbst war klein und stämmig. Wo seine Wangen nicht durch einen Schnurrbart verborgen waren, der so schwarz und borstig war wie das Fell eines Stachelschweins, waren sie rund und rosig. Über dem buschigen Schnäuzer blickten uns sanfte blaue Augen an.

Gereizt, weil ich nervös war, herrschte ich ihn an: »Was?«

Er wollte mit der Hand deuten, aber als mache ihn das nervös, zeigte er statt dessen mit der Reitgerte auf den Leichnam. »Das«, sagte er respektvoll. »Wenn ich nur zu dem Entschluß kommen könnte, jemanden aufzuhängen – abgesehen von den Extrapunkten dafür, daß es sich um eine hilflose alte Frau handelt – dann könnte ich für den Rest meines Lebens in Frieden leben.«

Ich merkte, daß ich immer noch den Fuß der Alten hielt, und ließ ihn los. Er schwang mit dem Körper zurück, als wolle er mich treten, und ich fuhr zurück.

»Stellen wir das richtig«, sagte ich. »Wollen Sie uns beschuldigen, diese alte Dame gelyncht zu haben?«

Er nahm eine prachtvolle Priemdose hervor und versenkte sich darin. Fremdenführer und Holzfäller, die einzigen Leute, die ich jemals so was hatte benützen sehen, kauten das Zeug, er aber stopfte es sich in die Nase. Wie nicht anders zu erwarten, nieste er. Sein Hundeknochen von einem Schnauzbart fiel ab, mehr zu meiner Überraschung als seiner. Ungerührt klebte er ihn wieder an Ort und Stelle.

»Ich wollte euch nicht beschuldigen«, stellte er richtig. »Ich beneide euch.« Sein Tonfall wurde professioneller. »Wo habt ihr sie gefangen?«

Er hatte mich so sehr aus der Fassung gebracht, daß ich nicht wußte, was ich mit ihm anfangen sollte. Während ich noch überlegte, ob er verrückt war oder nur ein Klugscheißer, ergriff Jones das Wort.

»Ich versichere Ihnen, Sir, daß Sie einer Fehleinschätzung unterliegen. Dies ist ein Fall von Selbstmord, von dem wir unglücklicherweise die ersten Zeugen wurden.«

Der Fremde blickte erstaunt drein. »Dann ist das keine Hexe?«

»Ich würde mich nicht dafür verbürgen, daß sie keine Hexe ist«, sagte Golias. »Wenn ich wetten müßte, würde ich wohl darauf setzen, aber wir haben nichts mit ihrem Tod zu tun.«

»Überhaupt nichts«, versicherte Lucius.

Der Bursche saugte an der Silberspitze seiner Reitgerte und starrte auf die tote Frau, als warte er auf ihre Gegenrede. »Dann hat sie euch nicht verflucht?« fragte er schließlich.

Ich wollte ihm sagen, er solle verschwinden, hatte aber Angst, er würde mißtrauisch werden und uns in Schwierigkeiten bringen, ehe wir die Gegend wieder verließen. »Nein«, sagt ich so milde ich konnte, »natürlich nicht.«

»Dann hattet ihr mehr Glück als Rupert«, bemerkte er.

Ich wollte gerade wieder etwas sagen, und zwar mit weniger Zurückhaltung, als Golias mir die Hand auf den Arm legte. »Wer ist Rupert?« fragte er.

»Der erste Baronet«, antwortete der Mann. »Oh, ich habe mich nicht vorgestellt, nicht wahr? Ich bin Sir Despard Murgatroyd – der zweiundzwanzigste Baronet, wissen Sie.« Er machte mit seinem Stöckchen eine weitausholende Geste. »Das alles gehört mir.«

Das gab mir kein gutes Gefühl, und mir wurde noch unbehaglicher, als Jones mir zuflüsterte: »Das heißt, er ist hier der Friedensrichter.« Dann sprach er den Baronet an. »Wenn Sie wissen wollen, warum wir hier bei dem Leichnam sind, so wird ein Mitglied ihrer Familie in wenigen Minuten hier sein, um alles zu erklären.«

»Ich glaube euch, wenn ihr es sagt. Das tue ich immer.« Sir Despard nahm noch eine Prise, nieste, schüttelte den Schnurrbart wieder aus seiner Verankerung und setzte ihn zurück. »Ich verfolge nie jemanden, weil ich weiß, daß niemand ein Sünder ist, wenn man ihn mit uns Murgatroyds vergleicht.«

Seine Miene wurde düster und stolz, als er das sagte, aber dieser Ausdruck verlor sich rasch wieder. »Abgesehen von mir«, fügte er hinzu. »Ich bin einfach nicht imstande, diesem Fluch gerecht zu werden.«

»Aber warum stört Sie das?« fragte Jones. »Ich dachte, es sei der erste Baronet, den dieser Fluch traf.«

»Liegt in der Familie«, erklärte der andere. »Wir müssen jeden Tag eine böse Tat begehen, aber mir gelingt das nur durch Betrug. Macht die älteren Baronets wütend, und sie kommen aus den Gräbern und verwünschen mich. Macht mich schlaflos.«

Er schien uns gegenüber geneigt, aber unter den gegenwärtigen Umständen und solange er der Friedensrichter war, hielt ich es für besser, ihm zu zeigen, daß unsere Herzen friedlich waren. »Das ist schlimm«, sagte ich, schnalzte teilnahmsvoll mit der Zunge und schüttelte den Kopf.

»Was ich wissen möchte«, sagte Golias, »ist, wie man fatale Konsequenzen vermeidet, wenn man die Bedingungen nicht erfüllt.«

Murgatroyd sah verlegen aus. »Oh, ich habe versprochen, mir mehr Mühe zu geben, aber das ist eine Lüge und hilft nur ein bißchen. Dann tue ich ein paar Sachen, wie unschuldige Mädchen verführen. Natürlich sehe ich zu, daß ich sie nicht zu spät nach Hause bringe, und ich lasse auch immer ihre Eltern wissen, wo sie sind, damit sie sich keine Sor – Ach, da ist meine Kutsche, glaube ich. Ich hatte meinen Diener gebeten, mich hier abzuholen.«

Bei diesen Worten trottete er an den Straßenrand und starrte zu der Kurve, um die wir gekommen waren. Ich konnte ebenfalls Hufschlag von Pferden hören, und nach einem Moment erschienen vier an der Zahl, die eine fröhlich bemalte Karosse zogen. Sie trabten schnell, aber der Fahrer brachte sie zu einem scharfen Halt. Vom Sitz neben ihm sprang ein Mann und begrüßte den Baron.

»Sie ist ordnungsgemäß entführt worden, Euer Ehren.«

»Gut, gut.« Sir Despard strich sich über den falschen Schnäuzer. »Eh . . . hat sie geschrien?«

Der Mann sah betroffen aus. »Ich mußte sie extra für das Schreien bezahlen. Aber sie hat es recht nett gemacht.«

»Dann war es die Sache wert«, befand der Baron. »Bring mich heim, und dann gehst du am besten zurück und suchst sie. Wir wollen ja nicht, daß sie zu spät zum Tee kommt.«

»Nein, lieber nicht«, stimmte der andere zu. Er öffnete die Kutschentür und half Murgatroyd hinein. Dieser winkte uns zu, als er sich setzte. Der erstere sprang auf den Bock neben den Kutscher. Der Kutscher ließ eine zwanzig Fuß lange Peitsche knallen. Die Pferde zogen an.

Zu meiner Überraschung merkte ich, daß ich gern noch ein wenig länger mit dem Baronet gesprochen hätte. »Manchmal«, kicherte ich, »gibt es keine bessere Gesellschaft als einen richtigen Verrückten. Aber ich bin froh, daß die beiden anderen die Alte nicht gesehen haben.«

»Darüber machte ich mir auch schon Sorgen«, meinte Jones. »Aber sie haben sie bestimmt nicht bemerkt, da sie ziemlich tief im Schatten hängt.«

»Und sich auch stillgehalten und keinen Laut von sich gegeben hat«, fügte Golias hinzu. »Wir holen sie besser runter, ehe jemand anders vorkommt.«

Ich sah die Alte angewidert an und beschloß, noch etwas Zeit zu schinden. »Was, denkst du, war wirklich los mit diesem Spinner?«

»Nun, du hast es doch gehört«, protestierte Lucius. »Der arme Teufel steht unter einem Fluch! Da es mir genauso geht, kann ich dir versichern, Spaß macht das nicht.«

»Ein Fluch belebt oftmals die Dinge«, versicherte ihm Golias, »aber man muß ihn anprobieren, ob er nicht eine Nummer zu groß ist, ehe man ihn sich anzieht.« Der Vergleich schien ihm zu gefallen. »Das ist das Problem, wenn Sachen weitergereicht werden. Wo wir gerade davon reden, willst du sie mir herabreichen, oder soll ich sie dir angeben?«

»Werfen wir eine Münze«, schlug ich vor, nicht gewillt, bei einer solchen Angelegenheit eine Wahl zu treffen. »Kopf – ich steige hinauf, Zahl – du.«

Zahl kam, wie ich es vorausgesehen hatte, und sofort hatte ich das Gefühl, daß er den besseren Teil erwischt hatte. Düster sah ich zu, wie er hochstieg. Das war an sich nicht schwer. Eine niedrige Astgabel und ein paar Zweige erklärten, wie es für die Alte möglich gewesen war, den großen Ast zu erreichen, an dem sie nun baumelte. Schneller, als mir lieb war, saß Golias rittlings über ihr. Dann zog er das Messer, an das ich mich noch gut erinnerte.

»Bist du bereit?«

»Laß kommen!« Ich streckte die Arme hoch, in der Absicht, sie erst dann zu packen, wenn es absolut nötig sein würde.

Wahrscheinlich sah ich ebenso verstört aus, wie ich mich fühlte, denn Golias grinste mich an. »Es gibt Frauen, die man lieber tot in den Armen hat als lebendig, und dies ist eine davon.« Er hielt das Messer zwischen den Zähnen und verlagerte sein Gewicht, ließ die Hände los und schaukelte mit den Knien. Er packte die Frau am Haar, damit sie nicht zur Seite kippte, und begann an dem Riemen zu säbeln, der sie erwürgt hatte.

Es war gut, daß er sie nicht festhielt. Ich konnte nicht hoch genug greifen, um sie oberhalb ihres Schwerpunktes zu fassen. Sie war auch schwerer, als ich dachte, und ich hätte sie fast fallen gelassen, als der Riemen riß und Golias sie losließ. Einen entsetzlichen Augenblick lang schwankte ich und kämpfte mit der toten Alten, das Gesicht in ihre schmierigen, stinkenden Kleider gepreßt.

Ehe ich die Situation unter Kontrolle bekommen konnte, rief die Stimme eines Fremden: »Laß die Maid los, Schurke! Und denke nicht, du könntest den Folgen deiner gemeinen Lust entgehen. Laß sie los, sage ich!«

Ich war nicht in Stimmung für Scherze, was ich diesem neuen Kiebitz klarmachen wollte. Wer immer es war, seine Stimme kam von der Straße her, aber ich war zu sehr beschäftigt, um hinzuschauen. Ich löste mein Gesicht von der Bluse der Alten und begann, sie auf den Boden herabzulassen.

»Was, eine Vergewaltigung vor meinen Augen, du lüsterner Wicht!« Der Bursche war entweder richtig wütend oder zumindest ein guter Schauspieler. »Keine Angst, Prinzessin, Hilfe ist nahe. Ich werde diesen Schuft verprügeln, wie Mudarra Velasquez verprügelt hat. Nun, Lakai, unternimm deinen mitleiderregenden Versuch, dich zu verteidigen, so gut du kannst.«

Mit der Absicht, zunächst einmal das Naheliegende zu Ende zu bringen, ignorierte ich ihn immer noch. Ich knirschte mit den Zähnen und legte Arme und Beine der Leiche so anständig hin, wie es ging.

»Shandon, paß auf!« schrie Jones.

Ehe er es sagte, hatte ich ein scharrendes Geräusch gehört. In meine Arbeit vertieft, hatte ich entweder das Pferd nicht um die Biegung kommen hören, oder das Geräusch hatte keinen Eindruck auf mich gemacht. Aber da war ein Pferd, und auch ein Esel. Beide hatten Reiter, aber der Mann auf dem Pferd erregte meine Aufmerksamkeit, weil er das Tier auf mich zutrieb. Dieser Bursche hatte etwas Sonderbares, aber ich konzentrierte mich nur auf die Tatsache, daß er einen langen, spitzen Stock in der Hand trug. Als das Pferd schneller wurde, schwenkte er die Waffe, so daß sie direkt auf mich zielte.

Ich ließ den rechten Arm der Alten fallen und warf mich aus meiner Hockstellung heraus zur Seite, um mich aus dem Weg des Angreifers zu bringen. Mein Sprung war nur teilweise erfolgreich. Ich wurde zwar nicht aufgespießt, aber ich hatte die Rechnung ohne das Pferd gemacht. Eines seiner Hufe traf mich am Po, während ich noch in der Luft war. Das bewirkte, abgesehen von der Prellung, daß ich herumgewirbelt wurde und auf dem Hinterteil landete, so daß ich von einem Sitzplatz aus die weiteren Versuche meines Angreifers beobachten konnte. Sie waren nicht ohne ein gewisses Interesse.

Zuerst hatte ich einmal recht gehabt, was sein Vorhaben anging. Er hatte mich aufspießen wollen, so wie ein Parkwächter Abfall aufpickt. Da ich mich aus dem Staub gemacht hatte, grub sich die Stange in den Boden und blieb dort stecken. Pferd, Reiter und der Rest der Waffe, die der Reiter festhielt, bewegten sich weiter. Das Ding gab nicht nach, und der Reiter konnte oder wollte nicht loslassen. Ich hatte noch nie zuvor einen Mann Stabhochsprung vom Sattel aus machen sehen, aber er schaffte es. Mit Geklirr und Gepolter schwang er aus dem Sattel und schlug gegen den nämlichen Ast, von dem Golias gerade die Leiche herabgelassen hatte. Zu diesem Zeitpunkt hatte er das Interesse an seiner Lanze verloren. Sie fiel herab, aber ihm gelang es so eben, ihrem Beispiel nicht zu folgen. Es war ein harter Kampf, aber er hielt sich fest und blieb dort fünfzehn Fuß über dem Boden hocken.

Da Golias herabgeklettert war, hatte er den Ast für sich allein, aber er brauchte niemanden, von dem er sich abheben konnte, um zu einer beeindruckenden Gestalt zu werden. Er trug einen rostigen Plattenpanzer. Die Teile paßten nicht zueinander, weil sie entweder zu groß oder zu klein für ihn waren. Sein Helm, aus Bronze anstatt aus Eisen, saß auf seinem Kopf, ohne demselben Schutz zugeben. Ich konnte daher sehen, daß dieser Bursche, der sich so sehr bemüht hatte, mich umzubringen, ein hagerer alter Mann war. Zudem saß er rittlings auf dem Zweig an der Stelle, wo die Alte gehangen hatte. Ihr Galgenstrick baumelte zwischen seinen Beinen und sah aus wie ein Schwanz, der ebenso zerschlissen war wie sein Backenbart.

»Ein Zauber«, murmelte er. »Man hat mich durch einen Zauber bezwungen.«

Sein Selbstmitleid konnte ich nicht teilen. Die Verletzung tat weh, und ich hatte einen Schock erlitten. Meine Nerven hatten noch Schlimmeres mitgemacht. Wütend stand ich auf und bückte mich nach seinem Stock.

»Komm runter, und wir reden darüber«, schnaubte ich.

Mit der Absicht, ihn von dem Stamm zu stoßen, hob ich die Stockspitze auf ihn zu, als mich etwas in den Kniekehlen traf. Sie gaben nach, aber der Stoß war nicht fest genug, um mich aus dem Gleichgewicht zu bringen. Ich blickte herab und sah, daß mein neuer Angreifer der kleine Dicke war, der den Esel geritten hatte. Er klammerte sich an meine Beine, bis ich ihn mit dem stumpfen Ende der Stange stieß; dann stand er auf und ging wieder auf mich los. Wieder benützte ich die Stange und hielt ihn ohne Schwierigkeiten von mir fern, weil ich sah, daß er die Augen fest geschlossen hielt. Volle zwei Minuten lang ging er blindlings auf mich los. Derweil kühlte ich mich ab, während er sich immer mehr erhitzte. Ich war fast bereit zu lächeln, als er merkte, daß ihm der Saft ausging, und sich einfach gegen die Stange lehnte.

»Bist du fertig?« fragte ich, »oder machst du bloß eine Pause vor der nächsten Runde?«

Ich konnte erkennen, daß er einen Gegenangriff erwartet hatte. Als nichts geschah, öffnete er ein Auge.

»Gibst du auf?«

»Nein«, sagte ich, »ich fürchte, ich bin immer noch im Ring.«

Mit einem großartigen Schulterzucken wandte er mir den Rücken zu. »Meister«, berichtete er dem Mann im Baum, »er sagt, er will sich nicht ergeben.«

Der Alte gab keine Antwort, weil seine Aufmerksamkeit anderswo gefesselt war. Ich hatte nicht die Zeit gehabt, herauszufinden, was Golias und Jones derweil taten, während ich mich mit meinen Problemen befaßte. Jetzt sah ich, daß der erstere zurück auf den Baum geklettert war, während der letztere das Pferd einfing – eine dürre Mähre – und es zurückführte. Mein Blick pendelte von einem zum anderen, um zu sehen, was sie vorhatten.

Golias gab mir den ersten Hinweis, was sie vorhatten. »Bring das Pferd direkt unter uns, Lucius«, sagte er. Dann sprach er die eisengepanzerte Vogelscheuche an. »Wohledler Paladin, ich komme, Euch beim Abstieg aus einer so unpassenden Lage und Stellung zu helfen, die Eurem hohen Stand, Eurem Rat und Eurer würdigen Haltung gebührt.«

Wie ich war auch der Feind in weniger angriffslustiger Stimmung. »Ihr redet wohlgesetzt, und ich werde Eure Höflichkeit mit geziemender Offenheit beantworten. Ich würde äußerst gern diesen unbequemen Ausguck verlassen, wenn jener schreckliche Zauberer . . .« hier zeigte er mit einem rostigen Handschuh auf mich, ». . . mich von seinem Bann freigibt.«

»Wir«, sagte Golias zu meinem Erstaunen, »sind Diener des mächtigen Magiers, und er hat uns in seiner Großmut geschickt, Euch zu helfen. Nein, ein wenig mehr nach rechts, Lucius. Genau.« Inzwischen hatte er den alten Jungen erreicht und nahm ihn beim Arm. »Glaubt Ihr, wenn ich Euch herablasse, könnt Ihr Euch auf den Sattel stellen und Euch niederlassen?«

»Natürlich«, antwortete der Alte. »Es bedarf keiner Worte, daß der berühmteste Ritter dieses oder eines jeden Zeitalters in der Reitkunst ausgezeichnet bewandert ist.«

»Ich erwarte nichts Geringeres«, versicherte ihm Golias, »aber erinnert Euch, daß Euer Sattel recht abgewetzt ist. Gut. Schwingt das rechte Bein über den Ast. Ich habe Euch sicher.«

»Im Sattel zu stehen«, sagte der andere, als er gehorchte, »ist lediglich eine Sache der Übung, die, wie Ihr verstehen werdet, eine natürliche Gabe nur verstärkt. Seht zu, wie ich es vollbringe.«

Wir sahen zu. Während seiner Rede war es Golias gelungen, ihn samt seinem Panzer von ihrem gemeinsamen Hochsitz herabzuhieven. Der alte Kauz hatte kaum zu reden aufgehört, als seine Füße den Sattel berührten. Da Golias die Hände nicht weiter ausstrecken konnte, ohne seine sichere Position aufzugeben, ließ er nun los.

Er hätte ihn ebensogut stoßen oder schubsen oder das Pferd peitschen können. Die Füße des Mannes hatten kaum Kontakt mit dem Sattel geschlossen, als sie schon wieder unterwegs waren. Glücklicherweise hielten sie beide in die gleiche Richtung. Mit einem Geräusch, als würde ein Eisenhoden über Altmetall kratzen, setzte er sich, hüpfte wieder hoch und nach vorn und wäre unter einem weiteren schrecklichen Gepolter auf den Boden gefallen, wenn Lucius seinen Sturz nicht aufgefangen hätte.

Ich zuckte immer noch bei dem Gedanken zusammen, wie er zu Boden gerasselt wäre, als er sich unter einer Reihe knirschender Zuckungen aufrichtete und lächelte. »So macht man das, edle Herren. Eine federleichte Berührung des Sattels, ein geschickter Sprung in die Arme des Reitburschen, und da wären wir auch schon.«

XIII Umtriebe in Upton

Während sein Gefährte in die oben beschriebenen Manöver verwickelt war, war der kleine Dicke herangeschlichen, um die tote Alte zu inspizieren. »Meister«, verkündete er, »für mich sieht sie stark wie eine tote alte Hexe aus.«

»Natürlich ist sie tot«, erklärte ich. »Wir haben sie an diesem Baum hängend gefunden.«

»Frauen sind nicht auf Bäumen zu finden«, korrigierte mich der Alte. »Sie werden gezeugt und geboren wie alle anderen Menschen auch.«

»Es ist ein klarer Fall von allgemeiner Verzauberung«, fuhr er fort, noch ehe mir eine passende Antwort einfiel. »Nur der diabolischste aller Zauberer konnte dieser schönen Maid, deren Name, wenn ich mich recht entsinne, Prinzessin Erminia von Colchis lautet, ein solch gräßliches Aussehen verleihen. Es ist auch wunderbar anzusehen, wie die Trance, in der sie sich befindet, dem Tod ähnelt. Ein weniger erfahrener Mann als ich würde davon vollkommen getäuscht.«

Er warf einen Blick zu Jones, der, höflich wie immer, versuchte, respektvoll und interessiert auszusehen, und dann zu Golias, der fasziniert zu sein schien. »Um jeglichen Zweifel auszuschließen, möchte ich noch einmal auf die Tatsache zurückkommen, daß sie von einem Baum gepflückt wurde. Mein erster hastiger Schluß war, dies zu bezweifeln, aber ich erkenne nun, daß ich unrecht hatte. Die Tatsache, daß sie an diesem Baum baumelte, paßt zu dem bösen Bann, dessen Opfer sie ist. Und schließlich ist es offensichtlich, daß ich, der oberste Paladin aller Paladine, niemals hätte überwunden werden können – und daß dies so war, sehe ich mich gezwungen, einzugestehen – außer durch Mittel von gar mächtiger Zauberkraft.« Mit dieser Bemerkung wandte er sich an seinen dicken Partner. »Ist dir nun alles klar, mein Sohn?«

Der andere kratzte sich am Kopf. »Daß Ihr auf diesem Zweig gesessen habt, ist für mich schwer zu verdauen. Niemand kann Euch dorthin gesetzt haben, so wie Ihr mit Gerümpel behangen seid, ohne ein Faß voller Zaubersprüche.«

»Laßt mich Euch«, warf Golias ein, »den mächtigen Zauberer Shandon Silberstreif vorstellen, dessen Flüche Eure ansonsten alles überwältigenden Waffen außer Kraft setzten. Shandon, dies ist der edle, mächtige und ritterliche Don Quichote de la Mancha, Eroberer von Utopia und Cockaigne, Retter von Lubberland, Schützer von Dun Coba, Protektor von Saffron-Walden, Prinz der Paladine, Kavalier der Damen und Haupt aller fahrenden Ritter.«

Dem alten Knacker gelang eine knirschende Verbeugung. »Ich ergab mich nicht Eurer Geschicklichkeit, sondern Eurer überwältigenden Magie. Ich vermute, da Ihr großzügig genug wart, mich von dem Baum zu befreien, daß Ihr nicht mein Schwert fordert?«

»Nein«, sagte ich. Ich fragte ihn weder, was ich seiner Vorstellung nach mit diesem Stück Rost wohl anfangen könnte, noch lächelte ich.

Ihm gelang eine weitere Verbeugung. »Das ist sehr großmütig von Euch. In der Tat ist Euer Benehmen so ritterlich, daß ich bekümmert bin, Euer Feind bleiben zu müssen.« Irgendwie gelang es ihm, die Arme zu verschränken. »Nun denn, wie wollt Ihr über mich als Euren Gefangenen verfügen?«

Ich blickte instinktiv zu Golias. Ich erhielt lediglich die Erkenntnis, daß auch er daran interessiert war, was ich wohl tun würde. Was er in meinem Blick sah, veränderte jedoch den seinen, und er nickte, als wolle er meine Meinung bestätigen.

Ich glaube, an diesem Punkt dämmerte mir die Erkenntnis, was mit mir geschehen war, seit mich die *Naglfar* in die Wasser vor Aeaea ausstieß. Es war nichts weniger als ein Wandel in meinem Charakter auf der Suche nach meinem wahren Ich. Ein jeder hat eine bestimmte Vorstellung von sich selbst, die die Wirklichkeit entweder verstärkt, verschlechtert oder sonstwie verändert. In meinem Fall war es eine recht klare Vorstellung gewesen. Ich war nicht auf melancholische, sondern auf eine freudlose Weise stolz auf mich gewesen als einen Tatsachenmenschen, der keinen Grund sieht, anders als selbstsüchtig zu handeln. Ich kannte mich als eine solche Person und hatte jahrelang wie die anderen Menschen dafür gearbeitet, mich in den Grenzen zu halten, die meine Persönlichkeit mir setzte.

Doch seit ich in Literaria angekommen war, hatte es Veränderungen gegeben. Meine Gedanken und Gefühle waren nun so, daß sie meinen selbstauferlegten Beschränkungen nicht mehr folgten. Ich hatte die Fähigkeiten des Staunens und der Gläubigkeit gewonnen. Die größte Veränderung aber war, daß meine Handlungen ebenso durch das ausgelöst wurden, was ich in anderen Menschen sah, wie durch meine eigenen unverdünnten Impulse.

Dieser alte Narr hatte versucht, mich umzubringen, und ich spürte immer noch den Stoß, den ich mir auf der Flucht vor ihm eingehandelt hatte. Nach allen Regeln der Vernunft und des öffentlichen Interesses sollte man ihm nicht erlauben, herumzureiten und Leute aufzuspießen, die ihm nichts getan hatten. Auf jeden Fall sollte ihm zumindest jemand die Eisenwaren abnehmen, ehe er sich selbst damit unglücklich machte. Aber ich würde es nicht sein. Ob er nun verrückt war oder nicht, der alte Spinner hatte etwas an sich, und mir gefiel die Gründlichkeit, mit der er die Sache durchspielte.

Ich zögerte eine Weile, ehe ich sprach. Verstellung, zumindest zum Vorteil von jemand anderem als mir selbst, war mir noch neu.

»Was wirst du tun, wenn ich dich aus meinem Bann freigebe?« begann ich schließlich.

»Euch angreifen und die wunderschöne Prinzessin retten, die Ihr schlimmerweise entführt und mißgestaltet habt.«

»Nun, das kann ich mir nicht leisten. Das wirst du verstehen. Warte mal . . .« Ich hatte es schwer, weil ich über unvertrautes Gelände stolperte. »Schließen wir doch einen Handel. Wirst du dich daran halten?«

Er neigte den Kopf. »Wenn es ein ehrbarer ist, beim Wort eines Ritters.«

»Ich auch, beim Wort eines Zauberers. Nun, also folgendes, Mister de la Mancha: Südlich von hier, in Aphasia . . .« Ich warf Golias einen Blick zu, um abzuschätzen, wie ich war.

»Ober- oder Niederaphasia?« fragte er.

»Oh, Nieder«, sagte ich, ohne eine Ahnung zu haben, was er meinte. »In Niederaphasia – und nicht in Oberaphasia – gibt es einen Riesen mit Namen Paul Bunyan. Er ist ein so harter Bursche, daß mein Zauber von ihm abprallt, aber ich könnte mir vorstellen, daß du ihm eins – ihn bezwingen könntest.«

»Zweifelsohne«, erwiderte de la Mancha, »immer unter der Voraussetzung, daß er kein Zauberer oder Magier ist.«

»Nein, das ist er nicht. Er ist einfach groß und stark und ein verteufelter Kämpfer.«

»Um so größer mein Ruhm, wenn ich ihn niederwerfe«, meinte der alte Junge.

»Genau. Nun, dieser Riese hat einen blauen Ochsen, der mehr schaffen kann als eine Traktorkolonne.«

»Oder zehntausend Maultiere«, schlug Golias vor.

»Ja, das ist besser«, stimmte ich zu. »Weißt du, er hat mir diesen Ochsen als Gegenleistung versprochen, weil ich ihm half, die Großen Zuckerberge zu bauen, aber als es ans Bezahlen ging, hat er mich nur ausgelacht.«

De la Mancha war meinen Worten aufmerksam gefolgt. »Man braucht es nicht zu erwähnen, daß ich dieses bemerkenswerte Geschöpf für Euch erringen kann«, sagte er, als ich mit der Schilderung meiner Hilflosigkeit angesichts von Bunyans Perfidie fertig war, »aber laß mich erst die andere Seite des Handels hören.«

Anstelle einer Antwort deutete ich auf die Alte. »Ich verbürge mich dafür, daß sie wieder ihre ursprüngliche Gestalt und dasselbe Aussehen haben wird wie in dem Augenblick, als ich sie zuerst erblickte.«

Er sah mich prüfend an. »Würdet Ihr sie ihren Freunden und Verwandten übergeben?«

Da ich nicht wußte, was ich sonst noch tun sollte, um meinen guten Willen zu bekräftigen, schlug ich ein Kreuz vor dem Herzen. »Noch ehe dieser Tag vorbei. Ich vertraue dir. Ich werde nicht warten, bis ich den blauen Ochsen habe. Ich nehme dich beim Wort, daß du ihn mir bringst.«

Ich hatte die Notwendigkeit übersehen, daß wir einen Ort

für unsere Verabredung ausmachen müßten, aber Golias dachte daran. »Er soll ihn am besten hierherbringen, Shandon.«

»Ich werde es tun!« schrie der alte Bursche. Er umklammerte meine Hände mit seinen Eisenfäustlingen und schwenkte sie. »Es dauert ein Weilchen, nach Niederaphasia zu gelangen und wieder zurück, aber sagen wir, von heute ab gerechnet, ein Jahr und einen Tag?«

»Nachmittags um halb vier«, nickte ich.

»Genau! Sancho, mein Sohn!« rief er seinem Kumpanen zu, »wir haben die Prinzessin Erminia von Colchis gerettet, und jetzt ziehen wir in ein neues Abenteuer. Aufsitzen, bei der Liebe Gottes, der Lieben Frau und meiner.«

Der kleine Dicke teilte die Fröhlichkeit des anderen nicht. »Etwas fehlt noch an dem Handel«, erklärte er. »Der Zauberer hier kriegt einen schönen Ochsen, und die Prinzessin wird wieder lebendig und hübsch, aber was bekommen wir?«

»Die Ehre, eine so süße Dame gerettet zu haben, du Kröte.«

»Nun, aber glaubt Ihr nicht, sie hat ein besseres Gefühl dabei, wenn für uns ein Herzogtum oder so herausspringt, um unsere Dienste anzuerkennen?«

De la Mancha schnaubte. »Mir reicht es, daß sie weiß, wessen Schwert sie ihr neues Glück verdankt. Aufsitzen, sage ich. Nein, halte zuerst mein Reittier.«

Auch mit Hilfe von Jones war es recht kompliziert, ihn wieder auf seine Schindmähre zu bugsieren. Als es ihm endlich gelungen war, machte er mit der freien Hand eine ruckartige Grußbewegung, ehe er sie auf die Zügel fallen ließ.

»Ein Jahr und ein Tag«, lächelte er. Sancho kletterte auf seinen Esel, und sie trabten die Watlingstraße hinab.

Jones hatte sich während der Diskussion der Bedingungen zurückgehalten. »Ein feiner alter Herr«, sagte er, als de la Mancha außer Hörweite war. Dann schlug er mir auf den Rücken. »Das hast du gut gemacht. Ich hätte es nicht fertiggebracht, so nett zu ihm zu sein.«

»Du hast es aber fertiggebracht, uns, oder besser mich, in den Weg dieses verdammt spitzen Stocks zu bekommen«, erinnerte ich ihn. Inzwischen hatte ich meinen neuerworbenen

Vorrat an Menschenfreundlichkeit verbraucht, und ich erinnerte mich, wie ich erschreckt, verletzt und beinahe getötet worden war, weil Lucius sich eingemischt hatte. Ich tat ein paar Schritte, wobei ich stärker als nötig humpelte. »Ich sagte dir doch, du solltest dich da heraushalten.«

Wenn er eine Antwort darauf hatte, so wurde sie durch die Rückkehr des kleinen Mädchens verhindert, das von einem Zigeuner und einer Zigeunerin begleitet wurde. Sie ignorierten uns, luden die Alte auf einen einspännigen Bauernwagen und fuhren ab.

Das entband uns von der Verantwortlichkeit, und wir zogen weiter. Ich blickte jedoch noch zweimal vor der nächsten Kurve zurück zu der Stelle, wo wir diese unverhoffte Totenwache gehalten hatten. Inzwischen hatte ich meine Verletzung teilweise und den Ärger auf Jonas gänzlich vergessen. Trotz der Art, wie ich auf sein Lob reagiert hatte, war ich zufrieden mit meiner Rolle bei der Begegnung mit la Mancha. Es war noch etwas anderes außer der Tatsache, daß ich freundlich zu einem netten alten Irren gewesen war, was mich zum Staunen über mich selbst brachte. Für einen Menschen, dessen Phantasie so ungeübt war, war die Geschichte, die ich aus vagen Erinnerungen an Dinge, die mir von verschiedener Seite zugetragen worden waren, ausgedacht hatte, gar nicht so schlecht. Ich erzählte sie mir noch mehrere Male selbst, und sie gefiel mir mit jeder Wiederholung besser, wenn mir auch noch ein paar Details in den Sinn kamen, die ich im nachhinein noch gern eingefügt hätte.

Golias hatte vermutlich eine ziemlich genaue Ahnung, was in mir vorging. Als ich ihn einmal dabei überraschte, wie er mich anlächelte, merkte ich, daß ich ins Leere gestarrt und stumm die Lippen bewegt hatte. Ich lächelte unbehaglich zurück.

»Wie weit ist es bis zur nächsten Stadt? Ich werde durstig.«

»Das glaube ich«, bemerkte er nur.

Das wichtigste äußerliche Resultat von Jones' Ungestüm war, daß wir eine Stunde hinter dem Zeitplan herhinkten. Deshalb erreichten wir nicht mehr Theben, die Stadt, in der wir die Nacht zuzubringen gedacht hatten, sondern rasteten ein paar Meilen früher in einem Straßendorf namens Upton.

Das Gasthaus, wie sie es hartnäckig nannten, war eine saubere, abgelegene Herberge, die gute Erholung anpries. Ich machte mir schon Sorgen, ob eine solch kleine Stadt auch eine Bar hatte, aber das war unbegründet.

»Eines muß ich Literaria ja zugestehen«, bemerkte ich, nachdem ich mir den Schaum von den Lippen gewischt hatte, »ich bin noch nicht auf ein Alkoholverbot gestoßen.«

»Das ist nicht erlaubt«, versicherte mir Golias, »außer im Bezirk des Tantalus. Dort ist diese Maßnahme eine Strafe und meiner Meinung nach gerechtfertigt. Er hatte einen bösen Sinn für Humor.«

»Im schlechtestmöglichen Geschmack«, meinte Lucius.

»Was den Rest des Landes angeht«, fuhr Golias nach einer Pause fort, in der er trank und zufrieden seufzte, »so gibt es einen berühmten Präzedenzfall von vor ein paar Jahren, als einer der Ynglings, Fjolne, glaube ich, besoffen wurde und in ein Faß Met fiel, und das an einem Abend, als keiner da war, ihn herauszufischen. Wegen seines königlichen Status verursachte sein Tod gewaltige Aufregung, und gewisse flügellahme Harpyien versuchten, die Situation auszunutzen, um einen Prozeß anzustrengen: Grundy gegen Dionysos, Gambrinus und Barleycorn. Man forderte die Verbannung.«

Wir taten es ihm nach, als er eine Pause einlegte, um einen Schluck zu nehmen. »Ich habe vergessen, wer der Rechtsanwalt der Abstinenzler war, möglicherweise war es Heep, auf jeden Fall war Panurge der Anwalt der Verteidigung. Der alte Toby Belch war Vorsitzender Richter, und trotz der Tatsache, daß Tom Norman da war, war Seithenyn ap Seithin Vorsitzender der Schöffen. Es gab so viele Ablehnungen auf beiden Seiten, daß man ziemliche Zeit brauchte, eine Jury zusammenzustellen, deren Vorsitz er übernehmen konnte. Als sich der Staub wieder legte, erkannte man, daß Panurge nicht so schlecht abgeschnitten hatte. Zu Gericht auf Geheiß ihrer Mitbürger saßen Bruder John und Bruder Tuck, Sut Lovingood, Colas Brugnon, Elinor Rummin, Eumolpus, Rex Cole, Celm Hawley – oh, ich verstehe.«

Jones hatte ihm nicht die übliche höfliche Aufmerksamkeit geschenkt. Ich fühlte mich frei, mich ebenfalls umzudrehen, um herauszufinden, auf was er starrte. Ich war nicht überrascht zu sehen, daß es eine Frau war.

Sie stieg gerade aus der Kutsche aus, die ich vor einem Moment hatte vorfahren hören. Der junge Bursche, der ihr dabei half, tat, als behandele er ein rohes Ei. Als er sie sicher auf dem Erdboden hatte, widmete er sich ihrem Gepäck und hüpfte ab und zu zu ihr zurück, um sicherzugehen, daß sie immer noch guter Dinge war. Er sah so sehr wie eine Kombination von einem ausgelassenen Welpen und einer Mutterkuh aus, daß ich interessiert zusah, als sie die Handschuhe auszog, um ihre Frisur zu betasten. Ich war sicher, keinen Ehering zu sehen, und grinste vor mich hin. Wie immer die Erfahrung der Frau aussah, der junge Hahn machte jedenfalls einen Ausflug mit seiner ersten Henne.

Inzwischen bekamen wir ihr Gesicht voll zusehen. Sie hatte sich uns halb zugewandt, während sie auf ihre Begleitung wartete. Jetzt hatte er ihr Gepäck einem Portier gegeben und war frei, sie hineinzugeleiten. Sie war noch jünger als der Bursche, und von einer Schönheit, in der Lebhaftigkeit und Sinnlichkeit miteinander wetteiferten. Die voluminösen Kleider machten eine Einschätzung schwer, aber alles wies darauf hin, daß sie eine zierliche Figur hatte, die zu ihrem hübschen Gesicht paßte.

Einen Moment später trat das Paar mit Will Boniface, unserem Wirt, ein, der überschwenglich aufmerksam war. »Ich muß Eure Ladyschaft und Euer Ehren bitten, eine Minute zu warten«, sagte er gerade. »Unser bestes Zimmer – und ich würde nicht daran denken, Ihnen etwas Geringeres anzubieten als unser Bestes, dessen können Sie gewiß sein – ist gerade erst freigeworden. Es dauert nur wenige Minuten – nicht länger –, um es herzurichten. Darf ich Sie in unseren Privatsalon führen, während Sie warten?«

»Ja, bitte«, sagte der Junge. »Ist das recht, Manon?«

Während Boniface sein Verkaufsgespräch führte, hatte das Mädchen im Raum umhergeblickt. Ich weiß nicht, ob sie auch die Möbel bemerkte, aber sie schätzte alle Männer ein. Mein Puls gab es zu erkennen, als ich an der Reihe war, ihrer schwülen Taxierung zum Opfer zu fallen. Jones war als nächster dran. Bei ihm dauerte es ein wenig länger, und ich merkte, daß ihr Blick, als sie mit dem Rest fertig war, ein zweites Mal zu ihm zurückkehrte.

Ungefähr zu diesem Zeitpunkt hatte ihr Begleiter zugestimmt, die Vorteile eines privaten Warteraumes anzunehmen. Er bot ihr seinen Arm, sie aber schlug ihn ab.

»Wir brauchen keinen Privatsalon. Wir können hier warten.«

Dem Jungen gefiel das nicht. »Es wird aber in einem Privatsalon viel angenehmer sein.«

»Aber es war so heiß und staubig in der häßlichen alten Kutsche«, sagte sie. »Ich gehe einfach ein, wenn ich nicht ein Glas Wein bekomme.«

»Wir werden auch dort bedient«, erklärte der Junge. »Wirt, eine Flasche des besten Chablis – und zwar sofort.«

Er versuchte, an ihr zu zerren, aber sie machte sich los. »Manon ist müde und kann keinen Schritt weiter gehen. Kannst du das nicht verstehen?«

In ihrer Stimme lag nur eine Spur von Gereiztheit, aber dies ließ ihn fast vor ihr in die Knie gehen. »Oh, Liebste, daran habe ich nicht gedacht. Wirt, die Dame ist müde und muß sofort hier einen Tisch haben.«

Wie ich mich erinnerte, war sie recht munter hereingekommen, aber nun taumelte sie fast, als sie mit Hilfe des Jungen durch den Raum ging. Ihr gefiel jedoch der erste Tisch, an den man sie wies, nicht, und sie zeigte eine Vorliebe für einen, der näher bei uns stand. Dort ließ sie sich von dem Jungen auf den Stuhl plazieren, der uns gegenüberstand. Nach einigem Theater, um sich davon zu überzeugen, daß sie nicht auf der Stelle sterben würde, setzte er sich auf den Platz ihr gegenüber.

In ihrer Erschöpfung war sie augenscheinlich auf ihrem Stuhl so zusammengesunken, daß ihre Röcke nicht ordentlich um sie drapiert waren. Nur ein Knöchel und ein bißchen Bein waren zu sehen, aber die Phantasie kennt bekanntlich keine Grenzen. Als ich Jones schwer atmen hörte, sah ich, wie sein Auge auf diesen kurzen, aber netten Anblick geheftet war. Golias und ich sahen uns an und zuckten mit den Achseln. Dies konnte unangenehm enden, obgleich ich eigentlich nicht glaubte, daß irgendwas passieren würde. Man konnte darauf bauen, daß

Manons Gefährte wie eine Briefmarke an ihr kleben würde, und Lucius war zugleich zu gutmütig und wohlerzogen, um sich zwischen sie zu drängen.

Das dachte ich zumindest. Er machte ihr weiter schöne Augen – und sie gab ihm einen Blick über die Schulter ihres ahnungslosen Begleiters zurück. Ich war erleichtert, als der Wein kam und sie genügend belebte, daß sie sich auf ihr Zimmer begeben konnten.

Die Tatsache, daß sie eine Hure war, machte sie dem Auge keineswegs unangenehmer. Ich schloß mich allen übrigen Männern an, die ihr nachblickten, und sah daher, wie sich ihre Hand über unserem Tisch öffnete. Das weiße Ding, das ihren Fingern entfiel, war nur einen Sekundenbruchteil zu sehen, als es Jones schon geschnappt hatte. Der arme Affe, der auf der anderen Seite des Mädchens ging, merkte nichts, und er half, dieses Zwischenspiel vor allen anderen im Raum außer Golias und mir zu verbergen.

Doch es war ein sinnloser Triumph, und ich konnte nicht einsehen, warum Lucius – abgesehen davon, daß er jung war – sich so daran hochziehen konnte. Während des ganzen Abendessens platzte er fast vor guter Laune und lachte fast über jede Bemerkung. Mit dem Essen waren wir zu Wein übergewechselt, und er begann, sein Glas mit großer Regelmäßigkeit zu leeren. Nicht lange nach dem Mahl war er leicht angeschickert und schlug eine Liedertafel vor.

»Dazu ist es an einem solchen Ort zu früh«, erwiderte Golias. »Vielleicht nach der nächsten Flasche, wenn es leerer wird.«

»Nun, wenn ich nicht singen kann«, verkündete Jones, »werde ich eine Trinkrede halten.«

Er hob sein Glas mit einem Schwung und stand auf. Ich stählte mich für einen edlen, sentimentalen oder schmutzigen Aphorismus, aber statt dessen setzte er sich unvermittelt wieder hin.

»Ah«, sagte er zufrieden.

Ich drehte mich um, um zu sehen, was ihn dazu veranlaßt hatte, und erkannte, wie Manons Begleitung in den Raum eilte. »Wo ist der Wirt?« rief er. »Oh, da sind Sie ja. Wirt, gibt es eine Parfümerie am Ort?«

»Nein, Euer Ehren.« Boniface gelang es, ein betrübtes Gesicht bei diesem Eingeständnis zu machen. »Es tut mir sehr leid, aber Sie werden vor Theben keine mehr finden. Und das ist, wie Sie wissen, vier Meilen entfernt.«

»Zum Teufel!« Der Junge runzelte verzweifelt die Stirn. »Madame hat ihr Parfüm in dieser verflixten Kutsche vergessen«, erklärte er.

»Und natürlich ist sie kreuzunglücklich«, bemitleidete ihn der Wirt. »Ich kann jemanden auftreiben, der etwas für sie besorgt, wenn Sie wollen.«

Der Junge zögerte. »Nein«, sagte er dann. »Sie wollte, daß ich selbst es aussuche.« Auf jämmerliche Weise sah er für einen Moment stolz aus. »Sie vertraut auf kein anderes Urteil in solchen Dingen, wissen Sie. Können Sie mir ein Pferd besorgen?«

»Es wird auf Sie warten, wenn Euer Ehren die Stiefel angezogen hat, dessen können Sie gewiß sein.«

Golias und ich sahen wieder einander an, als der Junge nach oben rannte. Jones sagte nichts, und das einzige Zeichen von Ungeduld war, daß er mit den Fingern einer Hand auf den Tisch trommelte. Er machte so weiter, bis das Geräusch der galoppierenden Hufe in der Ferne verklang. Dann leerte er seinen Becher und schob den Stuhl zurück.

»Wenn die Herren mich bitte entschuldigen wollen, werde ich der jungen Dame die Ehre erweisen, ihr das Taschentuch zurückzubringen.«

Wir beide hoben lediglich die Hand und gaben unseren unwilligen Segen. Er würde sich vermutlich in Schwierigkeiten begeben, aber nicht viele halten sich vom Gift zurück, wenn es so süß ist. Und wenn ich an seiner Stelle den Schlüssel gehabt hätte, ich hätte auch keine Zeit an einen moralischen Gedanken verschwendet.

»Wir horchen besser auf das Pferd«, sagte Golias, als er außer Hörweite war.

»Ich weiß nicht«, meinte ich. »Ein Bulle, der kommt, wenn die Kuh eines anderen Elchs ruft, sollte sich auch um diesen Teil kümmern, findest du nicht?«

»Doch«, gab er zu, »aber ich möchte nicht gern hier mitten in der Nacht rausgeworfen werden wegen des Theaters, wenn der Bengel den Mast eines anderen in seinem Flaggschiff findet. Das ist das einzige Gasthaus in der Stadt.«

Seine Gründe beeindruckten mich. »Du hast recht, wir müssen Wache stehen«, gab ich zu. »Oh, oh, da ist schon ein Pferd.«

»Mit Rädern dahinter.« Ich war schon fast aufgestanden, aber Golias zog mich wieder an meinen Platz. »Wir brauchen uns eine Weile noch keine Gedanken zu machen.«

Das Gefährt hielt vor der Tür, nach den Geräuschen zu urteilen, und nach einer Weile schob Boniface zwei weitere Reisende herein. Beide waren Frauen. Die erste war reich, wenn auch schlicht gekleidet. Die Erscheinung der anderen war, wenn auch bunter, nicht so elegant.

Als sie hereinkamen, legte der Wirt gerade die Platte auf, die wir an dem Abend schon einmal gehört hatten. »Mein bestes Zimmer ist soeben frei geworden, aber ich lasse es gerade herrichten, und es wird in wenigen Minuten fertig sein, dessen können Sie gewiß sein.«

»Oh, nur keine Umstände.« Die erste Stimme klang leise, aber klar. »Uns ist jedes Zimmer recht.«

»Ich möchte meinen, er soll doch Umstände machen«, sagte die Gefährtin laut. »Er soll nicht einmal in Erwägung ziehen, Euer Ladyschaft nicht das beste Zimmer zu geben.«

»Ich ziehe das nicht im Traum in Erwägung«, sagt Boniface. Er wandte sich von der Zofe ab zu der Herrin. »Wäre es Ihnen möglich, Ladyschaft, wenige Minuten zu warten. Sie mögen sicher eine Erfrischung nach dieser nächtlichen Reise.«

»Aber gern«, stimmte sie zu. Ehe er sein Spielchen weiterspielen und ihr seinen Privatsalon anbieten konnte, trat sie an den nächsten leeren Tisch und setzte sich. »Zwei Glas Rotwein, bitte.«

»Haben Sie Mylady nicht gehört?« schnappte die Zofe. »Ein Glas Rotwein und einen Brandy, aber schnell!«

Trotz ihres Diensteifers hatte sie bereits die Zeit gefunden, ihre scharfen Züge in jede Ecke des Raumes zu wenden. Ihre Herrin hatte sich nicht die Mühe gemacht, sich umzusehen, aber glücklicherweise saß sie so, daß wir sie von Zeit zu Zeit beobachten konnten, ohne aufdringlich zu wirken. Es war ein Vergnügen von anderer Art, als Manon anzustarren. Wenn ein Mann von der letzteren nicht betört war, konnte er sie doch nur auf eine einzige Weise sehen, aber rieb sich die Augen, wenn er auf die kühle Schönheit sah, die nun diesen Raum mit uns teilte. Wenn auch ihre Züge reifer waren und die allgemeine Erscheinung die einzige Ähnlichkeit darstellte, erinnerte sie mich doch an Rosalette. Ich glaube, es war, weil sie die gleiche Eigenschaft hatte, einem unaufdringlich das Gefühl zu vermitteln, daß ihr Charakter und ihre Schönheit aus einem Guß waren.

Allzubald war zu meiner Enttäuschung das beste Zimmer im Haus fertig. Die Lady ging hinaus und ließ einen dunkleren Raum zurück.

»Du kennst so viele Leute in Literaria«, sagte ich, als wir uns wieder dem Wein zuwandten. »Hast du eine Ahnung, wer sie ist?«

»Nein«, antwortete Golias. Er hatte einen entrückten Blick in den Augen und war eine Weile sehr schweigsam.

Mitten in der Woche in einem kleinen Kaff wie Upton überraschte es nicht, daß sich die meisten der örtlichen Barbesucher früh zurückzogen. Einer nach dem anderen verschwanden auch unsere Mitgäste, bis wir schließlich den Schankraum für uns allein hatten.

»Und jetzt«, erklärte Golias, »ist es an der Zeit, zu singen.«

Er stimmte ein paar Lieder an, und ich kam mit einem meiner Schaustückchen heraus, einer Ein-Mann-Demonstration eines Männergesangvereins, der »Das Wrack der Hesperus« zum besten gibt. Ich war richtig in Stimmung, aber ich war noch aufnahmebereit, weil ich mehr wußte als zuvor, als er mit dem Lied herauskam, auf das ich gewartet hatte. So, wie er mich dabei ansah, war ich sicher, es war neu.

Mir ist eins, wer sie ist oder daß sie mich grüße;
Für mich war Blanchefleurs Lächeln nie noch Enids schmale Hand,
Doch zu wissen, daß sie leben, gibt dem Leben die Süße:

Nur zu haben gekannt
Das Gesicht einer jeden war schön und der Gnade
Fülle für mich;
Und hier war ihr Ebenbild oder eine noch schöner als
sie;
Im Vorbeigehen nur sind sie zu sehn, doch sanft sie
besitzen darf ich
Und verliere sie nie.

Ich konnte an seinem Gesichtsausdruck sehen, daß es mit dem Lied etwas auf sich hatte, aber er kam nie dazu, es zu beenden. Wir waren so in unseren Gesang vertieft, daß wir andere Geräusche nicht wahrgenommen hatten – insbesondere das eines herannahenden Pferdes. Wir hatten in der Tat Manons beflissenen Liebhaber fast schon vergessen, als er die Tür aufriß und mit zwei Stufen auf einmal die Treppe hocheilte.

Wir tauschten betretene Blicke aus und lauschten, als er klopfte. Als nächstes begann er an die Tür zu hämmern. Die erwartete Explosion erfolgte jedoch nicht. Wir hörten Manons Stimme, aber was immer sie auch sagte, ließ den Jungen langsam die Treppe wieder hinabgehen. Er war so gedankenversunken, daß er nicht merkte, daß noch zwei weitere Personen im Schankraum saßen, daher fühlte er sich frei, mit dem Zimmermädchen zu reden, das er am Fuß der Treppe traf.

»Ist der Wirt in der Nähe? Nein, du reichst auch.« So unerfahren er in anderen Dingen schien, wußte er doch genug, um ihr Geld zu zeigen. »Madame . . . eh, meine Frau . . . ist krank, und es würde sie aufregen, wenn ich heute nacht ihr Bett teilte. Würdest du mir bitte ein anderes Zimmer zeigen?«

Ich wußte nicht, was ich am meisten bewunderte, die Frechheit des Mädchens oder die unverfrorene Weise, wie Jones sein Glück herausforderte. »Lucius muß zufriedenstellend gewesen sein«, bemerkte ich. »Nun, da brauchen wir uns keine Sorgen zu machen, wegen des Verhaltens unseres Kumpans Prügel einstecken zu müssen.«

Golias sah immer noch verstört aus. »Lucius hätte das nicht tun sollen. Es erinnerte mich daran, was der Cu Roi MacDairi Cuchullain angetan hat. Es war gut, daß er Cuchullain eins auswischte. Er konnte jedermann in Literaria in die Pfanne hauen, außer vielleicht Herakles. Leider sind sie nie in einem Wettkampf aufeinandergetroffen.«

Golias teilte den Rest der Flasche sorgfältig auf. »Wie ich sagte, es war in Ordnung für MacDairi, Cuchullain herumzuschubsen, weil es bis zu diesem Punkt ein fairer Kampf war – ein paar hundert zu eins gegen MacDairi –, aber als er Setanta am Boden hatte, rieb er ihm Mist in die Haare. So etwas erzeugt Rache, wenn nicht von seiten des Geschädigten her, dann durch das Gesetz des Deliers, das mit Füßen getreten wurde. Ich fürchte, Lucius wird seine Tat noch bereuen.«

XIV Eine kalte Dusche für Lucius

Schon früh am nächsten Morgen erlebte ich, wie sich Golias' düstere Prophezeiung bewahrheitete. Ich war aufgewacht und hatte mich gerade zu einem weiteren Schläfchen umgedreht, als Jones hereinkam und sich auf die Pritsche warf – ein niedriges Ding, das auf Rollen unter dem Doppelbett stand, welches Golias und ich teilten –, die er bislang nicht benutzt hatte. Mein erster Gedanke war, daß er sich verausgabt hätte, was kein Wunder wäre, aber er begann sich zu winden und sein Kissen mit geballten Fäusten zu bearbeiten. Sodann sprang er auf und ging, als sei er unfähig, still zu liegen, im Raum auf und ab. Und dabei stöhnte er.

Schließlich war ich wach genug, um neugierig zu werden. »Was ist los?« gähnte ich. »Hat der Vogel jemanden mit einem stärkeren Rücken gefunden?« Langsam kam er aus einer Versenkung heraus, als sei er für alle Gedanken außer seinen eigenen nur schwer empfänglich. »Oh, hallo, Shandon. Ich dachte, du schläfst noch. Was hast du gesagt?«

Als ich meine Frage wiederholte, zuckte er zusammen, als hätte ich etwas unter seine Fingernägel geschoben. »Diese geile kleine Hexe! Ich wünschte, ich hätte nie von ihr gehört. Nein, ich habe kein Recht, sie zu verwünschen. Es war alles meine Schuld. Es wäre nicht passiert, wenn ich ihr nicht halbwegs entgegengekommen wäre. Was ich tat, tat ich aus freien Stükken, und jetzt muß ich die Folgen tragen.«

Ich begann mir Sorgen zu machen. »Sag mir nicht, du hast herausgefunden, daß sie etwas hat?«

Er war so verstört, daß er nicht einmal wußte, wovon ich redete. »Um die mache ich mir doch keine Sorgen«, sagte er, warf sich in einen Sessel und vergrub das Gesicht in den Händen. »Oh, verdammt sei diese Hexe und ihr Fluch!«

Seine Rufe weckten Golias. Wie gewöhnlich war er hellwach, sobald er sich aufsetzte.

»Erzähl, was geschehen ist«, forderte er ihn auf.

Jones schloß die Augen, als wolle er sie vor einem weiteren Anblick des Vorfalls schützen, den er erzählen wollte. »Ich brauche euch ja nicht zu erzählen, wo und mit wem ich die Nacht verbrachte.«

»Nein. Wir sind ja nicht von gestern.«

»Nun, um des Mädchens willen und im Interesse des guten Geschmacks beschloß ich, ihr Zimmer zu verlassen, sobald genügend Licht zum Sehen herrschte. Ich hatte nicht daran gedacht, daß auch andere Leute so früh aufstehen.« Er öffnete die Augen wieder. »Sagt mir, habt ihr zufällig eine andere schöne Frau gesehen – diesmal aber eine richtige Dame?«

Ich zog eine Grimasse, als eine Ahnung in mir aufstieg, was geschehen war. »Eine schöne Dame«, sagte Golias, und aufgrund seines ernsten Tones erkannte ich, daß er denselben Verdacht hatte. »Sie kam, kurz nachdem du uns verlassen hattest, um ein gewisses Taschentuch zurückzubringen.«

»Oh, Gott im Himmel!« schrie Lucius. »Wenn ich es doch nicht so eilig gehabt hätte, mich zum Narren zu machen! Wenn ich noch ein oder zwei Glas Wein gewartet hätte –« Er brach ab und schüttelte den Kopf. Dann sagte er tonlos, als könne kein Ausdruck seiner Stimme seiner Verzweiflung gerecht werden: »Freunde, die Dame, die zu sehen ihr das Glück hattet, und um die zu sehen ich mich brachte, und damit um jedes Anrecht auf künftiges Glück, war Hermione Steingerd ap Hawthorn. Sie und ihre Zofe kamen gerade vorbei, als ich das Zimmer von Miss Lescaut verließ.«

»Wie sollte sie wissen, daß es nicht dein eigenes Zimmer war?« fragte ich.

»Miss Lescaut ließ daran keinen Zweifel.« Lucius streckte eine Hand aus, die einen Ring trug, der mir schon oft aufgefallen war, denn er trug einen Rubin von der Größe einer Maraschinokirsche. »Mir ist nie in den Sinn gekommen, daß sie mich ausplündern wollte, aber als ich ging, versuchte sie mich zu überreden, ihr diesen hier zu geben. Zufällig ist dies ein Geschenk von Lady Hermione aus glücklicheren Tagen. Als ich mich weigerte, wurde die Hure streitsüchtig, und im kritischen Augenblick, als ich die Tür öffnete, stand sie direkt hinter mir, nur dürftig bekleidet, und beklagte sich lautstark über meinen Geiz bei der Entlohnung ihrer besonderen Dienste.«

Er stand auf und ließ sich wieder in den Sessel fallen. »Ich konnte nicht sprechen, und meine Lady konnte es auch nicht. Sie ging vorbei, als existiere ich nicht.«

Ich erinnerte mich an das Mädchen, das ich gestern abend gesehen hatte, und an die Schlafzimmerpuppe, die er dafür eingetauscht hatte, und erkannte, warum er sich so elend fühlte. Mir schien, wenn er eine Frau haben wollte, sollte er Miss ap Hawthorn besser abschreiben, Prophezeiung hin oder her, und sich nach jemand anderem umsehen, sobald er wieder bei Atem war.

»Gibt es irgend etwas, was ich tun kann?« brach es aus Jones heraus, als wir beide schwiegen.

»Nun«, sagte ich, »du könntest dir die Kehle durchschneiden, aber wenn du lange genug wartest, dann willst du es vielleicht nicht mehr. Es ist hart, mein Junge, aber so ist nun mal das Leben.«

Mir tat Jones echt leid, aber es hatte keinen Zweck, ihm falsche Hoffnungen zu machen. Als er nickte und stumm meine Einschätzung der Lage akzeptierte, gab ich dennoch den Gedanken an weiteren Schlaf auf. Es wäre barbarisch gewesen, ihn mit seinen Gedanken allein zu lassen, und mit einem Seufzer schwang ich die Beine aus dem Bett.

»Gehen wir doch frühstücken«, murmelte ich.

Golias hatte noch nichts gesagt. »Wohin ist Lady Hermione unterwegs?« fragte er jetzt.

»Ich hatte noch keine Zeit, mich das zu fragen.« Lucius furchte die Stirn. »War außer der Zofe noch jemand bei ihr, als sie ankam?«

»Nein. Und abgesehen davon, daß sie ohne Begleitung war, reiste sie auch noch in der Postkutsche. Ist das nicht ungewöhnlich?«

»Vielleicht. Welchen Unterschied macht es schon?« fragte Jones. »Wenn ihr gesehen hättet, wie sie mich anblickte.«

»Sie hat vermutlich vor, dich jetzt immer so anzusehen«,

gestand Golias zu. Er schwang ebenfalls die Beine auf den Boden. »Aber wenn sie jemanden trifft, der schlimmer ist, findet sie dich vielleicht gar nicht mehr so übel.«

Das schien mir nicht sehr tröstend, aber Lucius richtete sich auf. »Glaubst du, sie ist in irgendeiner Gefahr?«

»Ich habe keinen Grund, irgend etwas zu glauben. Aber ihre Handlungsweise ist ungewöhnlich, und dafür muß es einen Grund geben. Sicher, wenn *mir* an dem Wohlergehen einer jungen Dame läge . . .«

»Und ob mir daran liegt! Ich würde alles tun, und es ist mir auch egal, wenn sie nie wieder mit mir spricht, wenn es ihr nur gutgeht.«

»In diesem Fall«, sagte Golias und griff nach seiner Hose, »liegt unsere nächste Aufgabe darin, ihr auf der Spur zu bleiben. Das können wir tun, und auch die nähere Umgebung ihres Zieles erkunden, indem wir bei den Kutschenstationen nachfragen. Glücklicherweise sind Wirte von Natur aus sowohl aufmerksam als auch geschwätzig.«

Ob er nun daran glaubte oder nicht, daß der vorgeschlagene Kurs etwas nützte, es war Medizin für Lucius. Er strahlte zwar nicht gerade, aber das konnte man ja auch nicht von ihm erwarten, doch er sah einen Grund, weiterzuleben. Er aß auch gut, was er andernfalls vermutlich nicht getan haben würde. Jeder grimmige Mund voll, das konnte man sehen, waren notwendige Vitamine, um den Kampf gegen Miss ap Hawthorns bislang hypothetische Feinde aufzunehmen.

Wir fanden heraus, daß die Kutsche, mit der sie abgereist war, in einen Ort auf dem Weg nach Ilion ging, daher blieben wir auf der Watling Street. Es nieselte und war noch früh, daher sah Theben fast verlassen aus, als wir durchzogen. Boniface hatte uns gesagt, daß ein Wirtshaus wenige Meilen hinter der Stadt der nächste Haltepunkt der Kutsche sein würde. Als wir dort ein Bier tranken, fanden wir heraus, daß Miss Hawthorn und ihre Zofe weiter nach Westen gezogen waren, und das taten wir ebenfalls.

Von da an machte dichter Nebel den Weg beschwerlich. Gegen Mittag hatten wir ihn hinter uns gelassen, und ungefähr um dieselbe Zeit kamen wir in Sichtweite eines kirchlich aussehenden Gebäudes, wo wir, wie Golias sagte, mit einem Mittagsmahl rechnen konnten. Als wir uns jedoch dem Haus von der einen Seite aus näherten, stürzte sich uns von der anderen eine schreiende und johlende Truppe entgegen. Sie kamen zuerst an und ließen alle Höflichkeit bei der Ankunft außer acht. Wir sahen, wie die Vorhut mit Leitern voranstürmte. Da sie auf keine Gegenwehr trafen, schwärmten die Männer bald über die Mauern.

Jones und ich blieben stehen. »Mischen wir uns lieber nicht ein«, sagte ich. »Sollten wir nicht besser einen Umweg machen?«

»Ja«, stimmte Golias zu, »aber gehen wir besser nicht zu weit, damit wir sehen können, was vor sich geht. Es könnte gut werden.«

Es hörte sich nicht gut an. Als wir bei unserer Umgehung etwa auf der Höhe des Gebäudes waren, hörten wir Schreie und Heulen und Gnadenrufe, vermischt mit Fußgetrappel, dem Geklirr von Waffen und schrecklich knirschenden Geräuschen.

Mir wurde übel. »Schnell!« knurrte ich Golias zu, der hinter uns herblieb und dabei hinüberstarrte.

Bislang hatte es nichts zu sehen gegeben. Die Mauern verbargen die Untaten der Armee, deren kollektive Stimme – als Unterstimme zu den anderen beunruhigenden Lauten – dem zufriedenen Schnauben einer Bulldogge glich, die ihre Beute im Griff hat. Jetzt veränderte es sich. Alle Geräusche wichen nun einem einzigen Angstgeschrei:

»Wartet!« rief uns Golias zu.

Er hatte das Wort kaum ausgesprochen, als die Männer über die Mauern zurückkamen. Einige von den Vorderen wurden so panisch von ihren Hintermännern nach vorn gestoßen, daß sie regelrecht über die Mauer flogen. Andere wurden zurückgezerrt und gerieten unter die Füße ihrer Kollegen, die zu ungeduldig waren, zu warten, bis sie an der Reihe waren. Die von der Mauer Gefallenen bremsten den Sturz der Nachfolgenden. Dies war nackte Panik, aber ich war zu erstaunt, um wirklich entsetzt zu sein. Mein Hauptgefühl war Neugier darüber, was einen so großen Trupp in solche Angst hatte versetzen können.

Die meisten liefen ziellos herum, als sie herausgekommen waren, offensichtlich unfähig, eine bestimmte Richtung zu wählen, aus Angst, es könne die sein, die die Streitmacht der Verfolger wählen würde. Eine Gruppe von ein paar hundert Leuten floh jedoch die Watling Street hinab.

»Da ist Bruder John!« rief Golias plötzlich aufgeregt. »Jetzt paßt auf!«

Selbst dann war mir noch nicht klar, daß der Glatzkopf in der groben Kutte nicht zu den Fliehenden gehörte. Ich kapierte es erst, als er zu den anderen aufschloß und eine Keule schwang. Sie wirkte eigentlich nicht wie eine Waffe – von meinem Standpunkt aus sah sie aus wie ein langhändiger Tomahawk – aber er wußte, wie man damit umgeht. Der erste Schwung jagte ein Dutzend Soldaten in die Luft. Drei oder vier Köpfe machten ein Solo, ehe sie auf den Boden schlugen, und die meisten anderen Männer, die nicht enthauptet waren, regten sich auch nicht mehr.

»Allmächtiger Gott!« rief Lucius.

»Das ist Technik«, bemerkte Golias. »Auch eine Menge Kraft dahinter. Ich glaube, es ist der Schwung aus dem Handgelenk und die genaue Berechnung.«

Ihm schien es zu gefallen, wie sich die Dinge entwickelten, und mir wurde bewußt, daß es mir ebenso erging. Die Bande hatte Zoff gesucht, und sie bekam ihn auch. Ich sah zu, wie der Glatzkopf jeden Mann auf der Straße niedermähte und dann zu einer Brigade Flüchtender auf den Feldern sprintete.

»Nun, ich kann nur sagen«, keuchte ich, »daß er ein verdammter Hurensohn ist. Da, er hat sie erwischt. Sieh mal, wie er das Ding schwingt.«

Er traf sie oben, unten und in der Mitte. Er hakte sie mitten in der Luft auf und spaltete sie, noch ehe sie auf dem Boden auftrafen. Er schlug ihnen die Köpfe ein, schnitt Beine ab, schlitzte Bäuche auf und zerstampfte sie zu Brei. Er erntete Schwadronen, zermalmte Kompanien, zertrümmerte Bataillone und räumte mit Regimentern auf. Ich vermute, er hätte als Wiesel im Hühnerhof weitermachen können, bis sie alle tot waren, aber als er sie so weit zerschlagen hatte, daß keine Hoffnung mehr auf Widerstand bestand, setzte er sich unvermittelt nieder.

»Bringt mir Wein!« schrie er. »Ich habe Durst!«

»Sehen wir zu, daß wir auch etwas zu trinken bekommen«, sagte Golias.

Da ich Leute kannte, zu denen ich lieber gegangen wäre, war ich dankbar, als sich Jones einmischte. »Es ist kein guter Zeitpunkt für Fremde, ihnen lästig zu fallen, fürchte ich.«

»Oh, sie können an unseren Kleidern sehen, daß wir nicht aus diesem Teil des Landes stammen«, sagte Golias. »Kommt schon.«

Wie ich befürchtet hatte, führte er uns direkt zu der Stelle, wo der Glatzkopf sich ausruhte. Aber seine Glatze bildete keine Besonderheit. Auf sein Brüllen nach Wein hin waren mehrere Bewohner des Gebäudes herbeigekommen und brachten große Korbflaschen mit dem fraglichen Getränk. Und ihre Köpfe waren alle kahl und sonnenverbrannt.

Nachdem sie dem Erfolg Bruder Johns auf die erwünschte sachdienliche Weise Bewunderung gezollt hatten, verweilten die Neuankömmlinge nicht weiter. Statt dessen stellten sie sich auf und marschierten unter Absingen eines Psalms davon. Ihr Held war daher allein, als wir uns ihm näherten. Golias ging uns sechs große Schritte voran.

»Gute Arbeit, John«, sagte er.

Zu meiner Erleichterung griff der Bursche nicht nach seiner Waffe. Statt dessen blickte er auf die Haufen von Menschen, die er abgemetzelt hatte.

»Ich war immer schon ein friedliebender Mann«, bemerkte er und schnalzte mit den Lippen. »Sie machten mich wütend.«

»Das war ein Fehler, den viele von ihnen nicht noch einmal begehen werden.« Ich wollte ihn nicht wütend machen und berührte daher seine Waffe nicht, wenn ich sie mir auch so genau wie möglich ansah. Sie sah auffallend nach einem Kruzifix aus, wie man es bei einer Prozession trägt. Ich schüttelte den Kopf. »Was war denn der Grund?«

Er kippte einen Bierkrug voll Weißwein hinunter und füllte ihn nach. »Ich bin ein friedlicher Diener des Herrn«, wiederholte er, »als daher die Lernisten in unser Land eindrangen, entgegen aller Gesetze der Christenheit, den Geboten der Diplomatie, dem Rat des guten Geschmacks, dem Wohlgefallen von König Grangousier, den Wünschen meiner Landsleute, dem Interesse ihrer eigenen Angelegenheiten und dem Rat ihrer Frauen, die nun in der glücklichen Lage sind, zu den Überlebenden zu sagen: ›Ich habe es euch doch gleich gesagt‹, da murmelte ich nur ein Gebet für ihre Seelen. Als sie begannen, unsere Städte zu plündern und niederzubrennen, schenkte ich ihnen ein *pax vobiscum*. Als sie Frauen zu vergewaltigen begannen, sagte ich nur ein paar *Aves*. Als sie dazu übergingen, unsere Männer zu töten, antwortete ich mit einem *Paternoster*. Als sie in die heiligen Stätten unseres Ordens drangen, bestand mein einziger Kommentar, wenn ich mich recht erinnere, in drei Rosenkranzperlen. Aber als ich sah, wie sie unsere Trauben stahlen und die Reben niedermähten, da verlor ich die Geduld.« Er schluckte seinen Wein, füllte den Becher wieder und hielt ihn hoch. »Magst du was, Golias?«

Wir tranken alle der Reihe nach, wenn auch nicht so herzhaft wie er. Es war ein guter Wein. Großmütig sah uns Bruder John zu.

»Ich glaube, wo diese armen Sünder am meisten irrten«, sagte er, »war in dem Versuch, das Gleichgewicht der Natur durcheinanderzubringen, das der eine, allmächtige und heilige Gott eingerichtet hat, als das Universum aus seinem Geiste entsprang – einfach, weil es ihm einfiel und es dadurch Tatsache wurde –, so wie Athene aus dem Haupt des Zeus entsprungen ist, zu seiner großen Erleichterung.«

In der Nähe regte sich eines der Opfer, aber er tat es kein zweites Mal, weil ihn Bruder John mit dem stumpfen Ende seiner Waffe anstieß. »Unglücklicherweise«, fuhr er fort, »kann nur eine Gottheit sich eine Frau so leicht aus dem Kopf schlagen, aber das war es nicht, was ich sagen wollte. Das Universum, so wie es von Gott erdacht und erschaffen ward, wird durch eine Reihe natürlicher Beziehungen zusammengehalten. Ich bin an der Reihe, mein Freund.« Er nahm mir den Becher ab und ließ ihn wieder vollaufen. »Was zum Beispiel hält Muschelschalen zusammen?«

»Nun«, antwortete ich. »Ich habe der Struktur von Muscheln nie viel Aufmerksamkeit geschenkt.«

»Eine Muschel hält Muschelschalen zusammen«, verkündete er nach dem Trinken, »und umgekehrt hält die Schale die

Muschel an Ort und Stelle und hält sie vom Wandern ab, einer Aktivität, zu der sie weder durch körperliche Kraft noch geistige Ausdauer ausgerüstet ist. Du siehst, wie die Dinge zum Gleichgewicht bestimmt sind? Wunderbar. Eine ähnlich enge Beziehung besteht zwischen Klosterbrüdern und Wein. Soweit ich es beobachten konnte, und ich habe genaue Studien über dieses Thema betrieben, ist das eine ohne das andere undenkbar. Der Klosterbruder ist der vorbestimmte Behälter für den Wein – der andernfalls falsch benutzt und verwahrt würde, und der Bruder würde auseinanderfallen, wenn er nicht den vinösen Schleim hätte, mit der die göttliche Vorsehung seine Nähte abgedichtet hat. Habt ihr schon gegessen?«

»Nein«, antwortete Golias. »Wir hofften, hier zu essen, wenn euer Haushalt nicht zu sehr durch die heutigen Geschehnisse durcheinandergebracht wurde.«

»Kommt rein. Ich werde dafür sorgen, daß ihr etwas bekommt.« Bruder John nahm den einzigen Krug, in dem noch etwas übrig war. »Da die Last des Tötens all dieser irregeleiteten Sünder auf mich fiel, werde ich das Geschäft des Einsegnens und Begrabens – was in diesem Fall ebenso ist, als ziehe man den Deckel zur Hölle unter ihnen weg, nachdem man ihnen *bon voyage* gewünscht hat – den anderen Brüdern meines Ordens überlassen. Ah, es ist Zeit zum Gehen. Hier kommt die Gebet- und Schaufelbrigade.«

Wir labten uns an kaltem Schinken, Wildbret, Kapaun, Roastbeef, Salami, Mortadella, Leberwurst, Schnepfe, einem halben Dutzend leckerer Käsesorten und jenem Wein, der zu allem einzigartig gut zu passen schien. Selbst Jones, das sah ich dankbar, genoß das Essen. Den ganzen Morgen war er finster wie ein Zombie gewesen, aber unter dem Einfluß unserer guten Laune und Bruder Johns Unterhaltung begann er sich besser zu fühlen. Nach einer Weile bestand er nicht mehr darauf, daß wir es kurz machten und uns wieder auf den Weg begaben.

Was mich angeht, so hatte ich nie viel mit Männern der Kirche zu tun gehabt, und ich fand, daß mir etwas entgangen war. Natürlich wies unser Gastgeber selbst darauf hin, daß er kein typischer Vertreter seiner Gattung war. Er brachte uns zum Beispiel ein Lied bei. Es gefiel uns, und wir sangen es, als wir wieder auf die Watling Street gingen.

Zuweilen arbeiten unsere Gedanken auf zwei verschiedenen Ebenen, und so war es bei mir in diesem Fall. Eine Hälfte gab sich fröhlich dem Augenblick hin, während die andere Hälfte eine neue Idee überlegte. Mich hatte beeindruckt, daß dieser Bruder so wohlinformiert war und aus dieser Tatsache eine Menge Spaß zog. Wenn ich in der Vergangenheit etwas herausfinden wollte, dann nur aus irgendwelchen naheliegenden Gründen. Jetzt erhaschte ich einen flüchtigen Einblick davon, daß ein Ding um seiner selbst willen eine Quelle der Freude sein konnte. Zum Beispiel das Lied, das wir grölten. Es gefiel mir nicht schlecht, aber ich hätte mehr darüber lachen können, wenn ich, wie meine Freunde, die darin vorkommenden Personen gekannt hätte. Von da an beschloß ich, von Golias und anderen Quellen, die sich boten, alle Daten aufzuspeichern.

Aber, wie ich sagte, diese Entscheidung traf die ernstere Hälfte meines Gehirns, und sie hatte nichts mit der Aufmerksamkeit zu tun, die die andere Hälfte der Aufgabe widmete, so viel Krach wie möglich zu machen.

Zeus der Alte hatt ein junges Rind im Stall;
Hera schallte, dieses Tier sei nicht ihr Fall,
Und, so grollt sie, sie säh dem nicht lange zu;
Niemals wollt sie weichen einer dummen Kuh.
Auf Zeus und seine heißen Hosen! Er tat sich niemals zieren.
Er konnt ihr noch so viel erklärn,
Sie wollte sein Geschwätz nicht hörn,
Er konnte tausend Eide schwörn,
Er sei ein Freund von Tieren.

Als wir das Lied erst einmal verdaut hatten, machten wir jede Menge nette Entdeckungen. Der Bruch in der Zeilenmitte war bewundernswert komponiert. Es war dabei Zeit für einen Schluckauf oder einen Rülpser, ehe wir mit einem Stampfen oder Schlurfen den ersten Akzent der zweiten Hälfte betonten.

Der Adonis war ein hübscher junger Spund,
Doch da, wo es wirklich zählt, da litt er Schwund.
Aphrodite schwang die Hüften noch und noch,
Doch sie kriegte diesem Jüngling keinen hoch.
Auf den jungen Adonis! Er starb früh und ungeküßt.
Er jagte und verfehlt' ein Schwein,
So kam er um, statt sich zu freun,
Ach, könnt zu mir gekommen sein,
Was ihm entgangen ist.

Ein Kentaure war 'ner Lapithein hold,
Darum rauben er das junge Mädchen wollt;
Doch die Schöne zeigt sich ungerührt und barsch,
Und sie tönte, er sei bloß ein Pferde–

»Halt!« rief Jones. »Da ist eine Frau.«

Natürlich hatte *er* sie gesehen, wenn auch nur ein Kopf zu erkennen war. Dann tauchte der Rest von ihr auf, als sie aus einem Graben neben der Straße kroch. Sie war zerzaust und schmutzbeschmiert, und alles andere als attraktiv. Sie schien auch benommen und nicht sicher zu sein, wo sie war, als sie zuerst nach Westen und dann zu uns nach Osten blickte. Dabei stieß Golias einen erstaunten Ruf aus.

»Das ist die Frau, die gestern abend bei Lady Hermione war.«

Einen Moment später sprach sie selbst. »Herr Lucius!« krächzte sie. »Oh, Herr Lucius!«

Wir waren inzwischen alle wieder nüchtern, weil wir erkannten, daß dies Schlimmes bedeutete, und Jones war natürlich in Panik.

»Was ist geschehen?« schrie er, als er auf sie zusprang. »Sag mir, wo sie ist!« Er kam bei der Frau an, blieb dann hilflos stehen und stützte sie. »Oh, mein Gott! Sie ist ohnmächtig geworden.«

Sie kam nicht wieder zu sich, wenn wir uns auch Mühe gaben, bis Golias einen Vorschlag machte. »Man sagt«, bemerkte er, »das beste Heilmittel sei, einen Stein zu nehmen und den Verstand wieder in die Birne des Patienten zu schlagen. Gib mir den Stein, Shandon. Nicht den kleinen, den großen mit den Zacken.«

»Sie kommt wieder zu sich!« schrie Lucius.

Und die Lider flatterten hoch, blieben offen. »Sag mir, wo meine Hermione ist«, drängte Jones.

Sie zuckte mit den Schultern, die er hielt. »Niemand kümmert sich um mich. Ich bin schließlich verletzt worden.«

»Natürlich kümmern wir uns um dich«, beeilte sich Jones zu sagen, »aber wir wollen wissen, warum sie nicht bei dir ist.«

»Leute, die ohnmächtig werden – ich meine, richtig«, fügte sie hinzu und blickte beleidigt zu Golias, »erinnern sich nicht an vieles.«

Golias zückte unter seinem Mantel das Messer. »Wir müssen sie zur Ader lassen, um ihr Gehirn zu klären«, schlug er vor.

Ich hatte bereits gemerkt, daß er nicht so abgebrüht war, wie er sich gab. »Die moderne Medizin«, bemerkte er, »vertritt die Ansicht, daß der Patient am erfolgreichsten durch die Halsschlagader zur Ader gelassen wird. Kipp den Kopf zurück, Lucius.«

Mit einem Kreischen setzte sie sich auf. »Ihr findet es wohl komisch, wenn man gefesselt und aus einer Kutsche geworfen wird und stundenlang in einem schmutzigen Graben liegt. Und das in meinem besten Kleid.«

»Natürlich bist du verstimmt. Das haben wir nicht bedacht«, besänftigte sie Golias. »Lassen Sie mich hinzufügen, daß es sehr geschickt von Ihnen war, aus den Fesseln freizukommen.«

»Nicht wahr? Und ich habe auch nicht um Hilfe gerufen.« Sie lächelte ihn an und bedachte uns mit dem Rest ihres Sonnenscheins. Sie wollte nur Anerkennung, und ihr hatte gedämmert, daß die Rolle der Heldin fast ebenso dramatisch sein konnte wie die der Leidenden. »Habe ich schon gesagt, daß sie mich auch geknebelt hatten?«

Dieses sinnlose Geschwätz war mehr, als Lucius ertragen konnte. »Sie haben aber jetzt keinen Knebel im Mund, Mrs. Jenkins. Um Himmels willen, erzählen Sie uns, was geschehen ist.«

»Sie meinen, nachdem wir Sie und Ihre Freundin heute morgen gesehen haben?« Das war ein gemeiner Stich, und der arme Jones schluckte schwer. Nachdem sie ihn wegen seiner Ungeduld gestraft hatte, lächelte sie wieder und fuhr fort. »Nun, die Kutsche kam früh und hätte auf uns gewartet, aber die Lady wollte nicht unter dem gleichen Dach das Frühstück einnehmen, unter dem Sie waren, und ich kann sagen, ich verstand das gut, so ausgehungert wir auch waren. So machten wir uns also auf, und es gibt ja nichts Schlimmeres, als mit einem leeren Magen, ohne was zu essen, in einer Kutsche zu fahren, die dazu noch ein schlechtes Rad hat, das kann ich Ihnen sagen. Erst bei der ersten Zwischenstation hinter Theben haben wir gegessen, und ich war fast ohnmächtig.«

Lucius ballte in Agonie die Fäuste zusammen. »Bitte«, stöhnte er.

Sie überging jenen schwachen Einwurf. »Nun, es war ein gutes Frühstück, als wir erst einmal da waren; denn ich kann mich an drei nette Lammkoteletts erinnern, und ich würde sie jederzeit gern wieder essen. Gott sei Dank war es also nicht auf einen leeren Magen, als diese Männer die Kutsche anhielten, uns mit Pistolen bedrohten und herausrissen und in eine andere Kutsche sperrten. Ich wäre sonst sicher ohnmächtig geworden.«

Jones traute offensichtlich seiner Stimme nicht mehr und sah uns flehend an. »Wie weit hinter der Zwischenstation war das?« fragte ich.

»Es muß ungefähr eine Stunde gewesen sein, weil diese Lammkoteletts gerade wieder leichter zu werden begannen.«

»Das war ungefähr in der Mitte des nebligen Gebiets«, überlegte Golias, »wo die Straße durch das Moor bei Herewards altem Schlupfwinkel führt. Wie viele Männer waren es, Mrs. Jenkins?«

»Es waren vier, und einer hatte sehr starke Arme, als sie sie um den Körper faßten und hochhoben. Es schmeckte auch gar nicht übel, als ich ihn biß, aber der andere, der mich knebelte, war eklig.«

»Nicht alle Männer kommen Lammkoteletts als Nahrung gleich«, wandte Golias ein, »und das ist vermutlich auch gut so. Ich verstehe es so, daß die anderen beiden deine Herrin knebelten und banden?«

»Ja, als sie mich in die Kutsche warfen, war meine Lady schon da, wie zu erwarten war. Diener müssen immer warten.«

»Wenn sie sich die Mühe gemacht hatten, dich in die Kutsche zu werfen, warum haben sie dich nicht dort gelassen?« wollte ich wissen.

»Anstelle meiner Lady? Nun, über Geschmack kann man nicht streiten, aber sie hat auch nicht den einen in den Rücken getreten, als er sich aus der Tür lehnte, um dem Fahrer etwas zu sagen. Es stellte sich heraus, daß die Tür nicht fest geschlossen war, und . . .«

»Ich dachte, ihr wärt gefesselt gewesen?«

»Nun, das war ich auch.« Sie versuchte, sich Schlamm von der Wange zu streichen, aber sie verschmierte sie nur noch mehr.

»Nun, wenn einem die Beine zusammengebunden sind, kann man einen Mann zwar nicht mit einem Fuß in den Hintern treten, aber es hält keinen ab, es mit zweien zu tun, wenn man ihn nur erreichen kann. Er trat mir auf die Zehen, als er aufstand, um sich aus dem Fenster zu lehnen, und das machte mich rasend, und von dem Hinterrad überrollt zu werden, nachdem ich ihn getreten hatte, machte wiederum ihn rasend, daher hat er mich rausgezerrt, noch ehe er wieder Luft hatte, um zu fluchen. Ich landete also im Graben, und die Kutsche fuhr fort.«

»Haben Sie irgendeinen der Männer erkannt?« fragte Golias.

Sie stand auf, und wir erhoben uns mit ihr. »Diese Art von Männern zählt nicht zu meinen Bekannten. Nicht, daß ich überhaupt heutzutage Männerbekanntschaften pflegen würde – ständige, meine ich –, aber ich hatte immer viele Anträge.«

»Aber«, platzte Lucius heraus, »haben Sie sie denn nichts sagen hören? Haben Sie denn keine Ahnung, wer sie waren oder warum sie diese Unverfrorenheit begingen?«

»Ich habe schon darauf gewartet, daß einer von Ihnen das fragen würde.« Sie strahlte vor Selbstzufriedenheit. »Wenn Lord Ravan nicht als der Mann bekannt werden will, dessen Männer mich und meine Lady mißhandelt haben – sie zwar nicht so viel –, dann hätte er nicht einem von ihnen den Brief geben sollen, versiegelt mit seinem Ring, den ich viele Male gesehen habe, wenn er mich bezahlte, und zwar immer recht großzügig, das muß ich sagen, weil ich für ihn die Liebesbriefe zu Sie-wissen-schon-Wem brachte. Jedenfalls muß der Bursche, den ich trat, ihn zusammen mit den beiden Zähnen auf der Straße verloren haben, und da er nur an mich dachte, hat er ihn übersehen. Das hätte ich auch, wenn ihn nicht der Wind direkt in den Graben geweht hätte, und auch dort öffnete ich ihn erst, als ich meine Hände wieder frei hatte.«

XV Richtungswechsel

Die Notiz, die Mrs. Jenkins hervorzog, sagte nicht viel und nichts Eindeutiges. Adressiert war sie an Elias Hoseason und enthielt nur die Worte:

»Halte Ausschau, wonach du Ausschau halten sollst. Ich werde aufgehalten. Bring alles Wertvolle dorthin, wo ich sein könnte, und warte dort.« Es war keine Unterschrift darunter, aber ein Wappen in Wachs. Jones nahm es in Augenschein und identifizierte es als Don Rodrigos Siegel.

Er ließ das Papier fallen und packte Mrs. Jenkins an der Schulter. »Wohin fuhr die Kutsche? In die Hauptstadt, zu einem Anwesen oder wohin? Sprich, verdammt noch mal!«

Sie war zum ersten Mal zu erschrocken, um zu reden, und begann zu wimmern. »Nicht, Herr Lucius! Ich habe es doch nicht getan!«

»Ruhig, Junge«, sagte ich. »Sie kann nicht reden, wenn du sie zu Tode ängstigst.«

»Siehst du denn nicht, daß er sie in der Gewalt hat? Dieses Schwein hält sie gefangen! Ich muß sie finden und ihn umbringen!«

»Sie sind nicht zusammen.« Golias, der das Papier aufgehoben hatte, schob es Jones vor die Nase. »Daher mußte er das hier schicken. Willst du jetzt still sein und uns helfen, das Nötige herauszufinden?«

Als Lucius die Nachricht ein zweites Mal las, wich einiges von der Wildheit aus seinem Gesicht. »Er schreibt, er werde aufgehalten, ist es nicht so?«

»Ja«, bestätigte ich ihm. »Halte dich an diesen Gedanken, während wir versuchen, mehr herauszufinden. Haben sie irgend etwas gesagt, was es wert ist, wiederholt zu werden, Mrs. Jenkins?«

Sie hatte ihre Selbstkontrolle wiedererlangt. »Nun, einer von ihnen sagte, sie sei eine Schönheit, aber ob er mich oder Mylady meinte, weiß ich nicht, und ich möchte lieber nicht raten.«

Ich versuchte, nicht gequält auszusehen. »Haben sie irgend etwas gesagt, was Ihnen eine Idee gab, wohin sie gehen würden?«

»Nein.« Sie sah frustriert aus, zu einer einzigen Silbe gezwungen zu sein. »Das heißt – nein.«

»Dein Zeuge«, sagte ich zu Golias.

»Gehen wir zurück zu der Zeit vor dem Überfall«, meinte dieser. »Es geht deutlich aus dem Text von Ravans Botschaft hervor, daß er diesem Hoseason befohlen hat, auf eine Gelegenheit zu warten, Lady Hermione zu entführen. Als er herausfand, daß sie über die Watling Street fuhr, ist er ihr vorausgeeilt und hat auf sie gewartet, wo der dichte Nebel einen Überfall relativ leicht machte. Aber wie konnte sie ihm eine so ausgezeichnete Gelegenheit geben? Warum haben Sie sich überhaupt auf diese Reise gemacht?«

»Genau!« Lucius wurde wieder lebendig. »Das wollte ich selbst schon fragen.«

»Nun, das hätten Sie tun sollen, anstatt einen zu Tode zu erschrecken«, bemerkte Mrs. Jenkins. »Nun, ich bin gegangen, weil sie das auch tat, da der alte Hawthorn ja keine Zofe gebrauchen kann, zumindest nicht für ehrenwerte Zwecke – und er braucht gar nicht zu denken, der alte Schurke, es brächte ihm etwas, wenn er um mich herum stolziert und gluckt. Was die Lady angeht, so hat sie gepackt, und zwar ohne es dem alten Hawthorn zu sagen, dem das nicht gefallen hätte, besonders nicht wegen eines armen Bastards. Jedenfalls hat sie gepackt, weil sie dachte, Meister Lucius hier würde in die Stadt gehen.«

»Was!?« schrie Lucius. »Aber als ich noch zu Hause war, hat sie nicht einmal mit mir geredet.«

»Nun, sie sagte, sie habe herausgefunden, daß Lord Ravan böse Dinge über Sie in Umlauf gebracht hat, um Sie anzuschwärzen, und sie wollte Ihnen sagen, daß es ihr leid täte, ihm geglaubt zu haben.«

»Oh!« Das Wort kam, als sei es aus ihm herausgeschlagen worden.

»Nun, in Upton«, fuhr sie fort, »hat meine Lady herausgefunden, daß Lord Ravan vielleicht doch nicht gelogen hatte, aber sie wollte nicht nach Hause zurückkehren, bis sich der alte Hawthorn abgekühlt hätte, weil sie weggelaufen war, daher beschloß sie, Freunde in der Hauptstadt zu besuchen, worüber ich froh war, denn ich war noch nie da. Sie hat den ganzen Weg geweint und gejammert, und –«

»Das reicht«, unterbrach sie Golias.

Sie zwinkerte mit den Augen und blickte beleidigt. »Sie haben mich doch gebeten, alles zu erzählen?«

»Und jetzt bitte ich Sie, aufzuhören«, entgegnete er, »und wenn Sie das nicht tun, werden wir irgendwo den Knebel finden und ihn wieder an seinen Platz stecken.« Er wandte sich zu Jones. »Reiß dich zusammen, Lucius. Was könnte so wichtig sein, daß es Don Rodrigo davon abhält, eine Dame zu treffen, nachdem er sich schon die Mühe gemacht hat, sie zu entführen?«

Jones unternahm offensichtlich alle Anstrengungen, seine Gedanken in die Reihe zu bringen, trotz des Unglücks, das sie vernebelte. »Er würde nur fortbleiben«, sagte er vor sich hin, aber laut, um sich zu konzentrieren, »wegen des Königs. Natürlich!« Sein Gesicht heiterte zwar nicht auf, aber Eifer ersetzte den Ausdruck hoffnungslosen Leidens. »Er muß an den Hof gegangen sein, entweder, weil der König ihn für irgend etwas braucht, oder um sein Revier zu verteidigen und seinen Platz als königlicher Favorit zu behaupten.«

»Gut«, meinte Golias. »Aber das sagt uns noch nicht, wo Lady Hermione ist.«

»Nein«, stimmte Lucius zu, aber anstatt wieder in Verzweiflung zu verfallen, schob er das Kinn vor. »Er hat etwa ein Dutzend Schlösser und Burgen und könnte ein jedes dazu benutzen. Die einzige Möglichkeit, es herauszufinden, ist, ihn zum Reden zu bringen. Und ich glaube, wir können ihn in kurzer Zeit aufspüren.«

»Wenn er nicht bei Hofe ist, sollten wir zumindest dort seine Spur aufnehmen können«, nickte Golias. »Ziehen wir los.«

Im nächsten Gasthaus, wenige Meilen weiter, trafen wir Vorkehrungen, daß Mrs. Jenkins die Kutsche zurück nach Osten nahm. Als wir weiter nach Carlion wanderten, teils, um sie loszuwerden, und teils, um die Zeit zu nutzen, ehe die Kutsche nach Westen – die zu nehmen wir uns trotz der Unkosten entschlossen hatten – abgehen sollte.

Carlion war eine interessant aussehende Stadt, aber wir sahen nicht viel davon. Kurz nachdem wir in dem Gasthaus angekommen waren, wo die Kutsche abfahren sollte, bestand Golias darauf, wie er es gewöhnlich tat, den Wirt zu suchen und ihn um Informationen anzuzapfen. Nach wenigen Minuten eilte er zurück an unseren Tisch.

»Wir müssen schnell essen«, sagte er.

»Was soll die Eile?« fragte ich. »Haben sie den Fahrplan geändert?«

»Wir gehen nicht nach Ilion oder überhaupt die Watling Street entlang«, sagte er. »Es heißt, daß der König nicht in der Stadt weilt, sondern der Hof sich in der Sommerresidenz befindet, in der Nähe von Parouart. Das ist nordwestlich entlang einer Nebenstrecke.«

Glücklicherweise machte uns das Essen, das wir hinunterschlangen, zusammen mit dem Wein und dem Marsch, den wir hinter uns hatten, schläfrig. Jeder, der sich in einer Postkutsche ausruhen will, braucht jede Menge an Beruhigungsmitteln. Das hatte ich jedoch noch nicht herausgefunden, als ich hineinstieg und zu meiner Freude nur einen weiteren Passagier fand.

»Bis morgen früh«, sagte ich, kuschelte mich in eine Ecke und schloß die Augen.

»Gut«, gähnte Golias. »Diese Schnellkutschen fressen die Meilen geradezu, so daß wir zum Frühstück dort sein werden.«

Es dauerte nur hundert Meter, um mich aus meinen Visionen von Gemütlichkeit zu reißen. Am Ende war ich noch nie so froh gewesen, ein Gefährt wieder zu verlassen, oder weniger fähig, dies auch zu tun. Ich war ein Netzwerk von Muskelkatern, als ich ausstieg und durch den Schmutz auf meinen Augen auf Parouart spähte.

Im großen und ganzen erinnerte mich die Stadt an die alten Teile von New Orleans. Die Gebäude hatten denselben Ruch des Geheimnisvollen. Die Straßen waren allenfalls noch enger und gewiß lauter und belebter. Im Augenblick war mir das jedoch alles egal. Ich wollte mich nur waschen und etwas essen.

»Was hast du als erstes vor?« fragte Golias Jones, als das Frühstück mit einem Bier als Nachtrunk uns wieder etwas in Aktionsbereitschaft versetzt hatte.

Lucius hob den Kopf aus den Händen. »Einen Schwertschleifer finden, wo ich mein Schwert schärfen kann«, sagte er. »Dann, solange das gemacht wird, gehe ich in den Hellfire-Club. Ich bin kein Mitglied, aber einige, die dort Mitglied sind, kenne ich von der Universität. In Hofangelegenheiten auf dem neuesten Stand zu sein, ist bei ihnen Ehrensache, daher wissen sie vielleicht, ob Don Rodrigo beim König ist. Es gibt vielleicht auch ein bißchen Klatsch über seine jüngsten Aktivitäten.«

Golias nickte. »Wir treffen dich wieder hier im ›Tannenzapfen‹. Shandon und ich müssen uns neue Kleider besorgen, damit wir in Xanadu präsentabel aussehen.«

Das gefiel mir. Die Kleider, die mir die Geächteten verpaßt hatten, waren erst drei Wochen alt, aber wir brauchten einen Urlaub voneinander. Wenn die bestellten Hemden für meinen Geschmack auch zu rüschig waren, gefiel ich mir doch sehr in einem Aufputz im Stil, wie Jones ihn trug. Er war nicht so farbenfroh wie Golias' Brokatjacke mit dem lippenstiftroten Besatz, aber ein dunkelroter Rock über lindfarbenen Hosen war immer noch schreiender als alles, was ich jemals in Chicago hätte tragen können.

»Das einzige Problem«, bemerkte Golias, nachdem wir uns Schuhe hatten anpassen lassen, »ist, daß sie vermutlich Bargeld sehen wollen – und zwar eine ganze Menge, wenn man die schnellen Änderungen in Betracht zieht, die wir gemacht haben wollen –, wenn sie das Zeug heute nachmittag ausliefern.« Er warf eine Münze in die Luft. »Wir haben Glück, daß dies noch übrig ist.«

»Verdammt, was machen wir denn da? Glaubst du, du könntest ein bißchen Geld machen, wenn du für den Erzkönig singst, wie damals für diesen, wie hieß er noch – Hrothgar?«

»Dazu mußt du ihn erst festbinden. Jamshyd teilt leider

meinen Geschmack nicht mehr, was Unterhaltung betrifft – wenn ihn überhaupt noch irgendwas unterhält. Wir müssen etwas anderes versuchen.«

»Und wenn wir Lucius' Ring verscherbeln?«

»Nein. Er schätzt ihn sehr, und das dürfte nicht nötig sein.«

Er ging vermutlich mit sich zu Rate und war auf jeden Fall sehr schweigsam, als wir zum Gasthaus zurückgingen. Da ich keine weiteren Ideen beisteuern konnte, widmete ich meine Aufmerksamkeit ungehindert der Stadt. Daher sah ich auch die junge Frau in einer offenen Karosse vor einem Laden warten, der direkt vor uns auf der anderen Straßenseite lag. Entweder hatte ein sorgloses Lüftchen oder ihre eigene sorgfältige Hand den Rock bis zum Knie hochgeschoben.

Ich schloß die Augen und öffnete sie wieder, um mich zu vergewissern. Golias schien nicht in der Stimmung, um sich freizügig der Neugier hinzugeben, aber ich erinnerte mich an meinen Entschluß, mehr über die Leute in Literaria in Erfahrung zu bringen, die mir bemerkenswert erschienen.

»Wer ist das Kind in der Karosse?« fragte ich. »Wenn dieser Schenkel nicht aussieht wie Gold, habe ich noch nie Gold gesehen.«

»Oh, das ist die Kilmansegg.« Golias machte einen weiteren Schritt, stoppte und schwenkte dann auf einen anderen Kurs ein. Dieser führte uns verkehrswidrig vorbei an dem glitzernden Bein auf einer Linie, die uns knapp vor dem Gespann der Kutsche auf die andere Straßenseite bringen würde.

Ich starrte das Mädchen an, dem zu gefallen schien, daß der Wert ihres Gestänges bemerkt wurde, und zuckte zusammen, als das eine Pferd plötzlich wieherte und scheute. Ich hatte gerade noch genug Zeit, um zu sehen, wie Golias das Messer mit einer Hand in die Tasche gleiten ließ, während er mit der anderen die Zügel ergriff. Er hatte Mühe, denn das Pferd, das er im Griff hielt, wollte fort und teilte seinen Drang dem Gefährten mit. Das Mädchen half nicht dabei. Sie kreischte aus vollstem Hals und machte die Biester noch verrückter.

»Shandon!« gellte Golias. »Komm und halte sie!«

Ich dachte, er brauchte meine Hilfe und war verärgert, als ich mich allein mit zwei Pferden wiederfand, die ihr Bestes gaben, um auf den Hinterbeinen stehen zu können. »Kümmere dich nicht um das Mädchen!« schrie ich, denn Golias war auf sie zugeschossen. »Hol den verdammten Kutscher!«

Der Lärm, den sie verursachte, und der zunahm, anstatt geringer zu werden, hatte glücklicherweise die Aufmerksamkeit des Kutschers erweckt. Er schoß aus dem Laden, sprang auf den Bock und schnappte sich die Zügel.

»Laß los! Sofort!« brüllte mich Golias an.

Ich wußte nicht, ob ich wirklich loslassen sollte, bis der Fahrer das Gespann wieder unter Kontrolle hatte, aber abgesehen davon, daß ich froh war, dort wegzukommen, dachte ich, Golias würde es schon am besten wissen. Ich ließ also die Zügel fahren und sprang beiseite, wenn auch nicht sehr schnell. Die Pferde, die merkten, daß die Leinen immer noch durchhingen, rannten los. Es sah nicht nach einem Durchgehen aus, aber der Kutscher würde einen Block lang gut zu tun haben. Ich machte ihm keinen Vorwurf, daß er mich verfluchte, aber ich konnte nicht verstehen, warum das Mädchen, das genug damit zu tun hatte, sich festzuhalten, immer noch hysterisch schrie.

Es sei denn, sie hatte gesehen, wie Golias die Mähre gekitzelt hatte. Ich sah mich nach ihm um, um ihn zu verfluchen, weil er mir einen so üblen Trick gespielt hatte, und um ihm zu sagen, wir sollten verschwinden, ehe die Polizei käme und den Vorfall untersuchte, aber er war mir schon vorausgeeilt. Oder besser, er hatte die Richtung gewechselt und jagte nun ein Seitengäßchen hinunter.

»Shandon, komm!« bellte er. Als er sich zu diesem Ruf umdrehte, erspähte ich flüchtig etwas. Dann legte ich wirklich mein bestes Tempo vor, um ihn einzuholen. Schließlich gelang es mir auch, wenn er auch drei Beine hatte und ich nur zwei.

Golias war sehr mit sich zufrieden, aber mir gefiel die Sache nicht. Ich war zwar auch nicht immer der Anständigsten einer, aber ein künstliches Bein zu stehlen, schien mir einfach gemein. Ich deutete mit dem Daumen auf das Ding mit den herabbaumelnden Resten von Strapsen, die frisch abgeschnitten waren.

»Was soll das?«

Er kicherte. »Auch wenn es hohl ist – und das war gut so,

denn sonst hätte ich es nicht schnappen können –, werden wir es für ein hübsches Sümmchen versetzen. Das ist weder Legierung noch Auflage, mein Junge, es ist so echt, als ob Midas es berührt hätte.«

»Wer ist Midas? Nein, das ist jetzt egal. Ich weiß, wir brauchen Geld und so weiter, aber mußtest du einen Krüppel ausplündern?«

Er weigerte sich, entsetzt zu sein. »Sie läßt sich ein neues Bein machen – vielleicht das nächste Mal mit Diamanten besetzt –, und wenn sie nicht einbeinig wäre, würde sie sich etwas anderes ausdenken. Mach dir um sie keine Sorgen. Außerdem ist unter dem Gesetz des Deliers offene Zurschaustellung strafbar.«

»Sie hat es gewiß zur Schau gestellt«, gab ich zu. Ich fühlte mich besser, als ich erfahren hatte, daß das Mädchen reich genug war, um sich ein neues zu kaufen. Ich grinste ein wenig. »Wie hast du den Stutzen so schnell abbekommen? Hat sie überhaupt Schwierigkeiten gemacht?«

»Nein. Die Pferde scheuten, aber die Kutsche blieb vergleichsweise still, so daß sie dachte, sie könnte sich eine Ohnmacht leisten, als sie mich kommen sah, vermeintlich zu ihrer Rettung. Komm. Versetzen wir das bei Barabas, ehe uns ein Wachmann einholt.«

Als wir wieder in Sichtweite des »Tannenzapfens« kamen, schritt Jones bereits davor auf und ab. »Was hast du herausgefunden?« fragte ich, als wir in den Schankraum spazierten.

Er riß einen Stuhl zurück und ließ sich darauffallen. »Ravan ist bei Hofe, aber offensichtlich so beschäftigt, daß er nie Zeit findet, in die Stadt zu kommen.«

»Das ist dumm«, sagte Golias. »Ich hätte unser Interview mit ihm lieber außer Hörweite des Königs abgehalten, ganz zu schweigen von der königlichen Garde.« Er zog nachdenklich an seiner Nase. »Vielleicht ist es besser, abzuwarten, bis er weniger mit seiner Erzmajestät zu tun hat, aber du willst bestimmt sogleich aufbrechen, nicht wahr?«

»Ich muß sofort hin«, erklärte Lucius. »Wenn ich darauf warten soll, bis Don Rodrigo Zeit hat –«

»Ich sehe das ein«, gestand Golias zu. »Nun, wollen wir uns

zuerst einmal den Bart abkratzen. Dann nehmen wir einen kleinen Imbiß zu uns – ich möchte nicht auf leeren Magen umgebracht werden –, und zu diesem Zeitpunkt werden auch unsere neuen Klamotten da sein. Wie weit, meinst du, ist es bis Xanadu, Lucius?«

»Etwa sieben Meilen.«

»Das entspricht meiner Erinnerung.« Golias klapperte mit seiner vollen Börse. »Da wir nun zu Geld gekommen sind, werden wir eine Kutsche mieten, die uns bis zu den Gärten bringt.«

»Warum nicht zum Palast selbst?« fragte ich.

»Wir sind nicht richtig eingeladen, und wenn wir groß vorgefahren kommen, ziehen wir mehr Aufmerksamkeit auf uns, als mir lieb ist.«

»Ich wünschte, wir hätten irgendeinen Plan«, sagte ich, als wir einige Stunden später unterwegs waren.

Golias hörte zu pfeifen auf und lächelte. »Wir sind nicht so dumm, wie du vielleicht denkst«, bemerkte er. »Es ist nur vernünftig, hinzugehen und das Problem beim Kragen zu packen, weil man dann zumindest die Augen offenhält; aber wenn man stillhält, schleicht sich das Problem auf dich zu und erwischt dich wie einen hockenden Vogel. Einen Plan für alle Eventualitäten gibt es nicht. Wenn dein Schwanz in der Falle hängt, mußt du einfach improvisieren, wenn du das kannst. Andernfalls schenkst du deinen Pelz dem Fallensteller.«

Seine Philosophie tröstete mich nicht sonderlich, und es ging mir auch nicht besser, als ich Xanadu sah. Es war eine Stadt, die von Mauern eingeschlossen war wie ein Staatsgefängnis. Es gab Tore mit Soldaten davor, und wenn diese Tore geschlossen wurden, blieb man drinnen eingesperrt.

Auf der anderen Seite jedoch heiterte mich der Anblick des eigentlichen Palastes etwas auf. Er war zum Vergnügen und zur Entspannung errichtet, und zwar so offensichtlich, daß selbst der Gedanke an Gewalt unpassend schien. Noch angenehmer für das Auge war der umgebende Park, eine Mischung aus Springbrunnen, Grün und Blumen mit verschlungenen Wegen. Wir stiegen aus und suchten uns einen davon aus.

Die meisten anderen Leute, die wir sahen, spazierten eher,

als daß sie gingen. Wenn man die Tatsache außer acht ließ, daß alle Männer bewaffnet waren, war es eher wie der Lincoln Park an einem Sonntagnachmittag, ohne die Tauben und Kinder. Wir erregten einiges Aufsehen durch unseren forschen Schritt auf Wegen, die für Gelassenheit und Flirt gemacht schienen, eine Tatsache, die mich beunruhigte. Golias hatte offensichtlich das gleiche Gefühl.

»Wir sollten uns nicht zu auffällig benehmen, Lucius.«

»Du brauchst ja nicht mitzukommen, wenn's dich stört«, beschied ihm Jones. Sofort aber tat es ihm leid. »Nein, das habe ich nicht so gemeint. Aber ich kann nicht langsam gehen.«

»Dann renn«, knurrte ich, »und paß auf, wo du hingehst. Du brauchst niemanden umzurennen, nur weil du es eilig hast.«

Ich machte diese Bemerkung, weil Jones, während er sich bei Golias entschuldigte, zwei Edelleuten kurz vor uns nicht den Weg räumte. Lucius blickte auf, aber anstatt beiseite zu treten, trat er ihnen direkt in den Weg.

»Rodrigo!« rief er, und der Name klang wie ein Fluch und eine Bedrohung, oder wie eine formelle Herausforderung.

Ich hätte mich in acht genommen, wenn ein Mann mich so angesprochen hätte, aber der Bursche, den Jones so finster anblickte, tat so, als sei er leicht verwundert. »Paß auf, Lucius!« rief ich, aber anstatt der Pistole, die ich erwartet hatte, zog er eine Lorgnette aus der Tasche. Durch dieses Instrument der Überheblichkeit spähte er auf den wutschnaubenden Mann, der ihm gegenüberstand.

»Wenn das nicht mein Pseudoverwandter Mister Jones ist«, sagte er zu seinem Begleiter, »ist es jemand, der ebenso albern aussieht.«

Ich glaube, Lucius war zu sehr in Rage, um sich um Beleidigungen zu scheren, aber die Tatsache, daß Ravan eher belustigt war, statt in Verteidigungsstellung zu gehen, ging ihm unter die Haut. Er streckte die Hand aus und knüllte die Bluse des anderen in seiner großen linken Faust zusammen.

»Verdammt! Wo ist sie?«

»Vorsichtig, du Narr, das ist der Favorit des Königs!« Ravans Begleiter beging den Fehler, an Lucius' Arm zu ziehen, als er diese Warnung aussprach.

Ich wollte nicht glauben, daß so viel Zorn im Körper eines gewöhnlich so gutmütigen Menschen stecken konnte. Jones war von so wilder Wut erfüllt, daß er jede Vorsicht über Bord warf.

»Der König hat eben keine Ahnung!« schrie er. Dabei gab er dem Mann einen Stoß, der ihn über sein eigenes Schwert stolpern und ihn auf dem Hintern in eine Pfütze platschen ließ, die gerade groß genug war, ihn aufzunehmen. Dann zerrte Lucius an Rodrigos Bluse. »Wo ist sie, habe ich dich gefragt.«

In meiner ganzen Erinnerung haben sich niemals zwei besser aussehende Männer gegenübergestanden. Aber wenn man außer Betracht läßt, daß sie von gleicher Größe waren, hatten ihre Züge nur wenig gemeinsam. Lucius war blond, kräftig und gesund. Ravan war zwanzig Jahre alt, dunkel und ein drahtiger Terrier. Er schien athletisch, aber er war ein Stadtkind, und die Mäuse, bislang noch klein, waren unter seine Augen gekrochen und würden dort bleiben. Die Augen selbst hatten das Talent, jedes Gefühl zu verbergen.

Jetzt blickten sie mild, als er Jones anstarrte. »Wen meinst du? Übrigens zerknüllst du mir meine Tunika.«

Als Lucius sah, daß er ihn zum Reden gebracht hatte, ließ er los. »Ich meine Lady Hermione ap Hawthorn, entführt von Schurken, die du angeheuert hast. Wo ist sie?«

»Oh, du meinst meine Verlobte?«

»Meine, verdammt noch mal! Oder das würde sie noch sein, wenn es dich nicht gäbe.«

»Der König hat eine andere Ansicht«, sagte Don Rodrigo. »Ich habe ihn ausdrücklich um seinen Segen zu meiner Hochzeit mit Lady Hermione gebeten.«

»Verdammt sei der König!« brüllte Jones. »Was hat er mit der Sache zu tun? Sie ist nicht sein Mündel.«

Ravans Begleiter war aus seiner Pfütze wieder aufgestanden. »So kannst du über Seine Majestät nicht reden!« schrie er.

Mir selbst war unbehaglich, wie Lucius mit dem Namen des Königs umsprang. »Was ist?« flüsterte ich Golias zu. »Meinst du, wir sollten ihn zurückpfeifen?«

»Er würde nicht zuhören«, murmelte Golias. »Wir haben Glück, wenn er seinen Dampf nur mit Worten abläßt.«

Während wir miteinander tuschelten, überlegte Don Rodrigo, in was er als nächstes sein Messer bohren konnte. »Ich fürchte, die Lady selbst hat etwas gegen die Partie, aber wenn sie nicht wollte, daß der König sie vermählt, hätte sie nicht von ihrem natürlichen Vormund weglaufen sollen. Mit anderen Worten, sie hat das Bett bereitet, und ich werde darin liegen.«

Lucius hat es ihm dann gegeben, einen Schlag gegen das Kinn, der ihn in das Gebüsch neben dem Weg fliegen ließ. Das war aber nur ein Teil von mehreren Handlungen. Golias sprang auf Ravans Begleiter zu, bekam ihn aber nicht mehr rechtzeitig zu packen. Ehe sich seine Hände um die Kehle des Burschen schlossen, hatte dieser aufgeblökt.

»Hilfe! Wachen! Zu Lord Ravan!«

Inzwischen hatte Jones, obwohl wir Schreie und Schritte hören konnten, sein Schwert gezückt. »Man hat dich geschlagen, oder?« gellte er. »Zieh, damit ich dich töten kann!«

Ravan wußte, daß er geschlagen worden war. Er brauchte eine Minute, um sich zusammenzureißen, aber dann war er bereit. Der Hieb hatte seinen Lack angekratzt, und er spielte nicht, als er seine Waffe zog. Sein Gesicht war das eines Killers, der glaubte, frische Beute gefunden zu haben.

Was mich angeht, so zog ich am Ende meinen Stockdegen, wenn ich auch nicht wußte, wie man ihn benützt, oder gegen wen ich ihn benützen sollte, weil ich nicht einfach dastehen und nichts tun konnte. So waren wir alle drei offensichtliche Feinde des Friedens, als die königlichen Wachen auf den Schauplatz stürmten.

Es waren zu viele, um Widerstand zu leisten, auch wenn wir unsere Lage hätten verschlimmern wollen, indem wir diesen unmittelbaren Vertretern der erzköniglichen Autorität trotzten. Nachdem ein jeder von uns von nicht weniger als vieren seiner Männer umringt war, grüßte der befehlshabende Offizier Ravan.

»Das Chateau d'If, Mylord?«

Es war Mylords Begleiter, dessen Kehle sich noch nicht ganz von Golias Griff erholt hatte, der antwortete: »Ja, das Chateau d'If«, flüsterte er pfeifend und hustend. »Ganz nach unten und in Ketten.«

Der Offizier schlug ein Notizbuch auf. »Und die Anklage, Sir?«

»Versuchter Mord im königlichen Bezirk seiner erhabenen Majestät und –«

»Warte einen Moment, Varnay«, unterbrach Ravan. »Als die mit Mordabsicht angegriffene Person habe ich auch etwas zu sagen.«

»Ihr habt alles zu sagen, Mylord«, stimmte Varnay zu. »Ich wollte nur –«

»Mal außer der Reihe«, schnitt ihm Ravan das Wort ab. »Kann ich Sie bitten, Hauptmann, sich ein paar Minuten zu gedulden, bis ich einen der Gefangenen befragt habe?«

»Wir können eine Stunde warten, oder auch drei – wenn Euer Lordschaft das wünschen.«

Don Rodrigo trat an ihm vorbei und stellte sich vor den finster blickenden Jones. »Ein anderer Mann wäre vielleicht wütend auf dich«, bemerkte er, »aber ich kann in meinem Herzen keinen Groll finden, so kurz vor der Hochzeit.«

Die Wildheit war aus Lucius' Blick verschwunden, um verzweifeltem Haß Platz zu machen. Er gab keine Antwort.

»Und wenn du jetzt in das Chateau d'If ziehst«, fuhr der andere nachdenklich fort, »wirst du es bei lebendigem Leibe nur verlassen, wenn der König, was der Himmel verhüten möge, vor dir stirbt.«

Er nahm seinen Hut ab, als er den Himmel bat, sich des Königs anzunehmen. Varnay tat desgleichen, und der Hauptmann nahm Haltung an, und beide sagten: »Amen.«

»Der neue Monarch würde wahrscheinlich dem Brauch folgen, bei der Thronbesteigung eine allgemeine Amnestie zu erlassen«, erklärte Ravan. »Aber ich möchte darauf hinweisen, daß der gegenwärtige, weise Herrscher von bester Gesundheit ist, was man von dem Chateau d'If nicht behaupten kann. Deine Chancen, bei meiner Hochzeit frei zu sein, sind gering.«

Wenn Jones in meine Richtung geblickt hatte, dann muß er ein ebenso krankes und blasses Gesicht wie sein eigenes gesehen haben. Ich nahm an, daß seine Strafe die gleiche sein würde wie die für Golias und mich. Und wenn ich auch bei diesem Handel keinen Schatz verlor, war ich mir doch schmerzhaft bewußt, daß dies eigentlich gar nicht meine Angelegenheit war.

»Dennoch«, fuhr Rodrigo fort, als Lucius still blieb, »würde ich es hassen, wenn jemand, der einst mein Verwandter war, nicht dort wäre, um meiner wunderschönen Braut und mir Glück zu wünschen, wenn das eheliche Band uns eins im Geist und natürlich auch im Fleische werden läßt.« Er hatte jetzt die Daumenschrauben angesetzt und war bereit, den Knochen zu zertrümmern. »Aufgrund meiner Großzügigkeit, verstärkt durch starke Familienbande, werde ich dafür sorgen, daß du anstatt im Gefängnis zu verrotten, freigelassen wirst – frei, zu essen, zu trinken, fröhlich zu sein und jede Frau zu heiraten, die einen Mann von zweifelhafter Elternschaft und ohne Vermögen haben will –, wenn du mir deinen Eid darauf gibst, daß du zu meiner Hochzeit kommst.«

Meine Erleichterung war so groß, daß ich kaum das Hirn bewundern konnte, das sich eine solche Grausamkeit ausdachte. Ich spürte, wie die Griffe der Soldaten an meinen Armen lockerer wurden, und ich hörte auf zu schwitzen. Mir tat Jones leid – nicht halb so leid wie ich mir einen Moment später selber tat.

»Nein!« knirschte Lucius. »Ich fordere dich zum Kampf.«

»Nun, um die Wahrheit zu sagen«, meinte Ravan, »du bist ein besserer Schwertkämpfer, als ich gedacht habe, und ich kämpfe nie mit jemandem, wenn ich nicht sicher bin, ihn zu schlagen. Kämpfe also gegen die Mauern des Chateau d'If. Ich lasse dir dein Schwert und werde jeden Tag nachfragen lassen, wer gewinnt. Du kannst deine Klinge auch gegen die schlechte Luft einsetzen, die Dunkelheit, den Nebel, das Hundefutter, das Stöhnen deiner sterbenden Nachbarn, die Sekunden, die Minuten, die Tage, die Wochen, die Monate und die Jahre.«

Alles in seinem Katalog brannte sich in meine Vorstellung, als er die Dinge eines nach dem anderen aufzählte. Es übte auf Jones wohl ähnliche Wirkung aus; denn er mußte sich zusammenreißen, ehe er den Mund öffnete.

»Hör auf zu reden, und tu, was du zu tun hast«, sagte er.

Ich wollte ihm zubrüllen, daß er auch an uns denken solle, aber ich konnte mich nicht dazu durchringen. Es war mutig von

Lucius, das zu tun, was er tat, und ich wollte nicht zusätzlich Druck ausüben, um ihn in die Knie zu zwingen. Ravan war jedoch nicht der Mann, der diese Waffe nicht ausnutzte.

»Wenn du darauf bestehst, bei einer solchen Kleinigkeit trotzig zu bleiben, verdammst du auch deine Gefährten«, bedeutete er ihm.

Es stand nicht in meiner Macht, Lucius zu sagen, er solle weitermachen und sich um mich nicht kümmern, wenn ich auch versuchte, mir nichts anmerken zu lassen, als er in meine Richtung blickte. Er hatte natürlich keine Zeit, an uns zu denken, und ich merkte, wie ihn dieser neue Angriff betäubte. Er stieß ein leises Stöhnen aus, und Don Rodrigo lächelte.

Meine eigenen und Jones Gefühle hatten mich so in Anspruch genommen, daß ich überhaupt nicht mehr an Golias gedacht hatte. Jetzt ergriff er das Wort.

»Er hat dich nur gebeten, zu seiner Hochzeit zu kommen, Lucius. Die Bitte enthielt nicht die Information, wen er heiraten wird. Habe ich recht, Mylord?«

Ravan sah belustigter aus als je zuvor. »Ich glaube, du hast recht, und wenn ich auch den Wortlaut nun ergänzen könnte, wo du die Auslassung zur Sache bringst, werde ich gern dieses kleine Zugeständnis machen.«

Das war das einzige, das half. Als Gefangener, aus was für edlen Gründen auch immer, konnte Lucius sein Mädchen nicht retten. Es würde ihm vielleicht auch so nicht gelingen, aber er würde frei sein, es zu versuchen, ohne sein Wort zu brechen. Erst da überlegte ich, daß ich mich nicht ein einziges Mal gefragt hatte, warum Lucius nicht einfach sein Versprechen gegeben hatte, um freizukommen. Und ich sah auch gleich die Antwort, aber mir wäre sie nie vorher eingefallen, ehe ich nach Literaria kam. Auf gewisse Weise wäre es ein vernichtender Sieg für Ravan gewesen – und sicher hätte Don Rodrigo das erkannt und sich daran gefreut –, als wenn er ihn nur eingekerkert und ihm seine Verlobte gestohlen hätte.

Aber das ging mir nur durch den Kopf. Vordringlich war der Wunsch, ihn anzuschreien, den Ausweg wahrzunehmen, den Golias gefunden hatte. Aber ich durfte das Argument nicht anbringen, das bei ihm am besten durchschlagen würde, aus

Angst, Ravan würde sein Angebot zurückziehen. Meine Locke bekam mehrere weiße Strähnen dazu, während Lucius das Problem überdachte, und als er zu sprechen begann, fühlte ich mich wie ein Mann, der wegen Mordes angeklagt ist und darauf wartet, daß der Richter den Mund auftut.

»Gut«, sagte er. »Wann plant seine verdammte Lordschaft die Hochzeit, und wo wird die Zeremonie stattfinden?«

Don Rodrigo lachte. »Das war schwer, nicht wahr? Warte mal, der Ort ist natürlich immer dort, wo der König gerade hofhält, und der Zeitpunkt wird sein, sobald ich von einer vertraulichen Mission zurückgekehrt bin, auf die mich seine gütige Majestät heute abend schickt. Das macht es nötig, meine Hochzeit und die Flitterwochen ein paar Wochen zu verschieben, vielleicht sogar ein paar Monate.« Dann redete er wieder den wartenden Offizier an. »Da dies mehr oder minder eine Familienstreitigkeit ist, die durch die jugendliche Eifersucht meines Hintertreppenvetters hier erschwert wurde, möchte ich Sie bitten, den Vorfall zu vergessen. Vermutlich steht bei Ihnen eine Beförderung aus?«

Der Hauptmann hielt das für zutreffend, aber wir achteten nicht mehr auf die Details. Wir waren frei und machten uns aus dem Staub.

XVI Ein neues Problem

»Mit dem Frontalangriff haben wir nicht viel erreicht«, sagte ich, als wir wieder im »Tannenzapfen« waren, »aber zumindest haben wir herausgefunden, daß wir ein wenig Zeit haben.«

»Nicht allzuviel«, meinte Lucius. Er schnallte das Schwert ab und nahm meinen Stockdegen. »Ich werde wieder in den Hellfire-Club gehen. Es werden mehr Leute da sein als heute morgen, daher erfahre ich vielleicht etwas Nützliches.«

»Kannst du hier auf ihn warten?« fragte Golias, als Jones gegangen war.

»Ich wüßte nicht, was ich sonst tun sollte«, antwortete ich, und war dankbar, denn ich begann zu merken, daß ich in der letzten Nacht nicht genügend Schlaf gehabt hatte. »Wieso, was hast du vor?«

Anstelle einer Antwort zeigte er mir ein paar Würfel, umschloß sie mit der Faust und ließ sie klappern. »Ich werde die Rettungsaktion finanzieren. Ich weiß aus Erfahrung, daß eine solche Sache Geld kostet. Unter der Annahme, daß das Bein nicht einfach meins war, hat mich Barabas ganz schön heruntergehandelt, und wir brauchen Pferde und vielleicht auch einen Trupp bewaffneter Bravados, ehe wir das schaffen.«

Wenn ich mich nicht an seinen Erfolg auf Brodirs Schiff erinnert hätte, hätte ich ihn vielleicht gewarnt, mit Fremden zu spielen. Aber so sagte ich nur: »Läßt man dich hier mit den eigenen Würfeln spielen?«

»Ob meine oder ihre, heute nacht spielt es keine Rolle«, antwortete er. »Ich hab es im Gefühl.«

Im Hinblick auf seinen Plan aßen wir früh. Golias ging, sobald wir fertig waren, und ich machte mich bereit, die Festung zu halten. Ich wäre lieber auf unser Zimmer gegangen und hätte mich ein paar Stunden, am liebsten zehn, aufs Ohr gelegt, aber Lucius würde Gesellschaft brauchen, wenn er zurückkehrte. Ich döste also vor mich hin, und tauchte nur hin und wieder auf, um schläfrig mit dem Pfeifchen zu spielen, das ich mir bestellt hatte. Nach ungefähr einer Stunde, als ich wieder ein wenig aufzuleben begann, tauchte Lucius auf. Er sah so aufgeregt aus, daß ich sicher war, er hatte etwas gefunden.

»Hast du was gehört?« fragte ich.

Einen Moment verdüsterte sich sein Gesicht wieder. »Gar nichts.«

»Das ist schlimm«, drückte ich ihm mein Mitleid aus und sah mich nach einem Kellner um. »Wo ist der Suppenkellner? Du mußt ausgehungert sein.«

»Nein . . . eh . . . ich hoffe, du hast nicht auf mich gewartet?«

»Überhaupt nicht. Golias hatte etwas vor, und wir wußten ja nicht, wie spät du kommen würdest.«

»Das ist gut, denn ich habe bereits gegessen. Ich wollte es eigentlich nicht, da ich mit der Möglichkeit gerechnet hatte, daß ihr auf mich warten könntet, aber ich habe jemanden getroffen.«

»Wo ist sie jetzt?«

Er errötete, halb beschämt und halb beleidigt. »Es war ein Mann, Shandon. Weißt du, ich war ziemlich verzweifelt, als ich bei meinem zweiten Besuch im Club nichts erfuhr, und da ich mich nicht danach fühlte, mich den lärmenden Bengeln anzuschließen, habe ich in einer Schenke auf dem Weg haltgemacht auf einen Brandy, der mir auf den Heimweg helfen sollte. Ohne Zweifel sah ich ebenso niedergeschlagen aus, wie ich mich fühlte, denn dieser Offizier – ein schrecklich fröhlicher, guter Bursche – fragte mich, ob er mir einen ausgeben könnte, um mir Besserung zu verschaffen. Dann war er so freundlich, zu fragen, was mich so bekümmerte.«

»Ich hoffe, du hast es ihm nicht erzählt?«

»Oh, keine Einzelheiten«, antwortete Jones, »aber so im allgemeinen.«

»Weshalb? Du siehst mir nicht blau aus, ganz zu schweigen nach einem gesprächigen Trinker.«

»Ich habe kein Thekenmitleid gesucht«, schob er den Vorwurf von sich, »aber er sagte, er könne mir vielleicht helfen – oder besser, daß er jemanden kennen würde, der helfen kann.«

»Huh?« Der Kellner war gekommen, und während Lucius sprach, bestellte ich eine Flasche. »Warum sollte er dir helfen wollen, und wie das anstellen? Besonders, wo er ja deiner Aussage nach nicht weiß, wer was mit wem macht?«

»Nein, das weiß er nicht, aber sein Freund kann es herausfinden, wenn er so gut ist, wie Captain Face behauptet. Er ist nämlich ein Alchimist.«

»Ein was?«

»Er ist ein – nun ja, ein Alchimist. Mit seiner Wissenschaft kann er eine Substanz in eine andere verwandeln. Er kann auch in die Zukunft sehen und einem raten, wie man mit den Dingen fertig wird.«

»Ein Wahrsager, hm?« Ich hatte immer noch meine Zweifel bei solchen Sachen, aber ich lachte nicht mehr über diese Idee. »Nun, vielleicht ist es das, was der Arzt uns verschrieben hat. Wenn er damit klarkommt.«

»Wir können seine Aufrichtigkeit leicht beurteilen, Shandon, indem wir ihn fragen, wer unser Feind ist. Aber ich bin sicher, er ist ein legitimer Praktiker. Captain Face behauptet, er sei eigentlich ein Gelehrter, der es hasse, seine Studien zu unterbrechen, auch nicht für eine Gelegenheit, aus seinem ungeheuren Wissen Geld zu schlagen. Der Kapitän glaubt, er kann ihn dazu überreden, sich unseres Falles anzunehmen, aus Freundschaft zu ihm.«

Die Tatsache, daß wir es mit einem Uniformträger zu tun hatten, wirkte leicht beruhigend. Ein Offizier ist vielleicht ein Schurke, aber die Natur seiner Pflichten macht es ihm schwer, ein Betrüger oder ein Marktschreier zu sein.

»Wo ist dieser Captain?« fragte ich.

»Nach dem Abendessen, das er auf mein Drängen mit mir einnahm, weil ich ihn wegen seiner Freundlichkeit einlud, ging er direkt zu dem Doktor – dem Alchimisten – in der Hoffnung, ihn überreden zu können, mich heute abend zu empfangen. Ich bin hierhergeeilt, damit du und Golias wissen, was läuft. Der Kapitän wird später vorbeikommen.«

Ich sah zu, wie der Kellner einschenkte. »Hat der Scherzbold vielleicht zufällig auch nach Geld gefragt?«

»Nein, ich sagte doch, das war nicht seine Art. Er sagte, es wäre in Ordnung, wenn wir dem Doktor ein Geschenk machten, damit er seine Studien weiterverfolgen könne. Aber ich war derjenige, der das Thema anschnitt.«

»Hm-hm.« Es hatte keinen Zweck, mehr zu sagen, bis ich den fraglichen Mann gesehen hatte. Ich klopfte gerade den Tabak aus meiner Pfeife, als die Stille im Schankraum, die dort nach meiner unverbindlichen Bemerkung geherrscht hatte, unterbrochen wurde. Vor der Tür erklang Lärm. Dann waren die Worte laut genug, daß wir sie verstehen konnten.

»Ich muß da drin jemand treffen«, ertönte eine heisere Stimme.

Die nächste Stimme war die von Robin Turgis, unserem Wirt. »Wenn meine Gäste dich sähen«, erwiderte er, »würden sie zu trinken aufhören, und ich würde Bankrott machen. Scher dich fort.«

»Ich sage dir, ich komme rein.«

»Klar, aber nicht hier. In Ordnung, Jungs.«

Sie mußten dem Eindringling Beine gemacht haben, denn man hörte ein paar Hiebe, gefolgt vom Zuknallen einer Tür. Eine Minute später war ein Geräusch an einem der Fenster des Schankraums zu hören, das sich hochschieben ließ. Als nächstes sprang eine Gestalt über die Fensterbank, und ich sah, was der Wirt gemeint hatte. Es war ein Mann, aber man mußte zweimal hinsehen, das zu erkennen. Es ist keine Übertreibung, wenn ich sage, daß ich Schimpansen gesehen habe, die menschlicher aussahen. Der Bursche ging so unbeholfen wie ein Affe mit gebeugten Knien, einem Buckel und langen herabhängenden Armen.

Wir waren alle verdutzt, aber der größte Schock war wieder uns vorbehalten. »Ich Mann namens Jones suchen«, knurrte der Bursche.

Später wünschte ich mir, ich hätte die Eingebung gehabt, Lucius zu fragen, ob das sein Freund, der Kapitän war, aber zu dem Zeitpunkt wünschte ich nur, er würde seine Identität für sich behalten. Von der Stimme herbeigerufen, eilten Turgis und zwei seiner Rausschmeißer auf den Burschen zu, aber der letztere hielt sie mit einem erhobenen Stuhl in Schach.

»Ihr machen Theater, also ich es machen auch«, warnte er. »Ich nicht eher gehen, bis ich haben gefunden Jones.«

»Ich bin der, den Sie suchen«, verkündete Lucius. »Ist schon gut, Herr Wirt. Wenn er etwas mit mir zu besprechen hat, möchte ich es hören.« Er stand auf und zog einen Stuhl zurück. »Setzen Sie sich, ja?«

Der Bucklige kam näher und spähte Lucius aus den Narbenwülsten um sein einziges heiles Auge an. »Lucius Gil Jones?« fragte er.

»Genau. Was willst du von mir?«

Der Bursche sah ihn weiter prüfend an. »Du jemanden kennen mit Namen ap Hawthorn?«

»Ja. Lady Hermione Steingerd ap Hawthorn. Geht es ihr gut? Weißt du, wo sie ist?« Lucius war vor Aufregung, Freude und Angst so überwältigt, daß er nicht auf eine Antwort wartete. »Sag mir, wo sie ist! Ich bin wirklich Jones, Lucius Gil Jones. Frag Mister Shandon hier.«

»Gib dem Jungen doch eine Gelegenheit, was zu sagen.« Ich legte meine Hand auf Lucius' Arm, bis er aufhörte zu babbeln. »Das ist der Mann, den du suchst«, sagte ich zu dem Buckligen. »Was weißt du?«

»Ihren Namen Sie richtig hinbekommen.« Er hievte sich auf den Stuhl ohne Armlehnen und beugte sich zu Jones. »Ravan mein Herr«, sagte er, »aber sie sein so freundlich zu mir, wie sonst niemand. Sie mich anlächeln, und süß.«

»Das süßeste Lächeln in der –« begann Lucius.

»Halt den Mund, und laß ihn reden«, befahl ich. »Mach weiter, Junge.«

»Ravan sie gebracht in sein Haus –«

»Hier? Mitten in Parouart?« Jones stieß fast den Tisch um, als er auf die Beine sprang.

»War hier«, sagte der andere. »Ravan sie fortbringen.«

»Oh.« Lucius sackte wieder auf seinem Stuhl zusammen. »Weißt du, wo er sie hingebracht hat?«

»Nein.«

Ich begann mich zu fragen, ob dieser unerwartete Besuch

nicht von Don Rodrigo ausgedacht war, um Lucius zu quälen. »Hatte er sie eingesperrt?« fragte ich.

»Gegenüber von Höllenfeuer-Club.« Er spürte mein Mißtrauen und sah mich an. »Warum du fragen?«

»Weil ich unter anderem wissen möchte, woher sie wußte, daß Jones hier im ›Tannenzapfen‹ war.«

»Sie ihn morgens gesehen, als er den Club verlassen, aber zu viel Lärm von streitenden Huren. Sie lauter schreien als Lady.«

»Oh, sie konnte sogar schreien.« Ich dachte, ich hätte ihn erwischt. »Nicht einmal bewacht?«

»Ich sie teilweise bewachen. Sie nicht soll schreien, aber ich sie lassen. Sie vielen Leuten zurufen.« Er zuckte die Achseln. »Niemand hört auf Frau schreien in Parouart, es sei denn, sie will machen Liebe.«

»Ich vermute, du hast recht«, gestand ich zu, nach der Überlegung, daß ich auch nicht auf Hilferufe aus fremden Fenstern in dieser Stadt reagieren würde. »Dieser Ort sieht mir so aus wie die Stadt, in der man das Blindekuhspiel erfunden hat.«

»Besonders in der Nähe des Hellfire-Clubs«, stimmte Lucius zu. »Mein Gott! Wenn ich denke, sie hat nach mir gerufen, und ich habe sie nicht gehört!«

»Den ganzen Tag nach dir Ausschau gehalten, hat dich wiederkommen sehen«, fuhr der Bucklige fort. »Aber zuviel Lärm von Höllenfeuer-Club. So sie dich mir zeigen, als du durch Tür bist gekommen.« Er legte einen Finger auf das brauchbare Auge. »Was ich damit sehe, ich nicht vergessen.«

»Und du bist ihm gefolgt, als er herauskam«, nickte ich, nun von seiner Ehrlichkeit überzeugt. »Aber wenn du das getan hast, woher weißt du, daß Lady Hermione verschwunden ist?«

»Sie sie fortbringen, als ich noch am Fenster auf der Suche nach Jones. Ich höre, daß Ravan sie lassen fortbringen, weil jemand in Parouart nach ihr suchen, und Ravan sowieso keine Zeit, sie zu sehen, wie er gehofft.«

»Unser einziger Trost«, sagte Jones. »Und du hast wirklich keine Ahnung, wo er sie hingebracht hat?«

»Ich höre, zu einem Ort von ihm, aber hat so viele.« Der Bursche zuckte wieder die Achseln. »Ich dir jedenfalls gefolgt, aber du mit Soldat reden, daher ich vor Schenke gewartet.«

»Das war vernünftig«, bemerkte ich. »Wie wir heute nachmittag gesehen haben, frißt die Armee Ravan aus der Hand.«

Er schenkte meiner Bemerkung keine Aufmerksamkeit. »Dann dir wieder gefolgt, aber dich an dieser Ecke verloren und habe erste Schenke an der Ecke versucht. Dann hierhergekommen und gefragt, weil ich deinen Rücken gesehen, aber nicht dein Gesicht. Daher möchte ich«, sagt er und deutete mit einem Finger auf Jones, »daß du dich umdrehen.«

»Wozu?« Lucius war benommen vor Enttäuschung, als er erfuhr, daß er kaum auf der richtigen Spur gewesen war, als er sie schon wieder verloren hatte. »Oh, schon gut.«

Er stand wieder auf und wandte sich von dem Buckligen ab. Dieser sah ihn genau an und fuhr dann mit einer Hand in die Tasche. Meine Hand umklammerte die Flasche, ließ aber wieder los, als er ein zusammengefaltetes Stück Papier hervorholte und keine Waffe. Er ließ das Papier in Jones' Hand gleiten und glitt vom Stuhl herab. Im nächsten Augenblick war er wieder aus dem Fenster gesprungen.

Als ich mich von dem Fenster abwandte, las Lucius gerade die Botschaft, die der Bucklige gebracht hatte. Als er sie gelesen hatte, vergrub er das Gesicht in den Händen.

»Oh, mein Gott, sie ist wunderbar, aber was kann ich tun?«

»Hat sie dir irgendeinen Hinweis gegeben, wohin man sie brachte?« fragte ich.

»Nein, sie – lies selbst.« Er schob mir die Notiz über den Tisch, und dann, die starrenden Blicke der anderen Gäste außer acht lassend, marschierte er im Raum auf und ab. Ich füllte sein Glas, für den Fall, daß er es brauchen sollte, und überflog den Brief.

An Lucius Gil Jones, wo immer er sei:

> Du sahst mich als ein Mädchen, als ich kalt
> Und zornig über Deine Untreu war,
> Die doch nur halb so groß wie meine Schuld,

Als ich verraten meine Treue ließ
Zu Dir, dem sie doch eigentlich gehört.
Doch nun ist's eine Frau, die zu Dir spricht
Aus einer neuen Reife, die erstand,
Weil Böses sie erfuhr. Ich weiß nunmehr,
Was ich verdanke Dir und schuldig bin,
Und kann ich es beweisen, will ich's tun.
Ich weiß noch eines nun, und das ist dies:
Die einz'ge Zuflucht für mein Herz ist Deins.
Da, 's ist gesagt! Ich will aufs neu Dir treu sein,
Ob Du das gleiche tun magst oder nicht.
Ich bin im Augenblick nur halb ich selbst.
Doch ob Du mich nun ganz machst oder nicht,
Bitt ich Dich bei den Worten, die Du einst
Gesagt und niemals ungesagt gemacht:
Komm, rette mich vor dieser Schandesheirat
Mit Ravan, der um Geld und Lust mich will.
Mein Vater, der verkrüppelt ist und blind,
Er kann mir nicht helfen, wie Du weißt.
Der Freunde Schar, sie denkt, ich sei im Glück.
Das Recht, so Ravan nicht darüber steht,
Kann mich erst rächen, wenn zu spät es ist.
Ich habe keine Hilfe außer Dir,
Ich bitt Dich, komm und rette mich.

Hermione

Am Ende blickte ich Lucius nicht direkt an. Ich spürte, daß dieser Brief einen so unerträglichen Angriff auf seine Gefühle darstellte, daß seine Gedanken immer noch benommen von einem Punkt zum anderen rasten. Schließlich räusperte ich mich, weil ich ja irgendeine Bemerkung machen mußte.

»Was für eine Frau«, sagte ich.

Jones hob den unglücklichen Kopf. »Sie fragt sich, ob ich sie noch liebe.« Er streckte die zitternde Hand nach dem Brief aus. »Sie verzeiht mir nicht nur, sie gibt sich die Schuld für das, was – was in Upton geschehen ist. Wie kann sie so etwas schreiben?«

»Sie trägt auch einen gewissen Teil der Schuld.« Ich zögerte, weil meine Gedanken einem Weg folgen mußten, den sie noch nie betreten hatten. »Natürlich ist es nicht ihre Schuld, daß du dich mit diesem Flittchen eingelassen hast, aber ein Mann – und eine Frau wahrscheinlich auch – braucht alle Stützen, die man kriegen kann, um keine Dummheiten zu begehen. In diesem besonderen Fall hatte sie dir eine fortgenommen. Nicht viele Frauen sehen das ein.«

Er wartete, bis ich fertig war, aber ich hatte bewußt so getan, als spräche ich zu mir selbst. Erleichterung darüber, daß er sich mit seinem Schatz wieder im reinen war, wurde in seinen Gedanken durch die schlimmen Aspekte des Falles überschattet.

»Wenn ich doch nur diplomatisch gewesen wäre anstatt – oh, da ist er!« Ich hielt gerade noch die Flasche fest, als er beim Aufspringen fast wieder den Tisch umwarf. »Hier sind wir, Hauptmann. Hier. Kellner! Wo ist dieser Kellner? Oh, Sie da, bringen Sie bitte noch ein Glas und noch eine Flasche, bitte. Hauptmann Face, dies ist einer meiner besten Freunde, Mister Shandon.«

Ich sah mir den Captain an, als wir die Hände schüttelten. Der äußeren Erscheinung nach wohnte unter seiner blaugoldenen Uniform und hinter seinem Bart eine herzliche Seele.

»Ihr Diener, Mister Shandon.« Als nächstes begrüßte er die Flasche. »Und *Ihr* Diener jederzeit.« Er zog einen Stuhl zurück, kickte professionell mit einem gestiefelten Fuß sein Schwert aus dem Weg und setzte sich.

»Ich bin Ihnen sehr verbunden«, sagte Lucius. »Haben Sie Ihren Freund, den Doktor, gesehen?«

Der Kellner kam mit dem Extraglas, und der Captain schnappte sich die Flasche am Hals, schnippte den lockeren Korken mit dem Daumen ab und riß den Wein mit einer Bewegung an sich, die im Einschenken endete. »Alles der Reihe nach«, lachte er und hob sein Glas der Flasche zu, die der Kellner gerade öffnete. »Das ist für den Neuankömmling. Ah!« Er füllte sein Glas nach, zwirbelte seine beiden Schnurrbartenden und strahlte Lucius an. »Ich habe einige Zeit gebraucht, ihn zu überreden. Ich glaube, ich erwähnte, wie sehr er in seine Studien vertieft ist, aber ich freue mich, berichten zu können, daß er sich bereit erklärt hat, sich die Zeit zu nehmen, über Ihr Problem nachzudenken.«

»Oh, das ist wunderbar!« Jones umklammerte die Hand des Soldaten. »Wird er mich heute abend empfangen?«

»Auch darüber gab es eine längere Diskussion«, kicherte der Captain. »Zuerst hat er geschworen, daß er vor der nächsten Woche unmöglich auch nur einen Augenblick Zeit habe, aber – nun, ich glaube da ziehen sich Gegensätze an. Ich bewundere ihn wegen seines großen Wissens und interessiere ihn meinerseits als ein Mann der Tat. Jedenfalls sind wir, seit wir uns kennenlernten – aufgrund der Tatsache, daß ich ein paar Grobiane für ihn tötete, die ihn überfallen wollten – immer erstaunlich gut ausgekommen. Ich glaube wirklich, ich kann bei ihm mehr ausrichten als jeder andere in der Welt, und in diesem Fall hätte ich ein Nein als Antwort nicht akzeptiert. Er knurrte eine Menge, aber er ist ein weichherziger alter Kauz, und als ich ihm erzählte, wie bekümmert Sie sind, gab er nach.«

»Sie sind ein guter Kerl«, sagte Lucius. »Sollen wir jetzt gehen?«

Captain Face warf einen Seitenblick auf die Flasche, die wir noch nicht angefangen hatten. »Ich möchte meinen, nicht vor einer halben Stunde. Wir dürfen uns nicht der Gutmütigkeit des Alten aufdrängen, wissen Sie, und er ißt immer spät zu abend.«

»Ich möchte ihm etwas geben – etwas, was ihm bei seinen Studien hilft, wie Sie vorgeschlagen haben. Wieviel Geld halten Sie für richtig?«

»Erwähnen Sie ja kein Geld. Das würde seine Gefühle verletzen. Geben Sie ihm etwas, was er für seine Arbeit brauchen kann.« Der Captain kippte sich das Glas voll. »Ich selbst verstehe nicht viel von solchen Dingen, aber es scheint, daß Gold bei der Alchimie nützlich ist, und für einen Gelehrten ist es schwer, daran zu kommen. Ich würde ihm an Ihrer Stelle den Ring da geben.«

Er deutete auf das wertvolle Schmuckstück, das Miß Lescaut vergeblich begehrt hatte. »Wenn er nur Gold will, belaste ihn nicht mit diesem Knubbel von einem Rubin«, sagte ich. »Schneid ihn besser heraus, damit du ihn neu fassen kannst.«

Dieser Vorschlag war Jones peinlich. »Aber das kann ich nicht machen. Ich werde ihm den Ring ganz geben.«

»Alles oder nichts«, stimmte auch Captain Face zu. »Aber ich werde Ihnen sagen, was ich tun würde. Ich würde den Doktor fragen, ob er Verwendung für den Stein hat – wenn Sie ihn nicht fragen, er würde nie daran denken, so geistesabwesend ist er – und vielleicht besteht er darauf, ihn zurückzugeben.«

Der Wein war stark wie der Fels von Gibraltar, aber der Captain schaffte fast die ganze Flasche allein in weniger als dreißig Minuten. »Ich würde normalerweise darauf bestehen, diese Geste zu erwidern«, sagte er, als er den Bodensatz schlürfte, »aber ich sehe ein, daß unser Jones hier in Eile ist.«

Sich in Parouart des Nachts umzutun ist eine Arbeit für Maulwürfe. Die Gebäude blendeten alles Licht der Sterne aus, und der einzige künstliche Ersatz war ein gelegentliches erleuchtetes Fenster. Captain Face kannte jedoch seinen Weg, und nachdem wir hinter ihm her durch ein Netzwerk von Gäßchen gestolpert waren, klopfte er an eine Tür.

»Ich finde es immer richtig, zu klopfen«, erklärte er, »aber bei neun von zehn Malen hört er mich nicht. Glücklicherweise vergißt er meist, zuzusperren. Treten Sie ein, meine Herren.«

Der Flur war dunkel, aber in einiger Entfernung sah man unten einen Lichtstreifen so breit wie eine Tür. Eine Minute später stieß der Captain die Tür auf. Ich blickte auf den Rükken eines Mannes, der auf einem hohen Stuhl hockte. Er drehte sich nicht um, als wir in das Zimmer stolperten, und Face stieß mich in die Rippen.

»Eine Million Faden tief in einer Berechnung versunken«, kicherte er. »Er hat vermutlich heute abend das Essen vergessen.« Der Captain erhob die Stimme. »Guten Abend, Doktor.«

Der Mann auf dem Stuhl drehte sich um, als habe er etwas gehört, sei sich aber nicht ganz sicher. Er hatte einen so langen und weißen Bart wie der Nikolaus, und das Haar, das unter seiner Schädelkappe hervorquoll, paßte dazu. Was ich von dem Gesicht erkennen konnte, sah lang und würdig aus. Seinen Körper umgab ein voluminöser Morgenmantel, der unpassenderweise fröhlich bunt mit Sternen und Monden in allen Phasen bedruckt war. Nachdem er eine Weile zu uns herübergespäht hatte, stieg er von seinem Ausguck und kam näher.

»Ah, ja, einen guten Abend, mein tapferer junger Freund. Ich freue mich, dich zu sehen. Komm her und sieh, was ich gerade tue. Du hast mich in der letzten Zeit vernachlässigt.«

»Aber ich war doch erst vor zwei Stunden hier«, erinnerte ihn Face. »Und ich habe den Mann mitgebracht, den sie anzuhören versprachen.«

»Welchen Mann?« der Doktor sah verärgert aus. »Ich kann jetzt niemanden empfangen, Captain – niemanden außer Ihnen, natürlich. Ich stehe gerade davor, ein wichtiges Experiment durchzuführen. Sag ihm, er soll gehen.«

Als Antwort auf Jones' besorgten Ausdruck zwinkerte ihm der Captain zu. Dann hakte er seinen Arm unter den des alten Mannes.

»Doktor, so werden Sie doch einen besonderen Freund von mir nicht behandeln. Außerdem haben Sie es versprochen.«

»Habe ich das wirklich?« Der Doktor runzelte die Stirn. »Ich weiß aber nicht, ob ich ihm helfen kann. Wir wollen so viel wissen und wissen doch wenig. Aber ich kann es versuchen.«

»Danke, Sir«, sagte Lucius. »Ich bin sicher, daß mein Problem, wenn es mir auch unlösbar scheint, für Ihre Weisheit ein Kinderspiel ist.«

»Das kann wohl sein«, antwortete der Doktor. »Jemand hat Ihnen eine gute Zunge beigebracht. Sehen wir uns das Gesicht an. Nein, kommen Sie herüber unter die Kerze. Ja, ein gutes Gesicht und ein glückliches dazu, oder ich habe mein Leben lang umsonst studiert. Nun die Hände. Nein, zuerst mit dem Rücken nach oben, damit ich die Struktur betrachten kann.«

So konnte er auch den Ring begutachten, aber ich hätte nicht schwören können, daß er ihm Aufmerksamkeit schenkte, bevor er dann die Handflächen zu studieren begann. Währenddessen betrachtete ich den Raum, in dem wir uns befanden. Er sah wie eine Mischung aus einem Chemielabor und dem Dachboden eines Pfandleihers aus. Außerhalb eines Antiquitätengeschäfts hatte ich noch niemals so viele Sachen zusammen gesehen, die nicht mein eigen zu nennen ich mich freuen würde, aber ich urteilte ich auch nicht abschätzig über den Ort. Der Doktor hatte mich gegen meinen Willen beeindruckt, und ich blickte respektvoll auf das brodelnde Gebräu in einer Glasretorte. Es roch schlimm genug für ein echtes Experiment.

Inzwischen murmelte der alte Bursche nicht mehr über Jones' Händen. »Genau wie ich dachte. Sie sind für den Erfolg geboren«, erklärte er. »Ich könnte Ihnen noch viel mehr erzählen, aber ich wollte nur diese Tatsache feststellen, damit wir weiterhin sehen, ob es die Sache wert ist, mehr zu unternehmen. Was ist denn nun dein Dilemma, mein Sohn?«

»Nun, ein bestimmter Mann – ich möchte lieber nicht seinen Namen nennen – hat meine Verlobte entführt, oder besser: von seinen Männern entführen lassen.«

»Warte!« befahl der Doktor. Er schlug sich gegen die Stirn. *»Du* bist das! Jetzt fällt es mir wieder ein. Captain Face – habe ich recht? – hat mir erzählt, du weißt, wer für das Verbrechen verantwortlich ist, aber nicht, wohin deine Geliebte gebracht wurde?«

»Ja, so ist es. Wir haben zwar herausgefunden, wo sie war, aber erst, als sie verlegt wurde, in eine andere Festung des Lords – meines Feindes, will ich sagen.«

»Sie wurde verschleppt, das ist klar.« Der Doktor schüttelte den Kopf. »Das trifft zu. Nachdem der gute Captain gegangen war, habe ich mir ein paar Minuten von dem Labor freigenommen und die Himmel über deinen Fall befragt, aber als ich die Sterne überprüfte, wie ich es vorsichtigerweise immer tue, sagten sie mir, sie sei weiter fort als ursprünglich angenommen.«

»Wissen Sie denn, wo sie ist?« fragte Lucius.

»Nein, so perfekt ist mein Wissen nicht. Das einzige, was ich dir versichern kann, ist, daß sie immer noch in der Nähe ist. Und solange das zutrifft, scheint mir, daß ein kleines Präparat von mir, eine kleine, aber nützliche Erfindung, dir bei der Lösung deines Problems weiterhelfen könnte. Komm mit mir, mein Sohn.«

Er nahm eine Kerze und führte Lucius in einen Nebenraum. Sie waren nur ein paar Minuten verschwunden, aber als sie wiederkamen, lächelte Lucius zum ersten Mal, seit er die Nachricht erhalten hatte, daß Hermione entführt sei. Er hielt einen Krug mit einer Flüssigkeit in den Händen, von denen der Ring verschwunden war.

»Lassen Sie mich Ihnen noch einmal danken, Sir«, sagte er und schüttelte dem Alten die Hand. »Glauben Sie mir, wenn ich jemals zu meinem Vermögen kommen werde, werden Sie alle Materialien bekommen, die Sie brauchen.«

Ich wollte dem Captain ein Stichwort geben, aber er hielt sein Wort. »Wo wir gerade von Materialien reden, Doktor, Sie haben es vielleicht nicht bemerkt, aber in dem Ring, den Ihnen Jones netterweise geschenkt hat, ist ein Rubin. Haben Sie dafür überhaupt Verwendung?«

»Ein Rubin?« Der Doktor nahm den Ring aus der Tasche und schaute ihn an, als habe er ihn noch nie gesehen. »Bei Trismegistus, Sie haben recht! Junger Herr«, sagte er zu Lucius, »seit zehn Jahren habe ich mir ein solches Juwel gewünscht, nicht aus persönlicher Begierde und zum Schmuck, sondern weil ich seit langem vermute, daß es der fehlende Bestandteil in meinen bislang vergeblichen Bemühungen ist, den Stein der Weisen zu erschaffen. Gott segne Sie für Ihre Großzügigkeit einem alten Mann gegenüber.«

Mit diesem frommen Gruß wurden wir entlassen, und der Captain führte uns wieder zum »Tannenzapfen« zurück. Er wollte jedoch nicht mit hineinkommen.

»Ich würde jetzt gern die Flasche ausgeben, wie ich versprochen habe«, bemerkte er, »aber ich muß das Vergnügen aufschieben. Ein Soldat kann sich nicht leisten, sich die Nacht um die Ohren zu schlagen, wenn frühmorgens wieder die Pflicht auf ihn wartet.«

Wir drängten ihn beide nicht, Lucius, weil er sich seiner Errungenschaft erfreuen, und ich, weil ich meine Neugier befriedigen wollte. »Was hat er dir gegeben?« fragte ich, als wir allein waren.

»Das Mittel, Hermione aufzuspüren«, sagte Jones, als wir in den Schankraum traten. »Wir wissen von dem Buckligen, daß sie in einer von Ravans Burgen ist, und wir haben von dem Doktor erfahren, daß ihr neues Gefängnis nicht weit entfernt liegt. Das engt die Sache ein und macht es uns leichter.«

»Hm.«

Jemand saß an dem Tisch, an dem wir zuvor gesessen hatten, daher wählten wir einen anderen in der Ecke aus. »Selbst dabei«, fuhr Lucius fort, »säßen wir noch fest. Wir könnten die Burg und die hohen Mauern jahrelang anstarren, ohne zu wissen, ob mein Schatz darin sitzt oder nicht. Und wenn wir das Risiko eingehen – was groß wäre, das kann ich dir sagen –, eine Burg zu betreten, müssen wir sicher sein, daß es die ist, wo man sie gefangen hält.«

»Hat keinen Zweck, für die Falsche erschossen zu werden«, stimmte ich zu. »Also?«

»Der große Doktor«, sagte Lucius und tätschelte die Flasche, »hat mir das Mittel gegeben, mich einmal zu verkleiden und zugleich bei Nacht durch jedes Fenster ungesehen Zutritt zu bekommen. Und Fenster sind in dieser Jahreszeit sicher offen.«

»Das hat der Alte getan, ja? Nein, ich will nichts mehr von diesem schalen Wein. Bringt uns zwei Gläser Brandy.«

»Hat er in der Tat«, sagte Lucius, als der Kellner gegangen war. »In diesem Gefäß, Shandon, ist eine Salbe, die mich in eine Eule verwandelt.«

Ich wollte lachen, unterließ es aber. Die Erinnerung an das, was mit mir auf Aeaea geschehen war, schloß völlige Skepsis aus. Sie lieferte auch das Stichwort für meine nächsten Worte.

»Und wie stehts mit der Rückverwandlung in einen Menschen? Hat er dir auch gesagt, wie du das schaffst?«

»Oh, sicher. Ich brauche nur einundzwanzigmal zu kreischen und neunmal in einem Kreis gegen den Uhrzeigersinn zu fliegen.« Lucius blickte entschuldigend, wie es seine Aufregung erlaubte. »Hättest du was dagegen, wenn ich mich zurückziehe und es oben in meinem Zimmer ausprobiere?«

»Na, dann mach mal voran«, drängte ich ihn. Ich war ziemlich sicher, daß man ihm einen Streich gespielt hatte, und ich dachte, es wäre weniger peinlich, wenn er das ohne Zeugen herausfand. »Aber wenn du eine Eule bist, dann sei bitte auch eine stubenreine.«

Ich nahm kleine Schlucke und war halbwegs durch mein Glas, als Golias eintrat. »Hattest du Glück?« fragte ich.

»Meine Mitspieler waren jedenfalls der Meinung.« Er ließ die

Taschen klingeln. »Und das sind weder Heller, noch Oboli, noch Cents. Das ist Gold, mein Junge. Wo ist Lucius?«

Ich grinste, als ich ihm Jones unberührten Brandy zuschob. Je mehr ich daran dachte, um so mehr glaubte ich, ich hätte eine komische Geschichte zu erzählen.

»Er übt sich als Eule.«

»Wozu?«

»Nun, er will umherfliegen und bei Nacht in die Fenster sehen.«

»Hm. Das könnte sehr nützlich sein, wenn es klappt.«

»Verdammt, ich weiß, daß so was passieren kann, aber er hat sich von ein paar Gaunern einwickeln lassen. Sie haben ihm dafür seinen Ring abgenommen. Der ist ein kleines Vermögen wert, und der, der das ganze Brimborium abriß, hat so getan, als wolle er nur das Gold und den Rubin für Experimente in der Alchimie oder so.«

»Ach so.« Golias sah, wie ich zu meiner Freude feststellte, wieder wacher aus. »Wie habt ihr den Alchimisten kennengelernt?«

»Ein Typ, der sich Captain Face nennt, hat Lucius in einer Bar aufgetan, und –«

»Face!« Golias kippte seinen Brandy mit einem Zug hinunter und stand auf. »Komm. Wir sehen besser nach, was er macht.«

Er ging voran und nahm dabei zwei Stufen auf einmal. Wir eilten den Gang hinab zu unserem Zimmer. Ich hörte ein scharrendes Geräusch und eine Serie sonderbarer Grunzlaute, als wir näher kamen. Dann schoben wir uns durch die Tür.

Jones' Kleider, hastig abgestreift, lagen über verschiedene Möbelstücke drapiert, aber ihr Träger war nicht zu sehen. Der einzige Bewohner dieses Raumes war ein Esel. Während wir ihn anstarrten, gurgelte er einundzwanzigmal, wie ein Esel, der erfolglos eine Eule zu imitieren versucht, und dann rannte er immer wieder im Kreis herum. Als ich mit zunehmendem Entsetzen zusah, wiederholte er das Ganze. Am Ende der zweiten Vorstellung stand er still, aber nichts geschah.

»Das Gegenmittel wirkt nicht«, stöhnte ich. »Gütiger Gott, Golias, was tun wir jetzt?«

XVII Jones findet Bewunderer

Haben Sie jemals einen hysterischen Esel gesehen? Als es Jones endlich dämmerte, daß er sein menschliches Äußeres nicht wiedererlangen würde, warf er seinen langohrigen Kopf hoch, tänzelte und wand sich und sprang, als hoffe er, die verhaßte Gestalt abzuwerfen. Am Ende stand er breitbeinig mitten im Zimmer und ließ ein trauriges Blöken ertönen.

Wir hörten ihm nur mit einem Ohr zu; das andere erwartete das Herannahen einer entrüsteten Geschäftsleitung. Ich wußte nicht, was ich tun sollte, aber Golias übernahm die Sache.

»Hör auf, Lucius!« befahl er. »Wir bekommen dich schon wieder hin, aber du mußt uns auch eine Gelegenheit geben.«

Jones versuchte zu sprechen, aber ihm gelang nur ein schrilles Wiehern. »Sei still!« zischte Golias. »Sonst werden wir eingesperrt, und du wirst konfisziert und mußt für immer ein Esel bleiben.«

Ich hörte, wie Türen geöffnet wurden und zwei oder drei Leute fragend riefen, aber offensichtlich hatte niemand die Störung lokalisiert. Lucius zitterte zwar heftig, blieb aber still.

»So ist's gut. Reg dich nur nicht auf!« Golias streichelte ihn. »Dieser Captain Face, Shandon. Ist er ein fröhlich aussehender, bärtiger, dunkelhaariger Typ?«

»Genau.«

»Das ist so die Sorte Trick, die er und sein Partner spielen. Sie verscherbeln irgendein altes Mittelchen, das ihnen in die Hände gefallen ist, ohne zu wissen oder sich darum zu kümmern, was es anrichtet. Glücklicherweise habe ich genügend gegen sie beide in der Hand, um sie zu zwingen, uns ein Gegenmittel zu besorgen, von wem auch immer. Bring mich zu ihnen.«

»Das Haus könnte ich in einer Million Jahre nicht wiederfinden. Du etwa?« wandte ich mich zu Jones. Ich war nicht sicher, ob er mich verstehen würde, aber der Esel schüttelte den Kopf. »Weißt du«, erklärte ich, »es war dunkel, und Face muß uns durch Dutzende von kleinen Gäßchen geführt haben, aber wie steht es mit dir, Golias? Du scheinst diese Läuse ja zu kennen.«

Nun war er an der Reihe, traurig den Kopf zu schütteln. »Es ist viele Jahre her, als daß ich mich erinnern könnte, wo sie ihren Bau haben, den sie vermutlich ein halbes Dutzend Mal seitdem gewechselt haben. Und mit Ware wie Lucius' Ring werden sie erst einmal untertauchen, so daß es nutzlos ist, sie in der Stadt zu suchen. Ich fürchte, sie haben uns drangekriegt.«

Wenn auch er nicht mehr weiter wußte, sah ich überhaupt keine Hoffnung mehr. Lucius fühlte genauso; denn er ließ die Ohren hängen und stieß ein Schluchzen aus. Die Un-Menschlichkeit dieses Lautes rührte mein Herz.

»Kann man denn nichts tun?« flüsterte ich, damit Jones es nicht hören würde, wenn die Antwort negativ wäre. »Können wir ihn nicht anderswo hinbringen, wie du es mit mir auf der Insel getan hast?«

Erneut schüttelte Golias den Kopf. »Du standest unter einem persönlichen Bann, und es war nur nötig, dich aus der Einflußsphäre der Person herauszubringen, die ihn bewirkt hatte. Dieses Zeugs, das sich Lucius eingerieben hat, kann vermutlich überall angewendet werden, und folglich bleibt es auch überall auf ihm haften.«

»Vielleicht können wir einen anderen Alchimisten bedrohen, der uns die richtige Antwort gibt?« schlug ich vor.

»Das ist vermutlich Zeitverschwendung. Wenn wir nicht zufällig über den stolpern, der es hergestellt hat, würde keiner wissen, was es enthalten hat, also haben wir auch keine Ahnung, wie das Gegenmittel aussehen soll.« Golias seufzte. »Es gibt nur eines – Nein, ehe wir das tun, müssen wir einen Brief an Lady Hermiones Familie schicken und ihnen mitteilen, was mit ihr geschehen ist. Ich werde ihn schreiben, ehe wir ins Bett gehen, und ihn mit der ersten Postkutsche abschicken. Das hilft ihr vielleicht und gibt uns Zeit, um Lucius zu helfen.«

»Glaubst du, ihre Leute können Ravans Hand mit der des

Erzkönigs zusammen schlagen?« fragte ich und erinnerte mich, daß sich selbst Hermione nicht auf so etwas verlassen hatte.

»Es ist möglich. Als Angehörige des alten Adels haben sie einflußreiche Verbindungen, und wenn sie auch nichts gegen die Partie haben, dann doch, daß eine unverheiratete Lady gegen ihren Willen festgehalten wird. Sie könnten vielleicht einen solchen Aufruhr entfachen, daß selbst Jamshyd es angebracht findet, darauf zu reagieren.«

»Was tun wir in der Zwischenzeit? Du sagst, es gäbe eine Möglichkeit.«

»Das Orakel befragen. Wir können herausfinden, was wir mit Lucius anstellen, aber die Fahrt dauert ihre Zeit. Rodrigo ist vielleicht von seiner Reise wieder da, ehe wir zurück sind.«

Ich zog ein schiefes Gesicht. »Das wird hart für Lucius sein, aber er muß das Risiko eingehen. Willst du es ihm beibringen, oder soll ich es tun?«

Wir mochten beide diese Schmutzarbeit nicht, und so brachten wir es ihm gemeinsam bei. Als wir Jones erst davon überzeugt hatten, daß dies das einzig Richtige sei, hatten wir über andere Probleme nachzudenken, die uns Lucius Verwandlung aufgab. Als erstes, wenn es auch nicht so wichtig war, ging es um die Frage, wo wir Lucius unterbringen sollten.

»Kein Wirt läßt uns einen Esel im Zimmer halten«, murmelte ich. »Und – was ist mit seinem Essen?«

»Das ist ein schwieriger Punkt, aber du hast recht.« Golias warf einen Blick zu der Stelle, wo Jones sich im Spiegel betrachtete. Er sah darin einen schlanken Esel, von einheitlichem Dunkelbraun, abgesehen von einem herzförmigen weißen Flecken auf der linken Schulter, wo Lucius als Mensch ein ähnlich geformtes Muttermal hatte. »Übrigens müssen wir ihn heute nacht in den Stall hinausschmuggeln. Wenn wir das bei Tageslicht machen, bekommen wir Schwierigkeiten.«

Ich sagte es nicht laut, aber ich war froh über den Vorschlag. Es wäre mir unmöglich gewesen, zu schlafen, solange Lucius traurig durch den Raum trottete. Glücklicherweise stimmte er anstandshalber zu, in den Stall zu gehen; der Haken kam erst bei der Ausführung dieses Plans. Er konnte mit der Treppe nicht fertig werden, und wir beide mußten ihn halb hinuntertragen. Die beiden letzten Stammgäste sahen aus, als seien sie daran gewöhnt, um diese Stunde Esel oder anderes Getier die Treppe hinabkommen zu sehen, aber der Kellner war weniger begeistert. Ihm gab Golias, nachdem er sein Schweigen mit Silber erkauft hatte, die Erklärung, daß ein paar Freunde, deren Sinn für Humor wir bedauerten, das Tier in unser Zimmer gebracht hatten.

Nachdem wir Lucius der Fürsorge des Stallburschen übergeben hatten mit der Ermahnung, daß er unter keinen Umständen geschlagen werden dürfe, nahmen wir einen Drink, den unsere angekratzten Nerven bitter nötig hatten. Dann schrieb Golias seinen Brief an Hermiones Familie, und ich ging ins Bett. Es waren ungefähr achtundvierzig Stunden, seit ich das letzte Mal geschlafen hatte, und auf gewisse Weise war das gut. Nur eine überwältigende Erschöpfung machte es mir möglich, den Schlaf zu finden, den ich brauchte.

»Wie weit ist es zum Orakel, und wie kommen wir dorthin?« fragte ich am nächsten Morgen beim Frühstück.

»Es geht ein Stück nach Süden und dann in Richtung Westen«, erwiderte Golias mit seiner üblichen Gleichgültigkeit gegenüber Entfernungen.

»Oh, ja, ich erinnere mich, das gleiche zuvor gefragt zu haben und an die gleiche Antwort, ehe ich letzte Nacht einschlief.« Ich nahm einen Schluck Bier. »Geht jede Straße direkt dorthin?«

»Wir werden kurz vor Erech den Langen Fluß überqueren, dann folgen wir der Uferstraße nach Troyovaunt. Von dort aus wenden wir uns nach Südwesten. Es gibt einige Straßen, aber man hat reichlich über Land zu gehen, ehe wir dorthin und wieder zurückgelangen.« Golias kaute nachdenklich. »Meinst du, wir sollten Lucius beschlagen lassen, ehe wir aufbrechen?«

Ein Schnauben ließ uns zum Fenster umwenden, neben dem unser Tisch stand. »Guten Morgen«, murmelte ich, immer noch nicht daran gewöhnt, wie man Freundlichkeiten mit einem Tier austauscht. »Ist unser Haustier«, sagte ich zu dem Kellner, der nicht derjenige war, den wir gestern abend bestochen hatten. »Scheuchen Sie ihn nicht fort, er wird sich gut benehmen.«

»Nun, sagen Sie ihm, er soll seine gottverdammte Schnauze

vom Brot lassen«, knurrte der Kellner. »Das verschafft uns einen schlechten Ruf, wenn sich das herumspricht. – Sehen Sie sich das an!«

Ich sah es. Lucius hatte seine Aufmerksamkeit auf mein Fleisch verlagert und verschlang die Reste. Als ich mir diesen unappetitlichen Anblick betrachtete, wandte er sich wieder dem Brot zu. Diesesmal schnappte er sich ein paar Scheiben auf einmal. Die Schnauze tauchte er in mein Bier, noch ehe ich die Stimme wiederfinden konnte.

»He, hör auf!« befahl ich. »Du bist doch ein – eh, du bist ja –, weißt du, du solltest Heu essen anstatt dieses Zeugs.«

»Das ist sehr interessant«, sagte Golias, aber ich merkte, wie er sein Frühstück außer Reichweite schob. »Offensichtlich hat das Fell des Esels noch nicht seine Eßgewohnheiten beeinträchtigt.«

»Ich hole den Wirt«, murmelte der Kellner.

»Hau ab, ehe wir Schwierigkeiten bekommen«, sagte ich zu Jones, halb flehend, halb wütend. Doch ich war noch nicht überzeugt, weder durch seine Demonstration noch durch Golias' Erklärung. »Du hattest doch bereits ein großes Bündel Heu, oder?«

Er schüttelte den Kopf, und mit ihm den Rest des Halfters, das er für seine Flucht durchgekaut hatte.

»Nun, ich werde dafür sorgen, daß du etwas bekommst, sobald ich ein neues Frühstück bestellt habe. Und nun, bitte, hau ab, bevor der verdammte Kellner – und wenn der ein Trinkgeld will, soll er es sich selbst prägen – mit dem Wirt zurückkommt.«

Anstatt zu gehorchen, aß Jones noch drei Scheiben Brot und schlappte den Rest meines Bieres auf. Er war noch dabei, als Turgis hereingerauscht kam. Golias klingelte mit den Münzen in seiner Tasche, aber es war nicht nötig. Der Wirt sah, was er zu sehen gefürchtet hatte. Seine anderen Gäste waren weit davon entfernt, entrüstet zu sein, und genossen das neuartige Spektakel. Anstatt uns hinauszuwerfen, sah er nachdenklich aus.

»Was wollen Sie für ihn haben?«

»Heu«, bog ich ab. »Vermutlich hat Ihr Stallbursche versäumt, ihn zu füttern. Er wird wieder in Ordnung sein, wenn er sein Heu bekommen hat.«

Turgis ließ sich nicht beirren. »Ich meine, wieviel wollen Sie für ihn haben?«

»Er ist nicht zu verkaufen«, meinte Golias. »Wie stehts mit Frühstück für meinen Freund hier?«

So wild ich aufs Frühstück war, war ich inzwischen doch mehr darauf bedacht, hier wegzukommen. Mir gefiel die Aufmerksamkeit nicht, die wir auf uns zogen.

»Wir bezahlen besser Jones' Rechnung und erklären, daß er bereits abgereist ist«, murmelte ich.

»Gut«, stimmte Golias zu. »Oh, jetzt gibt es Schwierigkeiten. Da kommt der Kellner, der gestern abend Dienst hatte.«

Man kann nicht erwarten, daß ein Mann, der bestochen wurde, seinem Geber treu bleibt. Während wir mit düsteren Vorahnungen zusahen, ging der Neuankömmling zu dem Wirt und flüsterte ihm etwas ins Ohr. Turgis, der sich nach Abschlag seiner Bitte zurückgezogen hatte, kam nun wieder näher.

»Ich möchte einen Kaufvertrag für diesen Esel sehen«, sagte er.

»Schick deinen Schatten Schnepfen jagen«, befahl Golias. Er sprach ruhig, stieß aber dabei mit dem Messer nach der Gürtellinie des Mannes.

Der Wirt sprang zurück. »Dieser Esel war in Ihrem Zimmer, also ist er Eigentum des Gasthauses. Sie haben versucht, ihn fortzuschaffen, daher werde ich Sie verhaften lassen.«

Auf Golias' Teller lagen noch zwei Bissen. Er verzehrte sie, während Turgis auf eine Antwort wartete und ich versuchte, mir eine gute zu überlegen. Dann stand Golias auf.

»Ich sehe dich draußen, Shandon«, sagte er lässig. Mit diesen Worten sprang er durch das Fenster, aus dem Jones gerade rechtzeitig den Kopf zurückzog. »Lucius, wir gehen!« dröhnte er.

Das Manöver teilte ihre Kräfte und ihre Aufmerksamkeit. Der Wirt konnte sich nicht entscheiden, ob er lieber dem Esel folgen oder mich als Geisel behalten sollte. Als er sich entschieden hatte, besser den Spatz in der Hand zu behalten, hatte ich die Situation erfaßt und war aufgesprungen.

»Haltet ihn!« gellte er.

Nun, ein Mann hat das Recht, zu sagen: Haltet ihn, wenn ihn jemand übers Ohr gehauen hat. Es war jedoch eine wirkungslose Verteidigung. Ich traf ihn mit einem Hieb auf die Wange, worauf er gegen einen Tisch hinter sich stolperte. Ein paar Kellner und ein übereifriger Gast waren noch zwischen mir und der Tür, aber hundertundfünfundneunzig Pfund und der Schwung dahinter standen dagegen. Ich schnappte mir einen, schob damit einen zweiten aus dem Weg und schob den anderen mit hinaus auf die Diele. Dort fielen wir aufeinander, aber da ich ihn als Polster benutzte, verschlug es ihm den Atem. Er ließ los, als wir aufschlugen, und im nächsten Augenblick war ich draußen auf der Straße.

Die ganze Nachbarschaft rannte, schrie, brüllte und zeigte mit den Fingern. Wahrscheinlich waren die meisten eher belustigt als verärgert, aber zu diesem Zeitpunkt war ich überzeugt, daß alle nur Stellvertreter des Gesetzes waren, und nahm die Beine in die Hand. Man rief in der Tat vereinzelt nach der Wache, wenn auch niemand uns über eine längere Strecke folgte, außer Mister R. Turgis, der sich nun in versöhnlicherer Stimmung befand.

»Die Rechnung«, schrie er immer wieder. »Laßt den Esel aus dem Spiel, bezahlt nur die Rechnung!«

Als ich meine Gefährten eingeholt hatte, gab es keinen Grund mehr zum Rennen. »Er will seine Rechnung bezahlt haben«, sagte Golias zu Lucius, als wir auf den flehenden Wirt warteten. »Glaubst du, du könntest dazu beisteuern?«

»Es . . . waren . . . doch . . . drei . . . wie ich mich . . . erinnere«, keuchte der Wirt, als er zu uns stieß. »Ich . . . weiß nicht, wohin der . . . dritte verschwunden . . . ist, aber . . .«

Er war so außer Atem, daß das Sprechen ihm sicher Schmerzen bereitete. Ein Betäubungsmittel war zur Hand. Golias und ich hatten uns zu Turgis umgedreht, aber Jones hatte sich nur ohne den Körper zu bewegen umgewandt. In genau dem Augenblick, als der Wirt weder zu weit noch zu nah war, stieß Lucius ein fröhliches Iaa aus und trat ihm in den Bauch.

»Wir warten nicht auf die Quittung«, sagte Golias.

Den unerhörten Lauten zufolge, die Lucius von sich gab,

wurde deutlich, daß ihm gefiel, wie wir den Vorfall gehandhabt hatten. Und für ein paar Minuten hatte er sein Ungeschick ebenso vergessen wie ich die Tatsache, daß er mein Frühstück aufgefressen hatte.

Als mir jedoch nach einem kurzen Gang dieser Verlust wieder aufging, bedachte ich unseren Weg. »Ich muß etwas essen«, beharrte ich. »Und vielleicht könnte auch Freund Jones hier etwas gebrauchen. Aber wir müssen vorsichtig sein.«

»Ich glaube, niemand wird von nun an unsere Besitzrechte in Frage stellen«, sagte Golias, »wenn wir auch damit rechnen müssen, daß ihn jemand stehlen will. Inzwischen hat uns Robin Turgis klar gemacht, daß wir einen Aktivposten haben, den wir noch nicht in Betracht gezogen haben.« Er sprang vor Lucius. »Wie wäre es mit ein wenig Heu?«

Jones ließ die Ohren herabfallen.

»Nun, wie wäre es denn mit einem Perlhuhnbrüstchen?«

Die Ohren schossen hoch, und eine lange Zunge glitt über die Oberlippe.

»Das ist besser, eh?« drängte Golias weiter. »Ich vermute, du möchtest auch ein wenig Brot dazu?«

Mit einem Huf stampfte Lucius sechsmal in den Staub der Straße.

»Oh, sechs Scheiben. Und ein bißchen Bier, um es herunterzuspülen?«

Jones wieherte dankbar, und Golias winkte mit einer Hand. »Jetzt haben wir eine Zirkusnummer, Shandon.«

Ich sah, wie ihm der Gedanke gefiel. Was mich betraf, so wollte ich nur schnell aus einer Stadt verschwinden, die uns nur Unglück gebracht hatte. Mich machte daher das Zwischenspiel der anderen ungeduldig.

»Stehen wir doch nicht so herum und warten darauf, daß man uns die Taschen leert«, schlug ich vor. »Hast du bemerkt, daß an der nächsten Ecke eine Kneipe ist?«

Nachdem ich meine Bedürfnisse befriedigt hatte, und wir Essen – in die relative Abgeschiedenheit des Stalls – zu Lucius geschmuggelt hatten, ließen wir Parouart hinter uns. Golias hatte sein Geschick mit den Würfeln umsonst bemüht, soweit es unsere Reisegeschwindigkeit anbetraf. Mit der Kutsche zu fahren kam nun nicht mehr in Frage. Ich fürchtete, Golias würde mit seinem neuen Reichtum Pferde kaufen, aber er selbst wies darauf hin, daß es schwerer sei, Pferde dem langsamen Tempo eines Esels anzupassen, als neben einem herzugehen.

Jones brauchte nicht geführt zu werden, aber weil wir weitere öffentliche Aufmerksamkeit vermeiden wollten, kaufte Golias ein Seil und band es Lucius um den Hals. Als ich ihnen durch die engen Straßen eines Vororts von Parouart folgte, hatte ich Zeit genug für Mitleid. Da ich das selbst mitgemacht hatte, erkannte ich das Ausmaß von Jones' Tragödie. Das schlimmste war nicht, wie ich ja wußte, ein Mensch in einem Eselsfell zu sein. Er war vielmehr ein Mensch, dessen menschliches Gehirn und Geist von den Unvermeidlichkeiten seiner neuen Gestalt bedrängt wurden. Ich wußte, daß die Kraft, einer solchen Belagerung standzuhalten, mit der Zeit nachließ. Ich wußte, daß dieser Belagerung nicht nur von einer fünften Kolonne von Eselsinstinkten, sondern von einem schrecklicheren Feind Vorschub geleistet wurde. Es gibt drei Schritte der Erniedrigung: die Wirklichkeit des schändlichen Zustands, das Erkennen dieser Wirklichkeit, während man das Gefühl hat, nichts dagegen tun zu können, und das Akzeptieren derselben als eines normalen Zustands. Mich schauderte, als ich sah, wie Lucius sich wehrte, als er um eine Ecke geführt werden sollte. Nicht, daß er nicht gehen wollte. Es war der Esel in ihm, der die Oberhand gewann.

Am Vormittag des nächsten Tages fuhren wir mit einer Fähre über die schäumend-braunen Wasser des Langen Flusses – er mußte fast eine Meile breit sein – an einer Stelle südlich von Erech. Wenn auch das, was wir vom Ort sahen, schon nach einer richtigen Stadt aussah, war das Land am Westufer kaum besiedelt. Kurz nachdem wir nach Süden abgebogen waren, wurde unsere Straße von beiden Seiten von Wäldern eingeschlossen.

»Auf dem Wegweiser an der Kreuzung stand, es seien zwanzig Meilen bis nach Troynovaunt«, bemerkte ich. »Glaubst du, wir schaffen es bis zum Abendessen?«

»Nein, wenn wir nicht schneller als bislang vorankommen«,

sagte Golias. »Bring dich auf Trab, Lucius, ansonsten, so wahr mir Shylock helfe, werde ich ein Stück aus dir herausschneiden.«

Zu meinem Mißfallen führte die Straße, auch wenn sie parallel zum Fluß verlief, nicht am Wasser entlang. Das Land ringsum war, wie zu erwarten, flach. Das machte das Fortkommen leicht, aber langweilig. Noch gab es interessante Begegnungen. Wir trafen nur auf eine einzige bemerkenswerte Person.

Sie war nicht allein, aber man blickte nicht auf ihre Begleiter, und dies lag auch nicht in ihrer Absicht. Sie war ebenso unmöglich zu übersehen wie ein Vollmond. Sie war auf eine gewisse Art so unverfroren wie der Mond in einer Winternacht, und so heiß und überwältigend wie ein Mond zur Erntezeit. Sie rekelte sich wollüstig in ihrem kleinen Häuschen auf ihrem Elefanten, und sie war reines Gift. Ihr Blick war kalt und schwül zugleich. Sie war weißer und röter, als es sich gehörte, und der Schmuck in dem schwarzen Haar hätte bei jeder anderen absurd ausgesehen, aber sie war wunderschön. Und weder eine käufliche Hure noch ein Raubvogel.

»Gott schütze alle einsamen Männer!« sagte ich aus dem Mundwinkel, als ich zu ihr hochstarrte. Sie ritt auf der Flußseite der Straße, und so machten wir ihr, um sie auch besser betrachten zu können, Platz und gingen auf die linke Seite, um die Prozession vorbeizulassen. »Wer ist das denn?«

»Irgendeine Potentatin auf dem großen Umzug.« Auch Golias starrte sie an und hatte keinen Blick für mich übrig. »Ich habe sie irgendwo schon mal gesehen – Semiramis. Das ist sie: Königin Semiramis. Wir sehen besser, daß wir von der Straße wegkommen. Komm, Lucius. Du willst doch nicht zertrampelt werden.«

Das hätte leicht geschehen können, denn sowohl Kamele als auch andere Elefanten füllten die Straße hinter der Königin aus, und ich hörte auch das Wiehern von Pferden. Ich stand da mit den Händen in den Taschen und war entzückt von der Parade. Golias zog den Hut, als Semiramis an uns vorbeiritt, und ich war froh, daß ich es nicht getan hatte, weil sie auf ihn herabblickte wie auf einen Spucknapf. Ich warf einen Blick auf Jones, um zu sehen, wie er es aufnahm, und sah, daß er etwas im Schilde führte. Er war dabei, auf die Knie zu fallen. Aus dieser Position heraus verbeugte er sich, bis seine Nüstern den Boden berührten.

Das fiel Semiramis auf, die den Elefanten anhalten ließ, und die glänzende Kavalkade ihrer bunten Reiter und fröhlich beschirrten Tiere baute sich hinter ihr auf. Während wir unsicher zurückgafften, betrachtete sie uns von oben herab.

»Du hast das Tier trainiert?«

»Ja, Madam.« Ich hatte noch nie in meinem Leben zu jemandem »Madam« gesagt, aber zu ihr sagte ich es.

»Ich glaube, du lügst«, befand sie. »Wenn deine Manieren so schlecht sind, wie kannst du einem Tier gute beibringen?«

Ich hielt es für das Beste, keinen Kommentar abzugeben, aber einer der Nachfolgenden nahm den Ball auf. »Gewiß, Eure Hoheit«, rief er, »war es ein spontaner Tribut gegenüber Eurer Schönheit und Größe.«

Das hätte das Thema beenden können, aber Lucius schaltete sich ein. So unartikuliert seine Laute auch klangen, war doch der Tonfall unmißverständlich. Dann schloß er zu meinem Ärger jeden Zweifel aus, ob er dem zustimmte, indem er dreimal mit dem Kopf nickte.

Einen Moment lang dachte sie nach, dann hatte sie sich entschieden. Sie trat von ihrem Thron, stand hoch, anmutig und schrecklich auf dem Kopf des Elefanten und sprach ihn ein zweites Mal an. Einen Moment später war sie auf dem Boden.

Ich sah Golias an, aber der zuckte nur mit den Achseln; so standen wir starr, während sie ein paar Hände voll Grünzeug pflückte. Und wenn mich jemals danach gelüstet hatte, einen Esel zu treten, dann juckte es in diesem Augenblick in meinem Fuß nach Lucius. Dieser war aufgestanden und wartete mit gestrecktem Hals auf sie. Am Morgen zuvor hatte er ehrliches Heu verschmäht und es für angebracht gehalten, statt dessen mein Frühstück hinunterzuwürgen, aber als sie ihm einen schmutzigen Haufen Blätter und staubiges Unkraut darbot, fraß er alles auf. Dann leckte er ihr als Dessert die Hand und den Arm.

Ihr gefiel das auch. Ihr Gesicht wurde nicht gerade zärtlich, aber es glühte weniger kalt.

»Guter Junge«, schnurrte sie. »Lieber Junge. Du verstehst andere Dinge, verstehst du das auch?«

Als Antwort auf diese Frage zwinkerte ihr Lucius ein Auge zu, und ich merkte, wie ich immer unruhiger wurde. »Wir haben ihm beigebracht, allen Frauen zuzuzwinkern«, murmelte ich.

Ich war belustigt gewesen, als sie Golias auf so vernichtende Weise angesehen hatte, lächelte aber gar nicht, als ich an der Reihe war. In ihrem Blick mischten sich Kraft und Intelligenz mit dem intensivsten Sexappeal, der mir je begegnet ist. Diese Mischung befähigte sie, mir klarzumachen, daß sie von mir dachte, mir mangele es an den fundamentalsten Attributen der Männlichkeit. Nachdem ihr mein Erröten gezeigt hatte, daß die Botschaft angekommen war, wandte sie sich wieder zu Jones.

»Ich glaube nicht, daß du jede Frau anzwinkern würdest; ich glaube, du bist dazu viel zu vernünftig.« Als er zustimmend mit dem Kopf nickte, gurrte sie heiser und streichelte den weißen Fleck auf seiner Schulter. »Dieses Herz hier zeigt, daß du Talent hast und es nicht auf unempfängliche Dummerchen verschwendest.« Bei diesen Worten ließ sie ihre Hand weiter über seine Flanke gleiten. »Es gibt so wenige unter uns, die wirklich Kraft schätzen, und du bist so stark.«

Als Lucius sich ekstatisch wand, konnte ich es nicht länger aushalten. Ich hatte nicht gewußt, daß ich entrüstet sein konnte, aber das war ich nun.

»Lassen Sie ihn besser in Ruhe«, warnte ich sie. »Er könnte Sie treten.«

Sie lachte, und Jones iaahte im Chor dazu. Ich errötete, und als ich es merkte, wurde ich so wütend, daß ich alle Vorsicht vergaß.

»Verdammt, Lucius, hör auf damit!« schrie ich, schnappte mir sein Seil und versuchte, ihn fortzuzerren. Er wehrte sich, und ich versuchte es mit Überredung. »Es mag sein, daß du das gleiche Recht hast wie alle anderen, vielleicht, und gewiß soll auch ein Esel seinen Spaß haben, aber das geht zu weit.«

»Das ist etwas, was Lucius und ich herausfinden werden«, bemerkte Semiramis.

Ihre Schamlosigkeit reizte mich noch mehr. »Das werden Sie nicht tun!« schrie ich. »Das ist unser Esel.«

»Es wird aber meiner«, verkündete sie. »Wäre es euch lieber, wenn ich ihn kaufe, oder wenn ich ihn nehme?«

»Oh, Sie können ihn kaufen«, sagte Golias, »aber er hat einen stolzen Preis, und das Seil ist nicht inbegriffen.«

»Nenn deinen Preis, und ich werde ihn verdoppeln«, erklärte sie und wandte sich offensichtlich zu jemanden, der für das Bare verantwortlich war. »Und das Seil will ich nicht. Er wird mir auch ohne Seil folgen.«

Ich wußte, daß sie recht hatte, und ich sah nichts, was wir hätten tun können. Die Tierhaftigkeit, die mir solche Sorgen gemacht hatte, war nun unwichtig, verglichen mit den globalen Auswirkungen. Jones war mein Freund, und er war auf dem Weg, sich selbst dazu zu verdammen, für den Rest seines Lebens in Tiergestalt zu bleiben.

Verzweifelt sah ich zu, wie Golias sein Messer zückte. Lucius hatte sich in seiner Begierde, das Halfter loszuwerden, zu ihm umgedreht, so daß wir nun von der Straße abgewandt standen. Golias durchschnitt das Seil, wirbelte es hoch und ließ es auf Jones' Rumpf klatschen. Mit einem Blöken sprang der Esel vor, und Golias setzte ihm mit der Peitsche nach und schrie:

»Hermione! Renn, wenn du deine Hermione jemals wiedersehen willst.«

Vielleicht brach der Schmerz den Bann der Lust, und wenn dem so war, dann war es sicher nicht das erste Mal, daß so etwas geschah. Jedenfalls kam der Kern von Golias Worten bei Lucius an. Er schoß jetzt aus freien Stücken auf den Fluß zu. Ich setzte bereits Golias nach, und es mangelte uns nicht an Gesellschaft. Semiramis kreischte, und als ich einen Blick über die Schulter zurückwarf, sah ich, wie sie auf den Elefanten gehoben wurde. Dann waren sie alle, Elefanten, Kamele und Pferde, hinter uns her, und sie trompeteten, blökten und wieherten, als sie durch den Wald stürmten.

Inzwischen rannte ich mehr um meine eigene Rettung als um Jones' Haut, aber ich konnte die beiden anderen nicht einholen.

»Du kannst besser riechen als wir«, keuchte Golias Jones zu. »Lauf zum Wasser!« Der letztere war also für den Rest dieser wahnwitzigen Jagd durch das Ufergehölz unser Führer.

Es war ein schweres Fortkommen für uns, aber der sumpfige Boden, den wir bald erreichten, war für die Verfolger noch schlimmer. Die Elefanten und Kamele konnten bald nicht mehr weiter, und selbst die Pferde, die uns andernfalls eingeholt hätten, sanken bis an die Knie ein.

Durch dieses Handicap hatten wir immer noch einen kleinen Vorsprung, als wir am Flußufer ankamen. Lucius zögerte auf dem steilen Hang, und Golias, der das Seil fallengelassen hatte, stieß ihn.

»Geh schon, du verdammter Esel! Geh ins Wasser!«

Wir rutschten also durch Rankengestrüpp und Buschwerk hinab. »Bleibt am Ufer und haltet die Nasen unter Wasser«, instruierte uns Golias. »Das ist unsere einzige Chance.«

»Nein«, widersprach er sich selbst, als wir durch einen Busch an den Rand sprangen. »Seht doch, ein Floß! Shandon, da ist die Leine! Leg ab!«

XVIII Reisen de Luxe

Ich löste das Seil von der Wurzel, an der es befestigt war, und sprang nach dem Floß. Da Golias es bereits ins Wasser schob, landete ich kurz davor. Ich hechtete danach und zog mich an Bord. Rufe verrieten uns, daß unsere Verfolger das Ufer erreicht hatten, aber wenn sie uns auch hören konnten, konnten sie uns doch nicht sehen. Glücklicherweise waren sie ebenso abgeneigt, die Füße zu benutzen wie Autofahrer und suchten wie wild nach einem Abstieg, über den sie ihre Pferde lenken konnten.

»Wir müssen Lucius in das Wigwam kriegen!« keuchte Golias.

Der Unterstand, den er meinte, war ein zeltähnliches Gebilde an einem Ende des Floßes. Es war aus groben Stämmen gebaut und sah stabil aus, aber kaum groß genug, um einen ausgewachsenen Esel zu beherbergen. Lucius dachte das gleiche und legte die Ohren an.

»Er wird nicht reinpassen«, wandte ich ein.

»Muß er aber, Shandon. Ich meine es ernst. Bist du bereit?« Er stieß mit der Messerspitze in Jones bereits gereizten Rumpf und duckte sich, als er sich eine herzhafte Eselsreaktion einhandelte. Bei dem Tritt war Lucius jedoch momentan nur von seinen beiden schwächsten Beinen gestützt. Ich packte diese, brachte ihn aus dem Gleichgewicht, ehe seine Hinterbeine wieder unten waren, und Golias trat ihn von hinten. Als er sich endlich von dem Schock des Falls wieder erholt hatte, hielten wir ihn an Schwanz, Mähne und Ohren fest. Da er nicht aufstehen konnte und es nutzlos fand, auszutreten, gelang es uns, ihn in das Wigwam zu zwängen.

»Und wenn das Floß jetzt nicht herumtreibt, um uns zur Zielscheibe zu machen«, sagte Golias, als wir uns mehr oder minder auf Jones drauf in die Hütte gequetscht hatten, »sind wir aus dem Schneider.«

Auf der Rückseite befand sich ein Astloch, das ich durch rücksichtsloses Drängeln erreichte. Ich spähte hindurch und erkannte, daß uns die Strömung auf die Strommitte zutrieb. Das bedeutete, daß wir uns weiter von unseren Feinden entfernten, aber gleichzeitig, daß wir wieder in ihr Sichtfeld gerieten. Kurz nachdem ich mein Auge vor das Astloch geklemmt hatte, verriet mir ein Ruf, daß das Floß gesichtet worden war, und die Wut, die darin steckte, ließ ahnen, daß man uns damit in Verbindung brachte.

Ehe sie entscheiden konnten, was zu tun sei, erschien der königliche Elefant, und Semiramis sprang auf seinen Kopf. »Schießt! Schießt!« kreischte sie. »Tötet sie oder sterbt!«

Das brachte sie auf die Beine. Einige blieben an Ort und Stelle und schickten Pfeile los, so schnell sie sie nur aus den Köchern ziehen und auflegen konnten. Andere schwärmten am Ufer entlang, um zu schießen, wenn sie auf gleiche Höhe mit uns gerieten. Ein paar, die sich entweder nicht mit großen Flüssen auskannten oder dachten, diese seien weniger gefährlich als Semiramis, mühten sich hinab und sprangen mit den Reittieren vom Ufer. Ich machte mir um sie keine Sorgen; denn kein Pferd würde gegen diese Strömung anschwimmen können. Die Pfeile machten mich jedoch nervös. Diese Burschen konnten schießen. Nach einer Weile fiel mir ein, daß einer vielleicht auf das Astloch zielen könnte, und zog den Kopf ein. Mehrere Minuten lang schwirrten die Pfeile so rasch nacheinander auf unser Dach, daß es klang wie ein Specht auf einer Blechtrommel. Eine Menge prallte ab, aber viele blieben auch stecken, und nicht wenige Spitzen drangen sogar durch die dicken Planken.

Wenn sich das Floß umgedreht und die offene Seite des Wigwams dem Westufer zugewandt hätte, wären wir verloren gewesen, aber wenn es auch nervenzerfetzend trudelte, waren wir nie ohne Deckung. Aber das war nicht alles, was der Fluß für uns tat. Die Fahrrinne, was gleichbedeutend ist mit der Hauptströmung, führte in Richtung Südosten auf eine Stelle zu, wo sie sich dem gegenüberliegenden Ufer näherte. Nach weniger als zehn Minuten waren wir außer Schußweite.

Semiramis hatte uns jedoch so beeindruckt, daß wir uns erst nach der Strommitte wieder hervortrauten. Sie war nicht zu sehen, wenn auch ein paar Reiter immer noch das Ufer nach einer Stelle absuchten, wo sie hinabsteigen konnten. Während wir ihnen zusahen, verschwand einer von ihnen im Gebüsch, weil er vermutlich die Mündung eines Seitenarms gefunden hatte. Als der letzte ihm folgte, konnten wir frei den ganzen Vorfall bereden.

»Nur damit ich niemals den Fehler begehe, dorthin zu gehen«, meinte ich, »über welchen Teil von Literaria herrscht sie denn?«

»Oh, irgendwo im Süden und ein Stückchen nach Osten.« Golias sah mich an, begann zu lachen und streckte sich wiehernd aus. »Wenn du dich gesehen hättest, als du Lucius vor seinen niederen Instinkten retten wolltest!«

Ich wurde rot. »Ach, es ging weniger um Lucius. Noch nie hatte jemand Grund, mich mit der alten Dame von Dubuque zu vergleichen, aber einige Dinge –« Ich hielt inne, weil ich merkte, daß mein Argument nur auf Gefühlen basierte, wo ich doch immer stolz darauf gewesen war, mich auf die Vernunft zu berufen. »Ach, zur Hölle«, fuhr ich fort, »einige Dinge gehen einfach nicht, besonders nicht bei einer Frau.«

»Klar«, besänftigte er mich. »Schönheit sollte entsprechend handeln, wenn sie auch nicht immer die Hilfe bekommt, die sie braucht. Wollen wir diesen Kahn mal näher inspizieren.«

Froh, das Thema zu wechseln, gesellte ich mich zu ihm für die Inspektion. Ich hatte einige Sachen hinten in dem Wigwam bemerkt, und das war das erste, was wir untersuchten.

»Nun«, sagte ich, »die Haken und Leinen sind vielleicht unterwegs nützlich, aber ich wüßte nicht, was ich mit diesem Vorderlader sollte.«

»Ich kann damit umgehen.« Golias untersuchte mehrere Säcke Proviant. »Mehl, Kaffee, Salz, Bohnen, Reis, und da ist auch eine Speckseite in dem Wachstuch und ein Krug mit Ahornsirup.«

»Wir können uns einen Lunch zusammenstellen«, bemerkte ich, »und vielleicht ist es eine gute Idee, eine Ration mitzunehmen. Wo Jones so groß darin ist, uns in Schwierigkeiten zu bringen, kann es gut sein, daß wir wieder von der Straße gejagt werden, noch ehe wir heute abend ein Gasthaus finden.«

»Straße?« Golias sah mich ungläubig an. »Warum sollten wir Staub schlucken und uns mit Lucius streiten, wenn uns dieses Floß in aller Ruhe und Bequemlichkeit halbwegs zu unserem Ziel bringt? Außerdem kommen wir so viel schneller vorwärts als zu Fuß.«

Da ich eigentlich selber auf den Gedanken hätte kommen können, sah ich Grund zu einem Einwand. »Yeah, ich weiß«, sagte ich, wobei ich darüber hinwegging, daß mich die Frage des Eigentums vordem nicht gestört hatte, »aber was ist mit dem Burschen, dem dieses Floß gehört? Er muß doch selbst einen Trip geplant haben, wenn er dieses Zeug an Bord verstaut hat?«

»Zweifellos.« Golias untersuchte den Mechanismus des Gewehrs. »Er hatte wohl eine Art Flucht vor.«

»Aber meinst du nicht, daß wir das Ding irgendwo an einem Fleck anbinden sollten, wo er es vielleicht sucht?«

»Und der Vorsehung ins Gesicht spucken?« Golias sah mich gequält an und legte das Gewehr nieder, damit er mit dem Finger auf mich deuten konnte. »Ich nehme an keinem solchen delischen Sakrileg teil, vor allem nicht, wenn es zugleich eine verdammte Dummheit wäre.«

Da wir somit eine Weile an Bord bleiben würden, nahm ich den Rest des Gefährts genauer in Augenschein. Es war zwanzig Fuß lang und etwa zwölf Fuß breit. Gebaut war es aus zweizölligen Brettern, die auf dicke Balken genagelt waren, und war daher sowohl solide als auch schwimmfähig. Das Wigwam hatte eine gemauerte Feuerstelle zum Kochen. Daneben befanden sich ein Holzstapel und ein Hackklotz mit einer Axt.

»Wenn wir Wasser hätten, wäre alles geregelt«, sagte ich.

»Wenn du den Langen Fluß trocken trinkst, wärst du der erste«, informierte mich Golias. Er hatte die Bratpfanne und den Kaffeetopf herausgebracht und tauchte letzteren in das lauwarme Wasser. »Kannst du mit einer Axt umgehen?«

»Ein wenig«, gab ich zu.

»Dann spalte ein wenig von dem Holz, und ich mache uns einen Maiskuchen mit Speck und einen Kaffee.«

Als wir aßen, merkte ich, wie gut ausgerüstet wir waren. Um den Speiseplan zu ergänzen, würde es nötig werden, zuweilen zu jagen, aber ansonsten waren wir vom Ufer unabhängig. Inzwischen verfolgten wir unser Ziel mit einem Minimum an Aufwand.

Um die Dinge noch besser zu gestalten, gab es ein Paar Maiskolbenpfeifen und Tabak an Bord. Ich hatte Golias zuvor nicht rauchen sehen, aber er tat es mir nach dem Essen gleich. Es war heiß, und wir hatten unsere Hemden bereits ausgezogen. Einige Zeit später steuerten wir das Floß mit einem Paar langer Stöcke in stilleres Wasser und nahmen ein Bad. Als wir wieder an Bord kletterten, machten wir uns nicht mehr die Mühe, uns wieder anzuziehen.

Die einzige Mühe, die uns abverlangt wurde, war das Floß in der Strömung zu halten, um nicht auf einer Sandbank oder an einem Baumstumpf hängen zu bleiben. Zu diesem Zweck mußte während der ganzen Nacht einer von uns Wache halten. Das war aber nicht schlimm; denn wir konnten die Zeit nach Belieben einteilen. Wir hatten vollständige Freiheit, und dennoch waren wir behaglich von Grenzen umgeben. Das Floß war ein Kontinent, und dennoch hielt es uns so engumschlungen, wie ein Reifen ein Rad hält.

Wenn das Floß bei Tag ein Kontinent war, dann war es ein Planet bei Nacht und glitt die Milchstraße des nebelweißen Flusses hinab, Mars und Merkur ebenbürtig im großen Reigen der Gestirne. Im allgemeinen konnten wir von der Erde nur die dunklen, gezackten Umrisse der Bäume sehen, die unaufhörlich herannahten und sich wieder entfernten. So, wie uns die Strömung von einem Ufer zum anderen trieb. Gelegentlich sah man die Lichter einer kleinen Stadt, und früh am ersten Morgen, als es noch dunkel war, näherten wir uns Troynovaunt.

Golias weckte mich, ehe wir dort ankamen, aber nur, um mir die großen Türme vor den heller werdenden Sternen zu zeigen. Dann kam eine Brücke, und wir mußten eine langsame Strömung finden, damit das Floß nicht gegen einen der Steinpfeiler, auf denen sie ruhte, trieb und zerschellte.

Zwei Tage später kamen wir zu der zweiten Brücke, der einzigen anderen Brücke, die ich sah. Das war die in Valentia.

Als wir um eine Biegung kamen und mit der Strömung auf sie zu trieben, beobachtete ich, wie Männer über die spinnenbeinige Konstruktion schwärmten. Deutlich vernahmen wir das Geräusch von Schlägen, die tief und hohl klangen.

»Sie müssen sie gerade beenden«, sagte ich.

»Manchmal bedeutet beenden und fertig sein nicht das gleiche«, bemerkte Golias. »Das hört sich nach Äxten an, nicht nach Hämmern.«

Er hatte recht, wenn ich es näher bedachte. Ich spähte verwirrt stromabwärts.

»Was hat es für einen Sinn, eine Brücke niederzureißen, ehe sie eine neue gebaut haben?«

»Du könntest ebensogut sagen, was hat es für einen Sinn, eine neue zu bauen, ehe diese niedergerissen ist.« Er sprach etwas ungeduldig, und ich bemerkte, wie sein Blick das Westufer absuchte. »Sie haben einen Grund, und wenn wir Glück haben, finden wir ihn heraus.«

Bis zu diesem Zeitpunkt hatten wir das rechte Ende der Brücke nicht sehen können, aber nach wenigen Minuten kam es ins Blickfeld. Da merkte ich, daß ich mich geirrt hatte, als ich den ganzen Lärm und die Rufe der Abrißmannschaft zugeschrieben hatte. Auf dem anderen Ufer war eine Menge los, wenn es sich auch um eine andere Art von Aufregung handelte. Männer in Rüstungen überfluteten dort den Zugang und ergossen sich über das Ufer. Die Straße entlang standen sie in Reihen, soweit ich überhaupt Menschen ausmachen konnte, und dahinter erkannte im im Wind flatternde Fahnen. Das war eine Armee, gegenüber der die von Brodir und seinen Verbündeten sich wie eine Kompanieabteilung ausnahm.

Das Beste an einer Floßreise ist, daß man im Vorbeifahren beobachten kann, wie sich die Dinge am Ufer entwickeln. In diesem Fall hatten wir Logenplätze. Mit dem entzückten Interesse eines Menschen, der einen Feueralarm beobachtet, lenkte ich den Blick von den Angreifern, die die Brücke zu betreten suchten, zu der Gruppe der Verteidiger, die sich abmühte, den Zugang zu ihrer Stadt zu zerstören. Das einzig Unklare war der Grund für die Verzögerung der Armee, aber ich fand ihn bald heraus. Der Befehlshaber der Invasoren hatte befunden, daß die Konstruktion bereits unsicher war.

Diese Erkenntnis weckte in mir einen Gedanken, der mir zu schaffen machte. »Und wenn sie das Ding auf unseren Schoß fallen lassen?« überlegte ich.

»Huh?« Golias war so vertieft, daß er nicht einmal den Kopf wandte. »Dann kann man nichts machen.«

Das stimmte. Wir konnten das Floß mehr oder minder, wo wir wollten, uns Ufer steuern, wenn wir weit genug im voraus die Entscheidung trafen, aber kurz vor der Brücke zu landen, stand nun außer Frage. Das Beste, was wir uns tun konnten, war, uns von den hölzernen Pfeilern fernzuhalten, auf denen sie ruhte. Ich stand auf und ergriff bereit dazu eine Stange.

»Hilf mir lieber, Golias«, sagte ich.

»Warte einen Moment. Sieh doch!«

Ich gab nach und sah den größten Mann, auf den jemals mein Blick gefallen war, aus den Reihen treten. Erst in diesem Augenblick merkte ich, daß die drei Männer, die ich am westlichen Ende der Brücke beobachtet hatte, nicht die Vorhut der angreifenden Armee waren, um die Truppen von der Brücke zu scheuchen. Es waren Verteidiger, die entschlossen waren, dem großen Burschen den Weg zu versperren. Ich pfiff durch die Zähne, als ich erkannte, was dies bedeutete. Diese drei, die sich auf den schmalen Weg gestellt hatten, hatten eine riesige Armee in Schach gehalten und verstellten ihr noch immer den Weg, während ihre Kameraden sich schwitzend bemühten, diese einzige Schwachstelle in ihrer Verteidigung auszumerzen.

Zuvor hatte ich das Spektakel mit unbeteiligter Aufregung verfolgt, aber nun wußte ich, auf wessen Seite ich stand. »Je größer sie sind, desto schwerer fallen sie«, sagte ich, aber ich war nicht sehr optimistisch.

Der Riese, denn er war nichts weniger als das, hatte ein Schwert, das fast so groß war wie ein gewöhnlicher Mensch lang ist. Mir schien, daß er damit alle drei ebenso leicht niedermähen konnte wie Gänseblümchen mit einem Stock, und es war offenkundig, daß er das gleiche dachte. Wir waren nun nahe genug, um ihn grinsen zu sehen.

»Greift ihn an, ihr Narren, greift ihn an!« sagte ich laut. Statt dessen machte ein einziger Mann einen Ausfall gegen den Menschenberg. Dieser schlug ihn auch mit einem einzigen Streich seines Schwerts, und er und ich dachten, es sei vorbei. Das war es auch fast. Aber während der große Junge sich zu einem weiteren vernichtenden Hieb bereit machte, unterlief der Verwundete seine Deckung, sprang hoch und stieß sein Schwert ins Gesicht des Riesen.

»Spitze!« bemerkte ich. Dann verwandelte sich mein Jubelruf in ein klägliches Kreischen: »O mein Gott! Golias, hilf!«

Weil ich den Kampf beobachtete, hatte ich nicht darauf geachtet, wohin der Fluß uns trieb. Es war nun klar, daß wir gegen einen Pier donnern würden. Der Grund für die Stadt war die Brücke, und der Grund für die Brücke war, daß der Fluß hier ungewöhnlich schmal war. Demzufolge raste er mit einer gewaltigen Strömung und doppelter Geschwindigkeit darunter her. Golias sprang mir zu Hilfe, aber wir konnten nur den Aufprall abfangen. Eine Ecke des Floßes schlug mit splitternder Kraft gegen die Holzaufbauten, wirbelte uns herum und riß Lucius die Beine weg. Als sich das Floß drehte, wich der Druck, gegen den wir angeschoben hatten, und auch wir flogen aufs Deck.

Als wir wieder Anteil daran nehmen konnten, was sich auf der Brücke tat, hatte sich die Situation verändert. Nur noch einer der drei Wächter – ich glaube, es war derjenige, der den Riesen getötet hatte – blieb auf seinem Posten. Die anderen beiden, die offensichtlich die Nachricht erhalten hatten, daß die Brücke kurz vor dem Zusammenbruch stand, näherten sich der Stadtseite. Natürlich würde die Brücke, wenn sie sie noch trug, möglicherweise auch den Feind noch tragen; aber der letzte Mann hatte sich da ganz schön etwas eingebrockt.

Ich wollte gerade meiner Sorge über die Entwicklung Ausdruck verleihen, als das östliche Ende mit einem knirschenden Geräusch in sich zusammensackte. Im Verein mit der Strömung begannen die Trümmer, den Rest der Brücke mit sich zu reißen. Die miteinander verbundenen hölzernen Piers konnten das Gewicht nicht einzeln tragen und zugleich gegen den Strom bestehen. Einer nach dem anderen kippten sie um, und der Aufbau kam herunter.

Wir hatten Glück, daß wir uns stromabwärts befanden und uns von den wild schäumenden Wassern entfernten. Doch auch dort erwischte uns noch die Flutwelle, und Jones, der es schwer hatte, glitt aus. Wenn ihn Golias nicht am Schwanz erwischt hätte, wäre der Esel in den Brunnen gefallen. Nachdem ich mich vergewissert hatte, daß er in Sicherheit war, drehte ich mich um, um zu beobachten, was die Armee mit dem einsamen Krieger machen würde, der sie so aufgehalten hatte. Ich sah gerade noch rechtzeitig hin: Er tauchte mitsamt Rüstung und Waffen in den Strom.

Er schien dem Selbstmord den Vorzug gegenüber der Gefangennahme zu geben, aber zu meiner Überraschung tauchte er auf und begann zu schwimmen. »Glaubst du, er schafft es mit all den Eisenwaren?« fragte ich.

Golias merkte, daß er immer noch Jones' Schwanz hielt, und ließ ihn los. »Am anderen Ufer wartet ein langer Marsch auf ihn, aber bei einem solchen Schlag sieht es aus, als würde er es leicht schaffen.« Er kicherte. »Sollen wir Lars Porsenna sagen, er könne genausogut nach Hause gehen, oder soll er das lieber selbst herausfinden?«

Nach ein paar weiteren Minuten waren die Stadt und die abgeschlagenen Invasoren außer Sichtweite, und wieder umschlossen Wälder den Fluß. Als wir sahen, daß Jones sich niedergelegt hatte, lehnten Golias und ich uns gegen ihn, zündeten eine Pfeife an und sahen entzückt und froh die Welt vorbeiziehen. Manchmal trieb das Floß dem einen Ufer zu, manchmal dem anderen. Dann wieder schwang es herum, daß wir entweder stromauf- oder -abwärts sahen. Abwechselnd näherten wir uns den Ufern oder schwammen mitten im Fluß, und unser Gespräch war ebenso gemächlich wie unser Fortkommen. Wir hatten die Freiheit eines jeden Hafens auf der Karte der Gedanken und machten uns dies in mancherlei Hinsicht zunutze.

Auch im Buckel von Arden war mir mein natürliches Verhältnis zu den Elementen niemals so bewußt gewesen wie in den folgenden Tagen. Die Luft, die wir atmeten, roch nach Bäumen und Erde ebenso wie nach Wasser. Nichts stand zwischen uns und Tag und Nacht in ihrer ganzen Fülle. Unter der Sonne kühlte eine Brise die Hitze. Wenn sich die Dunkelheit senkte, war es genau genommen ein wenig kühler, aber der Wind ließ nach und ließ die stille Luft unsere Körper umschmeicheln. Da wir uns der Kleider entledigt hatten, fanden wir es albern, uns vor dem warmen Regen zu schützen. Gewöhnlich schliefen wir draußen auf Deck und suchten den Schutz des Wigwams nur auf, wenn ein Sturm unsere Ruhe störte.

An Land gingen wir nur, um Holz zu sammeln und ein wenig zu jagen. Etwa am fünften Tag manövrierten wir uns in flaches Wasser am Rand, so daß Golias uns etwas zum Essen besorgen konnte. Er lud gerade das alte Gewehr, als wir eine Stimme hörten:

»Sie haben doch gewiß nicht etwas so Barbarisches im Sinn, wie die zarten Ohren von Gottes Fischen mit jener mörderischen Donnerbüchse zu erschrecken?«

Wir blickten hoch und sahen einen Mann mit einer Angel, einem Fangnetz und einer Fischreuse, der von der Uferböschung auf uns herabblickte. Trotz der Hitze war er korrekt gekleidet, von Schnallenschuhen über Kniehosen zu einem hohen Hut. Klein, wie er war, hatte er, wenn man von seinem Schnäuzer und Kinnbart absah, das Gesicht eines glücklichen Heiligen. Er schien seine Worte ernst zu meinen, wenn auch sein Lächeln seine Impertinenz erträglich machte.

Golias lächelte ihn ebenfalls an. »Ich nehme an«, sagte er, »daß Gottes Fische zwar zarte Ohren haben, aber keine zarten Mäuler.«

Dem Fremden schien die Antwort zu gefallen; denn er ließ sich auf der Uferböschung nieder. »Um die Wahrheit zu sagen, mein Freund, es gibt welche, die sie haben, und welche, die sie nicht haben. Eine der göttlichen Weisheiten, die das Angeln zu einer der schönsten Beschäftigungen machen, ist diejenige, die die Schöpfung mit ledermäuligen Fischen wie dem Döbel oder Aitling, der Barbe, dem Karpfen und dem Gründling auf der einen Seite versorgt, und diese ausgleicht durch eine andere Spielform wie den Hecht, den Barsch oder die Forelle, deren Mäuler einen Haken wieder ausspucken, wenn am anderen

Ende kein geschickter Angler sitzt. Aber wenn Sie – und Ihre Bemerkung könnte dahingehend interpretiert werden – implizieren wollen, daß die Haken den Fischen wehtun, so könnte ich dagegenhalten, daß bislang keine Klagen laut geworden sind. Weniger doppelsinnig gesprochen, möchte ich einräumen, daß die Wahrscheinlichkeit besteht; oder ich könnte erklären, daß es ebensowenig möglich ist, sich vorzustellen, daß ein Fisch Gefühle habe, wie selbige einem Baum zuzuschreiben. Noch weniger, würde ich sagen, denn häufig ist bestätigt worden, daß ein jeder Baum einst einen Geist hatte, der sich in einer liebreizenden Dryade verkörperte, welche mit ihm litt und starb. Natürlich hatten diese nicht die Schönheit und andere nette Eigenschaften, die die Nixen der verschiedenen Wasserregionen auszeichneten und sie in den Stand setzten, von Göttern geliebt zu werden und Helden und Angler hervorzubringen. Können Sie mir eine Frage beantworten?«

»Vermutlich nicht in dieser Ausführlichkeit«, erwiderte Golias.

»Nicht alle Themen erlauben Diskursivität.« Der Bursche lächelte wieder. »Noch haben die Anhänger der meisten Leidenschaften die Zeit dies zu entwickeln. Man könnte entgegenhalten, daß sie nicht fähig sind, ihre Gedanken auf Entdekkungsreise zu schicken, andernfalls sie sich natürlicherweise dem Angeln zuwenden würden. Aber das bringt uns zurück zu meiner Frage. Warum sollte ein Mensch von hochstehendem Intellekt, als den ich Sie einschätze, vorhaben, loszurennen, zu schreien, Sprengkörper zu feuern, die Luft mit Pulver zu verpesten, Blut zu vergießen und die Nerven des Waldes zu erschüttern, wenn das viel feinere Vergnügen des Fischefangens so naheliegt?«

»Einmal davon abgesehen, daß man nicht rennt und schreit, wenn man einen wilden Truthahn erwischen will«, gab Golias zurück, »sehe ich keinen Unterschied in der Natur unserer Aktivitäten.«

»Nein, Venator? Aber es ist ein Unterschied, so groß wie zwischen einem Wegelagerer, der sich hinter einem herschleicht und einem eins über den Kopf gibt, und dem gerissenen Halunken, der sein Geld nur bekommt, wenn sein Verstand dem deinen überlegen ist. Außerdem ist es ein Unterschied im Geiste. Im Fall der Jagd wird die Kugel, der Pfeil oder der Hund, um es milde auszudrücken, dem Opfer aufgezwungen. Im Fall des Angelns ist es die freie Wahl des Fisches, ob er den Haken nimmt oder nicht, den deine Fertigkeit verführerisch machen muß.«

»Das ist ein guter Punkt, Piscator«, stimmte Golias zu, »aber es braucht keinen Trick, einen Katzenwels aus dem Langen Fluß zu fangen. Der schluckt nämlich alles.«

»Einen Katzenwels!« Die Worte klangen schockiert aus dem Mund des Mannes. »Einen Katzenwels zu fangen ist kein Angeln, und alle Künste von Trimalchios Küchenmeister, so bemerkenswert sie waren, wie ich gestehen muß, könnten ihn nicht schmackhaft machen. Warum stellst du das Ding nicht beiseite und siehst zu, wie ich etwas fange, was auch für einen Angler gut genug zu essen ist? Ich kam hierher zu einem Duell mit einem Hecht, aber da ich bezweifle, daß ihr die notwendige Ausrüstung habt, ihn für eure Gaumen angenehm zuzubereiten, laßt uns eine Meile weiter flußabwärts gehen, und ich werde einen Barsch für euch fangen.«

Dieser Mann gefiel mir. »Ich würde gern mit Ihnen gehen«, meldete ich mich, »auch wenn Golias nicht danach zumute ist, Mister Piscator.«

»Kommen Sie auf unser Floß«, lud ihn Golias ein, »und wir fahren alle.«

»Danke für die Einladung«, sagte Piscator, und ohne weitere Diskussion kam er die Uferböschung hinab und sprang an Deck. Nachdem ich seine Rute ins Wigwam gesteckt hatte, damit Jones nicht darauf trat, legten wir ab. Die Flußrinne lag in einiger Entfernung, aber anstatt uns in dieser Hitze zu verausgaben, ließen wir das Floß langsam durch das seichte Wasser treiben. Das träge Fortkommen ärgerte unseren Passagier ebensowenig wie uns. Er hatte seine Pfeife dabei, und bald schmauchten wir alle drei zufrieden vor uns hin.

»Dieses Gefährt ist zu gut für gewöhnliche Leute, außer für Angler und andere kluge Menschen, daher halte ich euch für kluge Menschen«, sagte er schließlich. »Da ihr euch in der Tat als klug genug erwiesen habt, einen exzellenten Vorschlag von mir anzunehmen, fühle ich mich ermutigt, euch einen zweiten zu unterbreiten.«

»Und das wäre?« fragte Golias.

»Nun, in dem Tempo, das wir vorlegen, dauert es eine Weile, bis wir an die Fischgründe kommen, die mir vorschweben, daher sollten wir die Zeit für die zweitbeste Beschäftigung nutzen und ein paar Lieder zum besten geben.«

»Und was ist mit den zarten Ohren der Fische?« fragte ich.

Der andere lachte. »Wenn ich auch kein Arion bin, der die Fische betört, denke ich doch, daß sie durch meine Lieder keinen Schaden nehmen, besonders, da keiner je etwas Unkeusches oder anderweit Unpassendes aus meinem Munde hören wird. Möchte einer von euch beginnen?«

»Nein.« Golias machte eine Handbewegung zu ihm. »Als unser Gast, fangt an, wenn's genehm ist.«

»Aber gern«, versicherte ihm Piscator. »Eigentlich kann ich mir nach einem Tag des Angelns nichts vorstellen, was mir besser gefällt, als ein gutes Lied, zubereitet mit meiner eigenen Musik. Um die beiden Vergnügungen miteinander zu kombinieren, singe ich nun ein Lied vom Angeln.«

Angeln ist der einz'ge Sport,
  Der Gutes bringt;
Es ziemt dem Mann von Denkungsart,
  Dem es gelingt
Zu wissen, was zu wissen lohnt im Leben:
Wo Lachse schwimmen und wo Barsche hocken,
Zu kennen, wieviel Leine man muß geben,
Den Haken werfen nach geschicktem Locken.

Jeder Kopf ist wie ein Fluß
  Mit viel darinnen,
Wo man gleich Fischen suchen muß,
  Mit schlanken Finnen,
Gedanken, die aus dunklen Tiefen dringen,
Die nackte Haken, schale Köder fliehen,
Und nur dem klugen Wurf wird es gelingen,
Sie hin zum Lichte der Vernunft zu ziehen.

»Ich sehe, Ihr werft Eure Angel weiter als die meisten anderen«, bemerkte Golias, »und mir gefällt es, wie Ihr Euer Herz in ein Lied legt. Ich werde über einen Strom singen, besonders diesen hier, aber ich werde das Angeln auch nicht ganz außer acht lassen.«

Am ganzen Strom gibt's eine Furt,
Die keiner queren kann,
Wo Ferdiad erschlagen wurd,
Sein bester Freund gewann.
  Von Rand zu Rand steigt's rot hinan,
  Zum Trunke naht die Morrigan,
  Und der Strom, der fließt nach Süden.

Aus einem Krug bei Winterskält'
Ein Angler Wärme sucht;
Das Wasser friert, das Wasser hält;
Der Angler zieht, der Angler flucht.
  Auf dem Eise geht ein Tanz,
  Unterm Eise flippt ein Schwanz,
  Und der Strom treibt ihn nach Süden.

In ihrer Träume tiefem Grund,
Da steht ein Spiegel leer.
Ein Reiter kommt. Erst blinkt es, und
Dann regt sich's nimmermehr.
  Gesponnenes zerreißt im Licht,
  Doch wunderschön ist ihr Gesicht,
  Als der Strom sie trägt nach Süden.

Es kam das Gold aus Drachenhort
In eines Weibes Hand.
Zum Strome trugen's Diebe fort
Und bargen es im tiefen Sand.
  Im Tod nennt keiner jenen Platz,
  Das Wasser hütet seinen Schatz,
  Und der Strom fließt fort nach Süden.

»Trefflich gesungen«, applaudierte Piscator, »und ich habe keinen Zweifel, daß der Fluß durch viele Geschichten fließt, was man ausgiebig in den Monaten studieren könnte, in denen nicht geangelt wird, wenn es solche gäbe, was aber glücklicherweise nicht der Fall ist.« Er nickte mir zu. »Nun sind Sie an der Reihe, mein Herr.«

»Ich kenne keine passenden Lieder«, sagte ich.

Piscator sah mich an, wie einen Schüler, der seine Lektion nicht gelernt hat. »Wenn Sie nichts von Besseren kopieren können, wie ich es die halbe Zeit mache, dann setzen Sie eins zusammen, wie ich es bei der anderen Hälfte tue.«

»Das kann ich nicht«, gestand ich und fühlte mich unterlegen. »Ich habe es gestern abend versucht und . . .«

»Was hast du?« Golias, der stromabwärts gestarrt hatte, warf mir einen raschen Blick zu. »Worüber ging es?«

»Oh, nichts Besonderes«, sagte ich und wünschte, ich hätte es nicht erwähnt. »Aber gestern abend, als ich Wache hatte, ließ der Mond den Flußnebel erglühen und die Bäume, wenn sie überhaupt zu sehen waren, schienen darin zu waten. Man konnte weit sehen, nur weiches Licht und Dunkelheit, und man konnte alles hören, von den Flügeln der Nachthabichte bis zum Ruf der Wölfe, und doch war es sehr still. Ich dachte mir halt so, ich könnte die Zeit damit verbringen, es in ein Gedicht zu fassen, aber ich habe nicht einmal die erste Zeile geschafft.«

»Warum sind Sie nicht einfach angefangen?« wollte Piscator wissen. »Lieder machen ist wie eine Fliege knüpfen. Wenn man die richtigen Materialien hat – und mir scheint, Sie hatten sie zur Hand –, braucht es nur noch Fertigkeit, die nur durch Übung zu erwerben ist.«

»Ach ja?« erwiderte ich und begann ein wenig mürrisch zu werden. »Ich habe mehrere Stunden darüber geschwitzt, und alles, was ich hervorbrachte, war: ›Der Fluß ist‹, und dann konnt ich mich nie entscheiden, was er ist.«

Golias sah mich immer noch an. »Wir werden sehen, was daraus wird«, sagte er schließlich.

Ich war nicht sicher, was er damit meinte und enthielt mich einer Bemerkung. An diesem Nachmittag tat sich indes nichts mehr. Wir verbrachten eine angenehme Zeit, und der alte

Piscator stellte sich mit der Rute als ebensogut heraus, wie er sich einschätzte. Ich habe niemals besseren Fisch genossen als den, den wir an jenem Abend über einem Kohlenfeuer auf dem Floß brieten.

XIX Groß und Grün

Der einzige wunde Punkt in unserem Leben auf dem Floß war unsere Beziehung zu Jones. Diese machte uns nur deshalb weniger Sorgen, als es hätte der Fall sein können, weil wir uns unvermeidlich daran gewöhnten. Wenn Kleider auch nicht unbedingt Leute machen, so läßt sich der Status eines Menschen doch nicht verleugnen. Wie auch immer seine verborgenen Fähigkeiten sein mögen, der Maßstab, nach dem er eingeordnet wird, ist das, was er mit seiner Zeit anfängt. Lucius verbrachte seine Zeit damit, ein Esel zu sein, und es wurde immer schwieriger, sich ihn als etwas anderes vorzustellen. Er konnte nicht reden, also legten wir die Gewohnheit ab, ihn anzusprechen. Er seinerseits spürte den Abgrund, den wir gewöhnlich vergaßen, und abgesehen von den Mahlzeiten ging er uns so weit aus dem Weg, wie es die engen Grenzen des Floßes nur zuließen.

Aber wenn uns das auch Sorgen machte, wann immer es uns zu Bewußtsein kam, waren Golias und ich glücklich. »Ich mag gar nicht daran denken, dieses Schiff wieder zu verlassen«, sagte ich, als wir, ein paar Tage nach unserem Zusammentreffen mit Piscator, unser abendliches Pfeifchen rauchten. »Du sagst, wir stoßen morgen auf die Straße zum Orakel?«

»Nach meiner Berechnung irgendwann am Nachmittag.« Er sog einen Moment an seiner Pfeife. »Es ist kein guter Weg, nur Karrenspuren, die von einem alten Landeplatz abgehen. Wir müssen unsere Augen offen halten.«

»Aber wie kommen wir zurück?«

Er zuckte die Achseln. »Wie es am besten geht, aber mach dir darüber jetzt noch keine Sorgen. Es liegen ein paar Parasangs zwischen dem Fluß und dem Orakel, und wie ich dir, glaube ich, sagte, sind die Warlocks eine wilde Gegend.«

»Eine Bergkette ist wohl immer rauh«, bemerkte ich, »aber wenn eine Straße hinüberführt, wird es schon nicht allzu schlimm mit der Kletterei.«

»Oh, das Gelände ist das letzte, um das du dir in diesem Teil von Broceliande Sorgen zu machen brauchst«, informierte er mich.

Einige Zeit später legte er sich zum Schlafen nieder und ließ mich auf Sandbänke und Baumstämme achten. In den vergangenen Nächten hatte sich nichts Außergewöhnliches ereignet. Aus diesem Grund war ich sehr überrascht, als ein Boot in Sichtweite kam.

Die Akustik auf Flüssen ist etwas Sonderbares. Zuweilen ist es möglich, den kleinsten Laut über eine unglaubliche Entfernung zu hören, während man zu anderen Zeiten nicht den Donner hört, der gerade hinter der nächsten Biegung zuschlägt. So war es auch mit dem Dampfer. Soweit ich es beurteilen konnte, hatte er keinen Laut von sich gegeben, bis kurz bevor er, Funken aus dem Schornstein sprühend und beleuchtet wie ein Christbaum, in Sichtweite kam.

Da er den ganzen Fluß für sich hatte, gab es keinen Grund, warum nicht jede Menge Platz für uns bleiben sollte, aber unsere Hilflosigkeit machte mich nervös. Es mochte zwar möglich sein, mit den Stangen auf den Grund zu gelangen und uns in gewissem Ausmaß zu steuern; aber wenn wir unseren Kurs änderten, könnte uns dies noch mehr in den Weg dieses Schiffes treiben. Am Ende beschloß ich, mich auf den anderen Kapitän zu verlassen, der uns sehen und umschiffen würde.

Ich wollte Golias wecken, aber es schien mir albern, ihn wachzurütteln, um ihm ein Dampfboot zu zeigen. Er würde natürlich wissen, daß ich es um der moralischen Unterstützung willen tat, und das brachte die Entscheidung. Auch als das Boot quer über den Fluß auf uns zuhielt, wollte ich nichts sagen, denn ich wußte, es folgte nur der Strömung. Daher brüllte ich erst in der letzten Minute:

»He, ihr Hundesöhne, paßt doch auf, wo ihr hinfahrt!«

Mein Ruf weckte Golias. »Komm und hilf mir«, gellte ich und versuchte, das Floß aus der Gefahrenzone zu stoßen, aber anstatt mir zu helfen, sprang er auf die andere Seite, wo sich

Lucius vor dem heranrauschenden Schiff in die äußerste Ecke des Floßes geflüchtet hatte.

»Es ist zu spät!« bellte er. »Spring!«

Im gleichen Augenblick, den ich brauchte, um zu überlegen, sah ich, wie er Jones an den Hinterbeinen griff und über Bord kippte. Ohne Zweifel folgte er einen Moment später, aber ich sah es nicht. Das Boot würde uns nicht verfehlen, und ich war ihm am nächsten. Ich tauchte, und zwar tief.

Glücklicherweise haben Flußschiffe nur flachen Tiefgang, andernfalls hätte ich wohl länger unter Wasser bleiben müssen, als ich gekonnt hätte, aber der Fluß und die Maschinen des Schiffes arbeiteten für mich. Ich war ein gutes Stück hinter dem Heck des Schiffes, als ich wieder an die Oberfläche kam. Ich sah mich in keiner Gefahr und begann Wasser zu treten und nach Golias zu schreien. Er gab keine Antwort, und die Strömung spülte mich rasch von der Unglücksstelle fort. Als sich meine Lungen erholt hatten, arbeitete ich mich weiter auf das Westufer zu.

Ich war etwa eine Meile weit nach Süden getrieben, ehe ich ans Ufer kam und mich aus dem Fluß auf das vergleichsweise trockene Land der Niederungen robbte. Naß, kalt und müde, wie ich war, freute ich mich nur mäßig auf das Tageslicht. Ich war sicher, meine Freunde würden sich zum Westufer wenden, aber da hörte die Sicherheit auf. Ich konnte nicht sicher sein, ob es Golias gelungen war, bei Jones zu bleiben. Weil ich nie daran gedacht hatte, hatte ich auch keine Ahnung, wie gut ein Esel schwimmen konnte. Und ich hatte auch keine Ahnung, ob sie unter- oder oberhalb von meiner Stelle landen würden.

Als es hell wurde, was seine Zeit dauerte, begann ich mit der Suche. Das Unterholzgestrüpp der Niederungen war schlimm für einen nackten Mann. Ich blieb aber, abgesehen von kleinen Pausen, hartnäckig, und um die Mittagszeit sah ich den größten Teil des Floßes auf einer Sandbank nicht weit vom Ufer. Es tat gut, wieder etwas zu essen, aber als ich an Bord war, spürte ich die Einsamkeit um so stärker. Im Freien ist man kaum jemals einsam, aber ein Haus oder ein Boot mit einer Kajüte – auch ein Floß, solange es ein Wigwam hat –

sind für Gesellschaft gemacht. Am nächsten Morgen wurde ich nervös und beschloß, nicht länger zu warten.

Da Golias bislang nicht gekommen war, war ich sicher, er würde nicht mehr kommen. Meine beste Chance, ihn wiederzusehen, wie auch das einzige, was mir überhaupt einfiel, war, das Orakel zu suchen. Ich schleppte das Floß ans Ufer, zog mich an, machte mir ein Proviantpaket, gürtete Golias Messer, ließ meinen schicken weißgefiederten Hut ins Wasser segeln und machte mich auf den Weg.

Wahrscheinlich wäre es klüger gewesen, am Ufer weiter zu trotten, bis ich auf die alte Straße gelangte, die Golias erwähnt hatte. Ich war jedoch das dichte Unterholz, den sumpfigen Boden, die feuchte Luft und die zahlreichen Schlangen der Flußniederung leid. Ich ließ sie hinter mir und begann zu klettern. Zuerst war es ein stetiger Anstieg aus dem Tal, und dann warf sich der Boden zu Hügeln auf.

Am nächsten Tag stieß ich auf ein Problem, das ich hätte voraussehen müssen, aber nicht getan hatte. Nachdem ich die Vorberge hinter mir gelassen hatte und in die Warlocks eingedrungen war, merkte ich, daß ich den Sommer im Tal zurückgelassen hatte. Der Herbst setzte in diesem hochgelegenen Land früh ein, und es wurde ständig kälter, als ich höherstieg. Wann immer ich Halt machte, um mich auszuruhen, kroch die Kälte in mir hoch, und der Wald bedrückte mich. Es waren vornehmlich Eichen, und ihre herabhängenden Blätter raschelten im Wind, aber viele Zweige waren bereits kahl. Am Nachmittag gegen drei verhüllten Wolken die Sonne. Dann begann der Himmel sich zu senken. Wenn es zum Schlimmsten kam, brauchte ich einen geschützten Lagerplatz zum Überleben, und ich legte mich ins Zeug, wie ich nur konnte. Doch wie hart ich mich auch weitertrieb, mir wurde nicht warm.

Es war fast dunkel im Walde, als es zum ersten Mal, seit ich die Vorberge hinter mir gelassen hatte, wieder bergab ging. Ich freute mich über jedes Nachlassen des schneidenden Windes auf dem Grat und stieg schnell abwärts. Der Weg war steil, aber es gab einen Wildwechsel, der mehr oder minder dem Verlauf eines Baches folgte und dem ich folgte.

Der Bach selbst war schwarz von kaltem Wasser, das rauschte, wenn es sich von einer Ebene auf die nächste ergoß.

Die Belohnung für meine Eile war ein Stück Landschaft, das mir Schauder den Rücken hinabjagte. Wie ein Haus weitaus einsamer sein kann als eine Wildnis, kann nichts in seinem Wald verlassener wirken als eine Lichtung. Oberhalb der undeutlich erkennbaren Bäume, die diese säumten, sah ich felsige Knubbel, die Warzen ähnelten. Wolkenfetzen glitten darüber hinweg, so endlos wie fließendes Wasser. Sie sahen fast ebenso dunkel und kalt aus wie der Bach.

Jener Bach, den ich schließlich überquert hatte, schlug hinter mir einen Bogen und tauchte als Wasserfall zur Linken wieder auf. An dieser Stelle gab es einen grasbewachsenen Hügel, der wie abgesägt aussah. Dahinter, das heißt, auf der anderen Seite des Wasserfalls, ragten ein paar Felsbrocken auf.

Diese Felsen schienen am ehesten Schutz für ein Lager zu bieten, und wenn mir der Gedanke auch nicht gefiel, in dieser Gegend zu bleiben, näherte ich mich doch der Stelle. Ich wollte gerade an dem Hügel vorbeigehen, als ich ein Loch in der mir zugewandten Seite bemerkte. Ich suchte weiter und fand zuerst ein weiteres Loch und dann eine grobe Tür. Niemand antwortete auf meinen Ruf, und so trat ich mit gemischten Gefühlen ein.

Zuerst war ich nur froh, dem Wind entkommen zu sein. Als sich meine Augen an die Dämmerung gewöhnt hatten, merkte ich, daß der Ort noch andere Vorteile bot. Das schwache Licht, das mehrere Luftabzüge schenkten, ließ eine Feuerstelle mit einem bereits angelegten Feuer erkennen. Als ich dieses angezündet hatte, was wegen meiner steifen Finger und auch, weil ich nicht gewöhnt war, mit Zunder und Feuerstein umzugehen, einige Zeit dauerte, entdeckte ich neue Wunder. In einer Ecke war ein Bett aus Heu mit einem Bärenfell als Decke. Es gab einen kleinen Vorrat an Nahrungsmitteln, darunter einen von der Decke herabhängenden Schinken und eine Flasche Wein und ein paar Kochutensilien. Am überraschendsten von allem aber war ein Altar, dessen Kerzen das Licht vom Feuer angenehm ergänzten. Bei dieser Beleuchtung konnte ich lesen, was am Fuß des Altars stand: »Willkommen sei der Bedürftige in der Hohen Einsiedelei.«

Die Bedingung erfüllte ich. Ich zweifelte nicht daran, daß, wer immer die praktische Nächstenhilfe erdacht hatte, eine Herberge für Wanderer zu errichten, mir das Leben gerettet hatte. Es dauerte länger als eine Stunde, bis das Feuer und der Wein die Kälte aus meinen Knochen vertrieben hatten. Inzwischen nahm der Wind bis auf Sturmstärke zu, und als ich zum Bach ging, um Wasser zu holen, spürte ich Schnee auf meinem Gesicht.

Ich war durch die Anstrengungen und die Kälte so erschöpft, daß ich sofort nach dem Essen zu Bett ging. Am Morgen beeilte ich mich nicht mit dem Aufstehen, aber der helle Tag – ein weiterer freudloser Morgen – hatte gerade seinen Weg in diesen Winkel der Warlocks gefunden. Der Schnee lag nicht hoch, und der Wind hatte die Felsen und die nackte Erde um den Eingang des hohlen Hügels freigelegt. Als ich nach dem Frühstück nach draußen trat, gab es jedoch keine Spuren, die darauf hinwiesen, wo der Mann, der mich erwartete, herkam.

»Ich dachte doch, ich hätte Rauch gesehen«, bemerkte er, »wenn auch hartes Holz kaum welchen entwickelt, den man an einem Tag wie heute sehen könnte.«

»Nein«, antwortete ich, weil ich höflich sein wollte, aber mir war nicht nach einer Unterhaltung zumute. Er war – und ich überprüfte meine Sehkraft, indem ich mich vergewisserte, daß alle anderen Dinge ihre normale Färbung behalten hatten – hellgrün. Ich meine nicht die Kleider, die er trug, wenngleich sie ebenfalls diese Farbe hatten, sondern die Haut des Mannes. Sie war grün wie Klee. Grün waren auch seine Haare, die er zu einem Buffalo-Bill-Schopf frisiert hatte, und sein Bart: ein voll ausgewachsener grüner Biberschwanz bedeckte fast die ganze Brust.

Ich hätte mich besser gefühlt, wenn er kleiner gewesen wäre. Er war an die zwei Meter zwanzig groß, und jeden Zentimeter für Kraft und Schnelligkeit gebaut. Außerdem trug er eine Kampfaxt mit einer mächtigen Schneide an einem fünf Fuß langen Schaft zur Schau.

»Du hast nicht zufällig irgend jemanden hier gesehen?« fragte er, als wir einander ansahen.

»Niemand war hier außer mir.« Ich räusperte mich. »Und ich wollte gerade gehen.«

»Ich würde dir raten, noch ein bißchen zu bleiben«, sagte er.

Ich wußte nicht, ob er einen Vorschlag machte oder einen Befehl erteilte, und wollte es eigentlich auch nicht herausfinden. »Was liegt denn an?«

Er hatte die riesige Axt so lässig geschwungen wie ein Polizist seinen Stock. Jetzt hörte er damit auf und stützte sich darauf.

»Es ist eine sehr ernste Sache«, sagte er halb zu sich selbst, »und ich würde es nicht tun, stünde ich nicht unter Befehl, aber genau hier soll ein Mann auf die schwerste Probe seines Lebens gestellt werden.«

Ich war einigermaßen sicher, daß er nicht von mir sprach, aber ich wollte es genau wissen. »Wie?« fragte ich.

»Hiermit.« Er hob die Axt vom Boden und stellte sie wieder ab. Dabei starrte er mich fortwährend an, und etwas, was er in meinem Blick las, ließ ihn mit den grünen Lippen zucken. »Ich bezweifle«, sagte er, »ob du den Nerv gehabt hättest, mir den Kopf abzuschlagen.«

Sein gutmütiger Spott erwischte mich bei meinem Stolz. Er war von uns beiden nicht der einzige, der eine Kampfaxt benutzt hatte, wenn es auch keinen Grund gab, ihn wissen zu lassen, daß dies bei mir nur einmal der Fall gewesen war.

»Oh, ich habe zu meiner Zeit mit solchen Dingern getötet«, gab ich an und wies auf seine Waffe.

»Wirklich?« Er sah mich weiter an, dann starrte er in die Richtung, aus der ich die Lichtung betreten hatte. »Er ist noch nicht fällig«, erklärte er, »aber wir gehen besser hinter die Kapelle, um sicher zu sein.«

»Wer soll sicher sein?«

»Du.« Es war nicht grob, als er meinen Arm faßte, aber ich wußte, ich konnte mich diesem Griff nicht entziehen. »Nun«, sagte er, als er mich hinter den Erdhügel gezogen hatte, »du scheinst ja alles über den Kampf zu wissen. Was würdest du sagen, wenn dich ein Mann aufforderte, so eine gegen ihn zu schwingen?«

Ich versuchte mein Unbehagen hinter einem Lachen zu verstecken. »Es ist nicht schwer, einen mit der Axt auszuteilen; nur das Einstecken tut weh.«

»Genau«, sagte er, als bewundere er dieses Urteil. »Aber wenn das so leicht ist, dann hack doch mir bitte den Kopf ab.«

Es machte mich nicht gerade zuversichtlicher, als er mir die Waffe in die schlaffe Hand drückte. Im Gegenteil fühlte ich mich nervöser als zuvor.

»Wo ist der Trick?«

Er lachte. »Niemand wird dich verletzen oder auch nur bedrohen, aber du hast Todesangst, stimmt's?«

Ich wurde wütend, weil er recht hatte. Während ich noch nach einer Antwort suchte, griff er wieder nach seiner Axt.

»Nun gut«, sagte er, »wenn du Angst hast, mich zu enthaupten, gib sie wieder her.«

Ich sprang zurück. Jemandem eine Axt zu überlassen, der so offensichtlich verrückt war wie er, mochte gleichbedeutend sein mit Selbstmord.

»Bleib mir vom Leib, sonst schlag ich wirklich zu«, warnte ich ihn. »Zurück, verdammt noch mal!«

Er drängte mich hinter die Einsiedelei, bis der Bach nur noch einen Schritt hinter mir war. In meinen Gedanken war nur Platz für zwei Überzeugungen: Ich würde diesem grünen Wahnsinnigen nicht die Axt überlassen, und ich würde keine Lungenentzündung riskieren, indem ich an diesem wintrigen Tag naß würde. Es gab nur eine Alternative. Ich faßte allen Mut zusammen und holte aus.

Mein Hieb, angelegt, ihn so weit zurückzutreiben, daß ich wieder Platz gewänne, war weit ausgeholt und mehr oder minder auf seine Hüfte gerichtet. Ich traf ihn aber nicht dort, weil er in die Knie ging. Die schwere Schneide fuhr durch seinen Hals, traf auf seinen dicken Knochen und glitt dann weiter durch. Der Kopf sprang herab und rollte auf mich zu. Entsetzt trat ich ihn fort.

»Du hast darum gebeten, du hirnverbrannter Idiot!«

Als ich diese Selbstrechtfertigung ausstieß, war ich froh, daß ich mich auf die Axt stützen konnte, aber mein Opfer brauchte keine solche Stütze. Es beugte sich vor, nahm seinen Kopf und staubte die rechte Wange ab. Dann stand es mit Leichtigkeit auf und hielt seinen Kopf an den Haaren hoch. Die Augen sprangen auf.

»Nervenzerfetzend, nicht wahr?« Ich hätte keine Worte dafür gefunden, auch wenn ich irgendwas hätte sagen wollen. »Das einzig Wichtige bei dieser Angelegenheit«, fuhr er fort, als ich stumm blieb, »ist, daß du den Mann schätzen lernst, der gerade kommt. Da du einmal hier bist, solltest du auch erfahren, was er getan hat und jetzt noch tut. Nimm dich doch zusammen! Ich habe ja schließlich den Schlag bekommen, und ich sagte dir doch, daß dir nichts geschehen wird.«

»Yeah«, gab ich zu, und konnte meinen Blick nicht von dem abgetrennten Kopf lösen.

»Wenn es nun andersherum gewesen wäre. Wenn wir ein Abkommen getroffen hätten, daß ich dich wieder schlagen kann, sofern ich dazu in der Lage wäre, und du dann gesehen hättest, wie ich meinen Kopf aufhob?«

Meine Gedanken stolperten bei der Vorstellung dieser schrecklichen Situation. »Das wäre kein faires Abkommen gewesen, wenn du gewußt hättest, daß du weiterlebst, während der andere Bursche getötet wird.«

Der Kopf zog die Brauen hoch. »Der springende Punkt ist aber doch der, nicht, ob ein Mensch übervorteilt wurde, sondern, ob es wert ist, ein Abkommen einzuhalten.«

»Was zum Teufel nutzt ein Abkommen einem Mann, der aus zwei Teilen besteht? Einem toten, meine ich«, fügte ich als Nachgedanken hinzu.

Er setzte den Kopf wieder auf den Halsstumpf. Das Blut, das hervorgequollen, aber nicht gesprudelt war, schien wie eine Art Leim zu wirken, der die Teile wieder verband. Nachdem er einige Male mit dem Kopf gewackelt hatte, um die Festigkeit zu prüfen, starrte er mich grübelnd von der wiederhergestellten Höhe aus an.

»Du verrätst dich, weil du so trotzig bist«, bemerkte er. »Ich habe dem fraglichen Burschen gestattet, ein Jahr darüber nachzudenken – und es ist erstaunlich, wie viele Gedanken ein fleißiges Gehirn in einem Jahr hervorbringen kann – aber er kam immer wieder zu dem gleichen Schluß. Ich erwarte ihn hier, und er erwartet von mir, daß ich ihn enthaupte.«

»Mein Gott! Willst du sagen, daß er ein ganzes Jahr lang jeden Tag daran hat denken müssen?«

»Ich will nur, daß du weißt, was dieser Mann – Gawain lautet sein Name – getan hat. Er mußte sich auf die Suche nach mir machen und hat dabei ein paar harte Monate zugebracht und – wie hättest du dich zum Beispiel verhalten?«

»Mann, das ist doch einfach. Wenn ich aus dem Gesicht der Leute erkannt hätte, daß sie mich für einen Feigling hielten, falls ich nicht ginge, hätte ich mich einfach irgendwo versteckt und wäre brummig wieder aufgetaucht, weil ich dich nicht finden konnte.«

»Ich würde vielleicht das gleiche tun«, gestand er ein. »Ich wünschte, ich wüßte es, aber ich hoffe, ich brauche es nicht herauszufinden. Aber ich weiß nun zufällig, daß Gawain in der Gegend ist und tatsächlich darum gebeten hat, hierher geführt zu werden.«

»Vielleicht bekommt er im letzten Augenblick kalte Füße«, bemerkte ich.

»Es erleichtert das Unbehagen, wenn wir unsere Feigheit bei anderen sehen, nicht wahr?« Er schwieg einen Moment, dann zuckte er die Achseln. »Meine Information geht jedoch dahin, daß er nicht einmal um Mitleid nachgesucht hat, indem er auch nur einem Menschen erzählte, warum er sich auf dem Weg hierher befindet.«

Er sprach mit einer solchen Bewunderung, daß ich den Mut aufbrachte, ihm Vorhaltungen zu machen. »Wenn du soviel von dem Burschen hältst, warum willst du ihn dann umbringen?«

»Ich will es auch nicht, aber wo wir so weit gegangen sind, muß die Prüfung auch zu Ende geführt werden.« Er nahm die Axt und untersuchte sie. »Die Schneide ist schartig geworden, als du sie durch meinen starken Nacken getrieben hast. Komm, hilf mir, sie wieder zu schärfen.«

Immer noch nicht gewillt, einem so formidablen Gegner den Befehl zu verweigern, folgte ich ihm. Mit Hilfe seiner Axt sprang er in einem einzigen Satz über den Bach, während ich froh war, ein paar Trittsteine zu finden. Auf der anderen Seite stieg er zu den großen Felsen hoch, die ich am Abend zuvor bemerkt hatte. Einige waren so plaziert, daß sie eine Höhle bildeten, die sich großzügig erweiterte, nachdem wir den schmalen Eingang hinter uns gelassen hatten. Sie wurde offensichtlich als Geräteschuppen für die Kapelle benutzt, und neben anderen Dingen enthielt sie einen übergroßen Schleifstein.

»Sieh mal, ob in dem alten Krug da noch Wasser ist«, sagte mein Begleiter, als er sich in den Sattel warf.

»Meinst du diese Kanne? Sie ist fast voll.«

»Gut, mach den Stein naß – oh, mehr als das; ist egal, wenn du kalte Hände kriegst – und dann fang an zu drehen. Nein, setz den Krug nicht ab. Laß das Wasser weiter tröpfeln, solange du drehst.«

Zuerst übte er nicht viel Druck aus, aber als er es tat, kreischte die Axt, wie wenn man Stahl schneidet. Die Felsen schafften eine feine Akustik, und wann immer er die Waffe hob, hörte ich, wie die Echos von den Klippen widerhallten, die jenes Tal des Schreckens umgaben. Es war ein solcher Lärm, daß ich nichts anderes hörte, aber der grüne Vogel hielt plötzlich die Axt mit der einen Hand hoch und bedeutete mir mit der anderen, aufzuhören.

»Wenn jemand etwas von mir will«, verkündete eine laute Stimme, »muß er jetzt oder nie sprechen.«

»Warte einen Moment«, brüllte mein Kumpan, »und du bekommst schon, was du willst. Nein, schneller!« flüsterte er mir zu, und der Lärm wurde lauter und übler als zuvor.

Ein waffenkundiger Mensch mußte diese Laute richtig deuten. Ich erkannte, daß ich zu einem Angriff auf die bereits überstrapazierten Nerven eines Menschen beitrug. Zugleich hatte ich die Faszination des Grünen zu teilen begonnen, wieviel Gawain wohl verkraften konnte. Während dieser uns nicht sehen konnte, weil wir über ihm und in der Dunkelheit der Höhle standen, konnte ich seinen Oberkörper erkennen, wann immer ich vom Stein aufblickte, den ich näßte und drehte.

Gawain war in voller Rüstung wie Calidor. Nach einer Weile

schwenkte er jedoch den Schild hinter sich, öffnete den Helm und warf ihn zu Boden. So wie er das tat, wirkte es überzeugend. Mit ähnlicher Geste warf ich die Wasserkanne fort und hörte auf zu drehen.

»Du mußt dir schon mehr Mühe geben, als ihn nur durch Lärm zu erschrecken, wenn du ihn einschüchtern willst«, sagte ich, als ich mich aufrichtete.

Der Grüne nickte, zögerte aber. »Hast du jemals etwas gehabt, das du nicht zu benutzen wagtest, aus Angst, es sei vielleicht nicht so wunderbar, wie du glaubtest?«

»Nein«, antwortete ich. »Aber wenn du dir um diesen Burschen Sorgen machst, wette ich fünf gegen zehn, daß er keinen Rückzieher machen wird.«

Er klatschte mir auf die Schulter. »Ich hoffe, du hast recht, und wenn du recht hast, werden wir alle in mein Haus gehen und feiern.«

Während ich noch über eine unverbindliche Antwort nachdachte, ging er. Ich sah, wie Gawain sich vorbeugte und in den Knien nachgab, in der klassischen Position, wie man seinen Hals ausstreckt, um ihn abhacken zu lassen. Der Grüne sagte etwas, aber das Rauschen des Baches machte es unverständlich für mich. Außerdem war mir gerade etwas eingefallen.

Die Höhle hatte, wie mir beim Eintreten aufgefallen war, einen Hintereingang, und jetzt konnte ich nachsehen, was dahinter lag. Von dem Hang hinter der Höhle schlängelte sich ein Pfad und bog an dieser Stelle ab, um bergab dem Bach zu folgen. Das war alles, was ich brauchte. Ich überlegte auch nicht lange. Dieser große Grünling hatte mir bislang zwar nichts getan, aber ich zog Gesellschaft vor, mit der ich unter ausgeglicheneren Bedingungen umgehen konnte.

Ich war ausgekühlt, als ich mich auf den Weg machte, aber die Bewegung war nicht das einzige, was mich aufwärmte. Ein paar Stunden stetigen Abstiegs brachten mich in wärmere Zonen und aus den Wolken heraus. Der Frost hatte die Blätter welken lassen, aber es herrschten spätherbstliche Temperaturen. Ich vergaß meine Probleme, schlenderte vor mich hin und nahm die sanfte Wärme in mich auf.

Hätte ich es eilig gehabt, so hätte ich auf den trockenen

Blättern, die den Weg bedeckten, zu viel Lärm gemacht, um ein leises Geräusch zu vernehmen. So aber hörte ich es. Ich tat ein paar weitere Schritte, ehe mir einfiel, an was es mich erinnerte, und dann blieb ich stehen. Ich sah aber nichts und wollte gerade weitergehen, als es sich wiederholte. Ich verließ den Pfad und spähte hinter die Bäume.

Sie hatte sich hinter einen umgestürzten Baum gekauert und war so in ihren Kummer vertieft, daß sie mich nicht hörte. Ich beobachtete sie, während sie unter leisem Schluchzen zitterte. Ich hielt es nicht aus, es mit anzuhören, und ich konnte mich nicht recht zum Gehen zwingen. Ich hustete also.

Sie lag ganz still. Als nächstes blickte sie auf und sprang hoch. Was sie sah, als wir einander abschätzten, weiß ich nicht, aber meine Ergebnisse kann ich bis ins kleinste aufzählen. Eine Sekunde lang hätte ich schwören können, daß es Rosalette war, ehe ich merkte, daß ihre Züge gänzlich anders waren. Zugleich hielt der Eindruck von Ähnlichkeit vor. Das andere, was mir auffiel, war die Quelle ihrer Verzweiflung. Sie war im fortgeschrittenen Stadium einer Schwangerschaft.

Wenn irgendein Mann ihr helfen konnte, dann derjenige, der ihr auch zu diesem Zustand verholfen hatte. Ich wünschte, ich hätte mich nicht eingemischt, und suchte nach einem guten Abgang, als sie zu sprechen begann.

»Was wollen Sie?« fragte sie und wich zurück.

»Ich kam gerade vorbei und habe Sie zufällig gehört«, murmelte ich, »und ich dachte, Sie bräuchten vielleicht Hilfe.«

Sobald ich das gesagt hatte, wünschte ich, ich hätte geschwiegen. Sie wurde so rot wie die frostgefärbten Ahornblätter über ihr.

»Nun, dann können Sie weitergehen, denn ich habe keine Hilfe nötig.«

»Großartig«, antwortete ich und versuchte so auszusehen, als glaubte ich ihr.

»Jawohl«, beharrte sie. »Auch verheiratete Frauen haben Kinder, wissen Sie, und ich bin verheiratet – das heißt, ich wäre es. Ohh . . .«

Sie hatte wieder zu weinen begonnen, als sie losrannte. Ich

hätte sie fortlaufen lassen, aber sie stolperte über eine Wurzel und fiel. Ich machte mir Sorgen, als ich sie hochhob, aber offensichtlich war ihr nichts geschehen.

»Danke«, sagte sie. »Ich vergesse immer, daß ich nicht mehr rennen kann. Ich muß mich nur eben hinsetzen. Mir hat es nur ein bißchen den Atem verschlagen.«

Ich setzte mich neben sie auf den umgestürzten Baum. »Gehen Sie nicht besser nach Hause?«

Sie atmete immer noch schwer und schüttelte den Kopf. »Ich hätte nicht den Mut, zurückzukommen«, sagte sie schließlich.

Sie hatte mir immer noch keine Chance gegeben, mich zu entfernen, aber ich gab nicht auf. »In ein paar Stunden wird es anfangen, kalt zu werden, und dann ist es nicht gut für Sie hier draußen.«

»Mir ist es egal, ob ich sterbe«, erklärte sie, »wenn Tamlane nicht mehr bei mir ist.«

Mir kam in den Sinn, daß sie nicht ganz richtig im Kopf war. »Wenn Sie nach Hause gehen«, drängte ich sie, »wird Ihr Freund wissen, wo er Sie zu suchen hat, aber hier im Wald werden Sie ihn kaum finden.«

»Aber er *war* in diesem Wald. Ich habe ihn heute morgen gesehen, und –« Sie sah meinen mitleidigen Blick und richtete sich auf. »Es ist nicht so, wie Sie denken!« rief sie. »Er würde mich ja so gern heiraten, aber er steht unter einem Bann.«

»Die Begründung habe ich noch nicht gehört«, bemerkte ich, aber sie erkannte nicht die Ironie in meiner Stimme.

Sie nahm ein Taschentuch aus dem Ausschnitt ihrer Bluse, trocknete die Tränen und versuchte ein Lächeln. »Natürlich werde ich ihn heute nacht wiederhaben, und alles wird wunderbar.«

»Was soll dann das ganze Theater?«

Ihr Kinn begann wieder zu zittern. »Es ist nur, daß ich solche Angst habe, allein dorthin zu gehen. Es sind alles Zauberer und Magier, und alles Mögliche könnte passieren, wenn auch Tamlane sagt, ich brauche nur an ihm festzuhalten.«

»Zauberer, eh?« Ich sah, daß ich Tamlane Unrecht getan hatte. »Und was müssen Sie tun?«

»Sie um Mitternacht in Miles Cross abfangen«, flüsterte sie

und sah aus, als stünde ihr der Opfergang direkt bevor. »Mein Baby soll doch seinen Vater haben.«

Wenn sie mich nicht so sehr an Rosalette erinnert hätte, ich hätte nichts gesagt. Aber sie sah so aus, und ich glaube, sie war auch kaum älter. Es schien mir hart, daß ein solch junges Ding unter Zauberern nach einem Mann suchen sollte, ohne daß ihr jemand den Rücken stärkte. Ehe ich es merkte, hatte ich meinen Fuß bis zur Hälfte in der Sache drin.

»Hör mal, Kleine«, sagte ich, »wenn du niemand anderen findest, der heute nacht mit dir geht, dann kannst du auf mich zählen.«

XX Begegnungen bei Miles Cross

Janet, so hieß sie, war so dankbar für mein Angebot, daß ich nicht umhin konnte, mich weiter um sie zu kümmern. Ich schickte sie daher heim, damit sie sich so viel wie möglich ausruhte. Als sie gegangen war, fand ich einen passenden Platz für ein Lager und streckte mich aus, um darauf vorbereitet zu sein, einen Großteil der Nacht wach zu bleiben.

Ich fühlte mich sehr tugendhaft, und jetzt, wo ich die Zeit hatte, darüber nachzudenken, fand ich auch eine praktische Seite an diesem Geschäft. Das Mädchen und sein Verlobter wußten es noch nicht, aber einer von ihnen würde einen Gast haben, noch ehe der Morgen heranrollte. Und wenn ich mich ausgeruht hätte, würden sie mich weiterweisen können. Vielleicht wußten sie sogar, wie man zum Orakel kommen konnte.

Die Zufriedenheit mit meinen Plänen war nicht von langer Dauer. Die sinkende Sonne verlieh den Warlocks einen Charakter, der um die Mittagszeit noch nicht so augenfällig gewesen war. Als ich Holz sammeln ging, konnte ich den Eindruck nicht loswerden, daß einige der Bäume hinter mir herpirschten. Das Herumgehen war wie bei jenem alten Kinderspiel: Wann immer ich stehenblieb und mich umdrehte, erstarrten diese Bäume und starrten mich an. Wenn ich weiterschlich, schlichen sie hinter mir her. Indem ich mir ein paar merkte, bewies ich mir, daß das nicht der Fall war – aber es half kein bißchen. Wenn die Vorstellung einmal da ist, kann der Verstand sich genausogut den Nachmittag freinehmen und Fußball spielen gehen.

Das war nur ein Aspekt einer Atmosphäre, die mir rasch die Schauder den Rücken hinabjagten. Wenn sich die Bäume auch nicht wirklich bewegten, so machten sie doch gewiß einen unangenehmen Eindruck. Die Astlöcher sahen aus wie ebensoviele bösartige Augen. Ich merkte, wie sie sich in meinen Rücken bohrten, als ich mich am Feuer niederkauerte und mürrisch aß. Dann wußte ich kaum, was schlimmer war, wenn ich sonderbare Geräusche hörte oder wenn alles still war, als ob etwas – etwas Unvorstellbares, aber niemals mein Freund – den Atem anhielte. Zusätzlich gab es noch die Sache mit Miles Cross zu überdenken. Ich dachte darüber nach.

Hundert Meter weiter in der ruhelosen Dunkelheit lag der Pfad. Ich fand ihn, indem ich dem kleinen Bach folgte, neben dem ich kampiert hatte, aber nach allgemeinen Gepflogenheiten hatte ich mein Feuer so verborgen, daß es vom Weg aus nicht zu sehen war. Um zur Sache zu kommen: Wenn ich mich nicht vom Fleck rührte, würde Janet mich nicht finden und nicht bitten können, mein Versprechen einzulösen.

Die Erfüllung dieses Versprechens reizte mich nicht mehr. Es würde bedeuten, daß ich mein Feuer verließ und eine Meile oder so dem Pfad folgte, bis zu der kleinen Lichtung, auf der Janet mich treffen wollte. Von dort aus würde sie mich zu Miles Cross führen. Der beinahe volle Mond machte dies möglich, aber mir fiel nichts ein, was es auch wünschenswert machte.

Mein Altruismus war schon lange, bevor es richtig dunkel wurde, an Unterkühlung gestorben. Wenn ich irgendein persönliches Interesse an dem Mädchen gehabt hätte, wäre das ein zwingendes Motiv gewesen. So, wie die Dinge jedoch standen, sah ich keinen Grund, warum ich idiotisch genug gewesen war, mich überhaupt darauf einzulassen. Erst einmal zuvor, im Fall Rosalettes, hatte ich mich veranlaßt gefühlt, einem Mädchen zu helfen, aber der Fall lag anders. Meine Motive waren meistenteils großmütig gewesen, aber sie hatten auch genügend erotisches Aroma gehabt, um sie wohlschmeckend zu machen. Wenn ich auch keine Gegenleistung erwartet hatte, weder emotional noch sexuell, war doch die Möglichkeit nicht ausgeschlossen gewesen. Im Fall Janet gab es nichts zu gewinnen und nichts, was ich gewinnen wollte. Ich trug einfach meinen Kopf in den Wolken und hatte mich in die trüben Wasser des Idealismus gestürzt, ohne einen Hafen oder eine Fracht, die ich zurückbringen konnte.

Ich hatte Grund genug, meinen Entschluß zu bedauern. Die

geheimnisvolle Natur des Waldes umschloß mich just außerhalb des Lichtkreises und der verhältnismäßigen Sicherheit, die ich mir geschaffen hatte. Ich hatte mich nicht nur verpflichtet, meinen sicheren Hafen zu verlassen, sondern auch, Wesen herauszufordern, die eins waren mit der Macht, die mich bedrängte.

So hatte ich also keinen Grund, zu dem Treffen mit dem Mädchen zu gehen, und einen ausgezeichneten Grund, es nicht zu tun. Als stützenden Faktor gab es noch das Wissen, daß ich meine Feigheit vor mir selber mit einem Achselzucken abtun konnte. Janet würde wissen, daß ich gekniffen hatte, aber da ich sie nie wiedersehen würde, verschaffte mir das kein Unbehagen. Die nicht gefangene Laus ist nur eine halbe Laus, und außerdem konnte ich mich rechtfertigen, falls es darauf ankäme. Ich hatte aus einem Impuls heraus eine törichte Entscheidung getroffen und nach reifem Nachdenken darüber meine Meinung geändert. Wenn ich ein wenig ein schlechtes Gewissen dabei haben sollte, so war das meine Strafe dafür, daß ich einen Narren aus mir gemacht hatte, indem ich mich in etwas einmischte, was mich nichts anging.

In den nächsten Stunden arbeitete ich das Problem Dutzende von Malen durch, und immer mit dem gleichen Ergebnis. Jedesmal machte mich die Antwort zufrieden – aber nur ein paar Minuten lang. Schließlich unterbrach der aufgehende Mond meinen Monolog. Allmählich brachte er all die nächtlichen Veränderungen mit sich, deren er fähig ist, aber das war nicht der Grund, warum ich ihm zusah. Wenn er an einem bestimmten Punkt vorbeiglitt, würde es zu spät sein für mich, etwas anderes zu tun, als zu bleiben, wo ich war. Lange, ehe er den kritischen Punkt erreichte, seufzte ich müde, verfluchte Gawain und stand auf. Was zwischen mich und die Tröstungen des Verstandes getreten war, war die Erinnerung daran, wie dieser Mann den Helm abgenommen und auf den Boden geworfen hatte, und das am Ende einer langen Suche nach Gefahr. Wenn er dazu fähig war, wo ihm der Tod versprochen schien, dann konnte auch ich ein Risiko auf mich nehmen, wo mir nicht einmal direkt ein Leid angedroht worden war.

Aber wenn ich auch versuchte, es Gawain gleichzutun in

seinem Entschluß, sein Wort zu halten, kann man nicht behaupten, daß ich es auch nur annähernd mit seiner kühnen Haltung aufnehmen konnte. Der Mond machte es leicht, den Weg zu finden, aber er heiterte mich nicht auf. Das Licht war wie ein Nebel, so daß ich nicht sicher sein konnte, ob irgend etwas darinnen sich bewegte oder starr war. Und die Stellen, die das Licht mied, waren ebenso schwarz und lebendig wie die Eingänge riesiger Rattenlöcher.

Nur eine Sache ergab sich wirklich aus diesem Geflecht von Möglichkeiten. Ich suchte mir einen Weg über eine sumpfige Fläche und hatte den Blick auf den Boden gerichtet. Als ich ihn wieder hob, sah ich einen Mann, der wenige Meter vor mir den Pfad kreuzte. Er hörte mich und blieb stehen. Ich sah ihn und tat das gleiche. Wenn ich auch dachte, ich wiche zurück, als er sich zu mir wandte, blieb ich doch an Ort und Stelle stehen. Eine Sekunde später starrte ich ihn ebenso an wie er mich mit dem einen Auge, das keine Binde trug. Der Schatten, den der Rand seines Schlapphuts warf, machte seine Züge unbestimmbar. Ein langer Umhang verwischte den Umriß seiner Gestalt, aber er war ein großer Bursche mit breiten Schultern. Auf einer jeden saß eine riesige Krähe.

»Du bist nicht der Mann, den ich suche«, verkündete er schließlich. »Aber ich hätte gern, daß du mir einen Gefallen tust.«

»Gerne«, sagte ich und meinte damit, ich sei froh, daß unsere Beziehung freundlich blieb.

»Mein Haar sieht man nicht so gut«, fuhr er fort, »aber eine Strähne von deiner Silberlocke wäre genau das Richtige.« Ohne weitere Umstände riß er eines meiner weißen Haare an der Wurzel aus. Als nächstes ließ er ein langes Schwert unter dem Umhang hervorgleiten. »Ich habe an Tyrfing gearbeitet«, sagte er, »und ich glaube, er ist bereit, aber ich möchte sichergehen.«

Es war für mich unmöglich, die Doppelklinge seiner Waffe zu erkennen, aber er gab mir einen Eindruck, als er das einzige Auge an der Schneide auf- und abgleiten ließ. Ich sah sie ebenfalls an, weil ich nicht anders konnte. Der Stahl saugte das Mondlicht auf. Als der Mann es von einer Seite auf die andere drehte, schien es, als untersuche er einen Streifen kalten Lichts.

»Und nun die Probe«, murmelte der Mann. Er öffnete die Finger in Schulterhöhe und ließ mein weißes Haar fallen. Die Schwerkraft ging sanft damit um, und es glühte wie ein winziger Neonzylinder und schwebte träge auf das Schwert in Hüfthöhe zu. Dort zerfiel es in zwei Teile, und die Krähen stießen einen heiseren Jubellaut aus.

»Er ist bereit«, murmelte der Mann. »Und jetzt müssen wir eine Hand für ihn finden.« Das Schwert verschwand wieder im Umhang. Er selbst trat in die Schatten und war verschwunden.

Ich meinerseits konnte eine Sekunde lang nicht weitergehen. Der letzte Name aller Schrecken ist der Tod, und in der Person, die mich gerade verlassen hatte, hatte ich die Verkörperung all meiner Ängste erkannt.

Die Lichtung lag nicht weit, wie sich herausstellte, aber dennoch war ich in Schweiß gebadet, als ich dort ankam. Das Warten war schwerer als das Gehen, wenn es mir auch die Gelegenheit gab, meinen Atem wieder unter Kontrolle zu bringen, ehe Janet ankam. So sehr ich mich nach Gesellschaft sehnte, war ich doch vorsichtig mit derjenigen, die dieser Teil Broceliandes zu bieten hatte. Sie stand nur wenige Meter vor mir, bevor ich mich sicher genug fühlte, um aus den Schatten zu treten.

»Hallo!« sagte ich und war so froh, sie zu sehen, daß es fast herzlich klang.

Sie stieß einen leisen Schrei aus und umfaßte meinen Arm. Sie war schneller gerannt, als man in einem solchen Zustand sollte, und hatte Schwierigkeiten, als sie sprach.

»Ich glaube – ich wäre gestorben – wenn Sie – nicht hier gewesen wären. Aber natürlich – war ich sicher – Sie würden kommen.«

»Ja?«

»O ja. Jeder, der freiwillig im – Wald kampiert – hat keine Angst vor dem – was hier heute nacht – geschieht.«

Als mir dämmerte, daß sie den Eindruck hatte, ich würde diese Sache auf die leichte Schulter nehmen, wußte ich nicht, ob ich mich geschmeichelt oder entrüstet fühlen sollte. Sie würde nie erfahren, was ich ihretwegen durchgemacht hatte.

»Nun«, sagte ich, »ich habe vielleicht keine Angst, aber wenn einer von diesen Zauberern uns jagen will, begehen Sie nicht den Fehler, mir vor die Füße zu kommen. Wo gehen wir von hier aus hin?«

Es stellte sich heraus, daß kurz hinter der Lichtung, an dem Weg, den sie gekommen war, eine alte Straße lag. Sie war von Farnkraut so überwuchert, daß man sie weder sehen noch mit den Füßen ertasten konnte, aber wenn man den Blick ein paar Meter voraus richtete, konnte man ihr folgen. Ich machte den Weg für sie frei und erleichterte es ihr ein wenig, mir zu folgen, aber ich konnte nichts dagegen tun, daß der Tau ihr Kleid bald ebenso durchweichte wie meine Hosen. Es ging bergauf, aber Windungen erleichterten uns den ansonsten steilen Hang. Wir waren vielleicht eine Meile so gewandert, als wir einen Hügel erklommen hatten, der ein paar hundert Fuß hoch war.

Auf dem Gipfel lag eine weitere kleine Lichtung. In der Mitte stand ein Monument, das mir Janet als Miles Cross auswies. Wer immer Miles gewesen war, seine Vorstellung, wie ein Kreuz aussehen mußte, war anders als meine. Es war nur in dem Sinne ein Kreuz, wie auch ein großes T eines ist, aber in diesem Fall gab es zwei vertikale Säulen. Das ganze war eigentlich eine große Steinplatte, die von ein paar senkrechten, unbehauenen Felsen gestützt wurde. Es hätte ein Zufall der letzten Vereisung sein können, aber ein Blick versicherte mir, daß das nicht der Fall war. Ein Werk der Natur ist vielleicht nicht attraktiv, aber es kann niemals verlassen aussehen. Diese Struktur roch so stark nach der Vergangenheit, die noch irgendwo in einem Winkel lauerte, wie ein Geisterhaus.

Die Lichtung war von verstrüpptem Buschwerk überwuchert, das sich hier und dort grau im Mondschein über hartem Gras erhob. Um sie herum hockten niedere Kiefern, die aussahen, als seien sie gerade zu einer Leichenschau gekommen. Wo wir standen, war es still, aber irgendwo hügelabwärts imitierte ein Bach leises, kruppartiges Lachen.

»Aus welcher Richtung sollen diese Vögel denn kommen?« fragte ich, als ich die Situation erfaßt hatte.

»Ich weiß es nicht«, flüsterte sie. »Er sagte nur, daß sie direkt bei Miles Cross vorbeikämen.«

Da ich keinen Grund sah, besonders aufzufallen, suchte ich

für uns einen Ruheplatz unter den Zweigen eines großen Busches, ein paar Meter von dem Monument entfernt. Abgesehen davon, daß wir einen günstigen Ausguck und eine Zuflucht aus tiefen Schatten hatten, gab es nicht viel, was für diesen Ort sprach. Der Boden war feucht, und Tau tropfte von den Blättern, und als wir uns nicht mehr bewegten, überkam uns ein Frösteln.

»Was soll ich denn tun, wenn sie sich zeigen?« fragte ich.

Sie drückte meine Hand, die ich ihr gereicht hatte, um zugleich meine und ihre Nerven zu beruhigen. »Nichts, danke. Einen Mann muß eine Frau sich allein suchen, und halten muß sie ihn auch allein. Ich werde keine Angst haben, wenn die Zeit da ist – das glaube ich zumindest, und Sie haben alles Mögliche getan, indem Sie mit mir hergekommen sind.«

Erleichtert spähte ich auf die leere Lichtung. »Aber was ist mit Ihnen? Besteht denn für Sie keine Gefahr von diesem Ungeziefer?«

Sie hielt den Atem an. »Ich weiß es nicht, Shandon, aber wenn sie verhindern, daß ich Tamlane bekomme, ist mir alles andere egal, was sie tun.«

Das einzige, was in der nächsten halben Stunde passierte, war, daß sie immer niedergeschlagener wurde und daß es ihr körperlich immer elender ging. Am Ende dieses Zeitraums roch ich den kalten Wendepunkt der Dunkelheit, der gewöhnlich um Mitternacht kommt. Es hatte kein Wind geweht, aber nun begann einer in den Kiefernwipfeln zu säuseln. Er brachte auch andere Laute mit sich.

Ich konnte sie nicht identifizieren, aber das Mädchen kannte sie. »Klingelnde Zügel. Sie kommen.«

Sie drückte sich dabei an mich. »Sie legen sich besser flach hin«, riet ich ihr aus meiner eigenen Nervosität heraus. »Man kann sich nicht kopfüber auf Zauberer und was weiß ich stürzen.«

Meine Worte schienen ihr Rückgrat zu versteifen, anstatt es weicher zu machen. »Ich könnte meinem Kind nicht ins Auge sehen, wenn ich es nicht versuchte.« Sie kroch unter dem Busch hervor, als sie diese Bemerkung machte. Dann sah ich, wie sie etwas unter dem Umhang hervorzog. »Das ist Weihwasser. Ich glaube nicht, daß sie Sie sehen, aber möchten Sie etwas zur Sicherheit?«

Ich wollte schon, aber ich nahm es nicht an. »Sie stehen doch in der ersten Schußlinie. Brauchen Sie es lieber selbst.«

Sie begann, es in einem Kreis um sich herum zu sprengen, wobei sie betete, aber ich widmete ihr nur den geringeren Teil meiner Aufmerksamkeit. Das Klingeln kam näher, und man hörte schwach noch andere Laute. Mir schien, daß Pferde mehr Lärm machen müßten. Wie sich herausstellen sollte, hatte sie dennoch recht gehabt. Sie war kaum fertig mit den Vorbereitungen, als Reiter auftauchten.

Sie drangen aus dem Wald wie Rauch, und die Pferde hatten es leicht, weil sie über die Spitzen der Grasbüschel huschten. Das war aber nicht das einzige, was mich erstaunte. Obgleich der Mond nun auf der anderen Seite stand, warfen weder Reiter noch Tiere einen Schatten.

Ich versuchte, kein Geräusch zu machen, und sah den ersten Reiter zu Janet aufrücken. Es sah aus, als würde das Pferd sie niedertrampeln, aber sie blieb stehen, und es scheute vor ihr. Keiner der Reiter zeigte die geringste Neigung, sich um sie zu kümmern, und mir wurde wohler. Ich wandte den Blick wieder zum Wald.

Eine zweite versprengte Staffel von dreien oder vieren war fast bei uns, und dahinter folgte eine weitere. Das mittlere Pferd dieser Gruppe war das erste weiße bislang in der Parade. Es folgte der normalen Prozedur und scheute, um dem Mädchen oder auch dem Weihwasser Platz zu lassen, aber Janet ergriff mit einem leidenschaftlichen Schrei die Initiative. Da der Bursche im Sattel über die Grasspitzen ritt, war er außer Reichweite. Er trug aber ein langes Cape, und sie umklammerte es nach einem Sprung mit beiden Händen. Sie nahm ihre ganze Kraft zusammen und brachte den Mann zu Fall, umschlang ihn mit den Armen und hielt ihn fest.

Ihr zweiter Schrei, eine erstickte Mischung aus Liebe und Triumph, hielt die Parade auf. »Tamlane ist frei!« rief jemand.

Bis zu diesem Augenblick hatte ich nicht gemerkt, daß einer der Reiter eine Frau war. Das Kreischen, das ich darauf hörte, verriet die Anwesenheit von wenigstens einer. Wenn Schmerz darin lag, dann war es der Schmerz der Eifersucht, nicht des Verlustes. Überwiegend klang es für mich wie ein Kriegsschrei, und Janet faßte ihn ebenso auf.

»Er gehört mir!« trotzte sie.

Dann wurde deutlich, auch wenn ich zu aufgeregt war, daß es mir direkt auffiel, daß Tamlane dem Mädchen weder geholfen noch ihr widerstanden hatte. Wahrscheinlich war seine Neutralität das Ergebnis davon, daß er bei Janet bleiben wollte, aber immer noch unter dem Bann der Zauberer stand, mit denen er sich zusammengetan hatte. Jedenfalls hatten sie ihn immer noch in ihrer Gewalt, ob Weihwasser oder nicht.

Ein ganz eigener Schrecken lag jedoch darin, daß dies mittels einer Fernsteuerung geschah. Niemand hatte irgend etwas getan, soweit ich es sehen konnte, aber als Janet schrie, erkannte ich, daß sie eine Schlange anstatt einen Menschen hielt. Auch als diese auf sie zuschoß, ließ sie sie nicht los, und nach einer Minute verwandelte sie sich in eine monströse Kröte oder einen Frosch, der versuchte, sich loszuzerren und dabei schrecklich grunzte.

Sie hatten eine Menge Tricks auf Lager, aber bei Janet standen sie einer Entschiedenheit gegenüber, die sie nicht bezwingen konnten. Sie kreischte vor Furcht, sie schluchzte, sie jammerte, sie bettelte sie an, mit ihren Erscheinungen Schluß zu machen. Sie zeigte jedes mögliche Symptom eines Aufgebers, aber sie gab nicht auf. Einen Mann und einen Vater für ihr Baby war alles, was sie wollte, und es gab nichts weniger als den Tod, was sie dafür nicht ertragen konnte.

Am Ende wurden sie der Versuche müde. Plötzlich verwandelte sich Tamlane von einem Hirschen in einen nackten Mann. Sie warf mit einem Siegesschrei den Umhang um ihn, und er hörte auf, wie eine Marionette dazustehen. Ihre Schatten, denn nun hatte er auch einen, trafen zusammen, als er sie umfaßte.

Sie war Spitze, dieses Mädchen, und verdiente einen Kuß, aber nicht alle beteiligten sich an dem Jubel. »Du kannst ihn haben, meine Liebe«, sagte eine Frauenstimme. Ein Reiter auf einem weiteren weißen Pferd war herangeschwebt und sah auf das Paar herab. »Ich bin mit ihm fertig.«

Wenn dieser Hieb unter der Gürtellinie landete, so auch

Janets Gegenschlag. »Danke, und ich hoffe, mit der Zeit lernst du genug Zauberei, um einen Mann zu halten.«

Tamlane war vernünftig genug, nichts zu sagen, aber nun wandte sich die Reiterin ihm zu. »Wenn ich gewußt hätte, daß deine Augen so schlecht sind, daß du eine Klette nicht von einer Blüte unterscheiden kannst, hätte ich sie dir ausgekratzt. Und jetzt geht, ihr Narren!«

Beide folgten diesem Rat, was vernünftig war, wenn es auch meine eigenen Pläne störte. Zweifelsohne hatte Janet mich in diesem Augenblick vergessen, und ich wollte nicht die Aufmerksamkeit auf mich lenken, solange aufgebrachte Zauberer anwesend waren. Meine Hoffnungen, den Rest der Nacht in Bequemlichkeit zu verbringen, verschwanden, als das junge Paar auf den Rand der Lichtung zueilte. Als sie gegangen waren, schüttelte ich bedauernd den Kopf und bewegte dabei achtlos die Zweige, unter denen ich hockte.

Die nächtliche Reiterin in meiner Nähe, die ihnen nachgeblickt hatte, wendete gerade ihr Pferd. Jetzt blieb sie stehen.

»Was könnte der Mond dort Helles finden, das sich bewegt?« fragte sie laut.

Als niemand antwortete, glitt sie aus dem Sattel. »Was immer du bist, das so glitzert, komm heraus.«

Ich wollte nicht warten, bis ich entdeckt würde, wie ich mich dort unter den Strauch duckte, und so kroch ich heraus und mühte mich steifbeinig hoch. Ihr Blick fuhr über mich.

»Was für ein feines Glühwürmchen aus diesem Busch kommt«, gratulierte sie sich. Sie stand über mir auf den Grasspitzen, streckte die Hand aus und berührte meine weiße Strähne. »Wer bist du, du mit dieser Silberader?«

Mir war unbehaglich, aber mehr als alles andere war ich verärgert, daß man mich versteckt gefunden hatte. »Niemand, den du kennst«, knurrte ich. »Nur ein Mann.«

Sie las meine Gedanken und hatte ihren Spaß dabei. »Oh, ein Mann?« sagte sie. »Und verkriecht sich unter einem Busch wie ein Kaninchen. Ich muß in Zukunft mehr auf das Unterholz achten.«

Inzwischen war sie nicht mehr die einzige, die ihr Gegenüber betrachtete. Sie war, zumindest unter den schmeichelnden

Mondstrahlen, außergewöhnlich attraktiv. Außerdem war sie keineswegs unfreundlich. Ich gab meinen Trotz auf.

»Es könnte gefährlich für dich werden«, erlaubte ich mir zu sagen.

Sie zögerte nicht, aber schwieg um der Wirkung willen. »Oder für dich«, gab sie es mir.

Als ich näher zu ihr trat, erkannte ich, daß sie sogar noch schöner war, als ich gedacht hatte. Ihre Stimme entsprach ihrem Aussehen, und ihr Duft ebenfalls. Bislang war keiner meiner anderen Sinne befriedigt worden, aber beide wußten um einen Vorgeschmack von Ekstase, die derselbe Körper nicht ohne Vorsicht genießen konnte.

»Laß die anderen weiterziehen, und wir probieren es aus«, schlug ich vor.

»Ich werde sie weiterschicken«, sagte sie und ließ zum ersten Mal durchblicken, daß sie die Gruppe befehligte. Die anderen hatten sich zu kleinen Gruppen gesammelt, aber auf ein Wort von ihr lösten sie sich voneinander und glitten wieder in den Wald.

»Warte unter einem von jenen Bäumen am Rand, und ich werde kommen, sobald jemand anders übernommen hat, was zu tun ist«, flüsterte sie, als sie sich wieder zu ihrem Pferd wandte.

Ihr Pferd bewegte sich und bot uns einen Schutz vor Blicken, und ich hielt es für an der Zeit, selbst die Dinge in die Hand zu nehmen. Ich schnappte sie mir, schwenkte ihr Gesicht herum und küßte sie. Dieser Kuß vernetzte alle Nervenenden in mir. Die Wirkung war, daß ich mich schwindling fühlte, als ich sie wieder freigab, und ich lachte leise.

Auch sie lachte. »Nun weiß ich, daß du auf mich warten wirst.«

Das erschien mir als eine sonderbare Bemerkung, wenn auch meine Aufmerksamkeit rasch auf andere Dinge gelenkt wurde. Denn als ich in einer Tangente an dem Weg der Reiter entlang ging, war es nicht länger notwendig, mich durch das dichte, nasse Gras zu mühen. Statt dessen trat ich leichtfüßig darüber hinweg, und kein Schatten ging neben mir her.

Es war unwesentlich für mich, wie lange ich auf sie wartete.

Der Sinn der Existenz war aufgehoben, bis sie zurückkehrte. Inzwischen lehnte ich mich gegen einen Baum, eher dankbar als erstaunt darüber, daß ich andere Kleider trug – und trokkene dazu – verbunden mit Zufriedenheit.

Ich weiß es also nicht. Nach fünf Monaten oder ein paar Stunden kam sie zu mir zurück, und sie sang beim Reiten. Es war nicht einfach eine Stimme, es war *ihre* Stimme, und ich lauschte ihr verzückt.

's ist kein anderer Sport so fein
 Und so reich an Ehren,
Wie dies schöne Spiel allein,
 Männer zu betören.
Sie in meinen Bann zu nehmen,
Sie mit Macht und Kunst zu zähmen.
Mein im Leben, mein im Sterben,
Ich ihr Glück und ihr Verderben.

Ich konnte sie noch nicht sehen, aber mit der nächsten Strophe wurde ihre Stimme so fröhlich, daß ich selbst lächeln mußte.

Einen hält mein Bann nun fest
 Wie der Stein die Mücke,
Der sich selbst gefangen setzt,
 Daß ich ihn beglücke.
Soll er frieren, soll er glühen,
Soll er bleiben oder ziehen?
Jedem Winke folgt er schnell,
Und mein Wunsch ist ihm Befehl.

Als sie die letzte Zeile gesungen hatte, war sie neben mir stehen geblieben. Meine Begierde zuckte wieder auf, und ich umklammerte sie, um ihr aus dem Sattel zu helfen, aber sie lachte und schüttelte den Kopf.

»Steig hinter mir auf, mein Liebster.«

Zwar hatte meine letzte Begegnung mit Pferden stattgefunden, als ich als Junge auf dem Land in einem Stall herumgehangen hatte. Aber wenn sie wollte, daß ich mit ihr ritt, scheute ich sicher nicht davor zurück. Ich saß auf, und es war leichter, als ich erwartet hatte. Dann hielt ich sie so, daß mein rechter Arm kuschelig unter ihrer Brust zu liegen kam. Um die Intimität zu vervollständigen, lehnte sie sich gegen mich. Ein Teil meiner Wange fand einen Weg durch das süß duftende Haar und brannte köstlich an ihrer Schläfe. Ich hielt die Augen geschlossen, weil sie sie nicht sehen konnten, und nichts anderes schien einen Anblick wert.

»Reite los«, schlug ich vor.

Ich erinnere mich, wie sich Nimue in meinen Armen anfühlte, wie ihr Haar um mein Gesicht wehte. Und das ist auch schon alles, an was ich mich bei diesem Ritt erinnere. Der Wind pfiff an uns vorbei, aber das über dem Boden schwebende Pferd rüttelte uns nicht durch; irgendwie gelang es ihm auch, den Zweigen auszuweichen. Wenn ich dem auch nicht viel Aufmerksamkeit schenkte, erinnere ich mich doch, daß wir zu einem bestimmten Hügel kamen und es einfach hineinritt. Ich öffnete von Zeit zu Zeit die Augen und bemerkte ohne Sorge, daß es pechschwarz drinnen war. Man hörte donnernde Geräusche, wie Brandung an einem stürmischen Tag, aber auch das machte kaum einen Eindruck auf mich. Ich konnte es kaum hören über dem Donnern meines Pulses, der meine wachsende Leidenschaft verriet.

Als wir wieder ins Licht auftauchten, herrschte weder Mondschein noch Dämmerung, sondern es war heller Tag. Ich blinzelte und starrte auf Wiesen, deren üppiges Gras in der Sonne glänzte. Aus dem Gras schauten Blumen jeder Farbe empor, und hier und dort stand ein Baum, dessen Blätter eher frühlingsgrün waren als spätsommerlich. Sie streckten die Zweige, mit Blüten und hell singenden Vögeln beladen, über zwei sich windende Bäche und den klaren Teich, in den diese mündeten. Hinter dem kleinen See standen weitere Bäume und Gras, aber mit einem Unterschied. Ab und zu war eine Straße zu sehen. Niemand ging darauf, aber jeder, der ihr folgte, würde in die glänzende Stadt gelangen, deren Türme sich über den Horizont erhoben.

Für einen Mann, erfüllt von ungestillter Begierde, ist alles

Schöne wie ein Aphrodisiakum. In meinem Kopf vermischte sich nicht nur, was ich sah, sondern auch die süßen Lieder der Vögel und der Geruch des Grases, der Blumen und Bäume und das klare Wasser mit dem Körper, den ich umfing.

»Sind wir am Ziel?« flüsterte ich. »Ist dies der Ort?«

Sie gab keine Antwort, wenn auch ihr Atem fast ebenso schwer ging wie meiner. Sie kuschelte sich enger an mich und ließ die Zügel fallen. Das Pferd ging nur noch im Schritt, hielt jedoch auf einen Baum zu, dessen Baldachin aus Blüten das frische hohe Gras berührte. Einen Moment später standen wir in den duftenden Schatten. Ich warf den ersten vollen Blick auf sie und fand, so schön die Skizze von ihr gewesen war, die mir das Mondlicht gezeigt hatte, sie war doch nur ein Abklatsch der Realität.

Sie sah, was ich fühlte, und lächelte, ehe sie die Augen schloß. Sie warf den Kopf zurück und ließ die Arme fallen.

»Nimm mich, Shandon!« befahl sie.

XXI Avartas Mähre

Das Land war stets vom Duft des Frühlings erfüllt. Die frühlingshafte Stimmung schwand niemals, auch nicht in der fröhlichen, sauberen Stadt, in der wir ein luxuriöses Leben führten. Aber es wäre mir gleich gewesen, wenn die Umgebung nicht so schön gewesen wäre. Nimue war großartig; ich war ihr fröhlicher Bespringer und glücklich, ohne in die Zukunft zu blicken.

Nur gelegentlich, in seltenen Pausen, wenn wir einige Stunden getrennt waren, dachte ich an etwas anderes. Dann erinnerte ich mich an Golias und Jones, aber ohne ein Gefühl von Dringlichkeit. Ich fragte mich lediglich, was sie wohl machten, so wie man nach dem Verbleib alter Schulkameraden fragt, die man nie wiederzusehen erwartet.

Dann, als ich bereits eine Weile dort lebte, ging Nimue auf eine Expedition und ließ mich zurück. Ich hielt mich für unglücklich, aber ich wußte nicht, was das hieß, ehe sie zurückkehrte. Sie hatte einen Burschen mit Namen Tom Learmont dabei, und ich wurde ins zweite Glied zurückgesetzt. Von dieser Zeit an lebte ich nur noch in einer Art geistesschwachem Wahnsinn.

Ich wollte ihn umbringen, hatte aber nicht die Kraft, meine Hand gegen ihn zu erheben. Ich wollte sie hassen, konnte aber nicht aufhören, sie zu begehren. Eine Trennung von ihr hätte geholfen, aber es lag nicht in ihrer Natur, einen Verehrer freizugeben. Sie ließ mich zu sich und war gelegentlich auch zärtlich zu mir, aber nur oft genug, um sicherzugehen, daß ich ihr nicht aus der Hand glitt.

Zuweilen sah ich auch ein, daß meine einzige Rettung in der Flucht lag, aber ich konnte mir keinen Fluchtweg vorstellen. Da Nimue Tamlane bei einer Expedition verloren hatte, auf die sie ihn mitgenommen hatte, behielt sie mich im Haus, wo immer das gerade war. Ich brachte nur einmal den Mut auf, zu fragen, wie man das Land wieder verlassen konnte. Der Junge, den ich fragte, bekam einen sonderbaren Blick und meinte, in diesem Punkt entscheide Nimue.

Die einzige Person, die mir möglicherweise hätte helfen können, wollte ich nicht fragen. Ich hatte nicht viel von den politischen Bedingungen begriffen, aber ich verstand, daß die Autorität von Nimue, der Königin, der ihres Mannes, König Gwynn Uriens MacLir, gleichkam. Seine Anschauungen über die Ehe waren ebenso freizügig wie die ihren. Man hätte sich denken können, daß sie froh darüber war, aber sie haßte ihn, weil er nicht unter ihrer Fuchtel stand. Ihn ließ das alles kalt und hatte, soweit ich es beurteilen konnte, auch keine andere Wirkung auf ihn. Er war ein fideler Bursche und hätte mir vielleicht sogar helfen können, wenn nicht mein wiederauftauchendes Bewußtsein ein Körnchen Stolz mit sich gebracht hätte. Ich konnte mich nicht dazu durchringen, einen Mann, dem ich Hörner aufgesetzt hatte, um Rat zu fragen, wie ich aus den Klauen seiner Frau wieder freikommen könnte.

Doch die meiste Zeit konnte ich mir gar nicht vorstellen, das zu wollen, und die Stadt war ein solches Paradies glücklich Liebender, daß ich es nicht aushalten konnte. An den Tagen, an denen Nimue keine Zeit für mich hatte, eilte ich daher aus den Stadtmauern. Die duftenden Felder stellten eine stetige Erinnerung an mein verlorenes Glück dar, aber zumindest konnte ich dort eine Stelle finden, wo mein Elend nicht durch die Zufriedenheit anderer vergrößert wurde.

Doch einmal, als ich Galle schluckte in einem Anfall von Elend, wurde mir selbst die Abgeschiedenheit verweigert. »Er muß hier irgendwo sein«, sagte eine Stimme. »Ich habe gesehen, wie er vor einer Weile aus der Stadt rannte, als ich auf dem Balkon frühstückte.«

»Und du bist sicher, er ist es?« Das war Golias Stimme, aber ich blieb liegen, wo ich war, das Gesicht tief ins Gras gepreßt.

»Ich könnte es nicht beschwören. Ich weiß nur, daß er einer von Nimues Ehemaligen ist.« Als er zum zweiten Mal sprach, erkannte ich die Stimme von König Gwynn. Sie kamen näher, und ich hielt den Atem an.

»Er muß sich ganz schön elend fühlen«, meinte Golias.

»Nein, das glaubt er nur. Wenn sie ihn nur unter einen Felsen gesteckt hätte wie einen Wurm, wie sie es mit dem alten Merlin getan hat. Dann hätte er Grund zum Jammern, aber ihm ist doch nicht mehr passiert, als daß sie die Hosen von einem anderen über das Fußende ihres Bettes hängt.«

»Nun, ich freue mich jedenfalls, daß sie mit ihm fertig ist.«

»Da kennst du Nimue nicht«, kicherte Gwynn, »wenn du das denkst.« Ich konnte an ihren Stimmen erkennen, daß sie einen Kreis um mich schlugen, und ich duckte mich noch dichter auf den Boden. »Sie ist niemals mit jemandem fertig – mit einem Mann, meine ich –, und ich weiß aus Erfahrung, daß auch die Männer nie von ihr loskommen.« Er kicherte wieder. »Wenn Nimue erst einmal Geschmack an dir gefunden hat –«

»Oder daran, dich umzubringen«, warf Golias ein.

»O ja.« Gwynn lachte entzückt. »Erinnerst du dich, wie sie diesen Jungen auf mich gehetzt hat – wie hieß er doch gleich?«

»Accolon.«

»Ja, genau, das ist der Bursche. Und ich vergesse auch nicht, daß du das herausgefunden und es Uwaine gesteckt hast.«

»Oh, du hättest schon selbst auf dich achtgeben können.«

»Vielleicht. Jedenfalls ist Nimue eine ganz schöne Marke. Eines Tages werden wir es ausfechten müssen und eine – Oh, oh. Ich habe so geschäftig dahergebrabbelt, daß ich fast auf ihn getreten wäre. Ist das alles, was von deinem Freund übriggeblieben ist?«

Golias hockte sich neben mich und gab keine Antwort. »Shandon«, sagte er und schüttelte mich, als ich nicht aufblickte. »Shandon!«

Weil mich seine Hartnäckigkeit ärgerte, hob ich schließlich den Kopf. »Was willst du, verdammt noch mal?«

Er schenkte meiner unwirschen Begrüßung keine Beachtung. »Komm, wir hauen hier ab.«

»Du vielleicht«, gab ich zurück. »Tschüs.«

»Nein, du auch. Lucius wartet auf uns – rechnet mit uns.«

Ich vermied es, Gwynn anzusehen, aber aus dem Augenwinkel erkannte ich, daß er mich fragend anblickte. Das ärgerte mich mehr, als wenn er beleidigt gewesen wäre.

»Grüß Lucius von mir, wenn du ihn siehst«, riet ich Golias. Dann legte ich den Kopf wieder ins Gras und verschränkte die Arme darum.

Nachdem er es noch ein paarmal versucht hatte, spürte ich, wie er aufstand. »Nun weiß ich wenigstens, wo ich dran bin«, sagte er zum König. »Würde Nimue ihn aufzuhalten versuchen?«

»Nicht, wenn ich ihn ziehen lasse«, versicherte Gwynn. »Weil wir vorhin von Hosen redeten, ich trage immer noch die einzigen legalen in der Familie. Natürlich wird es Ärger geben.«

»Danke, Gwynn.«

»Gern geschehen, wenn du ihn nur aus meinen Augen bringst. Ich habe nichts gegen einen traurigen Mops, wenn es ein trauriger Mops ist, aber meine Geduld erstreckt sich nicht auf Menschen, die so aussehen.«

»Es wäre leichter, wenn er es wollte«, Golias Stimme klang besorgt. »Hast du eine Idee?«

»Warte mal, Amergin. Nein, das ginge nicht.« Der König schwieg einen Moment. »Kennst du zufällig Avarta?«

»Ich wurde letztes Mal auf ihn aufmerksam gemacht, als ich hier war. Ich kenne ihn nicht persönlich.«

»Nun, auf dem Rückweg werde ich dir zeigen, wo er wohnt. Warte auf ihn, wenn er nicht zu Hause ist, und erzähle ihm, ich hätte gesagt, du könntest seine Mähre haben, solange du sie brauchst.«

Dann gingen sie. Ich wollte mir ein neues Versteck suchen, als sie verschwunden waren, aber meine Gedanken wandten sich wieder Nimue zu, und ich vergaß die beiden, bis sie zurückkehrten. Zumindest war Golias von der Partie. Ich konnte an der Stimme erkennen, daß der Bursche bei ihm nicht Gwynn war.

Inzwischen hatte mich mein Kummer erschöpft. Daher war ich eher resigniert als streitsüchtig, als ich mich aufsetzte, um mit ihnen zu reden.

»Hallo, Golias«, murmelte ich.

Er schien erfreut zu sein, zumindest so viel Aufnahme bei mir zu finden. »Dir scheint es besserzugehen, wenn du auch immer noch aussiehst, als hättest du einen Kater vom letzten Erdbeben.«

Ich sah zu seinem Begleiter, ehe ich mir Mühe zu einer Antwort gab. Es war ein großer, gutaussehender Bursche, der einem Pferd das Maul streichelte. Dazu mußte er sich strecken, und das Pferd mußte den Kopf senken. Es war ein monströses, häßliches Biest mit einem Fell wie ein räudiges Kamel.

»Mit mir ist alles in Ordnung«, sagte ich schließlich.

»Aber sicher«, stimmte Golias zu. »Aber es wird dir noch bessergehen, wenn du hier herauskommst, nicht wahr?«

Da ich eine meiner gelegentlichen halblichten Perioden erreicht hatte, wußte ich fast ebensogut wie er, daß fast alles mit mir nicht in Ordnung war. Ich wußte auch, daß Golias mir würde helfen können. Aber der Gedanke daran, was er für mich tun wollte, brachte mich wieder auf Nimue, und ich war wieder weg vom Fenster.

»Ich will hier nicht weg.«

»Und wenn wir nur einen Ausritt machen, nur, um ein wenig Luft zu schnappen?«

Auch wenn ich ein Pferdenarr gewesen wäre, hätte mich diese Schindmähre nicht begeistern können. Sie hatte nicht einmal einen Sattel, um einen Menschen vor dem knochigen Grat ihres Rückens zu schützen.

»Ich bin vielleicht in schlechtem Zustand, aber ein solches Loch habe ich nicht im Kopf«, sagte ich. »Reite du ihn.«

»Das habe ich vor.« Golias hörte auf, mich zu umschleichen und kniff den Mund zu, ehe er seinen Gefährten anredete. »Kannst du mir helfen, Avarta?«

Ich verstand den Hinweis und wurde langsam sauer. »Sei kein verdammter Idiot«, warnte ich ihn, als ich aufstand. »Ich kann dir den Kopf einschlagen, und ich werde es gern tun, wenn du anfängst Unsinn zu machen.«

Ich senkte den Kopf und drehte mich mit ihm, als er mich zu umkreisen begann. Ich hielt ein Ohr nach Avarta gespitzt, aber das war eine unangemessene Sicherheitsvorkehrung, weil er hinter mir herschlich, bis er mir beide Arme auf den Rücken drückte.

Ich konnte nicht freikommen, und mein Versuch schlug fehl,

Golias in das grinsende Gesicht zu treten. Der einzige Gedanke in meinem Kopf war, daß sie versuchten, mich dorthin zu bringen, wo ich nie wieder eine Gelegenheit bekäme, Nimue zurückzugewinnen. Die Hoffnung, ihre Gunst wiederzuerlangen, war alles, für das ich lebte, und jeder, der versuchte, mich daran zu hindern, war mein Todfeind. Meine Wut hätte mich jedem gegenüber zu einem tödlichen Gegner gemacht, der weniger stark war als Avarta. Gegen seine Kraft konnte ich jedoch nichts ausrichten.

Trotz meines Wehrens, meiner Flüche und Drohungen zerrte er mich zu dem gigantischen Pferd. Dann hob er mich hoch.

»Vielleicht kannst du mich auf seinen Rücken bringen«, sagte ich, »aber du kannst mich nicht dazu bringen, dort zu bleiben.«

»Versuchen wir es. Fertig, Amergin?«

»Schmeiß ihn hoch«, antwortete Golias, und Avarta nahm das wörtlich.

Sein Wurf landete mich mitten auf dem Rücken des Tieres. Ich hatte vor, auf der anderen Seite wieder hinabzugleiten, und das versuchte ich, sobald ich oben saß. Es hatte aber keinen Zweck. Zuerst entdeckte ich, daß ich festklebte, und dann fand ich heraus, daß ich meine Hände nicht von dem Rücken des Tieres lösen konnte.

Da erfaßte mich kalte Wut. Es war die wahnsinnige Panik eines Süchtigen, der einer Entziehungskur entgegensieht. Sie brachten mich von Nimue fort, und sie war für meine Existenz notwendig. Es spielte keine Rolle, daß sie meiner überdrüssig war. Sie hatte mich zuvor geliebt, und sie würde es wieder tun, weil – nun, weil es undenkbar war, daß sie es nicht tun würde. Ich versuchte, es ihnen zu erklären. Ich flehte sie an. Und als sie nicht mehr zuhörten, brach ich zusammen und schrie meinen Schmerz heraus.

Während ich diese Vorstellung gab, tauschten Golias und Avarta ein freundliches Lebewohl aus. Schließlich gab der letztere dem ersteren einen Klaps auf die Schulter, ergriff ihn unter den Armen und warf ihn hoch wie einen Basketball. Ich bekam keine Hand frei, um Golias zu schlagen, als er direkt vor mir landete, noch war mein Gebet, daß das Tier im letzten Augenblick bocken würde, von Erfolg gekrönt. Mit einem

Schnauben sprang das Pferd los und begann über die Grasspitzen zu fegen.

Ich versuchte immer noch loszukommen, als wir unter einer niedrig hängenden Wolke vorbeifetzten. Es war aber gut, daß ich nicht herunterfallen konnte, denn das Tier tat einen gewaltigen Sprung. Ich meine damit nicht, daß es lediglich von einem Fleck zum anderen sprang. Es hob ab in die Luft, stieg, bis es die Wolke durchstieß, die beträchtlich kompakter zu sein schien als bloßer Wasserdampf. Im Innern bestand sie aus reinstem Wasser, und immer noch stiegen wir rasch höher.

Vielleicht legte mich die Kombination aus Wahnsinn und Angst auf Eis. Jedenfalls litt ich nicht an Atemnot, während das Tier durch gewaltige Höhen schwebte. Ein anderer erwähnenswerter Umstand betraf meinen Schatten. Als wir uns getroffen hatten, hatte allein Golias einen Schatten gehabt, aber als die Mähre das Wasser durchbrach und aus einem Teich stieg, hatte ich auch einen. Das Pferd allein war schattenlos, als es tropfend im Sonnenschein stand.

Das Tier wartete offensichtlich auf eine Anweisung, denn Golias blickte sich um, als wolle er sich orientieren. »Das muß die Stelle sein, wo Kydnon sich die Prügel holte«, murmelte er. »Es entspricht genau der Beschreibung. West und ein wenig nach Süden, aber nicht zuviel«, sagte er dann zu dem Tier, auf dessen Rücken wir saßen.

Während er sich orientierte, machte ich eine Entdeckung. Mein Schatten war nicht das einzige, was zurückgekommen war. Ich trug auch wieder meine alten Kleider, wenn das auch nicht wichtig war. Was aber eine Rolle spielte, war, daß ich wieder im Besitz eines Willens war. Das bedeutete nicht, daß ich Nimue vergessen hatte. Wann immer ich an sie dachte, begehrte ich sie immer noch genau wie früher. Aber das wesentliche war, daß ich nun merkte, daß ich aufhören konnte, an sie zu denken.

Zuerst war meine neue Selbstkontrolle noch zittrig, aber je weiter wir uns von ihr entfernten, desto besser fühlte ich mich. Der Wind, den unser Tier beim Rennen über dem Boden erzeugte, blies den Schmerz aus meinem Gehirn und fegte die Benommenheit fort. Der Prozeß ging eher stetig als schrittweise vor sich, aber man kann ihn am besten in einzelnen Stufen beschreiben. Zuerst hatte ich Angst, daß die Abwesenheit Nimues aus meinen Gedanken ein unfüllbares Vakuum hinterlassen würde. Als nächstes begann ich mich zu fragen, warum ich mich von irgend jemandem so hatte versklaven lassen. Dann spürte ich Ekel und Scham. Das schien ein Dauerzustand zu werden, war es aber nicht. Am Ende merkte ich, daß ich auch dafür eine Nische finden konnte. Ich hatte mit Nimue eine schöne Zeit verbracht – und ich hatte sie geliebt. Ich hatte auch eine schlechte Zeit gehabt – eine, an die ich mich nicht gern erinnerte, was ich aber gelegentlich tun würde. Beides war nun mehr oder minder ein Teil von mir, und nichts stand dem im Weg, was immer die Zukunft für mich barg.

Ehe ich das mit mir ausgefochten hatte, konnte ich nicht mit Golias reden, aber als ich merkte, daß ich dazu wieder in der Lage war, zögerte ich immer noch. Immerhin hatte ich, als er mich zuletzt angesprochen hatte, den Versuch gemacht, ihm die Zähne einzutreten.

Als ich sprach, begann ich bewußt unpersönlich »Wo hast du Jones zurückgelassen?«

Zu meiner Erleichterung lächelte er, als er über die Schulter blickte. »Oh, du bist wieder da. Gut. Ich habe ihn bei Degare gelassen, in dessen Obhut ich ihn sicher weiß, was man nicht von jedem in den Warlocks sagen kann. Wir werden bald zu seinem Anwesen kommen.«

Mit Mühe bekam ich heraus: »Das war anständig von dir, mich da herauszuholen.«

Ich ließ es in meiner Stimme mitklingen, wenn es nicht schon meine Worte übermittelten, daß mir leid tat, wie ein Süchtiger gehandelt zu haben, als er ankam. Sein Blick verriet mir, daß er es begriff, während seine Worte es als erledigt abtaten.

»Was ist passiert, nachdem du in den Fluß gesprungen warst?«

Als ich meine Erlebnisse bis zu Miles Cross umrissen hatte, nickte er. »Bercilak ist schon ein bemerkenswerter Bursche, nicht wahr?«

»Wer?«

»Der grüne Riese. Tut mir leid, daß ich ihn auf diesem Trip

verpaßt habe, aber Lucius und ich fanden einen Paß südlich von der Einsiedelei. Wir haben auch das Floß nicht mehr gesehen – wahrscheinlich, weil wir unterhalb der Stelle landeten, wo es festhing, und da ich dachte, es sei kaputt, machte ich mir nicht die Mühe, es zu suchen. Übrigens, wenn du jemandem etwas Böses willst, dann wünsche ihm, einen Eselhengst bei Nacht aus einem Fluß mit steilen Ufern schieben zu müssen.« Golias schüttelte bei dieser Erinnerung den Kopf. »Als wir nichts von dir entdeckten, hielt ich es für das beste, direkt zum Orakel zu gehen. Jones ging es nicht schlecht, aber ich war nackt wie Conaire am Tag seiner Krönung und hungrig wie ein Walrabe. Glücklicherweise stießen wir in den Vorbergen auf Leoline auf der Eberjagd. Er hat mir zu essen gegeben und mir diese schicke Kluft verpaßt.«

Er stieß erst das rechte, dann das linke Bein von sich, damit ich das Gelb und Blau bewundern konnte, in das sie jeweils gehüllt waren. »Wir befanden uns auf südwestlichem Kurs, der uns ein paar Tage nachdem wir Leoline verlassen hatten, auf die alte Straße brachte. Eine kurze Suche überzeugte mich, daß du nicht vor uns warst, aber ich beschloß, weiterzugehen und zu hoffen, daß du einen anderen Weg zum Orakel finden würdest.«

»Und was hat deine Meinung geändert?«

»Nichts, bis ich Groa traf. Sie redet gern in Rätseln, aber sie ist ein kluges altes Mädchen, und das solltest du nicht vergessen.«

Golias sah mich an, um sich zu vergewissern, daß ich auch beeindruckt war. »Nichts dagegen«, sagte ich. »Mach weiter.«

Auf die Chance hin, daß sie die Antwort wußte, erinnerte ich sie daran, daß ich ein Freund von Svipdag sei, und fragte sie, ob sie wisse, wo du bist. Sie faselte, aber der Kern war, daß du zwar nicht verschwunden warst wie Kaikhosru und auch nicht fliegen gelernt hattest, aber nicht auf der Erde warst. Ich wußte da ziemlich Bescheid, wo ich dich suchen mußte, wenn ich nur dorthin gelangen konnte, und da war mir Lucius im Wege. Ich mußte ihn zurücklassen, und zwar an einem sicheren Ort, damit ihn nicht bei meiner Rückkehr irgendeine Hexe in der Zwischenzeit zu Katzenfutter verarbeitet hatte. So suchte ich

Degare auf, der nicht nur ein verläßlicher Patron ist, sondern auch imstande, dafür zu sorgen, daß auch andere verläßlich sind, wenn er hinsieht.

Lucius gefiel die Verzögerung nicht sehr, aber da du meinetwegen in die Klemme geraten warst, mußte ich dich ja auch wieder rausholen. Aber es ist eine Sache, nach Avalon zu wollen, und eine andere, dorthin zu gelangen. Ich durchstreifte die Warlocks vom Mont St. Michel bis zum Venusberg, hatte aber kein Glück, bis ich über Laeg stolperte. Er machte eine Erkundung für Cuchullain und hatte gerade eine der Routen gefunden, die das kleine Volk benutzt. Ich hängte mich an ihn dran, und – da liegt auch schon Degares Haus vor uns.«

Dort stand auch Jones neben einem Graben, der das Schloß umgab, und kaute Gras auf eine Weise, die merken ließ, daß er nicht davon überzeugt war, daß es sich wirklich um etwas Eßbares handelte. Ich fragte mich, wie wir ihn wohl auf den Pferderücken hieven würden, aber ein Wort von Golias zu der Mähre löste das Problem. Lucius hatte kaum Zeit, unsere Ankunft zu bemerken, als das riesige Tier schon bei ihm war. Es nahm ihn mit den Zähnen wie eine Katze ihr Junges und setzte den Esel quer auf seinen Widerrist. So, wie Jones die Ohren anlegte, wurde deutlich, daß ihm diese Idee gar nicht gefiel, aber er konnte nichts dagegen tun. Er klebte ebenso fest wie ich und konnte nicht einmal treten.

»Nimm's leicht, Lucius«, riet ihm Golias, als er mit den Augen rollte. »Wir sind auf dem Weg, herauszufinden, wie wir dich wieder aus dem Eselsfell herausbekommen.«

Wir waren nun wirklich unterwegs. Die Mähre legte ein Tempo vor, das eine Diesellok auf ebener Strecke beschämt hätte. Glücklicherweise wirbelte diese Reiseweise keinerlei Staub auf. Wenn ich den Kopf aus dem Fahrtwind wegdrehte, konnte ich das Land betrachten, durch das wir rasten, und da ich inzwischen Nimues Einfluß abgeschüttelt hatte, hatte ich auch wieder Interesse an der Gegend,

Nach einer Weile brachen wir aus dem Wald heraus, um durch ein sonderbar geteiltes Land zu kreuzen. Wir selbst streiften durch eine Prärie, die sich linker Hand bis zum Horizont erstreckte. Nicht weit rechts war jedoch das Gelände in

Nebel gehüllt. In der Mitte war er zu dick, um hindurchsehen zu können, aber hin und wieder lichtete er sich genügend, um mich ahnen zu lassen, daß sich dort ein anderes Land befand. Ich meine nicht einfach seine geographischen Einzelheiten; denn ich gewann niemals einen deutlichen Blick darauf. Was mich beeindruckte, war, daß es auf eine Weise industrialisiert war, wie ich dies nach meiner bisherigen Kenntnis von Literaria nicht erwartet hatte.

Gelegentlich erhaschte ich einen verschwommenen Anblick von Wolkenkratzern und Fabrikschornsteinen, und zweimal konnte ich Flugplätze ausmachen. Aber es waren die Laute – selbst das Geräusch von Machinengewehrfeuer, das ich einmal hörte –, die in mir Heimweh nach dem Vertrauten weckten. Das war der zielstrebige Lärm einer Nietmaschine. Das süße Summen eines Kraftwerks. Da schnurrten leise Maschinen im Boden und dröhnten mächtig in die Luft. Am besten von allem war aber das jammernde Pfeifen eines vorbeirasenden Zuges.

Wir müssen eine Ecke dieses Bezirks durchschnitten haben, denn nach einer Weile hatten wir ihn hinter uns gelassen. Ich war so vertieft, daß ich vergaß, wo ich war, bis ich bei einem Blick über die Schulter Golias bemerkte. Er starrte ebenfalls nach hinten.

»Was ist das für ein Land?« fragte ich.

»Das ist die Neuerwerbung, Shandon.« Ich erkannte an seiner Stimme, daß er ebenso interessiert war wie ich. »Sieht ganz gut aus, nicht wahr?«

»Könnten wir es uns nicht ansehen? Wenn wir Lucius wieder in die Reihe gebracht haben?«

Er schüttelte den Kopf. »Es ist noch nicht Teil von Literaria, aber es wird es natürlich eines Tages sein.«

»Wer lebt denn da?«

»Oh, ein paar Besetzer, wie gewöhnlich.« Golias langte nach vorn und verscheuchte eine Fliege von Lucius' Rücken. »Einige werden sich auf Dauer niederlassen«, fuhr er fort, als er sich wieder aufrichtete, »aber du kannst dir ja denken, daß die meisten nach der endgültigen Annexion nicht gegen die Konkurrenz bestehen werden.«

»Wann wird das sein?«

»Kann ich nicht genau sagen.« Er zuckte die Achseln. »Aber du kannst darauf wetten, daß ich dort eine Menge Spaß und Ärger haben werde – vielleicht beim nächsten Trip, wenn ich Glück habe.«

Die Prärie ging in einen Zedernwald über, der wiederum Bergen wich, die mit Weinstöcken und zerzausten kleinen Bäumen bedeckt waren, die Golias als Olivenbäume bezeichnete. Die meisten Früchte waren verschwunden, aber da ich noch niemals eine Olive außerhalb eines Glases oder eines Martinis gesehen hatte, fand ich das neuartig. Dies hatte kaum seinen Glanz verloren, als wir das Ende eines Blutbuchenhains erreichten und über das Meer blickten.

»Brrr!« rief Golias.

Die Mähre setzte Jones auf den Boden. Ich merkte, daß ich nicht mehr anklebte, glitt die breiten Flanken hinab und sprang neben Golias auf die Erde.

»Warte hier auf uns«, sagte dieser zu Lucius. »Ich glaube, es dauert nicht lange, wenn es auch sein kann, daß wir auf eine Sitzung warten müssen. Komm, Shandon.«

Wenn die Sonne auch gerade erst unterging, herrschte unter den verschränkten Zweigen bereits Zwielicht. Die grauen Fahnen, die von den Ästen hingen, wirkten nicht bedrohlich, aber sie waren so entrückt, daß ich nicht im Traum daran gedacht hätte, sie zu berühren. Gleichgültigkeit gegenüber dem Leben, eine der Eigenschaften eines Waldes in der Dämmerung, lag in der Luft. Ein paar Vögel sangen, wie oft bei Sonnenuntergang, aber auf eine Weise, die freudloser ist als überhaupt kein Lied.

Golias ging langsamer als gewöhnlich, und er beeilte sich auch nicht, als wir auf einen Weg einbogen. Wenige Minuten später brachte uns dieser zu einer Steilwand am Hang eines Berges.

Es herrschte immer noch genügend Licht, um zu erkennen, daß der Stein behauen war. Der Eingang in dem Fels war eigentlich ein Mittelstück, von dem nach allen Seiten Gruppen von Menschen und Tieren ausgingen. Wenn mir einige der Gestalten und Formen auch sonderbar erschienen, so war doch die ganze Arbeit wunderschön ausgeführt. Aber mein

Blick wurde durch die dunkle Leere des türlosen Eingangs aufgehalten.

»Müssen wir da hinein?« fragte ich.

»Es ist leider so, daß Deiphobe nicht herauskommt.« Golias' Stimme klang ebenso leise wie meine. »Bist du bereit?«

Ich versuchte vergeblich, durch den Eingang zu spähen. »Nein, aber gehen wir.«

Drinnen konnten wir nach ein paar Schritten wenigstens etwas erkennen. Der Stein unter unseren Füßen verlor sich immer noch in Dunkelheit, und der Gang, durch den wir schritten, hätte ebensogut keine Wände haben können, aber direkt vor uns konnte ich einen schwachen Schimmer ausmachen. Es lag nicht so weit entfernt, wie ich zuerst gedacht hatte. Bald nahm er die Gestalt einer weiteren Türöffnung an, und einen Moment später hatten wir die Schwelle zu einer Höhle überschritten.

Das hereinflutende Licht stammte aus kleinen Seen rauchloser Flüssigkeit in silbernen Behältern. Diese reichten nicht aus, uns die Decke zu zeigen, und die Wände lagen ebenfalls in Schatten. Abgesehen von den Lampen, wenn man sie so nennen konnte, gab es keine Möbel. Der Raum war ebenfalls unbewohnt.

Ich wollte Golias gerade vorschlagen, daß wir, da ja niemand da war, auch wieder gehen könnten, als er ausrief: »Deiphobe, wir möchten die Stimme des Deliers hören.«

Zu meinem Entsetzen ertönte die Antwort aus allen Richtungen zugleich, auch von hinten. »Wer kommt, um das Wort des Deliers zu suchen, und mit welchem Recht behelligt ihr ihn?«

»Wir sind Demodocus, der Schöpfer, und Shandon Silberstreif«, rief Golias zurück, »und wir haben keinen Anspruch auf seine Hilfe außer dem von Menschen, die ihrer bedürfen.«

Ein paar Augenblicke lang herrschte Schweigen. »Die Stimme des Allwissenden wird zu euch kommen«, hörten wir. »Sie wird die Lösung zu dem Problem geben, das jeden von euch am meisten beschäftigt. Das und nichts anderes.«

»Wir müssen uns konzentrieren«, flüsterte Golias. »Denk nur an das, wozu wir hergekommen sind; nur so können wir herausbekommen, wie wir den guten alten Lucius wieder in die Reihe kriegen.«

In den langen Minuten, die folgten, versuchte ich genau das. Aber es stellte sich schwerer heraus, als ich mir vorgestellt hatte. Ich begann natürlich mit dem Wunsch, daß sich Lucius wieder in einen Menschen verwandeln sollte, aber nachdem ich sie ein paar Mal hatte zur Ordnung rufen können, verfolgten meine Gedanken ihren eigenen Weg, indem sie von einem Punkt zum nächsten hüpften.

Meine Gedankenkette hatte dabei eine logische Folge. Von Jones' Befreiung von seiner Eselsgestalt ging der nächste Sprung in Richtung seines Fernziels. Wenn er das erreichte, nämlich seine Heirat mit Hermione, und wenn er seine Angelegenheit im allgemeinen ordnete, würde unsere Verbindung mit ihm enden. Das führte zu der Frage, was wohl als nächstes geschehen würde, was wiederum die Frage nach sich zog: was wollte ich tun? Mit dieser Frage lebten alle vagen, verworrenen Wünsche, die mich in den Nächten auf dem Floß heimgesucht hatten, wieder auf, und ich konnte an nichts anderes mehr denken. Wenn sie auch komplex waren, so man sie einzeln bedachte, so forderten sie doch im Verbund eine einfache Antwort. Wie alle Reisenden in einem Land, das sie interessiert, sehnte ich mich danach, nicht länger ein Außenstehender zu sein.

Ich war gerade bei diesem Schluß angelangt, als Deiphobe am Rand der Dunkelheit auftauchte. Nur ihre hervorstehenden Züge waren sichtbar. Sie zeigte ein Gesicht, das so unpersönlich war wie die Zeit. Ich konnte nur die Höhlungen ihrer Augen sehen, aber Ehrfurcht überkam mich, als ich mir des leidenschaftslosen Wissens bewußt wurde, das in ihnen liegen mußte. Ich konnte den Blick nicht abwenden, und nach einem Moment hörte das Ticken meiner Gedanken auf. Bis sie sich wieder von mir abwenden sollte, lag die einzige Funktion meines Gehirns darin, ein Gefäß für das zu sein, was sie zu sagen hatte.

So war ich nicht eigentlich verstört, als sie in Trance fiel. Sie wand sich und geiferte, aber sie nahm dabei nicht den Blick von uns, und so wartete ich, weder geduldig noch ungeduldig, bis die schäumenden Lippen Worte hervorzustoßen begannen.

»Schöpfer Demodocus«, gellte sie, und ein Chor von Echos

nahm ihren Schrei auf, »der Delier beantwortet die Frage, die dich bedrückt. Dein Freund, der nun ein Esel ist, kann seine menschliche Gestalt nur wiedererlangen, wenn er frische Rosenblätter frißt. Es wird das Geheimnis seiner Vaterschaft und die Frau seiner Wünsche in der Gefährlichen Kapelle finden.«

»Ich danke dem großen Delier«, sagte Golias mit einer Verbeugung. »Es ist Zeit zum Gehen.« Er zupfte mich am Ärmel, als er diese Worte flüsterte, aber ich drehte mich nicht um, weil ich wußte, ich mußte noch warten.

»Shandon Silberstreif«, rief Deiphobe nun mit rauher, monotoner Stimme, »der Delier gibt Antwort auf das, was dich bedrückt. Sein Urteil lautet, daß du eine Pilgerfahrt nach Hippokrene unternehmen sollst.«

Sobald sie verstummte, hörte sie auch auf zu zittern, zu schwanken und zu geifern. »Geht«, befahl sie, und ich merkte, daß ich die Fähigkeit hatte, zu gehorchen.

Ich vermied Golias' Blick, nachdem wir aus der Dunkelheit des Ganges zurück in die Düsternis des Haines traten. Doch etwas mußte gesagt werden.

»Es war gut, daß einer von uns sein Auge auf dem Ball behielt. Lucius wäre für den Rest seines Lebens ein Esel geblieben, wenn er nur meine Hilfe gehabt hätte.«

»Oh, solange wir die Sache erledigt bekommen, ist das schon gut.« Auch in dem schlechten Licht konnte ich erkennen, wie nüchtern er mich betrachtete. »Ich mache mir jetzt um dich Sorgen. Du weißt es vermutlich nicht, aber du hast dich gerade in eine Klemme gebracht. Die Reise nach Hippokrene ist ein hartes Urteil.«

Die Ernsthaftigkeit seiner Stimme beeindruckte mich. »Verdammt, wenn das so schlimm ist, lass ich es besser sein.«

Er schnaubte. »Das war keine Wahl, die man dir anbot, das war ein Befehl von höchster Stelle. Außerhalb von Literaria ist es vielleicht anders – ich weiß es nicht –, aber herinnen haben solche Dinge wie ökonomische, politische, gesellschaftliche, theologische, gefühlsmäßige und wissenschaftliche Gesetze keine Autorität.« Seine Geste verdeutlichte die Endgültigkeit dieser Aussage. »Hier herrscht nur das Gesetz des Deliers, und jeder Rebell bekommt ein rasches Begräbnis und einen schnell verblassenden Epitaph.«

Ich lauschte auf ihn und rannte dabei fast gegen einen Baum, trat aber noch rechtzeitig beiseite. »Hör auf, mir mit Allgemeinplätzen Angst zu machen«, empfahl ich ihm, »und gib mir Fakten. Was ist so schwer an diesem Weg nach Hippokrene?«

»Hat keinen Zweck, sich darüber auszulassen, bis wir herausfinden, ob wir überleben, wenn wir Lucius Sache in die Reihe bringen.« Wenn man seine Worte nicht fröhlich nennen konnte, so zeigte mir sein Tonfall doch, daß er seine dunklen Vorahnungen zumindest fürs erste abgeschüttelt hatte. »He, Lucius!« rief er, als wir in Sichtweite der beiden Tiere kamen. »Komm her, und hör mit deinen langen Ohren die guten Neuigkeiten.«

XXII Aktivitäten in der Kapelle

Unter den Dingen, die Golias sich umsichtigerweise von Gwynn Uriens MacLir besorgt hatte, befand sich ein kleiner Vorrat an Proviant. Er war jedoch so begrenzt, daß wir übereinkamen – Jones konnte noch nicht mitstimmen –, daß Lucius, solange er sich von Blättern und Gras ernähren konnte, darauf würde verzichten müssen. Selbst dann konnten wir nur einen kleinen Happen als Frühstück für den nächsten Tag zurücklegen.

Während unseres Abendmahls blickten wir auf das dunkler werdende Wasser, was nach Golias' Auskunft die südwestliche Ecke des Gitche Gumee war. Dort diskutierten wir das Projekt, das vor uns lag. »Wo werden wir so spät im Sommer Rosen finden?« überlegte ich.

»Du meinst im Herbst«, murmelte Golias. Er schluckte, und benutzte dann die Weinflasche, um der Sprache den weiteren Weg zu ebnen. »Ich möchte verdammt sein, wenn ich wüßte, wo ich Rosen finden könnte, aber ich denke, wir fangen bei der Gefährlichen Kapelle selbst an. Es ist sieben Wochen her, seit wir uns auf den Weg machten, und ich . . .«

»Heilige Kuh! War das so lange?« Dann dachte ich nach. »Vermutlich stimmt es«, gab ich mir selbst Antwort. »Und Ravan meinte, er müsse jetzt zurück sein.«

»Es paßt alles zusammen«, nickte Golias. »Wir müssen zuerst einmal dorthin gelangen, um herauszufinden, wie Hermiones Lage ist. Da es weit im Süden liegt, wird es dort Rosen geben oder sonst irgendwo in der Gegend. Außerdem, glaube ich, meinte der Delier, daß wir das tun sollten.«

Mit Hilfe der Mähre saßen wir wieder auf und legten die Meilen während der Nacht zurück. Der Fahrtwind machte mich schläfrig. Wenn ich auch nicht richtig schlief, befand ich mich doch während des größten Teils der Nacht im Dämmerzustand. Erst als der Tag schon einige Stunden alt war, schüttelte ich die Federn aus meinem Kopf.

Ungefähr um diese Zeit blieb die Mähre unvermittelt stehen. Es gab keinen offensichtlichen Grund. Außer Bäumen war nichts zu sehen.

»Was ist los?« fragte ich Golias.

»Ich weiß es nicht, aber wir sehen uns besser um«, befand er.

Ich war so steif, als ich nach ihm vom Pferd stieg, daß ich hinfiel. Das Pferd pflückte sich gerade Jones vom Rücken, als ich mich wieder aufrappelte. Schnell, aber nicht grob, setzte es den Esel auf den Boden – und dann war das riesige Tier einfach nicht mehr da.

»Das heißt wohl, wir sind an Ort und Stelle«, sagte Golias, während ich mir noch benommen die Augen rieb. »Und jetzt, wo wir wieder zu Fuß sind, erkenne ich auch offenes Gelände.«

Der Waldrand befand sich in der Tat etwa fünfzig Meter weit entfernt. Wo die Bäume aufhörten, fiel der Boden ab und eröffnete uns einen Anblick, den ich nicht bewunderte. Das natürliche Hauptmerkmal war ein wenig Farbe, die den Fluch von den welken Binsen, schmutzigen Tümpeln und wasservergifteten Bäumen nahm. Über dieser Ausdehnung von Häßlichkeit schwebten in niedriger Höhe Bussarde, was auf Aas schließen ließ. Darüber und im Hintergrund hing ein grauer Himmel.

Der Beitrag des Menschen zu dieser Szenerie war ein Gebäude, dessen Mauern und Türme mitten aus dem Sumpf herausragten. Es hatte keinen Sinn, zu fragen, ob wir zu diesem Ort gingen. Ich wußte es.

»Essen wir, solange wir noch können«, sagte ich. »Aber ich muß schon sagen, einem Touristen könnte man niemals weißmachen, daß dies eine Kirche sei.«

»Die Kapelle liegt dahinter.« Golias fischte unser Essen aus einem Bündel, in dem Jones' Kleider und ein mächtiges Schwert steckten. »Wir müssen durch die Burg, um dorthin zu gelangen.«

Ich sah, wie einer der Bussarde vom Himmel fiel. »Sieht mir nicht nach einem Fleck für Rosen aus.«

»Kann sein«, gab er zu. »Das einzige Mal, wo ich in der

Kapelle war, war Lanzelot dabei, und da hatten wir andere Dinge im Sinn. Wenn wir doch nur noch Wein übrig hätten.«

»Ich hätte lieber einen doppelten Whiskey«, sagte ich.

Den Zugang zu der Burg bildete eine Straße, die wir nach einer halben Stunde Wanderung bergab erreichten. Wir folgten ihr in ein kleines Wäldchen und entdeckten etwas, was die Bäume bislang verborgen hatten. Dort lagerte eine beträchtliche Menschenmenge bei einer Gruppe bunter Zelte. Es waren einige Waffen zu sehen, aber wenn es ein Militärlager war, dann ohne die Aufsicht von Offizieren. So früh es auch war, machten bereits Flaschen die Runde, aber hauptsächlich waren sie mit Würfelspiel beschäftigt.

»Alles, was man braucht, ist ein gutes Auge«, verkündete ein professioneller Glücksspieler. »Die Muscheln können dich nicht übertölpeln, und die Erbse kann nicht vom Tisch laufen. Es muß eines unter den dreien sein, aber ein gutes Auge – zugegeben, man braucht ein gutes Auge – kann ihm folgen und es finden. Man muß nur die richtige hochheben, und die Erbse kann sich nicht mehr vor dir verbergen, und die Muschel sie nicht verstecken.«

Er blickte sich bei diesen Worten um und wedelte plötzlich mit einem langen, knochigen Arm. »Hallo, Golias.« Seine Stimme klang herzlich, aber sein wildäugiges Pferdegesicht blickte nicht freundlich. »Möchtest du dieses wunderbare neue Glücksspiel versuchen, das ich gerade erfunden habe?«

»Nein, danke, Tyl.«

»Aber ich sagte gerade diesen Gentlemen«, beharrte Tyl, »daß es eine ausgezeichnete Übung für die Augen ist und die Gedanken trainiert, rasche Entscheidungen zu treffen . . .«

»Und außerdem«, fuhr Golias fort, »ist es harmlos für Augen und Leben, stoppt nicht das Wachstum, erleichtert den Kitzel am Zahltag und ist an sich schon sehr lehrreich. Aber im Moment habe ich anderes Lernen im Sinn. Was ist das zum Beispiel für ein Lager? Gibt es in der Burg Gesellschaft?«

»Nur den Erzkönig«, nölte Tyl. »Dieser Nistplatz ist für die überschüssigen Schmarotzer, die er mitgebracht hat.«

Golias und ich tauschten einen Blick aus. »Weißt du, warum Jamshyd hier ist?« fragte er den Spieler.

»Ich genieße nicht«, informierte ihn dieser, »das Vertrauen seiner Majestät, sonst stünden die Dinge allgemein viel besser. Ich erlaube mir jedoch die Behauptung, daß sich große Dinge ereignen. Jeder Geck bei diesem Karneval hat sich heute morgen gleich nach dem Frühstück zur Kapelle aufgemacht.«

Als wir uns wieder auf den Weg machten, rief Tyl hinter uns her: »Denkst du, du kommst da rein, Golias?«

»Ja, warum?«

»Nun, wenn sie dich nicht kleinhacken, ehe sie dich rauswerfen, habe ich einen guten Vorschlag für dich. Ich werde hier warten.«

»Mir gefällt nicht, daß der König hier ist«, vertraute ich Golias an. »Wenn Deiphobe recht hatte, daß sich Hermione hier befindet – Nun, wenn Seine Hochwohlgeboren so viel von Ravan hält, wie man sagt, wäre es da nicht natürlich, wenn er hier zur Hochzeit aufkreuzte?«

»Klar, besonders, weil Jamshyds Segen das einzige ist, was Ravan den Nerv gibt, so hoch zu greifen.« Um Jones' Gefühle zu schonen, hatten wir beide leise gesprochen, aber nun flüsterten wir nur noch. »Wenn man alle Adligen in die Burg gerufen hat, wie Tyl behauptet, kann es bedeuten, daß die Hochzeit heute stattfinden soll.«

So leise wir geredet hatten, hatten doch Jones' übergroße Ohren die Worte aufgefangen. Golias hatte kaum seine Furcht geäußert, als Lucius mit einem erstaunten Grunzen in vollem Tempo den schmalen Weg hinabstürzte, der die Burg mit dem festen Boden verband.

»Halt!« schrien wir beide, aber als offensichtlich wurde, daß er das nicht tun würde, begannen wir ebenfalls zu rennen. Esel sind nicht zum Rennen gebaut, und so bekam er keinen großen Vorsprung, aber wir konnten ihn auch nicht einholen. Fluchend und keuchend verfolgten wir ihn durch den Sumpf, auf eine Gefahr zu, der wir uns lieber vorsichtig genähert hätten.

Aber das war nicht alles, was uns ärgerte. Es gibt nur wenige Dinge, die Zuschauer mehr genießen, als den Anblick von Männern, die ein vermeintlich gezähmtes Tier verfolgen. Die Soldaten auf Wache über den Burgtoren sahen uns und freuten sich königlich. Zu meinem Kummer lachten sie weiter, und zu ihrem Entzücken versuchte ich energischer denn je, Jones am Schwanz zu packen und die lächerliche Prozession zum Halt zu bringen.

»Drei zu zwei auf den Esel!« schrie ein Bursche.

»Welchen?« fragte ein anderer witzigerweise.

»Acht gegen fünf Silberlinge, daß einer auf die Nase fällt«, bot eine dritter an.

Das geschah mir nur beinahe, aber ich hatte mich verausgabt und fiel zurück. Als Golias das sah, ebenso wie die Nutzlosigkeit der Verfolgung, wurde er ebenfalls langsamer.

»Gemach«, riet er mir. »Wir brauchen unseren Atem noch.«

Da waren wir schon dicht bei den Mauern, und Lucius stand direkt vor ihnen. Vermutlich war ihm bislang nicht eingefallen, daß er keine Möglichkeit hatte, Eintritt zu erbitten. Er war einfach drauflosgeschossen, getrieben von einer Vision der Gefahr, in der Hermione sich befand. Als er die Brücke zum Tor überquert hatte, stand er vor dem vollen Bewußtsein seiner Hilflosigkeit. Er erkannte, daß er nichts erreichen würde, aber er versuchte es. Mit einem lauten Protestwiehern warf er sich gegen das mächtige Tor und fiel halb betäubt zurück.

Ich dachte, einige der Wächter würden von der Mauer fallen, und hoffte inbrünstig, daß dies geschähe. Mein nächster Gedanke war, daß wir kaum eine bessere Chance hatten, in die Burg zu gelangen. An dritter Stelle wünschte ich mir insgeheim, daß es uns nicht gelingen würde. Der Gedanke, daß sich diese Eisenstangen hinter mir schließen sollten, verschaffte mir eine Gänsehaut.

»Ich will nicht von der Kapelle reden«, sagte ich leise zu Golias, »aber dies ist bestimmt das Gefährliche Schloß.«

»Nein, die Unheimliche Burg«, widersprach er mir. Sein Blick war auf die lachenden Männer über uns gerichtet. »Wenn der Torschließer auf seinem Posten steht, welcher von euch ist es?«

Bei dieser förmlichen Anrede nahm sich einer der Lachenden zusammen. »Ich, Glewlwyd Gavaelvawr, und ich bin es, der hier Fragen stellt, und nicht du.« Ihm gelang nicht, abweisend auszusehen, und ich merkte, daß die ganze Mannschaft schon leicht in die Flasche geschaut hatte. »Was machst du hier? Niemand darf heute die Zugbrücke überschreiten ohne eine Einladung von Lord Ravan.«

»Wir haben nur unseren zahmen Esel verfolgt«, sagte Golias.

»Der sah aber nicht sehr zahm aus« erklärte Gavaelvawr. Er stieß den Mann neben sich in die Seite, als er diese Bemerkung von sich gab, und alle heulten auf. »Ich hatte schon Angst, er würde das Tor einrennen.«

Offensichtlich hatten Lucius Verrücktheit sie großzügig gemacht, wo sie andernfalls zäh gewesen wären. Golias begriff das und beeilte sich, zu handeln, ehe sie unserer müde wurden. Was immer er Lucius ins Ohr flüsterte, mußte mit Hermione zu tun gehabt haben, denn Jones wachte aus seiner Benommenheit auf und schenkte ihm seine volle Aufmerksamkeit.

»Gut, Lucius«, sagte Golias laut. »Man sagt uns, daß der Erzkönig hier im Schloß ist. Was gibst du, um diese ehrwürdige und dreimal gnädige Majestät zu sehen?«

Anstelle einer Antwort legte sich der Esel nieder, rollte sich auf den Rücken und schloß die Augen. »Oh, du würdest dein Leben geben und noch fröhlich darüber sein?« drängte Golias. »Aber wenn du noch am Leben wärst, wenn du ihn siehst. Was würdest du dann tun?«

Jones mühte sich wieder auf die Beine und fiel auf die Knie, berührte den Boden mit der Stirn, wie er es vor Semiramis getan hatte. Der Wächter und seine Untergebenen lachten wieder, aber nun war ihr Gelächter eher anerkennend als spöttisch. Golias ließ Lucius noch ein paar weitere Tricks vorführen, ehe er versuchte, aus dieser veränderten Haltung seinen Vorteil zu schlagen. Schließlich wandte er sich jedoch zu Gavaelvawr und verbeugte sich wie ein Künstler.

»Wir sind reisende Gaukler, die um eine Gelegenheit nachsuchen, die ruhmreichen Einwohner dieser Burg zu unterhalten – und ruhmreich von ihnen zu kassieren. Wie stehen die Chancen?«

»Hmmm. Ich darf niemanden ohne Don Rodrigos Befehl einlassen«, sagte der Wächter, »aber er hat bereits einer Menge fahrender Sänger und was-weiß-ich Einlaß gewährt.«

»Ah, das ist eine gute Nummer«, sagte einer der Männer. »Ich glaube, der König würde sich selbst darüber freuen. Außerdem würde Ravan niemals merken, ob er das Okay gegeben hat. Der hat doch andere Sachen im Kopf.«

»Wozu ist denn das Schwert?« fragte Gavaelvawr und deutete auf den Knauf, der aus Golias' Bündel ragte.

»Gehört zu unserer Nummer.« Golias zückte sein Schwert, warf den Kopf zurück und senkte dann zu meiner Verblüffung anderthalb Fuß der Klinge in seine Kehle. »Seht ihr?« fragte er, als er die Klinge wieder herausgezogen hatte.

»Mach das Tor auf«, befahl der Wächter.

Drinnen gelangten wir in einen gepflasterten Hof, der eine zweite Mauer umgab. Das Tor war nicht versperrt, und die Wächter unterbrachen nicht einmal ihr Fest für uns. Es mußte schon ein Feiertag sein, wo solche Laxheit gestattet war. Ohne miteinander zu beraten, schritten Golias und ich schneller aus.

»Wir versuchen den Lustgarten, wegen der Blumen«, meinte Golias, als wir das innere Hauptgebäude umrundeten. »Natürlich, wenn die Damen dort sind, riskieren wir unseren Hals, aber ich weiß nicht, ob das heute viel bedeutet.«

Der Eingang zu dem ummauerten Garten, zu dem er mich führte, war unbewacht, und ein Blick überzeugte uns, daß er leer war. »Schnell, ehe uns jemand sieht«, befahl Golias.

Jones, der sich der Situation bewußt war, trabte vor uns her. Doch es dauerte nur eine Minute, ehe wir merkten, daß wir vergeblich dieses Risiko eingingen. Ich erkannte, ohne sie beim Namen nennen zu können, eine Reihe spätsommerlicher Blumen, aber keine gehörte zur Gattung der Rosen. Und was unsere Enttäuschung doppelt schwer zu ertragen machte, war ein Gewirr kahler Büsche, die verrieten, wie zahlreich die gesuchte Blüte früher im Jahr hier gewesen war.

»Versuchen wir es auf dem Kirchhof«, sagte ich und war froh über meinen Vorschlag, dort herauszugelangen.

»He, Shandon«, sagte Golias, als wir hinausgingen, »hast du irgend jemanden gesehen, seit wir in den inneren Hof kamen, überhaupt jemanden?«

Während ich nachdachte, merkte ich, warum er diese Frage

gestellt hatte. »Nein«, antwortete ich. »Es muß irgendwo eine Versammlung stattfinden.«

»Versuchen wir die Große Halle«, meinte er und ging rasch voran.

Das Hauptgebäude hatte viel von der Architektur und einiges von der Atmosphäre einer Besserungsanstalt. Es gab einen Wachtposten, als wir das innere Tor erreichten. Zumindest hatte er auch einen Speer neben seiner Flasche liegen, wo er zusammengesunken auf den Stufen schlief. Er blickte auf, als wir herbeirannten, und wir wurden langsamer, um seiner Frage zu entgegnen, falls so etwas erfolgen sollte.

»Ist es genehm, wenn wir hineingehen!« fragte ich, als er uns lediglich anstarrte.

»Nein, aber das werdet ihr ohnehin nicht wollen.«

»Warum nicht?«

»Weil da keiner drin ist.« Das Pathos dieses Satzes war zuviel für ihn, und ihm brach die Stimme. »Sie sind alle gegangen und haben mich zurückgelassen, und jetzt bin ich allein.«

So wie Jones stöhnte, wußte ich, daß er das ebenso begriff wie wir. Es gab auf dieser winzigen Insel nicht allzu viele Orte, die eine größere Menschenmenge aufnehmen konnte. Wenn Ravan und seine Gäste nicht in der Burg waren, befanden sie sich sicher in der Kapelle. Der arme Esel war fast wie von Sinnen, als wir wieder losrannten. Das einzige, was ihn vom Voranstürmen abhielt, war, daß er den Weg nicht kannte.

»Du bleibst bei uns, auch wenn wir das Gebäude sehen«, riet ihm Golias. »Wir müssen zusammenarbeiten, sonst gehen wir alle vor die Hunde.«

Als ich ihnen durch das zweite von zwei kleineren Toren auf der Rückseite folgte, sah ich, daß wir nicht weit zu gehen hatten. Der Streifen zwischen den Mauern und dem Sumpf, welcher die Burg so wirksam schützte, war schmal. Ein kirchlich aussehendes Gebäude kauerte sich näher, als mir lieb war, unter toten Bäumen, so grau wie der Himmel. Auf dem Dach saßen drei Bussarde.

»Sieht aus, als würden wir erwartet«, keuchte ich.

Golias gab keine Antwort, und nach ein paar weiteren Sekunden gelangten wir hinter die verfallene Steinmauer, die den Kirchhof umgab. Ein Blick reichte uns. Abgesehen von welkem Gras gab es nur eine Gruppe aufgedunsener Pilze. Jones stöhnte und ich tat es ihm nach.

»Wir können nichts anderes tun, als drinnen nachsehen«, sagte Golias. »Halte Lucius am Ohr fest, Shandon, und laß ihn nicht von dir fort.«

Er stieß die Tür auf, und ich trat zögernd über die Schwelle, die Hand am Eselsohr. Weil alle voll von dem in Anspruch genommen waren, was im Hintergrund der Kapelle vor sich ging, bemerkte uns niemand. Ich sah und lauschte mit der schrecklichen Überzeugung, daß wir zu spät gekommen waren.

Zwei Männer und zwei Frauen standen vor der Kanzelbrüstung, während ein Priester vor ihnen seine Stimme zu dem gleichmäßigen Gesang eines Rituals erhob. Ein Paar wurde getraut, aber wenn ich auch nicht sicher sein konnte, ob in den bräutlichen Schleiern Hermione steckte, war ich mir doch sehr sicher, daß der Mann zu ihrer Rechten Ravan war.

Sofort, nachdem ich zu diesem Schluß gekommen war, erkannte ich, daß der kritische Moment unmittelbar bevorstand. Ich hatte mich nicht auf die Worte des Priesters konzentriert, aber ich hörte plötzlich Don Rodrigo – an seine Stimme konnte ich mich gut genug erinnern – sagen: »Ja!«

Während ich benommen nach Luft schnappte, beeilte sich der Priester mit dem: »Willst du, Hermione«, und so weiter. Golias stand nun neben mir, und ich warf ihm einen verzweifelten Blick zu. Er sah aus wie einer, der einen Hieb in den Magen erwartet.

»Sie ist die einzige, die den Zug noch aufhalten kann«, sagte er.

Entgegen alle Hoffnung tat sie es auch. »Nein, ich will nicht«, rief sie, als der Priester eine fragende Pause machte.

Das war alles, aber es war sehr wirksam. Ein Ritual ist immer abgeschrieben, wenn es nicht die richtigen Antworten hervorruft. Der Priester spähte in sein Buch, als habe er den falschen Absatz gelesen. Ravan sprang hoch, wirbelte herum, um die Zuschauer stirnrunzelnd anzusehen, die plötzlich unruhig wurden. Die Brautjungfer und der Brautführer traten hastig aus dem Rampenlicht, das plötzlich störte. Die Ehrenjungfern huschten zusammen, um die Sache zu beschwätzen. Nur der Mann, der die Braut übergeben sollte, verriet kein Zeichen von Aufregung.

»Vater«, fragte er, »warum habt Ihr den Gottesdienst unterbrochen?«

»Aber Euer Majestät«, protestierte der Priester, »sie sagte –«

»Ich habe ihre Antwort gehört«, versicherte Seine Majestät. »Sie hat laut und deutlich ›Ja‹ gesagt. Oder seid Ihr der Meinung, daß es mit unserem Gehör nicht zum Besten steht?«

»O nein, Euer Hoheit!« In seinem Eifer, einen solchen Gedanken von sich zu weisen, fuhr der Priester mit einem Finger in sein Ohr. »Ich fürchte, es ist mein Gehör, das nicht ganz in Ordnung ist. Ich werde vermutlich alt.«

»Zu alt, um die Pfründe von Bray zu verwalten?« fragte der Erzkönig.

»Oh – nein – nein, Euer Majestät. Ganz gewiß nicht.«

»Wir könnten sogar eine bessere Stelle für Euch finden«, schlug Jamshyd vor. »Aber erst nach der Hochzeit. Bitte fahrt genau an der Stelle fort, wo Ihr abgebrochen habt.«

Jeder trat wieder an seinen Platz. Ich dachte, Hermiones Mut habe gegen diese Tricks ausgespielt, und sah wieder Golias an. An seinem Gesichtsausdruck erkannte ich, daß ihm etwas eingefallen war.

»Euer Erzmajestät, Mylord Ravan und alle hier Versammelten«, rief er. »Ich stelle Euch unter Geas!«

Während ich den Atem an- und Jones' Ohr festhielt, wandten sich alle um zu uns. Alle, außer Jamshyd, der Überraschungen gegenüber unempfindlich zu sein schien.

»Wer wagt es«, fragte er mit einer Stimme, die kaum sein Mißbehagen verriet, »unsere königliche Person unter Geas zu stellen!«

»Ein Barde.«

»Ich wußte das. Niemand außer einem verdammten Dichter würde diese ungeheure Unverschämtheit besitzen. Wenn es Nornagest ist, werde ich dich über demselben Feuer rösten, das deine Kerze verzehrt. Wer ist es? Sag deinen Namen, oder du verlierst deine Bitte.«

»Taliesin«, erwiderte Golias.

»Ach, Taliesin stellt uns unter Geas und entkommt heil, wenn er kann. Wie sind die Bedingungen?«

»Niemand darf sich bewegen oder eine Hand heben, bis wir mit unserem Lied für die Hochzeit fertig sind.«

»Dann sing, und sei verflucht, da ich dich nicht aufhalten kann.«

»Danke, Messire«, sagte Golias mit zusammengebissenen Zähnen. Er stieß mich an. »Die Bouquets der Brautjungfern«, zischte er. »Da sind vielleicht Rosen drin.«

Ich trat vor und zog Jones am Ohr, während Golias loslegte.

Geburt und Sterblichkeit
Sind nicht allein zu zweit:
Ist Unklärlichkeit
  Doch auch in Paarung.
Weniger nicht verehrt
Sie und gefürchtet werd,
Da sie zu Wyrd gehört
  Nach der Erfahrung.

Gunter und Finn, habt acht,
Zerstörten so ihre Macht;
Conor hat so vollbracht
  Ulads Verderben.
War'n sie auch hoch von Stand,
Traf sie Verlust und Schand,
Ihnen zu Recht erkannt
  Für übles Werben.

In der Kirche war nur Platz zum Stehen, und Jones hatte nicht sehen können, was vor sich ging. Er hatte aber Hermiones Stimme gehört und brannte darauf, etwas zu tun, aber die Menge, durch die wir uns schoben, verstellte ihm den Blick. Er hielt sich dicht bei mir und war unerwartet kooperativ. Das war jedoch der einzige Trost bei diesem Auftrag. Dieses Gebäude brauchte nicht erst ›Gefährliche Kapelle‹ zu heißen, damit ich es merkte. Wegen des Banns, den Golias ihnen auferlegt hatte, wagte niemand, uns zu berühren. Aber so, wie die Männer uns ansahen, hätte es mir besser gefallen, wenn sie uns nicht vorbeigelassen hätten. Nicht das Betreten der Falle erledigt die Maus.

Was geschehen würde, wenn Golias das Lied ausging, wagte ich mir nicht auszumalen, aber er war immer noch zugange, als wir uns einen Weg durch die Hochzeitsgruppe fädelten.

So richt ich meinen Spruch
Zu wirken einen Fluch.
Diesem ist Grund genug,
  Was hier ersonnen,
Was hier gewinnt Gestalt,
Heimlich und mit Gewalt.
Diesem Bund sag ich halt,
  Eh er begonnen.

Beim Anblick Hermiones, die sich mit den anderen zu uns umgedreht hatte, blieb Jones stehen. Ich zerrte wie wild an seinem Ohr.

»Die Bouquets!« bestürmte ich ihn. »Das ist deine einzige Chance!«

Wir gingen zu jeder der verdutzten Brautjungfern, wobei wir, wie ich vorher gewußt hätte, wenn ich nicht so durcheinander gewesen wäre, unsere Zeit verschwendeten, da ich nur zu einer einzigen hätte gehen brauchen. Ihre Sträuße waren nämlich identisch und bar an Rosen von der ersten bis zur letzten. Ich verließ eine jede mit dem Wissen, daß meine Hoffnung auf ein Weiterleben schwand.

Zweifellos merkte das Golias, dessen Blick uns folgte, ebenso deutlich wie wir, wenn seine Stimme auch genauso zuversichtlich klang, als sei alles in bester Ordnung.

Bring den Zorn, Allecto,
Megaera, komm hinzu,
Nicht mit dem Unheil droh,
  Gieß es dem Paare,
So daß Tisiphones

Hand reicht den Trunk des Wehs
Wie einst Achillides
Vor dem Altare.

Und, so es euch beliebt,
Hier es ein Werkzeug gibt,
Das diesem Zwecke dient,
Lange erwartet.
Sehet nun diesen Mann,
Da er wie Blas begann,
Ward er wie Kormak dann
Seltsam entartet.

Ich war mit den Jungfern fertig. Hermione, das verriet mir ein verzweifelter Blick, trug keine Blumen. Meine letzte Hoffnung war die Ehrendame. Ihr Bouquet hing mit den Blüten nach unten in der linken Hand, mir zugewandt. Ich trottete, Jones im Schlepptau, auf sie zu und schnappte es mir. Dann ließ ich es fallen wie ein heißes Eisen.

»Aus der Traum, Lucius«, seufzte ich. »Machen wir, daß wir hier wegkommen.«

In meinem Eifer zerrte ich ihn ein paar Schritte weit, ehe er bockte. Als ich mich umdrehte, um ihn zu verfluchen, befand ich mich auf der rechten Seite der Ehrenjungfer. Sie hielt noch einen anderen Strauß – Hermiones? Natürlich würde die Braut während der Zeremonie keine Blumen tragen, aber ich hielt mich nicht damit auf, die Umstände zu überdenken. Ich schnappte mir den Strauß, warf einen Blick darauf und wollte ihn schon fallen lassen, als mich die Erkenntnis traf. Meine Gedanken waren auf der Suche nach etwas Rotem gewesen, aber mein Blick hatte die Form einer Rose ausgemacht, auch wenn sie weiß war.

Lucius schmachtete hoffnungslos Hermione an, und ich riß ihm beinahe das Ohr ab, ehe er seinen Blick auf mich lenkte. Die Verzögerung, so kurz sie auch war, brachte mich zum Wahnsinn.

»Verdammt, Jones, Rosen!« schnaubte ich. »Friß sie, ehe ich sie dir mit dem Fuß reinstopfe!«

Ich hielt sie ihm so dicht vor die Nase, daß er wahrscheinlich nicht sehen konnte, was ich da hatte. Die Dringlichkeit meines Tonfalls drang jedoch zu ihm durch, und er öffnete das Maul. Golias sah es, und seine Stimme schwoll zu einem Triumphgeheul.

Ihm hat der Sterne Macht
Niemand sonst zugedacht:
Ihm nur die eine lacht,
  Des Hawthorn Tochter.
Euch soll das Urteil sein,
Steht er auf Beinen zwei'n,
Stellt sich als Mann allein,
  So es vermocht er.

Wie einst der Rächer Schar
Im Leib des Pferdes war,
So mag ein Mann sogar
  Als Esel bangen.
Doch in der Liebe Glühn
Wird er aufs neue kühn,
Ist, wenn die Rosen blühn,
  Der Fluch vergangen.

Er brach ab, so daß sein Bann nicht mehr wirkte, aber ich vergaß meine Angst. Wie alle anderen starrte ich wie angewurzelt auf Lucius.

»Gütiger Gott«, quietschte eine der Brautjungfern. »Was passiert da?«

Sie hatte guten Grund zu der Frage. Jones hatte gerade den Strauß aus Rosenblüten gefressen, als er sich auf die Hinterbeine stellte, seine Vorderbeine streckte und den Kopf zurückwarf. Seine Ohren schrumpften wie brennendes Papier. Als nur noch die Stummel zu sehen waren, legten sie sich flach an die Seiten des Kopfes und das Fell schälte sich ab.

Von da an war es, als zeige ein Schnellzeichner, wie man mit ein paar Linien etwas in eine andere Sache verwandeln kann. Während sich das Maul in ein Gesicht umwandelte, rann

Menschlichkeit den verkürzten Hals hinab und schuf Arme aus den Vorderbeinen. Der Prozeß war so fesselnd, daß ich vergaß, daß ich selber etwas damit zu tun gehabt hatte.

Jones selbst reagierte als erster auf den neuen Stand der Dinge. Als sich sein Schwanz aufzulösen begann, griff er hastig nach dem Kleiderbündel, das ich hielt. Ich wurde mir dieser Notwendigkeit bewußt und versuchte, ihm zu helfen, als ich Golias' wütenden Schrei hörte:

»Das Schwert, Lucius! Verdammt, du bist doch kein Esel mehr! Shandon, gib ihm das Schwert!«

Lucius schloß einen Kompromiß, indem er in die Hosen trat und es dabei beließ. Während er sie um eine nicht länger haarige Taille schnürte, zückte ich die Waffe und hielt den Knauf für ihn griffbereit. Dazu war es höchste Zeit, denn der Bann begann bereits überall zu brechen.

Don Rodrigo war allen anderen voraus. »Sieh an, es ist mein vermeintlicher junger Verwandter, der da seine Charaktermaske fallen läßt«, verkündete er.

Jones stützte sich auf sein Schwert. »Mylord«, sagte er, »als wir uns das letzte Mal trafen, versprach ich, zu Eure Hochzeit zu kommen.«

»Stimmt«, bestätigte Ravan. »Als ich diese Einladung aussprach, war das gewiß aufrichtig gemeint. Aber der König hielt es für das Beste, in Anbetracht bestimmter Erkundigungen, die die Verwandten meiner Braut anstellten, diese Zeremonie auf diesem abgelegenen neuen Anwesen abzuhalten anstatt am Hof. Und in meinem verliebten Ungestüm, was gewiß verzeihlich ist, vergaß ich, dich von der Änderung der Pläne in Kenntnis zu setzen.«

Trotz seiner spöttischen Worte beobachtete er Jones scharf und zückte im Verlauf seiner Rede selbst das Schwert. Das geschah auf so lässige Art, als habe er nichts im Sinn. Als seine Waffe voll aus der Umhüllung heraus war, sprang er jedoch vor und hieb mit gefährlicher Schnelligkeit zu.

Er traf ihn aber nicht, denn Lucius sprang beiseite und zog seinen Bauch so weit nach innen, daß seine Gedärme sein Rückgrat umarmten. Ehe Ravan das Gleichgewicht wiedererlangt hatte, trat Jones hinter seine Deckung und hieb ihm mit einem beidhändig ausgeführten Schlag den Kopf ab. Der Kopf rollte vor meine Füße wie der von dem grünen Mann. Aber anders als Bercilak konnte Don Rodrigo ihn sich nicht wieder aufsetzen. Sein Körper brach zusammen, und Blut sprudelte über den Boden, und er lag so still, wie nur die Toten liegen.

Ich schnappte mir vorsichtshalber das Schwert, das er fallen gelassen hatte, aber in dem Moment regte sich niemand außer Hermione. »Liebling«, sagte sie, auf Lucius zuschwankend, »geht es dir gut?«

Er nahm den Blick von Ravan. Die todbringende Wut hatte ihn noch nicht verlassen, aber es gelang ihm dennoch, einen sanften Klang in seine Stimme zu legen.

»Ja, meine Liebste.«

»Dann geht es auch mir gut«, versicherte sie ihm, und fiel in Ohnmacht, so daß Golias, der sich seinen Weg nach vorn erzwungen hatte, sie gerade noch rechtzeitig auffangen konnte.

»Hüon hätte das nicht besser gemacht«, gratulierte er Jones. »Nein, mach dir um sie keine Sorgen. Das ist nur die Rückwirkung, und die Brautjungfern können sich um sie kümmern. Kommt her und nehmt sie mir ab!« bellte er die erstaunten Mädchen an. »Ich habe andere Dinge zu tun.«

»Taliesin«, sagte der Erzkönig mit seiner gelangweilten, lässigen Stimme, als man Hermione aus Golias' Händen genommen hatte, »haben du und deine Freunde alles erreicht, was ihr wolltet – mit der möglichen Ausnahme, hier lebend wieder herauszukommen?«

»Fast alles, Euer Hoheit.«

»Dann laß mich bitte darauf hinweisen, daß eure Aktivitäten, wenn auch einige von ihnen bemerkenswert waren, von einem höchst schlechten Geschmack bei einer Hochzeit zeugen.«

Bei seinen Worten spürte ich Schwerter in meiner Kehle. Golias behagte es auch nicht, aber er zuckte mit den Achseln. »Wenn Ihr Euch Sorgen um den Verlust des Bräutigams macht, Sire, können wir mit einem besseren aushelfen.«

Zu meiner Überraschung schien Jamshyd über diesen Vorschlag nachzudenken. »Ein toter Favorit ist kein Favorit«, bemerkte er schließlich, an niemand Bestimmten gerichtet. Er sah mich an, starrte dann zu Jones. »Ich bin lange genug König, um niemals einen Mann getötet zu haben, ohne zu wissen, wer er ist.«

Lucius' Blick zeigte mit einem Male weniger Trotz als Verwirrung. »Ich weiß es nicht genau, Euer Hoheit. Das scheint ein dummes Eingeständnis zu sein, aber man sagt mir, daß der Name, den ich immer getragen habe, nicht rechtmäßig der meine ist.«

»Was für ein Name ist das?«

»Lucius Gil Jones, Euer Majestät.«

»Was?« Seine Majestät sah milde interessiert aus. »Der nächste Verwandte des alten Barons – und des seligen Lord Ravan auch?«

»Der Enkel des alten Barons und dessen Erbe, Sire,« Jones errötete bei seiner Verbeugung. »Aber meine Legitimität steht in Zweifel.«

»Ein Bastard ist ebensogut ein Enkel wie jeder andere.«

»Nicht, wenn der Sohn von jemand anderem der Vater ist.« Lucius' Stimme klang so heiser, daß er fast nur flüsterte. »Diesen Verdacht begann mein Großvater zu hegen – wie ich glaube, auf Veranlassung von Lord Ravan. Ich kann natürlich nicht sicher sein, und mein Vater lebt nicht mehr, um reden zu können.«

»Das ist wahr.« Jamshyd sah nachdenklich aus. »Weißt du, ich habe immer schon den Verdacht gehabt, daß Don Rodrigo das geheimnisvolle Verschwinden deines Vaters bewirkte, nachdem es ihn nach Person und Eigentum deiner Mutter gelüstete, deren Witwenschaft, das ist ein interessanter Punkt – durch den Tod beendet wurde, kurz nachdem sie sich ihm verweigert hatte.« Er schenkte Jones' Ausruf keine Beachtung. »Steck auch du das Schwert ein, du mit der Silberlocke, und knie vor deinem Souverän nieder.«

Während ich noch mit der Klinge und der Scheide herumfummelte – denn ich würde nicht streiten, solange Chancen auf Verhandlung bestanden –, trat Jones über die Leiche Ravans und senkte den Kopf. Ich blickte zu Golias, um zu erkennen, ob er das für gut hielt, aber ich sah, wie er den Atem anhielt. Eine schmerzliche Sekunde lang starrte der König auf den Mann zu seinen Füßen. Mit seinem nackten Oberkörper machte Lucius einen guten Eindruck. Er hatte einen muskulösen Rücken und eine reine Haut, deren Weiß nur von dem herzförmigen Muttermal auf der Schulter unterbrochen wurde. Nach einer Pause legte Seine Majestät den Finger darauf.

»Steh auf«, befahl er. »Vor einigen Jahren, als ich nur ein Prinz war«, fuhr er fort, als Lucius aufgestanden war, »kannte ich den Sohn des alten Barons. Ich war sein bester Freund – und er war mein Gefährte. Ich treffe diese Unterscheidung für euch, weil ihr niemals die königliche Gelegenheit haben werdet, sie für euch selbst zu treffen.«

Jamshyd mußte einst großartige Züge gehabt haben. Sie sahen auf den ersten Blick immer noch so aus, aber dann merkte man mit einem Ekel, daß hinter ihnen ebensowenig Gefühl steckte, wie hinter dem Lächeln einer ausgehöhlten Rübe. Ich schauderte, als ich seine Augen beim Reden beobachtete, weil ich mich erinnerte, wo ich schon einmal einen solchen Blick selbstgefälliger Leere gesehen hatte. Jedesmal nämlich, wenn ich in den Monaten – vielleicht Jahren – vor der Reise auf der *Naglfar* in den Spiegel geschaut hatte. Es schockierte mich, etwas zugleich so Vertrautes und Beunruhigendes in Literaria zu finden. Es erfüllte mich auch mit vagen Vorahnungen von Unheil.

»Du bist Jones' Sohn«, sagte der König nach seiner eingeschobenen Bemerkung. »Als ein Vertrauter, wenn nicht als Freund deines Vaters weiß ich, daß ein Sohn, eine normale Tragzeit angenommen, während der Flitterwochen deiner Eltern empfangen wurde. Dieser Sohn bist du. Ich war anwesend, um die Angst deines Vaters zu besänftigen, als du geboren wurdest, und ich habe dich gesehen, noch ehe du deine erste Windel trugst. Form und Ort deines Geburtsmals stimmen mit deinem Namen überein – und das werde ich auch deinem Großvater sagen.«

Ehe Lucius eine Antwort geben konnte, wandte ihm der Erzkönig den Rücken zu. »Bringt das Mädchen auf die Beine«, befahl er. »Ich bin hier zu einer Hochzeit gekommen, und ich bin es nicht gewohnt, enttäuscht zu werden.«

Dritter Weg

Hinab und hinaus
zu einem Ende

XXIII Lorels Passagierliste

Mir gefiel es gut bei der Hochzeitsfeier, außer wenn ich den Erzkönig ansah. Natürlich haben es Golias und ich nicht übertrieben. Ich kann mich nicht erinnern, einen Tropfen mehr getrunken zu haben, als in jeder Flasche war. So dauerte es drei Tage, ehe wir zur Normalität zurückkehrten. Inzwischen war Jamshyd abgereist und ermöglichte es auch den anderen zu gehen. Lucius und Hermione hatten die Gelegenheit wahrgenommen und waren in die Flitterwochen geflohen.

Wenn wir im Verlauf unserer Eskapade Freunde gewonnen hatten, dann müssen auch sie gegangen sein. »Stocknüchtern«, sagte ich, als wir am vierten Tag frühstückten, »gefallen mir weder diese Leute hier noch dieser Ort.«

»Es gibt so manchen fröhlicheren Ort als die Unheimliche Burg«, gab Golias zu.

»Machen wir also, daß wir hier wegkommen.« Ungeachtet der Tatsache, daß er keine Antwort gab, blickte ich ihn fröhlich und erwartungsvoll an. »Wohin gehen wir?«

Dieses Mal bemerkte ich sein Zögern und den merkwürdigen Gesichtsausdruck, der damit einherging. »Ich habe mich noch nicht ganz entschieden«, sagte er schließlich, »wo *ich* hingehen werde. *Du* solltest dich auf den Weg nach Hippokrene machen.«

»Ach ja, diese Geschichte.« Die Order des Deliers hatte ich ganz vergessen. Und wo ich jetzt wieder darauf gestoßen wurde, machte ich mir nur wenig Sorgen darum, aber mir gefiel nicht, wie Golias so redete. »Wie steht's damit, zusammen zu gehen?«

Er bediente sich mit mehr Schinken und Eiern. »Der Delier hat dich gemeint und nicht mich.«

»Vergiß doch den Delier.« Sein ausweichendes Verhalten

reizte mich; ich wollte mich aber nicht ins Bockshorn jagen lassen. »Entscheide dich, wo es hingeht, und ich komme mit.«

Golias hatte mir bislang nicht direkt ins Auge gesehen, aber jetzt tat er es. »Ich wollte, es ginge so, Shandon, aber die Karten sind diesmal anders verteilt.«

»Dann geh doch zur Hölle!« schnappte ich. »Und das nächste Mal, wenn du keine Begleitung willst, sag es offen heraus, anstatt um den heißen Brei zu reden.«

Ich war immer noch beleidigt, als wir die Burg verließen und uns den Weg zurück durch den Sumpf suchten. Ein weiterer Faktor, der meine schlechte Laune verstärkte, war, daß Golias keine Anstrengung unternahm, ein Gespräch zu beginnen. Als wir dann auch noch Tyl am Ende des langen Pfahlweges fanden, hatten die beiden Spieler einen langen Schwatz – bei dem ich ausgeschlossen blieb –, ehe er mit mir weiterging. Ich war sowohl verdutzt als auch verärgert und schwieg, bis wir an eine Weggabelung kamen und sich das Thema aufzwang.

»Nun«, fragte ich. »Welchen Weg nehmen wir«

Er deutete auf die linke Straße. »Das ist der einzige Weg für dich.«

»Oh, verdammt! Warum soll ich nicht nach rechts gehen oder dorthin, woher wir gekommen sind?« Als ich diese Frage stellte, blickte ich in Richtung des Sumpfes. Wir befanden uns auf höher gelegenem Boden und konnten ihn fast ganz überblicken, aber die Festung, die sich in seiner Mitte erhoben hatte, war verschwunden. Mit einem erstaunten Ausruf wirbelte ich herum zu der rechten Straße, die ostwärts zur jungen Sonne verlief. Ich tat aber keinen Schritt.

Ich habe Leute gekannt, die sich physisch nicht in der Lage sahen, über eine hohe Brücke zu gehen. Wie sicher die Konstruktion auch immer war, sie behaupteten, so hoch in der Luft könnten sie nicht gehen. Ich hatte das niemals gänzlich geglaubt, aber nun machte ich eine ähnliche Erfahrung, die noch beunruhigender war, weil dies auf festem Boden stattfand. Als ich diesen Weg hinabstarrte, wußte ich plötzlich nicht mehr, was ich tun sollte. Ich war unfähig, auch nur eine Sekunde in die Zukunft zu denken, und geriet in Panik. Als ich mich dem offenen Gelände zuwandte, war es auch nicht besser. Erst, als ich mich zu der westlichen Straße wandte, gewann ich meine innere Haltung zurück.

»Es ist genau so, wie der Delier es will«, erklärte Golias. »Also solltest du es besser gleichfalls wollen.«

»Nun ja, was soll's?« Es war erleichternd, meine Fähigkeiten wieder unter Kontrolle zu haben, aber ich beugte mich nur ungern äußerem Druck. »Wie weit ist dieser Ort, und was tue ich, wenn ich dort ankomme?«

»Um deine letzte Frage zuerst zu beantworten. Hippokrene ist eine Quelle.«

»Eine *was?* Okay. Bekomme ich da etwas zu trinken, oder spähe ich einfach nur hinein, um zu sehen, wie hübsch ich aussehe?«

Golias' Gesichtsausdruck verriet mir, daß er meine Scherze nicht teilte. »Du trinkst dreimal daraus – wenn du kannst, und wenn du dort hinkommst, was wahrscheinlich nicht der Fall ist.«

»Auch das ist mir schnuppe«, sagte ich und wurde immer kantiger, wie er immer ernster wurde. »Aber warum soll ich trinken, und dazu auch noch Wasser, du Heldentenor?«

»Damit du nicht das ganze Leben ein Schwachgeist bleibst!«

Ich hatte ihn ärgern wollen, und das war mir gelungen.

»Hör zu Shandon, du hast diese Mission, weil der Delier etwas in dir las, wonach diese Aufgabe für dich angemessen ist. Hast du mir nicht erzählt, daß du einmal versucht hast, ein Lied zu dichten?«

»Ja«, gestand ich, »aber es ging nicht.«

»Du warst eben nicht befähigt, aber der Delier gibt dir eine Chance dazu. Da kommt Hippokrene ins Spiel. Der erste Schluck ist der Schluck der Erinnerung, damit du nichts mehr vergißt, was du in Literaria gesehen, gehört und getan hast. Der zweite ist der Paßschluck, der dir verrät, wie du wieder zurückkommst. Der dritte ist der Schöpferschluck, bei dem keine Untergrenze der Qualität garantiert und keine obere festgesetzt ist.«

Ich sah ihn listig an. »Zwei für den Paß, eh? Und wie viele für die Staatsbürgerschaft?«

»Darum brauchst du dir keine Sorgen zu machen«, versicherte er mir. »Das gibt es nicht, es sei denn, du bist hier geboren. Und jetzt zu deiner Frage zur Entfernung. Da kann ich dir nicht helfen. Ich bin natürlich dort gewesen, aber es gibt auf dem Weg Meilen, die sich nicht berechnen lassen. Der Wegweiser hat auch keine Zahlenangabe.«

Ich warf einen Blick auf den Pfosten mit dem Schild, auf den er wies. Die Pfeile nach Westen lauteten:

Pförtnersee
Dunkler Turm
Gnipahöhle

»Da steht nichts von Hippokrene«, protestierte ich.

»Wenn du an dem nicht vorbeikommst, was dir unterwegs unweigerlich begegnen muß, wird es dir sowieso egal sein«, gab er mir mit einer Kühle zu verstehen, die ich fast schon herzlos fand.

»Ich verstehe. Und es ist endgültig, daß du nicht mitkommst?«

»Das steht völlig außer Frage«, erklärte er, verärgert über meine Hartnäckigkeit. »Das habe ich doch gesagt, Shandon! Das ist ein Weg, den man allein gehen muß.«

Mir schien, als wolle er mir zu verstehen geben, er hätte noch andere Dinge zu tun, als sich um meine Angelegenheiten zu kümmern. Es tat mir leid, ihn überhaupt gefragt zu haben, und ich sagte mit eisigem Gesicht: »Na dann mach's gut.«

»Tut mir leid, daß du es nicht verstehen kannst.« Golias rief mich zurück, als ich mich abwandte. »Warte! Ich habe versprochen, Tyl bei einer Sache zu helfen, die er ausgebrütet hat, aber wenn er mich nicht ins Gefängnis bringt, werde ich dich irgendwo auf dem Weg abfangen, falls das möglich ist.«

Ich nahm die angebotene Hand, als sei sie schleimig. »Mach dir keine Umstände«, sagte ich.

Meine Laune wurde immer saurer, als ich losging. Ich war auch schon zuvor allein in Literaria unterwegs gewesen, aber nur aus Zufall. Ich betrachtete inzwischen meine Partnerschaft mit Golias als eine der Säulen meiner Existenz. Und jetzt hatte er mich unerklärlicherweise verlassen. Am Anfang hielt das Erstaunen mit der Empörung noch Schritt. Mir schien unerklärlich, daß unsere Verbindung sich nach dem schönen Triumph, daß wir Jones von seinen Sorgen befreit hatten, einfach auflösen sollte. Ich hatte das Gefühl, Freunde zu haben, niemals stärker gespürt als in dem Moment, als wir zusammen bei Lucius' Hochzeit gestanden hatten.

Und nun hatten wir uns ohne Grund getrennt. Andere Gefühle wichen der Bitterkeit, als ich mich erinnerte, wie er mich gebeten hatte, ihm bei der Sache mit Jones zu helfen – einem völlig Fremden für mich, muß bemerkt werden – und ich mich ihm nicht versagt hatte. Aber als ich ihn bat, auf eine Reise mitzukommen, auf der ich nach seinen eigenen Aussagen alle Hilfe brauchen würde, die ich kriegen konnte, ließ er mich im Stich.

Ich verfluchte ihn für die Art und Weise, wie er sich verhalten hatte, und mich selbst dafür, daß es mir nicht gleichgültig war. Für mich hatte er für Integrität um jeden Preis gestanden, und jetzt fand ich heraus, daß er nicht so war. Diese Erkenntnis machte alles billiger und unsicher, was ich in Literaria entdeckt oder zu entdecken vermeint hatte. All mein latenter Skeptizismus kam wieder hoch und verhöhnte mich ob meiner Leichtgläubigkeit. Doch wenn ich auch Wut und Scham darüber empfand, so naiv gewesen zu sein, war ich aber auch traurig. Die Enttäuschung eines Bekehrten schmerzt mehr, als überhaupt keinen Glauben zu haben.

Da Wandern das einzig Ablenkende war, um Dampf abzulassen, hielt ich mich tüchtig auf den Beinen und machte nur zu Mittag eine kurze Rast. So, wie ich mich fühlte, achtete ich kaum auf den Verkehr der Straße, noch auf die umliegende Landschaft. Als Mitte des Nachmittags eine Art Pferdewagen hinter mir heranrollte, trat ich nur beiseite, ohne einen Blick darauf zu werfen.

»Halten Sie bitte an, Kutscher«, sagte eine weibliche Stimme. Selbst da noch ging ich mit hartnäckig gesenktem Kopf weiter, bis die Kutscheninsassin wieder sprach. »Verzeihen Sie, können Sie mir sagen, ob dies der richtige Weg nach Gotham ist?«

Unwillig blieb ich stehen. »Ich habe keine Ahnung.« Ich deutete mit der Hand auf die untergehende Sonne. »Ich weiß nur, daß es irgendwo auf der anderen Seite der Titanen liegt.«

Ihr kleines Gesicht war nicht eigentlich hübsch, aber es wurde durch die wachen, intelligenten Augen anziehend. Diese Augen wanderten an mir auf und ab.

»Entschuldigen Sie meine Neugier, aber gehen Sie nur zum Vergnügen spazieren?«

Ich wußte, warum sie das fragte. Jones hatte mir einen der besten Anzüge Ravans gegeben, eine schwarze Samtangelegenheit mit Silberborte, die mich sehr wohlhabend erscheinen ließ. Sicher sah ich zu gut gekleidet aus, um zu Fuß auf einer staubigen Straße unterwegs zu sein.

»Nein«, knurrte ich. »Ich gehe nur von einem Ort zum nächsten.«

»Oh.« Ihre Stimme klang sanft. »Sie sind die Sorte Mann, die nur von einem Ort zum anderen geht. Das muß Spaß machen.«

Ich wollte eine ironische Erwiderung loslassen, hielt aber inne, als in meinem Kopf etwas klickte. Sie senkte den Kopf, als ich näher trat, aber ein Grübchen zwinkerte mich an. Dann erwiderte sie meinen Blick, und der war mir nicht neu. Ich hatte ihn auf Gesichtern vieler Mädchen gesehen, die ich zu Hause gekannt hatte. Es war der Blick einer Frau, die zu sehr von sich eingenommen ist, um irgend etwas höher einzuschätzen als ihre eigenen Impulse. Nach einem Moment trug mein Gesicht das männliche Gegenstück dazu, wie es das seit der katastrophalen Begegnung mit Circe nicht mehr getan hatte.

»Mit der richtigen Person kann es eine Menge Spaß machen«, sagte ich.

Sie schien über diese Bemerkung nachzudenken. »Würden Sie mich für aufdringlich halten, wenn ich Sie in die Kutsche einlade? Das Gehen muß Sie doch müde machen.«

»Nicht aufdringlicher, als Sie mich als Gast finden werden«, erlaubte ich mir die Bemerkung, »und *zu* müde bin ich auch nicht.«

So war das mit Becky Crawley. Sie war nicht von der Sorte, die sich die Mühe machte, den Ehering abzunehmen, als ich in der Nacht im Gasthaus in ihr Zimmer kam. Als ich früh am nächsten Morgen wieder ging, grinste sie lediglich schläfrig und winkte mit den Fingern einer Hand Lebwohl.

Daher war zwischen uns beiden alles leicht, natürlich und

paßte vollkommen zusammen. Aber wenn ich auch nicht den Kummer empfand, der mich nach dem Verlust von Rosalette überfallen hatte, und auch nicht die wilde Leidenschaft, die mir bei Nimue zu schaffen machte, so gab es auch nicht die Ekstase, die ich mit beiden erfahren hatte. Eine Nacht von sachlicher Lust war genug fürs erste. Ich sah Mrs. Crawley zu klar, um eine weitere Beziehung zu wünschen. Um sicherzugehen, daß sie mich nicht einholte, bog ich bei der ersten Kreuzung von der Straße ab, nachdem ich das Gasthaus verlassen hatte.

Dennoch hatte mich die Begegnung mit jemandem, der menschliche Beziehungen mit so lässigem Blick sieht, beruhigt. Ein wenig von der Erbitterung gegenüber Golias verschwand. Er hatte mich einfach benutzt, als er mich brauchte, und mich fallengelassen, als ich ihm nicht mehr nützen konnte. So hatte ich eigentlich immer gehandelt, und abgesehen von meiner kürzlichen Periode geistiger Verwirrung hatte ich das immer für eine normale Form des Verhaltens gehalten. Ich würde die Beine wieder auf den Boden bekommen, wenn ich meine Gedanken von jeder Irrationalität befreite.

Seit ich die Unheimliche Burg verlassen hatte, war es immer bergan gegangen. Gegen Mittag konnte ich Bergzüge sehen, die ich für die Vorberge der Titanen hielt. Ungefähr um die gleiche Zeit wurde ich durch einen Kanal aufgehalten. Die Brücke, die ihn einst überspannt hatte, war schon seit Jahren niedergerissen. Eher gereizt als besorgt sah ich mich um.

Den ganzen Tag lang war die Landschaft langweilig gewesen, hier war sie regelrecht blöde. Ein Zustand, der nur mit Hilfe des Menschen zustande kommt. Sie erinnerte mich an heruntergekommene Landstriche in der Nähe Chicagos. Es gab öde Farmen, die aussahen, als sei niemals etwas auf ihnen gewachsen. Es gab verstreute Häuser, aber keine Erklärung, warum jemand aus freien Stücken hier leben konnte oder wie man es überhaupt möglich fand. Der Herbst hatte die Blätter an den wenigen krüppeligen Bäumen welken lassen, anstatt sie hinwegzufegen. Als Krönung gab es ein Schild auf einem pockenartigen Feld mit der Warnung: »Jagen und Fallenstellen verboten.«

Der Kanal sah noch benutzbar aus, wenn das Wasser auch

trüb war. Rechts von mir, in Richtung Norden, war der Graben, soweit ich sehen konnte, leer. Im Süden fing jedoch mein Blick etwas auf. Es stellte sich als ein von Maultieren gezogener Kahn heraus, der auf mich zukam.

Trotz der Landschaft und ihres Beförderungsmittels waren die Passagiere recht fröhlich. Sie riefen und lachten, winkten und gestikulierten beim Näherkommen. Ihre Erscheinung war ebenso wild, wie ich aus der Nähe feststellte, wie ihre Stimmen und Handlungen. Selbst die Maultiere hatten glasige Augen und wirkten ungekämmt.

Weil die Tiere den Treidelpfad auf meiner Seite des Kanals benutzten, trat ich zur Seite, um sie vorbeizulassen. Als ich wieder vortrat, um den Kahn zu grüßen, war fast die Hälfte schon an mir vorbei. Ich verschränkte die Arme und wartete, bis mir das Schiff das kantige Heck zeigte. Die Farbe blätterte schon ab, aber ich konnte noch den Namen und Heimathafen entziffern. Es war die *Menippus* aus Narragonia.

»Ahoi, *Menippus!*« rief ich, lauter als eigentlich nötig. Weil die meisten Passagiere auf etwas auf der anderen Seite achteten, hatte mich an Bord noch keiner bemerkt. Mein Ruf veränderte diese Lage. Fast alle – es müssen mehrere Dutzend gewesen sein – wandten sich um und spähten zu mir herüber. Gleichzeitig begannen sie zu lachen, und einige deuteten auf mich, damit ich auch sicher sein konnte, daß ich die Quelle ihres Spotts war.

»Da ist einer!«

»Sag jemand dem Skipper Bescheid!«

»Wo ist Lorel?«

»He, haltet das Boot an, damit der Skipper auch was zum Lachen hat!«

Dieser Einwurf war unnötig, weil der Treiber sich auch grinsend umgedreht hatte, und die Maultiere blieben unaufgefordert stehen. Das Ergebnis war, daß mich jeder ausgiebig betrachten konnte, und ich hatte die Wahl, entweder an Ort und Stelle stehenzubleiben und ihren Hohn entgegenzunehmen, oder aus ihrer Reichweite und ihrem Blickfeld zu verschwinden. Mir gefielen beide Möglichkeiten nicht, und so starrte ich zurück. Sie waren zu zahlreich, um sie zu beleidigen, und zu laut, um es ihnen zurückzugeben.

Mein Zorn, auf diese Weise kurzgeschlossen, wollte gerade explodieren, als sich eine Ablenkung ergab. Aus der Kabine tauchte ein Mann auf und sah zu dem Treiber.

»Wer hat dir gesagt, das Schiff anzuhalten?« fragte er.

»Ich«, antwortete ein halbes Dutzend der Passagiere prompt.

»Aber sicher, Skipper«, antwortete der Treiber. »Aber eigentlich hatten die Mulis mehr Einfluß darauf. Sie hielten an, als ich mich zu dem da umdrehte.« Er zeigte auf mich.

Der Skipper, ein schlaksiger Kerl mit einem Pferdegesicht, warf einen Blick in meine Richtung. Sofort begann er zu kichern.

»Ach der! Das ist mir der Richtige.«

Da platzte das Ventil meiner Zurückhaltung. Mit wenigen Schritten war ich neben dem Boot.

»Worüber zum Teufel redet ihr?« schnaubte ich und wurde noch wütender, als sie vor Entzücken wieherten. »Richtig wofür?«

Meine Wut ließ ihn ungerührt. »Wie«, fragte er, »würdest du dich selber einschätzen, wenn dich jemand fragte?«

Falls es einen Weg aus dieser lächerlichen Position gab, in die er mich gedrängt hatte, dann fiel er mir in meiner schlechten Laune nicht ein. Ich wußte keine gute Antwort und einigte mich auf eine, bei der ich nicht allzuviel verlieren würde.

»Ich bin ein Mensch genau wie du.«

»Stolz darauf?«

Er hatte mir einen schmalen Fluchtweg gelassen, aber ich hatte nicht das Herz, ihn zu betreten. Seine sarkastischen Worte und der noch sarkastischere Blick waren wie Salz in meinen frischen Wunden. Dennoch wollte ich ihm nicht die Befriedigung geben, zu wissen, daß er mich getroffen hatte.

»Oh, ich kann nicht klagen.«

»Nicht nur ein Ananias, sondern auch ein Simon«, bemerkte er. »Lorel ist mein Name – C. Lorel, Kapitän dieses Schiffes und Kenner aller Formen menschlicher Einfalt. Du siehst mir wie ein Sammlerstück aus. Spring an Bord, wenn du willst.«

Ich zögerte. Wenn mich die Crew auch auf der Rolle hatte, bedurfte ich doch einer Weisung oder zumindest einer Möglichkeit, über den Kanal zu kommen, ohne in das faule Wasser zu springen.

»Wohin fahrt ihr denn?« versuchte ich. Und dann, als ich das Blitzen in seinen Augen bemerkte, fügte ich hastig hinzu: »Ich weiß – wohin der Kanal geht, aber würde er mich in die Nähe des Pförtnersees bringen?«

»Was macht das für einen Unterschied!« wollte er wissen. »Freunde findest du keine, welche Richtung du auch immer einschlägst.«

Damit bohrte er seinen Finger wieder in eine andere Wunde. Gleichzeitig aber wirkte die Unbeschwertheit, mit der er diese Wahrheit formulierte, wie Jod, das man in eine Wunde träufelt.

»Das hat etwas für sich«, stimmte ich zu, »aber ich suche nach einem Ort und keiner Person.« Obwohl ich mir alle Mühe gab, fehlte in meinen Worten die Überzeugung. »Ich habe etwas vor.«

»Oh«, sagte er und schürzte die Lippen. »Du willst also etwas erreichen. Meinst du, dann geht es dir besser?«

»Natürlich.«

»Den Anker hoch, und jeden Fetzen Leinwand heraus!« brüllte er. »Und wo wir gerade dabei sind, gib diesen Mulis einen Tritt. Hier ist ein Mann, der Großes vorhat, und wir stehen ihm im Weg.«

Alle lachten, aber mir war es ziemlich egal, weil ich merkte, wie ich einstimmte. Kapitän Lorel grinste über die Schulter.

»Bringt sie in Wind und auf geht's!« dröhnte er. »Ich bin gern bereit, zuzugeben, daß du schneller laufen kannst, als diese Mulis ziehen«, bemerkte er, als ich wieder aufholte, »aber was hast du davon?«

Meine einzige Sicherheit, daß die Straße, die ich eingeschlagen hatte, mich auch zu meinem Ziel führen würde, war, daß ich ihr folgen konnte. Mir kam nun in den Sinn, daß ich den Delier vielleicht ausstricksen konnte. Wenn ich außer auf dem Weg nach Hippokrene nicht gehen konnte, konnte ich vielleicht auf einem abweichenden Kurs fahren. Wenn ich einmal den Bann gebrochen hatte, ließ sich vielleicht ein Weg aus diesem Land finden, das mir mit einemmal nicht mehr gefiel.

»Nichts, was ich als sinnvoll ansehen würde«, sagte ich, als ich an Bord sprang.

Er faßte meinen Arm, um mir zu helfen. »Hoffe, du hast dir nichts getan, als du von diesem hohen Pferd herabkamst. Natürlich, manchmal hilft es, wenn man Gas abläßt.«

»Ich wette, es würde in deinem Fall nichts nützen.« Dieser Bursche ärgerte mich nicht mehr, und ich wollte ihn das wissen lassen. »Was das Pferd angeht, das du erwähntest, so gibt es keinen Sinn, darauf zu reiten, wenn es keinen Preis zu gewinnen gibt.«

»Rede ihnen zu, daß sie wieder loslegen«, befahl Lorel dem Treiber. Dann sah er mich kopfschüttelnd an. »Wenn du so viel weißt, sollte ich meine selbst hypnotisierten Unschuldslämmer nicht deinem zersetzenden Einfluß aussetzen, aber komm erst einmal auf mein Achterdeck. Als Neuankömmling hast du ein Recht, dir die Passagierliste anzusehen.«

Sein Achterdeck stellte sich als eine klein Plattform am Heck heraus, von wo aus er das Boot überblicken, das Fortkommen der Maultiere einschätzen und den Kanal betrachten konnte. Als wir dort hochgestiegen waren, setzten wir uns und ließen die Beine baumeln.

»Was ist denn das für eine Sache hier?« fragte ich.

»Sprechen wir leise, damit wir nicht die Harmonie dieser Kreuzfahrt stören«, warnte er mich. »Siehst du, jeder hier an Bord ist ein hochprozentiger, gewohnheitsmäßiger, geborener und unbelehrbarer Narr. Und das beste ist, daß jeder allen anderen diese Eigenschaft zuschreibt und es keinen einzigen gibt, der weiß, daß es auf ihn zutrifft.«

»Ach ja.« Ich zweifelte nicht, daß er mich auf schwache Stellen hin abtastete, begann aber auch, ein bizarres Vergnügen an seiner Gesellschaft zu bekommen. Ich betrachtete meine Mitpassagiere: Vier oder fünf spielten Karten. Es gab ein paar Einzelgänger, deren Kinnbacken in hörbarer Selbstkommunikation arbeiteten. Die Mehrheit jedoch bestand aus Gruppen begeistert Diskutierender. »Habt ihr irgendein bestimmtes Ziel?«

»Wer hat das schon?« fragte er. »Nein, wir reisen einfach so durch das Land, um die Dummheit der Menschen zu studieren. Eigentlich bräuchten wir uns dafür nicht vom Fleck zu bewegen, so wie wir bis an die Luken damit beladen sind, aber ein weitgereister Dummkopf ist immer davon überzeugt, daß er etwas gelernt hat.« Er saugte den Geschmack seines Scherzes durch die Zähne ein. »Gut, nicht wahr?«

Ich kicherte in der Hoffnung, er würde es nicht merken, daß ich bis am Tag zuvor mit meinen eigenen noch nicht lange zurückliegenden Reisen geprahlt hatte. Und jetzt, mit einem Mann, der meine alte Sprache sprach, erkannte ich wieder, daß die Weisheit nur in dem klaren Blick lag, mit dem man Wahnsinn erkennt.

»Was hast du davon außer dem Spaß?«

»Sie bezahlen mich!« Er freute sich so sehr über sich, daß er kaum noch flüstern konnte. »Sie geben richtig hartes Bares heraus, um unter mein Mikroskop kriechen zu können.«

»Ich habe aber nicht das Fahrgeld und würde es auch nicht bezahlen, wenn ich es hätte«, warnte ich ihn. Ich war zwar eigentlich nicht pleite, aber ich wollte ihm zeigen, daß ich mich nicht mit den anderen in einen Topf werfen ließ.

»Erinnere mich daran, daß ich dich später in Ketten legen lasse. Aber im Moment kann ich mir, glaube ich, den Luxus leisten, jemanden zu haben, dem ich meine Exemplare zeigen kann.« Sein Blick schweifte über das Boot. »Ich liebe sie alle, aber meine Favoriten sind die Schurken, die hoch und heilig schwören – und es glauben –, daß sie ehrenwerte Menschen sind.«

Es ist immer unterhaltsam, zu sehen, wenn sich andere Menschen lächerlich machen. »Welche sind das zum Beispiel?«

»Siehst du den bärtigen alten Kluckhahn, der sich über die Ohren der Kartenspieler beugt? Sein Name will mir nie einfallen. Ich nenne ihn den Wolkengucker, weil er immer durch hohen Nebel geht. Er kiebitzt nicht, wie du vielleicht denkst, er hat nur ein paar arme Teufel gefunden, die ihm nicht entkommen können, ohne das Spiel abzubrechen.«

Ich beobachtete den wackelnden Bart und die resignierten Mienen der Spieler. »Worüber redet er denn?«

»Irgendeinen Unsinn über gerechte Forderungen und ungerechte Forderungen, wenn er in Form ist. Er ist Spitze. Seine

Spezialität sind moralische Ratschläge, nach denen man gehängt wird, wenn man sie befolgt. Sein gesellschaftlicher Nutzen ist wie der einer Klapperschlange, der man gerade auf den Schwanz getreten hat, aber er ist der festen Überzeugung, daß ihn der Himmel geschickt hat, um die leidende Menschheit zu lenken. Sieh dir Cave Burton an, der gerade gibt«, fuhr der Skipper fort, nachdem er eine Lachpause eingelegt hatte. »Der Grund für seine Verdrießlichkeit, obwohl er alles Geld in dem Spiel gewonnen hat, ist, daß er jemanden gefunden hat, der besser schwätzen kann als er, und das ist ihm noch nie passiert. Wenn du ihn nach seinem Status fragst, wird er dir erzählen, er sei Rechtsanwalt, wenn er auch weder die Philosophie noch die Mathematik des Rechts versteht. Cave ist der lebendige Beweis dafür, daß ein Mensch gewissenhaft sein kann, ohne ein Gewissen zu haben. Gib ihm einen Fall, und er spuckt alles aus, was er hat, und öffnet das Maul in dem blinden Vertrauen darauf, daß entweder Gerissenheit oder Weisheit – der Unterschied ist ihm egal, und er könnte die beiden ohnehin nicht unterscheiden – dabei herauskommen muß.«

»Und was kommt heraus?« fragte ich in genüßlicher Vorahnung.

»Bedeutungsloser Lärm und schale Luft – die gleichen Dinge, die man erwartet, wenn der Wind aus einem anderen Loch weht.« Lorel stieß mich in die Rippen. »Da ist eines meiner Schätzchen, der, der da gerade aus der Kabine kommt. Der mit dem Buch.«

Da dies das erste Buch war, das ich seit meinem Eintritt in Literaria sah, starrte ich neugierig hinüber. »Was ist denn seine Branche?«

Anstelle einer Antwort stieß mich der Skipper wieder an. »Siehst du, wie er gegen die anderen Burschen rennt? Das ist nicht gespielt. Bayes weiß wirklich nicht, wohin er geht oder was er tut.«

»Du willst sagen, er kann das Buch gar nicht lesen, das er anstarrt?«

»Es ist noch besser«, erwiderte Lorel. »Er ist die Perle der Esel, der gelehrte Analphabet. Wenn er das Buch durch hat, wird er dir jedes Wort davon wiederholen können, ohne eine geringste Ahnung zu haben, was auch nur zwei zusammen bedeuten mögen. Er frißt Bücher, und alles, was nach deren Verzehr in seinem Kopf übrigbleibt, ist das, was nach dem Verzehr von anderer Nahrung auch übrigbleibt – ein formloser Haufen Scheiße, der keinen Hinweis auf die Struktur, die Farbe und das Leben zuläßt, das er einst besessen hat. Und was noch komischer ist, er hält sich für einen Schöpfer.«

Ich hatte gehört, wie Golias diesen Ausdruck benutzt hatte, und weil es mich an ihn erinnerte, knurrten meine Gedanken. »Du meinst, er ist einer von diesen verrückten Dichtern?«

»Wie kommst du denn darauf? Nein, auch um ein fauler Apfel zu sein, ist es notwendig, die Frucht von einem Apfelbaum zu sein. Eine Pusteblume kommt nicht in Frage. Aber wenn er von einer Seite aufblickt, die er nicht begreift, und leer in den Raum starrt, denkt Bayes, die Seele, die er nicht besitzt, befindet sich in einem Sturm kreativen Wahnsinns.

Auf gewisse Weise«, fuhr der Skipper fort, während ich immer noch lachte, »habe ich an ihm mehr Spaß als an allen anderen, wenn ich auch ein paar aufgelesen habe, die noch wertloser sind.«

»Das ist schwer zu glauben.«

»Warte eine Minute, und ich zeige sie dir. Da.« Er schnippte mit dem Finger, um meinen Blick auf eine andere Gestalt zu lenken. »Der Bursche, der da auf der Ecke des Kabinendaches hockt.«

»Der hübsche Junge – der aussieht wie ein Gigolo?«

»Naevolus ist nur ein Teilzeitgigolo«, sagte Lorel. »Ansonsten ist er ein Zuhälter und ein Mittelsmann. Er hat einen Preis dafür, junge Frauen von alten Männern schwanger zu machen, damit die Böcke vor der Welt prahlen können, daß sie immer noch können. Er hat einen anderen Preis dafür, daß er den Mund darüber hält.«

»Das hört sich nicht sehr komisch an«, meinte ich.

»Der komische Teil kommt ja noch. Der Witz bei ihm ist, daß der Grund seiner Verdrießlichkeit darin liegt, daß er für seine Talente nicht bewundert wird. Seiner Denkweise zufolge ist er nämlich ein nützlicher Bürger – effizient, unermüdlich und zuverlässig –, und er sieht nicht ein, warum man ihm nicht den gleichen Status verleiht wie jedem anderen schwer arbeitenden Geschäftsmann.«

Lorel fand das so komisch, daß er beim letzten Satz fast einen Lachkrampf bekam. »Ich habe nur noch einen gesammelt, der noch unter ihm steht«, sagte er, als er wieder bei Atem war. »Ich habe gewartet, bis du ihn in Aktion siehst. Der pingelige Bock, der in die Tasche des Mannes hinter sich greift, während er dem, der aus der Kabine kommt, eine Vorlesung hält. Was denkst du, hat er im Sinn?«

»Ich passe, wenn er auch wie eine Art Pfarrer aussieht!«

»Nicht schlecht. Tartuffe ist nicht nur Pfarrer, sondern auch Vikar, Kanonikus, Papst und Prophet einer Religion, deren Glaubensbekenntnis lautet, daß Tartuffe nicht für seinen Lebensunterhalt zu arbeiten braucht. Ich wette, daß er den Blutsauger da für die Heilige Wohlfahrt in Grund und Boden redet. Heilige Wohlfahrt ist ein anderer Name für Tartuffe, aber er hat diese Rolle schon so lange gespielt, daß er vergessen hat, wie er als Dieb begann. Nenne ihn so, und er wird zurückzukken, damit der Blitz, den Gott schickt, dich zu erschlagen, nicht auch ihn verzehrt.«

XXIV Von Pferden und Menschen

Die Unterhaltung mit dem Kapitän Lorel paßte nicht nur zu meiner Stimmung, sondern stattete auch meinen Sinn für Humor mit Haizähnen aus. Es schmeichelte mir, zu wissen, daß ich der einzige Passagier war, dem er sich anvertraute. Von Zeit zu Zeit gab ich ihm als Zeichen, daß er darin keinen Fehler beging, Beispiele meines eigenen Witzes.

So saßen wir unter Spott und Scherzen auf dem Kahn und drölten über den Kanal. Inzwischen hatte sich die Landschaft verändert, ohne zu gewinnen. Jedes Haus war ausgebrannt. Die Vegetation war kümmerlich, soweit sie nicht ebenfalls niedergebrannt war. Die Bäume streckten lediglich Stümpfe gegen den trüben Herbsthimmel. Die wenigen Blätter waren welk. Die Menschen, die von einigen Ästen herabhingen, befanden sich im ganzen gesehen in einem besseren Erhaltungszustand.

Eine Zeitlang sahen wir keine lebende Seele, aber schließlich tauchte eine Marschkolonne hinter einer Gruppe ausgebrannter Gebäude auf und näherte sich langsam dem Kanal. Solange der Skipper sich nicht besorgt zeigte, wollte ich mir auch nichts anmerken lassen.

»Meinst du, das ist ein Teil des Zerstörungstrupps?«

»Sie sind nicht nahe genug, als daß ich erkennen könnte, um welche Art von Narren es sich handelt«, sagte Lorel. »Es sind aber nicht alles Soldaten.«

Er hatte recht. Der Bursche vorn trug ein Kruzifix, ähnlich dem, das Bruder John so wirkungsvoll geschwungen hatte. Er und die Männer unmittelbar hinter ihm waren ähnlich wie John gekleidet, gingen barfuß und trugen grobe Kutten. Hinter ihnen marschierte ein Trupp Soldaten. Hinter ihnen wiederum gab es eine Gruppe von splitternackter Gestalten, die in einer

Doppelreihe angekettet waren. Die Soldaten trugen Helme, aber kaum Rüstung, und hatten Gewehre und Lanzen.

Da sie auf der anderen Seite des Kanals gingen, brauchten sie den Maultieren nicht auszuweichen. Es schien so, als wollten sie uns keine Aufmerksamkeit schenken; aber als der Führer auf gleiche Höhe mit unserem Bug anlangte, ließ er die Kolonne anhalten, pflanzte sein Kruzifix in den Boden und reckte eine Hand hoch.

»Halt, im Namen Gottes und der Heiligen Inquisition!« befahl er.

»Dieses Schiff«, informierte ihn Lorel, »hält nur an, wenn die Maultiere stehenbleiben, aber ich werde Druck auf sie ausüben. Kannst du sie anhalten?« rief er dem Treiber zu.

Als die Maultiere übereingekommen waren zu gehorchen, befanden wir im Heck uns auf gleicher Höhe mit dem Kreuzträger. Trotz seiner Bettlerkleider konnte ich erkennen, daß er ein rechter Führer war, der es gewohnt war, ernst genommen zu werden. Da ich der Meinung war, der Skipper würde seinen Spaß an ihm haben, zog ich mich zurück, bereit, nachzuhaken, wenn ich eine Gelegenheit fände.

»Gesegnet seit ihr alle«, versuchte der Bursche es nun. »Wer leitet das Schiff?«

»Die Segenswünsche geb ich zurück, und ich führe hier die Aufsicht«, antwortete der Kapitän. »C. Lorel, Herr und Besitzer der *Menippus* aus Narragonia. Möchtest du eine Fahrt buchen?«

Ich erstickte fast über diesen Scherz, aber der andere merkte gar nicht, daß er verspottet worden war. »Nein, danke, mein Sohn. Ich möchte einfach wissen, ob ihr Abtrünnige an Bord habt.«

In dem Versuch, zu erraten, was Lorel darauf antworten würde, blickte ich beiseite, um meine Belustigung zu verbergen. »Aber ja«, erwiderte der Skipper, »ich habe einen blinden Passagier.« Seine Stimme verlor an Schärfe und wurde flehend. »Er will sein Fahrgeld nicht bezahlen, Vater, aber wie er sich meinen Lebensunterhalt vorstellt, wenn die Leute mich so ausnutzen, Vater, das weiß ich nicht.«

Auch als er mir die Hand auf die Schulter legte, begriff ich noch nicht, was da vor sich ging. »Mir scheint, Vater, daß das

Diebstahl ist – ebenso, wie wenn ein Mann in ein Haus kommt und einem sein Geld stiehlt.«

»Das ist sicher das gleiche«, stimmte der Bruder, oder was immer er war, zu. Als er sich umdrehte, um einem der Soldaten ein Zeichen zu geben, trug er die befriedigte Miene eines Handelsvertreters zur Schau, der gerade einen Auftrag eingeheimst hatte. »Nimm dich des armen Sünders an, Sergeant.«

Ich war immer noch verdutzt, als die Soldaten über die Gangway schritten, die die anderen Passagiere schadenfroh ausgelegt hatten. Lorel konnte doch nicht im Sinn haben, mich loszuwerden, den einzigen Menschen in dieser Bootsladung von irren Schwachköpfen, der vernünftig war und seine Sinne beieinander hatte. Weil ich darauf bestand, mich mit Worten zur Wehr zu setzen, gab ich mir keine Mühe zur Flucht. Erst, als mich mehrere Lanzenträger grob anpackten, begriff ich, daß ich verraten worden war.

Als sie begannen, mich fortzuzerren, flehte ich Lorel entgeistert an: »Aber ich dachte, wir seien Freunde?«

Er flüsterte immer noch mit dem Bruder, aber als er sich zu mir umdrehte, grinste sein Mund unter krokodilskalten Augen. »Dein Hauptproblem scheint zu sein, daß du immer das Falsche denkst. Zum Beispiel warst du der Meinung, du seist kein Narr.«

Er hatte es schwer, nicht offen herauszuplatzen. Ich versuchte, mich auf ihn zu stürzen, aber einer der Soldaten nahm mich in die Zange. Im nächsten Moment wurde ich über die Reling gezerrt und die Gangway hinabgestoßen.

»Sag diesen verdammten Maultieren, wir hätten einen hübschen Wind!« hörte ich Lorel schreien.

Das Boot glitt bereits wieder den Kanal hinab, als ich vor dem Mann stand, der das Kruzifix trug. Der einzige Unterschied zwischen seinem harten Gesicht und dem des Skippers war, daß das des Mannes hier nicht belustigt wirkte. Ich war bereits wütend, haßte ihn daher vom ersten Moment an und ließ ihn das auch erkennen.

»Mein Sohn«, sagte er, als wir einander abgeschätzt hatten, »glaubst du an Gott?«

»Mein Vater«, antwortete ich, »nicht, wenn ich dich ansehe.«

Ich hielt das für eine recht gelungene Antwort, bis einer der Soldaten mich mit dem Schaft seines Speers über den Kopf schlug. Einen Moment lang dachte ich, ich würde ohnmächtig. Während ich noch versuchte, mich wieder unter Kontrolle zu bringen, hörte ich den Bruder sprechen.

»Ungläubigkeit und Mißachtung der Autorität. Nur die Inquisition kann sich richtig eines solchen Falles annehmen. Kümmere dich um ihn, Sergeant.«

Man kümmerte sich um mich. Sie fingen an, mich auszuziehen und als ich Widerstand leistete, wurden sie grob. Ich wurde bewußtlos geschlagen, und als ich wieder zu mir kam, peitschten sie mich, damit ich aufstand. Nach einer Weile zwang mich der Schmerz des Hiebes auf die Beine. Nackt und blutend erhob ich mich und wich taumelnd vor der Strafe davon. Sie führten mich mit der Peitsche zum Ende der Kette und stießen mich in Position. Die Gefangenen standen zu Paaren, mit der Ausnahme eines einzelnen am Schluß. Einen Augenblick später war ich mit Handschellen an ihn gefesselt und mit dem Burschen vor mir durch die Kette verbunden.

»Gut«, schnaubte der Sergeant, »bewegt euch, ihr Bastarde, und singt: ›Lobt Gott, ihr Christen‹.«

Wir sangen es zum dritten oder vierten Mal, als wir von dem Treidelpfad auf eine Straße abbogen. Während ich mich unter Schmerzen vorwärts schleppte, blickte ich zu einem Wegweiser hoch. Meine Augen waren von Schweiß so vernebelt, daß ich die Inschrift zunächst nicht lesen konnte, doch nach einer Sekunde entzifferte ich sie: Zum Dunklen Turm.

»Schöner Tag, nicht wahr?«

Erst nach einem Augenblick merkte ich, daß der Mann neben mir, ein dicker, kleiner, älterer Bursche, diese Worte gesprochen hatte. Sie hatten auch bei ihm die Peitsche angewandt, und er war schon länger in Ketten als ich, wie seine vernarbten Knöchel und Handgelenke verrieten. Doch er lächelte, als habe er gerade einen vernünftigen Allgemeinplatz von sich gegeben. Die anderen sangen weiter, und gedeckt durch ihren Lärm wagte ich eine Antwort.

»Von welcher Irrenuniversität bist du denn?«

Er strahlte mich an. »Nun, es stimmt, ich bin ein Gelehrter, wenn auch kein Angehöriger der von dir erwähnten Universität.«

Ich konnte nicht erkennen, wer nun wen auf den Arm nahm, wenn er auch ernst aussah. »Hast du an deine Kollegen geschrieben, wie es dir so geht?«

»Oh, ich bin ein Philosoph, und mir kann es nicht anders als gutgehen«, erklärte er. »Der Zweck der Philosophie ist, einen zu befähigen, die Weisheit und sorgfältige Planung anzuerkennen und zu bewundern, die bei der Verwirklichung dieser, der besten aller Welten im Spiel war.«

Ich blickte auf die leblose Landschaft, auf die traurigen Überreste der menschlichen Behausungen, auf die angeketteten Männer und Frauen, die ein Lied sangen, das sinnlos dadurch wurde, weil es durch Folter aus ihnen erzwungen wurde anstatt aus Freude. Von diesen blickte ich auf den Burschen neben mir, der in unwürdigem Elend vorwärts stolperte. Zugleich spürte ich, wie sich an meinen Knöcheln das nackte Fleisch abrieb und Schweiß in die Striemen rann, die die Peitsche in meinen Körper gegraben hatte. In vollster Erkenntnis meiner Erniedrigung und Hilflosigkeit stieß ich ein wildes, bellendes Gelächter aus.

»Das nennst du also die beste aller Welten! Ich könnte mir eine bessere aus Austeraugen, Stinktierläusen und Hundekotze vorstellen. Du Hurensohn!«

Das letzte war ein Schrei vor Schmerz und Wut, weil sich eine Peitsche in meinen Rücken fraß. »Sing!« knurrte ein Soldat. Und als ich wieder Luft hatte, sang ich auch: »Lobt Gott, ihr Christen!«

Wir zogen nach Westen und ein wenig in Richtung Norden, wie ich glaube, und erreichten am nächsten Tag die Vorberge der Titanen. Das bedeutete aber nicht, daß wir schnell voran kamen. Unsere Ketten hinderten uns daran, und die Aktivitäten unserer Wärter taten ein übriges dazu. Manchmal hielt man uns an, so daß sie einen neuen Gefangenen zu unserer Kolonne des Elends fügen konnten. Zu anderen Zeiten blieben die Brüder stehen und lasen Gebete, während die Soldaten Frauen vergewaltigten, welche sie damit belohnten, daß sie ihnen den Bauch aufschlitzten. Weitere Verzögerungen gab es, während die Mörder ihre Sünden beichteten und für ihre Ungezogenheit getadelt wurden.

Wir gelangten nicht weit in die Berge, denn die steilen Hänge machten uns schwer zu schaffen. Die ersten zwei oder drei, die ohnmächtig wurden, wurden von den anderen mitgeschleppt, aber als es ein halbes Dutzend erwischt hatte, riefen die Brüder zum Rasten für die Nacht auf. Nach wenig mehr als nur einem Tag war ich in besserem Zustand als die meisten anderen oder in keinem schlimmeren als dem halber Bewußtlosigkeit. Daher gehörte ich zu denjenigen, die abgeteilt wurden, das Lager aufzuschlagen.

Als sie mich von Pangloss, dem kleinen Spaßvogel, losketteten, dachte ich, er sei bewußtlos, aber er öffnete die Augen und lächelte matt. »Es wird schön sein, sich unter den Bäumen in der frischen Luft dieser Berge auszustrecken und zu schlafen, nicht wahr?«

»Geh zum Teufel!« sagte ich und wünschte, meine Eisen gäben mir genug Platz, ihn zu treten.

Wir wurden in einem Hain untergebracht, hundert Meter von der Schlucht entfernt, wo wir unser Wasser holten. Als Wasserträger des Kochs wurde ich von einem Soldaten, der zu meinem Wächter bestimmt worden war, zu dem Bach getrieben. Die Kette zwischen meinen Handgelenken war so kurz, daß ich die beiden Eimer nicht an den Seiten tragen konnte. Leer konnte ich sie vor mich halten, aber es war offenkundig unmöglich, sie in dieser Position gefüllt zu schleppen.

»Was willst du?« fragte ich meinen Wächter. »Willst du lieber, daß ich gefesselt bin, oder wirst du einen selbst tragen?«

»Mit diesem Problem habe ich mich noch nie befassen müssen, aber es ist eine Unmöglichkeit, daß ich für dich arbeite.« Er dachte einen Moment nach. »Dreh dich um und halt deine Hände dicht bei dir.«

Er arbeitete von hinten und mußte die Sache mit einer Hand erledigen. Er fummelte an einem Schloß, das vom Schweiß und Blut der armen Kerle rostig war, die die Handschellen vor mir getragen hatten. Schließlich mußte er mir über die Schulter spähen, um zu sehen, was er tat, und in diesem Augenblick wirbelte ich herum und schloß meine Handgelenke hinter seinem Nacken.

Der Schrei, den er ausstieß, war erbärmlich, auch für ein Quietschen; denn die Kette zermalmte seinen Adamsapfel. Er schlug mich, aber ich hielt ihn zu dicht, so daß er keine harten Schläge anbringen konnte. Weil ich ihn so hielt, sah ich ihn mit abschätziger Gleichgültigkeit sterben. Ich machte mir nicht genug aus ihm – oder aus mir selbst –, um ihn zu hassen. Für mich war er wie eine Kakerlake in der Küche: etwas, was man vernichten mußte, bevor man selber das Zimmer schmutzig machte.

Sein Tod würde bedeuten, daß ich diesen bösartigen Fanatikern entkommen würde. Natürlich würde ich froh sein, von ihnen fortzukommen, aber irgendwie spürte ich kein Aufwallen von Freude, als ich die Schlüssel von dem leblosen Körper nahm, um mein Halsband aufzuschließen. Ich fühlte mich eher wie ein Selbstmörder, der vor etwas Unerträglichem floh, ohne eine Garantie zu haben, daß nicht Schlimmeres auf ihn wartete.

Ich war zuversichtlich, daß die Brüder und Soldaten mich nicht verfolgen würden, da sie keine Hunde hatten, und ich schlug mich in den Wald jenseits des Baches. Daß es spät am Tage war, stand zu meinen Gunsten, sofern man eine Verfolgung planen sollte. Es war dunkel, als ich die Spitze des nächsten Berges erreichte und auf der anderen Seite in ein Tal hinabtauchte.

Zu diesem Zeitpunkt hatte ich einen Teil meiner Ängste ziemlich hinter mir gelassen. Neue nahmen deren Plätze ein. Da ich mich nicht getraut hatte, die Kleider des Mannes zu nehmen, den ich getötet hatte, war ich nackt in einem Land, das die Wärme des Tages verlassen hatte. In den Bergen war Herbst, und auch so weit im Süden konnte es Frost geben. Es könnte auch andere Dinge geben. Ich hatte die Lanze meines Opfers mitgenommen, aber gegen einen Angriff im Dunkeln würde sie mir nichts nützen.

Diese Nacht erlebte ich als ein Tier, dessen einzige Hoffnung ist, die Sonne wieder zu sehen, und als sie aufging, ging es mir zu schlecht, um mich zu freuen. Ich war dem Tod durch Erfrieren nur entronnen, indem ich mich in Bewegung hielt.

Lange vor dem Morgengrauen war mir schlecht vor Hunger, Erschöpfung und Kälte. Meine vom Marsch geschundenen Zehen waren gesprungen, und Zweige und Dornen hatten die Peitschennarben auf meinen Beinen gefunden. Beim Taumeln über einen Streifen Sumpfland hatte ich die Lanze verloren. Als dies geschah, war ich zu erledigt, als daß es mir noch etwas ausmachte.

Kurz nach Sonnenaufgang gelangte ich in offeneres Gelände zwischen den Vorbergen und den eigentlichen Titanen. Es war Weideland, aber was meinem Blick auffiel, war ein Feld, mit vermeintlich reifem Weizen über einem Eisenzaun. Es stellte sich als Hafer heraus, aber das war mir egal. Die rohen Körner waren das erste Eßbare, das ich seit dem Mittag des vorigen Tages zu mir nahm. Ich streifte die Halme ab und stopfte mir die Körner samt Spreu in den Mund.

Es dauerte eine Weile, bis ich auf diese Weise ein sättigendes Mahl beisammen hatte, aber ich machte weiter. Sobald die Sonne hoch genug stand, um die Kälte aus mir herauszusaugen, wollte ich mich ausstrecken und schlafen. Danach – nun, mein Kopf war zu keinem Gedanken fähig, der über den nächsten Büschel Hafer hinausging.

Erschöpfung hatte meine Sinne derart betäubt, daß ich nichts hörte, bis ich von hinten gestoßen wurde. »He!« sagte eine Stimme. »Mach, daß du da rauskommst, du verdammter Yahoo!«

In meinem Geisteszustand war ich nicht überrascht, beim Umwenden einen großen Apfelschimmel hinter mir zu finden. Wichtiger war, daß ich gestoßen und grob angeredet worden war.

»Wen, zum Teufel, nennst du Yahoo?« fragte ich. Dann bemerkte ich zwei weitere Mähren, die auf mich zukamen. »Fort, haut ab!« befahl ich.

Meine Worte zeigten keine Wirkung. Das Tier, das mich zuerst angesprochen hatte, streckte ein Vorderbein aus, und umklammerte mein Handgelenk. Inzwischen umringten mich die anderen.

»Ein typischer Yahootrick«, knurrte eines von ihnen. »Er hat gerade genug von jeder Ähre gefressen, um sie für alle anderen unbrauchbar zu machen. Gehört er zu euch?«

Erst da kam mir voll zu Bewußtsein, daß diese Pferde Worte

benutzten. Außerdem ereigneten sich noch andere Dinge, die nicht ganz normal waren. Das Pferd ist eigentlich ein Haustier, das Befehle vom Menschen entgegennimmt. Diese drei schienen diese Tatsache nicht zu kennen. Ihre Haltung war eher die von Polizisten, die einen kleinen Dieb in die Ecke gedrängt haben. Das Ganze war höchst bestürzend, und ich mußte an mich halten, sie nicht anzuschreien. Sie würden mir nicht gehorchen, und ich konnte mir auch keinen Grund vorstellen, warum so viel größere und stärkere Tiere dies tun sollten. Ich starrte sie unbehaglich an, während sie mich betrachteten.

»Weißt du, ich hätte schwören können, er hat richtige Worte gesprochen, als ich mich von hinten an ihn heranschlich«, bemerkte das eine, das mich im Griff hatte.

»Nimm besser das Wachs aus deinen Ohren«, riet der Rotfuchs zu meiner Linken ihm. »Ich erkenne das Biest nicht, du vielleicht?«

»Es ist irgendein Entlaufener«, bemerkte die schwarze Mähre rechts von mir. »Der Boß läßt uns ja unseren Yahoos nicht richtig ans Leder, wenn sie es auch, weiß Gott, die meiste Zeit verdienen. Wer immer diesem hier einen verpaßte, wußte, wie man Fleisch kleinkriegt.«

»Yeah, und sieh dir seine Füße an und wie die Beine zerkratzt sind. Er ist richtig durch die Wälder gelaufen.«

»Was, meinst du, sollen wir mit ihm anfangen?« fragte der Graue.

»Wenn es nach mir ginge, würden wir ihn durchwalken, bis er Gottesfurcht bekommt«, erwiderte der Rotfuchs. »Aber du kennst ja den Boß. Er will, daß alles seine Rechtmäßigkeit hat und wir ihn unbeschädigt dem zurückgeben, dem er gehört.«

»Dann bringen wir ihn doch ins Haus und erledigen die Sache damit.« Der Graue drehte mich herum und gab mir einen Klatsch auf den Hintern. »Aufstehen!« kommandierte er.

Ich blickte mich wild nach meinen Bewachern um. Es war einfach nicht möglich, so von Pferden herumgestoßen zu werden. Ich wurde es aber. Als der Rotfuchs und der Rappe mich in die Mitte nahmen und dabei die Zähne bleckten, setzte ich mich in Bewegung.

Mein Zorn war mein einziger Trost in dieser demütigenden

Lage. Vielleicht wußte ich nicht, wie man mit Tieren umgeht – nun, ich hatte auch nicht mein ganzes Leben in Mist watend zugebracht –, aber wartet nur, dachte ich, wenn ich den Mann traf, dem diese Tiere gehörten! Bei Jesus, der würde etwas zu hören bekommen, daß er sich wünschen würde, keine Ohren zu haben. Und wenn ihm das nicht gefiel, würde ich den Stall mit ihm fegen, so kaputt ich auch war.

Ich war fast außer mir vor Erschöpfung, Schmerz, Scham und Wut, so daß ich der bemerkenswerten Tatsache über meine Fänger zu wenig Beachtung schenkte. Zweifelsohne konnten diese Pferde sprechen. Abgesehen von dieser Besonderheit unterschieden sie sich in nichts von der normalen, zahmen, heufressenden Art. Ich war absolut unvorbereitet, als mich die Mähren zu einem massigen Holzgebäude stießen. Es schien sonderbar, ein weißes Pferd lässig auf der Veranda liegen zu sehen, aber ich wartete immer noch auf einen Menschen, der heraustreten würde, als der Graue das Wort ergriff.

»Boß, wir haben diesen Yahoo im Feld mit der zweiten Hafersaat gefunden, die wir gerade abernten wollten.«

»Er gehört nicht zu uns«, sprang der Schwarze ein. »Wir glauben, er kommt von der anderen Seite des Waldes.«

Der Klepper kicherte. »Und Jake glaubt, er hat ihn reden gehört.«

Diese Worte gaben meinem benommenen Gehirn eine Stütze. »Gottverdammt, ich kann besser reden als ihr!« Ich funkelte das weiße Pferd an. »Und auch besser als du!«

Dieser Ausbruch rief bei meinen drei Bewachern erstaunte Ausrufe hervor. Derjenige, den sie Boß nannten, behielt jedoch seinen Ausdruck höflicher Distanz.

»Hoch interessant«, befand er, nachdem er mich nachdenklich angestarrt hatte. »Wann hat je ein Yahoo die Gabe des Sprechens erworben?«

Plötzlich wurde mir alles zuviel, und ich verlor die Beherrschung. »Hör auf, mich Yahoo zu nennen!« schrie ich. »Ich bin ein Mensch!«

Er blieb ungerührt und meinte: »Es ist wahr, daß Yahoo unser Name für euch ist. Wir haben bislang nicht gewußt, wie ihr euch selbst nennt. Yahoo = Mensch. Mensch = Yahoo. Das macht natürlich keinen Unterschied. Wenn zwei Dinge einem andern gleich sind, sind sie auch untereinander gleich.«

»Sind sie nicht!« schrie ich. »Aber wen schert es schon, was eine Bande dämlicher Tiere denkt? Pferde halten keine Menschen, Menschen halten Pferde und sagen ihnen, was sie tun sollen und schlagen sie windelweich, wenn sie nicht parieren.«

Der Rotfuchs stieß ein heiseres Lachen aus, und selbst der Boß sah belustigt drein. »Wirklich? Und hast du vor, uns zu sagen, was wir tun sollen?«

»Ich will mit euch nichts zu tun haben«, blies ich mich auf. »Aber ich könnte, wenn ich wollte. So laufen die Dinge. Es ist nur recht, daß der Mensch Pferde herumkommandiert.«

»Halt die Schnauze!« kommandierte der Graue.

»Nein, laß ihn ausreden«, meinte der Weiße. »Ich habe mich schon oft gefragt, was hinter den schlammigen Tiefen einer Yahoo – entschuldige – einer menschlichen Intelligenz liegt.« Er starrte mich mit gutmütigem Interesse an. »Und warum ist es nur recht, wenn Menschen Pferde herumkommandieren? Glaubst du, sie verhalten sich so edel, daß sie fähig sind, Wächter und Leiter von anderen zu sein?«

Ich gab mir Mühe, ihm eine überzeugende Antwort zu geben, wobei meine Gedanken zu schrecklicher Ruhe kamen. Wessen konnte sich die Welt des Menschen wahrheitsgemäß schon rühmen, das ich als ihr Fürsprecher herausstreichen konnte? Typisch war doch die Schikane, die mich nackt, geschlagen und gedemütigt gemacht hatte. Typisch war auch die arrogante Selbstgerechtigkeit, die bei mir ein Netzwerk von Narben hinterlassen hatte.

Ich wußte also keine Antwort, während die Pferde mich anstarrten, der weiße mit freundlicher Verachtung, die anderen in offenem Spott. Nach einer Weile legte ich erschöpft die Hand vor die Augen. Jetzt, da mich keine Wut mehr aufrechterhielt, hatte ich das Gefühl, daß ich nicht mehr stehen konnte. Meine Knie gaben nach, und ich schwankte.

»Wir hätten es vorher wissen müssen«, spottete der Rotfuchs. »Ein Versuch zu denken ist mehr, als diese Stinker von Yahoos aushalten können.«

»Vielleicht geschieht es ihm ganz recht«, sagte die weiße

Mähre, »aber er ist offensichtlich mißhandelt worden. Ihr bindet ihn besser fest, damit er nicht kratzt und beißt, wenn ihr euch um seine Wunden kümmert; dann bringt ihn in eine Box, damit die anderen ihn nicht belästigen. Gebt ihm heute nur Kleie und Milch. Inzwischen versuche ich herauszufinden, wer der Besitzer ist.«

»Gehen wir«, sagte der Rotfuchs, »solange du clever genug bist, richtig zu sprechen. Und wenn du auszubrechen versuchst, werde ich dich in den Donnerstagnachmittag nächster Woche kicken.«

Zwischen Haus und Stall verlief eine Straße. Als ich darüber stolperte, riß mich der Graue zurück.

»Paß auf!« sagte er. »Hörst du denn nicht den Wagen?«

Ich war nicht interessiert genug, um dem Fahrzeug entgegenzusehen. Doch als wir stehenblieben, fiel mein Blick auf einen Wegweiser. Ich mußte mit den Augen zwinkern, um die roten Lichter vor meinen Augen verschwinden zu lassen, ehe ich es lesen konnte: »Zum Dunklen Turm«, stand darauf.

Mein Gehirn hatte diese Botschaft gerade verdaut, als der Wagen vor uns anhielt. Entsetzt blickte ich von dem Pferd, das die Zügel hielt, zu den Gespannen, die es lenkte. Wenn sie auch auf allen vieren standen, und wenn sie auch struppig und tierhaft aussahen, waren es Männer, die ich ansah. Nein, nicht alles Männer. Die herabhängenden Brüste der letzten beiden verrieten mir, daß auch Frauen im Geschirr gingen.

»Ein schmuckes Gespann«, kommentierte der Schwarze.

Irgend etwas mußte dem Schrecken Platz machen, der mich fast erstickte. Einen Moment dachte ich, es würde mein Verstand sein oder gar das Leben selbst, aber es war nur mein Magen. Mit einem Schluchzen erbrach ich mich.

»Man kann sich drauf verlassen, daß ein Yahoo eine Schweinerei anstellt«, sagte der Graue. Er stützte mich, als ich zusammenzubrechen begann. »Halt mal, wir müssen das Vieh tragen.«

In den ersten achtundvierzig Stunden behielt ich meinen Verstand nur, weil ich überwiegend fiebrig und benommen war. Mein Zustand bewahrte mich davor, Aas fressen zu müssen, wie die anderen Menschen in Obhut der Pferde. Er ersparte mir auch den Umgang mit den anderen, wenn ich sie auch riechen konnte und sie kreischen und schnauben hörte.

Aber die unmittelbare Degradierung war nicht am schwersten zu ertragen. Der Krebs, der an meiner Seele fraß, ob ich nun fiebrig war oder bei klarem Verstand, war die Erinnerung an den Augenblick, als ich vergeblich versucht hatte, ein gutes Wort für die Menschheit einzulegen. Bei Lorel hatte ich gedacht, meine Rüstung des Zynismus wiederzuerlangen und den Schild, auch noch stolz darauf zu sein. Unter Druck war dieser Panzer zerbröckelt. Ich hatte mich danach gesehnt, kühn für die moralische Stärke und Weisheit meiner Art zu sprechen. Aber angesichts spottender Feinde war ich durch mein eigenes Schweigen zerschmettert worden.

So schrecklich meine Gefangenschaft auch war, brauchte ich dennoch die erzwungene Ruhe. Die Salbe, die das graue Pferd auf meine Strienem auftrug, heilte sie und verhinderte eine Entzündung. Milch und Kleie, mit der sie mich fütterten, waren nicht die Nahrung, die ich mir ausgesucht hätte, entpuppten sich aber als nährend. Als das Fieber wich, spielte ich noch einen weiteren Tag krank, damit ich meine Kraft wiedererlangte. In der folgenden Nacht wollte ich fliehen.

Wie die Boxen in den meisten Ställen hatte die meine, wie ich beobachtet hatte, wenn sie hereinkamen, um mich zu versorgen, nur einen Riegel. Das mechanische Wissen der Menschen, die sie als Yahoo kannten, mußte begrenzt sein, wenn man sie so einsperren konnte. Mich jedenfalls hielt es keine fünf Minuten lang. Wie ein primitives Tier, für das mich die Mähren hielten, kaute ich einen größeren Splitter vom Rand des kleinen Luftschachts. Dann warf ich diesen zwischen Tür und Balken und bewegte ihn hoch, bis er den Riegel erreichte.

Die Yahoos waren zum Glück keine Nachttiere und schliefen fest und geräuschvoll in ihren Ständen. Ich fand die Stalltür verschlossen vor, aber ich erinnerte mich deutlich genug an Einbrüche in Ställen aus meiner Jugendzeit, um nicht entmutigt zu sein. Nach einer Weile fand ich die Leiter zum Heuboden. Ich stieg hinauf und tastete mich zu dem vor, was ich suchte. Die Tür zum Boden war, anders als die Stalltür, von innen verschlossen. Ich hob die Stange aus den Angeln, schob sie auf und spähte hinaus. Ich sah nicht Beunruhigendes, ließ mich, so schnell es ging, hinab und landete im weichen Schlamm des Hofes.

Ich wußte, wohin ich gehen würde. Es gab für mich in Literaria – und auch sonst – nur eine einzige Wegmarkierung. Der Wegweiser auf der Straße mit der Angabe »Zum Dunklen Turm« hatte nach links gewiesen. Es war leicht, die Straße zu finden, ein Band hellerer Dunkelheit, das sich unter den Sternen herwand. Als ich sie erreicht hatte, begann ich zu rennen.

Auch als die Luft auszugehen begann, lief ich immer noch so schnell, wie meine Kraft erlaubte, wenn ich auch sicher war, nicht verfolgt zu werden. Nicht, daß ich eigentlich zu dem unvorstellbaren Turm wollte. Instinktiv hatte ich Angst vor diesem Ort. Aber dennoch war er für mich zu einem Zufluchtsort vor vielleicht noch schlimmeren Übeln geworden. Er bot mir einen möglichen Brückenkopf im Chaos, aus dem einfachen, aber wichtigen Grund, weil ich mir keinen anderen vorstellen konnte.

XXV Eine Art Führer

Nach einer Stunde begann sich die Straße hinauf in die Titanen zu winden. Kalter Wind riß an mir, als ich das Tal verlassen hatte, und ich war froh, mich in die stinkende Yahoodecke wickeln zu können, mit der mich der Graue bei Sonnenuntergang immer zugedeckt hatte. Ehe die Sonne wieder aufging, war ich über die Flanke des ersten Berges und überquerte eine von Gräbern durchzogene Ebene. Das Tageslicht zeigte, daß ich mich auf einer Mesa befand, die mit Tuftgras, Unkräutern und dürrem Buschwerk bedeckt war.

Mir schien, daß gebildete Pferde, wie dies meine Fänger gewesen zu sein schienen, das Grasen hier zu rauh finden würden. Dennoch näherte ich mich vorsichtig, als ich Tiere am Horizont sah.

Als ich einen günstigen Ausguck erreicht hatte, untersuchte ich eine Schlucht, die den Schatz eines jeden trockenen Landes barg, eine große Quelle. Sie hätte meiner Meinung nach eine ziemlich große Viehherde wässern können. Hier trank jedoch keine Kuh mehr, und diejenigen, die ich sehen konnte, würden das nie wieder tun. Selbst die Bussarde waren ihrer überdrüssig.

Die Gebäude eines einstmals wohl reichen Hofes sahen aus wie Skelette. Einige waren ohne Dach, und die Lehmziegel lösten sich auf. Ein Teil des Hauptgebäudes war eingestürzt, wenn auch der Teil, aus dem sich Rauch erhob, einigermaßen bewohnbar aussah. Wenn ich nicht so hungrig gewesen wäre, ich wäre nur zu der Quelle gegangen. Da ich aber ausgehungert war, folgte ich dem unkrautbedeckten Pfad zum Wohnhaus.

Als ich ein paarmal an die Tür gepocht hatte, bat mich eine Stimme einzutreten. Ein bärtiger Mann mit Lendenschurz hockte bei einem Feuer auf der anderen Seite des Raumes. Die

Feuerstelle hatte keinen Abzug, und der Rauch suchte sich seinen Weg durch ein Loch im Dach. Fenster, die auf einen Innenhof gingen, waren die Hauptlichtquelle des Zimmers, das nur spärlich möbliert war.

Nach einer Minute drehte der Mann langsam den Hals, damit er mich sehen konnte. Meine Augen hatten sich an das Dämmerlicht gewöhnt, und ich war kaum in der Lage, einen Laut des Erschreckens zu unterdrücken. Über dem Bart war sein Gesicht eine Ansammlung von Geschwüren. Als nächstes erkannte ich, daß fast jeder sichtbare Quadratzentimeter des Körpers mit den gleichen Erscheinungen bedeckt war.

»Guten Morgen«, sagte ich, da er mich nicht ansprach.

»Vielleicht für dich«, erwiderte er.

Es hatte keine Zweck zu erklären, daß dies nicht zutraf. »Ich bin gerade aus dem Tal gekommen, und dies ist das erste Haus, das ich sehe, nachdem ich eine ganze Nacht gewandert bin. Ist es möglich, hier etwas zu essen zu bekommen?«

Er hatte etwas von einem Schlafwandler an sich, als er hin und her schwankte, offensichtlich nachdenkend. »Ja, gegessen wird hier noch, wenn ich auch nicht sagen könnte, warum. Man wird in einem Weilchen Essen bringen, und du darfst dich frei fühlen, deine Existenz damit zu verlängern, wenn du das für passend erachtest.«

»Das ist nett«, sagte ich, obwohl es bei ihm klang, als sei es dumm, überhaupt etwas zu essen. Beim Feuer stand ein weiterer Stuhl, und ich nahm ihn in Beschlag. »Ist so früh am Tage kalt draußen.«

»Ist ja auch kein anständiger Mantel, den du da hast«, bemerkte er mit der üblichen Verzögerung.

»Nein, aber es ist mein bester.« Ich dachte, hier würde das Gespräch absterben, aber nach einer Weile deutete er auf einen Umhang oder Mantel an einem Haken an der Wand. »Du kannst dich gern mit dem da von meinem Sohn bedienen.«

»Danke«, sagte ich und fügte aus reiner Routine hinzu: »Ich hoffe, er hat nichts dagegen.«

»Es besteht nur eine kleine Chance, daß er dir das mitteilen würde«, versicherte mir der Bursche mit seinem trüben, gemessenen Tonfall. »Er ist – alle meine Söhne sind tot.«

Ich war froh, die Pause in der Unterhaltung nach dieser letzten Bemerkung überbrücken zu können, indem ich nach dem angebotenen Kleidungsstück griff. Es war ein langer Kamelhaarumhang, leicht und warm.

»Das ist großartig!« sagte ich mit falscher Herzlichkeit, die ich prompt bereute. »Übrigens, mein Name ist Shandon. Und deiner?«

Er ließ mich hängen, ehe er mir wieder sein entstelltes Gesicht zuwandte. Ich war auf die Wut in seinen heißen Augen nicht vorbereitet, wenn ich auch instinktiv wußte, daß sie sich nicht gegen mich richtete.

»Job«, sagte er.

Ich vergaß seine Blasen und streckte die Hand aus, aber er blickte bereits anderswohin. Es war deutlich, daß er sich nicht nach Gesellschaft sehnte, aber ich würde nicht ohne das versprochene Mahl fortgehen.

»Nun«, sagte ich, »noch mal danke schön, Mister Job.«

»Nur Job. Der Name ist das einzige, das man mir nicht verstümmelt oder fortgenommen hat.« Er nahm meinen Dank nicht zur Kenntnis, aber er tat etwas Besseres. »Ich hole dir noch Sandalen, ehe du wieder gehst«, erklärte er und nahm ein Stück Holz, um das Feuer zu schüren.

Ich beobachtete ihn und sah, daß sein improvisiertes Stocheisen nicht einfach ein Stück gespaltenen Anmachholzes war. Es war ein Brett. Ein Teil war verbrannt, aber es trug eine Inschrift. Die Worte standen auf dem Kopf, aber da ich nichts anderes zu tun hatte, begann ich sie zu buchstabieren.

»Zum Dunk . . .« war alles, was übriggeblieben war. Ich setzte mich aufrecht hin. »Stand da ›Turm‹ auf dem Brett, als du es zuerst gesehen hast? Hieß es ›Zum Dunklen Turm‹?«

»Ja, warum?«

»Wo war es?« drängte ich, »und in welche Richtung wies es?«

»Ich fand es an eine alte Pappel genagelt, als ich dieses Haus kaufte.« Er deutete mit einem eitrig geschwollenen Finger in Richtung auf die Straße. »Als die Pest meine Herde ausgelöscht hatte und alles in Stücke zerfiel, verlor ich irgendwie das Stocheisen. So haben wir den Wegweiser benutzt. Er ist relativ haltbar, anders als die anderen Hölzer der Gegend.«

»Aber in welche Richtung deutete er?« wiederholte ich.

Er orientierte sich im Zeitlupentempo. »Den alten Treck entlang, der hinter dem Haus über die Bergflanke verläuft.«

In diesem Augenblick betrat eine niedergeschlagen aussehende Frau mit einer Schüssel Eintopf das Haus. Auf Jobs Bitte hin brachte sie mir auch eine Schüssel, wie auch die Sandalen, die er mir angeboten hatte.

»Bist du jemals über diesen Weg gegangen?« fragte ich, als sie wieder gegangen war.

»Nicht weiter als bis zu meiner Grenze, eine halbe Meile oberhalb der Stelle, wo die Bäume aufhören.« Er nahm unter Schmerzen einen Schluck. »Ich bin ziemlich regelmäßig dort hinaufgeritten, als ich noch meine Herde hatte – und als ich noch reiten konnte.«

Ich hatte zuviel eigene Probleme, um mich um die seinen kümmern zu können, aber ich dachte, ich müsse als sein Gast ein gewisses Interesse an seinem Unglück heucheln. »Du hast es sicher schwer«, sagte ich mit dick aufgetragenem Mitleid, »nicht wahr, alter Bauer?«

Wieder wurde ich mir des kaum verhüllten Zorns in seinem Blick bewußt. »Ich erlebe nur das allgemeine Unglück, am Leben zu sein.«

Es machte keinen Unterschied, daß es mir genauso ging. Die Menschen haben eine idiotische Eigenschaft, daß sie andere immer ermutigen, das Beste aus den gegebenen Umständen zu machen, wenn sie auch für sich das Privileg in Anspruch nehmen, aus den ihren das Schlechteste zu machen.

»Oh«, meinte ich, »so schlimm kann es doch nicht sein.«

Darauf brach seine Leidenschaft los. Er starrte mich an und hub mit so wütender Geschwindigkeit zu reden an, daß sich der Schaum seiner Spucke in den Mundwinkeln sammelte.

Wir sind geboren, und wir leiden, bis wir einst gehn;
Wir leben, bis wir sterben, das ist alles, was wir seh'n,
Wissen nicht, was der Sinn ist und wessen das Spiel,
Das mit Schande und Pein uns zerbrechen will.
An dem Tisch, wo wir sitzen, steht alles bereit –
Doch der Koch ist verrückt und hat ins Essen gespeit:

Wir planen und schaffen, wir denken und tun –
Doch der Lohn ist, am Ende als Wurmfraß zu ruhn.
Unser Geist ist ein Wunder, wie jedermann weiß,
Und auch unser Körper, doch die zwei sind nie eins,
Da sie ewig miteinander im Kriegszustand sind,
Ein jeder dem andern ein Rotz und ein Grind.
Und wir haben zwei Geschlechter, die zum anderen passen
Zur Paarung im Fleisch, doch im Geiste sich hassen.
So kann die Wonne des Körpers nicht sein
Die Freude der Seele, und sie geht schließlich ein.
Doch pflanzen wir unablässig den Samen,
Um der Lust zu genügen, und ohne Erbarmen
Zeugen wir uns in Natterngezücht,
Das uns haßt und verspottet – warum sollt es auch nicht,
Wenn wir so dumm sind und den Sündenbock spielen
Für die elende Brut, die wir abgöttisch lieben,
Und sei sie auch blöd und verkorkst wie wir,
Zur Verzweiflung verdammt und nur Nichtigkeit hier,
Beraubt zu werden von dem, was sie brauchen,
Und glücklich, am Ende ins Grab zu krauchen.
Doch wir plappern ihnen vor, was man uns gedudelt,
Daß man der Grausamkeit Lobpreis noch hudelt,
So daß sie dann wieder ihre Kinder belügen,
Mit den wehleidigen Mythen betrügen
Von der Weisheit und dem Plan, der steht über allem.
»Lobt Gott, und laßt die Hosiannas erschallen!«
So hört man die Trottel überall grölen,
Das idiotische Gefasel von Tölen,
Die die Märchen blöken, die man ihnen vorgeschwätzt –
Doch dem Wissenden bleibt nur der Kummer zuletzt.

Genauso schnell, wie er aufgebraust war, erlöschte sein Feuer auch wieder. Er kehrte sich mit einem solchen Schweigen seinem Essen zu, wie man es von einem Mann in einem Totenhaus erwartet.

Ich meinerseits hatte nichts weiter zu sagen. Einiges von dem, was er vorgebracht hatte, drückte mehr oder weniger die unzusammenhängenden Gefühle aus, die mich seit Verlassen der Unheimlichen Burg niedergedrückt hatten. Aber seine Gedanken führten weiter; und in seiner Tirade hatte er das Ganze in eine Klage gefaßt, die meinen eigenen Fall für mich klarer machte. Am Grund meines Kummers hatte die Erkenntnis gelegen, daß ich mein halbes Leben verbracht hatte, ohne Wurzeln zu schlagen oder Blätter zu treiben – ohne einen Menschen zu finden, dem meine Gegenwart etwas wert war. Jetzt erkannte ich deutlich, daß es noch schlimmer war. Nicht allein ich war wertlos. Unter den Bedingungen unseres Daseins gab es außerdem nichts Wertvolles, was es zu erringen galt.

Ich hatte im Sinn gehabt, Job zu fragen, ob ich mich dort ein paar Stunden ausruhen könnte, aber Schlaf war nun undenkbar geworden. Mein einzig verbliebener Antrieb war ähnlich der Faszination, die die eigenen Wunden und Verletzungen eines Menschen für ihn haben. Ich mußte versuchen, die volle Dimension des Bösen auszuloten, und ich war auf fatale Weise sicher, daß ich den Ort kannte, wo es abgeschätzt und ausgelotet würde.

Mein Gastgeber hatte mir keine Aufmerksamkeit geschenkt, aber als ich aufstand, blickte er hoch. »Willst du immer noch dorthin?« fragte er und machte eine Handbewegung auf den verkohlten Wegweiser. »Das wird auch nichts nützen. Du kannst nicht entrinnen.«

»Ich weiß.« Ich sprach ebenso ruhig wie er. »Ich gehe nur einfach auf etwas zu, ehe es zu mir kommt und mich erwischt.«

Es war eine harte Sache, durch das steile Weideland, die hohen Fichten darüber und schließlich über den nackten, von Wolken umhüllten Fels des Gipfels zu steigen. Dort verlor ich den Weg, aber auf der anderen Seite fand ich einen anderen. Dieser führte mich durch einen Streifen Krüppelfichten und dann durch einen Wald von Schierlingstannen auf eine Straße.

Als ich wieder aus den Wäldern auftauchte, kam ich in ein ödes Land. Der bewölkte Himmel sah aus wie sein natürlicher

Bestandteil. Wenn es auch recht warm war, schien es doch unmöglich, daß jemals Sonnenschein diese zerklüftete Region besänftigt hatte. Aber es war ein Land, das einst besiedelt gewesen war. Heu welkte zischen Wacholderbüschen und nackten Felsen mit schmutzigem Flechtenpelz auf dem Halm. Einige der Bäume, blattlos wegen der Jahreszeit und lange über ihre Blüte hinaus, waren dort offensichtlich angepflanzt worden, um Schatten zu spenden. Jetzt hingen die verrottenden Zweige über Löchern im Boden, den einzigen Überresten einstiger Häuser. Gelegentlich gab es Wälle aus groben Feldsteinen. Was sie hatte abhalten sollen, war nicht klar. Die Verzweiflung hatten sie nicht abhalten können.

Abgesehen davon, daß das Land im Verlauf des Nachmittags immer abweisender aussah, veränderte sich bis zum Sonnenuntergang nichts. Als ich über einen Grat abstieg, über den die Straße sich zur nächsten Kette der Titanen mühte, erkannte ich, daß ich mich einer Kreuzung näherte. Es wäre falsch ausgedrückt, wenn man sagen würde, ich hoffte auf irgend etwas, aber ich dachte, ich würde einen weiteren Wegweiser finden. Als diese Erwartung enttäuscht wurde, blieb ich einfach stehen, wo ich war, und starrte leer die Straße auf und ab.

Mein erster Eindruck, daß ich nicht allein war, rührte von einem sonderbaren Geräusch hinter mir her. Ich riß mich zusammen, drehte mich um und sah einen Mann, der in die Landschaft paßte. Das merkwürdige Geräusch, das mich überrascht hatte, war der Laut seiner Krücke, die im Staub der Straße aufschlug und schurfte.

Aus der Gewohnheit, zerlumpte Krüppel mit Bettlern gleichzusetzen, bellte ich ihn ebenso automatisch an, wie wenn er mich abgefangen hätte, während ich den Loop entlangeilte. »Was willst du?«

Sein Lächeln war ebenso unangenehm wie mein Tonfall. »Vielleicht sagst du mir besser, was *du* willst«, erwiderte er mit krächzender Stimme. »So, wie du hier auf der Kreuzung stehst, möchte man meinen, du hast dich verirrt.«

Alles an ihm ärgerte mich, aber da er sich vielleicht als nützlich erweisen konnte, gab ich mir Mühe, höflich zu sein. »Ich habe keinen Wegweiser gefunden.«

Er spuckte aus und rückte seine Krücke zurecht. »Wo willst du denn hin?«

Der Wunsch, seine Neugier zu enttäuschen, kämpfte mit dem Verlangen, meine Richtung wiederzufinden. »Ich bin mir über die Richtung nicht sicher«, versuchte ich.

Er humpelte näher und hob das schmutzige Gesicht zu mir hoch. »Du weißt aber doch, wo du hinwillst, oder?«

»Natürlich.« Meine Hand zuckte, aber ich widerstand und schwieg einen Moment. »Ich habe mehrere Orte im Sinn«, sagte ich schließlich. »Aber der Dunkle Turm reicht schon.«

Er lachte krächzend. »Kleine Wurst mit großen Ideen, eh? Was willst du denn da?«

Meine Faust ballte sich, lockerte sich aber, als ich mich an seinen Zustand erinnerte. »Geht dich einen Scheißdreck an. Weißt du, wo er ist oder nicht?«

»Klar weiß ich das.« Ungerührt durch meine Wut sah er mich mit belustigter Bösartigkeit an. »Du meinst das alte Haus beim Bergsee?«

Ich dachte zuerst, er würde lügen, aber da es schien, als wisse er, worüber er redete, kühlte ich mich ab. »Ja, genau.«

Einen Moment lang kratzte er mit seiner Krücke im Staub herum, als tue er etwas Gemeines, das er aber genoß. »Ich habe ihn gefragt«, sagte er dann und blickte scheu hoch, als rede er einen Dritten an, »aber ich konnte keine Antwort aus ihm herausbekommen.«

»Oh, schon gut.« Da ich sah, daß er so viel wußte, war ich auch gewillt, herauszufinden, was er mir erzählen konnte. »Ich weiß nicht, was ich beim Turm soll. Was ich tun muß, vermutlich. Aber weißt du irgend etwas über ein Loch namens Gnipas Höhle?«

Er blickte wieder herab, aber seine Krücke bewegte sich nicht. Als er wieder hochblickte, war sein Blick von einer wilden Eindringlichkeit.

»Dort willst du hin – dort hinein?«

Einen Moment lang drängte die Komplexität meines Problems die schlechte Laune aus mir heraus. »Das weiß ich auch nicht. Es ist nur eine Zwischenstation für mich. Mein endgültiges Ziel heißt Hippokrene.«

»Dann mußt du in die Höhle steigen«, befand er mit einer Schärfe, die seine Stimme zuvor nicht gehabt hatte. »Aber allein kommst du niemals dort hinein – zumindest nicht bei lebendigem Leib.«

Er sprach mit solcher Sicherheit, daß ich ihm mehr als nur halb Glauben schenkte. Ich hob die Arme und ließ sie wieder fallen.

»Aber ich muß dorthin.«

»Das ist der einzige Grund für jeden, der dorthin will«, erklärte er. »Sieh mich an!«

Mit diesen Worten ließ er seine Krücke los und richtete sich auf. In dieser Haltung war er größer als ich, eine geschmeidige Gestalt mit einem harten, zuversichtlichen Gesicht, das nicht mehr schmutzig wirkte. Als nächstes warf er seinen zerrissenen Umhang fort und gab ein Lederjackett frei, das über eng sitzenden Hosen gegürtet wurde.

»Ich bin Faustopheles«, sagte er anstelle einer Antwort auf meinen erstaunten Blick, »und ich werde dich zum Turm und weiter bringen – für einen bestimmten Preis.«

»Natürlich für einen bestimmten Preis.« Ich zuckte die Achseln und starrte dann um mich, während ich mich zu entscheiden versuchte. Ich war mir nicht sicher, ob mir der Bursche nach seiner Umwandlung besser gefiel, aber sicher benötigte ich irgendeinen Führer. Das Zwielicht würde nicht mehr lang währen, ehe es von einer Nacht gefolgt würde, wie sie nur eine dichte Wolkendecke mit sich bringen kann. »Wie sind deine Bedingungen?« fragte ich, als ich mich wieder seinem aufmerksamen Blick zuwandte. »Ich habe kein Geld.«

»Das will ich auch nicht«, antwortete er. »Ich will dir reinen Wein einschenken, denn ich will meine Zeit nicht mit dir verschwenden, wenn es dir nicht ernst ist. Ich werde dich um ein Versprechen bitten, das abzulegen du dich fürchten wirst.«

Eigentlich fühlte ich mich in diesem Augenblick über alle Furcht hinaus, aber meine professionellen Instinkte machten mich vorsichtig, nicht übers Ohr gehauen zu werden. Ich kniff die Augen zusammen.

»Heraus damit, hören wir es uns an.«

»Nun gut. Ich will dein Wort – und wenn du es erst gegeben

hast, dann sorg dafür, daß du es auch hältst –, daß du dorthin gehst, wohin ich dich führe, und wenn es die Hölle selbst ist.« Er klopfte mir auf die Schulter, und ein Schock durchfuhr mich. »Und das gilt nur zwischen dir und mir.«

»Wirst du mich dabei auch an den Ort führen, zu dem ich will?« nagelte ich ihn fest, als ich seinen Vorschlag überdacht hatte.

»So weit ich mitgehen kann«, nickte er, »und der Vertrag ist im gleichen Augenblick hinfällig, wenn ich abweiche.«

Auf dem Sprung zur Entscheidung überkamen mich Zweifel und Angst. Aber zwingender war die Erkenntnis, daß ich, sollte ich sein Angebot abschlagen, keine Ahnung haben würde, was ich tun oder wohin ich mich wenden sollte.

»Einverstanden«, sagte ich, und dann mit einem schwachen Anflug von Humor: »Willst du es schriftlich?«

»Mit Blut«, antwortete er. »Halt deinen Arm still.«

Ehe ich wußte, was er vorhatte, hatte er ein Messer gezogen und mein Handgelenk angeritzt, das ich seinem Griff nicht entwinden konnte. Er tauchte seinen Finger in das quellende Blut und schrieb etwas in die Luft.

»Komm mit«, befahl er dann, und ich fiel in gleichen Tritt mit ihm, als er die linke Straße einschlug.

Wenn das Land zuvor verlassen ausgesehen hatte, dann war es jetzt die blanke Verzweiflung in Landschaft gemeißelt. Die Bäume, an denen wir vorbeikamen, streckten die Zweige schmerzhaft von sich, und ihre Astlöcher waren ebenso viele Augen, vom Kummer hohl gefressen. Am stärksten beunruhigte mich aber etwas, was ich vor uns auf dem Hügel sah. Auch als ich sicher war, daß es sich lediglich um die gekreuzten Stämme zweier Birken handelte, sah es für mich immer noch so aus wie ein nackter, in Schmerzen ausgestreckter Mensch.

Genau bei diesen Birken bog ein Pfad links von der Straße ab. Ohne sich die Mühe zu geben, es anzukündigen, bog Faustopheles ab.

»Stolpere nicht über die Skelette, Silberstreif.«

Ich fragte nicht, wie er dazu käme, den Spitznamen zu gebrauchen, den mir Golias einst gegeben hatte. Was seinen Rat anbetraf, so war er gut, aber unzureichend. Für mich war die gesamte Region, die wir nun betraten, wie ein Skelett, das noch nicht ganz Haut und Haare verloren hatte.

Der Abend war bedrückend heiß für die Jahreszeit, und ich schwitzte. Aber ich hatte kein Gefühl von Hunger oder Erschöpfung, vielleicht, weil Faustopheles es beeinflußte. Er ging mit ungeheuerem Tempo, und ich hielt mich einen Schritt hinter ihm und verlor nur an Boden, als ich vor der Durchquerung eines übel aussehenden Bachs scheute. Als ich auf Befehl meines Führers hineinsprang, hatte ich das entsetzliche Gefühl, daß sich unbekannte Dinge unter meinen Füßen im Schleim bewegten.

»Der Zufluß zum Toten See«, erklärte Faustopheles. »Wir werden ihn in einem Moment sehen.«

Wir waren fast darauf, als ich ihn sah. Das Wasser dieses stinkenden Tümpels fing kein Licht aus der Dämmerung auf, wie es Seen gewöhnlich tun. Ich konnte die Uferlinie nur erraten, wo ich eine gezackte Linie von Bäumen erkannte. Wir blieben unter einem von ihnen stehen, ein Baum, den das Halbdunkel monströs erschienen ließ durch die Ranken, die ihn umschlangen.

»Das ist dein Turm«, sagte Faustopheles, und ich merkte, daß ich ihn angesehen hatte, ohne zu merken, was es war.

Ich hatte irgend etwas Ähnliches wie das Washington Monument erwartet. Was ich sah, war eine undeutliche, kantige Struktur, deren Spitze wie eingestürzt aussah, und die sich über die ihn umgebenden Bäume erhob. Die Schlichtheit des Umrisses gab keinen Hinweis darauf, was er enthielt. Meine Spekulationen hielten sich jedoch in Grenzen. Dieses Ding enthielt vielleicht vieles, aber keine einzige Sache, die zur Freude oder Zufriedenheit beitragen konnte.

Ich hätte weniger lässig dahergeredet, als ich es tat, aber ich war mir bewußt, daß mich Faustopheles beobachtete, um zu sehen, ob ich zurückzuckte. »Lebt jemand in diesem Kasten?«

»Darüber läßt sich streiten«, antwortete er.

Als wir uns dem See genähert hatten, hatte es unjahreszeitgemäß gedonnert. Als er uns den Weg am Ufer entlangführte, kam der Sturm näher und brach dann los. Für mich machte das die Dunkelheit vollkommen.

»Weißt du, wo du hingehst?« fragte ich, als mein Gefährte meinen Vorschlag, das Ende des Regens abzuwarten, mit einem höhnischen Lachen quittierte.

»Ja. Ich bin schon sehr, sehr lange dort.« In seiner Stimme lag etwas, was zu der Merkwürdigkeit seiner Antwort paßte. »Leg mir die Hand auf die Schulter, wenn du nicht genug siehst.«

Wie er den Weg fand, weiß ich nicht. Meine Augen nützten mir gar nichts, außer, wenn die riesigen Blitze die Nacht aufbrachen und zur Erde peitschten. Dann konnte ich den Bergsee und das Bauwerk sehen, auf die wir zugingen.

Der Turm, das fand ich schließlich heraus, stand auf einer kleinen Insel dicht am Ufer am anderen Ende des Sees. Eine schmale Brücke verband die Insel mit dem Festland. Das erleichterte mich, denn ich wußte, ich hätte niemals den Nerv aufgebracht, mich in das faulig aussehende Wasser zu stürzen, auch nicht, um ein Ziel zu erreichen und Schutz zu finden. Von diesen beiden war das letztere zwischenzeitlich wichtiger geworden. Nicht allein der sintflutartige Regen war der Grund. Mir war noch nie bei einem Sturm so unwohl gewesen, denn die Blitze sahen aus, als jagten sie, um zu töten. Ich sah, wie ein Baum zersprengt wurde und hörte andere krachen, was bedeutete, daß die Blitze ringsum einschlugen.

Dann endlich standen wir wenige Meter vor der Brücke. Der Blitz, der uns stehenbleiben ließ, war ungewöhnlich groß, aber es war nur der Pilotfisch für den Hai von einer Entladung, die darauf folgte. Sie zuckte aus dem Himmel und stürzte direkt auf den Turm.

Es gab eine Detonation, die mich betäubte und blendete. Noch angsterregender jedoch war der panische Schrei eines Menschen. Wenige Sekunden nachdem meine Sehkraft wieder zurückgekehrt war, starrte ich hilflos in die Schwärze, ehe ein dritter Blitz mir zu Hilfe kam. Es gab keinen Turm mehr, aber das war nicht alles, was ich entdeckte. Ein Mann, die Züge durch Entsetzen verzerrt und erstarrt, kam aus der Ruine über die Brücke gerannt.

Das war unser einziger Blick auf ihn. Das Rollen des Donners machte jeden Ruf nutzlos, und ich glaubte auch nicht, daß er uns sah. Als der nächste Blitz erfolgte, war er nicht mehr zu sehen.

Ich konnte nicht entscheiden, ob er in der besseren Lage war, wenn er einsam diesen Schrecken aushalten mußte, oder ich mit meinem Begleiter. Faustopheles konnte entweder meinen Gesichtsausdruck trotz der Dunkelheit erkennen, oder er konnte Gedanken lesen. Als das gespaltene Himmelsgewölbe wieder zusammendonnerte, hörte ich ihn leise lachen.

»Du hast mich gefragt, ob da jemand wohnt. Ich bin jetzt in der Lage, die Frage mit ›Nein‹ zu beantworten.«

»Was machen wir nun?« fragte ich, zu erschüttert, um mich an seinem Sarkasmus zu stoßen.

»Die Brücke überqueren.«

Es spielte keine Rolle, daß mir der Antrieb, der mich vormals hierzu bereit gemacht hatte, vergangen war. Ich war darüber hinaus, in logischen Begriffen zu denken. Mich beunruhigte jedoch das Gesicht des fliehenden Mannes, den wir gesehen hatten. Es bedurfte mehr als nur der Drohung physischer Vernichtung, um seine Züge mit einer dem Wahnsinn nahen Furcht zu überdecken. Es gibt fürchterlichere Zerstörungen als diejenige des Turms; und ein Mensch, der so aussah, wie jener, hatte sie entweder bei anderen gesehen, sie in sich selbst gespürt oder beides. Ich haßte den Gedanken, mich dem Ort zu nähern, wo er dies – was immer es auch war – erfahren hatte, und wich zurück.

»Lieber nicht.«

»Glaubst du, ich lasse dich tun, was ich nicht für mich selbst getan habe?« Ein Blitz zeigte mir sein Gesicht, aber trotz des Regens, der seine Züge verzerrte, wirkte es doch weniger hart als gewöhnlich. »Wenn ich dich nun aus deinem Eid freigäbe, könntest du dorthin zurück, wo du herkommst? Ich habe Grund zu der Annahme, daß du es nicht kannst.«

Mich überkam ein Gefühl des Unvermeidlichen, und ich widersprach nicht weiter. »Nun, dann geh voran. Sehen wir doch, ob es einen Schuppen oder etwas Ähnliches gibt, wo wir uns unterstellen können.«

»Das Wetter ist das einzige, vor dem du dich schützen kannst«, bemerkte er.

Ehe der nächste Blitz kam, waren wir auf die Brücke getreten und wieder hinunter und ein Stück weitergegangen. Da erhielt ich einen Blick auf das Geröll, das einzige, was von dem Turm übriggeblieben war. Auf dem Boden lagen zersplitterte Balken, aber das meiste lag unterhalb, als sei das Gebäude in ein großes, tiefes Loch gefallen.

»Selbst das entzog sich meinem Zugriff«, murmelte ich.

Faustopheles schwieg, bis er mich einen Moment später anhielt. »Hier entlang. Nein, ein wenig mehr nach links. Und jetzt sieh vor deine Füße.«

Als der nächste Blitz kam, starrte ich auf die Mauern des einstigen Turmkellers. Ein Teil war eingestürzt, als der Turm zusammenbrach, und hatte den Felsen dahinter freigegeben. In diesem Felsen gab es eine mannshohe Öffnung, darüber zwei Reihen einer Inschrift. Das Licht verschwand zu rasch, um sie lesen zu können, aber ich glaubte zu wissen, was ich gesehen hatte.

»Was stand dort?«

»Die große Zeile«, antwortete er, »lautet: ›Gnipahöhle: Warnung vor dem Hunde‹. Die kleinere Zeile um die Öffnung herum lautet: ›Die Ihr hier eintretet, lasset alle Hoffnung fahren!‹«

Mir zitterten die Knie, aber mir gelang es, meine Stimme fest klingen zu lassen. »Ich habe keine Hoffnung, die ich fahren lassen könnte.«

Weil sie eine Tatsache ist und als solche eine Identität besitzt, verdient selbst die elendeste Überzeugung einen gewissen Respekt. Faustopheles begrüßte diese hier mit einem bellenden Gelächter.

»Lügner!« schrie er. »Alle Menschen und Teufel haben Hoffnung – auch wenn es nur die Hoffnung ist, daß sie bald nicht mehr sein werden. Hoffnung ist der geringste Beweis des unendlichen Genius für Grausamkeit, der das Zeichen des Himmels ist. Stell dir nur den durchtriebenen Willen vor, der uns mit der Folter unseres Lebens bestraft, während er uns zugleich mit dem Opium versorgt, das uns glauben läßt, der nächste Tag bringt vielleicht das Glück. Kein Denkender ist auch nur in einer wachen Stunde von diesem Wahnsinn frei.

Was dich angeht, der du weißt, daß du nichts hast, was das Leben lebenswert macht, so hoffst du just in diesem Augenblick, daß du nicht in diese Höhle zu gehen brauchst.«

Ich brauchte kein Licht, um diesen Eingang zu sehen. Das Loch im Felsen hätte ebensogut ein Loch in meinem Hirn sein können, so fest saß das Bild dort.

»Muß ich denn?« Inmitten all des Wassers fühlte sich mein Mund trocken an. »Liegt es denn auf dem Weg?«

»Ja, du mußt, und es liegt auf dem Weg.«

»Aber wo führt es hin, was liegt drinnen?«

»Die Höhle führt zum vergifteten Herzen der Schöpfung«, antwortete Faustopheles, »und man findet nichts in einem Wurmloch als Würmer und Galle.«

Ich ergab mich meiner blinden Panik und drehte mich um, um fortzurennen, aber er faßte mich an den Armen. Im nächsten Augenblick wurde ich durch die Luft gezerrt. Als wir landeten, schlug kein Regen mehr auf mich ein. Ich befand mich in der Höhle.

XXVI Hinein in den Schlund

Der schräg abfallende Boden, so steil wie ein Kaninchenbau, gab mir keine Chance, stehenzubleiben und mich zu wehren. Faustopheles hielt mich immer noch umklammert, und ich stolperte abwärts hinter ihm her, bis er auf einer ebenen Fläche tief in der Erde stehenblieb.

Ich hatte versucht, vor einer imaginären Gefahr fortzurennen, aber als ich mich hilflos sah, vor der Wirklichkeit auszuweichen, fand ich Halt im Fatalismus. Ich schüttelte die Hand meines Gefährten ab.

»Nimm deine Pfoten runter«, schnaubte ich, um die Angst auszugleichen, die ich ihn hatte sehen lassen. »Ich schaffe es schon aus eigener Kraft. Und wenn du mir zeigen willst, was es hier gibt, dann trödle nicht so herum, als wartest du darauf, daß man dir einen ausgibt. Gehen wir, in Teufels Namen, und bringen wir es hinter uns!«

»Das werden wir tun«, sagte er. Dann schrie er: »Öffnet und haltet Garm zurück!«

Ich sah das Tor erst, als es aufschwang. Dahinter glühte Licht, eine Art leuchtender Dämmerung. Das war das erste, was ich bemerkte, aber nicht das erstaunlichste. Als meine Augen sich an die Helligkeit gewöhnt hatten, entdeckten sie, daß die dunkle Masse im Vordergrund kein mit schwarzem Gras bewachsener Hügel war. Er bewegte sich, er atmete auch, und da ich so viel herausgefunden hatte, merkte ich, daß wir uns dem Hinterteil eines riesigen hundeähnlichen Tieres näherten. ›Warnung vor dem Hunde‹ hatte die Inschrift besagt. Dieser hier war zweimal so groß wie ein Blauwal.

Ich warf einen Blick zu Faustopheles und merkte, daß er mich belustigt ansah. »Mach dir keine Sorgen; Garm läßt man nur auf diejenigen los, die in die andere Richtung gehen. Die Zeit ist für ihn noch nicht gekommen, sich umzuwenden.«

Wir ließen dem Monster reichlich Platz, aber ich hielt mich bereit, mich zu ducken, falls es eine plötzliche Bewegung machte. »Du meinst, man wird ihn umdrehen, damit er Leute heraushält, anstatt sie drinnen zu halten?«

»Nein«, erwiderte er mit einem plötzlichen Aufwallen. »Ich meine, daß er sich umwenden wird, um selbst hinauszugehen und in entfesselter Wut zu töten und zu zerstören.«

»Mein Gott!« Mich schauderte.

»Es hat keinen Zweck, jetzt deinen Gott anzurufen«, schrie er. »Wer immer er auch ist, er wird sich selbst nicht retten können, am Tag, wenn Garm und seinesgleichen emporspringen, um die Sterne aus dem Himmel zu schnappen, und die Milchstraße unter dem Speichel ihres Wahnsinns aufschäumt.«

»Aber können sie ihn denn nicht an der Kette lassen?« Ich wußte nichts über Garms Genossen und wollte auch nicht fragen. Der Anblick jenes schrecklichen Hundes allein überzeugte mich von den Möglickkeiten. »Wer wird ihn loslassen, und wem gehört er überhaupt?«

»Wer?« Das Gesicht meines Führers blickte so wild und grausam wie bei seiner Prophezeiung. »Glaubst du, die Verderbnis hat keine Macht, Kräfte hervorzubringen, um sich zu rächen, oder daß man diese auf immer gebunden halten kann? Die Bande, die die Arroganz für sie geschmiedet hat, werden täglich durch die Säure weggefressen, die aus der Fäulnis der Schöpfung freigesetzt wird, und sie werden zerbrechen, das sage ich dir, sie werden zerbrechen!«

Wir kamen bald unter einer der gigantischen Ketten her, mit denen Garm angebunden war, und ich betrachtete sie genauer. Sie war rostig, aber sie sah immer noch beruhigend stark aus.

Zugleich beeilte ich mich auch ein wenig. »Wird die Menschheit vernichtet werden?« flüsterte ich.

»Du kannst den Gedanken nicht ertragen, wie verachtenswert du das Leben auch findest, nicht wahr?« Faustopheles lachte. »Glaubst du, wenn die Throne der Himmel einstürzen und die Götter verzehrt werden, daß die Homunculi, mit denen sie ihre Tricks vorführen wie mit dressierten Flöhen – und die sie auch wie Flöhe knacken, wenn sie sie leid werden –, erhalten werden?«

Es war, wie er gesagt hatte. Der Gedanke an die Nichtexistenz des Menschen war schrecklicher als der Gedanke an das Nichts. Meine Gedanken konnten sich das nur für einen Moment vorstellen, ehe Furcht vor dem Wahnsinn sie fallen ließ und aus meinen Gedanken vertrieb. Ich legte eine Hand an den Kopf, der von einem einzigen Augenblick der Umnachtung zu pochen begonnen hatte.

»Das kann nicht sein!« protestierte ich. »Einige müssen gerettet werden!«

»Oh, dieses Geschwätz hast du also auch gehört?« Er hatte seine Freude aufgebraucht und stürzte sich auf das Problem, anstatt mir weitere Nadelstiche zu versetzen. Ein paar Schritte gingen wir schweigend weiter. »Man sagt gewiß, daß zwei, die der Hund nicht frißt, überleben werden, um eine neue Ordnung zu erleben«, sagte er dann heiser, »aber ich . . .«

Ein Knurren, so laut wie der Donner während des Sturms, unterbrach ihn. Ich sah mich um und erkannte, daß wir uns weit genug von dem Monster entfernt hatten, um in sein Blickfeld zu geraten. Seine Kiefer, mit blitzenden, mannshohen Zähnen, standen offen. Man hörte das Kreischen von geschundenem Metall, als er auf die Beine sprang und an der Kette zerrte.

»Er macht nur Theater. Sie lassen ihn nicht auf dich los, solange du nicht vom Abgrund zurückweichst«, sagte Faustopheles.

Seine Chance, mich zu trösten, war ohnehin nicht sehr groß, aber in diesem Augenblick stieß Garm ein kehliges Bellen aus. Der heiße, stinkende Atem haute mich fast um – aber nicht lange. Wenn jemals ein Mann gesprungen ist, dann ich, und als ich die Beine wieder unter mir hatte, setzten sie sich erst richtig in Bewegung. Zur Linken gab der Felsen einen schmalen Gang frei. Ich wählte ihn aus und hielt ebenso instinktiv darauf zu wie eine Maus auf einen Mauerspalt.

»Halt, du Narr, er kommt nicht hinter dir her! Warte doch!« Ich rannte zwar schnell, aber Faustopheles holte mich ein. Er hatte sich von seiner trüben Laune erholt und grinste mich an, als ich beschämt nach Luft schnappte. »Wenn er frei wäre, könntest du ihm ebensowenig entkommen, wie ein Käfer dem Fuß, der ihn zertritt. Immerhin bist du in die richtige Richtung gelaufen. Unser Weg führt durch diesen Gang, aber ich glaube, es ist meine Pflicht, dich zu warnen, daß die Gegend dahinter kein Ort ist für kopfloses Davonrennen.«

»Ach, du bist so verdammt weise«, gab ich zurück. »Du hast natürlich recht. Ich weiß, Vernunft und Resignation sind ein und dasselbe, aber ich vergesse es jedes Mal, wenn ich dem Verhängnis gegenüberstehe, also solltest du dich besser daran gewöhnen.«

»Ich bin seit langem daran gewöhnt«, sagte er mit einem seiner üblichen Stimmungswechsel.

Ich war nicht sicher, ob er über sich selbst sprach oder mich, und antwortete nicht. Als wir den Gang erreichten, sah ich, daß er zu einer in den Fels gehauenen Treppe führte. Sie wand sich in einer Spirale nach unten aus unserem Blickfeld, und die Stufen waren abgenutzt durch jahre-, vielleicht jahrhundertelangen Gebrauch. Faustopheles ging voran, und in voller Erkenntnis, daß ein Rückzug unmöglich war, begann ich den Abstieg.

Die Treppe war breit und leicht zu begehen. Mein Führer wurde rasch mit ihr fertig, und ich drängte hinter ihm her, unfähig, mir vorzustellen, was ich als nächstes wohl sehen würde. Ich war geistig so weggetreten, daß ich nur schwer Entfernungen und Tiefen abschätzen konnte, aber wir mußten an die tausend Stufen hinter uns gebracht haben, als wir auf einem Absatz anlangten. Hier blieb Faustopheles stehen.

»Eines der wenigen Fenster zum Universum«, sagte er, so beiläufig, als zeige er einem Touristen einen schönen Blick auf den Michigansee. »Sieh es dir an.«

Mit diesen Worten gab er mir den Blick auf die Öffnung frei, die er meinte. Es war eine drei oder vier Fuß im Quadrat messende Laibung, die in den Felsen gehauen war. Ich blickte hindurch, ohne irgend etwas erkennen zu können. Dann stützte ich mich auf den Sims, steckte den Kopf hinaus und spähte hinab.

Während die Elemente an der Stelle einen Tanz ausgeführt

hatten, wo wir die Erde betreten hatten, gab es hier keine Dunkelheit, und weder Wolken noch irgend etwas anderes hinderte die Sicht. Die Luft war so klar wie destilliertes Wasser, und ich sah nichts. Ich untersuchte die Leere über mir, vor mir, links und rechts, ehe ich wieder hinabstarrte. Mein Blick ging so weit auf der vergeblichen Suche nach einem Ruheplatz, daß ich mich fühlte, als würden mir die Augen aus dem Kopf gezogen. Dann fühlte sich mein Körper an, als steckte er in Treibsand und würde in den Raum hinausgesaugt. Zitternd zog ich mich wieder zurück.

»Da unten ist nichts!« rief ich und sah Faustopheles an, als sei es seine Schuld. Daß ich in den anderen Richtungen nichts sehen konnte, störte mich nicht, aber mich machte nervös, unten Leere zu finden, daher klagte ich über diesen Mangel. »Ein Flugzeug fliegt über irgend etwas, auch wenn es nur eine Wolke ist oder ein Regenbogen, aber nicht einmal das kann man hier finden. Es fällt . . . einfach so ab.«

»Auf immer und ewig«, stimmte er zu. »Das ist die große Leere, weißt du.«

Ich wußte es nicht, aber ich beruhigte mich wieder, um meinen Verstand mit dieser Herausforderung zu konfrontieren. »Die was?«

»Die Leere«, wiederholte er, halb grübelnd und halb fröhlich über den Schock, den er mir versetzt hatte. »Du solltest dich daran gewöhnen, wo du dich ihr doch so nahe fühlst. Sie umfängt alles, und ist so die Mutter aller Dinge.«

»Oh«, schniefte ich, »wenn du so etwas meinst wie die Luft, weil sie alles umschließt, auch alles enthält, dann kann ich dir eine treffende Analogie liefern: Wenn der Wind aus der richtigen Richtung bläst umfängt Chicago der Gestank der Schlachthöfe.«

Er verschmähte es, in gleicher Weise zu antworten. »Dies ist keine Luft, wenn sie auch den Keim der Luft enthält. Du meinst, sie enthalte nichts?«

Was er die Leere genannt hatte, zeichnete sich durch einen erschreckenden Mangel an Farbe aus. »Enthalten!« höhnte ich. »Sie enthält nicht mal den kleinsten Sonnenstrahl, geschweige denn ein Staubkörnchen.«

»Nichts so Großes«, informierte er mich und lehnte sich auf den Sims, als betrachte er sichtbare Objekte. »Aber es schweben darin die unendlich kleinen Teilchen aller Dinge. Ich sage schweben, aber das ist falsch. Die ersten Anfänge von Materie fallen schneller durch sie hindurch, als die Phantasie Räume durchqueren kann.«

Ich zögerte, ehe ich mich überzeugen ließ, zuzugestehen, daß ich mir etwas Ähnliches gedacht hatte. »Meinst du Atome?«

Er drehte den Kopf zu mir und lächelte sarkastisch. »Nun, wie du gehört hast, nenne ich sie in aller Schlichtheit die ersten Anfänge, aber wenn du mit ihnen so vertraut bist, dann laß doch ein paar davon erscheinen.«

»Du bist doch derjenige, der an sie glaubt.«

»Strecke deine Hand aus, und ich werde dir zeigen, warum.« Ich schob mich neben die Laibung und bemühte mich, nicht nach unten zu schauen. Aber da ich erfahren hatte, daß dies nutzlos war, wehrte ich mich nicht, als er meine Hand mit der Fläche nach oben hinausschob. »Halt sie dort und sieh zu«, befahl er.

Eine Weile merkte ich gar nichts. Dann spürte ich etwas wie sehr feine Regentropfen. Wenig später konnte ich ein paar Staubkörnchen ausmachen, kaum weniger farblos als die Leere selbst.

»Wenn die ersten Anfänge auf ihrem Flug von etwas Festem aufgehalten werden, rotten sie sich zusammen wie die Affen«, bemerkte Faustopheles. »Dann werden sie sichtbar. Es ist zu früh, um zu erkennen, was du da hast, aber die Art des Ergebnisses wird von dem ersten Element bestimmt, das in irgendeiner nennbaren Menge auftritt. Sie paaren sich nur mit der eigenen Art.«

Ich war gegen meinen Willen interessiert und kniete mich nieder, so daß ich meinen Arm auf dem Sims abstützen konnte. Rasch nahmen die Staubkörnchen zu, aber ich will damit nicht sagen, daß sie still in meiner Hand blieben. Sie vollzogen schwindelerregende Manöver darüber, wie Mücken, die über einem Sumpftümpel schwirren. Sie tanzten auf und ab und herein und hinaus, stießen häufig zusammen und prallten wieder voneinander ab. Einige, bemerkte ich, wurden ganz aus der Menge abgestoßen. Sie fielen über die Barriere meiner Hand und verschwanden.

Inzwischen wurden einige der Stäubchen größer. Schließlich gewann eines von ihnen so an Masse, daß es träge wurde und sich auf meiner Handfläche niederließ. Von da an veränderte sich der Charakter des Manövers. Anstelle eines Mückentanzes ähnelte es nun einem Schwarm von Bienen. Immer noch wurde ausgemendelt, aber die Überlebenden flogen in zunehmend dichterem Wirbel, dessen Mittelpunkt das Korn Materie auf meiner Hand bildete. Nach einer Weile hatten sie sich alle zu einer Einheit verbunden.

»Wenn man lange genug lebt, sieht man so alles.« Ich sprach lässig, um meine Ehrfurcht zu überdecken. Dabei beobachtete ich die winzige Zusammenballung in meiner Hand, die so still lag, als hätte sich kein Teilchen jemals geregt. »Man kann sich nicht vorstellen, daß all diese ausgelassenen Tänzer nur einen Klumpen Lehm hervorbringen.«

»Schätze dies nicht gering«, warnte mich Faustopheles. »Der Same deiner selbst trieb einst in der gleichen unpersönlichen Matrix. Ja, und die deines Gottes oder deiner Götter ebenfalls.«

»Möglicherweise«, gestand ich zu, »abgesehen von einer Sache.«

»Und die wäre?«

Er hörte sich so herausfordernd an, daß ich es um so mehr genoß, ihn zum Nachgeben zu zwingen. »Das Leben«, sagte ich, warf das Tonklümpchen fort und bewegte zur Verdeutlichung meiner Worte die Finger. »Das ist die einzige Formel, die du nicht im Chemiebuch findest.«

»Da hast du nicht das richtige Buch studiert. Ich war zufrieden, bis ich es tat.« Er schien sich bei dieser Bemerkung an etwas Verhaßtes zu erinnern, aber nach einem Moment schüttelte er den Gedanken ab. »Warte eine Sekunde«, sagte er munter und schwang sich auf den Fenstersims, wie ich es nie gewagt hätte, »und ich will mal sehen, ob ich es immer noch hinkriege.«

Ich hatte nicht bemerkt, wie lang seine Finger waren, bis er mit einer Hand durch die Leere fuhr und gelegentlich die vier

Finger am Daumen abwischte. »Ich brauche ein paar der richtigen Anfänge«, verkündete er bald darauf. »Es wird nichts Besonderes, aber wir werden schon etwas herausbekommen.«

Dann spielten sich die gleichen schöpferischen Spiralen, die sich über meiner Handfläche ereignet hatten, über der seinen ab. Das Ergebnis war an sich nicht aufregend, aber es versetzte mich in Erstaunen. Das mikroskopische Gewimmel, das er mir zur Untersuchung überließ, war zweifelsohne lebendig.

»So ist das mit dem Wurm, und so ist das auch mit dir«, sagte er. »Blick in die Leere, und du siehst deine Mutter.«

»Aber das ist ein Tier«, protestierte ich. »Du kannst dieses Leben nicht mit dem eines Menschen vergleichen.«

»Nein? Vermutlich wirst du sagen, daß die anderen Kreaturen nur einen Funken Leben in sich haben, während der Mensch eine von Gott geschaffene Seele hat, die man ihm aus- und anziehen kann, wie man ein Messer in eine Scheide steckt.«

»Nun« erwiderte ich verlegen und beunruhigt, »ich weiß nicht, ob ich wirklich an eine Seele glaube.«

»Aber dir gefällt der Gedanke, daß etwas so Kostbares an dir ist, daß der Kosmos es nicht entbehren kann. Du weißt, daß dein Körper nicht überleben wird, aber irgend etwas sagt dir, daß eine liebende Macht zu irgendeinem Zeitpunkt deine ganz private Lebenseinheit aufnehmen und umhegen wird.« Er wies mit dem Ellbogen in die Leere. »Das ist dein Schöpfer. Finde dort Liebe und Wärme, wenn du kannst; denn am Ende wirst du dorthin zurückkehren.«

Ich blickte mich um zu der Treppe, die freudlos zurück in meine Vergangenheit führte, dann hinaus in die Öde, die für die Zukunft stand. Ob der Mensch sich die Mühe macht oder nicht, darüber nachzudenken, oder ob er daran glauben will oder nicht, es liegt in seiner Natur, sich vorzustellen, daß es eine Chance gibt, der Vergessenheit zu entrinnen. Die Leugnung jener Möglichkeit jedoch ließ mich nicht in Panik verfallen; ich fühlte mich lediglich wie jemand, der bereits verarmt ist, und entdeckt, daß es noch etwas zu verlieren gibt.

»Und das ist alles?« fragte ich.

»Ja.« Er stubste mit dem Finger der linken Hand den kleinen

Wurm in der Rechten an. »Wenn du behaupten willst, daß das Leben in dir eine Seele ist, dann begrüß deinen geistigen Partner hier; denn der belebende Impuls, der euch beide in bedeutungslose Bewegung versetzt, ist ein und der gleiche.«

Mein Achselzucken war ein Zeichen davon, wie ich mich fühlte. »Warum erzählst du mir das?«

»Warum? Wenn du erst begreifst, daß der Mensch nicht das Schoßtier einer lieblosen Gottheit ist, kannst du die Absurdität der moralischen Ansprüche der Menschen verstehen. Wie sie sie lieben und unter dieser Last kämpfen! Selbst jene, die sich für Skeptiker ausgeben, was die Gottesfrage betrifft, scheuen sich nicht zu fragen – und dies oftmals ernsthafter als die anderen, um das wieder auszugleichen –, ob der Mensch seiner Verantwortung gerecht wird, und nüchtern eine Phrase wie ›das Schicksal des Menschen‹ zu benutzen.«

Mit einem Schnippen des Zeigefingers schickte er den Wurm in den Raum. Ich dachte an den endlosen Fall und konnte nicht umhin, zusammenzuzucken.

»Das ist dein menschliches Schicksal, und deine Verantwortung ist nicht mehr und nicht weniger als diejenige der Leere, die dich schuf und deine toten Partikelchen wieder verteilen wird, und zwar mit absoluter Gleichgültigkeit.«

Ich herrschte ihn an, nicht weil ich ihm nicht glaubte, sondern weil er sich freute, wo ich das nicht konnte: »Hast du mich deshalb in diese Höhle gebracht?«

»Nur nebenbei. Du mußtest begreifen, daß die Menschheit seelenlos geboren ist, ehe du dich an der Ironie von Leuten erfreuen kannst, deren Hauptkrankheit darin besteht, sich für höhere Wesen zu halten.« So unvermittelt, als habe ich die Verzögerung verursacht, umklammerte er wieder meinen Arm. »Es ist an der Zeit, die Bewohner der Unterwelt kennenzulernen.«

Die zahllosen Stufen waren die Stufen eines Gefängnisses, aber innerhalb der abweisenden Gefängnisarchitektur boten sie Sicherheit. Das konnte man von dem Pfad nicht behaupten. Ohne Vorwarnung fiel er über den Rand in einen riesigen Zylinder ab.

Um sich meine Situation besser vorstellen zu können, muß

man sich den Abstieg in einen Vulkan vorstellen, über einen schmalen Pfad, der in die Wand des Steinkessels gehauen ist. Vor mir konnte ich nur erkennen, wie der Pfad sich nach unten wand, bis er sich in Rauchschwaden verlor. Von irgendwo unten hörte man verwirrenden Lärm. Einiges konnte ich nicht erkennen, während anderes wie menschliche Schreie und Rufe klang.

Mir gefiel zwar nicht, auf einem so schmalen Vorsprung zu stehen, aber ich bin glücklicherweise schwindelfrei. Der Abgrund selbst besaß Dimensionen und war weniger furchterregend als die Leere. Ich betrachtete ihn, so gut es bei der begrenzten Sicht ging, und sah dann zu Faustopheles. Er wiederum beobachtete mich scharf.

»Wohnen da unten viele Leute?« Ich war entschlossen, ihm so wenig Befriedigung wie möglich zu verschaffen, und sprach kühl.

»Eine ganze Menge.«

»Ich will ihnen keinen Vorwurf daraus machen, aber es scheint ihnen nicht sehr zu gefallen.«

Sein Blick umwölkte sich, und ich merkte, er beschäftigte sich mit seinen eigenen Gedanken anstatt meinen. »Nein, tun sie nicht, Silberstreif, aber man kann es nicht allein auf die Umstände schieben. Setze ihnen einen Heiligenschein auf, umgib sie mit der süßen Luft von Elysium, laß göttliche Maiden sie bedienen und sie lieben – oder wenn es Frauen sind, laß sie Houris und Walküren sein, und sie wären immer noch nicht glücklich.« Seine Miene wurde sarkastisch. »Und weißt du, warum?«

Ich wollte schnippisch antworten, doch es gelang mir nicht recht. »Nein.«

»Weil sie nicht einmal erkennen würden, wo sie sind. Sie wissen auch jetzt nicht, wo sie sich befinden, und wenn du einen von ihnen fragtest, in den übervölkerten Zellen, die wir besichtigen werden, er würde schwören, er befände sich in Einzelhaft. Kannst du mir das erklären?«

»Nein«, wiederholte ich.

»Weil sie in der Sackgasse des Seins angekommen sind, wo man an nichts anderes mehr denkt als an sich selbst. Steigen wir hinab.«

Eng an die Wand gedrückt folgte ich ihm die Spirale hinab. Bald atmete ich Dämpfe ein, aber meine Lungen schienen mit ihnen fertig zu werden, denn ich hustete nicht, noch tränten meine Augen, trotz der Tatsache, daß der Rauch so dicht war, daß er nach nur kurzer Entfernung undurchdringlich wurde. Daher sah ich die riesige Ausbuchtung nicht, die in den Felsen gehauen war, bis wir auf gleicher Höhe mit ihr waren.

Ich folgte der Geste meines Führers, verließ den Pfad und blieb stehen, um mich umzusehen. Nur wenig von dem Rauch, der durch den Abgrund wallte, drang hier ein, daher konnte ich sehen daß das, was ich in unmittelbarer Nähe sah, sich in riesigem Ausmaß wiederholte. Es war ein solcher Anblick, daß ich am liebsten geflohen wäre, aber Faustopheles hielt mich fest. Mir war übel vor Schreck, doch ich ging weiter mit ihm.

Auf einem jeden der Steinblöcke, die überall verstreut standen, saß ein Mann oder eine Frau. Sie hielten die Köpfe in den Händen, starrten auf den Boden und murmelten vor sich hin. Allerdings nur, wenn sie nicht gefoltert wurden. Die Folter wurde von einem aus einer Schar von nackten, roten Dämonen mit Schwänzen und Hörnern verabreicht. Einer trat beispielsweise hinter einen Mann und begann, ein Loch in seinen Kopf zu bohren. Das Opfer wehrte sich nicht, wenn es auch gewöhnlich zu murmeln aufhörte und sich mit herabhängenden Armen und mit aufgerissenen Augen aufrichtete. Er behielt diese starre Pose, bis sein Folterer den Bohrer fortnahm und etwas in das so entstandene Loch goß. Was immer es war, es hatte die Wirkung von Nitroglyzerin an einer Safetür. Es ließ den Kopf aufplatzen, so daß die vier Schädelplatten hochstanden und das rotheiß pulsierende Gehirn freigaben. Wenn das geschah, schrie das Opfer und brabbelte ein wildes Geständnis heraus. Danach schlossen sich die Schädelplatten wieder und verbanden sich miteinander. Dann war der Leidende still und begann wieder, mit sich selbst zu reden.

Ich konnte nicht anders, als meine Bestürzung zu zeigen, und wie üblich versetzte dies Faustopheles in das, was bei ihm als humorvolle Laune durchging. »Das ist der Hockplatz für die Vögel, die etwas getan haben, das im Zusammenhang mit ihrem restlichen Leben keinen Sinn ergibt, aber zugleich ihre

Leben sinnlos macht.« Er kicherte. »Wollen wir uns einen herauspicken und hören, wie er singt.«

Auf diesen hartgesottenen Vorschlag hin wurde aus meiner Abscheu Wut. »Nein!« schrie ich. »Nein, verdammt noch mal!«

Anstatt beleidigt zu sein, zog er mich zu sich und lachte mir ins Gesicht. »Hör mir gut zu, Männchen, ich bin von einem Experten verdammt worden, und außerdem solltest du keinen Fluch an jemanden vergeuden, der für dich zu groß ist.« Nach diesem Ratschlag spähte er um sich. »Der hier«, sagte er und deutete auf einen schlaksigen jungen Burschen auf einem nahen Stein, »sollte diesen Zweck ebensogut erfüllen wie jeder andere.«

Um nicht gezwungen zu werden, begleitete ich ihn, als er herüberging und dem Jungen ins Haar griff. »Wie heißt du und weshalb bist du hier?« forderte er und riß den Kopf hoch, so daß die starren Augen ihn ansehen konnten.

Nach einer Weile blickten sie ihn an. »Du kennst mich – weißt alles über mich. Du hast schon mit mir geredet.«

»Glaubst du, ich könnte alles behalten? Ich kann zwar eine Hose von einem Hemd unterscheiden, aber abgesehen davon seht ihr für mich alle wie Läuse aus«, erwiderte Faustopheles. Er schüttelte den Burschen. »Warum bist du hier?«

»Aber du mußt dich an mich erinnern«, protestierte der Bursche. »Jeder weiß es oder vermutet es und wird es bald wissen. Ich bin ein Mörder und ein Verbrecher.«

»Du bist ein erstklassiger Angeber«, bemerkte Faustopheles. »Nicht viele Menschen haben die Beständigkeit und Zielstrebigkeit zu einem Mörder, und die Grütze dazu lauerte niemals hinter jenen sanften Rehaugen.« Er ließ das Haar los, und der Kopf fiel wieder herab. »Warte einen Moment«, sagte er zu mir, »und ich will mal sehen, ob wir hier Bedienung bekommen.«

Ich merkte, warum er diese Phrase benutzt hatte. In der Nähe stand, in eine Unterhaltung vertieft, eine Gruppe Dämonen, die wie Verkäufer tratschen, während die Kunden vergeblich warten.

»Wem untersteht dieser Fall?« fragte Faustopheles.

Niemand schenkte ihm Aufmerksamkeit, und unvermittelt brüllte er los: »Ich stelle eine Frage, ich, Faustopheles!« Echos nahmen die ungeheure Stimme auf, und die Schreie der Einsitzenden wurden durch ein grollendes ». . . stopheles, opheles«, übertönt. Ehe diese Silben jedoch wieder zurückgeworfen werden konnten, waren die angesprochenen Dämonen aufgesprungen und hatten sich vor ihm aufgestellt. Sie zitterten und wurden schwarz vor Angst.

»Das ist schon besser«, meinte Faustopheles, nachdem er sie einen Moment hatte schwitzen lassen. »Im Moment möchte ich nur, daß dieser Bursche behandelt wird. Ran!« brüllte er, als sie erst den Gefangenen ansahen und dann einander.

Sie stolperten einer über den anderen, kamen aber schließlich überein, wer von ihnen die Arbeit ausführen sollte. Dann erfolgte das Geräusch des Bohrers, der sich in den Knochen fraß, das Zischen, als die Flüssigkeit aus einer Phiole gegossen wurde, dann das schreckliche Knirschen, als die Schädelnähte nachgaben. Und dann stand der junge Mann schreiend auf.

»Ich bin Rodya Raskolnikoff, ein kultivierter Mensch, ein Student der Philosophie, Erbe der Weisheit der Jahrhunderte. Diese Weisheit sollte der Menschheit gewidmet werden, aber sie führte mich nur zum Mord einer alten Frau, um ihres Geldes willen.«

Faustopheles unterdrückte ein Gähnen. »Jetzt fällt mir dein Fall wieder ein. Sie war eine grausame, geizige alte Hexe, nicht wahr? Eine gemeine Ratte von einer Frau.«

»Du weißt es.« Raskolnikoff senkte die Stimme. »Ich war mir sicher, daß du es weißt. Aber dann weißt du auch, daß ihre Schwester, die ich ebenfalls umbrachte, nicht so war. Sie war ein armes, harmloses Wesen, zu einfältig, um sich zu verteidigen, als ich sie niederschlug, damit sie meine Schuld nicht bezeugen konnte.«

»Das war nur zu vernünftig«, sagte Faustopheles. Er zwinkerte mir vertraulich zu. »Möchtest du ihn etwas fragen?«

Nach dieser Eröffnung konnte ich nicht widerstehen. Das morbide Interesse an den Einzelheiten eines Verbrechens ist Teil einer Fassade von Menschlichkeit.

»Wieviel Geld hast du herausbekommen?«

»Ich weiß es nicht«, antwortete der Bursche. »Sie hatte eine Börse, aber hinterher konnte ich mich nicht dazu durchringen hineinzusehen.«

»Was?« schrie Faustopheles. »Erst ein Raubmord, und dann konntest du nicht einmal das Portemonnaie öffnen? Ich kann es nicht glauben!«

Ich selbst war überrascht über ein so zahmes und sinnloses Ende eines Raubes, aber Raskolnikoff interessierten unsere Reaktionen nicht. »Es ging nicht nur ums Geld. Ich wollte mir beweisen, daß ich zu einer Tat fähig war, um mein Schicksal selbst in die Hand zu nehmen.«

Faustopheles sah nun nicht mehr so verächtlich drein. »Das ist dir gelungen«, sagte er mit rauher Stimme.

»Ich habe es aber nicht geschafft«, erklärte Raskolnikoff. »Anstatt mein Leben durch diese Tat zu ändern, habe ich es mittendrin angehalten, und seitdem habe ich nichts anderes getan, als meine Zeit hier abzusitzen.«

Die letzten Worte wurden von einem Stöhnen überdeckt, das er ausstieß, als er sich wieder auf den Steinblock setzte. Man hörte ein schmatzendes Geräusch, als die Schädelknochen sich schlossen und aneinanderfügten. Raskolnikoff senkte den Kopf und begann wieder, mit sich selbst zu reden.

»Was hältst du von dem Burschen?« lachte Faustopheles, als wir wieder auf den Pfad traten und weiter hinab in den Schlund stiegen. »Der schlitzt ein altes Luder auf und entwickelt dann einen *Ex-post-facto*-Skrupel, der ihn davor zurückschrecken läßt, das geraubte Geld auch zu benutzen. Man würde doch meinen, daß ein vernünftiger Sinn von Verpflichtung dem Leichnam gegenüber ihn das Geld verjubeln läßt, oder? Findest du das nicht komisch?«

Ich fand es nicht komisch. »Viele Menschen tun Dinge, die sie anschließend bereuen«, erwiderte ich.

»Klar«, spottete er. »Und jetzt wirst du sagen, daß seine Reue das Fleisch um die Knochen der alten Hexe belebte und ihre Adern wieder mit Saft füllte?«

»Es wird sie nicht wieder zum Leben bringen«, gab ich zu, »aber er bezahlt ja auch dafür, verdammt. Siehst du das denn nicht?«

»Ich sehe nur, daß er ein Egozentriker ist, davon überzeugt, daß der Rest der Welt nichts anderes im Kopf hat, als zu fragen, ob er nun dieses Verbrechen begangen hat oder nicht.« Faustopheles wandte sich nach mir um, und ich drückte mich gegen die Wand, während ich darauf wartete, daß er weiterginge. »Hast du nicht gehört? Er wußte nicht, ob er seine Verrücktheit beichten oder damit angeben sollte.«

Unerwarteterweise nahm ich Raskolnikoffs Standpunkt ein. »Er hat nicht angegeben. Er versucht nur, sich selbst zu erklären, warum er die Bescherrschung verloren hat.«

»Und hilft es vielleicht, wenn man sich gegen die Brust schlägt und jedem erzählt, was für ein großer Sünder man sei?«

»Nichts hilft«, sagte ich, da sich ein paar Taten, die ich lieber vergessen hätte, beunruhigend in meiner Erinnerung zu regen begannen.

»Es gibt nur eine Tat, bei der es keine Hilfe mehr gibt.« Mein Führer ging weiter, aber seine Augen glitzerten mich über seine Schulter hinweg an. »Das einzige Problem mit diesem Wald von Trauerweiden ist, daß sie sich zu wichtig nehmen. Sie müssen nur vergessen, was immer sie auch getan haben, und dann sind sie geheilt. So einfach ist das.«

»Aber das geht nicht!« Zum ersten Mal seit Tagen spürte ich Stolz auf mein Sein in mir aufquellen. »Was ein Mensch tut, ist dazu zu wichtig. Seine Handlungen sind keine Exkremente, deren man sich entledigt und die man zurückläßt. Sie bleiben bei ihm und dringen in sein Wesen ein. Das müssen sie auch.«

»Warum?«

»Nun . . . ich weiß es nicht.« So rasch wie er gekommen war, verschwand dieser Geistesblitz wieder. Ich dachte an meinen eigenen traurigen Zustand und meine Haltung der Welt gegenüber, durch die ich mich ohne Freude oder Hoffnung bewegte, und konnte auch nicht mehr erkennen, was für einen Unterschied es ausmachte. »So ist das eben«, sagte ich, »aber vermutlich ist es nicht sehr wichtig.«

»Genau das habe ich dir doch gesagt«, bestätigte er. »Hier, komm zur Seite und sehen wir, war wir auf dieser Ebene finden.«

XXVII Weiter hinab

In der Höhle, die wir nun betraten, war einiges los, wenn ich auch ein Weilchen brauchte, um mir ein Bild davon zu machen. Als mir das gelungen war, merkte ich, daß ich auf eine Reihe verzweifelter Fluchten blickte. Überall im Raum wurde hier und dort ein einzelner Mensch verfolgt, manchmal von nur einer Person, öfter aber von einer Gruppe. Die Jäger hatten etwas Unheimliches, insofern, als daß die meisten aus tödlichen Messer- und Kugelwunden bluteten. Ein paar trugen den Kopf in den Händen oder hatten den Hals durch eine Henkerschlinge verdreht, die über ihrem linken Ohr hing.

»Du betrachtest den Tanz derjenigen, die andere aus Verachtung und zu ihrem Vorteil töteten«, sagte Faustopheles als Antwort auf meinen fragenden Blick hin. »Sonderbarerweise gesellen sich die beiden Motive nur selten zueinander. Also, machen wir mit bei dieser Jagd. Auf geht's!«

Ich legte los, weil ich mich gezwungen sah, ihm überallhin zu folgen, wo er hinging, und spürte bald die Hitze dieser Jagd. Je mehr sich das Opfer wand und wehrte, um so mehr freute ich mich darüber. Es war um so besser, als es sich um einen starken Mann mit harten Zügen handelte, der nicht aussah, als sei er an verzweifelte Flucht gewöhnt. Er duckte und bückte sich und wurde immer panischer, während wir Verfolger ihm unerbittlich zusetzten.

Das heißt allerdings nicht, daß Faustopheles und ich die Jagd anführten. Wir verstärkten nur den Chor der Hatz. Diejenigen, die uns dichtauf folgten und den Flüchtenden jedesmal aufhielten, wenn er eine Chance zum Entkommen hatte, waren große, blutige Männer, die zerfetzte Rüstungen trugen.

Am Ende drängten wir ihn in eine Ecke und stellten ihn. Als wir beide hinzustießen und uns einen Weg in die vorderste

Reihe bahnten, sah er aus, als brauche er eine Wand im Rücken, um sich zu stützen.

»Warum hetzt ihr mich?« fragte er.

Daraufhin lachte der größte Mann von den etwa zehn oder zwölf seiner Hauptverfolger, wobei ihm das Blut aus den eingeschlagenen Schläfen rann. »Ich werde die Anklage nicht vorbringen, noch wird es mein Bruder Oliver, auf daß niemand dies als Rache auslege.« Er hob ein Horn aus Elfenbein und deutete mit der Spitze auf einen stämmigen Mann mittleren Alters. »Tu du es, Bischof. Niemand wird bezweifeln, daß du für nichts anderes sprichst als für Karl den Großen und das Wohlergehen des Reiches.«

»Und Gott«, erinnerte ihn der Bischof. Er trat vor, schob dabei verschiedene Gedärme in den großen Riß in seinem Bauch. »Ganelon, die Anklage lautet Verrat.«

Zu meiner Überraschung hatte die Anklage die Wirkung, daß der Flüchtende zu zittern aufhörte und sich trotzig aufrichtete.

»Das ist eine Lüge! Ich bin ein ebenso guter Franke wie ihr.«

Ein Kopf, den sein Eigentümer unter dem Arm trug, spuckte verächtlich Widerspruch, beruhigte sich aber, als der Bischof eine Handbewegung machte. »Niemand streitet das ab«, sagte er, »daß du lange das Recht zu einer solchen Behauptung hattest, aber die hier stehen, wissen, daß du dich verändert hast.«

Nach kurzem Zögern unternahm Ganelon einen neuen Versuch. »Euer Feind zu sein, heißt nicht, ein Feind des Reiches zu sein, geschweige denn ein Verräter. Und Ihr seid meine Feinde.«

Man hörte ein zustimmendes Knurren von seinen Anklägern. Der Bischof brachte auch das zum Schweigen.

»Zugestanden, aber war es notwendig, uns zu einem Zeitpunkt anzugreifen, als wir gegen die Feinde des Reiches im Feld standen?«

»Sie wären nicht unsere Feinde gewesen, wenn ihr nicht gewesen wäret – wenn ihr sie nicht immer wieder aufgehetzt hättet. Ihr seid die Feinde des Reiches, und nicht ich. Was ich getan habe, tat ich, um Frieden zu stiften und das Land vor der Zerstörung zu retten, und ich habe dafür in Kauf genommen, daß ihr an mir Vergeltung üben könntet.« Ganelon verschränkte die Arme. »Ihr habt die Macht, mich zu töten, und ich habe keine Angst vor dem Tod; aber ihr könnt mich nicht eines Verrats bezichtigen, den es nie gegeben hat.«

Blut spritzte aus den Schläfen des Mannes, der das Elfenbeinhorn hielt, als er zum zweiten Mal auflachte. »Wo warst du denn, um unserer Vergeltung zu trotzen, als wir vor dem Feind standen, den du uns auf den Hals gehetzt hast?«

»An meinem Platz neben dem Kaiser.«

»Und hast du ihm von deinem Handel erzählt?« fragte der Bischof.

»Natürlich nicht. Ich wollte nicht, daß er seine Vorliebe für euch über sein eigenes Wohlergehen und das des Reiches stellte.«

»Natürlich, du wolltest es ihm später sagen – und hättest es auch getan, wenn er es nicht mißlich für dich gemacht hätte, indem er zum Paß eilte, um uns zu rächen?«

»Es hatte keinen Sinn, es ihm zu erzählen, nachdem meine gute Arbeit zunichte gemacht worden war.« Ganelon sprach nun langsamer als zuvor, als wolle er sich Zeit zum Nachdenken geben. »Aber ich hätte es ohnehin nicht getan. Es gehörte nicht zu meinem Plan, das Verdienst für die Rettung des Reiches für mich in Anspruch zu nehmen.«

Das war zuviel für einen Mann, der die abgetrennte rechte Hand in der Linken trug. »Nicht Verdienst, sondern Profit!« gellte er und hielt das lose Glied hoch, so daß die steifen Finger anklagend auf den Beschuldigten zeigten. »Wer wäre denn nach dem Kaiser die mächtigste Person im Reich gewesen, nachdem wir aus dem Weg geräumt waren?«

Der andere fuhr sich über die Lippen. »Ein zufälliger und unvermeidlicher Vorteil.«

»Wie die Belohnung, die du vom Feind kassiert hast!« Der Bischof hatte bislang ruhig gesprochen, aber an dieser Stelle schrie er. »Wie der Schatz, den du geraubt hast, das Geld, das man dir für unser Leben in die Hand gedrückt hat, während wir das Reich und den Kaiser verteidigten. Bei Gott, dem Erlöser, und bei Gott, dem Verdammer, Ganelon, du hast uns nicht nur verraten, du hast uns verkauft!«

An dieser Stelle verließen Ganelon die Nerven und die Selbstsicherheit, die er bislang zur Schau gestellt hatte. »Nein!« sagte er. »Ich . . . ich habe alles andere gestanden, daher wißt ihr, daß ich kein Lügner bin. Sie haben mir Geld geboten; ich habe nicht gesagt, daß sie es nicht taten. Aber ich hätte es nicht angefaßt.«

»Du wirst eine weitere Chance bekommen!« schrie der Bischof. Er wandte sich an seine Freunde. »Zeigen wir sie ihm!«

Bei diesen Worten griff er um sich und hakte einen prallen Beutel vom Rücken, und sie alle taten es ihm gleich. Mit einer einzigen Geste hoben sie die Beutel hoch und warfen sie mit einer weiteren auf den Boden zu Ganelons Füßen. Dort explodierten sie alle wie Papierbomben und ergossen eine Mischung aus Goldstücken, Blut, Fleischstücken, Gedärmen, Augen und einer Masse, die ich für Hirn hielt.

Ganelons Miene allein hätte es für ihn unnötig gemacht, zu gestehen, daß er es erkannte, aber er gestand: »Das ist der Preis!« stöhnte er, als seine Knie inmitten des Geldes nachgaben, für das er sie verkauft hatte. »Ich wußte nicht, daß ihr darüber Bescheid wußtet.«

Zum dritten Mal lachte der Mann mit dem Elfenbeinhorn. »Da er so gierig darauf war, schlage ich vor, wir stehen ihm nicht im Wege. Was sagt ihr dazu, meine Herren Kameraden?«

»Soll er es fressen«, heulten sie. Oder besser: wir, denn ich hörte, wie die Worte auch aus meiner Kehle drangen.

Es war kein komischer Anblick, wie der Mann sich protestierend unter ihrem Griff wand, aber Faustopheles kreischte vor Lachen über etwas – das letzte, was der Bursche murmelte, ehe sie ihm die Luft mit dem ersten Beutel blutverschmierter Münzen abschnitten. »Hast du gehört, was der Schurke sagte, als sie ihm den Mund aufsperrten?« kicherte er, als wir wieder hinabgingen.

Die Hitze der Jagd und das Interesse, das ich an dem Tribunal gewonnen hatte, waren wieder vergangen, als sie Ganelon steif und abgefüllt wie eine Wurst fallen ließen. »Nein«, zuckte ich mit den Schultern. »Ich habe es nicht mitbekommen.«

»Nun, man mag nicht glauben, daß ein Mensch in einer solchen Lage Zeit für einen launischen Einfall hat.« Faustopheles sah sich um, um mir die sardonische Freude in seinem Blick zu zeigen. »Aber er sagte: ›Erzählt es niemandem weiter!‹«

»Du fällst hinab, wenn du nicht aufpaßt, wo du hintrittst«, warnte ich ihn.

»Das habe ich schon lange getan«, antwortete er, drehte sich aber trotzdem um. »Du verstehst nicht die Komik in diesen Worten, oder? Das war ein Mann, der bewußt seine Bösartigkeit befriedigte und ebenso bewußt daraus seinen Profit schlug. So einen hält man gewöhnlich für erhaben über den Aberglauben einer Moral. Statt dessen finden wir, daß der letzte Gedanke vor seinem Tod seinem guten Ruf galt. Aber das ist typisch für diesen Ort.«

»Welchen Ort?«

»Der Ort, an dem er sich befand, du Narr. Die Station der Verräter. Da oben, wo wir den jungen Raskolnikoff getroffen haben, ist die Hauptsache, daß sie sich ihrer Missetaten bewußt sind. Die Verräter hingegen sind nicht sonderlich betrübt, bis ihre Schuld öffentlich bekannt wird. Komisch, nicht?«

»Vermutlich werden sie beide von dem gleichen Wurm gefressen«, sagte ich, nachdem ich über seine Worte nachgedacht hatte. »Auch Menschen, die von Beruf her böse sind, haben es gern, wenn man sie für gute Burschen hält, wenn sie frei haben.«

»Ich weiß das, und das ist so komisch daran. Welchen Unterschied macht es denn für das eine Opfer eines idiotischen Schicksals, was das andere Opfer über es denkt?«

»Oh, vermutlich weil jeder Mensch weiß, daß er ein bemerkenswertes Exemplar ist.«

»Du eingeschlossen?«

So, wie er es sagte, zündete es einen Funken in mir. Wie gering ich auch immer von mir selbst dachte, liebte ich doch die Geringschätzung durch andere gar nicht. Als ich darüber nachdachte, wurde ich mir auf einmal der wunderbaren Eigenschaften bewußt, die Bestandteile meines Selbst waren. Sicher, diese Teile arbeiteten nicht immer so, wie sie sollten, aber die Anlagen waren von einer Art, die Respekt erheischte.

»Es gibt Menschen, die schlimmer dran sind als ich«, gab ich zurück.

»Wenn dem so ist, dann sind sie alle hier. Halten wir an, um uns ein paar deiner begnadeten Kollegen zu betrachten.«

Als ich ihm auf die nächste Station folgte, sah ich auf den ersten Blick nichts Beunruhigendes. Dort saßen, standen oder gingen Leute herum, wobei allenfalls bemerkenswert war, daß einige der letzten die seltsame Angewohnheit hatten, zuweilen mitten im Schritt innezuhalten. Dann sah ich näher hin.

Eine jede dieser Personen hatte eine verschwommene Gestalt neben sich stehen oder gehen. Wenn der Mann oder die Frau, der sie folgte, sich bewegte, bewegte sie sich mit ihm. Wenn sie sich setzten, standen sie daneben. Diese Erscheinungen verhinderten keine einsamen Beschäftigungen wie Singen, Summen oder Pfeifen. Sie griffen die mit ihnen verbundene Person niemals an oder belästigten sie. Sie sprachen auch nicht. Sie streckten nur in kurzen, unregelmäßigen Abständen eine Hand aus und klopften dem Opfer auf die Schulter, als wollten sie sagen: ›Ich bin noch da‹.

Die so Berührten blickten eigentlich nie auf; es war deutlich, daß das nicht nötig war. Aber das Pfeifen, Summen oder Singen brach ab. Die Gehenden oder Laufenden hielten an. Die Sitzenden und Stehenden erstarrten. Dann fielen sie in einen Krampf. Die Form, die diese Krämpfe annahmen, war unterschiedlich, aber sie war so einfach zu deuten, wie die Berührung der Schatten, die sie heimsuchten: ›In der Welt wird es und kann es niemals etwas anderes für mich geben als dies‹.

»Wer sind diese armen Teufel!« fragte ich, als ich mir alles angesehen hatte.

»Das sind diejenigen, für die der Tod eines anderen wichtiger geworden ist als ihr eigenes Leben«, antwortete Faustopheles. »Fällt dir die Behandlung auf? Sie spielen mit ihnen wie mit Forellen, geben ihnen Leine, und dann lassen sie sie den Haken spüren, wenn sie gerade denken, sie könnten irgendwohin gehen.«

Ich sah ihn verdrießlich an. »Klar«, sagte ich, »das ist fein. Nun, wir haben es gesehen, also gehen wir weiter.«

»Nicht, ehe du nicht nähere Bekanntschaft mit einer Reihe der Insassen hier gemacht hast.« Er nahm mich beim Arm und täuschte das falsche Lächeln eines Mannes vor, der bemüht ist, einen Freund mit anderen bekanntzumachen. »Du hast alle Zeit der Welt, und es wird es wert sein, das Pärchen kennenzulernen, das ich im Auge habe.«

Es waren in der Tat zwei Leute, zu denen er mich führte, doch sie waren alles andere als ein Paar. Noch nahmen sie die gleiche Haltung ein. Der Stehende war ein Mann reiferen Jahrgangs. Die Zeit war mit seinem Gesicht gut umgegangen. Es war das Antlitz eines Mannes, der hart gearbeitet und an das, was er tat, geglaubt hatte. Im Moment schien er damit beschäftigt zu sein, ein Problem zu lösen, dessen Ergebnis er bereits ahnte.

Neben ihm saß ein athletisch aussehender junger Mann mit gefälligen, klugen Zügen. Im Gegensatz zu dem lockeren, weißen Gewand des älteren Burschen trug er engsitzende, bunte Kleider. Er las, als wir uns ihm näherten, und sein Gesichtsausdruck verriet, daß er diese Beschäftigung als lohnend empfand.

Sie schenkten uns keine Aufmerksamkeit, so wie der eine nachdachte und der andere in sein Buch vertieft war. Faustopheles hieß mich mit einer Handbewegung vor ihnen stehenbleiben, aber nicht in so weiter Entfernung, daß ich nicht die schattenhafte Gestalt hinter ihnen ausmachen konnte.

Ich konnte mir keine zwei respektableren Menschen vorstellen und blickte meinen Führer fragend an. »Was können denn diese beiden begangen haben?«

»Was«, gab Faustopheles anstelle einer Antwort zurück, »würdest du denn meinen, wie die Natur ihrer Sünde aussah?«

»Woher soll ich das wissen?« Dennoch versuchte ich, als er mich weiter anstarrte, eine Antwort zu finden. Ich versuchte zunächst, sie nicht wie ein Gebot aus dem Kinderkatechismus klingen zu lassen, aber dann war es mir gleich. »Ich vermute . . . ach, verdammt, wahrscheinlich war's, genau das bewußt zu tun, von dem man weiß, daß es falsch ist.«

»Nahe daran. Und wenn«, fuhr er fort, und seine Augen glitzerten wie toll, »ich jemals vorhätte, zu sündigen, genau das würde ich tun. Aber ich sage dir, Silberstreif, diese Männer haben nichts dergleichen getan. Keiner von beiden hat sich jemals der Sünde eines mutwilligen Vergehens schuldig gemacht, doch sie bereuen ihr Verhalten mehr als die meisten Menschen, die das haben. Wenn du mir nicht glauben willst, paß auf.«

Er trat vor, und räusperte sich, um die Aufmerksamkeit des Älteren auf sich zu lenken. »Was beunruhigt den Stolz von Kadmos' Geschlecht heute?«

Der andere erwachte aus seiner Trance und lächelte, um zu zeigen, daß er die Schmeichelei vernommen hatte, sie aber nicht zu ernst nahm. »Es hat gerade aufgehört, mich zu beunruhigen, oder zumindest glaube ich das. Eines, das wirst du begreifen, verschafft mir Sorge, und das ist die Frage der Nachfolge. Meine beiden Söhne wollen beide nach mir regieren, aber wichtig ist nicht, was sie wollen. Wichtig ist, was am besten für Theben ist. Siehst du«, fuhr er fort, und sein Gesicht hellte sich bei diesem Gedanken auf, »wenn ich es ausdrücklich einem vererbe, ist zu erwarten, daß der andere dieses Erbe sofort anfechten wird, aber mir ist nun eingefallen, daß ich vermeiden kann, die Stadt einem Bürgerkrieg auszusetzen, indem ich meine Söhne zu der Zustimmung bringe, abwechselnd zu regieren. Findest du nicht –«

Er beendete den Satz nicht, weil in diesem Augenblick Faustopheles mit dem Finger schnippte. Der Geist oder was immer es war, was hinter dem Gefangenen stand, streckte die Hand aus und klopfte diesem auf die Schulter.

Sogleich veränderte sich seine Miene von Selbstsicherheit zu Panik. »Frag ihn, warum er so gehetzt aussieht«, befahl Faustopheles; und wenn ich es auch haßte, gehorchte ich unter dem Zwang seines Willens.

»Eh, warum macht . . . das Ding hinter Ihnen . . . Ihnen so zu schaffen?« fragte ich schließlich.

Bislang hatte er stumm gelitten, aber das ließ ihn explodieren. »Weil«, schrie er, »es das große ›Wenn‹ meines Schicksals ist – der Hauptbogen jener Brücke aus Seufzern, über die ich auf mein Schicksal zuhumpele. Aber es war immer so, und ich, der ich mich eher als erster Bürger denn als König meiner Stadt wähnte, habe Dinge getan, die mich zu ihrem schändlichsten Einwohner gemacht haben. Ich, der ich mich als Vorbild und Vertreter der Moral hinstellte, habe herausgefunden, daß der

Mann, den ich einst tötete, mein Vater war, und die Frau, die meine Kinder trug, meine Mutter!«

Er hatte beim Reden die Hände gerungen, aber bei diesem abschließenden Ausruf fanden sie eine andere Beschäftigung. Mit schrecklicher Schnelligkeit griff er sich an die Augen, wühlte sie beide aus den Höhlen und warf sie auf den Boden.

Ich war bewegt durch sein Bekenntnis wie auch durch den schockierenden Akt der Selbstbestrafung und dachte, mir würde schlecht. Doch als ich mich von der fortwankenden Gestalt abwandte, wobei ihm das Schattenwesen immer noch auf den Fersen blieb, lag kein Mitleid in Faustopheles' Gesicht.

Sein gemeines Grinsen half mir nicht nur, mich wieder zusammenzureißen, sondern trieb mich zu einem Streit mit ihm. »Dieser Mann«, sagte ich, »hat wirklich Grund zu dem Gefühl, mit allem fertig zu sein.«

»Warum?« fragte er mit einer Kühle, die meiner Hitze entsprach. »Erstens, er hat einen Mann getötet, um nicht selbst getötet zu werden, was strikt vernünftig ist, und ob es sein Vater war oder nicht, spielt keine Rolle. Zweitens, er hat mit seiner Mutter geschlafen, was angenehm gewesen sein muß, denn er hat es ein paar Jahre durchgehalten. Das heißt nicht viel, das kann ich dir garantieren, aber seine Kinder sind, wenn man den Durchschnitt betrachtet, nicht schlimmer als andere auch. Außerdem hatte er ja nicht die Absicht, sie durch Inzest zu zeugen, also könnte er alles achselzuckend abtun.«

Mit Haß und Hilflosigkeit erkannte ich nun, was er mit mir vorhatte. Mir war alles andere fortgenommen worden, aber ich hatte noch nicht ganz die Eigenschaft verloren, die den Menschen vom Tier unterscheidet. Und zwar den Glauben an den Wert irgendeines Verhaltensmaßstabs, sowohl psychologischer als auch körperlicher Natur, als ein Bollwerk gegen die Resignation. Wenn ich diesen Glauben verlor, konnte ich ebensogut in den Schweinekoben auf Aeaea zurückgehen.

Aber wenn ich auch erkannte, daß ich mich wehren mußte, war ich auf solches nicht vorbereitet. »Du weißt ebensogut wie ich«, murmelte ich, »daß ein Mensch die Vorstellung haßt, solche Dinge zu tun.«

»Warum?« fragte er wiederum. »Es gibt mehr Gründe, den

Vater zu töten als irgend jemand anderen, weil er dich gezeugt hat. Und was das Schlafen mit deiner verwitweten Mutter angeht, wenn du Glück hast und sie sieht gut aus, warum soll man außerhalb der Familie suchen? Wo ist der Grund für diese tragische Selbstquälerei?«

Er beobachtete die Verwirrung auf meinem Gesicht und kicherte. »Es gibt einen Lehrsatz, der sich hieraus ableiten läßt, wenn du den Grips hast, ihn zu erkennen. Dieser Bursche Ödipus ist Beispiel Nummer eins zur Unterstützung meiner These, daß die Hauptkrankheit des Menschen, nächst dem Leben an sich, moralischer Größenwahn ist.«

»Aber«, versuchte ich, »ich . . .«

Er hob die Hand, um mich zum Schweigen zu bringen. »Ehe wir mit der Diskussion fortfahren, zu der du so viele markante Sprüche beigetragen hast, wenden wir uns dem Beispiel Nummer zwei zu.« Er zog mich zu der Stelle, wo der junge Mann saß, so vertieft in sein Buch, daß er offensichtlich nichts gehört hatte. »Wie geht es dir heute, mein Prinz aller Gelehrten?«

»Nur ein prinzlicher Schüler«, sagte der andere und blickte augenzwinkernd hoch. »Unglücklicherweise ist das nicht das gleiche.«

»Aber es zahlt sich besser aus«, erinnerte ihn Faustopheles. »Was liest du gerade?«

»Oh, eine Geschichtensammlung, alt, aber sehr interessant, mit sonderbaren, langen Titeln, die fast wie Synopsen sind. Ich wollte gerade eine neue beginnen, daher werde ich sie laut lesen, wenn ihr mich nicht davon abhaltet, damit ihr einen Eindruck bekommt.« Seine Augen glänzten in belustigter Vorfreude als er die nächste Seite aufschlug. »Hier«, las er, »beginnt die Geschichte von Sigmund und wie er lange Jahre wie ein Wolf im Wald zubrachte und am Ende ein Kind mit seiner Schwester Signy zeugte, zu dem Zweck, ihren Gatten Siggeir zu töten, den Mörder von Wölsung, ihrem Vater.«

Dieses Mal war es nicht notwendig, daß Faustopheles etwas tat. Genau beim letzten Wort berührte das Phantom hinter dem Leser dessen Schulter. Prompt verhärmte sich das lebhafte und angenehme Gesicht in wahnsinniger Verzweiflung.

»Frag ihn, ob ihn etwas bekümmert«, drängte mich Faustopheles.

Seine Macht über mich war so groß, daß ich alle Kraft zusammenriß, um ihm zu widerstehen. »Das werde ich nicht tun! Er tut vielleicht etwas Ähnliches wie der andere.«

»Wenn er das tut, dann tut er es nur sich selbst an und nicht dir. Sei nicht so zimperlich.« Als ich lediglich dumpf den Kopf schüttelte, schnaubte er: »Du brauchst noch mehr Abhärtung, ehe du für den Ort reif bist, zu dem wir gehen. Ich werde ihm selbst einen Anstoß geben.«

»Wir möchten gern, daß du weiterliest«, sagte er und hob das Buch auf, das der Bursche auf den Boden geworfen hatte. »Ich glaube, du hast bei dem Wort ›Vater‹ abgebrochen.«

»Das ist ein Wort, das ich nicht – das ich nicht verdiene, auszusprechen«, sagte der andere mit belegter Stimme. »Hier«, sagte er und deutete mit einem zitternden Finger in das Buch, »steht die Geschichte eines Mannes, der wie ein Mann handelte, der nichts und keine Überlegung zwischen sich und die Rache treten ließ, die er seinem ermordeten Vater schuldete. Mein Herr«, wandte er sich unvermittelt an mich, »ich stelle Ihre Legitimität nicht in Frage, aber haben Sie Ihren Vater gekannt?«

Das war etwas, was zu bedenken ich mir noch nicht die Mühe gegeben hatte, aber ich versuchte, mich zu erinnern. »Ziemlich gut, vermutlich. Wir kamen gut miteinander aus, wenn wir auch einander nicht allzuoft sahen.«

»Ach? Ich kannte meinen gut und fand ihn in all seinen Eigenschaften, wie auch in seinem königlichen Rang, allen überlegen. Dieser Mann wurde ermordet – und wissen Sie auch, wo Ihre Mutter ist?«

Seine unvermittelten Fragen ließen an Wahnsinn denken, aber ihm zu antworten schien leichter, als ihn einfach zu mißachten. »Ja«, antwortete ich und dachte dabei an einen bestimmten regnerischen Tag auf einem Friedhof.

»Ich weiß auch, wo meine ist«, knirschte er.

»Das ist schön«, meinte ich. Er sah aus, als wolle er das Thema weiterverfolgen, daher dachte ich, ich sollte es lieber wechseln. »Haben Sie irgendeine Ahnung, wer das Verbrechen beging – ich meine, wer Ihren Vater tötete?«

»Eine ganz bestimmte«, nickte er.

»Wurde irgend etwas unternommen?«

»Nein, und das wird auch nicht geschehen«, sagte er mit plötzlich ruhigerer Stimme. »Er wird nicht zur Rechenschaft gezogen werden, denn ich weiß es lediglich und kann es nicht beweisen. Und wenn ich die Gerechtigkeit selbst in die Hand nehme . . .« Er brach ab und lächelte müde. »Sehen Sie mich an, Sir. Ich bin eine Vereinigung aus so vielen Teilen und kann nicht einmal eine beschlußfähige Mehrheit zusammenbekommen, um eine Entschließung herbeizuführen. Ich habe so viel Verstand, eine Handlung zu planen, wie jeder einzelne Mann im Land; ich bin ebensogroß wie Sie und sogar stärker, möchte ich sagen; ich habe mich als Soldat bewährt, der auf dem Schlachtfeld nicht zurückweicht. Und trotz all dem kann ich mich nicht dazu bewegen, zu dem Mann zu gehen, der meinen Vater umbrachte, um ihn zu töten, wie er schlafend neben meiner Mutter liegt. O Christus und mein Gott!.«

Mit diesem Ausruf, der zugleich ein hoffnungsloses Gebet und einen bitteren Fluch darstellte, wurde er ebenso unfähig zu reden, wie er es seiner Behauptung nach zum Handeln war. Eine Sekunde lang starrte er stumm vor sich hin, und dann wirbelte er herum und taumelte so blind fort, als habe auch er das Augenlicht verloren.

Mir schien, daß er mit sich die ganze Last des schmerzlichsten Problems des Menschen trüge – die Gewalt unter Kontrolle zu halten und ihr den Vorteil zu nehmen, ohne sich ihrer selbst zu bedienen, aber Faustopheles stieß mich in die Rippen. »Man kann es ihnen nicht recht machen. Der erste war ganz außer Fassung, weil er seinen Vater tötete, den er nicht gekannt hatte, und mit einer Mutter schlief, deren Existenz er sich nicht bewußt war. Gut, um der Diskussion willen gestehen wir ihm einen Grund zu. Aber wo stecken wir dann den jungen Hamlet hin? Er hat keines von beidem getan, aber er ist elend, weil es jemand anders tat. Kannst du alles zusammenzählen und etwas anderes als Narrheit herausbekommen?«

»Ja«, versicherte ich ihm, mehr, weil ich sein grinsendes Gesicht so haßte, als weil ich einen Standpunkt hatte. »Klar kann ich das!«

»Dann schieß los, aber schnell!«

Ich dachte einen Moment nach, entschlossen zu einer Bemerkung, die seinem Spott standhalten würde. »In beiden Fällen«, platzte ich schließlich heraus, »ist der wichtige Punkt, daß ein Plan des Lebens umgeworfen wurde und nicht wiederhergestellt werden konnte. Ob man es selbst tut oder jemand anderer, ist nebensächlich. Das Ergebnis ist das gleiche, wenn man keinen Weg mehr erkennen kann, bei dem nicht alles schlimmer wird.«

»Ach so.« Er schürzte spöttisch die Lippen. »Weißt du, Silberstreif, du hast einen besseren Sinn für Humor, als ich zuerst gedacht habe, und diese Phrase ›Plan des Lebens‹ ist das Komischste, was du bislang gesagt hast.« Er spuckte aus, und wir beide beobachteten, wie die kleine Spuckepfütze verlief, bis sie auf dem unpolierten Granitboden ihre Grenzen gefunden hatte. Er spuckte wieder, und das Ergebnis war anders, wenn auch ebenso formlos. »So viel Plan gibt es in einem Leben. Nicht mehr als bei jedem anderen Spritzer im Staub und Schmutz und Kot des Kosmos.«

»Nicht für den Menschen«, beharrte ich.

»Für den Menschen«, nickte er, »wenn es auch sicher in deinem Fall anders ist. Erzähl mir doch von deinem Lebensplan, ja?«

Ich wütete ihn an. »Ich habe keinen«, gab ich zu, als mir keiner einfiel, »aber das bedeutet nicht, daß es nicht hätte sein können. Die Menschen sind nicht einfach Dinge, an denen die Umstände wirken wie ein Automat. Sie beeinflussen die Umstände und schaffen selbst mindestens ebenso viele Dinge, wie ihnen vorgegeben wurden. Wenn eine Welt sich aus der Leere gebildet hat, dann haben sie eine andere direkt darauf gebaut, und wie alles Gebaute hat sie Fundamente und eine Spitze, Dimensionen und Ausmaße.«

»Meine Güte, wie wunderbar!« Er schnalzte wie vor Bewunderung mit der Zunge. »Und hat irgend jemand all dies schon einmal gesehen?«

Seine Frage brachte die Flamme der Rebellion zum Erlöschen. Denn als ich über seine Antwort nachdachte, hatte ich Zeit zum Überlegen, ob ich überhaupt glaubte, was ich da sagte.

»Das ist wohl unwahrscheinlich.« Meine Schultern fielen herab, als ich die erneute Niederlage anerkannte. »Vermutlich habe ich nur geredet, um dir nicht die ganze Zeit über zuhören zu müssen.«

Er kicherte. »Da du anscheinend zu müde bist, um dich weiterhin an dem metaphysischen Seil festzuhalten, komm herunter, und wir machen weiter mit unserer Erforschung der Realität.«

XXVIII Am Grund der Hölle

Sonderbarerweise unternahm Faustopheles keinen Versuch, den Kerker auf der nächsten Ebene zu betreten. Mir war es egal, aber als wir weiter hinabgehen wollten, wurden wir aufgehalten. Aus der Höhle trat uns ein rußschwarzer Dämon mit gelben Augen entgegen.

»Bring den Mann nur rein, Faustopheles«, verkündete er mit bellender Stimme. »Es ist nie zu früh und selten zu spät. Die Schau geht jede Minute der Ewigkeit weiter, und es gibt keine langweilige Sekunde dabei. Euch wird die Zeit mit Freuden rückerstattet, wenn es nicht jeden Sekundenbruchteil einen Lacher gibt.«

»Behalte deine Zeit für diejenigen, die zu wenig haben«, sagte mein Begleiter.

Der andere weigerte sich, aus dem Weg zu treten. »Aber, aber, Virgilio, ich weiß, dir hat meine Schau in der letzten Zeit aus dem einen oder anderen Grund nicht sehr gefallen, aber ich erkenne am Blick in den Augen deines Anvertrauten, daß er anders denkt.«

Trotz der Tatsache, daß er nicht aus dem Weg ging, bemerkte ich eine bestimmte Unterwürfigkeit an ihm. Er wirkte freundlicher, als er sich zu mir wandte. »Ich bin ab-so-lut, um nicht zu sagen fel-sen-fest sicher«, sang er und klopfte sich an die Stirn, »daß ein Mann, der nach außen so viel von seinem inneren Menschenverstand verrät, sich nicht die beste Unterhaltung entgehen läßt, die man in dem ganzen Abgrund finden kann.«

»Wenn es für ihn wichtig wäre, würde ich ihn selbst hineinbringen«, sagte Faustopheles. »Komm weiter, Silberstreif.«

»Er hat das Recht, für sich selbst zu antworten«, gab der andere zurück. »Wie steht's, Freund?«

Wie ich schon sagte, war es mir egal gewesen. Das war es

aber nicht mehr, als ich erkannte, daß Faustopheles dagegen war.

»Ich würde mich gerne umsehen«, sagte ich.

»Das wirst du an einem anderen Tag tun müssen«, meinte mein Führer.

Ich hatte eigentlich nicht erwartet, daß er nachgab, aber der Wächter der Station ergriff das Wort. »Besucher«, sagte er mit dem Tonfall eines Militärpolizisten, der einem Oberst einen Befehl vom Hauptquartier übermittelt, »sollen weder aufgehalten noch gehindert werden, die Vorteile der erstaunlichen und äußerst erzieherischen Demonstrationen zu genießen, die hier vorgeführt werden.«

Es war offensichtlich, daß Faustopheles nicht gewillt war, dieses Gesetz zu übertreten. Mit einem gewissen Gefühl der Befriedigung folgte ich ihm, als er in die Höhle stampfte. Der Wächter ging, ganz Geschäftsmann, neben mir her.

»Auf dieser Ebene des Abgrunds«, dozierte er, »haben wir diejenigen, die sich selbst betrügen. Wir schätzen uns glücklich, Vertreter aller Sorten zu haben, aber ich empfehle als die komischsten diejenigen, die sich selbst dazu erziehen, sich an einen bestimmten Verhaltenskodex zu halten, und dann all ihre Zeit den Handlungen widmen, die ihnen am besten eine niedere Meinung von sich selbst verschaffen. Irre? Junge, ich kann dir sagen . . .«

»Wir müssen hier sein«, unterbrach ihn Faustopheles, »aber wir brauchen nicht lange zu bleiben, und wir brauchen dir auch nicht zuzuhören. Wo ist also diese Anna Soundso, die ich vor nicht allzu langer Zeit hier abgegeben habe? Wir werden sie uns ansehen und dann wieder gehen.«

»Ich weiß nicht genau, welche du meinst«, sagte der Wächter und ließ den marktschreierischen Ton fallen. »Was ist ihr Problem? Privat und imaginär oder gesellschaftlich und illusorisch?«

»Oh, gesellschaftlich, und kompliziert durch die übliche Sache, mit der Realität im Streit zu liegen«, sagte Faustopheles. »Sie behauptet, eine Prinzessin oder Gräfin oder so etwas zu sein.«

»Jetzt fällt es mir wieder ein. Sie ist dort drüben, aber ihr müßt noch warten, wenn ihr die ganze Schau erleben wollt. Sie werden gerade mit ihr fertig.«

»Das Ende reicht uns völlig«, bemerkte mein Begleiter. Er winkte mir zu und ging so schnell hinüber, daß ich mich ins Zeug legen mußte, um mit ihm Schritt zu halten.

Ich hatte bereits bemerkt, daß die Folter hier in den Händen von Individuen lag, die alle mehr oder minder dem Wächter in Erscheinung, Gesten und Stimme ähnelten. Neben jedem Opfer stand einer mit einem Zeigestock in der Hand. Einige standen bequem auf ihrer Plattform, als warteten sie auf den richtigen Augenblick, mit ihrer Vorführung zu beginnen, aber die meisten waren dabei, ihre Opfer lautstark anzupreisen, wobei sie mit den Zeigestöcken auf die zusammenzuckenden Gefangenen deuteten. Sie waren alle gleichermaßen erfolgreich, denn sie beherrschten die Aufmerksamkeit eines kleinen, aber gespannten Publikums, das ihren Worten mit morbidem Vergnügen folgte.

Die Insassin namens Anna war sehr hübsch, mit der Haltung einer modischen jungen Matrone. Sie war jedoch auf ihren Status nicht stolz. Sie nahm die Veröffentlichung ihrer privaten Affären schwer, und die Scham drückte sie so sehr nieder, daß sie sich kaum aufrecht halten konnte. Ihr Blick verriet, daß sie sich nahe dem Zusammenbruch befand, entweder des Geistes oder des Verstandes oder beidem.

Der Schnarrende erreichte gerade fröhlich den Höhepunkt seines Spiels. »Um es zusammenzufassen«, rief er und berührte das Opfer mit dem Stöckchen, »diese Frau hat sich be-wußt der Lust des Fleisches er-geben – Versuchungen, denen ich und du ebenfalls ausgesetzt sind, obwohl wir natürlich die moralische Kraft haben, uns ihnen zu widersetzen – und nun ist sie erstaunt, herauszufinden, daß ihr Mitwirker bei der Verletzung der heiligen Ehe selbst kein zuverlässiger häuslicher Charakter ist.«

Er brach ab und lächelte, während ein Summen aufgeregter Kommentare beim Publikum aufquoll und wieder erstarb. »Er ist ihrer überdrüssig, meine Damen und Herren, und nun befindet sie sich in einem Di-lemma. Sie kann nicht zu ihrem getäuschten Ehemann zurückgehen, noch kann sie zu normalen Be-dingungen mit ihnen, ihren ehemaligen Freunden, umgehen, die die Gesellschaft von Leuten vor-ziehen, die sich an ihre moralischen Grund-sätze halten. Was wird sie tun?«

Einen Moment lang herrschte Schweigen, während Anna, die über das gleiche Problem nachdachte, irgendwohin blickte. Was sie sah, weiß ich nicht, aber sie warf sich plötzlich mit einem Schrei vor, der ihre Selbstzerstörung ankündigte. Ich dachte, sie hoffe auf einen tödlichen Sturz, als sie sich von der Plattform stürzte, aber mitten in der Luft wurde sie aufgefangen. Sie sprang hoch, wie ein Mann, den ich einst sah, als er von einem schnellen Lastwagen getroffen wurde, und fiel leblos zu Boden.

Als ich mich benommen abwandte, erhob der Marktschreier seine Stimme über die vereinten Seufzer der Zuschauer. »Bleibt da, Leute, und seht zu, wie Anna noch einmal für ihre Leichtfertigkeit bezahlt. Die nächste Schau findet in zehn Minuten statt.«

Während dieser Sache, die mich so verstört hatte, hatte Faustopheles seine schlechte Laune überwunden. »Nur um sicherzugehen, daß es dir nicht entgangen ist«, kicherte er, als er neben mich trat, »werde ich dir den komischsten Aspekt dieser Farce erklären.«

Er hatte mich so oft schon besiegt, daß es nutzlos schien, dem, was er mir sagte, etwas entgegenzuhalten, aber ich unternahm einen schwachen Versuch. »Es ist nichts Komisches daran, wenn man einen Punkt erreicht, wo das Leben enden muß, weil man in keine Richtung auch nur einen Zentimeter mehr gehen kann.« Ich wollte das Grinsen nicht sehen, das ich auf seinem Gesicht wußte. Ich sah nicht einmal, wohin ich ging, und er war so darin vertieft, seine These zu belegen, daß er für diesmal mir folgte.

»Ich fürchtete schon, du würdest es nicht mitbekommen. Sieh mal. Eine geistige Leidenschaft zu erfinden, um einem körperlichen Trieb ein Unschuldsmäntelchen umzuhängen, ist eine allgemeine Narretei, aber Anna hat es noch besser geschafft. Sie hat sich auf eine Verbindung eingelassen, deren bester Zug darin bestand, daß sie nicht tragfähig war, und dann beschloß sie, das Gewicht ihres Wohlergehens darauf zu legen. Kannst du dir etwas Absurderes vorstellen?«

»Bei allem, was irgend jemand tut, gibt es zwei Seiten«, murmelte ich. Ich zögerte dann, doch eine schwache Erinnerung an meine mathematischen Kenntnisse gab mir Auftrieb. »Auf der einen Seite liegt die Tatsache der Handlung. Das kann man nicht verändern, es steht fest. Aber auf der anderen Seite steht ihre Bedeutung, und die ist eine Variable.« Mir wurde bewußt, daß mich in diesem Fall die Unkenntnis der Einzelheiten hinderte, und ich überlegte, ob es wert war, ihn danach zu fragen, als ich etwas sah, das mich das Interesse an dieser Diskussion verlieren ließ.

»Aber das kann nicht sein!« rief ich aus und begann zu laufen.

»Halt!« schrie Faustopheles. Normalerweise hätte er mich eingeholt, aber auch ihn hatte etwas abgelenkt, und er schien nicht so entschieden wie gewöhnlich. »Geh da nicht hin, Silberstreif! Wir müssen jetzt weiter!« rief er hinter mir her. »Oh, bei allen Teufeln, mich eingeschlossen!«

Aber da war ich schon bei meinem Ziel angekommen und blieb unsicher stehen. Was mich herbeigezogen hatte, war der Anblick eines Mädchens, einer weiteren Insassin, die mit ihrem Marktschreier vor einer sonderbaren Versammlung stand. Ich beachtete diese aber nicht weiter; denn meine Aufmerksamkeit war mit ungläubigem Entsetzen auf die junge Frau gerichtet.

Das Baby, das sie hielt, verbarg nicht den Buchstaben ›A‹ auf ihrem Kleid. Auch sonst war sie anders gekleidet, als ich sie zuletzt gesehen hatte, aber das machte die Identifizierung nicht schwerer. Es war Rosalette! Ich war überzeugt davon und begann mich durch die Zuschauer mit den sonderbaren Hüten und die herausgeputzten Frauen zu schieben. Inzwischen machte der Vorführer mit seiner Anklage weiter.

»Und das Be-merkenswerte am skandalösen Verhalten dieser kleinen Dame ist, daß sie nicht durch irgendeine harte Notwendigkeit dazu getrieben wurde, ein Aspekt, der unsere Herzen weicher stimmen würde, wenn er nicht sogar ihre Hurerei in unseren Augen gänzlich ent-schuldigen könnte.« Er hielt inne und griente, während die Zuschauer wissende Blicke austauschten. »Ihr werdet mir alle nachsehen, dessen bin ich gewiß, wenn ich vor einem ge-mischten Publikum lieber nicht in Details ausführe, worin ein solches Verhalten besteht.«

Inzwischen hatte ich mir einen Weg mit den Ellbogen bis in die erste Reihe erkämpft. Dort holte mich Faustopheles ein. Er starrte mich wütend an, aber ich erinnerte mich an meine Rechte, die mir der Wächter erklärt hatte.

»Ich möchte dieses Mädchen sehen«, sagte ich und schüttelte seine Hand ab. Dabei sah ich noch einmal hin, um mich aus der Nähe zu überzeugen, daß ich sie wirklich kannte. Zug um Zug war es das Gesicht, an das ich mich erinnerte, wenn auch die eiserne Kontrolle, die es darüber hatte, neu war.

»Was hast du denn vor?« fragte Faustopheles, aber ich bewegte mich zu rasch, um noch aufgehalten zu werden.

Ich wußte selbst nicht, was ich erreichen wollte, als ich auf die Plattform sprang. Ich gehorchte einfach einem Impuls, mich vor etwas zu stellen, was ich ehrte. Was immer ich über mich selbst oder andere Menschen glaubte oder nicht, mir war noch nicht in den Sinn gekommen, schlecht von ihr zu denken. Wenn sie in Schwierigkeiten war, dann mußte das die Schuld von jemand anderem sein. In keinem Fall durfte sie aber auch nur eine Minute länger dort zur Schau stehen.

Sie warf mir einen Blick zu, als ich vor ihr stand. Aber es war ein bitterer, selbstgenügsamer Blick, ohne ein Zeichen des Wiedererkennens.

»Ich bin's, Shandon Silberstreif«, sagte ich. »Was machst du denn hier? Wo ist Aucando? Was ist geschehen?«

»Er fragt, was geschehen sei«, sagte der Marktschreier, schob mich beiseite und sah die Menge augenzwinkernd an. »Ich habe an diesem Platz keine Zeit, ihm das gesamte Alphabet der Untugenden zu erklären, aber ich gehe bis zum A-B-C, ehe ich das moralische Vergehen dieser Hester hier darlege.« Mit drei raschen Klopfern seines Zeigestöckchens deutete er auf den Buchstaben auf ihrem Kleid, das Kind auf ihren Armen und das Mädchen selbst. »A steht für Ausschweifung, B für Bastard und C für Circe.« Er griff mich am Hals und warf mich von der Plattform. »Bring ihn fort, Faustopheles, ich beschwöre dich. Bei einem solchen Einfaltspinsel ist die Schau für die Katz.«

Verdutzt darüber, daß der Mann das Mädchen mit einem anderen Namen genannt hatte, ließ ich mich abführen. Wir waren vielleicht ein Dutzend Schritte weit gekommen, als mir eine Erklärung einfiel. Ich blieb stehen.

»Genau! Sie steht für etwas da, was jemand anders getan hat. Sie nennen das Mädchen Hester, aber das ist gar nicht ihr Name.«

Faustopheles sah sich ebenfalls um und war so vertieft, daß er mir wieder die Führung überließ. »Natürlich, so heißt sie gar nicht«, murmelte er.

In meiner Aufregung fand ich es nicht merkwürdig, daß er mit mir einer Meinung war. »Aber wir können ihr helfen!« schrie ich. »Sie müssen sie doch freilassen, wenn wir mit ihnen reden und uns gegenseitig bestätigen, daß sie in Wirklichkeit Rosalette ist.«

Er wirbelte so unvermutet zu mir herum, daß ich zurückwich. »Du infernalischer Blödian!« zischte er. »Du Idiot! Was hätte Gretchen davon?«

Während ich ihn anstarrte, fragte der Schreier, zum Schluß seiner Schau kommend: »Und was wird Hester nun tun?«

Ich erinnerte mich, was Anna getan hatte, als man ihr diese Frage stellte, und sprang zu der Plattform, als das Mädchen sprach: »Ich werde ertragen, was ertragen werden muß.«

Nicht allein die Tatsache, daß die Worte keine Anzeichen auf Selbstmord verrieten, ließ mich wie angewurzelt stehenbleiben. Es war nicht Rosalettes Stimme. Der Schreier hatte die ganze Zeit gewußt, wovon er sprach. Ich wandte mich verwirrt ab und bemerkte, daß Faustopheles mir bei meinem Sprung zur Rettung gefolgt war. Die Stimme hatte, wie ich erkannte, weil er ebenfalls stehengeblieben war, auch ihn von seinem Fehler überzeugt.

Seine Miene glättete sich so schnell, daß ich fast ein kurzes Aufblitzen von Agonie verpaßte. Vor Erleichterung begriff ich nicht sogleich, was dies bedeutete. Erst nach einer Sekunde erkannte mein Verstand, was ich gesehen hatte. Sein Haus aus Verachtung hatte eine schwache Stelle, und ein Gefühl war ebenso leicht hindurchgeweht wie durch die Mauern aus Verzweiflung, hinter denen ich lebte.

In meinem Fall wußte ich, daß es zum letzten Mal geweht hatte. Was mit mir geschehen war, schien nicht bedeutsam – jetzt, wo es vorbei war –, sondern eher dumm und demütigend. Mein Verstand war für einen Moment ausgeschaltet worden, als die Erinnerung an tote Gefühle die Logik der Realität überwältigt hatte. Selbst wenn sich das Mädchen als Rosalette herausgestellt hätte, gab es keine Garantie, daß sie nicht ins Bett des Falschen gekrochen war. Ich fühlte mich albern und hätte mich geärgert, wäre ich das einzige Opfer einer falschen Identifikation gewesen. So, wie die Dinge standen, grinste ich meinen Begleiter an.

»Da hattest du eben einen schlechten Augenblick, eh?«

»Auf mich warten noch schlimmere.« Er war vollkommen gefaßt, und ich erkannte, daß es Zeitverschwendung wäre, ihm etwas entlocken zu wollen. Dennoch hatten wir eine Leidenschaft und eine Dummheit gemeinsam, und das hatte eine Wirkung. Die Herrschaft, die er über mich erlangt hatte, wurde durch die Erkenntnis verwässert, daß er verwundbar war.

Das war aber kaum eine Erlösung. Es war nur ein undeutliches Gefühl, das bei der Entdeckung dessen helfen könnte, was hinter dem beobachteten Zeichen von Schwäche lag. Doch dies gelang mir nicht. Ich scheiterte nicht nur dabei, verlorenen Boden zurückzugewinnen, sondern verlor noch welchen. Aber zu einem Zeitpunkt, wo ich fast zu der Überzeugung gelangt war, mit ihm zu streiten hieße, gegen eherne Gesetze anzugehen, war ein letzter Winkel in meinem Kopf für eine Frage frei geworden.

Faustopheles seinerseits wurde immer zuversichtlicher, je tiefer wir hinabstiegen. Als wir den letzten einer Reihe von Kerkern betraten, begegnete er meiner Feindseligkeit mit einem Lächeln.

»Du hast die Komödien gesehen, deren Ursprung die Verletzung der menschlichen Illusion von moralischen Werten ist. Auf dieser Ebene nun, der letzten vor dem Fundament der Hölle, siehst du die Komödie des Märtyrertums für eingebildeten Edelmut.«

Ich sah mich um nach der üblichen Schar von Opfern und zuckte die Achseln. »Ich sehe niemanden«, berichtete ich.

»Es gibt nur einen Insassen, teilweise aufgrund der Seltenheit selbst nur eingebildeten Adels, teilweise aufgrund der Größe des hiesigen Opfers.« Er legte mir eine Hand auf die Schulter und deutete mit der anderen. »Die sonderbare Form unter jener Gesteinsformation ist eine geballte Faust. Geh nicht zu nahe heran. Manchmal zuckt sie.«

Bei genauer Betrachtung enthüllte sich das Objekt, an dem wir vorbeigingen, als eine Reihe riesiger Knöchel und behaarter Finger. Als wir an einem Unterarm, so lang wie eine Douglasfichte, entlanggingen, begann er sich gegen den Stein zu stemmen, der ihn am Handgelenk niederdrückte. Zusammen mit dem Stöhnen, das mich in Furcht versetzte, ließ es mich zurückzucken.

»Besteht eine Chance, daß er sich losreißt?«

»Wenn man bedenkt, daß er keine Hand frei bekommt, um den großen Vogel abzuwehren, der gerade in seinen Eingeweiden herumwühlt, wie eine Henne nach einem Wurm kratzt, bezweifle ich, ob er die Energie aufbringt, nach einer Mücke wie dir auszuschlagen.«

»Mein Gott!« keuchte ich. Der Gedanke, von etwas mit der unpersönlichen Grausamkeit und heißen Gier eines Vogels gequält zu werden, war besonders abstoßend. »Wird er ihn nicht töten?«

»Du solltest es inzwischen besser wissen«, erwiderte er. »Wie alle anderen wird man ihn heilen, damit der Schmerz erneut beginnen kann. Bleib hier stehen.«

Ich gehorchte. Wir waren um einen Felsen herumgetreten, und nun konnte ich das schweißbedeckte, gequälte Gesicht im Profil sehen. Ich dachte wieder an die kalten Augen und den spitzen Schnabel des Vogels und zog eine Grimasse.

»Was hat er denn getan, daß er so etwas verdient?«

»Genug«, sagte mein Führer, »um ihn als deinen schlimmsten Feind anzuerkennen.«

»Meinen?«

»Deinen und der jedes Menschen, wie ich beweisen werde.« Er nickte zum Nachdruck und erhob dann die Stimme. »Sprich, Prometheus, und sage, warum du hier liegst, deine Weisheit nutzlos, deine geschickten Hände hilflos, Zeus' Adler davon abzuhalten, sich an deinen Eingeweiden zu mästen.«

Langsam wandte sich das Gesicht uns zu. Meine Augen brauchten eine Weile, um die weiten Flächen zu einem Gesicht zusammenzusetzen, aber das Gesicht erinnerte mich an das von General Lee vor seiner letzten Schlacht.

»Du kennst meine Geschichte«, sagte der Leidende heiser, als sein Blick sich auf uns richtete.

»Aber dieser Mann kennt sie nicht«, erwiderte Faustopheles. »Er hat ein Recht, sie von dir zu hören, und speise ihn nicht mit der ab, wie du das Feuer in einem Fenchelstengel zur Erde brachtest. Erzähl ihm von deinem Meisterstreich an Bosheit.«

Wut stieg im Gesicht des Burschen auf. »Das war nicht böse; es war die Wiedergutmachung von Bosheit.«

»Je größer das Verbrechen, um so mehr gefällt es ihnen, es zu rechtfertigen«, spottete Faustopheles. »Aber erzähl es einem deiner Opfer hier, und laß ihn beurteilen.«

Der Vogel mußte sich eingewühlt haben. Ich konnte die Klauen in meinen eigenen Eingeweiden spüren, als der Riese die Lippen zusammenpreßte und die Augen schloß. Nach einer Weile öffnete er sie wieder, wache Augen, die kein Anzeichen davon verrieten, daß die Intelligenz hinter ihnen durch Grausamkeit beeinträchtigt worden war.

»Er soll urteilen«, verkündete Prometheus. Ich sah mein Ebenbild in seinen riesigen Pupillen und hatte das Gefühl, ebenfalls beurteilt zu werden. Unsicher konzentrierte ich mich auf seine Worte, als er fortfuhr. »Als der Mensch Gegenstand der Schöpfung wurde, war er wie ein Stück Eisen ohne Schmied. Alle mechanischen Eigenschaften für große Taten waren da – aber kein Geist, sie zu wollen, kein Verstand, sie auszudenken, und kein Wille, sie zu richten. Die Menschen zogen über die Erde, mit Augen, leer wie die von Schafen, getrieben von keinerlei anderen Zwängen als denen, die Würmer durch den Boden treibt oder Kröten, von einer Stelle zur anderen zu hüpfen.«

Er hatte ruhig gesprochen, aber nun klang Stolz durch seine Stimme. »Ich war es, der das alles verändert hat. Mich ärgerte, wie die feine Kunst bei der Erschaffung der Menschen vergeudet wurde, und gab dem Menschen die Macht, zu wissen, zu handeln und zu lieben.«

»Hast du ihn gehört, Silberstreif?« Faustopheles ergriff mich und wirbelte mich zu sich herum. »Er beschuldigt sich selbst!« Ich war auf eine völlig andere Art von Enthüllung vorbereitet und daher verdutzt. »Das hast du gemeint?«

»Reicht das nicht? Deine Ahnen müssen zu kurz gekommen sein, als Prometheus sie mit einem Gehirn ausstattete, aber versuch, mir zu folgen. Was ist die Quelle deines Kummers, wie auch von dem eines jeden Menschen, wenn nicht das Bewußtsein von Hoffungslosigkeit, der Wunsch, etwas dagegen zu unternehmen, und das Wissen, daß man nichts tun kann?«

Das waren in der Tat meine Probleme. Als ich ihn sprachlos anstarrte, lächelte er siegreich. »Wenn ein Mensch keine anderen Begierden hätte, als Nahrung in sich aufzunehmen und zu bestimmten Jahreszeiten seinen Samen loszuwerden, hätten wir keine Probleme. Es gäbe kein verrücktes Sehnen nach Dingen ohne Substanz. Es gäbe keine erfundene Moral, um ein hartes und fruchtloses Leben noch härter und karger zu machen. Und, noch besser, nicht die geringste Ahnung deines albernen Schicksals könnte dich aus deiner friedlichen Tumbheit aufstören.«

Er wies mich wieder auf Prometheus. »Das sind die Segnungen, die du hättest genießen können, wenn dieser Bursche sich nur um seine eigenen Angelegenheiten gekümmert hätte. Dort liegt, trotz all seiner Selbstgerechtigkeit, der Urheber nicht allein deiner Sorgen, sondern deines unendlichen Vermögens, mit der Vorahnung und Erinnerung an sie zu leben. Sollen wir herumgehen und den Vogel bejubeln, der seine Strafe ausführt?«

»Das war nicht die Abmachung«, sagte der Riese. »Er kann die Quelle meines Schmerzes betrachten, wenn er das will; und ob er es tut oder nicht, wird meine Qual weder verstärken noch vermindern. Aber die Abmachung lautete, daß er mich für die Tat, die du verdammst, beurteilt. Ich erwarte sein Urteil.«

»Ich weiß, wie das aussieht«, sagte Faustopheles, »und du würdest es auch, wenn es, abgesehen von experimentellem

Egoismus, irgendeinen Wertekodex bei dir gäbe.« Ich stand da mit gesenktem Kopf und dachte nach, und er schüttelte mich. »Sag's ihm, Menschlein! Hier ist deine einzige Chance, ein wenig von deiner verlorenen Bitterkeit ins Gesicht des Alchimisten zu schleudern, der dich vergiftet hat!«

Ich ließ mich trotzdem nicht drängen. Auf der einen Seite lag die bodenlose Verzweiflung, von der Faustopheles wußte, daß sie mich in ihren Klauen hielt. Das hätte sein Argument bestätigen sollen, aber da ich etwas erblickt hatte, schwenkten meine Gedanken schwerfällig auf die andere Seite. Wenn ich nun in der Tat zu einer größeren Leere geboren war, als ich nun fühlte? Wenn ich nun keine Empfinden hätte und keine Sehnsucht, mehr für mich zu tun, als gütige Elemente mir geben würden? Es war abstoßend, darüber nachzudenken, und die Vorstellung von Leere wurde immer abstoßender, je länger ich dabei verweilte. Ich hob den Kopf und sah mich noch einmal, gerader aufgerichtet, in Prometheus' Augen gespiegelt.

»So, wie es jetzt ist, ist es besser«, sagte ich auf seinen fragenden Blick hin.

»Das ist seine Antwort und auch die meine«, sagte der Riese. »Niederlage – und ich kenne deren Geschmack so gut wie keiner – ist besser als Sterilität, Faustopheles.« Ich war froh, daß er eine Gelegenheit zu einem Lächeln hatte, denn im nächsten Augenblick mußte der Vogel wieder bei ihm zu wühlen begonnen haben. Er stöhnte, und während er sich noch wand, scheuchte mich Faustopheles weiter.

Wir schwiegen beide, mein Führer, weil er sich über mich geärgert hatte, und ich, weil ich das Gefühl hatte, ich hätte mehr zu einer Person sagen müssen, die dafür bestraft wurde, daß sie mein Wohltäter war. »Ist das wirklich alles, wofür er bestraft wird?« fragte ich schließlich.

»Wahnsinn sollte immer zu Boden gehalten werden«, krächzte er.

»Aber sie haben ihm doch diese andere Sache angetan. Außerdem ist er nicht verrückt!«

»Meinst du nicht? Was würdest du sagen, wenn ich dir erzählte, daß er in vollem Wissen gehandelt hat, erkannt und bestraft zu werden?«

»Das kann nicht sein!« Doch als ich diese Worte sagte, fiel mir Gawain ein, wie er in der grünen Kapelle den Helm auf den Boden legte. »Es ist durchaus möglich«, verbesserte ich mich.

Die winzige Erhebung meines Herzens mußte sich bei dieser Verkündigung auf meinem Gesicht widerspiegelt haben. Jedenfalls spürte er sie und ärgerte sich darüber.

»Glaub doch an das falsche Gesicht des Edelmuts und die Hypochondrie des falschen Tuns, wenn du willst«, schnaubte er, »aber sie kommen auf das gleiche heraus. Die gleiche letztendliche Verzweiflung löscht sie beide aus, ohne mit der Wimper zu zucken. Sich wehren hilft nicht, Gebete und Schuldbekenntnisse helfen nicht, Prahlerei und Trotz helfen nicht, ebensowenig wie Ankündigungen guter Absichten oder großer Errungenschaften. Es gibt nur einen Stein auf dem Friedhof der Ewigkeit, und auf dem steht: ›Nichts spielt eine Rolle‹.«

Er versuchte, meinen Blick aufzufangen, aber ich gab ihm nicht die Befriedigung, ihn sehen zu lassen, daß ich wieder niedergedrückt war. »Mag sein«, sagte ich so gleichgültig, wie ich konnte.

»Mag sein. Ich sage dir, das ist so, und ich werde es dir beweisen. Wo wir nun hingehen, gibt es keinen Abzug, keinen Spalt oder eine Bodenritze, die auch nur den Hauch einer anderen Überzeugung durchläßt.«

Der Rauch wurde beim Abstieg immer dichter, aber er wurde auch durchsichtiger, um einen Blick auf den Brand zu werfen, der ihn hervorrief. Als wir an dieser Stelle anlangten, wich ich zurück.

»Ich gehe nicht weiter«, sagte ich zu ihm.

»Nicht zu Fuß«, stimmte Faustopheles zu, sprang auf mich zu, um mir unter die Arme zu greifen, als ich zurückzuweichen versuchte. Er lachte, während ich meine Kraft verschwendete, vor ihm fortzurennen, und dann sprang er mit mir in die Luft. Gleichzeitig hörten wir einen Knall, und wie wenn ein Fallschirm aus seiner Hülle platzt, schossen riesige Fledermausflügel durch Schlitze in seinem Jackett und schlugen in die Luft.

Wir waren schwindelerregend in die Tiefe gefallen, ehe sie uns abfingen. Ich war in dem Glauben, wir würden es nicht schaffen, und schloß die Augen, aber als nichts geschah, faßte ich all meinen Mut zu einem Blick zusammen. Faustopheles trug mich über etwas, was wie ein See in Flammen aussah. Der Gestank von brennendem Schwefel und die Hitze ließen mich keuchen, so daß ich nicht einmal einen Protest loswerden konnte.

Ich war auch halb geblendet und sah die Klippe, die aus der geschmolzenen Oberfläche aufragte, erst, als wir sie fast erreicht hatten. Ich dachte, er wolle mich an ihr zerschmettern, aber auf seinen Schrei hin öffneten sich Türen für uns. Diese schlossen sich schnell wieder und riegelten uns in einem Vorraum ein, wo mich Faustopheles niedersetzte.

Als ich meine Lungen vom Rauch und meine Augen von den Tränen gereinigt hatte, fand ich mich zu meiner Überraschung in beruhigender Umgebung. Der ganze Vorraum war geschickt, wenn nicht sogar prächtig geschmückt, eingeschlossen die Doppeltüren vor mir. Ich untersuchte sie und reckte dann den Hals, um mich zu vergewissern.

»Du hast recht«, sagte Faustopheles. »Sie sind aus Gold.«

Ich warf ihm einen raschen Blick zu, als mir eine Erklärung einfiel. »Haben wir die Hölle hinter uns und befinden uns auf dem Weg nach draußen?«

»Wir sind am Grund der Hölle, und es gibt keinen Ausweg«, erwiderte er. »Stell dich vor mich, und geh geradeaus.«

XXIX Das Tribunal

Hinter den Türen blieb ich stehen, aber Faustopheles gab mir einen Stoß, daher ging ich halb geblendet weiter. Ich konnte nur erkennen, daß wir uns in einem ungeheuren Raum mit hoch aufragenden Wänden befanden. Sie schimmerten wie heißes Metall im gleißenden Licht. Die einzige Zuflucht für meine Augen war der üppig mit Teppichen ausgelegte Boden.

»In ein paar Minuten gewöhnst du dich daran«, sagte Faustopheles. »Geh nur geradeaus weiter.«

Das tat ich auch und warf nur gelegentlich einen Blick auf die Innenausstattung. Für meinen Geschmack war sie zwar zu üppig, aber es war exquisite Handwerksarbeit, und die Materialien waren von atemberaubender Qualität. Sicher gab mir nichts, was ich sah, Grund zur Beunruhigung. Meine Nase war es, die mich zuerst alarmierte. Ich ging noch ein paar Schritte, ehe ich mich erinnerte, daß dieser Geruch Gefahr bedeutete, und dann konnte ich nicht glauben, daß es die richtige Erinnerung war. Es war langer her, seit meine Nüstern mit dem Geruch vertraut gewesen waren, den ein Nest von Klapperschlangen verbreitet. Aber je weiter ich ging, desto stärker wurden sowohl der Gestank als auch die Überzeugung, daß es sich um nichts anderes handeln konnte.

Wie Faustopheles versprochen hatte, ging es meinen Augen besser. Wir näherten uns einem langen Konferenztisch aus polierter Jade. Am anderen Ende stand ein thronartiger Sessel mit juwelenbesetzten Lehnen. Die Rahmen der kleineren Sessel entlang des Tisches waren aus solidem Kristall, der mit Adern aus Weißgold oder Platin durchzogen war.

Das von ihnen zurückgeworfene Licht blendete so stark, daß ich sie für leer hielt. Dann blieb ich unvermittelt stehen, denn ich erkannte bei einem nach dem anderen, wer darauf saß. Auf geschmeidigen Stengeln ihres Körpers schwebte über einem jeden Sessel, den Thron eingeschlossen, der Kopf einer riesigen Kobra, die Augen auf mich geheftet.

Das wäre in jedem Fall ein schlimmer Anblick gewesen, aber vor dem Hintergrund dieser Eleganz wirkte es ebenso ekelerregend wie furchteinflößend. Mit einem Aufschrei wandte ich mich zur Flucht, aber Faustopheles schnappte mich.

»Wir sind in einem unpassenden Augenblick gekommen«, sagte er mit einem Ton, der ebenso besänftigend wie belustigt klang. »Warte, bis er vorbei ist.«

»Das will ich nicht!« schrie ich und wehrte mich wild. Es hatte aber keinen Zweck, und seine Gelassenheit machte meine Panik absurd. Ich beruhigte mich, und er gab mich frei.

»Sieh noch einmal hin«, befahl er mir.

Da es beunruhigender war, die Schlangen hinter mir zu haben, als vor mir, gehorchte ich. Über jedem Sessel sah man nun den Kopf eines Menschen, und während ich noch hinstarrte, vervollständigte sich die Verwandlung. Aus den Schlangenkörpern lösten sich Arme, und allmählich nahmen sie menschliche Proportionen an. Schließlich saßen gutaussehende, elegant gekleidete Personen da. Aber es war schlimmer als zuvor. Trotz ihres vornehmen Aussehens waren die Augen, die sie auf mich richteten, von den Augen der Giftschlangen nicht zu unterscheiden.

Während ich noch zögerte und nicht wußte, was ich tun oder sagen sollte, ergriff Faustopheles das Wort. »Großer König und Kaiser«, sagte er und verbeugte sich vor dem Burschen, der sich auf dem Thron rekelte. »Ich habe dir einen neuen Untertan gebracht, einen gewissen Silberstreif, der die Großzügigkeit deiner Herrschaft genießen will – und jene anderen Dinge, die wir teilen müssen.«

»Gehört er hierher?« fragte der Kaiser mit harter, volltönender Stimme.

»Nicht zuletzt durch gewisse Bemühungen meinerseits.« Faustopheles verbeugte sich wieder. »Jene auf den höheren Ebenen der Grube schulden irgendwelchen Glaubensbekenntnissen noch die Treue, aber ich habe so an ihm gearbeitet, daß er sich an nichts anderes mehr klammert als einen vagen Geist der Auflehnung. Selbst das ist nicht ganz fehl am Platze.«

»Nein. Wie sind seine Talente und Fähigkeiten?«

»Da er ein Mensch ist, nicht sehr großartig«, gestand Faustopheles zu. »Aber alle, die wir fangen oder uns untertan machen, können unserem Zweck dienen.« Man hörte ein allgemeines Gemurmel der Zustimmung, und er fuhr fort. »Mein Gedanke war, daß wir ihn hierbehalten, bis wir nach genauer Beobachtung herausgefunden haben, welchem Zweck man ihn am besten zuführt.«

Ich war ihm nicht ins Wort gefallen, weil ich nicht sprechen konnte, aber in diesem Augenblick kehrte meine Stimme zurück. Was immer auch anschließend geschah, ich hatte das Gefühl, schlimmer als hier konnte es nicht werden.

»Hier bleibe ich nicht«, verkündete ich.

Ihre Reptilaugen verrieten keine Gefühle, aber ihre Münder lachten. »Aber ich bin auf dem Weg nach Hippokrene«, rief ich und blickte von ihnen zu Faustopheles. »Das hast du doch die ganze Zeit gewußt!«

Er betrachtete mich mit der verschlagenen Bösartigkeit, die ich bei unserer ersten Begegnung auf seinem Gesicht entdeckt hatte, als er als herabgekommener Krüppel verkleidet war. Ich erkannte den Ausdruck und sah, daß ich in einer Falle saß.

»Aber das war unsere Abmachung«, protestierte ich.

»Unsere Abmachung war, daß ich dich so weit bringe, wie ich kann«, entgegnete er mir. »Das habe ich auch getan, denn weiter geht es nicht. Natürlich bist du frei, dich umzudrehen und zurückzukehren.«

Dies entlockte jedem Anwesenden außer mir ein Kichern. Ich dachte an das Flammenmeer vor den Türen und schauderte.

»Nein, es muß weitergehen«, sagte ich, und meine Stimme klang ein wenig brüchig. »Das muß möglich sein! Du hast mir gesagt, du würdest keinen Meter vom Weg nach Hippokrene abweichen.«

»Du solltest nicht alles glauben, was dir Fremde erzählen«, informierte er mich, »und auch nicht alles von anderen Leuten.«

Er machte sich über mich lustig, aber ich konnte es mir nicht leisten, wütend zu werden. »Sieh mal, Faustopheles«, flehte ich ihn an, »du brauchst dir keine weitere Mühe um mich zu machen. Zeig mir einfach den Weg, und ich gehe allein weiter.«

»Wohin denn? Soll ich für dich vielleicht eine Verlängerung der Letztendlichkeit bauen?« Er schüttelte den Kopf. »Wenn du dich zurückerinnerst, dann habe ich dich gewarnt, daß es keinen Ausweg gibt.«

»Keinen«, unterstützte ihn der Kaiser. »Selbst die Schwerkraft kann dir nicht weiterhelfen, denn du befindest dich nun am Grund, um hier zu bleiben, wie alle, die zu uns stoßen.«

Wenn ich mich zuvor am Ende geglaubt hatte, war es doch nicht so gewesen. Allein der Akt, sich von einem Ort an einen anderen zu bewegen, ist ein schmerzstillendes Mittel, weil darin, in welch schwacher Lösung auch immer, die Hoffnung liegt, daß sich die Lage verbessert. Aber wo das jetzt von mir genommen war, erkannte ich schließlich, was Leere des Daseins wirklich bedeutet.

Ich zitterte am ganzen Körper, als ich mich umblickte und nachzudenken versuchte. In einem der nächsten Augenblicke, das wußte ich, würde ich einen Schrei ausstoßen, der andeutete, daß die Bande der Selbstbeherrschung und mit ihnen aller Widerstand Faustopheles gegenüber geplatzt waren, aber diesen Punkt hatte ich noch nicht ganz erreicht.

Sie beobachteten mich, während ich nervös nach etwas suchte, was mir einen Fluchtweg verschaffen konnte. Schließlich, als ich alle anderen Möglichkeiten ausgeschöpft hatte, starrte ich sie wieder an. Es war vergeblich, hinter solchen Gesichtern nach Mitleid zu suchen, aber ich riß mich so weit zusammen, um in ihnen zu lesen, was ich bereits wußte.

Sie verbargen ihre Gedanken vor mir, aber auch so erkannte ich plötzlich etwas. Die Kraft ihrer versammelten Persönlichkeiten befähigte meinen Instinkt, zu erkennen, was ich bei einer Einzelperson, wie bei meinem Führer, nicht zu spüren imstande gewesen war. Die Tatsache, daß aus einem Mund eine Bemerkung kam, stellte genügend Grund dar, diese lächerlich zu machen. Diese Wahrheit, oder was ich als Wahrheit erhoffte, gab den Willen, noch einen letzten Gegenangriff zu wagen.

»Ich glaube es nicht!« schrie ich. »Ich glaube nicht, daß dies hier alles ist.«

Das Grinsen, das blieb, um mich nach ihrem Lachen noch weiter zu verhöhnen, dauerte allerdings nicht lange. Es verlor sich in erstaunten Mienen, denn von irgendwoher hörte man Gesang.

Kummer kannt ich, und auch Freude
  Tat mir häufig winken;
Kält und Hitze kannt ich beide,
  Beides führt zum Trinken.
Licht und Dunkel nannt ich mein,
  Glaubte stets dabei,
Tammuz würde bei uns sein,
  Wenn er wieder frei.

Es bedurfte einer mächtigen Stimme, um so deutlich durch diese Wände zu dringen, aber es war auch nicht irgendeine Stimme. Ich hörte genauer hin, um mich zu vergewissern.

An die Zeit erinn're ich mich,
  Als das Jahr noch jung.
Tammuz, Gilgamesch und ich
  Taten manchen Trunk,
Bis Innini kam entlang,
  War nur leicht bekleidet.
Munter sie die Hüften schwang.
  Tammuz war verleitet.

Enkidu dann trafen wir,
  Der kam nach Erech rein.
Er war kräftig wie ein Stier
  Und kein Priesterlein.
Was er trank an Gerstensaft,
  Das war ein Phänomen.
Den Humpen, den er hat geschafft,
  Der konnt sich lassen seh'n.

Ohne jeden Zweifel war es Golias. Er befand sich auf der anderen Seite der Wand hinter dem Kaiser, und seine lauter werdende Stimme verriet, daß er näher kam. Soweit es die Wirkung anbetraf, hatte er seine Gegenwart schon spürbar gemacht. Sein Ton war ebenso sorglos wie die Worte, und die Wirkung dieser Fröhlichkeit war wie ein Lichtschein in der Finsternis und ließ mich wieder frei atmen. Die Spannung, die mich fast zerbrochen hatte, ließ nach. Geschweige denn war ich der einzige, der betroffen war. Die anderen erholten sich von ihrer Verblüffung und wurden wütend. Die Zerstörung der Düsternis war ihnen im gleichen Maße ein Ärgernis, wie es für mich Balsam bedeutete.

Ich konnte immer noch nichts ausmachen, was wie eine Tür aussah, aber Golias bewegte sich deutlich auf uns zu.

Khumbaba spürte unsere Kraft
  Bei den Zauberzedern;
Wie schlugen Anus Stier zu Saft,
  Den Stolz der Himmelsherden.
Beim dritten Schlag, da fiel er um,
  Und Wölfe kamen gelaufen,
Dann gingen wir, wie's Trinker tun,
  In Ruhe einen saufen.

Also tranken wir in Ruh,
  Als Tammuz bei uns eintraf,
Doch Innini, diese Kuh,
  Schlug ihn tot beim Beischlaf.
Arm ist so ein Trinker dran,
  Der so schlecht vermählt,
Wenn er nicht mehr saufen kann,
  Weil der Kopf ihm fehlt.

Beim letzten Wort sprang ein Paneel rechts hinter dem Kaiser aus der Wand, und Golias folgte mit dem Fuß, mit dem er es in den Raum getreten hatte. Ungerührt beendete er unter den bösartigen Blicken der Besitzer sein Lied, während er die Situation einschätzte.

So hielten wir den Leichenschmaus
Mit Bier und viel Gefühl
Und tranken viele Fässer aus,
Als das Jahr ward kühl.
Doch wieder kam er mit dem Gras.
»Der Tod war nur ein Scherz«,
Sagte Tammuz. »Füllt mein Glas!
Mir ist trocken ums Herz.«

Golias war immer so höflich, wie die Umstände erlaubten. Er beendete seinen Vortrag mit einer Verbeugung vor dem Kaiser. Der letztere war jedoch nicht zu besänftigen.

»Das ist kein Lied für diesen Ort« knirschte er.

»Es paßt zum Anlaß, Eure Majestät«, informierte ihn Golias.

»Was genau«, fragte Faustopheles, »meinst du damit?«

Golias gab ihm keine Antwort. Statt dessen blickte er mich mit einem verzerrten Lächeln an.

»Hast du Probleme, Shandon?«

»Hallo, Golias.« Ich erinnerte mich, wie kühl ich bei unserem letzten Zusammensein gewesen war, und sprach nur zögernd. »Irgendwie wollen sie mich hier nicht rauslassen.«

»Wenn du nicht so weit gekommen bist, haben sie keine Chance, das zu tun.« Golias trat bei diesem Worten durch die Tür, und wie er das tat, verriet mir etwas. Trotz seiner oberflächlichen Lässigkeit wirkte er gespannt und vorsichtig.

Er ging ungefähr in meine Richtung, als die Stimme des Kaisers ihn zum Stehen brachte. »Ehe du einen einzigen Schritt weiter gehst, Orpheus, trag deine Sache vor.«

»Großer König und Kaiser. Ich komme, diesen Mann, meinen Freund, abzuholen.«

Erst da konnte ich sicher sein, daß er allein meinetwegen gekommen war. Seine Gegenwart hatte den Kristall meiner Verzweiflung erschüttert. Diese Erkenntnis schlug in ihn ein wie ein Blitz und ließ ihn zerspringen.

Aber die unmittelbare Reaktion bestand darin, daß ich mich wie betäubt fühlte, und so fiel mir nicht ein, Golias zu danken. Ich war mir immer noch mehr Faustopheles bewußt, als aller anderen, und mein erster Impuls war, zu sehen, wie er darauf reagierte.

Da er die Stärke dieser Anfechtung seiner Macht über mich erkannte, blickte er Golias stirnrunzelnd an. »Du bist vielleicht seinetwegen gekommen«, sagte er, »aber bekommen wirst du ihn nicht. Und du selbst kannst dich glücklich wähnen, wenn man dich gehen läßt.«

Ich stöhnte auf, als ich sah, daß er vermutlich die Wahrheit sprach. Wenn Golias keine starken Verbündeten mitgebracht hatte, besaß die Mannschaft des Kaisers schon die Kraft, uns zum Bleiben zu zwingen.

»Er hat sich mir überschrieben«, fuhr Faustopheles fort, »und es mit seinem Blut unterzeichnet.«

»Hast du das getan, Shandon?« Da mich Golias so ängstlich anblickte, erkannte ich dies als einen wichtigen Punkt. Ich überdachte noch einmal die Tatsachen, ehe ich eine Antwort gab.

»Irgend etwas wurde mit meinem Blut geschrieben, das stimmt. Aber ich sagte, er sollte mich nur in Richtung Hippokrene führen. Dann hat er gelogen und mich hierhergebracht.«

»Nein«, korrigierte mich Golias. »Er hat nur gelogen, wenn er gesagt hat, es läge nicht auf der Strecke. Der Hof Seiner Kaiserlichen Majestät ist einer der großen Haltepunkte.«

»Kein Haltepunkt für ihn«, erklärte Faustopheles. Er sah mich bei diesen Worten an, und ich spürte, wie ich vor der Kraft seines Blickes wankte. »Oh, er hat gequietscht und um sich geschlagen wie eine Wasserratte, die von einem Hecht geschnappt wird, aber ich habe ihn immer weiter nach unten gezerrt, und er weiß nun, daß es nichts gibt außer Hohlheit, Dummheit und Gemeinheit.«

Es erschien mir in der Tat zutreffend, als sein Gehirn so das meine bedrängte, daß es für mich keinen Sinn hatte, weiterzugehen, selbst wenn es möglich sein sollte. »Du machst dich besser hier fort, solange du noch kannst und es für wert erachtest, Golias«, sagte ich.

»Wenn ich fertig bin. Gibt es hier jemanden«, rief er plötzlich, »der so dumm ist, zu glauben, weil das Gute existiere, gäbe es das Böse nicht?«

»Es gibt das Böse!« riefen ihre Stimmen triumphierend zurück.

»Gibt es dann jemanden«, erwiderte Golias, »der so kühn ist, zu behaupten, daß es zwar Böses gibt, aber nichts Gutes?«

Da hielten sie den Atem an. Es herrschte ein Schweigen, das die Luft in sich einzusaugen schien. Dann sprachen sie alle zusammen wie unter Zwang.

»Es gibt das Gute.«

Der Satz kam heraus wie ein Stöhnen, und als es verebbt war, hörte ich eine Stimme, die nur die des Kaisers sein konnte. »Ich erinnere mich daran«, flüsterte er.

Aber es war nicht sein Zugeständnis, das mich am meisten beeindruckte. Ich hatte Faustopheles beobachtet, und auch seine Lippen hatten die Worte geformt: »Es gibt das Gute.« In diesem Augenblick hatte ich die Kraft, meinen Blick von ihm abzuwenden.

Ich konnte mich wieder daran erinnern, daß Golias meinetwegen hierhergekommen war, und an alles, für das dies stand. Ich begegnete seinem Blick, und ich sprach:

»Ich möchte hier heraus, und jetzt kannst du auf mich zählen, daß ich mir Mühe gebe und dafür kämpfe. Gibt es einen Weg?«

»Es gibt keinen!« schnaubte Faustopheles. Er sprang zu Golias. »Glaubst du wirklich, uns schert es, ob er weiß, daß es bessere Orte gibt? Glaubst du, wir sind aus freien Stücken hier?« Er unterbrach sich mit einem grimmigen Lachen, in das die anderen einfielen. »Aber das ist jetzt unser Ort. Er erfüllt uns und saugt uns auf, bis wir keine andere Identität mehr haben. Es ist unser einzig rechtmäßiger Zustand, und wird auch ihn vereinnahmen – nein, euch beide! Die Tür, durch die du hereingekommen bist, ist auf immer versperrt, Orpheus.«

Das hörte sich für mich nach unserem Ende an. Ich hatte eine bedrückende Vision von uns beiden, wie wir in Kobraaugen starrten, bis wir mit ihnen verschmolzen. Golias mußte einen ähnlichen Gedanken gehabt haben, denn sein Gesicht verhärtete sich.

»Seit wann erteilst du hier die Befehle, Faustopheles? Ich bin nur bereit zu bleiben, wenn ich es von deinem Herrn höre.«

Zum zweiten Mal verbeugte er sich vor der mächtigen Gestalt auf dem Thron. »Großer König und Kaiser, ich ersuche Euch um unser Recht.«

Daraufhin wieherten einige vor Lachen. Der Kaiser starrte ihn an.

»Du hast keines, es sei denn, du hast mehr Macht, als wir ins Feld führen können.«

»Das Gesetz des Deliers gibt uns das Recht.« Golias war unterwürfig, aber fest. »Wie Euer Allmacht weiß, haben wir das Recht – unter gewissen Umständen –, um einen Prozeß nachzusuchen, ehe wir der Hölle anheimfallen. In diesem Falle lassen die Umstände einen Prozeß zu, wie ich gern erklären werde.«

»Und ich es mir nur ungern anhören möchte. Das Gesetz des Deliers, sagst du?« Der Kaiser zuckte irritiert die Achseln, als sei er an ein technisches Detail erinnert worden, das er schlecht umgehen konnte, und trommelte mit den Fingern auf der Thronlehne. Dann heiterte sich sein Gesicht auf, als habe er entdeckt, wie er diese technische Kleinigkeit für seine eigenen Zwecke nutzbar machen konnte. »Deinem Ansuchen wird stattgegeben.«

»Nein! Ich möchte Euer Mächtigkeit anflehen, Eure Meinung zu ändern«, rief Faustopheles. »Orpheus hat Einfluß am Delischen Hof. Er wird frei dabei herauskommen.«

»Recht wahrscheinlich.« Der Kaiser gestattete sich ein frostiges Lächeln. »Aber da ich einiges über die Neigungen dieses Burschen und seine unbeirrbare Natur weiß, will ich ihn gar nicht hier haben. Ich würde mich ohnehin versucht fühlen, ihn gehenzulassen, aber es sieht besser aus, wenn es das Gericht befiehlt. Außerdem gibt uns eine richtige Entscheidung den unbestreitbaren Anspruch auf den anderen. Sein Fall liegt wieder ganz anders, und wir werden auf – wie heißt das noch? – Gerechtigkeit bestehen.« Er hob die Hand, um auf einen Untergebenen zu deuten. »Führe die Sache nach Gutdünken aus.«

Als Golias sich umdrehte, um Faustopheles hinaus zu folgen, sah ich, daß er eine kleine Harfe über die Schulter geschwungen hatte. Als letzter Mann geriet ich in Panik beim Gedanken, daß sich die Tür vielleicht schließen würde, ehe ich hinauskonnte. Ich drängte mich neben Golias durch die schmale Öffnung, und er knurrte warnend:

»Paß auf die Saiten auf, Junge! Die Harfe brauchen wir auf dem Rückweg.«

Von der Tür führte ein Pfad in eine leere, dämmrige Region. Vermutlich war Golias hier entlanggekommen, aber sein Rückweg verlief anders. Faustopheles nahm uns beide hoch, breitete seine Flügel aus und schwebte hinauf.

Daher konnte mir Golias erst, als wir hinter Faustopheles her durch einen Gang schritten, der zum Gericht führte, flüsternd Unterweisungen erteilen. »Es wird keine Schöffen geben, nur drei Richter. Achte nicht darauf, was Faustopheles sagt: Sie können von niemandem beeinflußt oder bestochen werden. Sie sehen vielleicht alt genug für die Pension aus, aber sie sind genau im Bilde. Laß mich zuerst reden, aber wenn du an die Reihe kommst, dann sprich deutlich und zur Sache.«

»Genau.« Ich nickte nervös und wünschte mir, wir hätten Zeit für eine ausgedehntere Diskussion. Faustopheles betrat jedoch bereits das Gericht.

Der Fall, der gerade abgewickelt wurde, gab mir ein paar Minuten, um mir den Raum anzusehen. Abgesehen von dem Pult, an dem die Richter saßen, standen keine Möbel im Raum. Er hatte jedoch außer der Tür, durch die wir eingetreten waren, noch mehrere andere Ausgänge. Der Mann, der gerade verurteilt wurde, als wir hereinkamen, wurde zum Beispiel zu einem Gang mit der Aufschrift ›Vorhölle‹ geführt, ehe wir von einem gesichtslosen Wärter nach vorn gewinkt wurden.

Die Richter waren so alt, wie Golias angedeutet hatte, aber ebenso scharfäugig. »Euer Ehren«, redete Faustopheles sie an, als sie uns stumm betrachteten. »Ich habe zwei Männer hier, die beim Herrn der Unterwelt den Antrag gestellt haben, von Euch gehört zu werden.«

Der Richter in der Mitte regte sich. »Wenn sie bereits unter der Kuratel des Herrn der Unterwelt gestanden haben, hört sich das nicht wie ein Fall für uns an.«

»Das glaube ich auch nicht, Verehrungswürdiger Rhadamanthys«, stimmte Faustopheles zu. Er fiel fast über die eigenen

Füße bei dem Versuch, höflich zu sein, und verbeugte sich beim Sprechen andauernd. »Aber Seine Kaiserliche Majestät hielt es für das beste, die Entscheidung Euch und Euren gleichermaßen weisen Kollegen zu überlassen.«

»Ach so.« Wenn Rhadamanthys durch Schmeichelei beeinflußt werden konnte, so verriet er es jedoch nicht. »Und wie sind sie in die Hände des Kaisers gelangt?«

»Ich habe diesen hier zu seinem Thron geführt.« Hier deutete Faustopheles auf mich. »Der andere hat einen Versuch zu seiner Rettung unternommen.«

Die drei tauschten Blicke aus. Das schien zur Abstimmung auszureichen, denn der Vorsitzende Richter sprach mit Entschiedenheit: »Im Fall des potentiellen Retters erklären wir uns für zuständig. Wir folgen Anweisungen und der Präzedenz und lassen jegliche Anschuldigung gegen ihn fallen und erklären ihn immun gegenüber Strafe und Zensur. Das Objekt seiner Mühe jedoch, das durch einen gewissen Faustopheles in die Hölle gebracht wurde, muß einen Grund vorweisen, warum ihm erlaubt sein sollte, sich an dieses Tribunal zu wenden.«

Ich blickte Golias ängstlich an, aber er hatte bereits das Wort ergriffen. »Als einer, der nicht mehr unter Anklage steht, erbitte ich mir das Privileg, als Anwalt für Shandon Silberstreif, den Gefangenen, zu handeln. Er ist zu Recht hier als ein Mann, der seine Pilgerfahrt nach Hippokrene fortsetzen will, gemäß einer direkten Anweisung des Deliers.«

»Ach.« Die Richter berieten sich wieder, indem sie einander ansahen. »Das Gericht erklärt sich für zuständig«, verkündete der rechts von Rhadamanthys, »aber ich fühle mich zu der Frage bewegt, warum es überhaupt einen Prozeß gibt. Wenn es der Wille des Deliers ist, daß dieser Mann nach Hippokrene geht, aus was für Gründen unternimmt jemand den Versuch, ihn davon abzuhalten oder auf andere Weise zu hindern, sein vorbestimmtes Ziel zu erreichen?«

»Großer und unfehlbarer Minos«, antwortete Faustopheles, »wie Ihr, der Ihr alle Dinge wißt, wohl erkennt, hält der Delier den Erfolg eines Postulanten nicht für selbstverständlich. In seinen Instruktionen heißt es nur, daß der Versuch unternommen werden muß. Der Erfolg, der zunächst einmal zweifelhaft ist, ist etwas, was das Individuum für sich selbst erringen muß.«

Ich sah an Golias' Gesicht, bevor Rhadamanthys nickte, daß Faustopheles seine Mühe, meinen Fall ebenfalls aufzuheben, zunichte gemacht hatte. »Ja.« Er nickte noch einmal und strich sich den Bart. »Ja. Wir werden uns den Fall anhören.«

»Es gibt viele Gründe, aufgrund derer ich meinen Anspruch auf die Person Silberstreif gründe«, begann Faustopheles, »aber in Ehrerbietung gegenüber den Interessen dieses Gerichts werde ich mich auf die Begründung beschränken, warum er gehindert werden sollte, weiter nach Hippokrene zu ziehen. Ich erbitte nur in diesem Punkt das Urteil, oder vielmehr, was ich erbitte, ist ein einschränkendes Gebot. Mein Argument stützt sich lediglich, aber unwiderlegbar, auf die Angemessenheit der Dinge, an sich ein Kardinalprinzip im Gesetz des Deliers. Schade, daß nicht mehr Menschen dies merken.«

Nach einem bösartigen Blick auf Golias fuhr er fort. »Ein Schluck aus Hippokrene ist nichts, was man erwerben oder übereignet bekommen könnte. Es ist keinesfalls ein Glücksgeschenk. Diesen Punkt bitte ich zu beachten. Heiligtum, das vor dem Zugriff des Zufalls geschützt ist, soll nicht von Narren gefunden werden, denen es irgendwie gelingt, um, über und durch bestimmte Hindernisse zu schlüpfen. Der Delier hat sicher niemals im Sinn gehabt, daß so etwas vorkommt, ansonsten hätte er Schritte unternommen, um die Entscheidung rückgängig zu machen, die uns aus dem berühmten gleichgerichteten Prozeß über Pilgerfahrten nach Pieria überliefert wurde. Das biete ich dem Gericht als Präzedenzfall an.

Mit dem Ausdruck ›Tu einen tiefen Zug oder keinen‹ meinte der Richter, der diese wichtige Meinung weitergab, einfach, daß nur denjenigen der Zugang zu dem fraglichen Heiligtum erlaubt werden sollte, die seinen Wert zu schätzen wissen. Diese Einschätzung wiederum ist eine Eigenschaft der Erfahrung, und diese hängt davon ab, was der Mann getan hat, um sich einen entsprechenden Wertmaßstab anzueignen. Und ich habe die Gedanken des Gefangenen in einem solchen Ausmaß kennengelernt, daß ich unter anderem Bescheid weiß über seine Reisen und Taten, seit er in Literaria angekommen ist. Ich kann wahrheitsgemäß berichten, daß im Verhältnis zu dem, was man gerechterweise von einem Postulanten erwarten kann, die Reichweite seiner Erfahrung beklagenswert unzureichend ist. Er hat noch nicht mit den Menschen am Ufer des Xanthus gewetteifert – an sich schon ausreichend, um sein Vorhaben als anmaßend auszuweisen. Er war nicht am Hof von König Nobel, hat nicht an Basarows Grab gestanden, weder den alten Goriot besucht, noch Genji, oder –«

»Mir scheint«, mischte sich der dritte Richter ein, »daß das Gericht den Wert der Erfahrungen des Gefangenen besser beurteilen könnte, wenn wir erführen, wo er gewesen ist, anstatt, wo er nicht gewesen ist. Und das können wir, glaube ich, besser von ihm selbst als irgend jemand anderem erfahren.«

»Gewiß, Verehrungswürdiger Aiakos«, stimmte Faustopheles zu. »Ich bin es zufrieden, wenn er seine Verdammnis selbst ausspricht.«

»Gib einen vollständigen, aber zusammengerafften Bericht«, drängte mich Golias. So begann ich also meine Verteidigung. Vor diesen Richtern mied ich jedes Bitten um Gnade und jeglichen Versuch, entweder die Wichtigkeit meiner Abenteuer oder meinen eigenen Anteil daran herauszustreichen. Doch als ich meine Reisen von dem Moment an, als die *Naglfar* auf Grund lief, vor meinem Auge vorüberziehen ließ, gewann ich Zuversicht. Ich hatte das Gefühl, sie müßten von dem, was ich erreicht hatte, beeindruckt sein. Daher fand ich ihr ungerührtes Schweigen, das meinem Bericht folgte, doppelt beunruhigend.

Nach einer Weile räusperte sich Minos. »Es gibt in der Tat weite Lücken in der Erfahrung des Gefangenen, was es mir zweifelhaft erscheinen läßt, ob man ihn weiterziehen lassen soll oder nicht. Wir müssen im Auge behalten, das brauche ich eigentlich kaum zu erwähnen, daß nur noch ein kurzes und angenehmes Stück seiner Pilgerfahrt auf ihn wartet, wenn man ihm gestattet, wieder zur Mittelerde zurückzukehren. Somit wäre eine Entscheidung zu seinen Gunsten gleichbedeutend damit, ihm Zugang zu dem fraglichen Heiligtum zu gewähren. Auch macht die Präzedenz, wie uns Faustopheles zu Recht erinnerte, ein einschränkendes Gebot in unwerten und nur teilweise werten Fällen notwendig.«

»Mit Erlaubnis des Hohen Gerichts«, sagte Golias, während meine Gedanken auf der Suche nach etwas, was ich zu meinen Gunsten zufügen konnte, aufgeregt flatterten, »scheint es mir angebracht, noch einmal vertiefend auf den Punkt einzugehen, den der weise Aiakos in die Debatte eingebracht hat. Er sagte letztendlich, daß ein Mann aufgrund dessen beurteilt werden sollte, was er selbst erreicht hat, anstatt nach dem, was andere getan haben und er nicht, und ich stimme dem uneingeschränkt bei. Sicher ist der Gefangene noch nicht an vielen Orten gewesen, und darunter sind einige der mächtigsten, die Literaria zu bieten hat. Man kann zu der von Faustopheles begonnenen Liste hinzufügen, daß er nicht die Tür zu Jasons Haus aufgestoßen und nicht in Shandy Hall gesessen hat. Nein, und er hat sich nicht mit Martin Fierro versteckt, hat nicht den Sampo gejagt, Charadutta unterstützt und so weiter, daß ich heiser würde, wenn ich auch nur ein Zehntel aufführte.« Golias fegte sie alle mit einer Handbewegung beiseite. »Tatsache ist doch, daß, ausgenommen der Delier und Ihr, niemand überall in Literaria gewesen ist. Puck behauptet das, aber ich glaube, er gibt an, wenn ich ihm auch eine reichhaltigere Erfahrung zugestehe als allen anderen.«

»Ach ja, Puck«, sagte Rhadamanthys. Er lächelte nicht gerade, aber sein Gesicht entspannte sich für einen Moment von seinem Ausdruck unmenschlicher Objektivität. »Hmmm. Fahre bitte fort.«

»Das werde ich, Euer Ehren. Da man also nicht nach umfassender Kenntnis streben kann, können wir uns davon abwenden und überlegen, was man vernünftigerweise erwarten darf. Dieser Mann ist drei grundsätzliche Wege gegangen, jenen des Zufalls, der Wahl und des Orakels. Wenn er nicht bestimmten Routen folgte, dann heißt das lediglich, daß er anderen folgte. Wenn er sich an geringeren Orten aufgehalten hat, nun, keine Straße verbindet nur die wichtigeren, wenn er auch von diesen einen guten Teil gesehen hat. Ich will abschließen, indem ich auf eines hinweise. Es gehört, so gebe ich zu bedenken, nicht zum Plan des Deliers, seine wunderbaren Quellen so abgeschirmt vor Suchenden zu halten, daß nur die umgebende Vegetation davon profitiert. Ein Heiligtum sollte zwar nur von denjenigen besucht werden, die dazu geeignet sind, aber ein Heiligtum, das nicht besucht wird, hört auch auf, eines zu sein.«

Das darauffolgende Schweigen zerrte an meinen Nerven. Wenn Golias zuversichtlich aussah, so tat es auch Faustopheles. Die Mienen der Richter konnte man nicht deuten. Minos verschränkte die Arme und senkte den Blick. Rhadamanthys drückte die Spitzen seiner Zeigefinger gegeneinander und starrte diese an. Aiakos preßte sein Kinn auf die rechte Faust. Dann tauschten sie Blicke aus, und die entrückte Weise, mit der sie dies taten, ließ meinen Magen sich verkrampfen. Ich hatte das Gefühl, wenn sie den Fall nur aufgrund von Prinzipien entschieden, müßte ich verlieren. Schließlich ließ Rhadamanthys die Finger aneinander vorbeigleiten und legte die so verschränkten Hände auf den Tisch. »Nach Meinung meines Bruders Minos«, verkündete er, »sollte der Gefangene, da er nicht beweisen konnte, daß er das Recht zum Weiterziehen verdient, unter Kuratel des Herrn der Unterwelt verbleiben. Ich selbst hege einige Sympathie für diesen Standpunkt.«

Ich hörte Faustopheles Siegeskrähen kaum. Vage spürte ich, wie er nach mir griff, aber er tat es nicht rasch genug, um mich aufrecht zu halten. Meine Knie gaben nach, aber der Stoß, mit dem ich auf dem Boden aufkam, hatte wenig damit zu tun, daß ich einfach liegen blieb. Der Schock hatte meinen Verstand dagegen abgeriegelt, weiteres aufzunehmen.

In meinem halb bewußtlosen Zustand bedeutete es mir nichts, daß Rhadamanthys nach einer Pause hinzufügte: »Aber auf der anderen neigt mein Kollege Aikos dazu, sich von dem Argument Orpheus' überzeugen zu lassen, dem gelehrten Rat der Verteidigung. Ich sehe ebenfalls in diesem Argument einen gewissen Sinn, und daher spiegelt sich in dem kollektiven Urteil dieses Gerichts begründeter Zweifel, ob wir unsere Pflicht erfüllen, wenn wir der Pilgerfahrt des Gefangenen im Wege stehen. Daher lautet unser Urteil, daß er freigesetzt werde, um fortzuziehen, wenn er kann, und zu welchem Nutzen auch immer. Der nächste Fall, bitte.«

XXX Nette Gesellschaft und ein glückliches Ende

Die Richter schenkten Faustopheles' Wutausbruch keine Beachtung, und ich tat es auch nicht. Ich befand mich nämlich immer noch jenseits von Gut und Böse, während Golias mich fortschleppte.

Der Übergang von Freude zu Verzweiflung ist oftmals unvermittelt; die Freude indes beeilt sich nicht, die Leere auszufüllen, die längeres Elend hinterlassen hat. Ich war so benommen vom Schmerz der Heilung, daß ich auf dem Weg aus der Unterwelt kein Wort und kaum einen Gedanken fassen konnte. Ich habe nur eine verschwommene Erinnerung, von einem alten Burschen auf einem Kahn über einen unterirdischen Fluß gefahren zu werden. Ich erinnere mich kaum deutlicher an unsere Begegnung mit einem Hund, der fast so groß war wie Garm, aber drei Köpfe hatte und wieder einschlief, als Golias seine Harfe anstimmte.

Der Wendepunkt kam erst, als wir aus einer Höhle in einem Wäldchen auftauchten. Es kam mir nicht sofort zu Bewußtsein. Die Temperatur war angenehm, aber es war auch in der Region, die wir gerade verlassen hatten, nicht bedrückend gewesen. Es herrschte dämmriges Licht, aber das war auch in der Unterwelt der Fall gewesen. Die Bäume trugen kein Laub, aber ich war so lange an einem Ort gewesen, wo nichts wuchs, um etwas anderes zu erwarten. Es bedurfte eines Lautes, oder besser, eines fröhlichen Gemischs von Lauten, um meinen inneren Motor wieder anzuwerfen und meine Gänge in Bewegung zu setzen.

Ich saugte die Laute, die zugleich süß und schrill, klar und geheimnisvoll klangen, eine Weile in mich auf, ehe ich sie identifizieren konnte.

»Regenpfeifer«, flüsterte ich.

»Genau«, bestätigte Golias. »Mann, bin ich müde.«

Er setzte sich auf einen kleinen Stein, aber ich blieb stehen, atmete tief ein und sah mich um. Jetzt erkannte ich, daß alles von Leben erfüllt war, daß die Düsternis ein echtes Zwielicht war und die kahlen Bäume bald wieder in Laub stehen würden. Ungläubig schüttelte ich den Kopf.

»Was ist mit dem Winter geschehen?«

»Den hast du in der Hölle versäumt.« Er grinste und gähnte. »Hast du Hunger?«

»Noch nicht«, antwortete ich langsam und erinnerte mich, daß ich seit meiner Begegnung mit Faustopheles nicht mehr gegessen hatte, »aber ich glaube bald.«

»Nun, dann strecke dich aus und nimm die Kraft der Erde in dich auf, und in ein paar Minuten werde ich herausfinden, ob ich gute Arbeit geleistet habe, als ich die Notration versteckte, ehe ich hier das Tor zum Orkus stürmte.«

Er machte uns ein Feuer auf einem Vorsprung, nicht weit von der Höhle entfernt, die ein Tal überblickte. Während er etwas kochte, war ich auf andere Weise beschäftigt. Für eine Weile stützte ich mich auf den Ellbogen und sah zu, wie die Nacht über das Tiefland im Westen hereinbrach und Lichter von Häusern und Städten an einem Fluß entlang aufleuchten ließ. Dann ließ ich mich zurück auf den Rücken fallen, um den Wind auf dem Gesicht zu spüren und zu beobachten, wie am dunkler werdenden Himmel die Sterne erschienen. Am besten aber war es, als ich mich auf den Bauch rollte und ein Gemisch lebendiger, süßer Düfte einsaugte. Und die ganze Zeit über sangen die Regenpfeifer vom wunderbaren Anfang aller Dinge und von den noch wunderbareren Möglichkeiten, die die Zukunft enthielt.

»Ich fühle mich irgendwie wohl«, verkündete ich plötzlich.

»Wenn es dir während Diones Wache nicht so geht, dann niemals«, versicherte mir Golias. »Hoffen wir, daß du das immer noch behaupten kannst, wenn du dieses Essen hinabgeschlungen hast.«

»Woher wußtest du, daß du mich beim Herrn der Unterwelt finden würdest?« fragte ich, als ich nach meiner Portion griff.

»Ich wußte es nicht, aber ich fand heraus, daß du noch nicht verurteilt warst. Wenn du dort nicht gewesen wärst, hätte ich dich nirgendwo mehr erreichen können – ich konnte den Tartarischen See nicht überfahren – daher war es die einzige Stelle, wo ich es versuchen konnte. Als ich es nach meinen Geschäften mit Tyl wieder für sicher hielt, mein Versteck zu verlassen, suchte ich Tiresias auf, der mir erzählte, du seist hinab in die Unterwelt gegangen, aber noch nicht herausgekommen. Glücklicherweise«, hier biß Golias in einen Maiskolben, und ich konnte ihn kaum verstehen, »sind Glasgerion und Amphion nicht die einzigen, die mit einer Harfe umgehen können.«

»Nein«, stimmte ich zu, und betrachtete das dicke Stück Speck in meiner Hand. Ich entschied mich und schluckte es ganz hinunter. »Und was geschieht jetzt?«

Er winkte mit dem Messer auf die Lichter im Tal. »Morgen gehen wir nach Gandercleugh und stoßen auf die Straße zum Reiterschrein. Das ist ein guter Tagesmarsch.«

Es war ein guter Tag zum Wandern unter den weichen, ziehenden Wolken und durch farbenfrohe Büsche und Blüten, die den ganzen Weg bis zum Ort säumten. Gandercleugh war ein hübsches kleines Dorf, aber das Beste daran war meiner Meinung nach die Taverne zum Roten Löwen. Wenn mein Appetit am Abend zuvor nur mäßig gewesen war, hatte der Marsch ihn wieder voll belebt.

Es stellte sich heraus, daß Ambrose, der Wirt der Herberge, ein alter Freund von Golias war. »Mister Shandon«, sagte er, als wir einander vorgestellt waren, »wir haben hier ausgezeichnetes Essen, und man bekommt es beizeiten – aber das ist nicht so bald, daß das Haus nicht auf irgendeine andere Weise Geld aus Ihnen schlagen könnte. Sie sehen wie ein Mann aus – und ich sage dies in dem betrüblichen Wissen, daß nicht jeder die Seele und den Geist dazu hat – der fähig ist, sich nach einem guten Schnaps zu sehnen.«

Ich zögerte. Mein Wohlbefinden war noch zu neu, um mich sicher genug für eine Feier zu wähnen.

»Aber ich habe in der letzten Zeit nicht getrunken.«

»Armer Bursche«, bemitleidete er mich. »Aber Sie sind gewillt, sich zu bessern, das möchte ich behaupten.«

Wenn es Geschäftsinteresse war, dann klangen diese Sätze besser, als es gewöhnlich dabei der Fall ist, denn ihm gelang zu reden, als hege er echtes Interesse und Freundlichkeit. Das gefiel mir, und ich ließ es ihn merken.

»Vielleicht versuche ich es.« Da es nirgendwo in Literaria erhältlich schien, legte ich nicht allzu viele Hoffnung in meine Frage. »Haben Sie Whiskey?«

»Glauben Sie, ich hätte körperliches Wohlbefinden, geistige Gesundheit, verstandesmäßige Beweglichkeit, Philosophie, Kenntnis und Liebe für meine Mitmenschen und die neun Künste, von denen die achte eine gute Haushaltsführung ist und die neunte, dabei nicht bankrott zu gehen – glauben Sie, ich habe all diese Fähigkeiten nur mit Hilfe von Schokolade und Wasser erlangt?« Er klopfte mir auf die Brust. »Sir«, sagte er, und senkte ehrfürchtig die Stimme. »Ich habe nicht nur Whiskey, ich habe sogar Glenlivet.«

Der Glenlivet war die Ehrfurcht wert, weil er genau das war, was ich brauchte. Ein Schluck löste die Spannung, das letzte Symptom meiner vergangenen Knechtschaft. Ich schenkte aus der Flasche nach, die er an den Tisch gebracht hatte, und lehnte mich mit einem Seufzer zurück, um Golias und Ambrose zuzuhören.

Der letztere, das war offensichtlich, riet seinen Gästen nichts, was nicht auch für ihn gut gewesen wäre. »Sie wollen natürlich zum Reiterschrein?« fragte er, nachdem er ein großes Glas weggeputzt hatte.

»Ja«, nickte Golias. »Natürlich würde ich das nicht versäumen, wo ich schon in der Nachbarschaft bin. Shandon hingegen will nach Hippokrene.«

»Stimmt das?« Der Wirt blickte mich interessiert an. »Nun, dann wird er den größten Teil des Wegs mit uns ziehen. Das wird eine schöne Reise. Wir haben eine Menge Pilger in diesem Jahr.«

»Habe ich schon gemerkt.« Golias nahm einen kleinen Schluck und spähte über den Rand seines Glases auf die anderen Leute im Schankraum. »Da ist der alte Falstaff, Dinadan, Alcestis – ihr beide solltet euch zusammentun und Erlebnisse austauschen, Shandon –, Helias, Biron und Maeve. Wer sonst wohnt hier noch, den ich kenne?«

»Oh, die unvergleichliche Fiametta natürlich, Tartarin, der junge Juan, Kapitän Suggs, Glycerium, Gisli, Mrs. Slipslop und so weiter. Mir fallen im Moment nicht alle ein, aber wir sind ausgebucht.«

Unvermittelt schwang sich Ambrose auf die Füße. »Richard«, rief er einem Diener zu, »bring Miss Watson an unseren Tisch, bitte.«

Wir waren alle aufgestanden, als das Mädchen, das gerade den Raum betreten hatte, zu uns trat. Sie war auf ruhige Weise hübsch, aber wenn man ihr einmal in die Augen gesehen hatte, dann war es einem egal, ob sie es war oder nicht. Es waren nicht die Augen großer Erfahrung, aber sie enthielten die Gewähr, daß sie eine Erfahrung schätzen würde, wenn sie eine machte.

»Nein, Miss Emma habe ich noch nicht kennengelernt«, sagte Golias, als er einen Stuhl für sie zurechtrückte, »aber als ich heute morgen aufwachte, wußte ich, daß mir etwas Gutes zustoßen würde.«

»Außer dem Glenlivet?« wollte sie wissen. »Nein, danke, noch nicht«, sagte sie dann auf die Frage des Wirts hin, »ich werde einen Schluck trinken, wenn den Herren die Komplimente ausgehen.«

»Sie ruinieren mir das Geschäft«, zog Ambrose Golias auf, »und ich habe nur eine einzige Nacht, um diese Leute auszuziehen, ehe sie weiterpilgern.«

»Sie bleiben ja bei ihnen«, erinnerte sie ihn. Dann blickte sie Golias und mich an. »Gehen Sie beide auch mit?«

»Ich würde Ihnen überallhin folgen«, schwur Golias, »aber Shandon, ein unsteter Bursche, dem Sie besser kein Vertrauen schenken – wird Sie bei der Abzweigung nach Hippokrene verlassen.«

Ich sah, daß er das bewußt ins Spiel gebracht hatte, damit sie einen guten Eindruck von mir bekäme. Die Wirkung war, daß sie mir einen ernsten Blick schenkte, der mir das Herz wärmte. Ich sagte nichts, weil ich zufrieden war, sie anzusehen. Ich dachte, wir würden gut miteinander auskommen, wenn wir die Gelegenheit hätten, und der gleiche Gedanken mußte ihr durch den Kopf gefahren sein, denn sie errötete.

»Ich finde das großartig«, sagte sie. »Ich habe noch nie jemanden getroffen, der diese Pilgerfahrt gemacht hat.«

»Doch«, informierte ich sie. »Der Bursche, der gerade Ihren Stuhl zurechtrückte und die Lüge über meinen Charakter erzählt hat, kennt den Ort wie ein Goldfisch sein Aquarium. Wenn man ihm glauben kann«, fügte ich als Nachgedanken hinzu.

»Und werden Sie ebenso glaubwürdig sein, wenn Sie dort gewesen sind?«

»Ich weiß es nicht«, antwortete ich und freute mich an den klaren Linien ihres Gesichts, »aber wenn ich Ihnen nun nach meiner Rückkehr erzählte, daß Sie sehr süß und schön sind?«

»Ich bewundere Ihre Offenheit. Mister Ambrose, jetzt möchte ich einen Schluck. Ein Glas Sherry, bitte. Dieses andere Zeug steigt mir so in den Kopf.«

Ich lächelte, teilweise über das, was sie gesagt hatte, teilweise, weil sie wußte, daß ich es ernst meinte. Und dann dachte ich daran, wie sich Faustopheles darüber aufgeregt hätte, wie ich mich so freute, und kicherte. Das war mein erster Versuch zu offener Freude seit dem Verlassen der Unterwelt, und das brach die Bahn für ein richtiges Lachen. Als das Essen vorbei war und Emma uns verließ, hatten wir eine prächtige Herrenrunde zusammen, an der auch Dinadan und Gisli beteiligt waren, zwei gute Burschen, und ich hatte noch bessere Laune. Ob meine Begegnung mit ihr letztendlich viel oder wenig bedeuten würde, spielte nur eine kleine Rolle. Wichtig war nur, daß ich mich darauf freute, sie morgen wiederzusehen. Das Versprechen der Regenpfeifer während Diones Wache hatte sich erfüllt.

Es wurde auch am folgenden Morgen gehalten, als wir, dreißig Pilger an der Zahl, zum Reiterschrein aufbrachen. Ich hatte mich zuerst gescheut, die Mähre zu besteigen, die man für mich gesattelt hatte, aber unnötigerweise. Niemand war in Eile, und so war es nicht gefährlicher oder unbequemer als in einem Tragstuhl.

Als ich mich erst vergewissert hatte, daß ich Herr der Lage war, fühlte ich mich wie der Herr des Tages. Da ich sah, daß mein Pferd größer war als dasjenige von Juan, ritt ich neben ihn und klemmte mich zwischen seinen Heuverbrenner und das Pferd Emmas. Golias war bereits auf ihrer anderen Seite, und so ritten wir weiter. Emma lächelte, und die Sonne schien aus einem Himmel, der so klar war wie ihre Augen. Emma lachte, und tausend Vögel sangen. Emmas Haar flog im Wind, und so taten es Myriaden von Apfel-, Kirsch- und Pflaumenblüten. Und das waren nicht die einzigen Freuden der Reise.

»Als Marschall dieser Pilgerfahrt«, verkündete Ambrose, als wir gut unterwegs waren, »rufe ich euch zur Ordnung.«

Das Gebrabbel Dutzender von Unterhaltungen verebbte langsam. »Wie ist der Wille des Marschalls?« fragte der gutaussehende Muskelmann mit Namen Helias. Er sprach mit höflichem Interesse, aber als kenne er bereits die Antwort.

»Mein Wille ist, daß ein jeder von euch der Reihe nach eine Geschichte erzählt, mit den besten Kräften eures Verstandes und eurer Beredtsamkeit«, erwiderte der Wirt. »Und das versagt mir nicht, andernfalls wird euch die Strafe meines Zorns treffen.«

»Heißt das, daß du uns dann keinen Kredit mehr gibst?« Dieser Falstaff, der das gefragt hatte, war ein alter Säufer, oder ich will nicht wissen, wie so einer aussieht. »Dann gebe ich nach.«

»Wir alle geben unter diesen Umständen nach«, nölte Kapitän Sugg. Er schob seinen Priem in die andere Backe und spuckte aus. »Eines der Mädchen soll anfangen.«

»Die schöne Fiametta wird beginnen«, erklärte Ambrose und verbeugte sich vor der Frau, die neben ihm herritt. »Wenn sie uns diese Gunst erweisen will.«

Sie tat es mit einer Stimme, die etwas von der exotischen Eigenart ihrer Schönheit hatte. Es war unvorstellbar, daß eine Frau, die so aussah, etwas anderes erzählen würde als eine Liebesgeschichte, und so war es denn auch.

> Im fernen Chang-an, in der Hauptstadt Ming Huang,
> Dort liebte und starb einst die schöne Lady Yang . . .

So begann sie, und sie führte zu einem dramatischen, wenn auch ungewöhnlichen Ende. Es war eine gute Geschichte, und die nächsten waren es auch, wenn man auch einige aus

Anstandsgründen nicht im Radio hätte senden dürfen. So verging der Morgen schnell, und nach einem ausgedehnten Mittagsmahl nahmen wir den Faden wieder auf, um den Nachmittag zu verkürzen.

Ich erfreute mich an den Geschichten und an den zwischenzeitlichen Unterhaltungen mit Emma und Golias und vergaß fast alles über meine eigene Pilgerfahrt, bis der letztere mir bedeutete, zurückzubleiben. »Was ist los?« fragte ich, ungeduldig wegen des Gedankens, daß ein anderer vielleicht den Platz neben dem Mädchen erobern könnte.

»Wir kommen bald an die Abzweigung nach Hippokrene, Shandon.«

»Oh.« Das war das einzige, gegen das ich mich nach all meiner Erfahrung nicht wehren mochte. »Wie erkenne ich sie?«

»Ich zeige es dir. Tatsächlich hatte ich im Sinn, ein kurzes Stück mit dir zu reiten, aber ich bin bald an der Reihe.«

Ich wußte, daß es ihn danach gejuckt hatte, seit die Geschichtenerzählerei begann, und grinste. »Ich möchte nicht gern, daß du es verpaßt und dann platzt. Sag mir nur, was ich tun muß.«

»Nach der nächsten Biegung kommen wir an ein Erlendikkicht links neben der Straße. Es ist nicht oft genug durchschritten worden, um einen Pfad zu schaffen, aber wenn du dir einen Weg hindurchgesucht hast, kommst du an eine Klippe.«

Ich runzelte die Stirn. »Ich brauche doch nicht schon wieder in eine Höhle zu gehen, oder? Davon habe ich genug.«

»Es wird keine Höhle sein, die du suchen mußt; nur eine Felsspalte, die dir Zugang zu einem kleinen Tal gibt. Durchquere es und steig hinauf bis zu seinem Ursprung, und trink dann an der zweiten Quelle, zu der du stößt. Die zweite«, wiederholte er nachdrücklich, »und keine andere. Und vergiß nicht, daß du dreimal davon trinken mußt, wenn du es schaffst.«

»Nach dem Glenlivet wird das nicht allzu schwer sein. Was ist mit diesem Hottemax?«

»Du wirst zu Fuß gehen müssen. Mach dir keine Sorgen um die Mähre, wenn du absitzt. Sie wird ihren Stallgenossen folgen.«

»Das werde ich auch tun, sobald ich meine Pflicht erledigt

habe«, verprach ich. »Wenn ich euch nicht früher einhole, sehe ich dich heute abend in der Herberge.«

»Ich hoffe, es wird so ausgehen, Shandon.«

»Was meinst du mit –«, fragte ich gerade, als mich Ambroses Stimme unterbrach. »Wo ist Golias?«

»Hier«, antwortete mein Gefährte eifrig. »Ich gebe dir mit meinem Daumen ein Zeichen«, murmelte er, ehe er wieder die Stimme hob. »Wie ist dein Wille, guter Marschall?«

»Ich verlange eine Geschichte von dir.«

»Du wirst sie sofort bekommen«, versprach Golias.

Zu Angel's Camp in Calavaras Land,
Da lebt ein Mann, der wagte Herz und Hand
Bei jeder Sache und bei jedem Ding.
Es war ihm gleich, worum die Wette ging.
Er wettet', ob ein Hund vergrub 'nen Knochen
Und ob ein Käfer unterm Stein verkrochen,
Von welchem Teller kosten würd die Fliege
Und wen von fünfzig Küh'n ein Stier bestiege.
Es war das Glück stets wohlgesonnen ihm,
Dem Smiley, der nicht George hieß, sondern Jim . . .

Als Golias diesen Namen aussprach, winkte er mit dem Daumen in Richtung des Gebüsches, an dem wir gerade vorbeizogen. Ich zügelte mein Tier und saß ab. Emma winkte mir zu und lächelte ermutigend. Dinadan kniff mir im Vorbeireiten ein Auge, als wünsche er mir Glück. Nachdem sich das Pferd überrascht zu mir umgedreht hatte, zockelte es, wie vorhergesagt, hinter seinen Gefährten her.

Ich war entschlossen, so rasch wie möglich wieder zu der Prozession zu stoßen, und verschwendete keine Zeit. Die Erlen waren so dicht, daß ich beschloß, am bequemsten würde es sein, wenn ich kröche. Ich bückte mich und hörte, wie Golias fortfuhr:

Nach dem Verluste des begabten Hundes,
Fand Trost bei einem Frosch er, und es
Gelang ihm, seine Sprungkraft zu erhöhen
Durch Übung, und . . .

Die Verbindung aus Büschen und zunehmender Entfernung schnitt den Rest seiner Worte ab. Gebückt machte ich mich auf den letzten Abschnitt meiner Reise nach Hippokrene.

Nach ein paar Minuten mühevollen Kriechens fand ich die Klippe und bald auch die Felsspalte. Zuerst bezweifelte ich, ob sie breit genug für meine Schultern sein würde, aber als ich mich ein paar Meter weit hindurchgezwängt hatte, ging es eine halbe Meile weit leichter bis zu dem Tal, das Golias erwähnt hatte. Ich suchte die Stelle, wo die beiden sie bildenden Hänge zusammenstießen, und begann den Aufstieg.

Der Kiefernwald, durch den ich ging, öffnete sich bald zu einer Lichtung und gab einen Ausblick frei. Der Grat des Schluchthangs lag in nicht allzu weiter Ferne, daher war ich vermutlich meinem Ziel nahe. Ich blieb stehen und sah mich aufmerksam um.

Die kleine Wiese wurde nur von ein paar Kirschbäumen in voller Blüte und einer Gruppe Silberbirken unterbrochen. In deren Mitte glitzerte Wasser auf. Dies erwies sich als eine ansehnliche Quelle, aber es war die einzige. Also ging ich weiter auf die Reihe von Schierlingstannen zu, die die Hangseite der Lichtung säumten.

Dahinter befand sich eine viel kleinere Lichtung. Dort standen drei Judasbäume und eine riesige Eiche. Ein weißer Hengst fraß die kleinen Blumen, mit der eine Senke unter der Eiche überzogen war. Er witterte mich, stampfte erstaunt mit dem Huf auf und trabte ein paar Schritte weit fort, eher er weiteräste.

Irgendwie mußte sein Huf eine Wasserader angeklopft haben, denn an der gleichen Stelle rauschte eine Quelle auf. Ich beobachtete, wie sich die Senke füllte, ehe ich mich zweifelnd näherte. Trotz ihres jungen Alters mußte das die gemeinte zweite Quelle sein, und Golias' Instruktionen waren genau gewesen.

Meine Zweifel schwanden, als ich am Rand stand. Die ganze Pilgerfahrt hindurch, auf die ich erst getrieben wurde und die ich seit kurzem als unvermeidlich anzusehen begonnen hatte, hatte ich mir die Natur dieser Quelle nicht vorstellen können. Jetzt fragte ich mich, warum ich es nicht erraten hatte. Ich blickte auf das Wasser – so klar, daß der leichte Rosaton auf jedem Blatt im Kelch der Heideblüten sichtbar war –, und es war die genaue Entsprechung des Frühlingsduftes um mich her. Mein Geist ergab sich bebend, und ich warf mich nieder, um zu trinken.

Das Wasser schnitt mir in die Kehle, so daß ich nur einen Zug nehmen konnte, ehe ich innehielt. Ich könnte sagen, es erinnere mich an Holzrauch, an den Geschmack von Schnee, einen süßen Kuß, guten Whiskey, Blut und den Geruch der Erde nach einem Regen, aber keine noch so lange Liste von Elementen würde ausreichen, um diesen Geschmack wiederzugeben. Mit einem Schwall ergriff es Besitz von mir. Es erschütterte mich, und doch dürstete mich nach mehr, und ich beugte wieder meinen Mund ans Wasser. Nach dem zweiten Schluck kam ich schwindelnd auf die Beine.

Undeutlich war mir bewußt, daß ich einen dritten Schluck nehmen sollte. Ich konnte nicht darauf warten. Meine Gedanken summten von einem ganzen Schwarm wunderbarer Ideen. Noch hatte keine eine deutliche Gestalt angenommen, aber ich wußte, das würde in einem Moment geschehen, und ich mußte in der Lage sein, sie jemandem zu erzählen. Ich mußte Golias und Emma einholen, ehe die Beredtsamkeit aus mir herausbarst und nur auf Bäume und Spatzen traf. Und ich hatte auch etwas für die anderen. Ich war gezwungen gewesen, mich zu entschuldigen, als Ambrose um eine Geschichte bat, aber jetzt war das anders. Die, die in meinem Kopf schwirrte, war mir nicht ganz klar, aber ich erspähte bereits ihren wunderbaren Schatten. Mir schien, ich bräuchte, um die Wirklichkeit einzufangen und festzuhalten, mich nur zu konzentrieren, wenn der Zeitpunkt da war. Und das war ebenfalls zu gut, um es für mich zu behalten.

Unglücklicherweise hatten die reitenden Pilger mir etwa eine Meile voraus und würden diesen Vorsprung verdoppeln, ehe ich wieder auf der Straße war. Ich wandte mich um, um ihnen nachzurennen, als ich den weißen Hengst erblickte, der immer noch an Blüten knabberte. Er war die Antwort auf mein Problem, und ich sprang auf ihn zu.

Es war unwichtig, daß ich keine Erfahrung als Reiter hatte.

Daß der Hengst keinen Sattel hatte, spielte ebensowenig eine Rolle wie die Tatsache, daß es unmöglich für ein Pferd sein würde, mit der Felsspalte fertig zu werden. Ich war erfüllt von Inspiration und hatte es eilig.

Eine Tatsache, die mir zu Hilfe kam, war, daß der Hengst ein gefierdertes Anhängsel an den Flanken hatte. Der Knochen, der dies hielt, gab mir einen guten Griff, als ich mich auf den Rücken des Tieres schwang.

Das Pferd hatte mir nicht entkommen können, weil der Judasbaum seinen Fluchtweg abschnitt. Ich hatte jedoch kaum mein Bein über seinen Rücken geworfen, als es sich schon in Bewegung setzte. Es zögerte ebenfalls nicht. Mit einem Sprung setzte der Hengst über die Schierlingstannen und kehrte nicht mehr auf die Erde zurück. Während ich mich an seinen Flügelknochen festklammerte, stieg er auf und schwebte in Spiralen immer höher. Offensichtlich tat er dies, um sich zu orientieren; denn nach einem Moment jagten uns seine Flügel auf die Nachmittagssonne zu.

Mein Zustand der Verzückung hielt mich davon ab, Angst bei diesem Flug zu empfinden. Außerdem hatte ich zu Anfang genau gewußt, was ich wollte: zu der Prozession von Pilgern zurückkehren. Erst als der Hengst trotz meiner Befehle, Beschwörungen und Turnübungen nicht abwärts flog, merkte ich, daß ich mich überschätzt hatte, als ich ihn bestieg.

Im Nu riß mich diese Erkenntnis aus meiner Wildheit. Mein Kopf klärte sich, und ich sah, daß ich dem Gebot des Deliers hätte folgen sollen, noch ein drittes Mal aus Hippokrene zu trinken. Aber die gleiche Klarheit ließ mich erkennen, daß ich vermutlich ohnehin Golias, Emma und die anderen nicht wiedergetroffen hätte. Ich hatte aus Hippokrene getrunken, und damit begann etwas Neues. Das mußte so sein. Ich war in Hippokrene gewesen, und das war etwas zu Großes, um nur ein Zwischenspiel selbst aus einer so schönen Reise wie zum Reiterschrein zu sein. Ich hatte meinen Paß für Literaria gewonnen und mußte es nun darauf ankommen lassen, was mich an Gutem oder Bösem befiel.

Denn ich wußte ungefähr, was ich nicht errungen hatte, indem ich nicht alles trank, was ich hätte trinken sollen, doch ich erkannte, was die beiden Schlucke, die ich herunterbekommen hatte, für mich getan hatten. Man sagt, wenn ein Mann ertrinkt, gleiten alle Momente seines Lebens noch einmal an ihm vorbei. Auf ähnliche Weise waren alle Dinge, die ich seit meiner Ankunft in Literaria getan und gesehen hatte, mir während des Aufstiegs wieder zu Bewußtsein gekommen. Sie waren zurückgekehrt, um sich in meinem Bewußtsein der Reihe und Gewichtung nach festzusetzen, ein tragbares Spektrum von Werten, für alle Gelegenheiten abgestuft. Wenn man so ausgestattet war, konnten neue Orte niemals zu fremdartig sein, noch würden die alten jemals den Glanz der Neuartigkeit verlieren.

Ich spähte nach unten zurück auf die Prozession und konnte sehen, wie eine der winzigen Gestalten – möglicherweise mein alter Freund, der immer noch von den Abenteuern Jim Smileys erzählte – mit der Geste eines Geschichtenerzählers den Arm hochwarf. Ich streckte ebenfalls den Arm zu einem Abschiedsgruß aus, teilweise an Emma und die anderen gerichtet, überwiegend aber an Golias.

Danach wandte ich mich um, um herauszufinden, wohin mich der Hengst brachte. Das war schwer zu entscheiden, weil sich im Westen nun niedrige Wolken auftürmten. Nach einer weiteren Stunde überflogen wir sie, und so ging es weiter, bis die Sonne durch sie hindurchgesunken war und der Welt unten die letzten Strahlen schenkte.

Durch den Wind in meinem Gesicht war ich schläfrig geworden und ein wenig eingenickt, als plötzlich der Halt unter mir wegsackte. Ich griff nach der Mähne des Tiers, aber das ließ das hohle Gefühl in meiner Magengegend nicht verschwinden. Das Pferd hatte die Flügel gespitzt wie ein angreifender Habicht, und die Schwerkraft hatte ihm grünes Licht gegeben.

Als ich die Tatsache akzeptiert hatte, daß sich das Pferd zum Landen bereitmachte, wurde mir besser. Das blieb, solange ich erhoffte, Land zu sehen. Als wir durch die Wolken stießen, merkte ich jedoch, daß wir auf einen riesigen Binnensee oder ein Meer niederstießen.

Die einzige erkennbare Zuflucht auf dem Wasser war ein großes Passagierschiff direkt unter uns. Ich hatte genügend

Zeit, zu erkennen, daß die Decks leer waren, wie dies auch zu einer Stunde, die der Bar, dem Speisesalon oder dem Café gehörte, zu erwarten war. Ich hatte auch Zeit, mich zu fragen, was mein Pferd wohl tun würde, wenn es sich den hohen Wellen näherte. Meine Frage wurde bald beantwortet. Es senkte plötzlich den Kopf und bockte.

Ich flog herunter und traf in einem Winkel auf das Wasser, der mich tief in die Fluten schießen ließ. Der Hengst war schon fast wieder in den Wolken, als ich zurück an die Oberfläche kam, aber ich hielt mich nicht mit Flüchen auf. Meine Gedanken gehörten dem Schiff, in dessen Kielwasser ich schwamm. Im schwimmenden Licht konnte ich erkennen, daß es die *Western Star* aus San Francisco war, und sie kam nicht näher. Ich hob die Stimme zu einem lauten Gebrüll:

»Hilfe! Mann über Bord!«

Ich glaubte nicht, daß mein Schrei von den beiden Matrosen gehört würde, die am Heck an der Reling lehnten, aber nach ein paar weiteren Rufen rannte einer zur Brücke, während der andere blieb, um mich im Auge zu behalten. Ich winkte in Antwort auf seinen ermutigenden Ruf und legte mich auf den Rücken, damit ich wieder zu Atem käme.

Ein Schiff dieser Größe kann nicht innerhalb einer Meile anhalten oder umdrehen, und die Rettungsboote würden zusätzlich Zeit brauchen, um mich in der Dämmerung und der rauhen See zu finden. Aber ich wußte, daß sie mich finden würden, wenn es mir gelänge, über Wasser zu bleiben. Eine Welle überschwappte mich, aber ich schüttelte die weiße Haarsträhne aus dem Gesicht und begann kräftig auszuholen. Bis der Körper vergeht und der Geist erstarrt, hat ein Mensch, der die Macht des Deliers verspürt und unbeschadet überstanden hat, Freude am Leben.

Nachwort

»Commonwealth« heißt die Insel Literaria im amerikanischen Original. Gemeint ist jedoch nicht der politische Commonwealth, jener Zusammenschluß von Ländern des einstigen Britischen Empires um des »gemeinsamen Reichtums« willen (so die wörtliche Übersetzung), sondern der »Commonwealth of Letters«, jener Schatz literarischer Überlieferungen, der in seiner Gesamtheit die Kultur des Abendlandes widerspiegelt und der sich auch in dem Kanon von Werken wiederfindet, über den an amerikanischen Universitäten gelehrt wird.

John Myers Myers' *Die Insel Literaria* ist ein Streifzug durch dieses abendländische Erbe, und es ist zugleich ein sehr amerikanisches Buch. Hier finden wir von der Bibel über Homer, den *Beowulf* und Shakespeares Komödien, Cervantes' *Don Quichotte* und Fieldings *Tom Jones*, Dantes *Inferno* und Goethes *Faust* bis zu Tolstois *Anna Karenina* und Hawthornes *The Scarlet Letter* alles, was Rang und Namen hat, in einer bunten Mischung. Wir erfahren, daß der Fluß, der sich durch Literaria hindurchzieht, nicht nur der Tigris ist, an dessen Ufern die Sänfte der Semiramis vorbeigetragen wird, sondern auch der Tiber aus Livius' Geschichte der Stadt Rom und der Mississippi aus *Huckleberry Finn*. Und wir hören, daß es auch derselbe Strom sei, an dem Cuchúlainn, der große Held der irischen Sage, vor die Wahl gestellt wurde, seinen besten Freund zu erschlagen oder sein Land zu verraten, an dem Keats' Lady von Shalott ihren Zauber webt und in dem das Nibelungengold verborgen liegt, und viele andere mehr.

Dieses edle Spiel der Quellensuche hat natürlich einen ganz eigenen Reiz für den, der sich in diesem Terrain bereits auskennt. Doch selbst die Übersetzer, zwei gestandene Doktoren der Philosophie, müssen eingestehen, daß es ihnen nicht in allen Fällen gelungen ist, das Netzwerk von gelehrten Anspielungen zu entwirren. Von wem ist zum Beispiel das Bild des enttäuschten Anglers am vereisten Flusse in dem erwähnten Lied vom großen Strom? Wie dem auch sei, in dem einen oder anderen Fall wird wohl jeder mit Shandon Silberstreif im Buch sagen müssen: »Es gefiel mir nicht schlecht, aber ich hätte mehr darüber lachen können, wenn ich die darin vorkommenden Personen gekannt hätte.«

Doch so erheiternd eine solche Beschäftigung sein mag, ist sie doch nicht der eigentliche Zweck des Buches. Denn mit der Hauptfigur, unserem *alter ego* in der Welt von Literaria, hat Myers uns keinen Literaten vorgegeben, sondern ausgerechnet jemanden mit einem Diplom in Betriebswirtschaftslehre, der so unbelesen in literarischen Dingen ist, daß er schon naiv wirkt. Und es ist auch keinesfalls ein Held, der sich souverän durch die Geschichte schlägt, sondern ein ziemlich eingebildeter, egoistischer und gar nicht besonders liebenswerter Charakter, dessen selbstzufriedener Zynismus immer wieder zum Durchbruch kommt. Sogar der Schluß wird durch die Ichbezogenheit des mittlerweile geläuterten Silberstreif noch in Frage gestellt, die ihn daran hindert, das gesteckte Ziel seiner Abenteuerfahrt zu erreichen. Statt dreimal, wie ihm aufgetragen wurde, trinkt er nur zweimal aus der Quelle Hippokrene, und so bleibt ihm zwar die Erinnerung und die Möglichkeit, nach Literaria zurückzukehren, aber zu einem Schöpfer wird er nicht. Auf unsere Verhältnisse übertragen würde man sagen, er ist zwar ein Leser, nicht aber selbst ein Dichter geworden.

Doch der Trunk aus der Quelle der Poesie ist kein ungetrübtes Vergnügen, insbesondere, wenn er von außen auferlegt wird. Der Schluß des Romans kann daher nicht der einzige Schlüssel zum Anliegen des Autors sein. Wesentlich ist nicht nur das Ziel, sondern auch der Weg dorthin. Geht man von der Struktur des Romans aus, so ist, wie Larry Niven in einem Vorwort der amerikanischen Neuausgabe schreibt, *Die Insel Literaria* einer jener vielen Versuche, *The Pilgrim's Progress* neu zu schreiben. In jener christlichen Allegorie aus der zweiten Hälfte des 17. Jahrhunderts zieht ein Mann, Christian, von der

Stadt der Zerstörung durch mancherlei Fährnisse zur himmlichen Burg Zion, wobei er in der Tradition der mittelalterlichen Mysterienspiele als eine Art Jedermann einer Reihe von allegorischen Figuren begegnet, die bestimmte Tugenden oder Laster verkörpern. Wenn diese Art der Darstellung im Denken auch noch mittelalterlich sein mag, ist sie in jener Allegorie John Bunyans von der Psychologie her schon fast modern. In neuerer Zeit hat C. S. Lewis in *The Pilgrim's Regress* (deutsch als *Flucht aus Puritanien)* versucht, auch die Inhalte auf die geistigen Laster des 20. Jahrhunderts umzuschreiben. Doch auch bei vielen Werken der phantastischen Literatur, von George MacDonalds *Lilith* bis hin zu David Lindsays *Die Reise zum Arkturus*, die sich der Struktur einer solchen Pilgerfahrt bedienen, hat Bunyans Allegorie zumindest indirekt Pate gestanden.

Auch Shandon Silberstreifs Pilgerreise steht noch in der allegorischen Tradition. Dies zeigt sich unter anderem daran, daß sich die Geographie dieser imaginären Welt mehr nach der Reise zu richten scheint als umgekehrt. Der Weg führt immer von einer Station zur nächsten, und die Entfernungs- und Richtungsangaben sind eher vage: »Ein Stück nach Süden und ein bißchen nach Osten.« Hinzu kommt, daß nach jenen Kriterien der inneren »Stimmigkeit«, wie sie Autoren von Tolkien bis zu Lin Carter für das Funktionieren einer Fantasy-Welt aufgestellt haben, Literaria eine ausgesprochene Fehlkonstruktion ist. Sie mischt sowohl unterschiedslos Epochen, Stile und Technologien, und ansonsten fragt man sich auch, wie wohl eine Infrastruktur aussehen mag, die, um nur zwei Beispiele zu nennen, sowohl Robin Hood und seine Mannen als auch den Mantel-und-Degen-Feudalismus am Hofe des Erzkönigs zu tragen imstande ist.

Die Gesetze Literarias sind nicht ökonomischer, sondern, wie es angemessen ist, literarischer Natur. Ihr eigentlicher Gesetzgeber ist nicht der Erzkönig, sondern der delische Apoll, der Gott der Musen. Das Auftauchen einzelner Figuren an bestimmten Stellen gehorcht daher auch nicht geographischen, sondern dramatischen Gesetzmäßigkeiten. Daß Don Quichotte ausgerechnet an der Stelle auftritt, wo Silberstreif sich zum ersten Mal als Vorsatz nimmt, sich mit der Welt der Literatur auseinanderzusetzen, ist kein Zufall. Denn auch das Werk selbst steht an einer Stelle in der historischen Entwicklung, wo sich nicht nur die Moderne nach dem Wert des Mittelalters fragt, sondern wo überhaupt der Stellenwert der Realität zu einer zentralen Frage wird. Wenn sich der Bote der schönen Hermione als Victor Hugos Glöckner von Notre-Dame entpuppt, so ist dies ebenfalls kein Zufall, sondern von einer inneren Notwendigkeit. Das Drehbuch verlangt nach einer selbstlosen Motivation, und wer wäre besser geeignet, von der Schönheit betroffen zu werden, als eine Figur wie Quasimodo? Und als Begleiter für den Abstieg zur Hölle ist wohl kaum jemand besser geeignet als Faustopheles, eine Mischung aus Faust und Mephistopheles, bei der sowohl Christopher Marlowes *Doctor Faustus* als auch Goethes *Faust* Pate gestanden haben, und dem Danteschen Vergil.

Es gibt jedoch noch einen anderen, wichtigeren Führer, der deutlich macht, daß Literaria nicht nur einen imaginären Schauplatz für eine allegorische Reise abgibt, sondern noch in einer anderen Tradition steht, nämlich der der klassischen Utopie. Wie eine Reihe von utopischen Entwürfen von Platons Atlantis über Morus' Utopia bis hin zu Schnabels Felsenburg ist Literaria eine Insel, und wie in den klassischen Utopien erhält der Besucher einen Führer zur Seite, der ihm die Wunder des Landes vor Augen führt. Dieser Führer ist hier, dem Thema gemäß, ein Barde, der einerseits, als Golias, eine individuelle Persönlichkeit besitzt und andererseits unter vielen verschiedenen Namen – Widsith, Taliesin, Amergin, Demodocus, Orpheus – bekannt ist und sich wie ein Chamäleon in jeder Art von Literatur zurechtfindet und jedem Versmaß anpaßt und dabei doch der archetypische Sänger bleibt.

Die Struktur des Romans ist daher auch komplexer als die einer bloßen Schilderung des Lebens als Pilgerreise, auch wenn er mit einer geradezu archetypischen Pilgerfahrt, der aus Chaucers *Canterbury Tales,* endet. Es ist auch nicht ein einziger Weg, den Silberstreif zu gehen hat, sondern es sind deren drei. Zufall, Wahl und Schicksal, so hat W. H. Auden einmal gesagt, seien die drei Faktoren, die unser Schicksal bestimmen. Hier erscheinen sie getrennt voneinander, als einzelne Abschnitte:

zuerst der Weg des Zufalls, dann der der Wahl und schließlich der des Schicksals. Dies allein zeigt schon, daß Literaria nicht das Leben ist; es ist eher ein Modell des Lebens. Gerade dies erlaubt in den ersten Teilen die mitunter slapstickhafte Komödie, das Nebeneinander von disparaten Elementen. Daß Silberstreif Don Quichotte nach dem blauen Stier Paul Bunyans suchen läßt, der großen Figur der folkloristischen Aufschneidergeschichten der amerikanischen Pionierzeit; daß Golias die Schlacht von Alamo im Stabreim des Beowulf-Liedes erzählt oder Tammuz' Abstieg in die Unterwelt aus der babylonischen Mythologie als Trinklied, solche Nebeneinandersetzungen (wie sie wohl nur einem Amerikaner einfallen können) sind zugleich irrsinnig komisch und doch folgerichtig. Denn es gibt eine innere Ähnlichkeit zwischen den Figuren des altenglischen Epos und den scheinbar so ganz anders gearteten Helden des amerikanischen Westens und zwischen dem Ritter von der traurigen Gestalt, der seinen Glauben über die Wirklichkeit setzt, und den »tall tales«, die die Selbstbestimmung des Individuums feiern. Und selbst der Tammuz-Mythos ist in dieser Weise nicht deplaciert; denn er *ist* eine frohe Geschichte.

Diese Gegenüberstellungen dienen somit nicht allein dem Zweck, den Leser zum Lachen zu bringen, wie auch das ganze Buch nicht bloß eine literarische Satire ist. Im Verlauf der Erzählung, wie die Entwicklung des Helden weiter fortschreitet, wird die Geschichte immer ernster. Gerade im letzten Teil kippt der Roman regelrecht um, und der allegorische Charakter drängt den Überschwang der ersten Kapitel in den Hintergrund. In diesen letzten Kapiteln ist der Roman nicht mehr lustig, und im Rückblick stellt man zu seiner Verwunderung fest, daß er es eigentlich nie so recht gewesen ist. Das Leben als Zufall bietet Stoff zur Erheiterung in Fülle, macht aber auch mitunter betroffen. Das Leben als Wahl hat seine komischen Elemente, aber es ist schon eine ernstere Sache. Das Leben als Schicksal schließlich ist etwas, dem wir uns stellen müssen, ob wir wollen oder nicht, und über das es nichts zu lachen gibt.

Das Anliegen von Myers' Allegorie ist letztendlich nichts anderes als die Frage nach dem Sinn des Lebens, und das durchaus nicht in Monty Pythons absurder Manier. Am Ende, auf dem Grunde angelangt, muß Shandon Rechnung darüber ablegen, ob er aus seinen Erfahrungen gelernt oder ob der Silberstreif der Hoffnung, die man in ihn setzte, getrogen hat. Das entscheidende Argument, das Golias zu seinen Gunsten anführt, hebt eben auf jenen bereits angesprochenen Modellcharakter ab: Es kommt nicht darauf an, so sagt er, wo in Literaria man überall nicht gewesen ist, sondern daß man überhaupt dort war und daß man etwas daraus gelernt hat. Zwar mag die Literatur nicht das Leben sein, und Romanfiguren sind auch keine realen Wesen, doch auch literarische Erfahrungen sind wirkliche Erfahrungen, und sie sind es wert, daß man sich mit ihnen auseinandersetzt.

Damit schließt sich ein Kreis. Denn auch John Myers Myers' Auseinandersetzung mit der Literatur ist keine kritisch abgehobene, sondern liegt auf derselben Ebene wie die Werke, mit denen er befaßt ist. Auch *Die Insel Literaria* ist ein Teil des Commonwealth; sie ist selbst ein Stück Literatur, ein Ding, das »um seiner selbst willen eine Quelle der Freude sein kann«, über das man lachen und sich ärgern, das man mit Spannung verfolgen und über das man sich langweilen, das poetisch, geistreich und traurig sein kann. Was seiner Romanfigur nicht gelungen ist, hat doch der Autor vollbracht: John Myers Myers hat seinen dritten Trunk aus Hippokrene getan.

Helmut W. Pesch

SF-SPECIAL

Die Titel dieser Sonderreihe sprengen den Rahmen der „normalen" Unterhaltungs-SF. Werke vom revolutionären Denkmodell bis zur historischen Betrachtung der Literaturgattung Science Fiction findet hier der interessierte Leser.

Band 24 060

Octavia Butler

Wilde Saat

Deutsche Erstveröffentlichung

Der 4000 Jahre alte Mutant Doro führt sein Volk aus der alten Heimat Afrika in die Neue Welt. Das Volk besteht aus psychisch besonders begabten »Hexen«, die Doro zur Befriedigung seiner sinnlichen Gelüste und als Fortpflanzungspartnerinnen eigens züchtet. In der Neuen Welt trifft Doro auf Anyanwu, eine junge Unsterbliche, von deren Existenz er bisher keine Ahnung hatte.
Doro betrachtet Anyanwu anfangs als »wilde Saat« – eine »Hexe«, die er seiner Sammlung hinzufügen und für seine Zwecke einspannen muß.
Er ahnt nicht, daß dieses geheimnisvolle Wesen ihm ebenbürtig ist und sich für das an ihm rächen will, was er im Laufe der Jahrtausende seinem Volk angetan hat . . .

BASTEI LÜBBE

Sie erhalten diesen Band im Buchhandel, bei Ihrem Zeitschriftenhändler sowie im Bahnhofsbuchhandel.